DIANA

Das Buch

»Seid reinlich bei Tage und säuisch bei Nacht, so habt ihrs auf Erden am weitsten gebracht.« Diese erotische Lebensweisheit stammt von niemand Geringerem als Johann Wolfgang von Goethe. Ein Querschnitt durch die hohe Literatur für eine lustvolle, wie auch heiterunterhaltende Lektüre. Auf beginnende Begierde folgt Erweckung und Erfüllung. Beim Thema Lust und Laster gilt immer: Erlaubt ist was gefällt.
Diese Wurzeln der Vitalität der Weltliteratur freizulegen und aufzulesen hat sich diese Sammlung vorgenommen.

Die Herausgeberin und der Herausgeber

Hinter Eva Zutzel und Adam Zausel verbergen sich zwei weltweit führende Erotikkenner und -sammler.

Wohlan, so laßt die Sau heraus!

Handbuch der literarischen Hocherotik
Neueste Folge

Herausgegeben von
Eva Zutzel und Adam Zausel
und einer Einstimmung von
Johann Wolfgang von Goethe

DIANA VERLAG
München Zürich

Diana Taschenbuch Nr. 62/0363

Nach- und Hinweise – auch der von den Herausgebern gewählten Titel – am Schluß des Handbuchs.

Umwelthinweis:
Dieses Buch wurde auf chlor- und säurefreiem Papier gedruckt.

Taschenbuchausgabe: 04/2004

Printed in Germany 2004
Umschlagillustration: Nikolaus Haidelbach, Köln
Umschlaggestaltung: Hauptmann und Kampa Werbeagentur München – Zürich
Satz: KompetenzCenter, Mönchengladbach
Druck und Bindung: GGP Media, Pößneck
http://www.heyne.de

ISBN: 3-453-86958-3

Um die eigene erotische Batterie aufzuladen, gibt es nichts Besseres, als sich Stimulans aus der wirklichen Welt zu holen. Und da die eigene Einbildungskraft notwendigerweise begrenzt ist, kann ein Blick auf andere geradezu erweckend wirken.

Geoff Nicholson

Wenn ich mir eine Untreue zuschulden kommen ließe, könnte ich sie mir ohne weiteres verzeihen. Dir nie.

Arthur Schnitzler

INHALTSVERZEICHNIS

II. ERWECKUNG UND ERFÜLLUNG

III. WAS IHR WOLLT

IV. ERLAUBT IST WAS GEFÄLLT

V. LEHR- UND WANDERJAHRE

VI. LUST UND LASTER

EINSTIMMUNG

Johann Wolfgang Goethe

SEID REINLICH BEI TAGE UND SÄUISCH BEI NACHT

SATAN. Die Böcke zur Rechten,
Die Ziegen zur Linken!
Die Ziegen, sie riechen,
Die Böcke, sie stinken.
Und wenn auch die Böcke
Noch stinkiger wären,
So kann doch die Ziege
Des Bocks nicht entbehren.

CHOR. Aufs Angesicht nieder!
Verehret den Herrn:
Er lehret die Völker,
Und lehret sie gern.
Vernehmet die Worte:
Er zeigt euch die Spur
Des ewigen Lebens,
Der tiefsten Natur.

SATAN *rechts gewendet*. Euch gibt es zwei Dinge
So herrlich und groß:
Das glänzende Gold
Und der weibliche Schoß.
Das eine verschaffet,
Das andre verschlingt;
Drum glücklich, wer beide
Zusammen erringt!

EINE STIMME. Was sagte der Herr denn? –
Entfernt von dem Orte,
Vernahm ich nicht deutlich

Die köstlichen Worte.
Mir bleibet noch dunkel
Die herrliche Spur,
Nicht seh ich das Leben
Der tiefen Natur.

SATAN *links gewendet.* Für euch sind zwei Dinge
Von köstlichem Glanz:
Das leuchtende Gold
Und ein glänzender Schwanz.
Drum wißt euch, ihr Weiber,
Am Gold zu ergötzen
Und mehr als das Gold
Noch die Schwänze zu schätzen!

CHOR. Aufs Angesicht nieder
Am heiligen Ort!
O glücklich, wer nah steht
Und höret das Wort!

EINE STIMME. Ich stehe von ferne
Und stutze die Ohren
Doch hab ich schon manches
Der Worte verloren.
Wer sagt mir es deutlich,
Wer zeigt mir die Spur
Des ewigen Lebens
Der tiefsten Natur?

MEPHISTOPHELES *zu einem jungen Mädchen.*
Was weinst du, artger, kleiner Schatz?
Die Tränen sind hier nicht am Platz.
Du wirst in dem Gedräng wohl gar zu arg gestoßen?

MÄDCHEN. Ach nein! der Herr dort spricht so gar kurios,
Von Gold und Schwanz, von Gold und Schoß,
Und alles freut sich, wie es scheint!
Doch das verstehn wohl nur die Großen?

MEPHISTOPHELES Nein, liebes Kind, nur nicht geweint!
Denn willst du wissen, was der Teufel meint,
So greife nur dem Nachbar in die Hosen!

SATAN *gradaus*. Ihr Mägdlein, ihr stehet
Hier grad in der Mitten;
Ich seh, ihr kommt alle
Auf Besmen geritten.

Seid reinlich bei Tage
Und säuisch bei Nacht,
So habt ihrs auf Erden
Am weitsten gebracht.

I. BEGINNENDE BEGIERDE

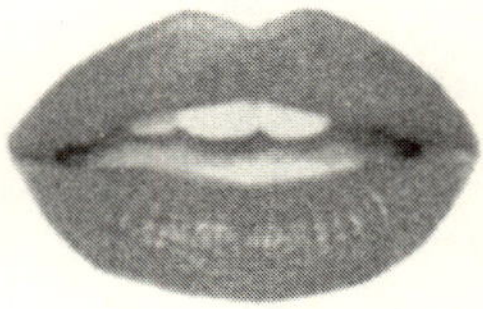

Heinrich Heine

KÜSSE

Hast du die Lippen mir wund geküßt,
So küsse sie wieder heil,
Und wenn du bis Abend nicht fertig bist,
So hat es auch keine Eil'.

Du hast ja noch die ganze Nacht,
Du Herzallerliebste mein!
Man kann in solch einer ganzen Nacht
Viel küssen und selig sein.

Gustave Flaubert

ERSTE GELÜSTE

Vage gelüstete es mich nach etwas Herrlichem, das ich weder mit einem einzigen Wort hätte benennen, noch mir in Gedanken in irgendeiner Form hätte verdeutlichen können, nach dem ich mich jedoch unaufhörlich wirklich sehnte. Ich habe von jeher das Phantastische geliebt. Als Kind drängte ich mich in der Menge am Vorhang der Marktschreier; ich stand lange vor dem Zelt der Gaukler, damit beschäftigt, ihre Pluderhosen und bestickten Halskrausen anzuschauen. Oh! wie liebte ich vor allem die Seiltänzerin, mit ihren langen Ohrgehängen, die ihr um den Kopf baumelten, ihrer dicken Perlenkette, die ihr auf die Brust schlug! mit welch rastloser Gier betrachtete ich sie, wenn sie sich bis zu den Lampen in den Bäumen emporschwang und ihr mit goldenen Pailletten gesäumtes Kleid beim Springen flatterte und sich in der Luft bauschte. Das sind die ersten Frauen, die ich geliebt habe. Ich litt Seelenqualen, wenn ich an diese seltsam geformten Schenkel dachte, die so eng in den rosafarbenen Hosen steckten, an die biegsamen Arme, umschlungen von Reifen, die sie auf dem Rücken klappern ließ, wenn sie, weit nach hinten gebeugt, mit den Federn ihres Turbans schon den Boden berührte. Die Frau, die ich schon zu erahnen versuchte (es gibt kein Alter, in dem man nicht daran denkt: als kleines Kind betasten wir mit naiver Sinnlichkeit die Brust der großen Mädchen, die uns küssen und in ihren Armen halten; mit zehn Jahren träumt man von der Liebe; mit fünfzehn erfährt man sie; mit sechzig hegt man sie immer noch, und wenn die Toten in ihrem Grab an irgend etwas denken, dann sicher daran, unter der Erde das nächste Grab zu erreichen, um das Leichentuch der Verblichenen zu heben und ihren Schlaf zu teilen); so war die Frau für mich ein lockendes Geheimnis, das mein armes kindliches Gemüt in Aufruhr brachte. Bei dem, was ich empfand, wenn eine von ihnen die Augen auf mich heftete, fühlte ich bereits, daß etwas Verhängnisvolles in jenem erregenden Blick lag, der den menschlichen Willen dahinschmelzen läßt, und ich war darüber entzückt und entsetzt zugleich.

Deutsch von Cornelia Hasting

Paul Fleming

DAS KÜSSEN

Nirgends hin / als auf den Mund /
da sinckts in des Hertzens grund.
Nicht zu frey / nicht zu gezwungen /
nicht mit gar zu fauler Zungen.

Nicht zu wenig / nicht zu viel.
Beydes wird sonst Kinderspiel.
Nicht zu laut / und nicht zu leise /
Beyder Maß' ist rechte weise.

Nicht zu nahe / nicht zu weit.
Diß macht Kummer / jenes Leid.
Nicht zu trucken / nicht zu feuchte /
wie Adonis Venus reichte.

Nicht zu harte / nicht zu weich.
Bald zugleich / bald nicht zugleich.
Nicht zu langsam / nicht zu schnelle.
Nicht ohn unterscheid der Stelle.

Halb gebissen / halb gehaucht.
Halb die Lippen eingetaucht.
Nicht ohn Unterscheid der Zeiten.
Mehr alleine denn bey Leuten.

Küsse nun ein Jedermann /
wie er weiß / will / soll und kan.
Ich nur / und die Liebste wissen /
wie wir uns recht sollen küssen.

John Cleland

DAS ERSTE MAL

Bei diesem Jungen, dessen ganze Liebeskunst in der Handlung selbst bestand, konnte ich ohne Rückhalt und scheue Achtung allen meinen Begierden die Zügel schießen lassen und jede Laune befriedigen, die mich ankam. Mein größtes Vergnügen bestand jetzt darin, allen Mutwilligkeiten und wollüstigen Einfällen eines Neulings nachzugeben, dessen Gefühl für die Liebe noch gar nicht abgestumpft war.

Er näherte sich meinem Bette, und während er seine Bestellung herstotterte, konnte ich sein Rotwerden und seine leuchtenden Augen sehen; meine Lage war auch seinen wollüstigsten Wünschen so günstig, als ob er das Spiel vorher bestellt hätte.

Ich lächelte und gab ihm meine Hand, die er mit Feuer küßte, wobei er niederkniete, eine Höflichkeit, die ihn nur die Liebe, diese große Lehrmeisterin, gelehrt hatte. Nach ein paar konfusen Reden fragte ich ihn, ob er für die kurze Zeit, die ich ihn bei mir behalten dürfe, zu mir ins Bett kommen wolle. Das hieß einen vor Hunger sterbenden Menschen fragen, ob er sein Lieblingsgericht essen wolle, das da für ihn aufgestellt sei. Ohne sich weiter zu bedenken, warf er in einem Augenblick alle seine Kleider ab, und kam noch tiefer errötend zu mir unter die Bettdecke, die ich aufgehoben hatte, und nun war er das erstemal im Leben mit einer Frau im Bett.

Er begann mit den gewöhnlichen zärtlichen Vorspielen, die vielleicht ebenso lustvoll sind als der Schlußakt des Genusses, zu dem sie die Ungeduld wecken, die das Vergnügen sich selbst zerstören macht. Nachdem wir durch Küssen, Streicheln und durch Befühlen meiner Brüste, die jetzt rund und hart waren, uns langsam der Hauptsache genähert hatten, befühlte er jetzt das an mir, was ich wegen seiner unmäßigen Hitze, die seine

Finger mir da erregten, ein kleines Ofenloch nannte. Jetzt nahm mein junger Jäger, dreist gemacht durch jede erlaubte Freiheit, die er sich wünschen konnte, mutwillig meine Hand und führte sie zu dem Liebesbaum, der da hart und steil und ungeheuerlich aufragte. Der Umfang dieser Liebesmaschine ließ sich nicht umspannen, und ich begriff nicht, wie nur ein solches Ungeheuer sich in mich hinein verstecken konnte. Meine streichelnden Finger machten das riesenhafte Ding nur noch größer wachsen, und ich fühlte, es sei nun nicht länger zu spaßen – ich bereitete mich auf den Angriff vor. Ich legte ein Kissen unter mich, damit er besser agieren könne, und führte mit meiner Hand den schrecklichen Schwanz an sein Ziel, das bequem vor ihm lag, denn meine Hüften lagen erhöht, und meine Beine waren so weit gespreizt als es nur ging. Die Hitze, die meinem Liebesort entströmte, ließ ihn fühlen, daß er am Eingang sei, und vorwärts trieb er, und die lustdurstige Schleuse nahm ihn auf. Erst war ein kleines Verweilen, aber alsbald verfolgte er seinen Weg weiter durch die enge Straße und erweiterte sie mit einer Anstrengung, die mir sehr angenehm war; unser Vergnügen wurde größer, je mehr Berührungspunkte zusammentrafen, und jetzt war er vollständig eingedrungen und eingehüllt, und die enge Einschließung und Umhüllung steigerten unser Vergnügen aufs höchste.

Wir hatten den höchsten Punkt der Lust erreicht, als er seinen Schwanz zurückzog, doch nur, um ihn mir mit noch größerer Gewalt wieder hineinzutreiben. Als hätte ich Furcht, ihn zu verlieren, schlang ich in der Hitze der geilen Wut meine Beine um das feste, elastische Fleisch seiner nackten Lenden.

Nun hatte ich ihn auf jede Weise umklammert und hielt ihn fest, als ob sich Körper und Körper ganz vereinigen müßten. Das verursachte eine Pause in der Aktion, einen Aufenthalt im Vergnügen, während der andere Mund unten zwischen meinen Beinen so viel als er nur konnte und mit höchstem Geschmack daran den Bissen umschlossen hielt, den er so angenehm geschluckt hatte. Aber die Natur konnte dieses Vergnügen nicht länger aushalten, die Batterie fing, um zum Ende zu gelangen, mit neuen Kräften an zu spielen, und auch ich blieb dabei nicht untätig, sondern begegnete den Angriffen mit der größten Heftigkeit, der ich fähig war, und nur zu schnell brachte diese heftige Bewegung, das süße Drängen, dieses wundervolle Hin und Her, den Reiz in mir auf seinen höchsten Grad, so daß ich, als ich mich am Ende fühlte und den teuren Gefährten meiner Wonne nicht hinter mir lassen wollte, all die fördernden Bewegungen und Künste, die mir Erfahrung und Natur eingaben, anwandte, es dahin zu bringen, daß er zugleich mit mir ans Ende käme. Ich machte den engen Lustgürtel um meinen rastlosen Einwohner noch enger, wie mit Hilfe einer geheimen Springfeder, die dem Willen in diesen Teilen gehorcht; dann brachte ich meine Hand leise an den Vorratsbeutel der köstlichsten Süßigkeiten der Natur, der so entzückend an der Röhre aufgehängt ist, aus der wir sie empfangen. Wie ich da hinfühlte und die weichen Kugeln sanft drückte, da tat die magische Berührung sofort ihre Wirkung, beschleunigte die Symptome der süßen Agonie, des hinschmelzenden Augenblicks der Auflösung, in der die Lust in der Lust erstirbt und diese geheimnisvolle Maschine den Kitzel in uns besiegt, da sie uns mit einem heißen Strome überschüttet, dem höchsten Reiz. Nun ergoß sich in reichlichen Strahlen sein Naß in meine weit geöffnete Schleuse, mischte sich da mit meinem und brachte uns in eine Ekstase, die uns atemlos, vergehend, in Wonne verloren hinstreckte. Eine wollüstige Ermattung fiel auf unsere Glieder, die uns ohne Bewegung eine in den Armen des andern hielt. Daß diese Entzückungen nicht länger dauern! Jetzt wies uns der höchst erreichte Punkt der Lust, die der Genuß noch gar nicht vermindert hatte, auf die kühlen Sorgen des unschönen Lebens. Als ich mich endlich aus dieser Umschlingung losriß, sagte ich meinem süßen Jungen die Gründe, weshalb er mich jetzt verlassen müßte; er zog nur widerwillig seine Kleider an, wobei er sich öfters mit Küssen und Umarmungen unterbrach, die ich mir auch nicht versagen wollte. Glücklicherweise kam er wieder zu seinem Herrn, bevor dieser ihn vermißte. Beim Abschied zwang ich ihn – er wollte es durchaus nicht nehmen – so viel Geld anzunehmen, als nötig war, eine silberne Uhr zu kaufen, die der Ehrgeiz jedes Bedienten ist. Er nahm das Geld endlich, um an meine Zuneigung eine Erinnerung zu haben, die er sorgfältig aufbewahren wollte.

Deutsch von E. Feldhammer

Honoré-Gabriel Graf Mirabeau

ERREGENDE ERWARTUNG

Ich wurde älter und erreichte das Ende meines sechzehnten Lebensjahres, als meine Situation sich sichtbar wandelte: Die Formen begannen sich zu festigen; meine Brüste hatten an Umfang gewonnen, täglich bewunderte ich ihre Rundungen, jeden Tag zeigte ich die Fortschritte Lucette und meinem Papa, ich ließ sie sie küssen, bedeckte sie mit ihren Händen und machte sie darauf aufmerksam, daß sie diese schon ausfüllten; schließlich ließ ich sie tausend Anzeichen meiner Ungeduld erkennen. Ohne Vorurteile aufgewachsen lauschte und folgte ich nur der Stimme der Natur: Dieses Scherzen belebte und erregte meinen Vater heftig, ich bemerkte dies:

– Du hast eine steife Rute, lieber Papa, komm …

Und ich führte ihn in Lucettes Arme. Ich war nicht weniger entbrannt und ergötzte mich an ihren Vergnügungen. Wir lebten, sie und ich, in innigster Verbundenheit; sie schätzte mich ebenso wie ich sie liebte; normalerweise schlief ich bei ihr, und ich versäumte dies nie, wenn mein Vater fort war. Dann übernahm ich seine Rolle, so gut ich konnte: Ich umarmte sie, saugte an ihrer Zunge, ihren Brüsten; ich küßte ihren Po, ihren Leib, streichelte ihren hübschen Venushügel, ich kraulte ihren Kitzler; meine Finger nahmen häufig den Platz seines Glieds ein, das ich ihr nicht bieten konnte, und ich versetzte sie meinerseits in jenen wollüstigen Taumel, und bezauberte mich daran, sie so zu sehen. Durch mein Wesen und mein Verhalten hatte sie für mich eine Zuneigung entwickelt, von der ich dir, meine Liebe, nur schwer eine Vorstellung vermitteln kann, es sei denn, ich vergleiche sie mit der deinen. Häufig hatte sie mich während unserer Liebkosungen aufs äußerste erregt gesehen und in diesen Augenblicken mir versichert, sie sehne sich danach, daß ich schon soweit sei, so daß auch sie mir gefahrlos dieselben Vergnügungen bereiten könne wie ich ihr. Sie wünschte, mein Vater wäre bereits dorthin vorgedrungen und hätte den Weg der Sinnenfreude gebahnt:

– Ja, meine liebe Laura, sagte sie, wenn dieser Augenblick gekommen ist, so will ich daraus ein Fest machen; ich erwarte ihn voller Ungeduld. Aber, meine teure Freundin, ich glaube zu erkennen, daß es nun nicht mehr lange dauern wird: Deine sprießenden Brüste sind beinahe ausgereift, deine Konturen runden sich, dein Venushügel schwillt, schon jetzt ist er ganz von einem zarten Flaum bedeckt, deine Grotte ist von bewundernswertem Inkarnat, und ich glaube, in deinen Augen den Wunsch der Natur entdecken zu können, daß man dich bald in den Rang einer Frau erhebt. Letztes Jahr, im Frühling hast du bereits die Vorboten eines Ausbruchs gesehen, der sich bald regelmäßig einstellen wird.

In der Tat dauerte es nicht lang, bis ich mich bleiern fühlte, den Kopf schwer, die Augen weniger lebhaft, ich empfand Schmerzen in den Lenden und fühlte mir unbekannte Krämpfe; schließlich nach acht oder zehn Tagen, fand Lucette die Gondel voller Blut. Mein Vater legte sie mir nicht wieder an. Sie hatten die Auswirkungen meiner neuen Situation vorhergesehen; so war ich darauf vorbereitet; beinahe neun Tage blieb ich in diesem Zustand, während ich danach wieder genauso fröhlich wurde wie zuvor und mich einer ebenso strahlenden Gesundheit erfreute.

Welche Freude bereitete mir dieses Ereignis! Ich war außer mir, ich umarmte Lucette:

– Meine liebe Bonne, wie glücklich werde ich sein!

Ich warf mich meinem Vater an den Hals, ich bedeckte ihn mit meinen Küssen:

– Endlich bin ich soweit, wie du mich haben wolltest! ... Welche Freude wird es mir sein, wenn ich deine Begierden wecken und befriedigen kann! ... Mein Glück besteht darin, dir ganz und gar zu gehören: Meine Liebe und meine Zärtlichkeit erheben dies zum Ziel all meiner Sehnsucht ...

Er nahm mich in die Arme, setzte mich auf seine Knie. Ach! wie er mir die Zärtlichkeiten, die ich ihm gab, erwiderte! Er drückte meine Brüste, er küßte sie, er saugte an meinen Lippen, seine Zunge streichelte die meine; meine Pobacken, meine Bonbonniere, alles war seinen feurigen Händen preisgegeben.

– Endlich ist er gekommen, bezaubernde und liebe Laura, dieser glückliche Augenblick, wo deine Zärtlichkeit und die meine sich im Schoß der Wollust vereinigen werden; noch heute will ich dir die Jungfräulichkeit rauben und die Blume pflücken, die soeben erblühte; dies schulde ich deiner Liebe, und die Zuneigung deines Herzens läßt mir dies unendlich teuer sein; doch sei darauf gefaßt: Wenn das Vergnügen unseren Umarmungen und Ausbrüchen folgen soll, wird der Moment, der mich zum Herrn über diese bezaubernde Rose macht, dich einige Dornen spüren lassen, die dir Schmerzen bereiten werden.

– Was spielt das für eine Rolle, quäle mich, laß mein Blut in Strömen fließen, wenn du willst, die Opfer, die ich dir bringe, können nicht zahlreich genug sein, dein Vergnügen und die Erfüllung deiner Wünsche sind das Ziel meiner Begierden.

Das Feuer funkelte in unseren Augen. Die liebenswerte Lucette, die am Vergießen des Opferblutes teilhaben wollte, zeigte nicht weniger Ungeduld, als wenn sie selbst der Opferpriester gewesen wäre. Sie hoben mich auf und trugen mich in ein Gemach, das sie in der Zeit meines Zustandes vorbereitet hatten. Das Tageslicht war daraus vollkommen verbannt; ein Bett aus schwerem blauen Satin stand in einer Nische, die mit Spiegeln verkleidet war. Der Feuerschein von vier Laternen, die in den Ecken angebracht waren, vereinigte sich gedämpft von blauer Gaze auf einem kleinen feuerroten Satinkissen, das in der Mitte lag und den Stein darstellte, auf dem das Opfer vollzogen werden sollte. Lucette legte alsbald alle Reize bloß, mit welchen mich die Natur ausgestattet hatte; sie schmückte dieses freiwillige Opfer nur mit feuerroten Bändern, die sie oberhalb meiner Ellenbogen und um die Gürtellinie schlang, wie bei einer zweiten Venus, was meine Taille betonte. Mein Haupt, schlicht mit seinem langen Haar bekrönt, trug keine andere Zier als eine Schleife derselben Farbe, die es nach hinten band. Ich warf mich ganz von selbst auf den Altar.

Welchen Schmuck ich bis dahin auch getragen hatte, so fand ich mich nun noch viel schöner in meiner Pracht; ich betrachtete mich in den Spiegeln mit zufriedener Gefälligkeit, einem einzigartigen Wohlbehagen. Ich schien von blendendem Weiß, meine kleinen Brüste, noch so jung, wölbten sich auf meinem Oberkörper wie zwei vollkommene Halbkugeln, überragt von zwei kleinen Knospen rosafarbenen Fleisches; ein zarter Flaum beschattete einen hübschen, üppigen und wohlgerundeten Venushügel, der, leicht geöffnet, die Spitze der Klitoris erkennen ließ, ähnlich einer Zunge zwischen zwei Lippen; sie rief nach Vergnügen und Sinnenfreude. Eine schlanke und feste Taille, ein niedlicher Fuß, an den sich ein klargeformtes Bein und ein rundlicher Schenkel anschlossen, ein Gesäß, mit Backenknochen von leicht dunklerer Farbe, Schultern, ein Nacken, ein bezaubernder Schwung der Lenden und die jugendliche Frische von Hebe. Nein, nicht einmal Amor hätte sich mit mir messen wollen, wenn er meines Geschlechts gewesen wäre. So lauteten die Lobeshymnen um meine Person, in welche Lucette und mein Papa sich gegenseitig übertrumpfend einfielen. Ich schwamm in der Wonne und der Trunkenheit der Selbstverliebtheit. Je begehrenswerter ich mich glaubte, desto stärker schien ich ihnen so, und um so mehr war ich entzückt, daß dieser meinem Herzen so teure Papa alles, was ich besaß, voll und ganz genießen sollte. Er betrachtete mich ausgiebig, er bewunderte mich; seine Hände, seine brennenden Lippen strichen über alle Teile meines Körpers. Wir empfanden beide die verzehrende Leidenschaft zweier jungen Liebenden, die bisher nur auf Widerstände gestoßen waren, und nun endlich den Preis ihres Wartens und ihrer Liebe auskosten.

Ich wünschte mir sehnlichst, ihn in ebenso hüllenlosem Zustand zu sehen, in welchem ich mich bereits befand; beharrlich drängte ich ihn herbei; bald schon war er soweit. Lucette entledigte ihn all seiner Kleidung; er legte mich auf das Bett, mit meinen Pobacken auf das Kissen. In meinen Händen hielt ich den geweihten Dolch, dem in wenigen Augenblicken meine Jungfräulichkeit als Opfer dargebracht werden sollte. Dieses Glied, das ich leidenschaftlich streichelte, ähnlich dem Stachel einer Biene, war von einer Steifheit, die mir bewies, daß es die Rose, die er so sorgfältig gepflegt und bewahrt hatte, unerbittlich durchstoßen würde. Meine Vorstellungskraft brannte vor Verlangen; meine gänzlich entflammte Bonbonniere lechzte nach diesem geliebten Glied, das ich sogleich auf den rechten Weg brachte. Wir hielten uns umschlungen, aneinander geschmiegt, verschmolzen; unsere Münder, unsere Zungen verschlangen sich gegenseitig. Ich bemerkte, daß er mich schonte: Doch als ich meine Beine um seine Pobacken wand und ihn überaus heftig an mich drückte, versetzte ich ihm mit dem Gesäß einen Stoß, der ihn, soweit er nur konnte, eindringen ließ. Der Schmerz, den er empfand, und der Schrei, der mir entfuhr, galten seinem Sieg. Lucette zwängte sodann ihre Hand zwischen uns, kraulte meinen Kitzler, während sie mit der anderen meine Rosette streichelte. Die Schmerzen, in die sich das Vergnügen mischte, Erguß und Blut, die flossen, ließen mich eine unaussprechliche Erhabenheit des Vergnügens und der Wollust empfinden. Ich rang nach Atem, ich verging; meine Arme, meine Beine, mein Kopf fielen nach allen Seiten; es raubte mir schier die Lebenskraft. Ich ergötzte mich an diesen maßlosen Gefühlen, denen man kaum genügen kann. Was für ein köstlicher Zustand! Bald schon wurde ich durch neuerliche Zärtlichkeiten daraus erweckt; er küßte mich, saugte an mir, knetete meine Brüste, die Gesäßbacken, den Venushügel; er hob meine Beine hoch, um das Vergnügen zu haben, meinen Po, meine Grotte und die Verwüstung, die er dort angerichtet hatte, aus einem anderen Blickwinkel ausgiebig zu betrachten. Sein Glied, das ich in der Hand hielt, seine Hoden, die Lucette streichelte, nahmen bald wieder ihre Festigkeit an. Er steckte es wieder in mich hinein. Der erleichterte Durchgang ließ uns, sobald er eingedrungen war, nur Verzückungen empfinden. Lucette, stets gefällig, erneute ihre Kitzeleien, und ich fiel erneut in die wollüstige Apathie, die ich soeben empfunden hatte.

Mein Vater, stolz über seinen Sieg und bezaubert vom Opfer, das mein Herz ihm dargebracht hatte, nahm das unter mir liegende Kissen, gefärbt vom Blut, das er vergossen hatte, und drückte es an sich mit der Sorgfalt und dem Eifer des zärtlichsten Liebhabers wie eine Trophäe seiner Eroberung. Doch bald wandte er sich wieder uns zu:

– Meine Laura, teure und liebenswerte Tochter, Lucette hat deine Vergnügungen vervielfacht: Ist es daher nicht gerecht, ihr ebensolche zuteil werden zu lassen?

Ich warf mich an ihren Hals, ich zog sie auf das Bett; er nahm sie in seine Arme und legte sie neben mich; ich schürzte zuerst ihre Röcke und fand sie ganz feucht.

– Wie erregt du bist, meine liebe Bonne, ich möchte dir einen Teil des Vergnügens verschaffen, welches ich gefühlt habe.

Ich nahm die Hand meines Papas, ich steckte einen seiner Finger in ihre Bonbonniere, den er hinein- und wieder herausgleiten ließ, und kraulte ihren Kitzler. Es dauerte nicht lange, bis sie in die Ekstase fiel, aus der ich soeben aufgetaucht war.

Ach! liebe Eugenie, welchen Zauber hatte dieser Tag für mich! Ich gestehe dir, zärtliche Freundin, es war der schönste meines Lebens und der erste, an dem ich die Wonnen der Wollust in ihrem höchsten Ausmaß kennenlernte. Ich kann ihn noch immer ins Gedächtnis zurückrufen mit einem Erschauern der Befriedigung, wie ich es dir nicht beschreiben kann; aber, zur gleichen Zeit schnürt sich mir grausam das Herz zusammen. Muß diese Erinnerung, die mir soviel Vergnügen und Freude bereitet, zugleich bitterstes Bedauern in mir hervorrufen? Doch schieben wir für einen Augenblick dieses für meine Seele so traurige Bild beiseite.

In diesem Gemach herrschte eine sanfte Wärme; ich fühlte mich derart wohl in dem Zustand, in dem ich mich befand, daß ich nichts anlegen wollte; ich war von einer verrückten Vergnügtheit: ich hatte die Absicht, nur mit meinen Reizen geschmückt zu soupieren. Lucette, stets aufmerksam, hatte vorsorglich alle Bediensteten fortgesandt und einen dichten Schleier über die Bosheit ihrer Blicke gelegt; sie war so liebenswürdig, alles allein herbeizuholen und vorzubereiten, was wir benötigten, und verschloß die Türen stets wieder gewissenhaft. Mir war nicht genug, sie in einen ebenso nackten Zustand gebracht zu haben, in dem mein Vater und ich uns bereits befanden: Ich ließ alles, das sie bedeckte, in weitem Bogen durch den Raum fliegen; sie war bezaubernd in meinen Augen. Wir saßen zu Tisch. Mein Vater, zwischen uns beiden sitzend, war Gegenstand unserer Zärtlichkeiten, die er uns der Reihe nach erwiderte. Die Spiegel wiederholten diese entzückende Szene; unsere Anmut und unsere Haltungen wurden stets variiert durch die geistreichen Einfälle, zu welchen uns ein köstlicher Wein inspirierte; seine kräftig leuchtende Farbe erstrahlte sogar in verschiedenen Nuancen: Wir fühlten bald die Auswirkungen seiner Kraft und unserer Berührungen. Unsere Bonbonnieren waren entflammt; sein Glied hatte wieder all seine Steifheit und Härte angenommen. In einem derart erregten, derart drängenden Zustand mißfiel uns der Tisch; wir eilten, wir stürzten uns ins Bett. An diesem Tag, der mir allein geweiht war, wurde ich erneut in die Wonnen dieser herrlichen Lust getaucht; er legte sich zu meiner Linken nieder, seine

Schenkel unter die meinen geschmiegt, die angehoben waren; sein Glied präsentierte sich stolz am Eingang. Lucette kam über mich, meinen Kopf zwischen ihren Knien; ihre hübsche Grotte befand sich direkt vor meinen Augen; ich öffnete sie halb, ich kitzelte sie, ich streichelte ihre in die Höhe gereckten Pobacken; ihr Leib strich über meine Brüste; ihre Schenkel ruhten zwischen meinen Armen; alles erregte, alles entfachte die Flammen der Leidenschaft. Sie spreizte die Lippen meiner Grotte, die von lebhafter Röte war; ich bat sie, dort den Schwamm einzuführen, damit mein Papa mich ohne Sorgen genießen und sich darin entladen könnte. Sie war empfindlich und schmerzte: Sobald man sie auch nur berührte, litt ich heftig; indessen, trotz dieser Pein, ertrug ich dies in der Erwartung der gleich folgenden angenehmeren Empfindungen. Lucette brachte das Glied meines Papas auf den Weg, von dem sie alle Gefahren gebannt hatte, und der nunmehr nur von Blumen gesäumt war: Er stürzte sich hinein; er drang ein; zugleich kraulte sie mir den Kitzler, und ich tat ihr den gleichen Dienst, während mein Vater mit seinem Finger in der Bonbonniere meiner Bonne die gleichen Bewegungen vollführte, die sein Glied in der meinen ausübte. Diese Variationen, diese Stellungen, diese Vielfalt der Sinneseindrücke und Empfindungen erhöhten die Köstlichkeit des herannahenden Vergnügens ins Unermeßliche. Wir fühlten es über uns kommen; bereit, uns zu entwischen, wie der funkelnde Blitz unseren Blicken entflieht, genossen wir dennoch das ganze Ausmaß in einer köstlichen Auslöschung, deren Süße und Bezauberung nur gefühlt werden können. Allmählich wurden wir müde. Lucette erhob sich, räumte alles wieder an seinen angestammten Platz, und sobald sie zurück war, legten wir uns in das Bett, einander eng umschlingend, und verbrachten eine Nacht, die uns angenehmer schien als der prachtvollste Tag.

Deutsch von Petra-Susanne Räbel

Martin Hielscher

DAS GLÜCK DES ERSTEN MALES

»Und da soll ich jetzt rein?« fragte er.

»Ja«, sagte sie.

Das hatte er nun davon. Er hätte doch beim Klavierspielen bleiben sollen. Eigentlich wollte er nur sein Sofa verkaufen. Es war zu groß für seine Wohnung, besser gesagt, das Zimmer mit anschließendem Klo und einer Küche, die etwa die Ausmaße eines mittleren Kühlschranks hatte.

Auf seine Anzeige hin meldeten sich mehrere Interessenten, und nach einiger Zeit auch eine junge Frau. Noch war das Sofa zu haben. Die Frau hieß Angela und wollte einen Besichtigungstermin am nächsten Tag. Sie kam und fand sofort Gefallen an Kurt. Er fand Gefallen daran, daß sie ihn gut fand. Obwohl es ihn auch nicht sehr überraschte. Das Sofa wollte sie auch haben. Kurt stellte ihr dennoch ausführlich die Vorzüge des beigen Möbels dar. Er artikulierte jedes Wort klar mit leiser, wohlklingender Stimme. Angela musterte ihn neugierig und schon lockend. Kurt erstrahlte von innen. Das war die 6. Partita.

Angela saß inzwischen auf dem Sofa, schlug ihre schlanken Beine übereinander und säuberte ihre Pömps. Kurt wandte sich der Küche zu und bereitete Tee. Er war ein Experte im Teekochen und unterschied mit seiner Nase Teesorten wie andere Wein.

Ebenso sicher prüfte er Angelas Brüste. Er liebte Brüste. Er verehrte sie geradezu, und seine Begeisterung steigerte sich proportional zur Größe dieser »Möpse«, wie er manchmal volkstümelnd zu sagen pflegte. Allerdings irritierte ihn zumeist das übrige Weibliche, das sich um sie herum drapierte, da es oft genug in Mängeln exzellierte. Und da war Kurt unerbittlich. Die eine hatte eine häßliche Nase, die andere grimassierte unaufhörlich, die dritte war zu ordinär, die vierte hatte zu primitive Hände, und die fünfte war Angela.

Dazwischen passierte gar nichts. Kurt spielte Klavier. Außerdem aß er viel. Er lebte in dauernder Vorfreude auf die nächste Einladung von Freunden, die garantiert etwas kochen würden, da es als ausgemachter Beweis von Sinnlichkeit galt, wenn Intellektuelle unaufhörlich kochten. Auch Kurt gehörte zu dieser Zunft, wenn er auch nicht allzusehr strebte. Seine Urteile waren streng und ungerecht. Seine Begründungen Muster gewählter Rede.

Kurt war schlank, das Essen rauschte durch ihn hindurch wie die Frauen an ihm vorüber: spurlos.

Er war groß und dunkel und hatte, worauf er selbst hinzuweisen pflegte, die schönsten Füße in seiner Familie. Früher soll es vorgekommen sein, daß wildfremde Menschen die Füße des auf einer Bank schlafenden Kurt lauthals bewunderten.

Er geriet nur in Exzitation, wie er das nannte, wenn er Bach spielte, einen guten Pianisten Bach spielen hörte oder gewisse philosophische Texte las. Dann hob Kurt ab. Dann zitterte seine Gesichtsmuskulatur, die langen Beine schwankten, Glücksgefühle durchströmten ihn, die Ichgrenzen fielen, und Kurt sah sich inmitten riesiger Mengen von Sahne, die er gemeinsam mit Glenn Gould und Bach aufsaugte, auflutschte und fraß.

Er servierte den Tee souverän, und Angela dankte aus grünen Augen. Sie arbeitete als MTA und stellte im Auftrage ihres Arztes Tests mit männlichen Freiwilligen an. Auch sonst hatte sie viel mit Männern zu tun und beschloß, den spröden Kurt zu verführen. Sie bemerkte den konstanten Blick auf ihre Brüste – BH 9, gehobener Durchschnitt – und geriet in leise Wallung. Kein fester Freund behinderte ihr Interesse. Sie war jung, und das fremde Ambiente Kurts reizte sie. Er stellte sogleich fest, daß sie, obzwar immerhin Abiturientin, nicht viel las.

Er wähnte sich in der klassischen Rolle Geist vs. Unschuld, wie Thomas Mann sie so schön in Goethes *Faust* erkannte, nur daß der Geist diesmal selbst der Unschuldige war. Angela war's nämlich nicht. Unter ihrem olivgrünen Kleid barg sie ein erfahrenes Geschlecht, während Kurt seinen Schwengel nur selbst traktierte. Das geschah allerdings mit schönster Regelmäßigkeit, Thomas Mann hätte seine Uhr nach ihm stellen, seine morgendliche Schreibphase mit Kurts erster Masturbation abschließen können. Da Kurt so mindestens dreimal am Tage verfuhr, sah er sich als Hengst, für den Fall, daß es doch einmal zu einer Affäre kommen sollte.

Nun saß sie ihm gegenüber. Dunkellockig, grünäugig, kurzröckig bot sie sich an. Selbst Kurt merkte das. Er mußte sich fassen. Er spielte Angela Alban Bergs Sonate vor, aber davon ließ sie sich nicht schrecken. Sie sah auf Kurts elastischen Rücken und seine großen Hände, trank Tee und spürte es kribbeln unterm Rock. Sie lehnte sich zurück im Sofa, auf das sich Kurt nach einer Weile wieder niederließ.

Er ertrug heroisch, daß ihr zu seinem Spiel nichts einfiel.

»Du, ich find dich unheimlich nett«, sagte Angela.

Kurt sagte Vergleichbares, dachte, ob er die wohl daheim in Großborstel vorstellen könnte. Dann witterte er seine Chance, gab sich einen Ruck, ließ Mann, Berg und Bach fahren dahin und rückte vor zu Angela.

Sie glaubte – abgesehen von ihrem prinzipiellen Einverständnis –, einen erfahrenen Mann vor sich zu haben, und wartete einladend ab. Der Vorgang stockte. Sie mußte selbst Hand anlegen und Kurts Hände an ihre Brüste legen, dort, wo sie von selbst hinwollten, wie Adorno gesagt hätte. Kurt war im Paradies. Er griff, knetete, rieb, streichelte und öffnete sogar das Kleid, um die Pracht vor Augen zu haben.

Angela jedoch strebte nach Tieferem und nutzte geschickt Kurts Erregung dazu, ihn wenigstens vorübergehend von ihrem Busen loszueisen und weiteren Enthüllungen zuzustimmen. Dann geschah das Unerwartete. Der nackte und abstrakt mit den unerforschlichen Wegen der Natur vertraute Kurt starrte auf die nackte Angela, die ihm unmißverständlich ihr Geschlecht entgegenhielt.

Kurt hatte keine Lust. Er sollte sich wohl verletzen!

»Und da soll ich jetzt rein?« fragte er.

»Ja«, sagte sie.

Kurt wollte es schließlich hinter sich haben und probierte es. Er traf den Spalt nicht, verhedderte sich zwischen Angelas Schenkeln, weil er viel größer war als sie, ließ ihre Beine los, um seinen Schwengel zu ergreifen, rutschte weg und verlor sichtlich die Erregung. Angela ahnte dunkel, daß sie einen Neophyten vor sich habe, wollte auf den Spaß aber nicht verzichten und wählte einen Ausweg. Resolut setzte sie sich auf Kurt, ergriff seine Stimmgabel und stimmte sich.

»Au«, sagte Kurt.

Jane Green

CHAMPAGNER HILFT NICHT IMMER

Der Abend wird unglaublich. Und obwohl ich getrost sagen kann, daß die Leute ein wenig älter sind als die, mit denen ich normalerweise verkehren würde, sind sie alle so herzlich und freundlich, daß ich nach einer Weile den Altersunterschied zu vergessen beginne.

Der Champagner hilft mir natürlich dabei.

Und Gott, der Champagner. Und das Essen. Und die Tausende winziger, weißer Lichter, die in den Bäumen am Rand der Terrasse verteilt sind. Und die Musik. Und wie high mich das alles macht, der Champagner, der Glamour, die Aufregung, auf einer Party zu sein, die wirklich wie eine Szene aus einem Hollywoodfilm aussieht, oder – wegen des britischen Akzents – vielleicht aus einem Merchant-Ivory-Film.

Es fühlt sich an wie die Sorte Party, auf die man im Leben nur einmal geht, weil alles so zauberhaft ist, so wunderschön und so einzigartig, daß es nicht wiederholbar scheint. Nur, daß es mit Ed wohl dauernd Partys wie diese geben wird.

Und je mehr Champagner ich trinke – und lassen Sie es sich gesagt sein, ich trinke eine ziemliche Menge, denn jedes Mal, wenn mein Glas halb leer ist, erscheint eine Art Kellner stumm wie ein Geist an meiner Seite und füllt es wieder auf –, desto attraktiver wird Ed.

Und etwa um ein Uhr nachts denke ich, ja, ja. Dies ist die Nacht. Heute nacht werde ich es tun. Und ich denke, daß diese ganze Sache mit dem Sex nur deshalb für mich so zum Problem geworden ist, weil sie die ganze Zeit über mir schwebt, weil ich mir so darüber den Kopf zerbreche – und daß alles gut wäre, wenn ich es hinter mich brächte, denn es kann eigentlich nur besser werden als erwartet. Oder?

Ed versucht, ein Gähnen zu unterdrücken, und ich umarme ihn lachend, küsse ihn auf die Stirn und sage: »Schlafenszeit, oder, alter Herr?«

Und er kuschelt sich an mich und lächelt schläfrig. »Ich bin nicht alt.«

»Okay. Älter-als-ich-Herr.«

»Schon besser. Mir geht's gut. Du bist doch noch gar nicht müde. Es macht mir nichts aus, noch etwas aufzubleiben. *Ce n'est pas un problème*.«

Oh, laß doch das blöde Französisch, Ed. Du bist auf dem besten Weg, den Augenblick zu ruinieren. Aber natürlich sage ich das nicht. Ich sage: »Du meinst, noch eine Minute, oder?«

»Du hast recht«, lacht er. »Ich bin ziemlich müde.«

»Na, dann komm.« Ich nehme ihn bei der Hand und ziehe ihn hoch. »Ich bringe dich ins Bett.«

Jetzt hätte ich natürlich sagen können, wir gehen ins Bett, aber das wäre doch zu offensichtlich gewesen, oder? Dann hätte er gemerkt, daß dies die Nacht ist, und dann hätten wir beide in dem Bewußtsein nach oben gehen müssen, daß wir, einmal im Zimmer angekommen, miteinander schlafen würden. Und wahrscheinlich hätten wir beide auf halbem Wege vor lauter Nervosität Bauchgrimmen bekommen oder so etwas.

Also sagen wir Sarah und Charlie gute Nacht, winken Leuten wie Julia, die wir in dem Meer von Köpfen gerade eben ausmachen können, entschuldigend zu, und dann gehen wir die Treppe hinauf, wobei ich Ed an der Hand führe. Ich habe Herzklopfen, ich kann gar nicht glauben, daß ich im Begriff bin, es zu tun, und ein Teil von mir möchte – und Gott, o Gott, ich hoffe, Sie finden jetzt nicht, daß ich mich total wie eine Prostituierte anhöre, wenn ich das sage –, ein Teil von mir möchte ihm etwas geben, ihm für alles danken, was er für mich getan hat.

Ed bleibt vor seiner Zimmertür stehen und legt die Arme um mich.

»Du bist die schönste Frau, die ich je gesehen habe«, sagt er und zieht mich an sich. »Was machst du nur mit mir?«

Und bei der Art, wie er das sagt, geht mir das Herz auf, und ich stelle mich auf die Zehenspitzen, um ihn auf die Lippen zu küssen, und als ich mich wieder von ihm löse, lächle ich und sage:

»Möchtest du heute nacht bei mir bleiben?« Dabei zittert mir ein wenig die Stimme, weil Ed so altmodisch ist. Als die Worte einmal heraus sind, kommt mir plötzlich doch der Gedanke, daß er mich vielleicht für ein leichtes Mädchen hält und ich mich von meinem neu gewonnenen Lebensstil werde verabschieden müssen.

»Bist du sicher?« erwidert er flüsternd. »Ich kann gern allein schlafen. Ich war gar nicht davon ausgegangen …«

Ich schneide ihm das Wort mit einem Kuß ab, während ich – zugegebenermaßen sehr dramatisch – mit einer Hand meine Schlafzimmertür öffne und ihn mit der anderen sanft hineinziehe.

Ich werde immer wieder so wütend, daß ich fürchte, losschreien zu müssen. Es ist wie ein tiefer Brunnen voller Ärger, Abneigung, Wut, was auch immer, und ich muß mich unglaublich konzentrieren, damit er nicht jeden Moment überläuft und ich komplett die Kontrolle verliere.

Das sind meine Gefühle an diesem Morgen. Ed sitzt neben mir; wir sind auf dem Heimweg, und am liebsten würde ich ihn umbringen. Er wirft mir dauernd diese besorgten Blicke zu und legt mir die Hand aufs Bein, um es beruhigend zu drücken, und jedes Mal, wenn er das tut, würde ich ihm am liebsten eine verpassen.

Und ich weiß, daß ich mich unmöglich aufführe. Ich weiß, daß ich mich benehme wie eine verwöhnte Göre, die nicht bekommen hat, was sie wollte, aber je gemeiner ich mit ihm umgehe, je mehr er mich mit diesen traurigen Hundeaugen ansieht, desto schlimmer wird es.

Welches schreckliche Verbrechen er begangen hat?

Der Sex war Müll.

Ein Witz.

Nein, eine ganze Comedy-Show.

Ich meine, da ist dieser Typ, der angeblich einer der begehrtesten Junggesellen im ganzen Land ist, der nach eigenen Angaben schon öfter mit einer Frau zusammen war, und ich kann nur sagen, daß er nicht die geringste Ahnung hat.

Nicht die geringste.

Und deswegen bin ich sauer auf ihn, und ich weiß, daß das vollkommen unfair ist, aber ich kann es nicht ändern.

Okay, jetzt möchten Sie wahrscheinlich für Ihr Leben gern hören, wie schlimm es denn nun gewesen ist. Nun gut, ich erzähle es Ihnen, aber bevor Sie jetzt meinen, ich bin ein dummes Stück, versetzen Sie sich einfach einmal in meine Lage und fragen Sie sich, ob Sie nicht vielleicht genau dasselbe empfinden würden.

Ich zog also Ed in mein Zimmer und fing an, ihn zu küssen,

und der Kuß war alles andere als toll, immer noch viel zuviel Speichel, wenn Sie es genau wissen wollen, also hörte ich auf, ihn auf den Mund zu küssen, und fing an, mit meinen Lippen über seine Wange und an seinem Hals hinunterzuwandern. Und dann erkannte ich, was es ist, das mich an ihm irgendwie abtörnt.

Es ist sein Geruch. Kein Schweißgeruch oder so, nur sein natürlicher Körpergeruch. Er scheint irgendwie säuerlich zu sein, nicht besonders angenehm, also beschloß ich, von jetzt an meine Zunge fest in meinem Mund zu behalten.

Ich weiß, ich weiß. An dieser Stelle hätte ich aufhören sollen. Ich hätte begreifen müssen, daß ganz offensichtlich keine sexuelle Anziehungskraft zwischen uns bestand, zumindest nicht bei mir. Aber ich habe weitergemacht und daran gedacht, daß Julia Roberts in *Pretty Woman* auch gesagt hat, daß sie die Männer, mit denen sie schläft, niemals küßt (bis auf Richard Gere natürlich, und wer könnte ihr das vorwerfen?), also konnte ich auch mit Ed schlafen, ohne ihn zu küssen.

Und weil ich seine Haut nicht schmecken wollte, dachte Ed offensichtlich, daß mein seltsames Vogelgepicke genau das war, was mich antörnen würde, also fing er an, genauso an mir herumzupicken, woraufhin ich augenblicklich damit aufhörte, weil es sich nicht im mindesten sinnlich oder sexy anfühlte, sondern mir einfach nur furchtbar auf die Nerven ging.

Und dann sagte er: »Möchtest du dich im Bad umziehen?«

Ich fand das ein wenig seltsam, ich hatte gedacht, er würde mir einfach im Eifer des Gefechts die Kleider vom Leib reißen, aber dann ging ich trotzdem mit meinem T-Shirt ins Bad. Als ich wieder herauskam, lag Ed im Bett und hatte sich die Decke bis unters Kinn hochgezogen, und mein erster Impuls war, weit, weit weg zu laufen.

Doch hartnäckig, wie ich nun einmal bin, unterdrückte ich diesen Impuls und kletterte vorsichtig neben ihm ins Bett. Er kam angekuschelt und fing wieder an, mich zu küssen, und ich dachte, es wird schon, ich kann das schaffen.

Und nach einer Weile wanderte ich mit der Hand nach unten und spürte genau das, was ich befürchtet hatte.

Einen Herrenslip.

Also pellte ich das Teil ab, so sanft es bei seiner massiven Erektion möglich war, und Ed fing an, meine Brüste durch mein T-Shirt hindurch zu drücken – oder wahrscheinlich wäre »kneten« das bessere Wort –, und er machte das so lange, daß ich mir dachte, am besten ziehe ich das T-Shirt selber aus, was ich dann auch tat. Dann knetete er weiter, und ich kann nur sagen, ich war ungefähr so angetörnt wie ein Laib Brot.

Und ehe ich wußte, wie mir geschah, lag Ed auf mir, und obwohl Penetration das letzte war, wonach mir jetzt zumute war, griff ich nach einem Kondom und zog es ihm über, denn obwohl er es versuchte, schien er nicht zu wissen, was er damit tun sollte. Dann war er in mir, und sein Gesichtsausdruck verklärte sich, und er fing an, sich ein bißchen zu bewegen, und dann – und das ist kein Scherz – stöhnte er ungefähr sechs Sekunden später sehr laut auf und ließ sich auf mich fallen.

Und ich lag da und kochte vor Wut.

Kochte absolut vor Wut.

Und während dieses gewaltige Gewicht auf mir lag und ich die Decke anstarrte und bei mir dachte, daß dies ohne Zweifel der saumäßigste Sex war, den ich je erlebt hatte, hielt Ed sein Gesicht über das meine, grinste wie eine zufriedene Katze und sagte:

»Das war wunderbar, Liebling.«

Und dann muß er gesehen haben, daß mein Gesicht vollkommen ausdruckslos war, und er küßte mich und sagte: »War das in Ordnung?«

Tja, nein, eigentlich war es ganz und gar nicht in Ordnung. Es war grauenvoll, und vielleicht hätte ich es ja damenhafter aufnehmen sollen, vielleicht hätte ich einfach nur nicken sollen, um mich dann umzudrehen und einzuschlafen, aber ich war einfach viel zu frustriert, enttäuscht und wütend.

Also habe ich das auch gesagt.

Und Ed rollte sich von mir herunter, mit einem Gesicht, als wollte er weinen, und das machte mich noch wütender, denn schließlich ist er doch kein Kind, und wie kann ein Mann in seinem Alter nur so eine traurige Figur im Bett abgeben?

Aber er sagte nichts, also habe ich nur immer weitergepredigt: daß zum Sex zwei gehören, und ob er denn wirklich glaubt, daß es mich antörnt, wenn er mir zehn Minuten die Brüste knetet? Ob er denn noch nie von der Klitoris gehört hat, und vorzeitige Ejakulation sei nicht gerade ein Vergnügen, vor allem angesichts der Tatsache, daß ich überhaupt kein Vorspiel gehabt hatte – und was das anging, wußte er überhaupt, was das Wort »Vorspiel« bedeutete?

Und je länger meine Strafpredigt dauerte – denn jetzt kam ich richtig in Fahrt –, desto verstörter sah er aus. Als ich schließlich fertig war, versuchte er, die Arme um mich zu legen und sich zu entschuldigen, aber ich stand auf und stürmte ins Bad.

Ich setzte mich auf den Toilettendeckel und wünschte mir mehr als alles, ich könnte mit Jules reden. Nach einer Weile wurde mir ein bißchen kalt, also ging ich wieder ins Schlafzimmer, und Ed saß auf der Bettkante und ließ den Kopf hängen. Er hob den Kopf und seufzte.

»Es tut mir wirklich leid«, hob er an. »Ich fühle mich schrecklich. Ich schätze nur, ich bin einfach nicht besonders erfahren, aber wenn du mir hilfst, kann ich es lernen. Du kannst mir zeigen, was ich tun soll. Ich bin wirklich fest davon überzeugt, daß wir das schon hinkriegen, wenn wir es beide wollen.«

Ich brummte ein wenig herum und sagte, ich hätte keine Lust, seine Lehrerin zu sein, aber dann kam ich mir langsam doch sehr gemein vor, also sagte ich nach einer Weile, okay, wir könnten daran arbeiten, und ich ging wieder ins Bett und gestattete Ed, mit mir zu kuscheln, und dann schliefen wir beide ein – nehme ich an.

Aber ich dachte, am Morgen würde es mir bessergehen, und das stimmt nicht. Es ist schlimmer geworden. Denn ich glaube zwar nicht, daß Sex das Wichtigste in einer Beziehung ist, aber er muß wenigstens okay sein. Ich meine, ich weiß, daß der Sex mit Nick absolut fantastisch war, aber ich weiß auch, daß so etwas sehr selten ist und daß man schon klarkommt, solange er einfach gut ist.

Wahrscheinlich hat Ed ja recht, und ich könnte ihm beibringen, was er tun soll, was ich gern habe, aber es ist nun einmal so, daß er zwei linke Hände hat. Er kann nicht mit seinem Körper umgehen, und er kann nicht mit meinem Körper umgehen. Er ist einfach ein Tölpel, und selbst wenn er, sagen wir, die technisch richtigen Bewegungen lernt, wird es niemals seidenglatt, sinnlich und herrlich sein.

Heute morgen fällt mir wieder ein, wie der Sex mit Nick gewesen ist, und je mehr ich darüber nachdenke, wie gut er war, desto mehr wächst natürlich meine Abneigung gegen Ed, und das ist der Grund, warum wir in tiefem, angespanntem Schweigen heimfahren.

Nicht, daß Sarah und Charles etwas gemerkt hätten. Zumindest hoffe ich das, denn sie waren so charmant und so gastfreundlich. Ich denke, daß es mir heute morgen, als wir uns alle zum Frühstück getroffen haben, gelungen ist, zu verheimlichen, daß ich eine höllische Nacht hinter mir hatte. Als wir uns verabschiedeten und ich mich für alles bedankte, hat mich Sarah fest umarmt und gesagt, wir müßten wieder einmal kommen.

So sprechen wir also auf dem Rückweg kaum ein Wort, und als wir meine Wohnung erreichen, trägt Ed mir meine Taschen hinein und sagt: »Kann ich dich später anrufen?« Ich zucke mit den Schultern und sage wie eine Sechsjährige: »Von mir aus.«

Er macht einfach nur ein unglaublich trauriges Gesicht und gibt mir einen Kuß auf die Wange.

Deutsch von Barbara Schnell

Achim Szymanski

BARBIES ERSTES MAL

In der Disco hatte Moni schon den ganzen Abend darauf gewartet, daß sie ein Typ ansprach und endlich abschleppte. Es war ein Samstag wie jeder andere, aber schon reichlich spät. Eine Bacardi Cola hatte den Anfang gemacht; um neun war ihre Freundin Babsi dazugekommen, und sie hatten ein paar Stunden zusammen gekichert und sich auf dem Klo Gemeinheiten erzählt, wie es eben der Mädchen Art schon immer war, wahrscheinlich auch schon zu Urgroßvaters Zeiten oder in der Steinzeit. Sie hatten mit wehenden Armen getanzt, und Moni hatte in ihrem geblümten, billigen Kleid am besten ausgesehen.

Jetzt war es halb zwei. Monis Freundin hatte sich verabschiedet, war mit fremden Leuten in obskuren Gefährten, einem umgebauten VW-Bus oder einer Ente, vielleicht sogar in einem richtigen Wagen davongefahren. Oder sie hatte sich mit einem Kerl hinten in die letzte Ecke verkrochen, um seine Hand in sich zu spüren und Küsse wie Sammelbilder auszutauschen; dort, wo auch das große, laute Wumta der Lautsprecher nur noch ein schwaches, leises Wumta war. Moni war nun alleine und fuhr durch ihr langes, zu braunen Locken gewelltes Haar. Naturlocken, darauf war sie besonders stolz. Ein paar von den Hengsten, die in grauen Rauchwolken in der Nähe standen, blickten herüber. Einer, der aussah, als ob er Manfred hieße, stieß einen anderen an, der wie ein Martin aussah. Moni lächelte mit großen Augen, griff in ihre Umhängetasche und nahm eine Zigarette heraus. Ein Schluck Cola folgte.

Sie prickelte noch in ihrem Bauch, als sie den Fremden sah. Fremd, weil er noch niemals hiergewesen war. Groß war er, schlaksig in eine weite Hose gekleidet. Unter seinem schwarzen T-Shirt zeichneten sich deutlich jede Menge Samenstränge und Muskeln ab; wahrscheinlich trainierte er öffentlich. Er stand wie eingepflanzt an der Theke, ließ die laute Musik wie ein Brausebad über sich ergehen und schaute in ein Bierglas.

Ein Dichter und Denker, den Eindruck hatte Moni auf Anhieb. Und Cowboystiefel an den Hacken, so hab ich es gern! Hastig hob sie ihr Glas, um auszutrinken, nahm es dann aber doch lieber mit, als sie, das Getränk in der einen, die qualmende Marlboro light in der anderen Hand, ein paarmal an ihm vorbeimarschierte, damit er sich schon mal an sie gewöhnen konnte.

Zwanzig Minuten später war er kein Fremder mehr, kein wahrscheinlich doch wieder schwuler Fitnesstrainer aus demselben Viertel und auch keiner, der nur Arnold, Ingo oder Oswald heißen konnte. Sondern ein ruhiger, mit den Augen fast an ihren Lippen festgeklebter Mann. »Gehen wir zu mir oder zu dir?« auf die Frage konnte sie verzichten; er hatte eine Wohnung in der Nähe, und Moni stellte fest, daß er Herbert hieß, aber ihn alle nur »Tschako« nannten.

Tschako war wortkarg, anders als die, die sie vor ihm kennengelernt hatte. Er trug eine gutgefüllte Brieftasche bei sich, und was ihr noch mehr imponierte, waren die Muskeln, die sie im Schein seiner einfachen, vielleicht in einem Luxushotel abgeschraubten Lampe auf dem Nachttisch ansehen konnte.

»Herrgott noch mal, Tschako!« meinte sie bewundernd. »Du bist aber gut gebaut!«

»Du auch, Moni. Ich kann das alles sehen, was du … Ich meine, du hast mit dem Dings da, hast du schwer zu tragen!«

Sie zog ihr Kleid empor, er hatte recht. Zwei helle Brüste

hingen, schwer wie Boskop-Äpfel, an ihr herab. Mit zugekniffenen Augen verfolgte Tschako, wie sie das Kleid dann herabrutschen ließ und dabei, weil man sich nie auf die Schwerkraft allein verlassen soll, auch selber mit Hand anlegte. An ihrem Nabel war nichts Besonderes, und darunter trug sie einen weißen Slip, der aber doch mehr an eine Unterhose erinnerte.

»Dreh dich um!« sagte er heiser. »Damit ich dich von hinten sehen kann!«

Nun ja, er sieht also wieder eine nackte Frau von hinten, dachte Moni. Vielleicht steht er auf so was oder kann sich so besser scharf stellen. Sie erschrak nicht, als sie eine Hand tapsig und irgendwie klobig an ihrer Seite herumstreichen spürte. Tschako war in Fahrt gekommen. Wahrscheinlich hatte er auch schon die Hose aus.

Im Hintergrund lief leise Musik, wahrscheinlich eine Art Kuschelrock. Tschako fuhr fort, sich mit ihrer Seite zu beschäftigen; sie wartete geduldig, bis er fertig war, und wandte sich dann um. Ein mattes Licht fiel auf den Bizeps, der auf je einem seiner Arme thronte, auf seine ausgestreckte Hand und einen irgendwie dusseligen Gesichtsausdruck.

»Wie alt bist du, Moni?« rief er schließlich.

»Sechzehn!«

»Wirklich? Du siehst aber aus wie zwanzig!«

»Danke.« Sie wurde rot und nahm seine Hand, um daran herumzuknabbern. Dann stülpte sie ihren Mund über den Daumen, der ja bei jeder Gelegenheit steil in die Höhe ragt, und warf Tschako einen fragenden Blick zu. Er schüttelte den Kopf.

»Nein, lieber normal.«

»Dann komm!«

Mit einem Ruck hatte Moni sich aufs Bett geworfen, das in seinen Metallteilen gefährlich knurrte. Tschako stand eine Weile lang unschlüssig herum und wirkte, als würde er sich erst noch ein Glas eingießen, eine Zigarette anstecken oder über Philosophie diskutieren wollen. Seine Bauchmuskeln und was darunter lag, waren hart geworden.

Moni wartete geduldig, bis sie fragte: »Du, Tschako, wie rum ist es dir am liebsten?«

»Ich oben, du unten«, kam die Antwort; sie wirkte primitiv, als hätte er gesagt: ich Tarzan, du Jane. Eine Sekunde lang sah Moni sich wieder in der Disco stehen, halb trunken dem Rhythmus der stampfenden Musik hingegeben, also tanzend oder doch eher mehr torkelnd.

Dann biß Tschako in ihre Lippen, aber mehr interessierte ihn Monis Unterseite, vom Kopf abwärts. Da unten kramte und stöberte er wie ein kleiner Hund herum, küßte schmatzend ihren Nabel und versuchte dann, ihre Brustwarzen aufzublasen.

»Moment!«

Im Nu war er mit seinem Schwanz in eine Art Gartenschlauch geschlüpft, den Moni sofort als gute Markenware erkannte.

»Man kann ja nie wissen«, sagte er wie zur Entschuldigung, »ich hab dich gern, Moni!«

»Na also«, antwortete sie. »Hab ich den ganzen Abend drauf gewartet.«

»Ja, du bist mir gleich aufgefallen. Guck mal, was ich hier für dich habe!«

»Mann, Tschako, dann mal her mit dem guten Stück!«

»Ich hab dich gern, Moni.«

»Ich dich auch. Oh, und ich merke, du hast Erfahrung! Ja, ja!« Angetrieben durch diese Bestätigung, begann er auf Monis zartem Körper vor- und zurückzustoßen; ein Körper, der mit seinen jungen Jahren schon viel gesehen hatte, die Slums von Gelsenkirchen, Realschulen und Discos, die Wiederkehr der Plateausohlen und eine Party nach der anderen. Moni fühlte sich durch- und durchgeschüttelt, als läge sie bei turbulenter Landung in einem Privatflieger. Wie Teig wurden ihre Brüste geknetet, wie warme Hefebeutel schob er sie von rechts nach links.

Moni dachte an Heiko, ihren ehemaligen Freund.

»Ich hab dich gern, Moni.«

Ja, ja, der Heiko, das war auch so einer gewesen. Sah gut aus, aber nichts für länger.

Sie schlang ihre Füße um Tschako und machte ein paar seltsame Geräusche, denn sie war jung und das Leben ist schön. Aber mit seinem Ding machte er trotzdem keinen richtigen Fortschritt.

Gut zehn Minuten wurde auf ihr herumgeackert, dann saß sie mal auf ihm, sie machten extra langsame Paarungsspiele, und doch dauerte es noch eine geschlagene halbe Stunde, bis er plötzlich aufseufzte und sie dann ernst ansah.

Sie tat, als würde sie seinen Blick nicht sehen. »Das war super! Sag mal, ist das wirklich deine Bude?«

»Tschako gibt sein Ehrenwort. Du, Moni ...«

»Ja? Willst du mich was fragen?«

»Moni, ich habe noch nie eine so schöne Frau wie dich gehabt.«

»Oh, danke! Weißt du, Tschako, du bist ein lieber Kerl.«

»Wenn es doch immer so sein könnte! Laß uns doch mal mehr zusammen machen.«

»Das macht mich unheimlich froh. Du bist so groß und stark.«

»Eben. Diese Disco, die ist nichts für dich! Sieh doch mal, Süße«, er nahm ihre Brust in die Hand und spielte ein wenig damit herum, »ich hab dich doch so lieb!«

Moni gab ihm einen Kuß auf die Backe und lachte.

»Du bist ein herzensguter Mensch, Tschako!«

Dann schlug er vor, sie an das Bett zu fesseln und begann, sie dort mit einer Feder an den Fußsohlen zu kitzeln, bis sie es nicht mehr aushalten konnte. Als er schließlich wieder in ihr herumbohrte, schlief sie beinahe ein. Ein Blick auf die Uhr verriet ihr, daß sie den letzten Bus verpaßt hatte; Scheiße, sie würde bei ihm übernachten müssen. Wie ein Golem lag er die ganze Nacht an ihrer Seite, den bauarbeiterstarken Arm um sie geschlungen und sah, wie er meinte, romantisch an die Decke.

»Glaubst du, daß da oben, auf den Sternen, daß da Leute wohnen?«

»Ja, Tschako.«

»Stell dir mal vor, die landen bei uns! Das wäre doch klasse!«

»Find ich auch.«

»Und morgen, Moni? Was machst du morgen?«

»Lang schlafen.«

Beide lachten.

»Ne, wirklich, so bis zehn Uhr. Dann möchte ich Frühstück, Tschako, mit viel Muckefuck.«

»Milchkaffee? Kannst du dir ja unten in der Bäckerei holen.«

»Ja klar«, antwortete Moni und zog enttäuscht im Dunklen einen Flunsch. Arschloch. Tschakos prankige Hand lag, leblos wie ein Waschlappen, auf ihrem Bauch.

»Und nach dem Frühstück?« fragte er dann in die Nacht.

»Vielleicht bummeln. Shoppen. Ein paar Freunde besuchen.«

»Hast du viele Freunde?«

»Ein paar. Richtig gute Freunde nur ganz wenige.«

»Sind viele Männer darunter?«

»Ja. Aber keiner wie du. Du bist eine ganz eigene Marke, Tschako.«

»Ich hab dich lieb, Moni.«

»Ich dich auch.«

So wäre es noch stundenlang weitergegangen, wenn in diesem Augenblick nicht irgendwo ein Handy erklungen wäre. Beide sprangen elektrisiert auf; Moni hatte ihr Telefon als erstes gefunden, es war Babsi.

»Hallo, Moni, hör mal! Dufte Fete hier im Ex und jede Menge Softdrinks!«

»Babsi, mir geht's so gut, ich komme gleich!« antwortete sie glücklich. »Coole Typen dabei?«

»Echt wahnsinnig viele! Und noch was! Heiko ist auch da!«

»Ach du Scheiße!«

In Windeseile zog Moni sich an. Tschako rieb sich verwundert die Augen; sinnlos, ihm jetzt alles erklären zu müssen. Bei Tag betrachtet, würde er doch nur eine Schimäre der Nacht sein, Nummer 230, eine seltsame Erscheinung wie das Nordlicht, also schön und muskulös – aber eben kein Heiko.

In diesem Augenblick ertönte ein kläglicher Ton aus seinem Mund.

»Ich hab dich so lieb!« meinte er leise. »Du, Moni, ich glaube, ich finde dich unheimlich nett.«

Schlüssel, Tasche, Kleid. Linker Schuh – »hier ist der andere, aber sag doch, was los ist!« bat der hilfreiche Tschako sie inständigst. Wahrscheinlich brach er gleich in Tränen aus.

»Du, Moni, sag doch was!«

Sie schloß die Augen und gab ihm einen langen Kuß.

»Es ist super mit dir, aber ich muß los. Ich ruf dich mal an, ja?«

»Hat es dir wirklich Spaß gemacht?« winselte Tschako und biß seine Kinnladen aufeinander. Süß war er schon.

»Mit dir ist es wunderbar! So schön, fast wie beim ersten Mal. Nein, schöner. Ich muß los. Tschüs!«

Sie riß die Bettdecke von seinem Leib und ließ schüttelnd sein Glied nicken.

»Tschau, Kleiner! Bis bald!«

Als hinter ihr die Haustür ins Schloß fiel, atmete sie auf. Die Strapazen der vergangenen Nacht hatten sie beinahe geschafft, aber als ein paar Straßen weiter ein Taxi hielt und der ausländisch aussehende, sprechende und lebende Fahrer sie zu ihrem nächsten Ziel davontrug, war Moni wieder ganz die alte.

Erst im Morgengrauen verschwand sie mit ihrer besten Freundin, nachdem sie noch lange mit Heiko gequatscht und sich von ihm wieder befummeln lassen hatte, in ihrem Bett; wie ein Geschöpf der Dunkelheit ja auch verschwindet, kaum daß der Sonne erste Strahlen scheinen und die Schatten in den Hintergrund treten lassen.

Aber sie hatte im Taumel der Gefühle nicht nur ihr Feuerzeug nebst Päckchen Zigaretten liegen gelassen, sondern auch einen nackten Mann, der aus dem Fenster sah und ihr nachblickte, als sie die roten Bremslichter eines Wagens aufpickten. Taxi, wo fährst du sie hin?

»Moni«, sagte Tschako leise, und dann noch mal »Moni«.

Wie vertraut der Name klang! Und dabei wußte er nicht mal, wie die Kleine mit Nachnamen geheißen hatte.

›Walter‹

DAS FICKEN

Ob ein Mädchen in ihren Lebensumständen es mit vierzehn tut oder aufschiebt, bis sie sechzehn ist, läuft am Ende auf dasselbe hinaus: anstatt zu ficken, wichst sie sich eben zwei Jahre länger. Was ist körperlich und moralisch nun schlimmer – oder besser? Beides ist natürlich und, manchen Vorstellungen zufolge, unanständig – für manche Menschen ist es immer äußerst unanständig, über die Vereinigung der Geschlechter zu reden, zu schreiben oder daran auch nur zu denken, ganz zu schweigen von dem, was wir mit unseren Geschlechtsorganen anfangen können. Doch wir wurden mit Schwanz und Möse und Sperma geschaffen, einzig für diesen Zweck, in der Tat leben wir einzig für diesen Zweck. Alle Männer und Frauen denken ständig daran und reden davon und ficken soviel, wie sie können.

»Wie unanständig«, sagen da manche Schwindler und Narren. Dieses Gesetz der Natur läßt sie ohne priesterliche, gesetzliche oder standesamtliche Erlaubnis ficken, denn die Vermehrung des Menschengeschlechts geschieht nun einmal durch diesen unanständigen Akt: das Ficken.

Deutsch von Bernd Samland

Béla Hamvas

DIE FRAUEN

Den Leuten sind die Frauen nur abstrakt bekannt, nur über die Augen und die Ohren, und sie verfügen kaum über unmittelbare Erfahrungen. Bis zum Tasten kommen sie nur selten. Wer sich ernsthafter für dieses Thema interessiert, lese die diesbezüglichen Passagen in den Büchern von D. H. Lawrence, ihm wird dann schwanen, welches Wissen die Hand am Frauenkörper erwerben kann. Ich wage noch weiter zu gehen als Lawrence. Ich sage: Wie bei der Pflanze liegt auch bei der Frau das Geheimnis im Duft ihres Körpers. Von weitem, aus abstrakter Entfernung, scheint dieser Duft ziemlich einheitlich. Wenn man aber näher tritt und sich in die Einzelheiten versenkt, wird man merken, was für ein Unterschied beispielsweise besteht zwischen den Düften am hinteren Teil des Halses, wo sich der Haaransatz befindet, und des Handgelenks oder der Schulter. Der Frauenkörper ist unvergleichlich öliger und deshalb leichter, lichter, genialer und letztlich spiritueller als der Manneskörper. Der Zauber der Frauengestalt ist eine direkte Folge des grenzenlosen Reichtums an üppigen Ölen. O ja, wer möglichst viele unmittelbare Erfahrungen über die Öle sammeln will, der darf auf keinen Fall die Frauen auslassen. Soll er ruhig den Duft eines Frauenmundes in sich saugen und ein wenig analysieren, was er enthält: Schelmerei, Schwatzhaftigkeit, Herausforderung, Verführung, Zucker, Taumel, Rausch, Feuer, Strudel, Strahlen, Boshaftigkeit, Gift, Gemeinheit, Lüsternheit. Das sind lauter kleine Genien, die im Duft der Lippen prickeln.

An mir selbst habe ich beobachtet, daß ich drei Zonen bevorzuge. Die eine sind die Lippen, von denen ich soeben sprach, besonders aber die Mundwinkel, die viel würziger sind als die Mitte des Mundes. Die zweite ist die Kniekehle. Ob es nun dumm ist oder nicht, ich sage, für mich ist die Frau hier, an dieser Stelle, am ehesten Frau. Warum, das weiß ich nicht. Hier in den Grübchen der Kniekehle verbreiten unvergleichlich heiße Öle ihren Duft. Die dritte und duftendste, an würzigen Ölen reichste Zone bilden die Innenseiten der Schenkel oberhalb des Knies, dort, wo die Haut am weichsten und glättesten ist. Das Duftzentrum befindet sich ganz innen, ungefähr vier oder fünf Finger vom Knie entfernt. Oft habe ich mir nach dem einen oder anderen großen Dufterlebnis vorgenommen, ein ganzes Buch über diesen kaum zwei Handbreit kleinen Teil zu schreiben, der der an Düften und würzigen Ölen reichste im ganzen Universum ist. An dieser Stelle entfaltet sich das Wesen einer Frau voll und ganz. Ich wage fast zu sagen, hier fühle ich den Grad und Charakter ihrer erotischen Intelligenz. Wenn ich diesen Duft verspüre, weiß ich, wieviel spirituelles Liebesöl darin enthalten ist und mit welcher Flamme es brennt, wie stark es leuchtet, wie warm es ist, wie sein Rauch ist, weiß, lila, blau, rosa, gelb oder golden.

Jemandem, der sich selbst und sein Leben ernst nimmt, würde ich eine solche Lehre nicht vortragen. Solche Leute wissen es ohnehin. Sie ist für die Pietisten und Puritaner bestimmt. Als Mahnung, den abstrakten Weg zu verlassen und die Dinge gleichfalls ernster zu nehmen. Dann werden sie sehen, es gibt keine Frau (sofern nicht auch sie abstrakt ist, das aber ist sie in der Regel, weil sie nicht schön ist und deshalb sowieso außerhalb des Spiels bleibt, die Ärmste), die an ihr vorgenommene Studien dieser Art nicht dankbar hinnähme, und zwar um so dankbarer, je ausführlicher, erschöpfender, länger und grundsätzlicher sie sind.

Deutsch von Hans Skirecki

Stephen Fry

SEX & ZÖLIBAT

Ich habe seit vier Jahren keinen Sex mehr gehabt. Weder begann das als bewußtes Annehmen der lobenswerten Tugenden des Zölibats, noch mußte ich prinzipielle Unverfügbarkeit vorschützen, weil mich eh keiner haben wollte. Vielleicht gleiche ich ja weniger einem Ölgemälde als einem Ölteppich, aber ich glaube, wenn mir der Sinn nach fleischlicher Vereinigung stünde, dann könnte ich zu ihr gelangen, ohne bezahlen zu müssen. Ich habe dem Koitus aus utilitaristischen Erwägungen die rote Karte gezeigt: Das von ihm verursachte Unbehagen, Mißfallen und der Ärger überwogen alle flüchtigen Explosionen von Behagen, Annehmlichkeit und Trost. Ein simples Kalkül der Glückseligkeit.

Sex bereichert und vertieft keine Beziehung, er entwürdigt und destabilisiert sie auf Dauer. Alle meine Bekannten, die zu ihrem Unglück einen Sexpartner haben, einen Freudenspender, Bettgefährten, Lustgymnasten, wie immer Sie sie nennen wollen, merken, daß – nach einer oder zwei Wochen langer, himmlischer Nachmittage, an denen man das Biest mit den zwei Rücken gemacht hat oder das Biest mit einem Rücken und einer komisch geformten Mitte oder das Biest mit in der Luft strampelnden Beinen und in die Matratze gekrallten Fingern – die Beziehung dämmert, wenn Partner A immer noch

Lust auf das Placken, Schuften und Schwitzen hat, während Partner B sich lieber auf die Seite drehen und noch ein bißchen Mike und Psmith schmökern möchte. Düstere Wochen folgen. A fällt es schwer, B nach neun Uhr abends noch in die Augen zu sehen, und B verkündet mit nonchalanter Stimme, er oder sie sei »total fertig«, bloß damit A weiß, »heute läuft nichts«, und ehe noch ein Monat ins Land gegangen ist, zeigen sich die ersten Risse.

In meiner Bewunderung für die erotischen Fähigkeiten des menschlichen Körpers lasse ich mich von niemandem ausstechen. Die Kontemplation der Erotik ist ein herzerfrischendes Bild in des Lebens reichhaltigem Comic. Aber man nehme doch bitte nicht an, der Akt des Koitierens habe irgend erotische Qualität. Ein Lächeln, ein Gang, ein Hüftschwung, die Art, sich das Haar aus der Stirn zu streichen, die Weise, wie Kleider den Körper umhüllen, all das kann erotisch sein, aber ewig stünde ich in des Menschen Schuld, der mir sagen könnte, was an jenen feuchten, dunklen, übelriechenden und ekelhaft buschigen Körperregionen so unwiderstehlich sein soll, die auf dem Bankett der Liebe die Hauptspeisen abgeben. Dringt man in diese Gegenden vor, so bringen sie unweigerlich alle möglichen chemischen Reaktionen in Gang: Das Blut gerät in Wallung, der Atem geht schneller, und das Herz klopft. Sobald man sich den Drogen hingibt, die der eigene Körper bereithält, sind dem würdelosen, ungesitteten und tierischen Schauspiel, das noch der sonst vernünftigste und anmutigste von uns bieten wird, keine Grenzen mehr gesetzt. Und, meine Lieben, der *Geruch* erst …

Machen wir uns doch nichts vor: Wir sind der funktionalen Notwendigkeit dieser Begierden entwachsen. Es gab einmal eine Zeit, als der Mensch den Geschlechtsakt noch nicht mit der Babyproduktion in Verbindung brachte. Es vergeht ja auch allerhand Zeit zwischen Ursache und Wirkung. Es gibt keinen offensichtlichen Grund zu der Annahme, eine Penetration in diesem Sommer führe zu einem Baby im nächsten Frühjahr. Ergo *mußten* wir in grauer Vorzeit permanent blind drauflosknüppeln, und Mutter Natur war so gnädig, es wenigstens sporadisch genießbar zu machen. Diesen Pimperinstinkt haben wir genauso ererbt wie andere einst überlebenswichtige Instinkte: die von Kampf und Streit und Erschrecken und Erobern. Aber diesen kümmerlichen Trieben gebührt kein Platz in einem rationalen, intelligenten Gemeinwesen, das über sein Schicksal selbst entscheiden kann.

Ich gebe zu, daß es heilsam ist, sich unserer Ursprünge und der Dialektik unserer Natur zu erinnern und sie zu respektieren, aber wir können doch immer noch essen und schlafen und defäkieren – diese Triebe unterstehen weit weniger unserer Kontrolle und erinnern uns schmerzhaft genug an die Körperlichkeit und Niedrigkeit des Fleisches, das unsere großartig schöpferischen Geister beherbergt und einkerkert. Da haben wir die feuchten, verseuchten Genüsse des Schlafzimmers zu unserer Erniedrigung gar nicht nötig.

Außerdem habe ich Angst, daß ich dabei nicht besonders gut bin.

Deutsch von Ulrich Blumenbach

M. A. *Numminen*

EIN PLATONISCHER DIALOG

Ich versuchte, mir eine rationale Argumentation für das Festhalten an meinem Grundsatz zurechtzulegen, es fiel mir nichts Einleuchtendes ein. Wenn einem Menschen ein solches Glück beschert wird, warum sollte er nicht auch der Geliebten erlauben, mit ihm auf jede nur denkbare Art glücklich zu sein? Wir waren in unseren gegenseitigen Liebesbeweisen so weit gegangen, daß eine Vereinigung in jeder Hinsicht stattgefunden hatte, ausgenommen das Eindringen des Penis in die Vagina. Wenn Platon dem Mann erst mit fünfunddreißig Geschlechtsverkehr zugesteht, dann hatte ich seine Forderung erfüllt. Nach allen Regeln der Vernunft kann er das, was ich praktiziere, nicht gemeint haben. Ganz bestimmt wäre ich in seinen Augen an einem Punkt angekommen, wo ich ihn nicht mehr besiegen kann.

Angenommen, Platon würde mich als seinen Schüler betrachten, dann würde er zu mir sagen:

»Du bist fünfunddreißig, mach, was du willst!«

Würde ich meinerseits ihm erwidern, daß ich die Absicht hätte, ihn mit einer Jahreslänge zu schlagen, dann würde er bestimmt feststellen:

»Geht nicht. Du bist bereits so weit gegangen, daß es unentschieden steht.«

Ich würde dagegensetzen, daß ich mein Glied noch nicht in Anjas Scheide versenkt und auch noch keine Reibungsbewegungen gemacht hätte. Darauf würde Platon sagen:

»Ich habe mit meiner Empfehlung gemeint, daß ein Mann vor seinem fünfunddreißigsten Lebensjahr eine Frau überhaupt nicht berühren soll. Du hast dich, und das ist in der Tat lobenswert, bis zu deinem fünfunddreißigsten Lebensjahr von den Frauen ferngehalten. Aber was du jetzt treibst, gehört bereits zu dem, was man den Liebesakt nennt. Der Nichtvollzug des abschließenden Teils bringt dir keinen einzigen zusätzlichen Punkt.«

So würde ich meinem ehrwürdigen Gesprächspartner, der im übrigen die Sprache des Volkes spricht, noch die eine Frage stellen, ob ich gesündigt hätte? Platon würde darauf antworten:

»Gesündigt? Wenn das nach den Gesetzen deiner Gesellschaft bedeutet, einem anderen Schaden zuzufügen, dann hast du nicht gesündigt. Hast du gegen deine eigenen Moralprinzipien verstoßen?«

Ich wäre gezwungen zu antworten, daß nein.

»Dann stell mir gefälligst keine weiteren Fragen«, und damit würde Platon in die Unsichtbarkeit entschwinden.

Der eingebildete Dialog mit Platon hatte mich erleichtert. Er hatte mich jedoch nicht davon überzeugt, daß die Wartezeit nicht von geistigem Nutzen sein könnte. Eine innere Stimme flüsterte mir zu, daß ich trotzdem der Sieger wäre, wenn ich mich noch bis zum sechsunddreißigsten Lebensjahr gedulden würde.

Ich ging in die Bibliothek und las Ratgeber in Sachen Sexualleben. Einige der interessanteren betonten die Bedeutung der geistigen Seite. Es wurde dargelegt, wie der Mann der Frau geistigen Halt geben müßte, bevor sie's bringen. Nach dem geistigen Halt wären erst mal die Vorspiele dran, weil viele Frauen überhaupt nicht so aus dem Stand bereit wären für den Geschlechtsakt wie die Männer. Diese Vorbereitungen wären wichtig, es gäbe nämlich viele Frauen, die würden eine sexuelle Befriedigung erst nach monatelangem Üben kriegen.

Ich fand, das traf auf Anja nicht zu. Sie war mir voraus.

Obwohl tugendhaft – vor mir nur ein Mann, und mit dem war sie sogar verlobt –, schien sie doch richtig leicht entzündbar. Also war ich es, den man monatelang unterweisen und überreden muß, bevor es zur Befriedigung kommt? Wohl kaum! Anja löste soviel Lust in mir aus, daß ich davon fast verrückt wurde. Außerdem, wenn ich meine Reaktionen so ansehe, die schon da waren, als ich Anja noch nicht liebte, dann kann man jedenfalls nicht sagen, daß der Bengel saumselig ist. Der wäre praktisch bei jeder bereit gewesen zu einer Forschungsreise.

Ich blätterte in den alten Ratgebern, abgefaßt vor Jahrzehnten. In scharfen Worten verurteilten sie die Selbstbefriedigung, das würde zu Gehirnschäden führen. Glaub ich nicht, weil erstens: Ich hab mich nie selbst befriedigt, weil ich rechtzeitig Platons Rat gelesen hab (Masturbation ist, wie ich finde, eine

Variante des Geschlechtsaktes), zweitens: Auch wenn ich aus irgendeinem Grund Selbstbefriedigung hätte praktizieren wollen, dann hatte ich schon als Schüler aus modernen Ratgebern erfahren, daß das vollkommen ungefährlich ist.

Ein kleiner Ratgeber für Eheleute von Professor E. G. Gulin – später war er Bischof der Diözese Tampere – fiel mir in die Hände. Gulin empfiehlt den Ehepartnern am Bett kniend zu Gott zu beten, bevor sie sich ans Werk machen. Soweit ich weiß, wird dieser Rat des Herrn Gulin aus den dreißiger Jahren in einigen gläubigen Kreisen auch heute noch befolgt. Gott sei Dank bin ich nicht gläubig.

Zufrieden mit dem, was ich gelernt hatte, verließ ich die Bibliothek. Noch mehr als bisher würde ich auf Anjas Wünsche eingehen müssen. Ich würde mein Bestes versuchen, ein ordentlicher Mann zu sein.

Bei meiner Ankunft war Anja zu Haus. Als erstes küßte ich sie und innerhalb kürzester Zeit hing ich ihr praktisch um den Hals. So leidenschaftlich freute mich das Wiedersehen.

Deutsch von Eike Fuhrmann

Arthur Schopenhauer

ÜBER DIE WEIBER

Das niedrig gewachsene, schmalschultrige, breithüftige und kurzbeinige Geschlecht das schöne nennen, konnte nur der vom Geschlechtstrieb umnebelte männliche Intellekt: in diesem Triebe nämlich steckt seine ganze Schönheit. Mit mehr Fug könnte man das weibliche Geschlecht das *unästhetische* nennen. Weder für Musik, noch Poesie, noch bildende Künste haben sie wirklich und wahrhaftig Sinn und Empfänglichkeit: sondern bloße Aefferei, zum Behuf ihrer Gefallsucht, ist es, wenn sie solche affektiren und vorgeben. Das macht, sie sind keines *rein objektiven* Antheils an irgend etwas fähig, und der Grund hievon ist, denke ich, folgender. Der Mann strebt in Allem eine *direkte* Herrschaft über die Dinge an, entweder durch Verstehn, oder durch Bezwingung derselben. Aber das Weib ist immer und überall auf eine bloß *indirekte* Herrschaft verwiesen, nämlich mittelst des Mannes, als welchen allein es direkt zu beherrschen hat. Darum liegt es in der Weiber Natur, Alles nur als Mittel, den Mann zu gewinnen, anzusehn, und ihr Antheil an irgend etwas Anderm ist immer nur ein simulirter, ein bloßer Umweg, d.h. läuft auf Koketterie und Aefferei hinaus. Daher hat schon *Rousseau* gesagt:

»Im allgemeinen lieben die Frauen keine Kunst, verstehen sich auf keine und haben keinerlei Genie.« Auch wird Jeder, der über den Schein hinaus ist, es schon bemerkt haben. Man darf nur die Richtung und Art ihrer Aufmerksamkeit im Koncert, Oper und Schauspiel beobachten, z.B. die kindliche Unbefangenheit sehn, mit der sie, unter den schönsten Stellen der größten Meisterwerke, ihr Geplapper fortsetzen. Wenn wirklich die Griechen die Weiber nicht ins Schauspiel gelassen haben; so thaten sie demnach recht daran; wenigstens wird man in ihren Theatern doch etwas haben hören können. Für unsere Zeit würde es passend seyn, dem *taceat mulier in ecclesia* ein *taceat mulier in theatro* hinzuzufügen, oder zu substituiren, und solches mit großen Lettern etwan auf den Theatervorhang zu setzen. – Man kann von den Weibern auch nichts Anderes erwarten, wenn man erwägt, daß die eminentesten Köpfe des ganzen Geschlechts es nie zu einer einzigen wirklich großen, ächten und originellen Leistung in den schönen Künsten haben bringen, überhaupt nie irgend ein Werk von bleibendem Werth haben in die Welt setzen können: Dies ist am auffallendesten in Betracht der Malerei, da deren Technisches ihnen wenigstens eben so angemessen ist, wie uns, daher sie solche auch fleißig betreiben, jedoch keine einzige große Malerei aufzuweisen haben; weil eben es ihnen an aller Objektivität des Geistes fehlt, welche gerade von der Malerei am unmittelbarsten gefordert wird: sie stecken überall im Subjektiven. Diesem entspricht es eben, daß die gewöhnlichen nicht ein Mal eigentliche Empfänglichkeit dafür haben. Die Weiber sind und bleiben, im Ganzen genommen, die gründlichsten und unheilbarsten Philister: deshalb sind sie, bei der höchst absurden Einrichtung, daß sie Stand und Titel des Mannes theilen, die beständigen Ansporner seines *unedlen* Ehrgeizes; und ferner ist, wegen der selben Eigenschaft, ihr Vorherrschen und Tonangeben der Verderb der modernen Gesellschaft. In Rücksicht auf Ersteres sollte man den Ausspruch Napoleons I. zur Richtschnur nehmen: »Die Frauen haben keinen Rang«, und im Uebrigen sagt *Chamfort* sehr richtig: »Sie sind dazu geschaffen, sich mit unseren Schwächen, mit unserer Torheit, aber nicht mit unserer Vernunft abzugeben. Zwischen ihnen und den Männern bestehen oberflächliche Sympathien, aber sehr wenige Wechselbeziehungen im Geistigen, im Seelischen, hinsichtlich des Charakters.« Sie sind *sexus sequior*, das in *jedem* Betracht zurückstehende zweite Geschlecht, dessen Schwäche man demnach schonen soll, aber welchem Ehrfurcht zu bezeugen über die Maaßen lächerlich ist und uns in ihren eigenen Augen herabsetzt. Als die Natur das Menschengeschlecht in zwei Hälften spaltete, hat sie den Schnitt nicht gerade durch die Mitte geführt. Bei aller Polarität ist der Unterschied des positiven vom negativen Pol kein bloß qualitativer, sondern zugleich ein quantitativer. – So haben eben auch die Alten und die orientalischen Völker die Weiber angesehn und danach die ihnen angemessene Stellung viel richtiger erkannt, als wir, mit unserer altfranzösischen Galanterie und abgeschmackten Weiberveneration, dieser höchsten Blüthe christlich-germanischer Dummheit, welche nur gedient hat, sie so arrogant und rücksichtslos zu machen, daß man bisweilen an die heiligen Affen in Benares erinnert wird, welche, im Bewußtseyn ihrer

Heiligkeit und Unverletzlichkeit, sich Alles und Jedes erlaubt halten.

In unserm monogamischen Welttheile heißt heirathen seine Rechte halbiren und seine Pflichten verdoppeln. Jedoch als die Gesetze den Weibern gleiche Rechte mit den Männern einräumten, hätten sie ihnen auch eine männliche Vernunft verleihen sollen. Je mehr hingegen die Rechte und Ehren, welche die Gesetze dem Weibe zuerkennen, das natürliche Verhältniß desselben übersteigen, desto mehr verringern sie die Zahl der Weiber, die wirklich dieser Vergünstigungen theilhaft werden, und nehmen allen übrigen so viel von den naturgemäßen Rechten, als sie jenen darüber gegeben haben. Denn bei der widernatürlich vortheilhaften Stellung, welche die monogamische Einrichtung und die ihr beigegebenen Ehegesetze dem Weibe ertheilen, indem sie durchweg das Weib als das volle Aequivalent des Mannes betrachten, was es in keiner Hinsicht ist, tragen kluge und vorsichtige Männer sehr oft Bedenken, ein so großes Opfer zu bringen und auf ein so ungleiches Paktum einzugehn. Während daher bei den polygamischen Völkern jedes Weib Versorgung findet, ist bei den monogamischen die Zahl der verehelichten Frauen beschränkt und bleibt eine Unzahl stützeloser Weiber übrig, die in den höhern Klassen als unnütze, alte Jungfern vegetiren, in den untern aber unangemessen schwerer Arbeit obliegen, oder auch Freudenmädchen werden, die ein so freuden-, wie ehrloses Leben führen, unter solchen Umständen aber zur Befriedigung des männlichen Geschlechts nothwendig werden, daher als ein öffentlich anerkannter Stand auftreten, mit dem speciellen Zweck, jene vom Schicksal begünstigten Weiber, welche Männer gefunden haben, oder solche hoffen dürfen, vor Verführung zu bewahren. In London allein giebt es deren 80000. Was sind denn diese Anderes, als bei der monogamischen Einrichtung auf das Fürchterlichste zu kurz gekommene Weiber, wirkliche Menschenopfer auf dem Altare der Monogamie? Alle hier erwähnten, in so schlechte Lage gesetzte Weiber sind die unausbleibliche Gegenrechnung zur Europäischen Dame, mit ihrer Prätension und Arroganz. Für das weibliche Geschlecht als *ein Ganzes* betrachtet, ist demnach die Polygamie eine wirkliche Wohlthat. Andererseits ist vernünftigerweise nicht abzusehn, warum ein Mann, dessen Frau an einer chronischen Krankheit leidet, oder unfruchtbar bleibt, oder allmälig zu alt für ihn geworden ist, nicht eine zweite dazu nehmen sollte. Was den Mormonen so viele Konvertiten wirbt, scheint eben die Beseitigung der widernatürlichen Monogamie zu seyn. In Hinsicht auf das Geschlechtsverhältnis ist kein Welttheil so unmoralisch, wie Europa, in Folge der widernatürlichen Monogamie. Zudem aber hat die Ertheilung unnatürlicher Rechte dem Weibe auch unnatürliche Pflichten aufgelegt, deren Verletzung sie jedoch unglücklich macht. Manchem Manne nämlich machen Standes- oder Vermögensrücksichten die Ehe, wenn nicht etwan glänzende Bedingungen sich daran knüpfen, unräthlich. Er wird alsdann wünschen, sich ein Weib, nach seiner Wahl, unter andern, ihr und der Kinder Loos sicher stellenden Bedingungen zu erwerben. Seien nun diese auch noch so billig, vernünftig und der Sache angemessen, und sie giebt nach, indem sie nicht auf den unverhältnißmäßigen Rechten, welche allein die Ehe gewährt, besteht; so wird sie, weil die Ehe die Basis der bürgerlichen Gesellschaft ist, dadurch in gewissem Grade ehrlos und hat ein trauriges Leben zu führen; weil ein Mal die menschliche Natur es mit sich bringt, daß wir auf die Meinung Anderer einen ihr völlig unangemessenen Werth legen. Giebt sie hingegen nicht nach, so läuft sie Gefahr, entweder einem ihr widerwärtigen Manne ehelich angehören zu müssen, oder als alte Jungfer zu vertrocknen: denn die Frist ihrer Unterbringbarkeit ist sehr kurz. In Hinsicht auf diese Seite unserer monogamischen Einrichtung ist des *Thomasius* grundgelehrte Abhandlung *de concubinatu* höchst lesenswerth, indem man daraus ersieht, daß, unter allen gebildeten Völkern und zu allen Zeiten, bis auf die Lutherische Reformation herab, das Konkubinat eine erlaubte, ja, in gewissem Grade sogar gesetzlich anerkannte und von keiner Unehre begleitete Einrichtung gewesen ist, welche von dieser Stufe bloß durch die Lutherische Reformation herabgestoßen wurde, als welche hierin ein Mittel mehr zur Rechtfertigung der Ehe der Geistlichen erkannte; worauf denn die katholische Seite auch darin nicht hat zurückbleiben dürfen.

Ueber *Polygamie* ist gar nicht zu *streiten*, sondern sie ist als eine überall vorhandene Thatsache zu nehmen, deren bloße *Regulirung* die Aufgabe ist. Wo giebt es denn wirkliche Monogamisten? Wir Alle leben, *wenigstens* eine Zeitlang, meistens aber immer, in Polygamie. Da folglich jeder Mann viele Weiber braucht, ist nichts gerechter, als daß ihm frei stehe, ja obliege, für viele Weiber zu sorgen. Dadurch wird auch das Weib auf ihren richtigen und natürlichen Standpunkt, als subordinirtes Wesen, zurückgeführt, und die *Dame*, dies Monstrum Europäischer Civilisation und christlich-germanischer Dummheit, mit ihren lächerlichen Ansprüchen auf Respekt und Verehrung, kommt aus der Welt, und es giebt nur noch *Weiber*, aber auch keine *unglücklichen* Weiber mehr, von welchen jetzt Europa voll ist. – Die Mormonen haben Recht.

Gustave Flaubert

DER HERR DES SCHWANZES

Mich hat *Lui* von Louise Colet, in dem ich als Rombaud vorkomme, nicht weiter geärgert (mir ist schon lange klar, was ich von dem Autor zu halten habe!). Ich gebe sogar zu, daß ich verdorben, stolz oder tugendhaft genug bin, mich *maßlos* amüsiert zu haben. Und dann mache ich wirklich eine gute Figur darin. Bin ich hinreichend abstoßend? unverletzlich, *unbeugsam,* vergeistigt und unsichtbar wie ein Engel und gleichzeitig ein Ficker wie ein Held von De Sade: ›Niemand war so sehr Herr seines Schwanzes wie Rombeau!!‹ (was nebenbei ein hübscher Satz ist). Gerade weil ich zu sehr Herr meines Schwanzes war, haben wir uns zerstritten! Ich fand, daß sie mein Geschlecht vereinnahmte. Die Eier kann man herleihen oder hergeben, aber aufgeben, niemals!

Diese Veröffentlichung hat mich einmal mehr von der tiefen Unmoral der Frauen überzeugt. Du wirst einwenden, daß diese da ein Monster war (nein, doch! Monster gibt es nicht, leider!) und es gibt ja auch Monster unter den Männern! *Kein* Mann würde einer ehemaligen Geliebten das antun. Aber die Frauen haben keine Vorstellung vom *Recht*. Die Besten haben keine Skrupel, an Türen zu lauschen, Briefe zu öffnen, zu tausend kleinen Betrügereien zu raten und sie zu verüben, etc. All das kommt von ihrem Organ. Wo der Mann etwas Erhabenes hat, haben sie ein Loch!

Dieses Erhabene ist die Vernunft, die Ordnung, die Wissenschaft, der Phallus Sonnenplanet, und das Loch, das ist die Nacht, das Feuchte, das Unklare. Dies ist reines Karthagisch.

Deutsch von Cornelia Hasting

Philip Larkin

ANNUS MIRABILIS

Geschlechtsverkehr begann
im Jahre Dreiundsechzig,
(Schon ziemlich spät für mich) –
Über *Lady Chatterley* hob sich der Bann,
Und die Beatles fingen grad an.

Bis dahin war da nichts gewesen
Als eine Art Geschacher,
Gerangel um einen Ring,
Eine Schande, die mit sechzehn anfing,
Und ausgriff auf alles und jeden.

Mit einem Schlag sank das dann hin,
Alle empfanden gleich,
Und jedes Leben war reich
Beschenkt: ein sicherer Lottogewinn,
Ein Durchbruch mit glattem Streich.

Nein, Leben ließ sich nie besser an
Als im Jahre Dreiundsechzig
(Obwohl zu spät für mich) –
Über *Lady Chatterley* hob sich der Bann,
Und die Beatles fingen grad an.

Deutsch von Steffen Jacobs

D. H. Lawrence

SELBSTBETRACHTUNG

Nachdem Connie in ihr Schlafzimmer hinaufgegangen war, tat sie etwas, das sie schon lange nicht mehr getan hatte: Sie zog alle ihre Kleider aus und betrachtete sich nackt in dem großen Spiegel. Wonach sie suchte, wußte sie eigentlich nicht, dennoch rückte sie die Lampe zurecht, bis das Licht voll auf sie fiel.

Und sie dachte, was sie schon oft gedacht hatte – was für ein zerbrechliches, verletzliches Gebilde der menschliche Körper doch in seiner Nacktheit ist: irgendwie unfertig, unvollkommen!

Ihre Figur hatte einmal als schön gegolten, aber jetzt war sie nicht mehr in Mode: etwas zu weiblich, nicht knabenhaft genug. Sie war nicht besonders groß gewachsen, eher schottisch stämmig; aber sie besaß etwas anmutig Fließendes, abwärts Gleitendes, das man als Schönheit bezeichnen könnte. Ihre Haut war leicht gebräunt, von ihren Gliedern ging eine gewisse Ruhe aus, die abwärts gleitenden Linien ihres Körpers hätten eine Fülle und Reife haben sollen, aber da fehlte etwas.

Anstatt die festen, abwärts schwingenden Rundungen reifen zu lassen, wurde ihr Körper allmählich flacher, ein wenig herb. Es war, als bekäme er nicht genug Sonne und Wärme ab, er sah beinahe grau und kraftlos aus.

Um seine wahre Fraulichkeit betrogen, war es ihm dennoch nicht gelungen, knabenhaft und leicht und durchscheinend zu werden; statt dessen wirkte er trübe.

Ihre Brüste waren ziemlich klein und fielen birnenförmig herab. Aber sie waren unreif, ein wenig bitter, hingen da ohne Bedeutung. Und ihr Bauch hatte den frischen, runden Glanz verloren, den er besaß, als sie noch jung war, damals, als dieser Junge aus Deutschland sie wirklich körperlich liebte. Damals war ihr Bauch jung, erwartungsvoll, mit einem ganz eigenen Ausdruck. Jetzt wurde er schlaff, flach, schlanker zwar, aber es war eine schlaffe Schlankheit. Auch ihre Schenkel, deren weibliche Rundungen einmal so lebendig und glänzend waren – auch sie wurden irgendwie flach, schlaff, bedeutungslos.

Ihr Körper verlor allmählich seine Bedeutung, wurde stumpf und trübe, war nur noch Substanz ohne Inhalt. Das hatte sie ganz niedergeschlagen und hoffnungslos gemacht. Was hatte sie noch zu erhoffen? Sie war alt, alt mit siebenundzwanzig, es war kein Glanz und Strahlen mehr in ihrem Fleisch. Alt, weil vernachlässigt und verschmäht – ja, verschmäht! Modische Frauen polierten ihren Körper wie Porzellan, indem sie ihn äußerlich pflegten. Innen war zwar nichts in diesem Porzellan, aber sie besaß nicht einmal diesen Glanz. Geistiges Leben! Plötzlich überkam sie wilder Haß auf diesen Schwindel!

In dem zweiten Spiegel betrachtete sie ihren Rücken, ihre Taille, ihre Lenden. Sie war schlanker geworden, aber das stand ihr nicht gut. Als sie sich zur Seite drehte, um besser sehen zu können, war die Falte über ihrer Hüfte schlaff, und früher sah sie doch so frisch aus. Und der sanfte Schwung ihrer Hüften, ihres Gesäßes hatte seinen Schimmer, seine reiche Fülle verloren. Dahin! Nur der junge Deutsche hatte ihn zu schätzen gewußt, und der war seit beinahe zehn Jahren tot. Wie die Zeit verging! Seit zehn Jahren tot, und sie war erst siebenundzwanzig. Dieser frische Junge mit seiner gesunden, unverbildeten Sinnlichkeit, über die sie damals so hochmütig geurteilt hatte! Wo sollte sie heute so etwas finden? Die Männer hatten das nicht mehr. Sie hatten ihre kläglichen Zwei-Sekunden-Zuckungen wie Michaelis, aber keine gesunde menschliche Sinnlichkeit, die das Blut wärmt und einen von Grund auf erquickt.

Das Schönste an ihr, dachte sie, war noch immer die sanft geschwungene Linie von den Lenden abwärts und die ruhige, stille Rundung des Gesäßes. Wie Sandhügel, sagen die Araber, weich, ein sanft gleitender langer Abhang. Hier hielt sich das Leben noch, hoffnungsvoll. Aber auch hier war sie schlanker geworden, unreifer, säuerlich.

Die Vorderseite ihres Körpers machte ihr Kummer. Dort begann er schlaff zu werden, mager und schlaff, beinahe welk, alternd, noch ehe er richtig gelebt hatte. Sie mußte an das Kind denken, das sie vielleicht doch einmal in sich tragen könnte. War sie dazu überhaupt fähig?

Sie streifte ihr Nachthemd über und legte sich ins Bett und begann heftig zu weinen. Und in ihrer Bitterkeit brannte ein kalter Zorn gegen Clifford mit seiner Schreiberei und seinem Gerede: gegen alle Männer wie ihn, die eine Frau sogar um ihren eigenen Körper betrogen.

Wie ungerecht! Wie ungerecht! Das Gefühl schwerer körperlicher Ungerechtigkeit brannte sich tief in ihre Seele.

Deutsch von Harald Raykowski

David Lodge

SEX & LITERATUR

Tatsächlich fand denn auch kaum jemand Gefallen an Morris Zapps Vortrag, und etliche Zuhörer verließen den Saal, ehe er geendet hatte. Rupert Sutcliffe, der als Moderator genötigt war, den Zuhörern Auge in Auge gegenüberzusitzen, gab sich den Anschein versteinerten Gleichmuts, aber seine Mundwinkel senkten sich fast unmerklich immer tiefer, und seine Brille rutschte im Verlauf des Vortrags immer weiter in Richtung Nasenspitze. Morris Zapp ging beim Sprechen auf dem Podium hin und her, seine Notizen in der einen, eine dicke Zigarre in der anderen Hand.

»Sie sehen vor sich«, begann er, »einen Mann, der einstmals an die Machbarkeit der Interpretation glaubte. Das heißt, ich glaubte, Ziel des Lesens sei es, die Bedeutung von Texten festzustellen. Früher war ich Jane-Austen-Experte, ja, ich darf wohl in aller Bescheidenheit sagen, ich war der Jane-Austen-Experte. Ich habe fünf Bücher über Jane Austen geschrieben, und in jedem habe ich versucht, die Bedeutung ihrer Romane darzulegen und – das versteht sich von selbst – zu beweisen, daß bisher niemand sie richtig verstanden hatte. Dann begann ich einen Kommentar über Jane Austens Werke mit dem Ziel, sie so erschöpfend wie möglich zu behandeln, sie unter jedem nur vorstellbaren Aspekt zu untersuchen – historisch, biographisch, rhetorisch, mythisch, strukturell, freudianisch, jungianisch, marxistisch, existenzialistisch, christlich, allegorisch, ethisch, phänomenologisch, archetypisch, was Sie wollen. Nach Fertigstellung meines Kommentars, das hatte ich mir vorgenommen, sollte nichts mehr über die einzelnen Romane zu sagen übrigbleiben.

Natürlich habe ich dieses Vorhaben nie beendet. Das Projekt war nicht sosehr utopisch als in sich hoffnungslos. Damit meine ich nicht nur, daß ein erfolgreicher Abschluß uns alle früher oder später arbeitslos gemacht hätte, sondern daß es nicht gelingen konnte, weil es nicht möglich ist, und es ist nicht möglich wegen des Wesens der Sprache als solcher, in der die Bedeutung ständig von einem *Signifikanten* auf den anderen übergeht und nie absolut sein kann.

Eine Botschaft zu verstehen heißt, sie zu dekodieren. Sprache ist ein Kode. Aber jede Dekodierung bedeutet eine Neukodierung. Wenn Sie etwas zu mir sagen, überprüfe ich, ob ich Ihre Botschaft verstanden habe, indem ich sie in meinen eigenen Worten wiederhole, das heißt in Worten, die sich von den Ihren unterscheiden, denn wenn ich Ihre eigenen Worte getreulich wiederhole, werden Sie daran zweifeln, daß ich Sie wirklich verstanden habe. Wenn ich aber meine Worte gebrauche, verändere ich damit notwendigerweise ihre Bedeutung, und sei es auch noch so geringfügig. Selbst wenn ich mein Verständnis signalisiere, indem ich Ihre eigenen Worte unverändert wiederhole, ist das keine Garantie dafür, daß ich Ihre Bedeutung für mich übernommen habe, denn ich bringe in diese Worte eine unterschiedliche Erfahrung von Sprache, Literatur und nicht verbaler Realität ein. Deshalb bedeuten sie für mich etwas anderes als für Sie. Und wenn Sie glauben, daß ich die Bedeutung Ihrer Botschaft nicht verstanden habe, wiederholen Sie die Botschaft nicht einfach mit denselben Worten, sondern Sie versuchen, die Wiederholung in andere als die ursprünglich benutzten Worte zu kleiden. Aber dann ist es nicht mehr die Botschaft, von der Sie ursprünglich ausgegangen sind. Und auch Sie sind sich nicht gleich geblieben. Es ist Zeit verstrichen, seit Sie den Mund zum Sprechen aufgemacht haben, die Moleküle Ihres Körpers haben sich verändert; was Sie zu sagen beabsichtigten, ist von dem, was Sie tatsächlich gesagt haben, verdrängt worden, und das ist bereits Teil Ihrer persönlichen Geschichte geworden, die Erinnerung daran ist unscharf. Ein Gespräch, das ist wie Tennisspielen mit einem Ball aus Knetgummi, der in immer wieder veränderter Form übers Netz geflogen kommt.

Nun unterscheidet sich Lesen natürlich vom Gespräch, es ist passiver in dem Sinne, daß wir nicht auf den Text einwirken, die Entwicklung des Textes nicht durch unsere eigenen Worte beeinflussen können, da der Text bereits vorgegeben ist. Vielleicht ist es das, was uns zur Interpretation treibt. Wenn die Worte ein für allemal auf der Seite fixiert sind, kann dann nicht auch ihre Bedeutung fixiert sein? Keineswegs, denn das gleiche Axiom – *jede Dekodierung ist eine Neukodierung* – gilt für die Literaturkritik noch stringenter als für gewöhnliche gesprochene Rede. Bei der gewöhnlichen gesprochenen Rede läßt sich der endlose Zyklus von Kodierung-Dekodierung-Neukodierung durch eine Handlung beenden. Wenn ich etwa sage: ›Die Tür ist offen‹, und Sie sagen: ›Meinen Sie, daß ich sie schließen soll?‹, und ich sage: ›Wenn es Ihnen nichts ausmacht‹ – und wenn Sie dann die Tür schließen, können wir davon überzeugt sein, daß auf einer gewissen Ebene meine Bedeutung verstanden worden ist. Wenn es aber in einem literarischen Text heißt: ›Die Tür war offen‹, kann ich den Text nicht fragen, was er damit meint. Ich kann nur über die Signifikanz dieser Tür spekulieren – durch welche Kraft geöffnet, zu welcher Entdeckung, zu welchem Geheimnis, welchem Ziel führend? Die Tennisanalogie ist auf die Tätigkeit des Lesens nicht anwendbar – es ist nicht ein Hin und Her, sondern ein nie endender, peinigender Lockprozeß, ein Flirt ohne oder allenfalls einen masturbatorischen Vollzug im stillen Kämmerlein. (Unruhe im Publikum.) Der Leser spielt mit sich selbst, so wie der Text mit ihm spielt, mit seiner Neugier, seiner Begierde, so wie eine Striptease-Tänzerin mit der Neugier und Begierde ihrer Zuschauer spielt.

Nun komme ich, wie etlichen in diesem Kreis wohl bekannt ist, aus einer Stadt, die wegen ihrer Bars und Nachtklubs mit busen- und pofreien Tänzerinnen berüchtigt ist. Ich selbst war nie dort, aber ich habe mir sagen lassen – und zwar von keinem Geringeren als dem Ausrichter dieser Tagung, meinem alten Freund Philip Swallow, der aus persönlicher Erfahrung spricht (hier drehten sich einige Zuhörer um und glotzten Philip Swallow grinsend an, der bis an die Wurzel seiner silbergrauen Haare errötete) –, daß die Mädchen sich völlig entkleiden, ehe sie anfangen, vor den Gästen zu tanzen. Es handelt sich daher nicht um einen Striptease, sondern um Strip ohne Tease, das terpsichorische Äquivalent zu dem hermeneutischen Irrtum einer wiedergewinnbaren Bedeutung, dem Irrtum nämlich, wir brauchten einen literarischen Text nur seiner Rhetorik zu entkleiden, um an die nackten Tatsachen zu gelangen, die er zu transportieren trachtet. Die klassische Tradition des Striptease hingegen, die auf Salomes Tanz der sieben Schleier und in noch frühere Zeiten zurückgeht und die in heruntergekommener Form in den Kaschemmen Ihres Soho überlebt, gibt uns eine brauchbare Metapher für die Tätigkeit des Lesens an die Hand. Die Tänzerin lockt das Publikum – wie der Text seine Leser – mit der Aussicht auf eine letzte Enthüllung, die fortgesetzt verschoben wird. Schleier auf Schleier, Kleidungsstück auf Kleidungsstück fällt, aber das Erregende ist das *Hinausschieben* der Entblößung, nicht die Entblößung selbst, denn kaum ist ein Geheimnis enthüllt, verlieren wir das Interesse und gieren nach dem nächsten. Wenn wir die Unterwäsche des Mädchens gesehen haben, wollen wir ihren Körper sehen, haben wir ihre Brüste gesehen, wollen wir ihr Gesäß sehen, haben wir ihr Gesäß gesehen, wollen wir ihre Scham sehen, und haben wir ihre Scham gesehen, ist der Tanz zu Ende – aber ist unsere Neugier, unsere Begierde befriedigt? Natürlich nicht. Die Vagina bleibt weiterhin im Körper des Mädchens verborgen, umschattet von ihrem Schamhaar, und selbst wenn sie vor uns die Beine spreizen würde (an dieser Stelle verließen mehrere Damen geräuschvoll den Saal), würde damit noch immer nicht die durch die Entblößung ausgelöste Neugier und Begierde befriedigt. In diese Öffnung blickend, stellen wir fest, daß wir irgendwie über das Ziel unserer Suche hinausgeschossen sind, die Freude an der Betrachtung des Schönen transzendiert haben. Der Blick in den Leib führt uns zurück zu dem Mysterium unseres Ursprungs. So geht es auch beim Lesen. Der Versuch, bis in den Kern eines Textes zu blicken, ein für allemal seine Bedeutung in Besitz zu nehmen, ist eitel – wir werden dort nur uns selbst finden, nicht das Werk. Freud hat gesagt, daß obsessives Lesen (und ich möchte annehmen, daß man die meisten der hier Anwesenden als zwanghafte Leser bezeichnen könnte), daß obsessives Lesen der verdrängte Ausdruck des Wunsches ist, die Genitalien der Mutter zu sehen (an dieser Stelle fiel ein junger Mann in Ohnmacht und wurde aus dem Saal getragen), aber der springende Punkt dieser Bemerkung, den möglicherweise Freud selbst nicht in vollem Umfang gewürdigt hat, liegt eben in dem Konzept der Verdrängung. Lesen bedeutet, sich einer nie endenden Verdrängung der Neugier und der Begierde zu überantworten – von einem Satz zum anderen, von einer Handlung zur anderen, von einer Textebene zur anderen. Der Text entschleiert sich vor uns, aber er läßt sich nie in Besitz nehmen, und statt danach zu streben, ihn zu besitzen, sollten wir uns der Freude an seiner Lockung hingeben.«

Deutsch von Renate Orth-Guttmann

Robert Gernhardt

ALLES KLAR

Was Männer an Frauen finden –
unerfindlich.
Warum sich Männer an Frauen binden –
unergründlich.
Wieso Männer nach Frauen greifen –
unbegreiflich.
Weshalb Frauen auf Männer pfeifen –
klar wie Kloßbrühe.

Harry Rowohlt

JUNG IST DER BAUER

Weil der Film nur 45 Minuten lang ist, gibt es erst mal zwei schöne Vorfilme, »Schwester Lydia sucht das Glück« (Niederlande; Original ohne Untertitel) und »Elsa« (Finnland; Original mit Untertiteln). In »Lydia ...« verliebt sich Schwester

Lydia in den feschen Chirurgen Dr. Paolo, und nun vergiftet sie die Patienten, damit sie dem Doktor immer beim Operieren assistieren kann. Ein angenehmer *running gag* für den Freund schöner Büsten und dramatischer Effekte: Jedesmal, wenn die Liebe sie trifft wie die Himmelsmacht, die sie ja ist, knöpft Lydia sich den Kittel auf. In »Elsa« referiert ein junger Öko-Bauer über die Freuden des alternativen Landlebens, während sich seine schwangere Elsa abrackert, daß es die Sau graust.

In »Erst die Arbeit und dann!« wird in aller Ruhe der anstrengende Arbeitstag eines norddeutschen Jungbauern gezeigt. Gerhard, der Held (Buch, Regie und Hauptrolle: Detlev Buck), füttert 250 Schweine, säbelt sich – nichts für schwache Nerven – mit dem Taschenmesser einen eingerissenen Daumennagel ab, schlägt eine Ratte tot, bringt die Sau zum Eber und wäscht sich – ebenfalls nichts für schwache Nerven – die Füße. Dann findet er: »Das kann doch nicht alles gewesen sein«, er steckt sich dreißig Mark ein, pumpt sich von Oma fünf dazu und dieselt mit Vadders Mercedes plus Ermahnung (»Laß dich von den Grünen nicht vollschnacken!«) nach Hamburg, in die große Stadt.

Beim Melken hat er im Radio gehört, daß in der Szene-Kneipe »Cadillac« unheimlich was los sein soll. Aber hier sitzen nur matte Popper vor knallbunten Getränken. Um wenigstens einigermaßen auf seine Kosten zu kommen – ein Glas kaltes Wasser kostet bereits schweres Geld – und um dem Verleih-Slogan gerecht zu werden (»Ist der Bauer jung und schlau, sucht er sich 'ne Szene-Frau.«), macht er sich an eine »Eisente« von der gepflegtesten Sorte (Ela Nitzsche) ran. Sie läßt sich auch durchaus von seiner netten, trampeligen Art anmachen und nimmt ihn in ihrem Alfa zu einer Wahnsinns-Galerie mit, in der man »Aktive Möbel« und ähnlichen Quatsch bestaunen kann.

Und später beim Italiener macht er die treffendste Bemerkung, die ich bisher zum Thema Mozzarella gehört habe: »Ist das immer so?« Die beiden sind sich nähergekommen, aber nun muß geschieden sein, denn morgen muß er früh raus, zum Dreschen (»… fünf Meter zwanzig Schnittbreite … 'ne Menge Korn«), aber: »Ich bleib noch auf'n Holsten.« Haben sie nun, oder haben sie nun nicht? Wir werden es nie erfahren. Am nächsten Morgen jedoch schläft er beim Melken selig lächelnd am Euter ein.

Charles Lewinsky

DIE MUSE

Die Muse der Geschichte heißt
Klitoris, wie du sicher weißt.
Intim nennt man sie Klio.
Du fragst mich, ob sie vögeln kann?
Und wie! Und wie! Und wie, oh!

Wilhelmine Schröder

EHEFREUDEN

Um diese Zeit war es auch, daß ich mich selbst wunderte, wie abends beim Zubettegehen meine Hand unwillkürlich auf meinen Unterleib fiel und mit den eben aufkeimenden Haaren spielte. Das Kräuseln zwischen den Fingern, die Wärme der Hand machte mir Vergnügen, ohne daß ich damals schon ahnte, wieviel mehr dort schlummerte. Ich preßte dann die Schenkel über der Hand zusammen und schlief regelmäßig in dieser Lage ein.

Mein Vater war ein sehr ernster Mann und meine Mutter ein Muster weiblicher Sitte und des feinsten Anstandes, so daß ich vor beiden einen außerordentlichen Respekt, gerade deswegen aber auch die größte Liebe für sie fühlte. Höchst selten kam ein Scherzwort über die Lippen meines Vaters, und ebenso selten sah ich von ihm eine Zärtlichkeit für meine Mutter. Dabei waren beide sehr schöne Leute. Der Vater war damals ungefähr vierzig, die Mutter vierunddreißig Jahre alt.

Nie war mir der geringste Gedanke gekommen, daß unter dieser ernsten und in jeder Beziehung gemessenen Außenseite soviel Sinnlichkeit und Lebensgenuß verborgen sei, wie ich durch einen sonderbaren Zufall von ihnen erfahren sollte. Ich war vierzehn Jahre alt geworden und ging eben in den Konfirmandenunterricht zu einem Prediger, der, nebenbei gesagt, meine erste schwärmerische Liebe war, und nicht die meinige allein, sondern die aller seiner Schülerinnen, obgleich er nichts weniger als jung und schön war. Ich habe vielfach beobachtet, daß Lehrer, und vorzüglich Religionslehrer, den ersten nachhaltigen Eindruck auf das Gemüt junger Mädchen machen. Ist der Prediger ein guter Kanzelredner – ein in der Gemeinde beliebter Mann, so schwärmen alle jungen Mädchen für ihn. Später komme ich vielleicht auf diesen Gegenstand zurück, der ja auch zur Beantwortung Ihrer Frage gehört.

Ich war also vierzehn Jahre alt und körperlich schon vollkommen ausgebildet, bis auf das eigentliche Zeichen der periodischen Blume, das Zeichen der ganzen Weiblichkeit. Da kam der Geburtstag des Vaters heran, und die Mutter traf mit der liebevollsten Geschäftigkeit alle Vorbereitungen dazu. Ich hatte ein Gedicht gemacht – Sie kennen ja mein kleines poetisches Talent – (unter uns gesagt, mit dem Wunsche, daß es unser Prediger korrigieren möge und ich dann einen Vorwand hätte, zu ihm zu gehen), einen großen Blumenstrauß gewunden und war schon frühmorgens festlich angezogen, weil der Vater schöne Toilette sehr liebte. Meine Eltern schliefen nicht zusammen, weil der Vater oft sehr spät arbeitete und dann die Mutter nicht stören wollte – so sagten sie wenigstens; später habe ich auch darin ihren weisen Lebensgenuß erkannt. Alle die Dinge, welche vor dem Zubettgehen und nach dem Aufstehen nötig sind, die Zwanglosigkeiten, welche sich mit der Bequemlichkeit verbinden, die nachlässige, oft lächerliche Toilette des Nachtanzuges, kurz die zu genaue Bekanntschaft sollten Eheleute von sich fernhalten, damit sie sich immer neu und reizvoll bleiben. Mein Vater schlief also nicht in dem Schlafzimmer meiner Mutter. Gewöhnlich stand er um sieben Uhr auf. An seinem Geburtstage war die Mutter schon um sechs Uhr auf und im Hause tätig, um die Geschenke zu ordnen und Vaters Bild zu bekränzen. Gegen sieben Uhr sagte sie: Das frühe Aufstehen mache doch recht müde und sie wolle sich noch einen Augenblick aufs Bett legen, bis der Vater herüberkäme. Weiß der Himmel, wie mir die Idee kam, aber ich dachte, es müsse doch zu hübsch sein, wenn ich dem Vater gleichzeitig mit der Mutter gratulieren könne, denn ich hatte ihn schon in seinem Zimmer husten gehört. Er war also auf und mußte bald herüberkommen. Während die Mutter noch mit dem Dienstmädchen sprach, schlüpfte ich in das Schlafzimmer, welches einen Alkoven mit einer Glastüre hatte, in welchem die sämtlichen Garderobeschränke standen. Dort wollte ich versteckt stehen bleiben, bis die Mutter dem Vater gratulierte, und dann durch mein Erscheinen die geliebten Eltern überraschen. Ganz stolz und glücklich über meinen Plan, stand ich mäuschenstill hinter der Glastür des Alkovens, als meine Mutter hereintrat, sich schnell bis aufs Hemd entkleidete, sich auf ein bereitstehendes Bidet setzte und sich sorgfältig wusch. Ich sah dabei zum ersten Male, welch einen wunderschönen Körper meine Mutter hatte. Dann stellte sie einen großen Stehspiegel, der am Fußende ihres Bettes neben ihrer Toilette stand, schräg gegen ihr Gesicht und legte sich dann ins Bett, die Augen aufmerksam nach der Tür gerichtet.

Jetzt erst kam mir der Gedanke, daß ich wohl eine Ungeschicklichkeit begangen haben könnte, und ich wäre gern so weit wie möglich aus dem Alkoven weg gewesen. Ein dunkles Gefühl sagte mir, daß vor meinen Augen etwas geschehen würde, was ein junges Mädchen nicht sehen dürfte. Ich hielt ängstlich meinen Atem an und zitterte an allen Gliedern. Da öffnete sich die Tür, und der Vater trat herein, wie gewöhnlich des Morgens mit einem eleganten Schlafrock bekleidet. In dem Augenblick, wo die Tür sich bewegte, hatte meine Mutter die Augen geschlossen und stellte sich fest schlafend. Der Vater trat an das Bett, betrachtete mit dem Ausdruck der größten Liebe die Schlafende, ging dann zur Tür zurück und schob den Riegel vor. Mir wurde immer banger und es war mir zumute, als sollte ich in die Erde versinken, als mein Vater nun leise die Beinkleider abstreifte, so daß er unter dem Schlafrocke nur noch das Hemd hatte, sich dem Bette wieder näherte und vorsichtig die leichte Schlafdecke abhob. Damals hielt ich es für Zufall, jetzt weiß ich es besser, daß die Mutter mit geöffneten Schenkeln – das eine Bein angezogen, das andere ausgestreckt – dalag. Ich sah zum ersten Male einen andern weiblichen Körper, aber ausgewachsen und in vollster Blüte, und dachte mit Beschämung an die Unreife des meinigen. Das Hemd war ganz heraufgeschlagen, so daß nichts verdeckt blieb, und auf der Brust war es so weit offen, daß der linke Busen in seiner ganzen Weiße hervorquoll. Wie wenige Frauen habe ich nachher kennengelernt, die es wagen durften, sich ihren Männern oder Liebhabern so zu zeigen, denn die bei weitem größere Zahl der Frauen hat über zwanzig Jahre hinaus keinen schönen Körper mehr. Mein Vater schien den Anblick mit seinen Augen zu verschlingen, dann aber beugte er sich vorsichtig nieder über die Schlafende, benetzte im Munde seinen Finger und führte ihn dahin, von wo seine Augen sich noch nicht weggewandt hatten. Zart fuhr er auf und nieder, und kaum war es einige Male geschehen, als meine Mutter seufzte, das andere Bein wie im Schlaf anzog, und sich auf sonderbare Weise mit den Hüften bewegte. Ich fühlte mich wie mit Blut übergossen, schämte mich, wollte wegsehen und konnte doch nicht. Als die Bewegungen der Hüften stärker wurden, benetzte der Vater noch einmal seinen Finger und ließ ihn dann so tief hineingleiten, daß seine ganze Hand von den reizenden krausen Haaren bedeckt war. In diesem Augenblick öffnete meine Mutter die Augen, als ob sie eben erst erwacht wäre, schloß aber gleichzeitig die Schenkel, so daß sie die Hand meines Vaters gefangen hielt, und rief mit einem langen Seufzer:

»Bist du es, geliebter Mann? Eben träumte ich von dir. Wie schön weckst du mich! Tausend und abertausend Glückwünsche zu deinem Geburtstage!«

»Den schönsten bringst du mir damit, daß ich dich überraschen konnte. Wie reizend du heute wieder bist! Du hättest dich nur sehen sollen!«

»Mich aber so zu überfallen! Du hast doch die Türe verriegelt?«

»Sei unbesorgt. Willst du mir aber wirklich gratulieren, so öffne deine Schenkel wieder. Du bist so frisch und duftig wie eine Rose!«

»Alles, was du willst, du Engel von einem Mann. Aber willst du nicht lieber bis heute abend warten?«

»Da hättest du nicht so einladend daliegen müssen. Fühle nur her, so wirst du dich überzeugen, daß ich nicht warten kann. Heute müssen wir alles genießen!«

Nun sank er auf ihr Gesicht nieder und die Küsse wollten gar kein Ende nehmen. Dabei blieb seine Hand in spielender, liebkosender Bewegung an dem Orte, wo sie gewesen, und ich sah die Hand meiner Mutter sich unter den Schlafrock ihres Mannes stehlen, wo sie ebenso geschäftig schien, während die Küsse immer glühender wurden. Dann küßte mein Vater den Hals, den Busen, saugte an den Rosenknospen desselben, ging dann noch weiter herunter und heftete seine Lippen auf den

Mittelpunkt aller weiblichen Reize. Kaum hatte der Vater ihn mit dem Munde berührt, so schob die Mutter sich herum, so daß sie quer auf dem Bette lag. Der Vater kniete nieder und hielt mit den Händen ihre weitgeöffneten Schenkel hoch aufwärts, ließ aber keinen Augenblick den Mund von der Quelle seines Vergnügens. Da er mir den Rücken zukehrte, so konnte ich nicht sehen, was er machte, schloß es aber aus den leisen Ausrufen meiner Mutter, welche ganz außerordentliches Vergnügen zu empfinden schien, denn die Augen verschwammen ihr, die Brust zitterte, die Schenkel bewegten sich hin und her, und seufzend und abgebrochen rief sie:

»Ach wie gut! Mehr oben! Wie liebenswürdig du heute bist! Ah! Ah! Jetzt saugen! So! – Es kommt gleich! Ach, warum kann ich dich dabei nicht auch küssen! – Himmlisch! – Etwas tiefer mit der Zunge! Nun rascher! Ah! ah! Ich spritze! Ich – Ah! Halt, nicht mehr! Das ist Überreiz! Ah-h!«

Jedes dieser Worte ist mir unvergeßlich. Wie oft habe ich sie mir nachher in Gedanken wiederholt! Wie viel darüber nachgedacht und gegrübelt! Ist es mir doch, als tönten sie noch jetzt in meinen Ohren.

Es trat jetzt eine Pause ein. Die Mutter lag mit geschlossenen Augen regungslos; der ganze Körper schien seine Spannkraft verloren zu haben, und die hochgehobenen Schenkel sanken auf den Rand des Bettes herab. Ich war erschrocken über den Gesichtsausdruck, den beide angenommen. Das war nicht mehr mein sanfter, ernster Vater, das war nicht mehr meine keusche, sittliche Mutter. Das waren ein paar Wesen, die keine Rücksicht mehr kannten, die glühend und wonnetrunken sich gegenseitig in einem mir unbekannten Genusse überboten. Der Vater hielt sich einige Augenblicke ganz ruhig, setzte sich auf den Rand des Bettes und betrachtete nur mit brennenden, fast wilden Blicken den Punkt, dessen Liebkosungen meine Mutter zu so wollüstigen Ausrufungen veranlaßt hatten. Mir war der Atem so vollständig bei dem Anblick vergangen, daß der heftige Herzschlag mich fast zu ersticken drohte. Tausend Gedanken gingen mir durch den Kopf, aber noch war die Besorgnis, wie ich unbemerkt aus dem Verstecke wieder herauskommen sollte, die Besorgnis, von meinen Eltern entdeckt zu werden, die Hauptsache. Lange sollte ich indessen in diesem Zustande nicht bleiben, denn was bis jetzt geschehen war, war nur das Vorspiel gewesen. Ich sollte das erste Mal so viel auf einmal sehen und lernen, daß ich keiner weiteren Belehrung mehr bedurfte.

Wie gesagt, hatte sich der Vater neben die noch immer unbeweglich daliegende Mutter auf den Rand des Bettes gesetzt, so daß er mir das Gesicht zukehrte. Es schien ihm heiß zu werden, denn plötzlich warf er seinen Schlafrock und das Hemd ab, zog aber dann den Schlafrock wieder an. Nun sah ich mit einem Male, worüber ich mir nach den Erzählungen meiner Gespielinnen schon oft den Kopf zerbrochen hatte! Mir gingen geradezu die Augen über, so starrte ich vor Neugier und Aufregung darauf hin. Wie anders war das, als ich es bei Statuen und bei kleinen Knaben gesehen hatte! Ich erinnere mich deutlich, daß ich mich davor fürchtete und doch einen angenehmen Schauder über meinen Körper herabrieseln fühlte. Der Vater sah gar nicht daraufhin, sondern hielt die Augen immer auf den Körper meiner Mutter geheftet. Mit der Hand schien er das rebellische Glied bändigen zu wollen, denn er fuhr immer leise darüber hin, und ich sah, wie er plötzlich die Spitze desselben entblößte. Mir wurde immer ängstlicher zumute. Als ob mir etwas geschehen sollte, kniff ich unwillkürlich die Schenkel zusammen, denn soviel hatte ich im Umgange mit anderen Mädchen schon erfahren, daß die beiden Teile, die ich zum ersten Male entblößt vor mir sah, zusammengehörten. Wie das aber möglich sei, da ihre Größe so verschieden war, konnte ich nicht begreifen. Nachdem diese Ruhe einige Minuten gedauert hatte, nahm mein Vater die kraftlos herabhängende Hand meiner Mutter und führte sie dahin, von wo ich meine Augen nicht abwenden konnte. Sowie sie fühlte, was er ihr in die Hand gab, schlug sie die Augen auf und lächelte unbeschreiblich holdselig, richtete sich auf und hing mit so leidenschaftlichen Küssen an seinem Munde, daß ich mir selbst sagte, alles Bisherige sei nur die Einleitung gewesen zu dem, was noch geschehen sollte. Beide sprachen kein Wort, aber nachdem sie einige Minuten die heißesten Küsse gewechselt hatten, wobei seine Hand zwischen ihren und ihre Hand zwischen seinen Schenkeln beschäftigt war, warf sie das Hemd und er den Schlafrock ab. Meine Mutter legte sich dann so auf das Bett, daß sie eine Unterlage von Kissen gerade unter der Mitte des Körpers hatte, und ich bemerkte deutlich, daß sie sich solange hin- und herschob, bis sie in ihrer liegenden Stellung bequem in den Spiegel sehen konnte, den sie sich zurechtgerückt, ehe sie sich vor dem Eintritt meines Vaters schlafend gestellt hatte. Mein Vater konnte das nicht bemerken, denn er sah weniger in das schöne freudestrahlende Gesicht meiner Mutter, als zwischen ihre Schenkel, die sie jetzt weit auseinanderlegte, so daß mein Vater dazwischenknien konnte. Ich sah so angestrengt auf beide hin, daß mir die Augen fast aus dem Kopfe springen wollten. Ihre Lage war so, daß ich alles ganz genau sehen konnte. Meine Mutter nahm den stolzen Speer ihres Mannes in die Hand, führte ihn zu jener wunderbaren Spalte, benetzte den Kopf mit Speichel und wischte dann einige Male damit auf und nieder, wobei sie in eine Art von gierendem Seufzer ausbrach. Dann sagte sie:

»Jetzt, Liebster, aber langsam, damit wir zusammen genießen. Der erste Erguß war so reizend, daß ich fürchte, der zweite wird nicht so rasch kommen. Laß mich nur nicht im Stich!«

Ich armes, unwissendes Mädchen! Was verstand ich damals von dem, was meine Mutter sagte. Ich sah nur, daß, sowie meine Mutter »jetzt!« gesagt hatte, das Glied meines Vaters langsam in ihrem Schoß versank. Weit entfernt, Schmerz darüber zu empfinden, wie ich erwartet hatte, leuchteten ihre Augen vor Vergnügen. Sie schlang beide Füße um die Hüften meines Vaters zusammen, als wollte sie ihn noch tiefer in sich hineindrücken; dabei waren ihre halbgeschlossenen Augen immer auf den Spiegel gerichtet, in dem sie genau alle Bewegungen meines Vaters sehen konnte und sich mit großer Begierde an dem Bilde im Spiegel ergötzte. Die tausend Gefühle, welche mich damals bewegten, ließen mich gar nicht daran denken, daß beide Körper eigentlich wunderschön waren. Jetzt weiß ich freilich, daß solche Schönheit zu den größten Seltenheiten gehört. Ich sah nur erstaunt die Sache, ohne an Nebendinge zu denken. Als der Vater mit dem ersten Eindringen ganz in ihr versunken und regungslos schien, öffnete sie nach einigen Minuten ihre pressenden Schenkel. Er hob sich und zog dadurch den glühend roten Pfeil aus der Spalte heraus, um gleich wieder bis an die Wurzel in ihr zu versinken. Bei jedem Stoße bewegte sie entgegenkommend die Hüften, und ich konnte deutlich sehen, wie ihr Vergnügen mit jeder Bewegung stieg. Das Gesicht des Vaters konnte ich leider nicht sehen; aus dem Zittern der so angenehm beschäftigten Teile und aus seinen immer lebhafter werdenden Bewegungen konnte ich aber schließen, daß ihn die Wollust übermannte. Er sprach kein Wort, sondern handelte nur. Die Mutter stieß dagegen einzelne Worte aus – manchmal unverständlich, als raubte das Vergnügen ihr die Besinnung –, aus denen ich mir zusammenreimen konnte, was zwischen beiden vorging.

»So, recht tief, du einziger Mann! Halte recht lange an! Nun – langsam. Ah! – Wie stark bist du heute! Tut es dir gut? Ich denke, so feucht und schlüpfrig, wie von dem ersten Male, müßte es dir Vergnügen machen! Jetzt – etwas schneller! So! Ach wie gut! Es kommt doch noch nicht bei dir? – Halte so lange als möglich an! – Ah – ah! O wie schade! Nun hast du schon gespritzt – und ich bin noch nicht soweit. – War das ein Strom! Bis zum Herzen habe ich den heißen Strahl gefühlt!«

Der Vater hatte noch immer kein Wort gesprochen. Von

dem Augenblicke an, wo seine Bewegungen schneller geworden waren, schien er alle Besinnung verloren gehabt zu haben. Zwischen dem Herausziehen und wieder Hineinstürmen blieb auch nicht ein Zwischenraum. Dann schienen sich Konvulsionen seines Körpers zu bemächtigen. Er zitterte und bebte, die Schenkel zuckten, und endlich schien er sich so tief in meine Mutter hineinzubohren, daß er wie leblos liegenblieb, den Kopf auf ihren wogenden Busen sinken ließ und sich dann erschöpft auf die Seite legte.

Während die Mutter nach einem Handtuch griff und erst sich und dann den Vater abtrocknete, hatte ich Gelegenheit, die Veränderung zu bemerken, die unterdessen bei beiden vorgegangen. Was bei meinem Vater groß, rot und drohend gewesen war, lag jetzt klein und matt da, und ich bemerkte nur einen weißen Schaum, mit dem die Spitze überzogen war, bis das Handtuch die Spuren desselben wegnahm. Was dagegen bei meiner Mutter eng geschlossen und kaum bemerkbar gewesen war, stand auseinander und erschien glühend rot. Sie öffnete die Schenkel und ließ ebenfalls einen weißen Schaum herausfließen, der die ganze Höhlung zu füllen schien, und von dem ich dummes Ding nicht begriff, wo er hergekommen war. Dann holte sie Wasser, wusch erst den Vater auf das Zärtlichste und füllte dann eine Spritze, die eine krumme Röhre hatte, führte sie bei sich ein und reinigte sich gründlich, worauf sie sich an das Bett setzte, auf dem Vater noch immer ausgestreckt und wie träumend lag. In seinem Gesichte lag die vollständigste Befriedigung, in dem ihrigen nicht. Sie war offenbar in ebensolcher Aufregung als der Vater vorhin gewesen war, nachdem er sie so lange zwischen den Schenkeln geküßt hatte. Bei dem Abtrocknen hatte sie auch wie zufällig dem Spiegel eine andere Richtung gegeben, so daß mein Vater, dessen Kopf jetzt an derselben Stelle lag, wo vorher der ihrige ruhte, nicht dasselbe Bild in ihm sah, das sie mit solcher Gier genossen hatte. Ich war in solcher Spannung, daß ich auch diese kleine, anscheinend unwillkürliche Bewegung bemerkte, für die ich aber freilich erst später die Erklärung fand. Nun glaubte ich, es sei alles vorbei, und obgleich meine Sinne in einer unglaublichen, fast schmerzhaften Aufregung waren, so dachte ich doch nun daran, wie ich, ohne mich zu verraten, aus dem Schlafzimmer herauskommen könnte. Ich hatte mich aber geirrt und sollte noch mehr zu sehen bekommen. Vor dem Bette sitzend, beugte sich meine Mutter über den Liegenden und küßte ihn auf das zärtlichste.

»Warst du glücklich?« fragte sie schmeichelnd.

»Über alle Beschreibung, du herrliches Weib! aber es tut mir nur leid, daß du nicht mit mir zusammen fertig geworden bist. Ich war zu aufgeregt und konnte mich nicht mehr halten. Es schoß wie eine Fontäne heraus!«

»Das tut ja nichts! Ich will ja deinem heutigen Geburtstage nur die Freude machen und habe ja schon vorhin einen himmlischen Genuß gehabt.«

Dabei beugte sie sich auf ihn herab und küßte dieselbe Stelle bei ihm, die er vorhin bei ihr geküßt hatte. Diesmal konnte ich besser sehen, was geschah, als vorher, wo der Vater mir den Rücken zugedreht hatte. Erst küßte, streichelte und liebkoste sie sein Glied, dann nahm sie die Spitze in den Mund.

Mit der rechten Hand griff er der so wollüstig Beschäftigten erst an den Busen, dann zwischen die Schenkel, die sie sogleich öffnete, um ihm die vollste Freiheit zu gestatten. Ich sah, wie der Finger erst ganz oben in ihrer Spalte spielte, dann tiefer ging und endlich ganz eindrang, während sie mit dem Munde rascher saugte, bis – zu meiner größten Verwunderung – unter ihren Liebkosungen das wunderbare Wesen sich wieder aufrichtete und dieselbe Gestalt annahm, wie ich es zuerst gesehen hatte. Offenbar hatte meine Mutter das gewollt, denn ihre Augen strahlten vor Vergnügen, und da mein Vater keine Bewegung machte, sondern zufrieden schien, daß seine Hand eine so angenehme Beschäftigung gefunden hatte, so schwang sich meine Mutter unter einer Flut von Küssen über ihn her, so daß sein ganzer Körper zwischen ihren Schenkeln lag. Der Zufall hatte gewollt, daß ich das, was jetzt geschah, doppelt sehen konnte, einmal von der Seite, weil die Langseite des Bettes mir gerade gegenüberstand, das andere Mal von hinten in dem Spiegelbilde. Was ich bis dahin immer nur hatte teilweise sehen können, je nachdem die Körper sich näherten oder voneinander entfernten, das konnte ich nun in dem Spiegel so deutlich beobachten, als stände ich dicht dabei, und nie werde ich dieses Schauspiel vergessen! Es war das Schönste, was man nur sehen konnte, und schöner, als ich es je selbst erlebt habe. Beide Gatten waren aber auch in vollster Gesundheit, Kraft und Aufregung. Die Mutter war diesmal der eigentlich geschäftige Teil, während der Vater sehr viel ruhiger schien als bisher. Er faßte sie zwar um die runden, schneeweißen Hüften, nahm die Knospen ihres Busens zwischen seine Lippen und saugte daran, wenn sie sich vornüberbeugte, bewegte aber den Unterkörper fast gar nicht, während sie Feuer und Flamme schien und eine außerordentliche Lebendigkeit entwickelte. Sie führte mit der Hand die wieder drohend aufrecht stehende Lanze an die Öffnung und senkte sich dann soweit herab, daß sie ganz eindrang. Hatte ich alles Vorhergehende mit Angst und Bestürzung angesehen, so kamen jetzt ganz andere Gefühle über mich: Wallungen, von denen ich mir keine Rechenschaft zu geben wußte, die aber unbeschreiblich süß waren. Hätte ich nicht das Rauschen und Knittern meiner Kleider gefürchtet, so würde ich mit meiner Hand dahin gefaßt haben, wo meine Mutter eine so überwältigende Wollust zu empfinden schien, daß sie alles um sich vergaß und aus einer stillen ruhigen Frau eine glühend Genießende wurde. Der Anblick war über alle Beschreibung schön! Die kräftigen Glieder meines Vaters, die blendend weißen, runden Formen meiner Mutter, und jene Teile in engster Verbindung und Bewegung, in welchem sich das ganze Leben und Sein zweier glücklicher Menschen konzentriert zu haben schien! Wenn sie sich hob, sah ich, wie die roten Lippen ihrer Spalte sich nur ungern von dem Zeichen männlicher Kraft trennten, welches, zwischen ihnen und eng von ihnen umschlossen, bald bis in das Innerste drang, bald ganz entblößt war, um gleich darauf wieder zu verschwinden. Diesmal sagte meine Mutter gar nichts, aber beide schienen in gleicher Steigerung zu genießen. Die Bewegungen wurden von beiden gleichmäßig schneller, beiden brachen die Augen gleichzeitig, und als die höchste Wollust eintrat, stieß mein Vater plötzlich von unten herauf, als ob er ganz in das reizende Geheimnis hineinwollte, während meine Mutter ihre Schenkel so weit als möglich spreizte und von oben herabdrückte, als ob sie alles hineinpressen wollte. Dann sagte der Vater: »Jetzt! Jetzt! Ich spritze! Himmel, wie süß!« Und gleichzeitig die Mutter: »Es kommt! Es kommt! Ach, welch ein süßer Strom!« Eine Sekunde wohl dauerte diese höchste Entzückung, dann sanken beide Arm in Arm auf das Bett nieder, zogen aber nun die Decke über sich, um sich nicht zu erkälten, so daß mir der Anblick ihrer Körper entzogen wurde.

Ich stand wie versteinert! Die beiden Wesen, für welche ich bis jetzt die meiste Ehrfurcht und Liebe gefühlt, hatten mich über Dinge aufgeklärt, über welche sich junge Mädchen so wunderbar verkehrte Gedanken machen, hatten allen Schein und alle Verstellung beiseite geworfen, durch die sie mir bisher als ganz rein, leidenschaftslos und ehrfurchtgebietend erschienen waren; hatten mir gezeigt, daß die Welt unter der äußeren Form der Sitte und des Anstandes den Genuß und die Wollust verbirgt. Aber ich will jetzt noch nicht philosophieren, sondern ich will erst erzählen. –

Zehn Minuten ungefähr mochten beide wie leblos unter der Decke gelegen haben, dann standen sie auf, wuschen sich, zogen sich an und verließen das Zimmer. Ich wußte, daß meine Mutter den Vater zunächst in das Zimmer führen würde, wo die Geburtstagsgeschenke aufgestellt waren, und dieses lag an dem

Balkon, der in den Garten führte. Ich schlich mich daher einige Minuten nachher aus dem Schlafzimmer und lief so rasch als möglich in den Garten, von wo aus ich die Eltern begrüßte. Wie ich dann mein Gratulationsgedicht hergesagt habe, weiß ich nicht. Mein Vater hielt meine Verwirrung für Rührung. Konnte ich doch meine Eltern nicht ansehen, weil ich den Gedanken nicht loswerden konnte, wie ich sie vor wenigen Minuten in einer ganz anderen Verfassung gesehen hatte. Der Vater küßte mich und die Mutter; aber welch eine andere Art von Kuß war das? So kalt, so förmlich! Auch die Mutter küßte den Vater. Aber wie hatte ich sie vorher küssen sehen! Ich war so verwirrt und verlegen, daß ich endlich meinen Eltern damit auffiel. Ich schützte Kopfweh vor, weil ich mich nur danach sehnte, auf mein Zimmer zu kommen und allein zu sein, denn ich vermochte keinen anderen Gedanken zu fassen, als das so unerwartet Gesehene zu ergründen und womöglich selbst Versuche anzustellen. Der Kopf brannte mir wie Feuer, und das Blut jagte mir fast fühlbar durch die Adern.

Die Mutter meinte, ich sei wohl zu fest geschnürt. Das war eine willkommene Gelegenheit, mich in meinem Zimmer auskleiden zu können, und das tat ich auch mit einer solchen Eile, daß ich fast alles zerriß. Wie war aber mein unreifer Körper so wenig schön im Vergleich zu der vollendeten Schönheit meiner Mutter! Kaum rundete sich bei mir, was bei ihr schon die üppigsten Formen angenommen hatte. Das vollste Gebüsch bei ihr war bei mir kaum leichtes Moos.

Sofort versuchte ich mit der Hand an mir selbst, was ich den Vater hatte tun sehen; ich rieb hin und her, auf und nieder, öffnete die Lippen des Einganges so weit als möglich, aber den Finger tiefer hineinzubringen war mir nicht möglich, ohne Schmerzen zu empfinden. Es war wohl ein angenehmes Gefühl, wenn ich ganz oben am Eingang, wo ich zwischen den Lippen einen kleinen hervorragenden Fleck fühlen konnte, sanft, und besonders mit warmem Speichel benetzt, rieb; aber daß man davon so außer sich geraten, so alle Besinnung verlieren könne, wie ich bei meiner Mutter gesehen hatte, das konnte ich nicht begreifen. Ich schloß daraus, daß zu solcher Wollust ein Mann gehöre, und verglich in Gedanken den Prediger mit meinem Vater. Ob der sich wohl auch mit seinem ernsten Wesen nur so verstellte, wie sich offenbar mein Vater gegen uns verstellt? Ob er wohl auch so feurig, so wollüstig, so besinnungslos wird, wenn er sich mit seiner Frau allein befindet? Ob er es wohl auch mit mir tun würde, wenn ich das täte, was die Mutter getan? Namentlich konnte ich das Bild nicht vergessen, wie sie jenes wunderbare Glied geküßt, daran gesaugt, seinen Kopf in den Mund genommen und so lange geliebkost hatte, um es aufs neue in sich zu versenken.

In einer Stunde war ich zehn Jahre älter geworden. Als meine eigenen Versuche nichts helfen wollten und ich ermattet davon ablassen mußte, überlegte ich hin und her, was ich nun tun müsse. Schon damals war ich in allen Dingen ungemein systematisch, ich führte ein Tagebuch, hielt Rechnung über meine kleinen Einnahmen und Ausgaben und schrieb alles mögliche auf. So kam ich denn auf den Gedanken, mir erst alle Worte aufzuschreiben, die ich gehört hatte, aber vorsichtig auf kleine Papierschnitzel, damit niemand daraus klug werden könnte. Dann dachte ich über alles Gehörte und Gesehene nach und baute mir mein Phantasieschloß zurecht.

Erstens hatte die Mutter sich schlafend gestellt und sich so zurechtgelegt, daß der Vater das tun mußte, was sie wünschte. Das hatte sie offenbar in der Absicht getan, damit der Vater nicht merken sollte, was sie wünschte. Sie war also die Verlangende, wollte aber nur als die Gewährende erscheinen. Sie hatte sich ferner den Spiegel so zurechtgerückt, daß sie durch den Anblick doppeltes Vergnügen haben mußte. Hatte mir der Anblick im Spiegel doch auch mehr Vergnügen gemacht als die Wirklichkeit, weil ich Dinge ganz deutlich sah, die ich sonst nicht hätte sehen können. Aber auch das hatte sie vor dem Vater versteckt. Sie hatte ihm also nicht eingestehen wollen, daß sie mehr genoß als er. Endlich hatte sie ihn gefragt, ob er nicht bis heute abend warten wolle, während sie doch alles vorbereitet hatte, um gleich morgens zu genießen, was sie wünschte.

Zweitens hatten beide mehrmals ausgerufen: »Es kommt!« Es war von einem »Erguß« die Rede gewesen und als das höchste Vergnügen eintrat, hatten beide gesagt: »Ich spritze!« Was war das? Vergebens zerbrach ich mir den Kopf, was das wohl bedeuten könnte. Ich mag gar nicht schreiben, welche widersinnige Erklärung ich mir damals erfand. Bei aller gewöhnlichen Schlauheit junger Mädchen ist es erstaunlich, wie lange sie über alle Dinge im dunkeln tappen und wie selten sie gerade auf die einfachste und natürlichste Erklärung dabei kommen.

Das Küssen und Saugen war jedenfalls nicht die Hauptsache, sondern nur eine Vorbereitung gewesen, obgleich die Mutter offenbar gerade dabei das meiste Vergnügen gehabt hatte, sowohl als der Vater ihr an der Spalte saugte und wahrscheinlich mit der Zunge spielte, denn sie hatte ja dabei gesagt: »Jetzt tiefer!« und nachher, daß es ein »himmlischer Genuß« gewesen sei, als auch wie sie dem Vater dasselbe tat. Kurz, es gab so viel zu denken, daß ich den ganzen Tag nicht zur Ruhe kam. Fragen wollte ich niemanden, denn da die Eltern das alles so vorsichtig verborgen hatten, so mußte es wohl etwas Unschickliches sein. Wir bekamen viel Besuch den Tag über, und des Nachmittags kam auch der Onkel mit seiner Familie in die Stadt. Er brachte seine Frau, meine Cousine, ein zehnjähriges Mädchen, meinen Vetter von sechzehn Jahren und eine französische Gouvernante aus der Schweiz mit. Da der Onkel am andern Tage noch Geschäfte in der Stadt hatte, so blieben sie die Nacht bei uns, und die Cousine mit ihrer Gouvernante mußten in meinem Zimmer schlafen. Dazu wurde noch ein Bett aufgeschlagen und neben das meinige gestellt. Dort sollte die Gouvernante, die Cousine aber mit mir zusammen in einem Bette schlafen. Mir wäre es lieber gewesen, wenn ich im Bette der Gouvernante hätte schlafen können, denn sie war ein sehr lebhaftes Frauenzimmer, achtundzwanzig Jahre alt, nie um eine Antwort verlegen, und von ihr hätte ich vielleicht Belehrung erhalten können, obgleich ich nicht wußte, wie ich das anfangen sollte, da sie doch eine Erzieherin war und meine kleine Cousine sehr strenge hielt. Aber ich dachte mir, die Vertraulichkeit des Zusammenliegens im Bette würde schon eine Gelegenheit herbeiführen, und machte tausend Pläne. Als die Zeit zum Zubettgehen herangekommen war, fand ich Marguerite schon in unserem Schlafzimmer. Sie hatte eine spanische Wand zwischen die beiden Betten geschoben, so daß die Schlafenden vollständig voneinander getrennt waren. Sorgfältig brachte sie uns beide zu Bett, ließ uns unser Nachtgebet hersagen, nahm dann die Lampe auf ihre Seite mit hinüber, wünschte uns gute Nacht und ermahnte uns, bald einzuschlafen. Das hätte sie bei meiner Cousine kaum nötig gehabt, denn kaum unter der Decke, war sie auch schon eingeschlafen; bei mir aber war vom Schlafen keine Rede. Allerlei Gedanken gingen mir im Kopf herum. Ich hörte Marguerite noch einige Zeit herumwirtschaften, sich dann ausziehen und das Nachtkleid anziehen. Ein schwacher Lichtschein durch die spanische Wand zeigte mir eine kleine, kaum einen Stecknadelkopf große Öffnung, und schnell hatte ich eine Haarnadel zur Hand, um das Loch unbemerkt größer zu machen, so daß ich mich im Bette nur etwas herauszuschieben brauchte, um ganz bequem zu Margueriten hinüberzusehen. Sie hatte eben das Hemd ausgezogen, um das Nachthemd anzuziehen.

Ich sah freilich keinen so schönen Körper wie den meiner Mutter, aber doch runde, reife Formen, eine kleine, aber wohlgeformte Brust und geschlossene Schenkel. Ich hatte kaum eine Sekunde Zeit für das Beschauen, denn rasch warf sie das Nachthemd über, setzte eine Haube auf und holte dann aus ihrem Reisesack ein Buch, mit dem sie sich an einen Tisch, dem Bette gegenübersetzte und zu lesen begann.

Kaum aber hatte sie einige Minuten gelesen, als sie aufstand, die Lampe nahm und auf unsere Seite kam, um nachzusehen, ob wir auch schliefen. Natürlich schloß ich die Augen so fest als möglich und öffnete sie erst wieder, als ich hörte, daß sich die Erzieherin auf ihrer Seite auf den Stuhl setzte. Gleich war mein Auge auch wieder an der Öffnung. Marguerite las mit größter Aufmerksamkeit in dem Buche, und sein Inhalt mußte etwas ganz Besonderes sein, denn ihre Wangen röteten sich und ihre Augen glänzten, die Brust hob sich unruhig, und plötzlich ließ sie die rechte Hand unter das Hemd sinken, setzte den einen Fuß auf die Bettstelle und schien nun noch eifriger – mit größerem Vergnügen zu lesen. Was ihre Hand unter dem Hemde machte, konnte ich freilich nicht erkennen, da sie bedeckt war, aber ich reimte mir das heute morgen Gesehene zusammen. Manchmal schien sie nur mit den Fingerspitzen in den Haaren zu spielen, dann drückte sie wieder die Schenkel zusammen und bewegte sich mit dem Unterkörper hin und her. Vor lauter Aufmerksamkeit auf die Hauptsache hatte ich gar nicht bemerkt, daß neben ihr auf dem Tische ein kleines Blechgefäß mit einer Spirituslampe stand, dessen Inhalt bald anfing zu dampfen. Wahrscheinlich hatte sie die Flamme schon vor dem Entkleiden angezündet, denn ich hatte es nicht gesehen. Plötzlich legte sie das Buch weg, faßte in das dampfende Gefäß, und als sie den Finger herauszog, sah ich, daß Milch darin erwärmt worden war. Sie schien sich nur überzeugt zu haben, ob die Milch heiß genug sei. Denn nun holte sie aus ihrer Reisetasche ein Paket Wäsche hervor, wickelte es auf und hatte plötzlich ein sonderbares, mir unerklärliches Instrument in der Hand. Es war schwarz und hatte genau dieselbe Form wie das, was ich heute früh bei meinem Vater gesehen hatte. Ich armes Ding, was wußte ich damals von einem Godemichè! Sie senkte ihn in die heiße Milch, ließ ihn eine Zeitlang darin, legte ihn dann an ihre Backe, als wollte sie prüfen, ob das Instrument die rechte Wärme habe. Kaum hatte sie sich davon überzeugt, als sie die Spitze desselben wieder in die Milch legte, die beiden Kugeln am anderen Ende zusammendrückte und beim Loslassen das Innere der Kugeln mit der warmen Milch füllte. Nun setzte sie sich wieder, stellte beide Füße hoch auf das Bett, und zwar meinen Augen gerade gegenüber, so daß ich zwischen ihre ausgebreiteten Schenkel sehen konnte, da sie das Hemd hoch heraufgeschlagen und unter dem Gürtel des Kamisols befestigt hatte. Mir quollen vom angestrengten Sehen fast die Augen aus dem Kopfe. Nun nahm Marguerite das Buch wieder in die linke Hand – ich hatte beim Aufnehmen bunte Bilder darin bemerkt, ohne erkennen zu können, was sie darstellten – jenes Instrument in die rechte Hand und führte dessen Spitze an jenen wunderbaren Teil, den ich eben auch bei mir selbst in der Hand hatte. Ganz langsam fuhr sie erst auf und nieder, von oben bis unten, rieb leise eine gewisse Stelle, wobei ihre Augen immer sonderbarer glänzten und das Buch mit seinen Bildern fast zu verschlingen schienen; dann leitete sie die Spitze zu der eigentlichen Öffnung und drängte langsam den ganzen Schaft hinein, wobei sie die Schenkel noch mehr auseinanderspreizte, den Unterkörper entgegenschob und einen leisen Seufzer ausstieß. Sie schob so lange, bis der Schaft nicht weiter eindringen konnte und die Kugeln sich fast mit den Haaren vereinigten. Ebenso langsam, wie er eingedrungen war, zog sie ihn auch wieder heraus, und nun wiederholte sich das Spiel nach und nach immer schneller, bis sie das Buch fallen ließ, die Augen schloß, die linke Hand im Munde befeuchtete und sich – während das Instrument unten immer rascher eindrang – oben in der Spalte kitzelte und rieb. Ihr Körper schien in Konvulsionen zu geraten. Sie kniff die Lippen gewaltsam aufeinander, als fürchte sie sich durch einen Seufzer zu verraten; endlich schien der höchste Moment bei ihr gekommen; mit beiden Händen preßte sie die Kugeln, daß die Milch gewaltsam in ihr Inneres spritzen mußte, schloß dann die Schenkel über dem noch immer tief eingedrungenen Instrumente und lag regungslos, aber tief atmend still auf dem Stuhle. Ich rührte mich immer noch nicht. Endlich öffnete sie die Schenkel wieder, zog das Instrument, das ganz mit Schaum bedeckt schien, heraus und fing den nachstürzenden Milchstrom in einem Tuche auf. Dann trocknete sie alles, packte Buch und Instrument sorgfältig ein, kam darauf noch einmal mit der Lampe an unser Bett, um zu sehen, ob wir schliefen, und legte sich dann selbst zur Ruhe, mit so ruhigem, glücklichen Gesichte, als sei sie nun vollständig befriedigt. Während sie in das Bett stieg, schob auch ich mich zurecht und freute mich, nun eine Gelegenheit gefunden zu haben, die mir Lösung aller Rätsel verhieß, die sich unruhig in meinem kleinen Kopfe herumtummelten.

William Shakespeare

FLIEHE, MEIN GELIEBTER

Juliettens Zimmer, von der Garten-Seite.
Romeo und Juliette, oben an einem Fenster; woran eine Strik-Leiter befestigt ist.

JULIETTE: Willst du schon gehen? Es ist noch lange bis zum Tag: Es war die Nachtigall und nicht die Lerche, die dich vorhin erschrekte – – sie pflegt alle Nacht auf jenem Granatbaum zu singen; glaube mir, mein Herz, es war die Nachtigall.

ROMEO: Es war die Lerche, die Heroldin des Morgens, nicht die Nachtigall. Siehst du, meine Liebe, die neidischen Streiffen, die dort im Osten die sich scheidenden Wolken umwinden: Die Kerzen der Nacht sind abgebrannt, und der fröliche Tag gukt auf den Zehen stehend über die Spitzen der neblichten Berge. Ich muß gehen und leben, oder bleiben und sterben.

JULIETTE: Jenes Licht ist nicht Tag-Licht, glaube mir's, es ist irgend ein Meteor, das die Sonne ausdünstet, um in dieser Nacht deine Reise nach Mantua zu beleuchten; bleibe noch ein wenig, du sollst nicht so früh gehen.

ROMEO: Laß mich ergriffen, laß mich zum Tod verurtheilt werden; ich bin zufrieden, wenn du es haben willst. Ich will sagen, jenes Grau sey nicht des Morgens Auge, sondern nur der blasse Gegenschein von Cynthia's Stirne; und es sey nicht die Lerche, deren Noten so hoch über unserm Haupte zu den himmlischen Gewölben hinauftönen. Nichts als die Sorge um unsre Sicherheit kan mich aus deinen Armen reißen; aber Juliette will's, und der Tod soll mir willkommen seyn. Wie ists, meine Seele? Laß uns schwazen, es ist noch nicht Tag.

JULIETTE: Es ist, es ist; verlaß mich, fliehe, mein Geliebter; es ist die Lerche, die so tonloß singt, ihr mißlautendes, unangenehm-scharfes Gurgeln ruft dich weg – – O gehe, gehe, es wird immer heller und heller.

ROMEO: Sage, immer finstrer und finstrer, da ich in wenigen Augenbliken dich nicht mehr sehen werde.

Die Amme kommt herein.

AMME: Gnädige Frau – –

JULIETTE: Amme?

AMME: Euer Gnaden Frau Mutter ist im Begriff heraufzukommen: Der Tag bricht an, nehmt euch in Acht, seht euch vor – –

(ab.)

JULIETTE: So muß ich dann von meinem Leben scheiden? – –

ROMEO: Lebe wohl, lebe wohl; noch einen Kuß, und ich will gehen.

(Romeo steigt aus dem Fenster herab.)

JULIETTE: Und gehst du dann so? O mein Liebster, mein Herr, mein Gemahl, mein Freund! Ich muß alle Tage Nachricht von dir haben, alle Stunden, denn in einer Minute ohne dich sind viele Tage. Ach! nach dieser Rechnung werd' ich alt seyn, eh ich meinen Romeo wieder sehe.

ROMEO: Lebe wohl, meine Liebe: ich will keine Gelegenheit versäumen, wodurch ich dir meinen Gruß übermachen kann.

JULIETTE: Ach, denkst du, wir werden uns jemals wieder sehen?

ROMEO: Zweifle nicht, es wird eine Zeit kommen, wo alle diese Wiederwärtigkeiten uns zum Stoff angenehmer Gespräche dienen werden.

JULIETTE: O Gott! Ich hab' eine Unglük-weissagende Seele – – Mich dünkt, ich seh dich, da ich so auf dich hinunter schaue, wie einen, der todt in seinem Grabe ligt. Entweder werden meine Augen düster, oder du siehst bleich – –

ROMEO: Glaube mir, Liebe, du kommst mir eben so vor; der Kummer trinkt das Blut in unsern Wangen auf – – Lebe wohl, lebe wohl! – –

(Romeo geht ab.)

Deutsch von Christoph Martin Wieland

II. ERWECKUNG UND ERFÜLLUNG

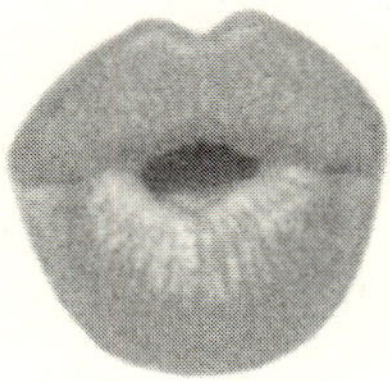

Susie Bright

IHR EROTISCHES PROGRAMM

In einer Revolution wie im Roman ist der schwierigste Teil das Ende.

Alexis de Tocqueville

I. Reden Sie über Sex, egal wo

Über Sex in der Öffentlichkeit zu reden ist besonders gewagt. Sex ist ein ebenso köstliches Gesprächsthema wie Essen oder Musik; Sex ist als Thema mindestens so ergiebig wie das Wetter und doppelt so interessant. Gespräche über Sex machen Small talk und Kleingeistern den Garaus. Sie gehören an den Essenstisch, auf Flughäfen, in Kirchen und überallhin, wo Menschen sich austauschen.

Manche Leute halten Sex talk für Klatsch – für taktlos, für schlechte Manieren. Vielleicht haben sie noch nie eine ehrliche Unterhaltung über Sex geführt, die vielleicht mit einem Fragezeichen endete oder rein theoretisch oder sogar sinnlich war. Vielleicht haben sie nie ohne bedrohlichen Unterton über Sex geredet.

Was könnte man heutzutage über Sex sagen, sei es zu einem Freund oder zu einem Fremden, das Türen öffnen würde statt andere auszuschließen?

II. Lassen Sie sich inspirieren, aber niemals belehren

Sie müssen keine Sorge haben, andere beim Sex zu imitieren, denn das ist unmöglich. Sie müssen nur aufpassen, daß Sie Ihre wahre Neigung nicht verleugnen, daß Sie keine Angst haben zu zeigen, was Ihnen gefällt, und daß Sie nicht verzweifeln, wenn es scheint, als sei Schweigen eine Lösung. Erotische Kreativität ist wie eine moderne Tänzerin – sie besitzt einen Körper, sie hört auf die Musik, sie atmet tief durch und dann *bewegt* sie sich. Niemand kann ihr vorschreiben, welchen Fuß sie zuerst setzen oder wie sie sich neigen soll. Der erotische Geist hört zu und drückt sich aus, ohne jemals etwas auswendig zu lernen oder aufzusagen.

III. Genießen Sie jede noch so kleine erotische Geste

Die berauschendsten erotischen Erinnerungen sind sehr persönlich, sie entsprechen keiner Norm. Wahre Schönheit ist äußerst schlicht und dennoch so vollkommen, daß man sie nicht kopieren kann. Natürlich möchten wir diese Augenblicke festhalten, wir träumen davon, sie in einem Schmuckkästchen aufzubewahren. Aber sie sind zu flüchtig. Was die erotische Würze ausmacht, sind Ihre sexuelle Kreativität und die Phantasie Ihres Liebhabers.

IV. Verlassen Sie sich nicht auf einen Guru – Verantwortungsbewußtsein ist kosmischer als Charisma

Das größte Geschenk, das Lehrer ihren Schülern machen können, ist die Möglichkeit zu widersprechen, ihnen eine Wahl zu lassen und trotz unterschiedlicher Ansichten Freunde zu bleiben. Sexgurus, die Sie mit ihrer Philosophie erotisch befriedigen können, gibt es nicht und wird es nie geben. Der beste sexuelle Ratgeber ist derjenige, der am besten zuhört, der die besten Fragen stellt und der vor allem die Gelegenheit genießt, sich in der Öffentlichkeit eine Blöße zu geben.

V. Lernen Sie, Ihre erotischen Eigenheiten zu lieben

Ich konnte mich nie mit der Idee anfreunden, mir lebensbejahende Mottos an den Spiegel zu kleben. Esoterische Übungen, bei denen man sich im Spiegel betrachtet und sagt: »Ich bin toll und damit hat's sich«, konnte ich noch nie ausstehen. Ich werde das Gefühl nicht los, daß solche Sprüche der neueste Trick von Schneewittchens böser Stiefmutter sind.

Aber es ist nicht so, daß ich besonders scheu oder bescheiden wäre. Ich rede schon mit mir selbst – aber ohne Notizen oder Spiegelflächen. Manchmal sehe ich mir im Spiegel in die Augen und bemerke die Leidenschaft darin, die immer bleiben wird, egal wie alt ich auch werde.

Das Beste, was mir in meinem Sexleben je passiert ist, geschah zufällig. Ich hörte endlich auf, mich mit anderen zu vergleichen. Ich war kurz abgelenkt und ließ mich beim Sex gehen. Ich war so befriedigt und erregt wie nie zuvor. Wenn ich mich selbst zufällig im Spiegel gesehen hätte, wäre ich überrascht gewesen – denn wenn ich in etwas vertieft bin, führen mein Gesicht und mein Körper ein unnachahmliches Eigenleben.

VI. Lehnen Sie kurze Beschreibungen ab

Wenn Sie das nächste Mal jemand nach Ihren sexuellen Vorlieben fragt, antworten Sie, das Substantive dafür nicht ausreichen. Erzählen Sie von Ihrem jüngsten sexuellen Erlebnis oder Ihrer letzten erotischen Phantasie; diese Beschreibung sollte voller Verben und Adjektive sein und sogar über Worte hinausgehen. Vielleicht müssen Sie die Hände hinzunehmen. Schlagworte gehören ausschließlich auf Werbeschilder und Protestplakate.

VII. Bekämpfen Sie Neid mit erotischer Großzügigkeit

Neid wird Sie einschnüren wie ein Schraubstock – und wenn er Sie gepackt hat, werden Sie Angst haben zu verlieren, keine Chance zu haben. Sie werden jene im Auge behalten, deren Leben Sie beneiden, und sie schlechtmachen oder sich selbst schlechtmachen, aber das wird Sie nicht weiterbringen.

Man braucht ein Gegenmittel, um den Würgegriff des Neids zu lösen. Das Gegenteil von Neid ist nicht Gleichgültigkeit, sondern Mitgefühl, und genau das sollten wir anstreben. Nutzen Sie Ihren Neid, um Ihre Ängste zu erkennen, statt überheblich oder wütend zu werden. Nur Nachsicht und Verzeihung können die Angst auflösen. Warum können wir anderen Menschen nicht sagen, wie wir über Sex denken? Warum hören wir nicht auf unsere erotische Phantasie? Jedenfalls ist es nicht die Schuld der anderen.

VIII. Stehen Sie zu Ihren Phantasien
Schreiben Sie alles bis ins letzte Detail auf

Viele Menschen glauben, keine Phantasien zu haben, oder sie glauben, ihre Phantasien nicht ausdrücken zu können. Andere halten ihre Phantasien für so banal, daß sie sich in allgemeine Beschreibungen flüchten. Aber ob Sie nun glauben, phantasielos zu sein oder das wandelnde Stereotyp eines billigen Pornos:

Wenn Sie Ihre erregten Gedanken in allen Einzelheiten aufzeichnen, werden Sie sehen, daß weder das eine noch das andere zutrifft.

Wie mein Freund Jack Morin in *The Erotic Mind* sagt: »Stellen Sie sich vor, Sie möchten sexuell wirklich erregt sein, sind es aber aus irgendeinem Grund nicht. Beschreiben Sie die Phantasie, die Sie am ehesten erregen würde.«

IX. Bringen Sie eine Phantasie ans Licht

Masturbieren Sie. Nehmen Sie sich vor, dabei Ihren Gedanken zu folgen und sie in Erinnerung zu behalten, etwa so als würden Sie schlafen gehen und sich vornehmen, sich an Ihre Träume zu erinnern. Wenn Sie erregt werden, verfolgen Sie Ihre Gedanken, ohne sie zu beurteilen oder deuten zu wollen.

Greifen Sie nach Ihrem Orgasmus, wie nach einem Traum, nach Stift und Papier und schreiben Sie jede Einzelheit auf, an die Sie sich erinnern. Beschreiben Sie den Höhepunkt der Phantasie – der nicht unbedingt dem Ihres Körpers entsprechen muß –, als Ihre erotischen Gedanken am intensivsten waren. Wenn Sie die Phantasie aufgeschrieben haben, lesen Sie sie laut vor, und Sie werden eine aufschlußreiche Überraschung erleben.

X. Beschreiben Sie eine sexuelle Erfahrung, die Sie nie gemacht haben

Stellen Sie sich ein Tabu vor, etwas Unvorstellbares, etwas Anstößiges und geradezu Surreales. Erforschen Sie Ihr erotisches Bewußtsein mit Freude und grenzenloser Toleranz. Lassen Sie sich vom sexuellen Charisma anderer anstecken – auch wenn Sie das, was die tun, nicht in einer Million Jahre machen würden. Aber natürlich nicht! Erotische Nachahmung ist hoffnungslos – aber Aufgeschlossenheit und Neugier sind möglich und wohltuend. Wenn Sie sexuelle Anregung von unerwarteter Seite nicht zulassen, lassen Sie Ihre Phantasie verkümmern, und darunter wird Ihre Kreativität mehr leiden, als Sie ermessen können.

XI. Lassen Sie beim Ficken alle Hüllen fallen

Lassen Sie sich gehen. Sagen Sie laut, was Sie denken.

Lange Zeit hatte ich keine Ahnung, daß Sex talk ein wirksames Aphrodisiakum ist. Ich schrieb über Sex, ich redete öffentlich und äußerst anschaulich über Sex – aber im Bett verriet ich kein Wort über meine Phantasien. Gerade bei langjährigen Partnern war das unverständlich, denn schließlich teilte ich so viele andere Dinge mit ihnen, auch heimliche Ängste und peinliche Situationen. Warum sollte es so katastrophal sein, meine sexuellen Wünsche laut auszusprechen, wenn er sonst alles von mir wußte? Ich war wie jemand, der sich nicht fotografieren lassen will. Meine erotische Stimme war mein großes Geheimnis, und ich hatte das Gefühl, mein Orgasmus wäre für immer verloren, wenn ich es verraten würde.

Meine Freundin Lisa Palac half mir, meine erotische Stimme aus ihrem Versteck zu locken. Sie produzierte eine Schallplatte mit dem Titel *Cyborgasm*, ein Album mit erotischen Geschichten von verschiedenen Leuten. Auch von mir wollte sie eine aufnehmen. Ich sollte sie nicht als unbeteiligter Beobachter beschreiben – das Bettgeflüster sollte völlig intim wirken.

Als ich vor dem Mikro stand, schloß ich die Augen. Noch nie hatte ich eine Geschichte so authentisch erzählt. Danach wurde mir klar, daß meine Phantasie nicht im geringsten gelitten hatte – ich war geradezu high. Man könnte wohl sagen, daß mich das dazu angestiftet hat, es zu Hause bei meinem äußerst überraschten Freund auszuprobieren.

XII. Machen Sie Ihre eigene Pornographie
Begnügen Sie sich nicht damit, andere nachzuahmen

Wenn Ihnen der Blick aus Ihrem Fenster nicht gefällt, handeln Sie subversiv und unabhängig: schaffen Sie Ihren eigenen Blick. Wenn es so wichtig ist, Sex zu kritisieren, wo sind dann unsere Vorbilder? Wer könnte Ihnen besser sagen, wie Sie sich erotisch ausdrücken wollen, als Sie selbst?

Schreiben Sie Ihre Geschichte, Ihr Gedicht, greifen Sie zum Fotoapparat. Hören Sie auf, darüber zu streiten, was erotisch oder pornographisch ist, und folgen Sie Ihrer Intuition. Die Technologie gibt den Liebenden erotische Macht über jedes Ausdrucksmittel – warum nutzen Sie sie nicht?

XIII. Entschuldigen Sie sich nie um des lieben Friedens willen

Verzeihung und Bescheidenheit sind ungewöhnlich und ein schöner Zug. Wir sind eher gewohnt, mit den Worten »tut mir leid« Unterwürfigkeit und Hilflosigkeit auszudrücken oder unsere Wut herunterzuschlucken. Aufrichtige Verzeihung ist etwas ganz anderes, als wenn einem etwas leid tut. Verantwortung zu übernehmen ist eine feine Sache, es ist das Gegenteil von Bedauern. Sagen Sie nicht, daß es Ihnen leid tut, wenn Sie wütend sind oder wenn Sie spitz sind oder wenn es Ihnen egal ist. Denn das ist eine Beleidigung und keine Entschuldigung.

XIV. Erziehen Sie Ihre Kinder zur Unabhängigkeit, nicht nur in sexueller Hinsicht

Unsere Kinder gehören uns nicht, so verlockend der Gedanke auch sein mag. Unsere Erinnerung daran, daß sie aus uns entstanden sind, ist irreführend, denn sie sind weder unsere Worte, noch unsere Gedanken, noch unser Abfall. Sie haben eine eigene Phantasie, die wir weder geschaffen haben noch zerstören können; sie wohnen in unserem Haus, aber sie leben in einer eigenen Welt. Wir können ihre Welt achten und lieben, indem wir ihnen Freiheit und Toleranz gewähren, eine Liebe zu unserem eigenen Körper vermitteln und das Gefühl, sie zu lieben, ohne besitzergreifend zu sein.

XV. Lassen Sie Ihren Körper sinnliche Erfahrungen machen

Genießen Sie das Wetter, vom strömenden Regen über die Wintersonne bis zum Morgentau. Kaminfeuer, Kerzenlicht, Scheinwerfer, jede Art von Licht. Die Haut anderer Menschen, ihr Gesicht, ihre Genitalien, ihr Haar, das Sie um Ihre Finger wickeln. Babyhaut und die federweiche Haut alter Menschen. Weiche Rundungen und scharfe Kanten. Dinge, die in Ihrem Mund oder Ihrer Hand schmelzen. Das alles ist reiner Balsam.

XVI. Machen Sie sich bewußt, daß jeder Mensch ein sexuelles Wesen ist

Das Gegenteil zu behaupten ist eine besonders schlimme und dumme Form der Diskriminierung.

Ihre Mutter ist ein sexuelles Wesen,
Ihre Urgroßmutter, die Sie nicht mal kennen,
Und deren Ehemann –
Ihr geliebtes Baby und jedes andere Baby,
Der Krüppel im Rollstuhl,

Die Dreizehnjährige mit der dicken Brille und orthopädischen Schuhen,
Die unglaublich häßliche Person, um die Sie immer einen großen Bogen machen,
und gestörte magersüchtige Supermodels –
jeder, den Sie nicht begehren,
und jeder, den Sie je auf ein Podest gestellt haben.
JEDER

Deutsch von Juliane Zaubitzer

Charles Lewinsky
THEORIE

Es sprach Herr Siegmund Freud aus Wien:
Vertraut auf meine Theorien!
Das Leben ist geregelt,
sobald man Schwester, Mutter, Kind
und auch die Oma vögelt.

John Cleese & Connie Booth
ZWEI- ODER DREIMAL DIE WOCHE

Basil steht bei der Küchentür und wirft verstohlene Blicke in den Speisesaal. Polly kommt hinzu und sieht ihm verwundert über die Schulter.

Basil *(zu Polly)* Bleib zurück, bleib zurück.
Polly ... Was ist denn los?

Basil Abbott …

Polly Was ist mit ihm?

Basil … Psychiater … guck ihn dir an … guck … guck, wie er zuhört … siehst du …? Ihm entgeht nichts. Und sie merkt es nicht. Guck! Guck, wie er redet! Diese Leute haben ein fotografisches Gedächtnis. *(Schaut zu Polly, aber sie ist schon wieder bei der Arbeit.)* Sybil! Sybil! *(Er geht in den Speisesaal zurück.)*

Sybil Ja, Basil?

Basil Könnte ich dich kurz behelligen, Schatz?

Sybil Worum geht's denn?

Basil Nur ein kleines Problem. *(Dr. Abbott wendet sich Basil zu.)* Nichts Persönliches. Nichts, das irgendwie von privater Natur wäre oder so. Geht nur um …

Sybil Entschuldigen Sie uns einen Moment, ja?

Basil und Sybil gehen in die Küche.

Sybil Was ist los, Basil?

Basil Immer … immer … mit der Ruhe, okay?

Sybil Was?

Basil Bleib immer schön auf Distanz. Ich meine, vergiß nicht, wer du bist, ja?

Sybil … Wer ich bin …

Basil Na ja, also erzähl' ihm nichts von dir.

Sybil Basil, ich bin durchaus in der Lage …

Basil Schon gut, schon gut … was hast du ihm erzählt?

Sybil Nichts. Wir haben uns über Schottland unterhalten.

Basil Schottland? Was findet er an Schottland so interessant?

Sybil berührt ihn, um ihn zu besänftigen, er zuckt zusammen.

Sybil O Basil, warum bist du bloß so nervös?

Basil Ich bin nicht nervös. Ich sage nur – »immer mit der

Ruhe«. In Ordnung? Wir alle. Immer nur schön mit der Ruhe, alles klar?

Sybil Was ist bloß in dich gefahren?

Basil Nichts ist in mich gefahren. Ich habe lediglich gesagt »immer mit der Ruhe«. Kann ich nicht mal »immer mit der Ruhe« sagen, ohne daß gleich Panik ausbricht? *(Immer manischer.)* Ich meine, was wird hier eigentlich gespielt?

Sybil Basil, jetzt hör mir mal zu …

Terry Hören Sie, Mr. Fawlty, immer mit der Ruhe.

Basil Paß auf – damit eins klar ist. Verstanden? Du sagst nicht »immer mit der Ruhe« zu mir. Ich bezahle dich nicht dafür, daß du zu mir »immer mit der Ruhe« sagst. Ich bezahle dich, damit du hier Ruhe bewahrst. Unsinn – ich bezahle dich, damit ich **dir** sagen kann, daß du die Ruhe bewahrst. Also immer schön mit der Ruhe. Klar? *(Sybil legt die Hand auf seinen Arm; er zuckt zusammen.)*

Sybil *(nimmt trotzdem seinen Arm und führt Basil beiseite)* Hör mal – warum regst du dich so auf?

Basil Ich **rege** mich nicht …

Sybil Du mochtest ihn doch, als er ankam …

Basil Hör mal …

Sybil … und nur, weil du dann festgestellt hast, daß er Psychiater ist, steigerst du dich in …

Basil Das macht mir doch gar nichts. Das … das macht mir nichts. Wenn er unbedingt Psychiater sein muß, ist das sein Problem, nicht meins. Die sind doch sowieso alle völlig plemplem, aber darum geht's ja nicht. Hör mal. Hör mal! Wie verdient der wohl sein Geld? … Indem er seine Nase in …

Sybil O Basil …

Basil Nein, laß mich ausreden … in anderer Leute Dings … äh … Privatangelegenheiten steckt. Nur mal für mich selbst gesprochen, ich habe keine Lust, daß ein völlig fremder Mensch an meinem Ding – in meinen privaten Dingen rumschnüffelt. Mehr sage ich gar nicht.

Sybil Sie machen hier Urlaub. Sie sind nur hier, um sich zu amüsieren ...

Basil Das kann er gar nicht.

Sybil Was kann er nicht?

Basil Er kann mir nichts über mich erzählen, was ich nicht so schon weiß. Diese ganze Psychiatrie ist doch nichts als Schaumschlägerei. *(Sybil gibt ihm die Rechnung der Abbotts; er nimmt sie und geht brummelnd in Richtung Speisesaal.)* Du weißt doch, wovon die alle besessen sind, oder?

Sybil Wovon denn?

Basil Du weißt doch, worum sich angeblich alles drehen soll, hmmm? ... Um **Sex.** Alles hängt mit Sex zusammen. Pah! So eine Saubande ... *(Er geht in den Speisesaal.)*

Im Speisesaal. Basil tritt an den Tisch der Abbotts.

Mrs. Abbott Na ja, aber wenn sie das tun, müssen sie wohl oder übel das Hotel schließen ...

Basil (legt die Rechnung neben Dr. Abbott) Ja ... wenn Sie hier bitte nur unterschreiben würden. Recht herzlichen Dank. *(Er geht wieder, um den Tisch des Majors abzuräumen, geht dann in die Küche.)*

Dr. Abbott Ja. *(Liest die Rechnung.)* Wir haben uns gerade darüber Gedanken gemacht, wie Leute in Ihrem Beruf ihre Ferien organisieren. Wie oft können Sie wegfahren? *(Aber Basil hat das nicht gehört; er kehrt genau in dem Moment wieder an den Tisch zurück, als Dr. Abbott hochschaut und fragt)* Wie oft schaffen Sie es?

Basil Pardon???

Dr. Abbott Wie oft schaffen Sie und Ihre Frau es? *(Es folgt eine ziemlich lange Pause, während derer Basil die unterschiedlichsten Dinge durch den Kopf gehen.)* ... Sie erlauben doch, daß ich frage?

Basil Natürlich, natürlich … ungefähr durchschnittlich, wenn Sie so fragen.

Mrs. Abbott Durchschnittlich?

Basil Jawohl.

Dr. Abbott Und was ist Ihrer Meinung nach durchschnittlich?

Basil Das wissen **Sie** ja wohl am besten, ha, ha, ha.

Mrs. Abbott Nun … zweimal im Jahr vielleicht?

Basil … Was?!

Dr. Abbott Einmal im Jahr?

Basil guckt erstaunt aus der Wäsche.

Dr. Abbott Nun ja, wir haben uns schon gedacht, daß es nicht einfach sein kann … meine Frau konnte sich nicht so recht vorstellen, wie Sie es überhaupt schaffen … wissen Sie.

Basil Nun, wenn Sie es genau wissen wollen … zwei- oder dreimal die Woche, so sieht's aus! *(Die Abbotts starren ihn an.)*

Dr. Abbott In der Woche …

Basil Ja. Eigentlich ganz normal, oder? Wir sind hier in Torquay ziemlich normal, müssen Sie wissen.

Er wendet sich ab, geht Richtung Küche und läßt die Abbotts verwirrt zurück. Er betritt forsch die Küche, aber sobald sich die Türen hinter ihm geschlossen haben, verfällt er in ein glasiges Starren. Sybil und Polly plaudern munter

Sybil … und da sagt er: »Arrogant? *Moi?*« Ich mag Männer, die mich zum Lachen bringen.

Polly (die Basils geistesabwesenden Blick bemerkt) Ist alles in Ordnung, Mr. Fawlty?

Basil Hmmm? Ja, ja … danke …

Sybil Was ist los, Basil?

Basil Nichts, Schatz, ich hab mich nur mit ... Dr. Abbott unterhalten ...

Sybil Also wenn ich mir einen Psychiater leisten könnte, dann wäre er genau mein Typ, ich kann mir nichts Netteres vorstellen, als sich mal richtig von Mensch zu Mensch auszusprechen, ich bin sicher, daß sie Frauen verstehen ...

Basil Sybil ...

Sybil Was denn, Schatz?

Basil Weißt du ... weißt du, was er mich gerade da draußen ... gefragt hat?

Sybil Was denn?

Basil Er hat mich gefragt ... *(Flüstert ihr ins Ohr)*

Sybil Mach dich nicht lächerlich, Basil.

Basil Ich sage die Wahrheit, ehrlich, Gott ist mein Zeuge.

Sybil Was ist bloß heute mit dir los?

Basil Er hat sich umgedreht und mich gefragt. Einfach so.

Sybil Na und, was hat er gesagt?

Basil Er sagte ... *(Flüstert.)* ... Dann sagte seine Frau ...

Sybil Sie haben über Ferien geredet, Basil ... Ich hatte ihnen gerade erzählt, wie schwer es ist wegzu ...

Basil Zweimal im Jahr!! Ogottogott ... was hab ich bloß gesagt?

Sybil Das macht doch nichts.

Basil Na, wie hätte ich das ahnen können?

Er eilt in den Speisesaal, aber die Abbotts sind schon gegangen. Er sprintet in die Halle, wo er die Abbotts am Haupteingang abfängt.

Basil Hallo! Das war ja eben ein unfreiwilliges Mißverständnis, da haben Sie die ganze Zeit über Sex gesprochen, und **ich** dachte, es ginge um Spaziergänge. Nein, nicht Sex! **Ferien.** Ferien. Sex! Ha, ha, ha. Nein, meine Frau und ich machen ungefähr zweimal im Jahr einen. Urlaub, meine ich, einen Urlaub, wohingegen, was einen guten Spaziergang anbelangt, also dafür nehmen wir uns ungefähr zwei- oder dreimal die Woche Zeit, im Durchschnitt, für einen richtigen schönen ausgedehnten Spaziergang.

Dr. Abbott Gut, wir wollen gerade auch einen machen.

Basil Vielen Dank ... also, viel Spaß dabei ... beim Spaziergang! Beim **Spaziergang!**

Deutsch von Ruth Keen

Arthur Schnitzler

EINE GROSSE ZÄRTLICHKEIT

Kaum war Berta ein paar Schritte vom Hotel entfernt, begann es zu regnen. Unter dem aufgespannten Schirm kam sie sich gegen unerwünschte Begegnungen geschützt vor. In der Luft verbreitete sich ein angenehmer Geruch, als sänke mit dem Regen ein Duft der nahen Wälder über die Stadt. Berta überließ sich ganz dem Vergnügen des Spazierengehens, selbst das Ziel ihres Weges schwebte ihr nur wie im Nebel vor. Sie war von der Fülle wechselnder Empfindungen endlich so müde geworden, daß sie gar nichts mehr empfand. Sie war ohne Angst, ohne Hoffnung, ohne Vorsatz. Sie ging wieder an den Gärten vorbei über den Ring und freute sich des feuchten Fliederdufts. Heute vormittag hatte sie gar nicht bemerkt, daß alles in violetten Blüten prangte. Ein Einfall brachte ein Lächeln auf ihre Lippen: sie trat in eine Blumenhandlung und kaufte ein kleines Veilchenbukett. Während sie die Veilchen an den Mund führte, kam eine große Zärtlichkeit über sie; sie dachte: jetzt um sieben geht der Zug nach Hause ab, und sie freute sich, als hätte sie jemanden überlistet. Sie ging langsam quer über die

Brücke und erinnerte sich, wie sie sie vor wenigen Tagen überschritten, um in die Gegend seiner früheren Wohnung zu kommen und jenes Fenster wiederzusehen. Hier ist das Menschengewühl groß, zwei Ströme, der eine von der Vorstadt in die Stadt, von der Stadt in die Vorstadt der andere, fluten durcheinander, Wagen aller Art fahren vorbei, Klingeln, Pfeifen, Rufen der Kutscher ertönt, Berta versucht stehen zu bleiben, wird aber vorwärts geschoben. Plötzlich hört sie ganz neben sich einen Pfiff. Ein Wagen hält, ein Kopf beugt sich zum Fenster heraus. ... er ist es. Er winkt sie mit den Augen herbei; einige Leute werden sofort aufmerksam und haben große Lust zu hören, was der junge Mann der Dame, die an seinen Wagen herantritt, zu sagen hat. Er spricht ganz leise:

»Willst du einsteigen?«

»Einsteigen ...?«

»Nun ja, es regnet doch.«

»Ich möcht' eigentlich lieber zu Fuß gehen.«

»Wie du willst.« Emil steigt rasch aus, bezahlt den Kutscher, und Berta merkt mit einigem Schreck, daß etwa ein halbes Dutzend Menschen ringsum sehr gespannt sind, wie sich diese merkwürdigen Vorgänge weiter entwickeln werden. Emil sagte zu Berta: »Komm.« Rasch übersetzen beide die Straße und entgehen so dem ganzen Gewühl. Jetzt spazieren sie langsam längs des Wienbetts in einer wenig belebten Straße weiter.

»Du hast ja nicht einmal einen Schirm, Emil!«

»Willst du mich nicht unter den deinen nehmen? Wart', so geht das nicht.« Er nimmt ihr den Schirm aus der Hand, hält ihn über sie beide und schiebt seinen Arm unter den ihren. Jetzt fühlt sie, es ist *sein* Arm, und freut sich sehr.

»Mit dem Land ist's leider nichts«, sagt er.

»Schade.«

»Also was hast du den ganzen Tag gemacht?«

Sie erzählt ihm von dem vornehmen Restaurant, in dem sie gespeist hat.

»Ja, warum hab' ich denn das nicht gewußt? Ich dachte, du bist bei deiner Cousine zu Mittag; wir hätten ja so gut zusammen frühstücken können!«

»Du hast ja so viel zu tun gehabt«, sagt sie, und ist ein wenig stolz, daß sie diesen leichten Ton des Spotts findet.

»Nun ja, nachmittags allerdings; eine halbe Oper hab' ich mir anhören müssen.«

»Wieso denn?«

»Es war ein junger Komponist bei mir – übrigens ein sehr talentierter Mensch.«

Sie ist sehr froh; also in dieser Weise verbringt er seine Nachmittage.

Er blieb stehen, und ohne ihren Arm auszulassen, blickte er ihr ins Gesicht. »Weißt du, daß du eigentlich viel hübscher geworden bist? Ja, in allem Ernst! Aber jetzt erzähl' mir einmal aufrichtig, wie du auf die Idee gekommen bist, mir zu schreiben.«

»Ich hab' dir's ja gesagt.«

»Hast du denn in der ganzen Zeit an mich gedacht?«

»Sehr viel.«

»Auch während du verheiratet warst?«

»Gewiß, ich habe immer an dich gedacht. Und du?«

»Oft, sehr oft.«

»Aber ...«

»Nun, was?«

»Du bist eben ein Mann.«

»Ja – aber was meinst du damit?«

»Du hast gewiß viele lieb gehabt.«

»Lieb gehabt ... lieb gehabt ... O ja, auch.«

»Aber ich«, sagte sie lebhaft, als bräche die Wahrheit übermächtig aus ihr hervor, »ich habe niemanden geliebt als dich.«

Er nahm ihre Hand und führte sie an seine Lippen. Dann sagte er: »Das lassen wir doch lieber dahingestellt.«

»Ich hab' dir auch Veilchen mitgebracht.«

Er lächelte. »Sollen die mir's beweisen? Du hast das so gesagt, als hättest du nichts anderes getan, seit wir uns nicht gesehen, als Veilchen für mich gepflückt oder wenigstens gekauft. Übrigens, danke schön. Warum hast du denn nicht in den Wagen einsteigen wollen?«

»Ja, das Spazierengehen ist doch so hübsch.«

»Aber auf die Dauer … Wir nachtmahlen doch miteinander?«

»Ja recht gern. – Hier ist zum Beispiel ein Gasthaus«, setzte sie eilig hinzu.

Sie gingen jetzt durch stillere Gassen. Es dämmerte.

Er lachte. »Ah nein, das wollen wir uns doch ein bißchen gemütlicher einrichten.«

Sie schaute zu Boden. Dann sagte sie: »Wir müssen uns doch nicht an einen Tisch zu fremden Leuten setzen.«

»Gewiß nicht. Wir werden sogar irgendwohin gehen, wo gar keine andern sind.«

»Was fällt dir ein!« sagte sie. »Das tu' ich nicht.«

Er zuckte die Achseln. »Ganz wie du willst. Hast du schon Appetit?«

»Nein, gar nicht.«

Sie schwiegen beide. Dann sagte er: »Werd' ich nicht einmal deinen Buben kennenlernen?«

»Gewiß«, entgegnete sie erfreut. »Wann du willst.« Sie begann von ihm zu erzählen und kam dann auf ihre Familie zu sprechen. Emil warf zuweilen eine Frage dazwischen und bald wußte er alles, was in der kleinen Stadt vorging, bis zu den Bemühungen Klingemanns, von denen Berta lachend, aber mit einer gewissen Befriedigung berichtete.

Die Laternen brannten, auf dem feuchten Pflaster spiegelte das Licht.

»Liebes Kind, wir können ja nicht die ganze Nacht auf der Straße herumlaufen«, sagte Emil plötzlich.

»Ja … ich kann doch nicht mit dir in ein Restaurant … Denke nur, wenn ich zufällig meine Cousine treffe oder sonstwen.«

»Sei unbesorgt, es wird uns niemand sehen.« Rasch trat er in einen Torweg und schloß den Schirm.

»Was willst du denn?« Sie sah in einen großen Garten. Nahe den Mauern, von denen aus schützende Segelleinwand gespannt war, saßen Leute an gedeckten Tischen.

»Da, meinst du?«

»Nein. Komm nur.« Gleich rechts vom Tor befand sich eine kleine Tür, die angelehnt war. »Hier herein.«

Sie befanden sich in einem schmalen, beleuchteten Gang, an dessen beiden Seiten je eine Reihe von Türen lief. Ein Kellner grüßte, schritt voraus, an allen Türen vorbei, die letzte öffnete er, ließ die Gäste eintreten und schloß hinter ihnen wieder zu. In der Mitte des kleinen Zimmers stand ein Tischchen mit drei Gedecken, an der Wand ein blau-samtenes Sofa, gegenüber hing ein goldgerahmter, ovaler Spiegel, vor welchem Berta ihren Hut abnahm und auf dessen Glas sie die Namen »Irma« und »Rudi« eingekritzt sah. Zugleich sah sie im Spiegel, daß Emil hinter sie trat. Er legte seine Hände an ihre Wangen, beugte ihren Kopf nach rückwärts zu sich und küßte sie auf die Lippen. Dann wandte er sich ab, ohne zu reden, und klingelte. Ein sehr junger Kellner trat sofort ein, als wenn er vor der Tür gewartet. Nachdem der seinen Auftrag entgegengenommen hatte, ging er, und Emil setzte sich. »Nun, Berta?« Sie wandte sich ihm zu, er faßte leicht ihre Hand und ließ sie auch noch nicht los, als Berta schon in der Sofaecke neben ihm Platz genommen. Unwillkürlich berührte sie mit ihrer andern Hand seine Haare.

Ein älterer Kellner trat ein, und Emil stellte das Menu zusammen. Berta war mit allem einverstanden. Als der Kellner verschwunden war, sagte Emil: »Muß man da nicht fragen: warum erst heut?«

»Wie meinst du das?«

»Warum hast du mir nicht längst geschrieben?«

»Ja ... hättest du früher deinen Orden bekommen!«

Er hielt ihre Hand in der seinen und küßte sie.

»Du kommst ja so oft nach Wien.«

»O nein.«

Er sah auf. »Du hast mir doch so was Ähnliches geschrieben?«

Sie erinnerte sich jetzt und wurde rot. »Nun ja ... manchmal ... Erst am Montag bin ich da gewesen.«

Der Kellner brachte Sardinen und Kaviar und ging.

»Nun«, sagte Emil, »es ist wahrscheinlich gerade die rechte Zeit.«

»Inwiefern?«

»Daß wir einander wieder begegnet sind.«

»Oh, ich hab' mich oft nach dir gesehnt.«

Er schien nachzusinnen. Dann sagte er: »Und daß es damals so war und nicht anders, ist vielleicht auch gut. Gerade deswegen ist die Erinnerung so wunderschön.«

»Ja, wunderschön.«

Sie schwiegen beide. Dann sagte sie: »Erinnerst du dich ...« Und nun begann sie von der fernen Zeit zu reden, von den Spaziergängen im Stadtpark, und von seinem ersten Auftreten im Konservatorium. Er nickte zu alldem, hielt seinen Arm auf der Lehne des Sofas und berührte leicht die Haare, die sich ihr im Nacken kräuselten. Zuweilen warf er ein Wort dazwischen. Auch er erinnerte sich; er wußte sogar noch von einem Ausflug, an einem Sonntag vormittag in die Praterauen, den sie selbst vergessen hatte.

»Und weißt du noch«, sagte Berta, »wie wir uns ...« sie zögerte, es auszusprechen, »einmal beinah verlobt haben?«

»Ja«, sagte er. »Und wer weiß ...« Er wollte vielleicht sagen: es wäre das Beste für mich gewesen, wenn ich dich geheiratet hätte – aber er sagte es nicht.

Emil bestellte Champagner.

»Es ist noch nicht lang«, sagte Berta, »daß ich das letztemal Champagner getrunken; vor einem halben Jahr, als der fünfzigste Geburtstag meines Schwagers gefeiert wurde.« Sie dachte an die Gesellschaften bei ihrem Schwager, und es schien ihr wunderbar, wie weit das alles war: die ganze kleine Stadt und alle, die dort lebten. Der junge Kellner brachte den Eiskübel mit dem Wein. In diesem Augenblick fiel es Berta ein, daß Emil gewiß hier schon manchmal mit anderen Frauen gewesen war. Aber es war ihr ziemlich gleichgültig.

Sie stießen mit den Gläsern an und tranken. Emil umschlang Berta und küßte sie. Dieser Kuß erinnerte sie an etwas … Woran denn nur? … An die Küsse von einst, da sie ein junges Mädchen war? … An die Küsse ihres Mannes? … Nein … Und plötzlich fiel es ihr ein: geradeso hatte ihr kleiner Neffe sie neulich geküßt.

Der Kellner brachte Obst und Backwerk. Emil legte für Berta einige Datteln und Trauben auf den Teller.

»Warum sprichst du nichts?« fragte Berta. »Warum läßt du immer nur mich reden? Und du könntest doch soviel erzählen!«

»Ich …?« Er schlürfte langsam den Wein.

»Nun ja, von deinen Reisen.«

»Ach Gott, es ist eine Stadt wie die andere. Du darfst ja nicht vergessen, daß ich nur selten zu meinem Vergnügen reise.«

»Ja, natürlich.« Sie hatte die ganze Zeit nicht daran gedacht, daß es der berühmte Geigenvirtuose Emil Lindbach war, mit dem sie hier saß, und sie fühlte sich verpflichtet zu sagen: »Nächstens spielst du ja hier. Ich möchte dich gern wieder hören.«

Er erwiderte trocken: »Niemand auf der Welt wird dich daran hindern.«

Es ging ihr durch den Sinn, daß es ihr eigentlich viel lieber wäre, ihn nicht im Konzert, sondern für sich allein zu hören.

Fast hätte sie's ausgesprochen, da fiel ihr aber ein, daß das nichts anderes hieße, als: ich will zu dir. – Und wer weiß, vielleicht ist sie sehr bald bei ihm. – Ihr wird so leicht, wie immer, wenn sie etwas Wein getrunken hat ... Doch nein, es ist anders als sonst; – nicht der sanfte Rausch, in dem sie nur ein wenig heiter wird, es ist besser, schöner. Und nicht die paar Tropfen Wein machen das, das macht die Berührung dieser lieben Hand, die ihr über Stirn und Haare streicht. Er hat sich neben sie gesetzt und zieht ihren Kopf an seine Schultern. So möchte sie einmal schlummern ... ja, wahrhaftig, nichts anderes möchte sie ... Jetzt hört sie ihn flüstern: »Schatz ...« Sie zittert leise. Warum erst heute? Hätte sie das nicht alles früher haben können? Was hatte das überhaupt für einen Sinn, so zu leben wie sie? ... Das, was sie jetzt tat, war doch nichts Böses ... Und wie süß war es, den Atem eines jungen Mannes über den Augenlidern zu fühlen ... Nein, nein – nicht eines jungen Mannes ... eines Geliebten ... Sie hatte die Augen geschlossen. Sie versuchte gar nicht, sie wieder zu öffnen, wollte gar nicht wissen, wo sie war, mit wem sie war ... Wer ist's denn nur? ... Richard? ... Nein ... schläft sie denn ein? ... Sie ist hier mit Emil ... Mit wem? ... Wer ist denn dieser Emil? ... Wie schwer das ist, sich darüber klar zu werden! Dieser Hauch über ihren Lidern ist der Atem ihres Jugendgeliebten – und zugleich der eines berühmten Künstlers, der nächstens ein Konzert gibt ... und zugleich eines Menschen, den sie viele tausend Tage nicht gesehen hat ... und zugleich der eines Herrn, mit dem sie allein im Restaurant sitzt und der jetzt mit ihr machen kann, was er will ... Sie fühlt seinen Kuß auf den Augen ... Wie zärtlich er ist ... und wie schön ... Wie sieht er denn nur aus? ... Sie braucht nur die Augen zu öffnen, und sähe ihn ganz genau ... Aber sie will ihn lieber sich vorstellen, ohne ihn zu sehen ...

Nein, wie komisch – das ist ja gar nicht sein Gesicht! ... Das ist ja das des jungen Kellners, der eben hinausgegangen ... Wie sieht denn nur Emil aus? ... So –? ... Nein, nein, das ist ja

Richard … Aber fort … fort … Ist sie denn so gemein, daß sie an lauter andere Männer denkt, während sie … mit ihm … Wenn sie nur die Augen öffnen könnte! … Ah! – Sie bewegt sich heftig, so daß sie Emil beinahe fortstößt, – jetzt reißt sie die Augen weit auf.

Emil sieht sie lächelnd an und fragt: »Hast du mich lieb?«

Sie zieht ihn an sich und küßt ihn selbst, zum ersten Male heut küßt sie ihn selbst, und zugleich fühlt sie, daß sie jetzt etwas tut, was einem Vorsatz von heut morgen widerspricht … Was wollte sie nur? – Sich nichts vergeben, sich versagen … Ja, gewiß war irgendein Moment, in dem sie das wollte, aber warum? Sie hat ihn ja lieb, und der Augenblick ist da, den sie seit Tagen erwartet, – nein, seit Jahren! – Noch immer ruhen ihre Lippen aufeinander … Ah, sie möchte in seinen Armen … sie möchte ganz die Seine sein! – Er soll nichts mehr reden … er soll sie mit sich nehmen … er wird es fühlen, daß ihn keine andere so lieben kann wie sie. Emil steht auf, geht in dem kleinen Zimmer ein paarmal hin und her. Sie setzt das Glas wieder an den Mund. Emil sagt leise: »Nicht mehr, Berta.« Ja, er hat recht, – was tut sie denn? will sie sich denn berauschen? Braucht es das? Sie ist ja niemandem Rechenschaft schuldig, sie ist frei, sie ist jung, sie will auch endlich einmal glücklich sein!

»Wollen wir nicht gehen?« sagt Emil. Berta nickt. Er hilft ihr beim Anlegen der Jacke, sie steht beim Spiegel und steckt die Nadel durch den Hut. Sie gehen. Vor der Tür steht der junge Kellner und grüßt. Ein Wagen hält vor dem Tor, Berta steigt ein; sie hört nicht, was Emil dem Kutscher sagt. Emil setzt sich zu ihr. Beide schweigen, eng aneinander gedrängt. Der Wagen rollt fort, lang, lang – Wo mag denn Emil nur wohnen? Vielleicht auch läßt er den Kutscher absichtlich einen Umweg machen, weil er weiß, wie angenehm es ist, so zusammen durch die Nacht zu fahren. – Der Wagen hält. Emil steigt aus. »Gib mir deinen Schirm«, sagt er. Sie reicht ihn aus dem Wagen, er spannt ihn auf. Sie steigt aus; sie stehen beide unter dem Schirm, auf den der Regen niederprasselt. – Ist das die Gasse, in der er wohnt? –

Das Tor öffnet sich; sie treten in den Flur, Emil nimmt dem Portier die Kerze aus der Hand. Eine schöne, breite Stiege. Im ersten Stock schließt Emil eine Tür auf. Sie treten ein, durch einen Vorraum, in einen Salon. Emil entzündet mit der Kerze, die er in der Hand hält, zwei andere auf dem Tisch, dann tritt er zu Berta, führt sie, die noch an der Tür wie wartend stand, weiter herein, nimmt ihr die Nadel aus dem Hut und legt den Hut auf den Tisch. Im unbestimmten Licht der zwei schwach brennenden Kerzen sieht Berta nur, daß an der Wand ein paar kolorierte Bilder hängen, – die Porträts der Majestäten, wie ihr scheint, – daß an der einen Wand ein breiter Divan mit einem persischen Teppich steht und nah dem Fenster ein kleines Pianino mit einer Anzahl eingerahmter Photographien auf dem Deckel. – Darüber hängt ein Bild, das sie aber nicht zu erkennen vermag. Dort drüben fallen rote Portieren herab zu Seiten einer Tür, die halb offen steht, – irgend etwas Weißes leuchtet durch die breite Spalte herein. Sie kann die Frage nicht länger zurückhalten: »Wohnst du hier?«

»Wie du siehst.«

Sie blickt vor sich hin. Auf dem Tische steht eine Karaffe mit Likör und zwei Gläschen, ein kleiner Aufsatz mit Obst und Backwerk.

»Ist das dein Studierzimmer?« Ihre Augen suchen unwillkürlich nach einem Pult, wie es Geigenspieler brauchen. Er führt sie, den Arm um ihre Taille, vor das Pianino; dort setzt er sich hin, zieht sie auf seine Knie. »Ich will's dir nur lieber gestehen«, sagt er dann einfach und beinahe trocken, »ich wohne eigentlich nicht hier. Nur unseretwegen … hab' ich … für einige Zeit … ich hab' es für vernünftig gehalten … Wien ist nämlich eine Kleinstadt, und ich wollte dich nicht nachts in meine Wohnung bringen.«

Sie sieht es ein, und doch ist es ihr nicht ganz recht. Sie blickt auf. Jetzt kann sie die Konturen des Bildes über dem Pianino wahrnehmen: es ist eine nackte Frauengestalt. Berta hat eine merkwürdige Lust, das Bild ganz genau zu sehen. »Was ist das?« fragt sie.

»Kein Kunstwerk«, antwortet Emil. Er brennt ein Zündhölzchen an und leuchtet damit in die Höhe. Sie merkt, daß es ein ganz miserables Bild ist, aber es ist ihr zugleich, als sähe das gemalte Weib mit lachenden, frechen Augen auf sie herab, und sie ist froh, wie das Zündhölzchen verlischt.

»Du könntest mir jetzt eigentlich«, sagt Emil, »auf dem Klavier etwas vorspielen.« Sie wundert sich, daß er so kühl ist. Weiß er denn nicht, daß sie bei ihm ist ...? ... Aber fühlt denn sie selbst etwas Besonderes? ... Nein ... eine sonderbare Traurigkeit scheint hier aus allen Ecken zu quellen ... Warum hat er sie nicht lieber in seine Wohnung genommen? ... Was mag das für ein Haus sein? ... Sie bedauert jetzt, daß sie nicht mehr Wein getrunken hat ... Sie möchte nicht so nüchtern sein ...

»Nun, willst du mir nicht vorspielen?« sagt Emil. »Denke, wie lang ich dich nicht gehört habe.«

Sie setzt sich und greift einen Akkord. »Ich hab' ja alles verlernt.«

»Versuch's nur.« Sie spielt ganz leise das Albumblatt von Schumann, und sie erinnert sich, wie sie vor wenig Tagen daheim spät abends phantasiert hat und Klingemann vor dem Fenster auf und ab spaziert ist; auch an das Gerücht von dem lasziven Bild in seinem Zimmer muß sie denken. Und unwillkürlich blickt sie wieder zu der nackten Frau über dem Pianino auf, die jetzt ins Leere schaut.

Emil hat sich einen Stuhl neben den ihren gerückt. Er zieht sie an sich und küßt sie, während ihre Finger immer weiter spielen und endlich ruhig auf den Tasten liegenbleiben. Berta hört, wie der Regen an die Fensterscheiben schlägt, und ein Gefühl von Zuhausesein kommt über sie.

Jetzt ist ihr, als wenn Emil sie in die Höhe trüge; ohne sie aus den Armen zu lassen, war er aufgestanden und führt sie langsam. Sie fühlt, wie ihr rechter Arm an der Portiere streift … die Augen hält sie geschlossen … Über ihren Haaren fühlt sie Emils kühlen Atem …

Harold Nebenzal

EIFERSUCHT

6. Januar 1944

Hilde, liebe Hilde. Ich war achtzehn, und sie muß zwanzig gewesen sein an dem Abend, als wir uns vor dem KaDeWe trafen, als ich sie in den Klub mitnahm und sie weglief, weil sie Frau Landau versprochen hatte, um acht zurück zu sein. Sie sagte, sie komme nächste Woche wieder, und sie hielt Wort. Sie war rechtzeitig zur ersten Vorstellung da, atemlos und glücklich. Frau Landau hatte ihr den Abend freigegeben, damit sie mit einer Freundin aus ihrer Heimatstadt zusammensein konnte. Und jetzt saßen wir an meinem Tisch und tranken Champagner, während die Vorstellung begann.

Frauen wissen immer, wann eine Romanze in der Luft liegt, und meine Tänzerinnen hatten sich verschworen, das Erotikbarometer im Klub noch steigen zu lassen, damit die kleine *almanijah* sich den Weg ins Bett des Chefs regelrecht freikämpfte. Shukran trat als erste auf und konzentrierte sich nach den obligatorischen Windungen, die nach der strengen Tradition des Bauchtanzes erforderlich sind, Hilde zuliebe ganz auf ihr Finale. Sie zitterte und bebte, ihr Unterleib wogte, dabei sah sie Hilde die ganze Zeit direkt in die Augen, und auf ihrer feinen, flaumigen Oberlippe bildeten sich kleine Schweißperlen. Der Champagner und die Aufregung ließen Hilde scharlachrot anlaufen, aber sie behielt ihre Selbstsicherheit und ließ keine Verlegenheit, keine mädchenhafte Scheu erkennen.

Lailah mußte Shukran mit ihrem herausfordernden Verhalten natürlich noch übertreffen. Sie fing sich die ahnungslose Hilde mit ihrem Tuch, zog sie auf die Tanzfläche hinaus und führte sie mit dem fest um Hildes Taille geschlungenen Tuch in die langsamen Beckenbewegungen ihres Tanzes ein. Die Musiker, allesamt gemeine Schufte, betonten den koitalen Rhythmus mit schweren Trommelschlägen, die Lailahs heftigem Beben mit den Hüften Nachdruck verliehen. Lailah küßte Hilde nach arabischer Sitte auf beide Wangen und brachte sie zum Tisch zurück. Hilde war wie gebannt, ihre Augen glänzten, und ihr Atem ging in kleinen, keuchenden Stößen. Ich schenkte uns Champagner nach.

Als Latifa auftrat, erkannte ich an dem Zug um ihren Mund, daß sie wütend war – wütend, weil sie mich nach unserer Affäre im Orientexpress als ihr Eigentum betrachtete und vor den anderen prahlte, der Chef gehöre ihr. Und jetzt stellte ich ihren Anspruch öffentlich in Frage. Doch als Darstellerin wollte sie den anderen an Schlüpfrigkeit nicht nachstehen. Sie tanzte mit ihrer gewohnten Trägheit, und als der Rhythmus schneller wurde, führte sie das Weitere an unserem Tisch vor, direkt zu Hildes Füßen. Da Latifa weite Hosen trug, konnte sie sich frei bewegen. Unvermittelt saß sie plötzlich breitbeinig auf Hildes Schoß, so daß ihr Busen direkt unter Hildes Gesicht war; sie öffnete die Arme wie Flügel und ließ so ihre Kugeln heben und Hilde ins Gesicht hüpfen. Doch dabei flüsterte sie auf arabisch auf mich ein.

»Du Hund. Viel Vergnügen mit dem blonden Weibsbild. Sie soll dir eine Syph anhängen, daß dir vor lauter Brennen dein kleiner *zoub* abfällt. Du sollst in ihrem Loch da verschwinden und am *tiz* wieder rauskommen. Du Lude! Rühr mich nie wieder an!«

Damit erklärte Latifa unsere Beziehung für beendet. Ich aber hatte bereits Hilde bei der Hand gefaßt und führte sie in mein Büro.

Wir schlossen die Tür ab und taten, was junge Leute, die sich für verliebt halten, im allgemeinen so tun. Zu meinem großen Erstaunen hatte ich es nicht mit einem scheuen Mädchen zu tun, sondern mit einer tatkräftigen, versierten Frau.

Während ich eine Simon Arzt rauchte, meine liebste Regie-Turque-Zigarette, drehte Hilde sich zu mir um und sagte lachend, die Tänzerinnen hätten sie »geil« gemacht. Das war nicht gerade ein elegantes Wort. Ich konnte nicht begreifen, wie ein Mädchen sich von Tänzerinnen aufreizen ließ, die zum Vergnügen eines männlichen Publikums da waren. Mädchen sollten doch Tino Rossi, Rudolf Forster und Clark Gable mögen.

Hilde sagte, sie wolle mir ein Geheimnis anvertrauen. Sie flüsterte, sie habe mehrfach zugehört, wenn ich mit Frau Landau im Bett war. Sie sei so erregt gewesen, daß sie sich selbst geholfen hatte. Ich staunte; sie sagte das ohne jede Scham, ein für mich unvorstellbares Eingeständnis von einer Frau. Sie sagte, sie sei eifersüchtig gewesen, aber da wir uns jetzt geliebt hatten, sei das alles vorbei. Es schmeichelte mir, daß sie auf Frau Landau eifersüchtig gewesen war, und ich sagte ihr das. Nun stand mir eine weitere Überraschung bevor.

»Ich war nicht auf Frau Landau eifersüchtig.« Sie lachte. »Ich war eifersüchtig auf dich.«

Ich muß wohl blöd und verständnislos geguckt haben.

»Dummerchen. Weil sie mit dir im Bett war und nicht mit mir.«

Nun erzählte mir Hilde, daß Frau Landau sie einmal in den Sommerferien verführt hatte. Sie waren mit den Kindern nach Heringsdorf gefahren, einem Ferienort an der Nordsee; Herr Landau war in Berlin geblieben.

Eines Abends, als die Kinder schon im Bett waren, hatte ein

Sommergewitter zu toben begonnen. Frau Landau hatte das als Vorwand benutzt, um zu Hilde ins Bett zu kommen. Hilde fand es merkwürdig, daß sie nackt war, doch wer war sie, die Launen ihrer Brotherrin in Frage zu stellen? Jedenfalls, Frau Landau war so wunderbar parfümiert, so sanft, so erfahren, daß sie Hilde zur willigen Komplizin ihrer übermütigen Spiele machte. Diese Beziehung hatte über ein Jahr gedauert und war kurz vor meiner Ankunft aus Damaskus zu Ende gegangen. Zunächst hatte Hilde mir die Schuld daran gegeben, daß sie nun das Nachsehen hatte, aber dann hörte sie eine lautstarke Auseinandersetzung der Landaus im Schlafzimmer mit an. Herr Landau hatte gebrüllt, seine Frau solle »das Kindermädchen so behandeln, wie es Dienstboten zukommt, und sich ihre Zärtlichkeiten für die Kinder aufsparen«.

Vor allem wegen dieser keimenden Liebesgeschichte mit Hilde nahm ich mir eine Junggesellenwohnung in der benachbarten Uhlandstraße. Der Klub warf großen Gewinn ab, und ich konnte es mir leisten. An dem Tag, als ich aus dem Büro auszog, siedelte auch Lohmann in eine Pension in der Nachbarschaft über. Wir wurden allmählich achtbare Leute. Ich ließ meine Wohnung von Lilo ausstatten, und das Ergebnis war etwas pompöser, als es meinem Charakter entsprach, doch der dramatische Effekt wirkte offenbar unwiderstehlich, vor allem auf meine weiblichen Gäste. Jugendstil und Art Nouveau mit ihren Wirbeln, Blumen und idealisierten Traumgestalten waren überholt. Sie wurden von der sogenannten Art deco abgelöst, die geometrische Muster in Glas, Holz und Chrom verwendete. Lilo verband diesen Stil mit Buchara- und Täbristeppichen in mehreren Lagen übereinander. Er schuf eine Schlafnische in einem Paisleyzelt und deckte das Bett – eigentlich eine niedrige Couch – mit einem Tigerfell ab. Da standen Schwanenhals-Stehlampen aus Chrom – Lilo machte eine Anleihe beim Theater und setzte auf raffinierte Weise Farbfilter in die Lampen ein, so daß sie orange, gelbe und rosa Lichtinseln warfen.

Da hing ein großes Ölgemälde im Stil persischer Miniaturen, auf dem man Omar seinen unvermeidlichen Krug Wein mit einer barbusigen *houri* teilen sah. Da waren Wandleuchter aus Perlmutt, Bauhausstühle aus schwarzem Leder und Chrom und dann die Krönung des Ganzen: eine lebensgroße Nackte aus Alabaster, der man eine Gladiole oder einen langen Fliederzweig in die verschlungenen Arme legen konnte, da der untere Teil der Statue eine schlanke griechische Vase war. Diese Statue hatte Lilo mit einem Punktscheinwerfer beleuchtet und damit nicht nur den wesentlichen Blickpunkt, sondern auch das zentrale Motiv meines überhitzten Liebesnestes vorgegeben.

Wo ich herkomme, besteht Inneneinrichtung darin, möglichst viele Sessel an die Wohnzimmerwand zu stellen. Die Sessel berühren mit dem Rücken tatsächlich die Wand und vermitteln insgesamt den Eindruck eines ärztlichen Wartezimmers. In dieser Einrichtung sitzen Familienmitglieder und Gäste und reden, schreien oder gestikulieren durch den Raum, je nachdem, wo der Gesprächspartner Platz genommen hat.

Meine Wohnung war etwas protzig geraten, ich weiß, doch das war mir weitaus lieber als die düstere Wohnungseinrichtung der Landaus und die schweren Möbel, die damals als geschmackvoll galten. Protzig oder nicht, ich war ziemlich stolz auf Lilos Gestaltung dieser meiner ersten eigenen Wohnung.

7. Januar 1944

So kam Hilde an ihren seltenen freien Tagen dann auch in meine Wohnung. Dienstboten hatten damals am Mittwoch- oder Sonntagnachmittag frei; nur selten erlaubte die Herrschaft ihnen, über Nacht wegzubleiben. Die Seltenheit ihrer Besuche fachte unsere Leidenschaft noch stärker an. Es kam vor, daß die Flamme zu hell, zu heiß brannte und Hilde auf ihren morgendlichen Ausflug in den Tiergarten mit den Kindern der Landaus verzichtete und sie statt dessen in ihrem Doppelkinderwagen in das Kaukasus mitbrachte. Ich bat dann Lohmann oder Frau Nowikow, die Kinder unter den Kastanienbäumen hin und her zu schieben, während Hilde und ich uns nach Kräften bemühten, die Flammen zu löschen.

Natürlich halte ich außerdem Affären mit meinen Tänzerinnen. Das brachte immer viele wehmütige Erinnerungen mit sich. Wir lagen im abgedunkelten Zimmer in meinem Zeltbett und rauchten, und ob es nun Noura war, Amima, Bulent oder Mouna, stets bekam ich eine orientalische Litanei des Unrechts zu hören, das sie durch ihre Familie oder skrupellose Männer erlitten hatten. Diese Männer waren entweder jung, fürchterlich hübsch, mit kohlschwarzen Augen und schneeweißer Haut, oder alt, reich, aber hartherzig und grausam. Ihre Unschuld hatten sie immer an einen Cousin verloren; in einer Geschichte hatte ein Großvater das Mädchen entjungfert. Darauf folgte unweigerlich die Flucht in die Großstadt, da eine Heirat im Dorf aufgrund des gerissenen Jungfernhäutchens nunmehr unmöglich war. In der Stadt wurden sie ausgebeutet, und nur ihre große tänzerische Begabung, ihre Anmut, ihr tiefes Musikverständnis bewahrten sie vor einem Leben der Schande.

Die Geschichten glichen sich aufs Haar, ob sie nun aus dem ägyptischen Niltal stammten, der Bekaa-Ebene des Libanon, den Elendsvierteln von Bagdad oder Teheran, aus einem anatolischen Dorf oder den Ebenen Thessaliens. Oft mußte ich Tränen um Kinder ertragen, allesamt schön und intelligent, die in der Obhut einer Großmutter oder älteren Schwester zurückgeblieben waren. Manchmal war da ein anständiger junger Mann, ein Beamter oder Polizist, der seine Piaster, Drachmen oder Dinare für ihre Rückkehr sparte. Und ihre Lieblingsspeisen! O mein Schatz! Was gäbe ich für eine Scheibe *konafa*! Ich schmecke den Sirup direkt auf der Zunge! O mein Liebling, die Feigen bei uns im Dorf! Die *lebeniyah* ist so weiß wie der Mondschein! O mein Liebster, die *sayyadiah*, das *ful*, die *torschi*, meine Seele gäbe ich dafür her. All ihre Lieblingsgerichte brachten sie mit in mein Bett. Und als der deutsche Winter eingesetzt hatte, verzehrten sie sich nach der Sonne ihrer Heimat. Auf einmal waren die windschiefen Dörfer mit ihrem Fliegendreck strahlend weiß, mit Blumen und Grün überladen und schwelgten immerdar in den linden Tagen einer mildtätigen Sonne. Man hätte meinen können, sie beschrieben einen Ferienort an der französischen Riviera.

Wahrscheinlich war vieles von dem, was sie erzählten, wahr, doch in ihrer Eintönigkeit klangen die Lebensgeschichten so banal wie ein ägyptischer Film. Die Kairoer Studios brachten davon etwa dreihundert pro Jahr heraus, und jeder einzelne erzählte genau die Geschichte, die ich in meinem Bett aus erster Hand zu hören bekam.

So langweilig waren meine Nachmittage mit Hilde nie. Wir waren beide in Frau Landaus Bett geschult, und das stellte eine erotische Bindung zwischen uns beiden her. Wir tauschten auf ihre Kosten Vertraulichkeiten aus, die uns noch mehr entflammten. Ich erzählte Hilde, als ich einmal mit Frau Landau im Schlafzimmer einer Freundin von ihr im Bett lag, griff sie zu dem Telefon auf dem Nachttisch und rief, während sie mir bedeutete, ich solle weitermachen mit dem, was ich da tat, die Freundin an, deren Wohnung wir benutzten. Dann schilderte sie ihrer Freundin in allen Einzelheiten, was sich da in ihrem Bett abspielte, und gab schließlich einen orgastischen Schrei in den Hörer von sich.

Ich erzählte diese Vignette so kunstvoll, daß Hilde umgehend wieder sinnlich wurde. Auch sie berichtete mir von einigen ausgefallenen Erfahrungen mit Frau Landau, doch die kamen mir so unerhört vor, daß Hilde sie sich ausgedacht haben mußte, um mich weiter zu erregen. Ehrlich gesagt war Hilde unersättlich, aber das war nur eine Seite von ihr. Sie war angenehm um sich zu haben, kannte keinerlei Kleinlichkeit oder

Eifersucht und war für die geringste Freundlichkeit und Aufmerksamkeit dankbar.

Einmal überraschte ich sie mit einem bescheidenen Geschenk, einem Goldkettchen mit ihrem Tierkreiszeichen. Sie legte mir die Arme um den Hals.

»Du bist so lieb, so aufmerksam. Du sagst mir immer schöne Sachen, sogar im Bett.«

»Aber Hilde«, entgegnete ich, »was könnte natürlicher sein? Wir lieben uns, du bist entzückend, du hast die weichste Haut, die schönsten Augen, ein lustiges Näschen und einen Mund, in dem ich ertrinken könnte. Warum sollte ich keine schönen Sachen sagen, wenn wir im Bett sind?«

Als Antwort erzählte sie mir von ihrer Beziehung zu einem Mann aus ihrer Heimatstadt, der der erste in ihrem Leben war. Er war verheiratet und bei einer großen Textilfabrik beschäftigt; er kam regelmäßig nach Berlin, um die Webstuhlfabrikanten zu besuchen. Er war ein Bekannter ihres Bruders, der ebenfalls in der Fabrik arbeitete. Dieser Mann hatte sie angerufen und gesagt, er habe ein kleines Geschenk von ihrem Bruder, und sie dann an ihrem freien Donnerstagnachmittag zu einem Spaziergang und einem Bier ausgeführt. Hilde beschrieb ihn als einen Mann Anfang Vierzig, gerade eben hübsch zu nennen, herrisch und eigensinnig. Beim zweiten Besuch nahm er sie mit auf sein Zimmer in der Pension, wo er abgestiegen war. Nach ein paar oberflächlichen Küssen stieß er sie auf das Bett und drang bei seinem Gewicht und seiner Kraft bald in sie ein. Es war keine Vergewaltigung, wie Hilde sagte; sie war willig und voll erregter Erwartung, aber er hatte ihr bei dem Ganzen keinerlei Wahl gelassen. Und jetzt kam Hilde zum springenden Punkt: Während dieser Mann sie bestieg, sagte er ihr keine Worte der Leidenschaft und Zärtlichkeit, sondern begann einen Monolog, in dem er sie mit einer Sau verglich. Hilde gab ihn mir wieder.

»Du Schwein. So gehört eine Sau wie du gefickt. Beweg

deine Arschbacken, du Mastschwein. Los, du Schwein! Laß es mich spüren, du Sau!«

Wenn er mit ihr fertig war, setzte er sich im Bett auf, zündete sich eine Zigarre an und befahl ihr, seine von der Reise schmutzige Unterwäsche, die Socken und den Zelluloidkragen in dem Waschbecken auszuwaschen, das in allen deutschen Pensionszimmern stand. Als sie ihren Unterrock anziehen wollte, untersagte er ihr das; er schaute gern zu, wenn sie nackt Frauenarbeiten verrichtete. So mußte sie ihm auch die Stiefel putzen. Sie hatten die Beziehung so fortgeführt, und ihre Unterwürfigkeit war zur Gewohnheit geworden. Ich erwartete, daß sie das verurteilte, aber sie wollte nur einen Vergleich anstellen zwischen ihm und mir, ihrem neuen Liebhaber.

Später sollte ich erfahren, daß diese verbale Erniedrigung der Frau, dieser Gebrauch schweinischer Ausdrücke, bei den Deutschen einer gewissen Schicht nichts Ungewöhnliches ist. Ihre Sprache und ihre Gebräuche sind gespickt davon. Sie benutzen das Wort »Schwein« wie wir »masal« als Bezeichnung für Glück. »Du hast Schwein« heißt »Du hast Glück«. Aber »Sau« und »Schwein« sind auch Schimpfwörter, die auf Schritt und Tritt gebraucht werden. Ich will ein einschlägiges Beispiel anführen.

Als die Nazis an die Macht kamen, erschien auf der Titelseite der Berliner Zeitungen ein Foto. Es zeigte eine gesund aussehende junge Frau, die mit Sommerkleid und keckem Strohhut hübsch herausgeputzt war. Sie war von lüstern grinsenden, uniformierten Braunhemden umringt. Man hatte ihr ein Pappschild um den Hals gehängt:

Ich bin am Ort das größte Schwein,
ich laß mich bloß mit Juden ein.

Die deutsche Schweinemanie bricht auch zu bestimmten Feiertagen aus, wo die Schaufenster der Konditoreien voll sind von Marzipanschweinchen, rosa Mutterschweinen aus Marzipan mit kleinen Ferkeln drum herum sowie Tabletts mit Marzipanaufschnitt und die aufgetürmten Marzipanwürstchen wie kleine Scheißhäufchen aussehen. Das hätte ich mal mit Dr. Steinbruch besprechen sollen: Wie etwas gleichzeitig Abscheu und Zuneigung hervorrufen kann.

Nach vier oder fünf Monaten fand mein Verhältnis mit Hilde ein Ende. Ich hatte mittwochs wie gewöhnlich in meiner Wohnung auf sie gewartet. Als sie am späten Nachmittag noch nicht gekommen war, ging ich enttäuscht und wütend fort. Ich lief durch die Straßen und betrat aus einer Laune heraus ein Café, wo ich mir einen Steinhäger, ein Glas Pilsner und das in Berlin so beliebte Beefsteak Tatar gönnen wollte. Ich setzte mich vorne ins Café, zur Straße hin, und vertiefte mich in eine Zeitung. Als der Kellner meine Bestellung brachte, kippte ich rasch den Schnaps hinunter und dann das Pilsner hinterher. Sodann widmete ich mich dem rohen Beefsteak, in dessen Mitte ein Eigelb nistete. Dazu gab es Salz, Pfeffer, Worcestersauce und Zwiebelwürfel. Es erinnerte mich an das *kibbeh nayeh* der Libanesen, gleichfalls ein Gericht aus rohem Hackfleisch, aber vom Lamm, das mit Burghul und Olivenöl vermischt und mit weißen Zwiebeln verzehrt wird. Natürlich war das eine christliche Spezialität, durch das Blut in dem rohen Fleisch nicht koscher. Ich ließ mir den Verzehr häufig zuschulden kommen, meist auf dem Heimweg von der Schule. Ich hatte mir eine rationale Erklärung zurechtgelegt: Immerhin war es kein *khanzir* – Schweinefleisch.

Ich wollte eben die Zutaten vermischen, da ließ ein schallendes Lachen mich innehalten. Ich war sicher, daß ich es als Hildes erkannte. Vorsichtig sah ich in den Spiegel hoch und erblickte ihr Bild darin. Sie saß mit Shukran in einer Nische. Mich hatten sie nicht gesehen. Sie waren ganz mit sich beschäftigt und lachten einvernehmlich. Wahrscheinlich über mich, dachte ich. *Scharmutas!* Ich legte das Geld auf den Tisch, schlug den Mantelkragen hoch und ging wie ein Dieb in die Nacht hinaus. Das Tatar hatte ich nicht angerührt.

Deutsch von Gertraude Krueger

Jan Graf Potocki

UNBÄNDIGE LIEBE

Ricardi, jüngster Sohn einer vornehmen Genueser Familie, war frühzeitig Ordensgeistlicher geworden und bald darauf zur Prälatur gelangt. Ein hübsches Gesicht und violette Strümpfe waren damals in Rom wirkungsvolle Empfehlungen beim schönen Geschlecht. Ricardi machte von diesen Vorteilen Gebrauch, ja er mißbrauchte sie sogar, wie es alle jungen Prälaten, seine Amtsbrüder, auch taten. Mit dreißig Jahren war er der Vergnügungen müde und wünschte, im öffentlichen Leben eine Rolle zu spielen.

Auf die Frauen gänzlich verzichten wollte er nicht. Er hätte ein Verhältnis eingehen wollen, in dem er ausschließlich Annehmlichkeiten finden könnte, aber er wußte nicht, wie er das anstellen sollte. Er war *cavaliere servente* von Roms schönsten Fürstinnen gewesen, aber die Fürstinnen fingen an, ihm jüngere Prälaten vorzuziehen. Übrigens war er der unablässigen Courschneiderei müde, die einen ganz und gar unerträglichen Zwang darstellt. Auch ausgehaltene Frauen haben ihre Nachteile; sie sind über gesellschaftliche Begebenheiten zu wenig auf dem laufenden, und man weiß nicht, worüber man mit ihnen sprechen soll.

In dieser Ungewißheit faßte Ricardi einen Plan, auf den vor und nach ihm schon viele verfielen: ein junges Mädchen ganz und gar nach seinen Vorstellungen aufzuziehen, das ihn folglich völlig glücklich machen könne. Welche Freude wäre es doch, in einem Wesen von höchstem Liebreiz die Anmut des Geistes zusammen mit der des Körpers aufblühen zu sehen, sie in Welt und Gesellschaft einzuführen, sich an ihrem Erstaunen zu ergötzen, das erste Erwachen ihrer Gefühle auszuspähen, sie alle Gedanken zu lehren und ein Geschöpf aus ihr zu machen, das einem ganz zu eigen ist. Aber dann – was anfangen mit diesem reizenden Wesen? Viele Männer heiraten sie, um allen Schwierigkeiten aus dem Wege zu gehen. Ricardi konnte das nicht. Über seinen leichtsinnigen Projekten vergaß unser Prälat doch nicht die Pflege seiner Karriere. Ein Onkel von ihm war Auditor der Rota, und der Kardinalshut war ihm zugesagt, und wenn er Kardinal wäre, so hatte man ihm versichert, könne er sein jetziges Amt auf seinen Neffen übertragen; aber all das sollte erst in vier oder fünf Jahren stattfinden. Ricardi gelangte zu der Ansicht, inzwischen könne er seine Heimat aufsuchen oder sogar reisen.

Als Ricardi eines Tages durch die Straßen Genuas spazierte, sprach ihn ein dreizehnjähriges Mädchen an, das einen Korb Orangen trug und ihm bezaubernd anmutig eine anbot. Ricardi strich der Kleinen mit lüsterner Hand die schlecht gekämmten Haare aus dem Gesicht und entdeckte Züge, die vollkommen schön zu werden versprachen. Er fragte die Orangenverkäuferin, wer ihre Eltern seien. Sie antwortete, sie habe nur noch ihre Mutter, eine Witwe, die sehr arm sei und Bastiana Cerella heiße. Ricardi ließ sich zu ihr führen und nannte gleich seinen Namen; dann erklärte er der Bastiana, er habe eine Verwandte, eine Dame von großer Wohltätigkeit, die mit Vorliebe arme junge Mädchen erziehe, denen sie dann zu einer Mitgift verhelfe; er wolle es übernehmen, die kleine Laura dort unterzubringen.

Die Mutter lächelte und sagte: »Eure Verwandte, die sicher eine ehrbare Frau sein muß, kenne ich nicht; aber Eure Mildtätigkeit für junge Mädchen ist wohlbekannt, und die hier könnt Ihr mitnehmen. Ich weiß nicht, ob Ihr sie zur Tugend erzieht, aber Ihr holt sie aus dem Elend, das schlimmer ist als jedes Laster.«

Ricardi machte der Mutter das Angebot, eine Summe für sie auszusetzen.

»Nein«, erwiderte sie, »ich verkaufe meine Tochter nicht. Die Zuwendungen, die Ihr mir etwa gewährt, werde ich indessen annehmen. Leben ist das oberste Gesetz, und oft kann ich vor Entkräftung nicht arbeiten.«

Noch am gleichen Tag wurde die kleine Laura bei einem Schützling Ricardis in Kost gegeben. Ihre Hände wurden mit Mandelcreme gesalbt, ihr Haar mit Wickeln geformt, ihr Hals mit Perlen geschmückt, ihr Busen mit Spitzen bedeckt. Die Kleine bestaunte sich in allen Spiegeln und konnte sich nicht wiedererkennen; aber vom ersten Augenblick an begriff sie, wozu sie bestimmt war, und wuchs in den Geist ihres neuen Standes hinein.

Die Kleine hatte indessen in ihrer Kindheit Gefährten gehabt, die nicht wußten, was aus ihr geworden war, und sich Sorgen um sie machten. Am eifrigsten war Ceco Boscone darauf aus, sie wiederzufinden, ein Knabe von vierzehn Jahren, Sohn eines Lastenträgers, selbst schon sehr stark und schon verliebt in die kleine Orangenverkäuferin, die er oft sah, sei es auf der Straße, sei es bei uns, denn er war weitläufig mit uns verwandt. Wenn ich »mit uns« sage, so deshalb, weil ich auch Cerella heiße und die Ehre habe, die Cousine meiner Herrin zu sein.

Wir machten uns über unsere Cousine um so mehr Sorgen, als man sie nicht nur mit Schweigen überging, sondern uns sogar verbot, von ihr zu reden oder ihren Namen auszusprechen. Ich war gewöhnlich mit der Grobwäsche beschäftigt, und mein Vetter übernahm Aufträge im Hafen, in der Erwartung, daß er bald Warenballen werde tragen können. Nachdem ich den ganzen Tag fleißig gearbeitet hatte, traf ich mich mit ihm unter einem Kirchenportal, und wir vergossen über das Schicksal unserer Cousine viele Tränen.

Eines Abends sagte Ceco zu mir: »Ich habe eine Idee. Jetzt hat es alle Tage in Strömen gegossen, und Signora Cerella konnte keinen Fuß vor die Türe setzen; am ersten schönen Tag hält sie es aber nicht länger aus, und wenn ihre Tochter in Genua ist, geht sie sie besuchen. Wir brauchen ihr nur zu folgen, und wir wissen, wo man Laura versteckt hat.«

Über den Einfall klatschte ich in die Hände. Am nächsten Tag war das Wetter sehr schön; ich ging zu Signora Cerella, ich sah sie aus einem alten Schrank einen noch älteren Umhang nehmen. Ich wechselte ein paar Worte mit ihr und lief dann zu Ceco, um ihm Bescheid zu sagen. Wir legten uns auf die Lauer und sahen Signora Cerella kurz darauf aus dem Hause treten. Wir folgten ihr in ein weit entferntes Viertel, und als sie in ein Haus verschwand, versteckten wir uns abermals. Sie kam wieder heraus und ging weiter. Wir aber schlüpfen hinein und steigen die Treppen hinauf oder springen, besser gesagt, die Stufen hoch, öffnen in der Beletage die Tür, ich erkenne Laura, falle ihr um den Hals; Ceco reißt mich weg, nimmt sie in die Arme und preßt seinen Mund auf ihre Lippen. Aber eine andere Tür fliegt auf; Ricardi erscheint, verpaßt mir zwanzig Ohrfeigen, Ceco ebenso viele Fußtritte. Plötzlich sind auch schon seine Leute im Zimmer. Im Handumdrehen sehen wir uns wieder auf der Straße, geohrfeigt, verprügelt und vollends überzeugt, daß wir weitere Nachforschungen über das Schicksal unserer Cousine zu unterlassen haben.

Ceco ließ sich auf einem Malteser Kaperschiff als Schiffsjunge anheuern. Ich habe nie wieder von ihm gehört.

Mir war indessen der Wunsch, meine Cousine wiederzusehen, nicht vergangen, er wuchs gleichsam mit mir zusammen. Ich nahm in mehreren Häusern Dienste an, schließlich auch in dem des Marchese Ricardi, des älteren Bruders unseres Prälaten. Signora Paludi war dort ein häufiger Gesprächsgegenstand, und man konnte sich nicht vorstellen, wie der Prälat zu dieser neuen Verwandten gekommen war. Vorläufig konnte sie sich noch den Nachforschungen der Familie entziehen; aber der Neugier der Dienerschaft entgeht nichts. Wir stellten unsererseits Untersuchungen an, und bald kam heraus, daß die angebliche Marchesa niemand anders war als Laura Cerella. Der Marchese erlegte uns Stillschweigen auf und schickte mich zu seinem Bruder, den er ermahnte, doppelte Vorsicht walten zu lassen, wenn er sich nicht Nachteile einhandeln wolle, die nicht mehr gutzumachen seien.

Doch ich erzähle Ihnen ja nicht meine eigene Geschichte und berichte Ihnen zu wenig von der Marchesa Paludi, da wir ja die kleine Laura kürzlich erst noch bei der Schutzbefohlenen des Prälaten verließen. Sie blieb dort nicht lange. Man brachte sie in ein Städtchen an der Küste bei Genua, und Monsignore suchte sie von Zeit zu Zeit auf und war jedesmal, wenn er zurückkam, zufriedener mit dem Werk seiner Hände.

Zwei Jahre später fuhr Ricardi nach London. Er reiste unter falschem Namen und gab sich als italienischer Kaufmann aus. Laura begleitete ihn und galt als seine Frau. Er führte sie nach Paris und in andere große Städte, wo er leichter sein Incognito wahren konnte. Sie wurde täglich liebenswürdiger, betete ihren Wohltäter an und machte ihn zum glücklichsten aller Menschen. Im Nu waren drei Jahre vergangen. Ricardis Onkel sollte den Kardinalshut empfangen und drängte ihn, nach Rom zurückzukommen.

Ricardi brachte seine Mätresse zu einem Landhaus, das er bei Gorizia besaß. Am Tag nach ihrer Ankunft sagte er zu ihr: »Signora, ich habe Ihnen etwas mitzuteilen, das Sie erfreuen wird. Sie sind die Witwe des Marchese Paludi, der soeben im Dienste des Kaisers verstorben ist. Hier sind die Papiere, die es bezeugen. Paludi ist mit uns verwandt, und Sie werden meinen Vorschlag nicht abweisen, in Rom bei mir einzuziehen und im Hause die Honneurs zu machen.«

Einige Tage darauf reiste Ricardi ab.

Die neue Marchesa, mit ihren Gedanken allein gelassen,

stellte sehr ernsthafte Betrachtungen über Ricardis Charakter und ihre Beziehungen zu ihm an sowie über den Nutzen, den sie daraus ziehen könne. Drei Monate später wurde sie zu ihrem sogenannten Onkel befohlen und fand ihn von der ganzen Pracht umgeben, die mit dem Amt, das er bekleidete, verbunden ist. Ein Teil seines Ruhmes fiel auch auf sie zurück, und viele Huldigungen wurden ihr dargebracht. Ricardi ließ seine Familie wissen, er habe in seinem Hause die Witwe Paludis aufgenommen, eines Vetters von der mütterlichen Seite her. Der Marchese Ricardi, dem noch nie zu Ohren gekommen war, daß Paludi verheiratet gewesen sei, stellte darüber Nachforschungen an, worüber ich schon sprach, und schickte mich zu der neuen Marchesa, der ich zur größten Vorsicht raten sollte.

Ich reiste auf dem Seeweg, ging in Civitavecchia an Land und begab mich nach Rom. Ich machte der Marchesa meine Aufwartung. Sie schickte die Dienerschaft weg und warf sich mir in die Arme. Wir sprachen von unserer Kindheit, von meiner Mutter, von der ihren, von den Kastanien, die wir gemeinsam verspeist hatten. Auch den kleinen Ceco vergaßen wir nicht. Ich berichtete, daß er auf einem Kaperschiff angeheuert hatte und daß man seither nichts mehr von ihm wußte. Laura, die ohnehin schon weich gestimmt war, brach in Tränen aus und gewann nur mit Mühe ihre Fassung zurück. Sie bat mich, ich solle mich nur nicht dem Prälaten gegenüber zu erkennen geben und mich bloß als ihre Kammerfrau ausgeben. Sie fügte hinzu, mein Genueser Akzent könne mich verraten und ich solle angeben, ich sei im Staatsgebiet Genuas, aber nicht in der Hauptstadt geboren.

Laura hatte ihre Absichten. Vierzehn Tage lang blieb ihre Stimmung gleichbleibend munter, dann aber erschien sie uns eher ernst, versonnen, grillenhaft und unzufrieden mit allem. Ricardi versuchte ihr vergeblich zu gefallen, vermochte sie aber nicht mehr zu dem zu machen, was sie bisher gewesen war.

»Meine liebe Laura«, sagte er eines Tages zu ihr, »was fehlt

Ihnen nur? Vergleichen Sie doch Ihre derzeitige Lage mit der Situation, aus der ich Ihnen herausgeholfen habe!«

»Und warum haben Sie mir herausgeholfen?« erwiderte Laura äußerst heftig. »Ich vermisse ja gerade mein Elend! Was tue ich denn hier unter lauter Fürstinnen? Ihre zweideutigen Höflichkeiten sind in Wahrheit ebenso viele bittere Beleidigungen. Oh, wie fehlen mir meine Lumpen, mein Schwarzbrot, meine Kastanien! Ich kann gar nicht daran denken, ohne daß es mir das Herz zerreißt. Und du, mein kleiner Ceco, du wolltest mich ja heiraten, sobald du stark genug wärst zum Lastentragen! Mit dir hätte ich das Elend gekannt, aber nicht diesen Trübsinn, und die Fürstinnen hätten mich um mein Los beneidet.«

»Laura, Laura«, rief Ricardi aus, »wie redest du auf einmal mit mir.«

»In der Sprache der Natur«, antwortete ihm Laura. »Sie hat Mädchen gemacht, damit sie in dem Stand, in den der Himmel sie hineingeboren hat, Frauen und Mütter werden und nicht die Nichten zügelloser Priester.«

Darauf ging Laura aus dem Zimmer und schloß hinter sich die Tür.

Ricardi blieb betroffen zurück. Er hatte die Paludi überall als seine Nichte eingeführt, und wenn sie leichtsinnig die Wahrheit aufdeckte, war er verloren und seine Karriere beendet. Außerdem liebte er die kleine Hexe, war eifersüchtig auf sie, und alles trug dazu bei, ihn unglücklich zu machen.

Am nächsten Tag bat Ricardi an Lauras Tür zitternd um Einlaß und war angenehm überrascht, aufs zärtlichste empfangen zu werden.

»Verzeihen Sie mir, lieber Onkel«, sagte sie, »lieber Wohltäter; ich bin eine Undankbare, unwürdig, das Licht des Tages zu sehen. Ich bin das Werk Ihrer Hände, Sie haben meinen Geist gebildet, Ihnen verdanke ich alles. Verzeihen Sie mir eine Laune, an der mein Herz unschuldig ist.«

Der Friede war schnell geschlossen.

Einige Tage später sagte Laura zu Ricardi: »Ich kann nicht glücklich sein mit Ihnen. Sie sind allzu sehr mein Gebieter. Alles hier gehört Ihnen, und ich lebe in völliger Abhängigkeit. Der Lord, der bisweilen zu uns ins Haus kommt, hat seiner Mätresse das schönste Stück Land im Herzogtum Urbino geschenkt. Das nenne ich einen Liebhaber! Und wenn ich Sie um die Baronie bäte, auf der ich drei Monate verbrachte? Sie würden sie mir abschlagen; und doch ist sie ein Vermächtnis Ihres Onkels Cambiosi, und Sie können frei darüber verfügen.«

»Sie wollen die Unabhängigkeit«, erwiderte Ricardi, »um mich zu verlassen.«

»Nein, um Sie mehr zu lieben«, entgegnete Laura.

Ricardi war sich im Zweifel, ob er nachgeben oder ablehnen sollte. Er war verliebt und eifersüchtig; er fürchtete, seine Würde könne angetastet werden; er fürchtete, seinerseits von seiner Mätresse abhängig zu werden.

Laura las in seiner Seele und hätte ihn gern zum Äußersten getrieben. Aber Ricardis Macht war in Rom gewaltig. Auf ein Wort von ihm hätten vier Sbirren die Nichte gepackt und in ein Kloster verbracht, in dem sie lange hätte büßen können. Diese Überlegung brachte Laura dazu, sich zu bezähmen, und sie entschloß sich schließlich dazu, die Kranke zu spielen, um Ricardi dahin zu bringen, wo sie ihn haben wollte. Dieses Vorhaben beschäftigte sie gerade, als Sie in die Grotte hereintraten.

»Wie, hat sie also gar nicht an mich gedacht?« rief ich ganz erstaunt.

»Nein, mein Kind«, sagte Sylvia, »sie dachte an eine einträgliche Baronie, die eine Rente von zweitausend Scudi abwerfen könnte. Aber plötzlich fiel ihr ein, sich krank oder tot zu stellen. Sie hatte schon Übung darin, da sie die Schauspielerinnen, die sie in London gesehen hatte, nachzuahmen pflegte. Sie wollte nun wissen, ob sie es fertigbrächte, Sie zu täuschen. Sie sehen also, mein kleiner Spanier, daß Sie bis dahin ganz und gar zum Narren gehalten wurden. Aber über den Ausgang der Geschichte dürfen Sie sich nicht beklagen, und meine Herrin beklagt sich auch nicht über Sie. Ich selbst aber fand es ganz entzückend, wie Sie meinen Arm als Stütze suchten, als Sie fast einer Schwäche unterlagen. Damals habe ich geschworen, daß ich auch einmal an die Reihe komme.« So sprach das Kammermädchen.

Was soll ich Ihnen sagen? Was ich gehört hatte, verblüffte mich; alle meine Illusionen waren dahin; ich wußte nicht mehr, woran ich war. Sylvia machte sich meine Erregung zunutze, um meine Sinne zu verwirren. Es gelang ihr mühelos. Ja, sie mißbrauchte ihre Überlegenheit. Als sie mir schließlich wieder in den Wagen geholfen hatte, wußte ich nicht, ob ich mir neue Vorwürfe machen oder aber alles vergessen sollte.

Deutsch von Manfred Zander

Charles Lewinsky

VERGEBEN, ABER NICHT VERGESSEN

Gibt es etwas Lustigeres als die Neugier? Sind wir nicht alle Voyeure, zum Sehen geboren, zum Schauen bestellt? Was kann reizvoller sein als fremdes Leben, durch den Vorhang erspäht? (Eigenes Leben? Vielleicht. Wenn man eins hat.)

Es ist etwas los in Courtillon, hier tanzt der Bär, hier wird einem etwas geboten, treten Sie ein, meine Herrschaften, treten Sie ein!

Geneviève spricht nicht mehr mit Jean. Sie versteckt ihre Augen hinter einer Sonnenbrille, aber das kann niemanden täuschen, schon gar nicht Mademoiselle Millotte. »Kurz nach sechs fuhr sie bei mir vorbei auf ihrem Fahrrad, wie jeden Morgen, sie muß doch ihren Bus abholen in Montigny. Es wäre ja praktischer, wenn sie näher bei der Garage wohnen würde, aber sie wird froh sein, daß sie überhaupt Arbeit hat, nach dem Krieg hatte jeder Arbeit, aber nur deshalb einen Krieg führen? Was meinen Sie, Monsieur?« Die alte Dame verläuft sich in ihren Gedanken, wie ich mich in ihrem Haus verlaufen würde, jede Ecke vollgestopft mit Erinnerungen; wenn man eine in die Hand nimmt, fallen einem zwanzig entgegen. Man muß sie an den Anfang zurücklocken, unauffällig, bis sie zurücktrippelt durch ihr Labyrinth und den Faden wieder aufnimmt.

»Geneviève?« erinnere ich sie. »Am Morgen? Auf dem Fahrrad?«

»Sie bringen mich durcheinander«, sagt Mademoiselle vorwurfsvoll, »weil Sie mich immer unterbrechen. Eine Sonnenbrille hatte sie aufgesetzt, kurz nach sechs, wo noch gar keine Sonne scheint. Der Arzt hat ihr schon immer geraten, dunkle Gläser zu tragen, wegen ihrer Augenentzündung, sie hat sich auch eine Brille gekauft, aber nie benutzt, weil sie eitel ist. Frauen, die nur ein bißchen hübsch sind, sind oft eitel. Und jetzt setzt sie sie plötzlich auf, ohne Sonne. Also hat sie geweint.«

Der Schluß überrascht mich, aber für Mademoiselle ist die Sache klar, alles hat seine Erklärung, aus b folgt c, und jetzt geht es nur noch darum, a zu finden. »Es hat etwas mit ihrem Mann zu tun, das ist klar, sie werden sich gestritten haben, ich kann mir den Grund schon denken. Obwohl, das dürfte er sich eigentlich nicht noch einmal trauen, er hat viel zuviel Angst, daß sie ihm weglaufen könnte und das Kind mitnehmen. Sie wollte ihn schon einmal verlassen, da waren Sie noch nicht hier, habe ich Ihnen die Geschichte nicht erzählt?«

Nein, ich langweile mich nicht in Courtillon. Wie sollte ich mich langweilen an einem Ort, wo es alte Geschichten gibt, neue Gerüchte, und jeden Morgen den Verkaufswagen der Bäckerei? Etwas Lustiges soll ich Dir erzählen? Hier ist etwas Lustiges:

Der heilige Johann, erzählt Mademoiselle Millotte und wird sichtlich jünger dabei, hat vor vier Jahren ein Verhältnis gehabt mit der Frau des Bahnwärters. Vielleicht auch vor fünf Jahren, das geht einem durcheinander, wenn man älter wird, aber ganz bestimmt war es früh im Jahr, denn er hat für sie die Bäume geschnitten, und das muß erledigt sein, bevor der Saft steigt. Es war also noch kalt draußen, er wird an die Finger gefroren haben bei der Arbeit, und hinterher saß er dann bei Madame Charbonnier in der Küche und wärmte sich auf, bei einem Kaffee oder etwas Stärkerem.

Mademoiselle Millotte erzählt, als ob sie dabeigewesen wäre, man riecht den Kaffee und hört die Scheite knacken im Herd, dabei hat sie bestimmt schon damals in ihrem Ausguck gehaust, ein Kleiderhaufen auf einem Rollstuhl, und sich alles nur zusammengestückelt aus einem kleinen Anzeichen hier und einem kleinen Hinweis da. Jean, so denkt sie sich das, wird einen langen Vortrag gehalten haben über die Kunst des Bäumeschneidens – das ist leicht vorzustellen: wenn er etwas gut kann, will er auch davon erzählen, und er kann alles gut –, Madame Charbonnier wird ihm zugehört haben, mit starren, uninteressierten Augen, aber er hatte ihr einen Gefallen getan, da mußte sie Aufmerksamkeit wenigstens heucheln, und dann wird Jean das Gespräch auf die Frage der Bezahlung gebracht haben, ganz unauffällig, wie er immer meint. Auch das leuchtet ein, Jean denkt viel ans Geld, hat aber Hemmungen, darüber zu reden; als sich die Krähen in meinem Kamin eingenistet hatten und er aufs Dach steigen mußte, um den Abzug wieder frei zu machen, habe ich ihn wochenlang nicht dazu gebracht, mir einen Preis zu nennen.

Die beiden haben also in der Küche gesessen. Du mußt sie Dir vorstellen: Jean, mit seinem Schulbubengesicht, von der Kälte draußen gerötet und vom zweiten Schnaps und vom dritten, und Madame Charbonnier, etwa zehn Jahre älter als er, um die Vierzig muß sie gewesen sein damals, eine verblühte Blondine; vielleicht trug sie eines dieser Hauskleider, in denen ich die Frauen immer beim Bäckerwagen sehe, geblümt und vorne zum Aufknöpfen.

Sie hatte kein Geld, die Charbonniers haben nie Geld, sagt Mademoiselle Millotte kategorisch, sie können nicht damit umgehen, aber ihre Bäume hatte er geschnitten, und so hat sie ihn halt anders bezahlt, *en espèces*. Die alte Dame schaut mich prüfend an, ob ich den Doppelsinn auch verstehe, als Ausländer, sie kichert, wie Damen früher wohl gekichert haben bei solchen Themen, die Hand vor dem Mund, sie verschluckt sich und hustet, bis sie schließlich unter der Wolldecke ihre Flasche findet, eine gelbe Plastikflasche, wie sie Radfahrer auf der Tour bei sich haben, sie nimmt einen langen Schluck, und allmählich geht ihr Atem wieder ruhiger.

Nun also, er hat mit ihr geschlafen, im Ehebett vielleicht, wo die Laken noch warm waren von der Nacht, oder eher auf dem Sofa im Wohnzimmer (ich kenne das Wohnzimmer der Charbonniers nicht, aber sie sehen alle gleich aus hier, zu schwere Möbel und ein Sofa mit Zierdeckchen), vielleicht hat er geredet dabei, er muß immer kommentieren, was er tut, vielleicht war sein Mund auch beschäftigt, obwohl ich mir nicht vorstellen kann, wie er sie küßt, ich kann ihn mir überhaupt nicht zärtlich denken, nicht mit Hosen, die ihm noch um die Knöchel hängen; es wird schnell gegangen sein zwischen den beiden, eine Frage, eine Antwort, wie man einen Schnaps akzeptiert: Warum nicht, wenn einer da ist. *Prendre le café du pauvre* nennt man das hier, die schnelle Liebe zwischendurch; ein einleuchtender Ausdruck, den Kaffee müßte man kaufen, aber ein Kleid braucht man nur aufzuknöpfen und einen Hosenschlitz. Er gibt keine romantische Figur ab in meiner Vorstellung, mein Nachbar Jean, er hat ein Bäuchlein, das schon bald einmal ein Bauch sein wird, seine Hände sind rauh, und wer die eigene Frau *mon lapin* nennt, ist ein Rammler, kein Liebhaber.

(Als ob ich nicht wüßte, daß jeder ein Liebhaber werden kann, einer der lieb hat, auch wenn es aussichtslos ist, auch wenn er sich lächerlich macht dabei, auch wenn er weiß, daß es enden wird, wie es enden muß. Als ob ich das nicht wüßte.)

Sie bezahlte also, *en espèces*, und damit hätte die Sache ein Ende haben können, die Bäume waren geschnitten und das Kleid wieder zugeknöpft, aber da gab es auch noch Holz zu hacken, einen Keller auszuräumen, was weiß ich, und Jean, der nicht nein sagen kann, wenn man ihn um etwas bittet, ist immer wieder hingelaufen, hat die Arbeit gemacht und die Bezahlung kassiert. *En espèces*. So erzählt das Mademoiselle Millotte, und es wird schon nicht falsch sein, denn was dann hinterher kam, das hat das ganze Dorf mitgekriegt, direkt oder indirekt.

Wie seine Frau es erfahren hat, weiß man nicht, es spielt auch keine Rolle; man kann in einem Dorf nichts geheimhalten, nicht auf Dauer. Fest steht, daß Geneviève, die Wortkarge, plötzlich Worte fand – »Ausdrücke, die sie gar nicht kennen dürfte«, sagt Mademoiselle Millotte und kichert schon wieder –, daß sie ihren Mann anschrie, lauthals und öffentlich, daß sie sogar sein Werkzeug aus dem Fenster schmiß, Stück für Stück. Man kann nur verstehen, was das bedeutet, wenn man weiß, wie Jean sein Werkzeug liebt; wenn er es nach der Arbeit sauber reibt, sieht es aus, als ob er es streichelt.

Stell Dir die Szene vor (Du wolltest doch lustige Dinge hören): Jean, mit seinen kurzen Beinen, der in seinem Hof auf und ab rennt, ziellos aufgeregt, ein Schäferhund, dem seine Schafe plötzlich nicht mehr gehorchen, er versucht zu beruhigen, zu argumentieren, und mitten in seine gewundenen Ausreden hinein kommt immer wieder ein Schraubenschlüssel geflogen oder eine Wasserwaage. Ein schönes Bild, nicht?

Madame Dubois, von der ich mein Haus gekauft habe, die also damals noch die Nachbarin der Perrins war, hat den Streit mit eigenen Augen gesehen und ihn Mademoiselle Millotte rapportiert, in allen Details; sie hat auch gehört, wie Geneviève gedroht hat, ihren Mann zu verlassen und Elodie mitzunehmen. Eine gefährliche Drohung, denn Jean liebt seine Tochter über alles.

»Wissen Sie, warum Geneviève so wütend war, Monsieur?« fragt mich Mademoiselle aus der Weisheit ihrer Jahre. »Nicht weil er mit einer anderen geschlafen hat, damit muß man immer rechnen, Männer sind Männer, sondern weil die andere älter war, nicht einmal attraktiv, *une greluche*.« (Ich habe den großen Pons aus der Bananenkiste gewühlt, wo er seit einem Jahr auf das nie gebaute Bücherregal wartet. »Greluche« heißt ganz einfach »Tussi«.) »Vielleicht hat er jetzt wieder mit ihr angefangen, ihr Mann interessiert sich ja nur fürs Angeln, schon am frühen Morgen sitzt er am Fluß, er fängt Karpfen, kiloschwere Karpfen, man kann sie nicht mehr essen, wenn sie mal so groß sind, er wiegt sie nur und wirft sie dann wieder ins Wasser zurück, es geht ihm nur ums Fangen, bloß darauf kommt es ihm an, er ist ein Mann.« Hat sie sich jetzt wieder verlaufen in ihren Gedanken, oder ist sie beim Thema geblieben?

Damals hat Geneviève eine Szene gemacht, diesmal schweigt sie, versteckt verweinte Augen hinter einer Sonnenbrille, fährt ihren Bus wie jeden Tag, und wenn sie einem begegnet, denke ich mir, wird sie versuchen zu tun, als ob nichts wäre. Ja, ich habe neugierig auf sie gewartet (lach mich aus, wenn Du willst, dann lachst Du wenigstens), hab mich auf der Straße herumgetrieben, hab an meinem Gartenzaun herumgekratzt, der zu verrotten beginnt, weil er zu lange nicht gestrichen wurde, hab versucht beschäftigt auszusehen, und dann kam zuerst gar nicht Geneviève vorbei, sondern Madame Charbonnier, die Tussi.

Sie hatte einen Eimer dabei, wahrscheinlich wollte sie Brombeeren sammeln – wo sich der Weg zum Fluß hin im Gebüsch verläuft, wachsen sie reichlich –, wir haben uns gegrüßt, wie man das tut hier im Dorf, wenn man sich vom Sehen kennt und nicht mehr, *»Bonjour Madame«*, *»Bonjour Monsieur«*, und ich habe eine überraschende Entdeckung gemacht: Menschen verändern sich, wenn man weiß, mit wem sie geschlafen haben. Gestern noch hätte ich Dir Madame Charbonnier nicht beschreiben können, sie hatte nichts Bemerkenswertes für mich, heute meine ich, etwas Herausforderndes in ihrem Blick zu sehen; man findet, was man sucht. Sie ist blond, ein sehr helles Blond, das mir nicht gefärbt scheint, wenn ich von diesen Dingen auch nichts verstehe, die Haare hat sie im Nacken zusammengebunden, strähnig, als ob sie gerade aus dem Bett käme. (Sie kommt natürlich nicht aus dem Bett um diese Zeit, es ist Nachmittag, und ich mache mich lächerlich. Aber was soll ich mich vor Dir verstellen, Du kennst mich besser als ich mich selber.) Sie trägt Jeans und einen Pullover, vernünftige Kleidung für stachlige Brombeerranken, aber auch eine Kleidung, die ihre Formen betont, üppige Formen; mit zwanzig muß sie unwiderstehlich gewesen sein und mit dreißig eine Schönheit. Jetzt ist sie Mitte Vierzig, beim Gehen zeichnet sich ihr Hintern in der Hose ab, und ich frage mich, ob sie mit Jean wohl wieder den Kaffee der Armen getrunken hat.

Ich kratze weiter an meinem Gartenzaun herum, sinnlos, Beschäftigung vortäuschend (oh, ich habe gut gelernt, Beschäftigung vorzutäuschen), ich blicke vor gespielter Konzentration nicht einmal auf, als sich Schritte nähern. »Ich hab Sie gar nicht kommen sehen«, will ich sagen, will überraschend vor Geneviève auftauchen, will aus nächster Nähe feststellen, ob hinter der Sonnenbrille tatsächlich Tränen sind – aber dann ist es gar nicht Geneviève, die sich genähert hat, sondern die kleine Elodie. Sie sagt: »Ich glaube, Sie haben mich gar nicht kommen sehen.«

Sie stellt ihre Schulmappe ab, ein schweres Ding aus abgeschabtem Leder, ihr Vater hat sie irgendwo mitgenommen und mit einem neuen Griff versehen, eine Mappe für einen Gerichtsvollzieher, nicht für ein Schulmädchen, sie verschränkt die Arme, wie es hier die Hausfrauen tun, wenn sie sich auf einen Schwatz einrichten, sie lächelt ihr bestes, fast schon erwachsenes Lächeln und fragt mit kaum merkbarem ironischen Unterton: »Wie geht's denn immer so?«

»Und bei euch?« frage ich zurück. »Was machen deine Eltern?« Harmloses Hin-und-her-Gerede, aber es erlaubt mir, aufs Thema zu kommen. »Geneviève ist ein bißchen müde in letzter Zeit, oder scheint mir das nur so?« Ich schäme mich nicht, ein zwölfjähriges Schulmädchen nach seinen Eltern auszufragen; die Neugier ist stärker, die Gier nach etwas Neuem, endlich etwas Neuem in dieser fertigmachenden fertigen Welt, in der sich nie etwas verändert.

Aber Elodie kennt das Spiel auch, sie ist mir darin überlegen (wie Du mir überlegen warst, vom ersten Blickwechsel an), sie überhört die Erkundigung einfach und beginnt von ihrem Lehrer zu erzählen, der im Turnen jedem die Bestnote versprochen hat, *vingt sur vingt*, der bis zum Ende des Schuljahres einen Salto hinkriegt. Sie ist fest entschlossen, ihn beim Wort zu nehmen, ihren guten Durchschnitt noch zu verbessern, und sie zeigt mir, bedenkenlos oder berechnend, was sie schon kann: einen Überschlag, mit den Händen abgestützt, für einen Augenblick steht sie kopf, ihre Füße scheinen Halt zu suchen in der Luft, dann liegt sie lachend auf dem Rücken, mit hochgerutschtem Rock, sie hat dünne, staksige Mädchenbeine, eine Raupe, die bald ein Schmetterling sein wird, sie streckt mir die Hand hin, damit ich sie hochziehe, und dann sagt sie, wie eine späte Antwort auf meine unausgesprochene Frage: »Ich muß den Salto einfach hinkriegen. Meine Eltern sind viel friedlicher, wenn ich gute Noten habe.«

Als Geneviève endlich nach Hause kam, hatte ich so lange

an meinem Zaun herumgekratzt, daß der Boden mit abgesplitterten Farbflocken bedeckt war wie mit weißen Blütenblättern. Ich sah sie von weitem kommen, ihr Fahrrad neben sich her schiebend, am Lenker zwei große Plastiktüten, ich hatte also genügend Zeit, mich in Gedanken darauf vorzubereiten, wie ich sie geschickt und unauffällig ausfragen konnte. Ich weiß nicht, ob es mir gelungen wäre, denn alle Taktik erwies sich als überflüssig. Ebenso stark wie das Bedürfnis, an fremden Leben mitzuschmarotzen, ist der Drang, sich selber mitzuteilen, sich von anderen die Bestätigung zu holen, daß das eigene Leid kein gewöhnliches ist, sondern ein ganz besonderes, einmaliges. Du willst doch so gerne lachen: Dann lach darüber, daß dieses lieblos am Fließband ausgestanzte Massenprodukt, das sich Mensch nennt, nichts Wichtigeres kennt, als pausenlos und immer wieder seine Individualität zu betonen.

»Haben Sie ein bißchen Zeit für mich?« fragte mich Geneviève. »Ich möchte Sie um einen Rat bitten.«

Wir saßen in meiner Küche, sie sah höflich über die unabgewaschenen Teller weg und die verklebten Pfannen, nein, danke, sie hatte gerade Kaffee getrunken und brauchte jetzt gar nichts, sie überlegte einen Moment, wie sie anfangen sollte, und sagte dann unvermittelt: »Sie schreiben sich Briefe.«

Sie mußte keine Namen nennen. In Courtillon geht man davon aus, daß jeder von jedem alles weiß, daß mir also bestimmt schon jemand die Geschichte erzählt haben würde, vom heiligen Johann und der Tussi. »Ich habe ihm vergeben, damals«, sagte Geneviève, »weil er geschworen hat, daß es einfach so passiert ist, blindlings, *à corps perdu*. Man kann mal von der Straße abkommen« – hier sprach die Busfahrerin aus ihr –, »aber nur einmal und nie wieder, das hat er mir auch fest versprochen. Und jetzt habe ich diese Briefe gefunden, eine ganze Schachtel voller Briefe, die sie ihm geschrieben hat, nicht vor fünf Jahren, sondern immer wieder, bis heute. Jean schwört, er habe nie geantwortet, aber ich glaube ihm nicht, man schreibt nicht immer neue Briefe, wenn man keine Antwort bekommt, oder was meinen Sie?«

Du wolltest etwas Lustiges hören. Hier hast Du Ironie, spitz wie ein Messer. Was sollte ich erwidern? Daß ich der Spezialist bin für Briefe ohne Antwort? Daß man nicht aufhört zu schreien, bloß weil einen niemand hört? Daß das Leben nicht logisch ist und der Mensch nicht vernünftig? Ich konnte nur dasitzen, in falscher Nachdenklichkeit nickend, konnte nur das interessierte Gesicht aufsetzen, mein Abfrage- und Verhörgesicht, das den andern zum Weiterreden auffordert. (Du hast Dich mal beschwert über diesen Trick, weißt du noch? Er hat dich geärgert, weil er so durchschaubar ist und trotzdem immer wieder funktioniert.)

Geneviève kaute auf ihrer Unterlippe herum, auf der kleinen Narbe, wo die abgebrochene Kante des Schneidezahns immer wieder in die Haut eindringt, rieb sich die Augen – keine Tränen, Mademoiselle Millotte, nur die Entzündung, die sie immer hat –, und erzählte. »Es sind Liebesbriefe, richtige Liebesbriefe. Sie schreibt, daß sie ihn braucht, daß sie ihn nur von weitem sehen muß, und schon ist sie glücklich, daß sie Blumen gepflanzt hat in ihrem Garten, *oeillets des poètes*, bloß weil er einmal gesagt hat, daß ihm die Farbe gefällt. Es sind schöne Briefe«, sagte Geneviève, es klang überrascht und ein bißchen neidisch, »mir würde so etwas nicht einfallen. Meinen Sie, daß es daran liegt? Daß ich ihm nicht sagen kann, wie gern ich ihn habe?« Sie ist eine massive Frau, größer als ich, mit breiten Schultern und muskulösen Armen; ihre Hände sind für das Steuerrad eines Busses gemacht, nicht dazu, an ihrer sachlich kurzen Frisur herumzuzupfen, als ob alles anders würde, wenn sie nur ein bißchen weiblicher wäre oder ein bißchen hübscher. Sie ist nicht häßlich, das will ich nicht gesagt haben, aber sie hat nichts Mädchenhaftes an sich, vielleicht ist sie zu früh Mutter geworden.

»Männer sind Männer«, hörte ich mich sagen, ein albernes

Echo von Mademoiselle Millotte. »Und wenn Jean sagt, daß die Geschichte vorbei ist …«

»Warum bewahrt er dann ihre Briefe auf?«

Ich hätte es ihr erklären können. Weil es nichts Kostbareres gibt als Erinnerungen, auch wenn alle Welt verlangt, man solle sie wegsperren, vergessen, ungeschehen machen.

Ich werde Dich nie vergessen.

Nie.

Aber Geneviève ist eine sachliche Frau, für die Gefühle so etwas sind wie exotische Völker, deren Fotos man sich ganz gerne mal ansieht, Knochen durch die Nase, Tätowierung im Gesicht, wenn man die Magazine durchblättert im Supermarkt, bevor man dann doch die Handarbeits-Zeitschrift kauft, wie jeden Monat, Gefühle sind für sie etwas staunenswert Fremdes, durchaus faszinierend, aber doch nichts, was man sich ins Wohnzimmer einlädt, vielleicht kämen sie ja nackt, und dann wüßte man nicht, wo hinschauen. Nein, bei ihr mußte ich praktisch argumentieren, oder, so war es dann wirklich, mußte sie selber praktisch argumentieren lassen, denn wer sich einen Fremden zum Beichtvater wählt, sucht keine Antworten, sondern Bestätigung.

Sie hatte sich – darum war auch die Sonnenbrille wieder in ihrem Etui verschwunden – schon längst fürs Bleiben entschieden, nicht fürs Vergeben, aber doch fürs Vergessen, wegen des Kindes, wegen des Hauses und weil Männer eben Männer sind. »Aber wenn es noch mal passiert, wenn er noch einmal nur mit ihr spricht, mit dieser *greluche*, dann werde ich … dann werde ich auch selber … Ich bin doch noch attraktiv, oder?«

Ich höre Dich lachen, weil Du ahnst, was gleich passieren wird. Ihr Mund schmeckte nach Pfefferminz, diese Bonbons, die sie immer lutscht, ihre Lippen erschienen mir rauh, in ihren Haaren hing der Geruch von Diesel. Es war ein ungeschickter Kuß, über den Tisch gebeugt, auf dem noch das Geschirr stand vom Frühstück und vom Mittagessen, und hinterher mußte sie ganz schnell und laut reden, mußte die fremde Gestalt wegreden, die plötzlich im Zimmer stand, Tätowierung im Gesicht, Knochen durch die Nase.

Es war nur ein Kuß, der nichts sein sollte als der Beweis, daß sie noch küssenswert war, ein Argument, keine Zärtlichkeit, und doch war es nachher nicht leicht, die distanzierte Nähe aufrechtzuerhalten, die hier zwischen Nachbarn üblich ist, mit denen man sich beim Vornamen siezt. »Wollen Sie nicht doch einen Kaffee, Geneviève?« – »Nein, wirklich nicht, Jean braucht sein Abendessen, wenn er nach Hause kommt, ein andermal gern.« Es wird kein anderes Mal geben, nicht in meiner Küche; der Ort ist zu intim geworden.

Bleibt mir noch von Jean zu erzählen, dessen Seite der Geschichte ich natürlich auch hören mußte. Man verschwendet nichts bei uns in Courtillon; wo Ereignisse selten sind, werden sie abgenagt bis auf den Knochen. Ich lud ihn also ein, mit mir mal wieder den Umbau meines Hauses zu besprechen, ein uferloses Thema, für das er sich stets von neuem begeistern kann; ich glaube, wenn ich mich tatsächlich aufraffte und mit der Arbeit begänne, würde ihm etwas fehlen; mein unfertiges Haus ist die ideale Spielwiese für seine handwerkliche Phantasie, und Spielwiesen machen nur Spaß, solang niemand eine Schaukel aufstellt und ein Klettergerüst einzementiert.

Jean erzählte des langen und breiten von einem Haus, das er in Pierrefeu entdeckt hatte, zwanzig Kilometer entfernt, ein schon lange leerstehendes Gebäude, das nächstens abgerissen werden sollte, wobei dieses »nächstens« auch schon wieder ein paar Jahre alt war, »kein schönes Haus, direkt neben der *porcherie*, es stinkt höllisch nach Gülle, und das Dach müßte auch völlig neu gemacht werden, aber da sind ein paar Eichenbalken in der Küche, dreihundert Jahre alt mindestens, wenn das Haus abgerissen wird, müßten Sie sich die sichern, daraus läßt sich etwas machen, ein Bücherregal zum Beispiel, Sie haben doch so viele Bücher, gehen die nicht kaputt, immer nur in diesen Schachteln?« Zu seinem Monolog tranken wir Kirsch, abwechselnd einen edlen milden aus dem Schwarzwald und einen hochprozentigen französischen Hausbrand, die mußten miteinander verglichen werden, auch darin ist Jean Fachmann.

Ihn dann aufs Thema zu bringen war leicht. Ich mußte mich nur ganz beiläufig erkundigen, ob schon viele Brombeeren zu finden wären, ich hätte heute Madame Charbonnier auf dem Weg dorthin gesehen, und schon beugte sich Jean zu mir vor, in angesäuselter Vertraulichkeit, und sagte: »Diese Frau ist der größte Fehler meines Lebens.«

Es scheint (die Geschichte wird Dich amüsieren), daß Jean damals tatsächlich etwas hatte mit Madame Charbonnier, nur ein paar Wochen lang, wie er versichert; die Geschichte war schon lange zu Ende, als Geneviève dahinterkam. Die *greluche* hatte sich angeboten, und Jean, der nichts wegwerfen kann, hatte zugegriffen, »ohne Gefühle«, sagt er, als ob das ein Zauberwort wäre, das Geschehenes ungeschehen macht. Aber als es dann vorüber war, der Garten umgegraben, der fremde Körper entdeckt, da war es nur für ihn vorüber. Bei ihr war etwas passiert, was nicht vorgesehen ist in Jeans handwerklicher Welt, wo man nur das richtige Werkzeug finden muß und die richtige Stelle, um es anzusetzen: sie hatte sich in ihn verliebt. »*Elle est amoureuse*«, sagt Jean klagend, und so wie er das Wort ausspricht, ist es eine Krankheit, klingt nach muffiger, kalt verschwitzter Haut und dumpfem Atem. Er hatte ihr nie gesagt, daß es zu Ende wäre, er war einfach nicht mehr hingegangen, hatte wieder förmlich gegrüßt, wenn man sich begegnete, hatte zum Alltag übergehen wollen und die Sache vergessen.

Aber sie war ihm nachgelaufen, war aufgetaucht, wo sie nicht hingehörte, im Wald, wo er sein Holz schlug für den nächsten Winter, oder in einem leeren Haus, wo er Wände strich für ein paar Francs bar auf die Hand, war plötzlich dagestanden, »mit einem Gesicht«, sagt Jean, »wie eine frisch verputzte Mauer, wenn sich der Boden senkt«. Einmal hatte sie ihm sogar Blumen mitgebracht, ausgerechnet ihm, der in seinem Garten nichts duldet, was man nicht essen kann, sie war romantisch geworden, »in ihrem Alter«, sagt Jean vorwurfsvoll, hatte Zärtlichkeit von ihm verlangt, nicht den *café du pauvre*, sondern das große Gefühl der großen Welt, sie hatte ihm Angst damit gemacht, richtige Angst, und als er dann nicht konnte und auch nicht wollte, als er ärgerlich wurde und abweisend, da fingen die Briefe an.

»Sie schmuggelt sie mir in meine Werkzeugkiste, seit Jahren schon, ich sehe sie nicht kommen und nicht gehen, aber die Briefe sind da. Sogar in meiner Scheune habe ich schon welche gefunden, obwohl die immer abgeschlossen ist. Ich hänge meine Jacke irgendwohin, weil es heiß ist bei der Arbeit, und wenn ich sie wieder anziehe, steckt ein Brief in der Tasche. Fünf Tonnen Steine habe ich aus meinem Haus herausgeschleppt, aber diese Frau schafft mich.« Sein Kindergesicht ist gerötet, vom Kirsch und von der Empörung, er fühlt sich ungerecht behandelt; was muß sich diese Frau in ihn verlieben, wo er ihr doch nur entgegengekommen ist, weil sie ihn anders nicht bezahlen konnte für seine Arbeit?

»Und warum haben Sie die Briefe aufbewahrt?«

Jean, der Sammler, schüttelt nur den Kopf über meine Frage. »Zwischen die Gebrauchsanweisungen habe ich sie gesteckt«, sagt er. »Ich sammle Gebrauchsanweisungen, auch von Geräten, die ich gar nicht besitze. Wenn man etwas reparieren muß, ist das manchmal sehr praktisch. Geneviève hat sich nie dafür interessiert, sie weiß auch, daß ich es nicht mag, wenn man in meinen Sachen herumwühlt. Aber der *stérilisateur* ist kaputtgegangen in der Küche, sie ist gerade beim Einmachen, da wollte sie nachsehen – und jetzt? Die Katastrophe.« Er sagt nicht *catastrophe*, sondern *la Bérézina*, sein Rückzug hat begonnen, und der Krieg ist schon verloren.

David Lodge

VOLLES PROGRAMM

Die ursprüngliche Einladung zu dieser Reise kam von meinem tschechischen Verleger, anläßlich der Publikation ihrer Ausgabe von *Die Maschine des Geistes* … Ich vermute, ich war geschmeichelt, weil sie fanden, mein zehn Jahre altes Buch sei eine Übersetzung wert, und ich dachte, sie verdienen, daß man sie ermutigt, also habe ich akzeptiert … dann bewarb sich der Verleger sofort um eine Finanzierung durch das British Council, und die stimmten unter der Bedingung zu, daß ich eine Vorlesung und ein Seminar an der Universität abhalte, also sagte ich zu, und am Ende kam ein volles Programm dabei heraus, mit der Vorlesung und dem Seminar und den Zeitungsinterviews und den Signierstunden und sogar einem dreiminütigen Interview für eine landesweite Nachrichtensendung im Fernsehen … Mein Verleger, Milos Palacky, den ich nie zuvor getroffen habe, erwies sich als typisches Produkt im neuen postmarxistischen Geist kapitalistischen Unternehmertums, ein freundlicher, aber gerissener Typ, der für all diese Publicity gesorgt hatte, ohne selbst auch nur eine einzige *koruna* auszugeben, abgesehen davon, daß er einmal die Rechnung fürs Mittagessen übernahm (Blumenkohlsuppe mit Klößen, Wildschweinbraten mit Klößen, Obstklöße mit Klößen) … Wie mir ein tschechischer Schriftsteller, den ich traf, sagte, ist Palacky berüchtigt dafür, fällige Tantiemen nicht zu zahlen, und ich solle nicht erwarten, mehr Geld zu bekommen, als die ziemlich bescheidene Vorauszahlung, die ich bereits erhalten habe … Es konnte mich kaum beruhigen, daß ich meiner Übersetzerin vorgestellt wurde, einer Dame mittleren Alters, die nicht sehr gut Englisch sprach und die keinen wissenschaftlichen Hintergrund zu besitzen schien, aber ich war nicht in der Lage, bei Palacky deswegen nachzufragen, denn auch er spricht kaum

Englisch … überall, wo er hinging, begleiteten ihn zwei breitschultrige Schlägertypen in schwarzen Anzügen und Sonnenbrillen, die die Türen öffneten und Leute zurückhielten, wenn er aus seinem Auto in ein Gebäude ging … vermutlich sollten sie ihn vor den Angriffen wütender Gläubiger schützen … Nun, es dauerte nicht lange, bis ich erkannte, daß ich ausgenutzt wurde, aber ich machte weiter, zog vor den Medien und den Buchhändlern meine Nummer ab wie ein Profi, hielt meine schon oft wiederholte Allzweck-Überblicksvorlesung über das Problem des Bewußtseins an der vollbesetzten Karls-Universität … Levines Erklärungslücke, Cricks Erstaunliche Hypothese, Chalmers Schwierige Frage, Dennett, Searle, Minsky, Penrose, die üblichen Verdächtigen, ein kleiner Seitenhieb auf die Neurowissenschaft als neue Phrenologie, ein kleiner Seitenhieb auf den Behaviorismus – *Wie war es für mich?* sorgt immer wieder für Heiterkeit … zum Schluß Werbung für die KI, durch Phänomenologie ergänzt, das Modellieren sowohl affektiver als auch kognitiver Prozesse, wobei man besser *bottom up* statt *top down* arbeiten sollte … Das war am Freitagnachmittag … worauf ein Empfang und ein Abendessen folgte, bei dem es Klöße gab … dann hielt ich am Samstagmorgen ein Seminar mit begrenzter Teilnehmerzahl am Fachbereich Philosophie und Psychologie über unsere experimentellen Arbeiten am Centre und danach stellte mir der verantwortliche Prof Ludmila Lisk vor, eine junge Forschungsassistentin aus der Psychologie … Für den Rest des Tages waren laut Plan des British Council »Freizeit – Besichtigungen« angesetzt, und Ludmila war dazu bestimmt worden, mir als Führerin zu dienen. Was ich in diesem Augenblick wirklich wollte, war, mit dem ersten verfügbaren Flug nach Hause abhauen … aber da war diese eifrige, lächelnde, nicht schlecht aussehende und unglaublich schlanke junge Frau, die mir die Hand hinstreckte, die ich schütteln sollte … es wäre grausam gewesen, ihre Dienste zurückzuweisen … Ich schwöre, ich habe in dem Moment nicht damit gerechnet, wie weit diese Dienste gehen würden …

Sie hatte eine gewisse Summe erhalten, um unsere Ausgaben zu bezahlen, also führte sie mich als erstes in ein »typisch tschechisches Restaurant«, wo wir ein typisch tschechisches Mittagessen bestellten … dann schleppte ich meinen aufgeblähten Magen in der Nachmittagshitze quer durch die Prager Altstadt, folgte Ludmila in die Kathedrale und das Schloß und in Kirchen und Kunstgalerien und bewunderte gotische dies und Rokoko das und Art Nouveau jenes, bis Ludmila sagte, es sei Zeit für ein frühes Abendessen, denn sie habe Karten für die Oper, irgend etwas von Janáček … »Würde es Ihnen sehr viel ausmachen, wenn wir nicht in die Oper gingen? « sagte ich … Sie sah besorgt aus. »Es gefällt Ihnen nicht?« sagte sie. »Ich hasse es«, sagte ich. Sie biß sich auf die Lippen, um ein Lächeln zu unterdrücken, als ob ich etwas gesagt hätte, was sich nicht gehörte. »Was möchten Sie statt dessen machen?« sagte sie … »Na ja, ich kann mir da verschiedene Dinge vorstellen«, sagte ich lächelnd … wenigstens versuchte ich zu lächeln, aber vielleicht kam es irgendwie wie ein lüsternes Grinsen rüber, denn sie errötete und machte so aus meiner unschuldigen Bemerkung eine *double entendre* … »Zum Beispiel«, sagte ich und versuchte dieses Mißverständnis zu beseitigen, »könnten wir eine hübsche kühle Bar suchen und ein paar eiskalte Biere trinken und dann könnten wir uns vielleicht in einem klimatisierten Kino einen Film anschauen und dann bin ich vielleicht wieder zu einem leichten Abendessen fähig.« Und das taten wir dann. Wir fanden eine Bar, in der ein Jazzgitarrist leise im Hintergrund spielte … und dann einen alten Woody-Allen-Film mit englischen Dialogen und tschechischen Untertiteln … und dann ein kleines vietnamesisches Restaurant, das Mahlzeiten ohne die obligatorischen Klöße anbot … Während wir zu Abend aßen und eine Flasche ganz ordentlichen ungarischen Riesling tranken, erzählte mir Ludmila von ihren Forschungen, einem Teamprojekt zur Modellierung des Lernprozesses, bei dem sie versuchen, den Wissenserwerb durch Erfahrung, durch den Austausch mit und die Nachahmung von anderen Lernenden sowie durch den Erwerb von Regeln in das Modell einzubauen, wobei sie Simulationen von Kinderspielen wie etwa ›Tier, Pflanze oder Mineral‹ verwenden ... für mich klang das alles ziemlich hoffnungslos, zu viele Variablen, aber ich ermutigte sie freundlich ... und natürlich verhielt sie sich geradezu kriecherisch angesichts meiner Reputation, schmeichelte mir auf Teufel komm raus, aber sie hatte ihre Hausaufgaben gemacht, kannte *Die Maschine des Geistes* gut genug, um daraus zitieren zu können ... und wie Sprechblasen mit dem Wort »Denkt« darin schwebten die ganze Zeit über Spekulationen über unserem Gespräch, wie der Abend wohl enden würde, »Will er mit mir schlafen?« und »Erwartet sie von mir, daß ich mit ihr schlafe?« Der offizielle Plan hatte vorgesehen, daß sie mich sicher zurück in mein Hotel bringen würde, bevor sie selbst ein Taxi nach Hause nahm ... Es war eine laue Nacht ... wir schlenderten über den Wenzelsplatz und sahen uns noch einmal die astronomische Uhr an, die zufällig gerade Mitternacht schlug, sahen die beweglichen Figuren, den Türken, den Reichen und die Eitelkeit, die angesichts des Todes ihre Köpfe schütteln, der ihnen nur ein »Ja« zurückgibt ... und blieben auf der Karlsbrücke stehen, um das von Flutlichtern angestrahlte Schloß anzusehen oder den Palast oder was immer es auch sein mag, was da auf dem Hügel steht und herunter auf die Stadt blickt, und das durch den nächtlichen Himmel zu schweben schien wie eine Luftspiegelung ... Schließlich wirkte der Zauber des Ortes auch auf mich, und es schien nur natürlich, die anderen Paare nachzuahmen, die in den Schatten herumknutschten, die die einunddreißig Heiligenstatuen warfen, und so legte ich meinen Arm um ihre Taille, machte eine Bemerkung darüber, wie schlank die doch sei, und fragte mich laut, ob sich meine Fingerspitzen wohl berühren würden, wenn ich beide Hände um sie legen würde, und Ludmila lachte und schlug vor, es doch zu versuchen … Sie berührten sich nicht, aber ich hielt ihren jungen Körper in meinen Händen, hart und elastisch und geschmeidig wie ein junger Baum, und ich zog sie an mich und drückte ihren Kopf mit einem Kuß nach hinten … eins führte zum anderen … Nachdem wir erst einmal in meinem Zimmer waren, verschwendete sie keine Zeit, im Nu hatte sie ihre Kleider ausgezogen, nicht, daß sie allzuviel angehabt hätte – ein Baumwollkleid, ein Slip, kein BH, sie brauchte keinen, ihre Brüste waren so klein, zu klein für meinen Geschmack … das Gegenteil von Carrie … wie ging diese Werbung noch mal, als ich ein Kind war, ich hab vergessen, wofür, *Nicht zu klein, nicht zu viel … genau richtig* … Sie glitt zwischen die Laken und lag dort und sah mir zu, wie ich mich auszog, was ich beunruhigend fand … mein Körper wirkte fett und voller Falten, die Haut unrein, verglichen mit ihrem schlanken Torso und ihren schlanken Armen und Beinen … Ich schaltete das Licht aus und zog die Vorhänge auf, um die Fenster zu öffnen, angeblich, weil das Zimmer stickig war, doch in Wirklichkeit, um meine Verlegenheit und meinen Mangel an sichtbarer Leidenschaft zu verbergen … Ich zeigte mich zu gegebener Zeit der Situation gewachsen … aber ich könnte nicht beschwören, daß sie mir ihren Orgasmus nicht vorgespielt hat …

Nein, es war ganz eindeutig keine Nacht, an die man mit großer Befriedigung zurückdenkt … es ging alles zu leicht … Wäre es in den Siebzigern geschehen, hätte ich möglicherweise eine Intrige vermutet, Tonbänder und Kameras, versteckt in der Holztäfelung, um mich zu erpressen, daß ich als Spion arbeite … Obwohl am Ende tatsächlich der Zeitpunkt gekommen war, da ich mich gewissermaßen revanchieren mußte … irgendwann tagsüber hatte ich unvorsichtigerweise die Konferenz Ende Mai erwähnt, und als sie sich anzog, um nach Hause zu gehen, fragte sie mich, ob sie ein Referat halten könne, denn dann könnte sie sich beim British Council um ein Reisestipendium bewerben ... Ich sagte, das Programm stehe bereits fest (eine Lüge), aber wenn sie wolle, könne sie ein Schaubild machen ... Ich konnte kaum weniger sagen, nachdem ich sie gerade gefickt hatte ... aber das Council wird wohl kaum meinen, daß ein Schaubild ein Reisestipendium wert ist ... hoffe ich ...

Deutsch von Martin Ruf

Gabriel Josipovici

DIE LUST HAT MICH GEPACKT

– Was hab ich denn gesagt? sagt Freddy. Was hab ich gesagt? Sag mir, was ich gesagt hab.

– Was du gesagt hast? sagt Petra. Na komm schon! Komm!

– Nein, sagt Freddy. Sag's mir. Sag mir, was ich gesagt hab.

– Na komm! sagt Petra.

Er steigt aus dem Bett. Er zieht sich an.

– Du hast gesagt, sagt sie, wir hätten den *ganzen* Nachmittag.

– Hatten wir doch auch.

– Den ganzen Nachmittag? sagt Petra. Von vier bis sechs heißt bei dir *der ganze Nachmittag*?

– Was denn sonst? Der ganze Vormittag etwa?

– Ich sag dir, was es heißt, sagt Petra. Zwei Stunden heißt das, zwei Stunden, lächerliche einhundertzwanzig Minuten.

– Einhundertzwanzig Minuten sind eine lange Zeit, sagt Freddy.

– Was soll das jetzt wieder heißen?

– Was das heißen soll? Das soll heißen, daß es eine lange Zeit ist, sagt er und zieht seine Hose an.

– Weißt du, wie sich das anhört? sagt sie.
– Was?
– Das hört sich an, als würde sich jede Minute mit mir wie Kaugummi in die Länge ziehen.
– Das hab ich nicht gesagt.
– Aber gemeint.
– Ich hab gesagt, es war der ganze Nachmittag, sagt er und bindet sich die Krawatte um. Als Antwort auf deine Frage, warum ich schon gehen wollte. Mehr hab ich nicht gesagt.
– Einer von *deinen* Nachmittagen, sagt sie.
– Einer von *meinen* Nachmittagen? Was soll das jetzt wieder heißen? sagt er.
– Du machst im Bett ja nicht mal deine Uhr ab, sagt sie.
– Die Wollust hat mich gepackt, sagt er.
– Und darum hast du die ganze Zeit draufgeschielt?
– Ach hör schon auf, sagt er.
– Glaub nicht, das hätt ich nicht gemerkt.
– Ich muß die Zeit im Auge behalten, sagt er.
– Eben, sagt sie.
– Ich muß zu dieser Vernissage, sagt er.
– Wieso? sagt sie.
– Weil es mein Job ist, sagt er. Darum.
– Du könntest genausogut morgen hingehen, sagt sie. Das wäre immer noch früh genug.
Er steht vor dem Spiegel und kämmt sich.
– Du mußt deinen Artikel eh erst Mittwoch abgeben, sagt sie. Er steckt den Kamm wieder in die Tasche und streicht sein Jackett glatt.
– Es ist dir einfach egal, oder? sagt sie.
– Hör zu, sagt er und dreht sich zu ihr um, die Arme ausgebreitet. Ich …
– Du könntest anschließend wiederkommen, sagt sie.
– Heute abend muß ich Joe was vorlesen.
– Warum kann Julie das nicht machen?

– Weil ich dran bin.

– Und ich, ich bin wohl nie dran?

Er steckt die Schlüssel in seine Tasche.

– Tut mir leid, sagt sie. Sie steigt aus dem Bett und wirft sich einen Morgenmantel über. – Ich mach Kaffee, sagt sie.

– Danke.

– Tut mir leid, sagt sie und umarmt ihn. Ich bin einfach so gern mit dir zusammen.

– Ich ja auch mit dir, sagt er.

Sie stellt sich auf die Zehenspitzen und gibt ihm einen Kuß.

– Was ist nun mit dem Kaffee? sagt er.

Deutsch von Gerd Haffmanns

Binnie Kirshenbaum

MIT DEM MUNDE LIEBEN

Etwas beherrsche ich perfekt, darin übertreffe ich jeden: Jemandem einen blasen. Darin bin ich gut. Nein, darin bin ich großartig. Wenn es um oralen Sex geht, bin ich professionell. Diese Fähigkeit ist zum Teil ein Geschenk Gottes. Ein Talent, das mir angeboren ist. Ich begann als Daumenlutscherin, aber nicht als gewöhnliche Daumenlutscherin. Ich habe meinen Daumen geschmeckt und gekostet, ihn zurechtgebissen und gezwirbelt, bis er ganz aufgequollen war. Außerdem hat es mir großen Spaß gemacht, Dinge in den Mund zu stecken – Münzen, Spielzeugteile, Ballons, Türgriffe – und Form und Struktur mit der Zunge tastend zu erfühlen.

An der Vervollkommnung dieser natürlichen Neigung habe ich trotz aller Begabung unablässig gearbeitet. Ich habe die Technik bei jeder Gelegenheit perfektioniert und zu einer Kunstform entwickelt. Da sind Feinheiten zu meistern: Zungenrollen und -schlagen, manchmal sanft und kaum wahrnehmbar sein und dann wieder Druck ausüben, und – der entscheidende Punkt – mit Anmut schlucken. Ich schlucke wunderbar, was mich, denke ich, zu einer Art Entdeckung macht.

Auf diesem Gebiet erste Klasse zu sein ist mir wichtig. Darauf lege ich Wert. Ich möchte den Mann stöhnen hören: »Oh, mein Gott, niemals ... oh, Gott, danke ... das ist das Größte.«

Eine großartige Schwanzlutscherin zu sein ist ein Ausgleich dafür, daß ich es mit der Hand miserabel mache. Als Linkshänderin bin ich manuell nicht geschickt.

Obwohl man linkshändige Frauen inzwischen nicht mehr für Hexen hält, sind wir doch eine diskriminierte Minderheit. Schreibtische, Scheren und Füllfederhalter sind nicht für uns gemacht. Werfen lehrte man mich mit rechts, also mit der Hand, die von Natur aus schwach ist. Alles mögliche, was dort nicht hingehörte, bekam ich in die rechte Hand gedrückt: Gabeln, Bleistifte, Tennisschläger, Kegelkugeln und Schwänze.

Einmal, als ich noch jünger war und so gut wie gar nichts wußte, öffnete ein Junge meinen Griff und sagte: »Ich zeig dir mal, wie das geht.«

Oh, wie entsetzlich peinlich! Wie demütigend! Wie hatte ich das nur falsch machen können?

Er nahm meine rechte Hand und führte sie, damit ich ihm richtig einen runterholte, doch meine Hand holperte nur an ihm rum. Das war nicht das richtige für mich. Ich ließ seinen Schwanz los und tauchte mit der Nase voran zwischen seine Beine. Ich nahm ihn in den Mund und kam zur Sache. Sofort vergaß er mein ungeschicktes Gefummel mit der Hand. Aber ich vergaß es nicht.

Deutsch von Barbara Ostrop

Norbert Johannimloh

LIEBE UND TOD

Die hohe Zelle des alten Niesrock-Klosters lag in dämmrigem Zwielicht. Durch das offene Fenster drang der reich modulierte Gesang einer Amsel in die Kammer. Hille Feicken, die schöne Friesin, lag auf ihrem Strohsack noch genau so da, wie Psalmus sie vor einer Stunde zurückgelassen hatte, als er seinen Dienst als Wächter am Servatii-Tor antreten mußte: die Beine leicht gespreizt, die Arme schlaff ausgebreitet, den Kopf zur Seite gedreht, zur Wand hin. Was sie wie leblos daliegen ließ, war nicht die Erschöpfung nach einer erfüllten Umarmung, es war die Enttäuschung der Zukurzgekommenen, die alle Glieder lahmlegte. – So ging das immer. Kurz bevor er wegmußte, machte ihr Mann sich noch schnell über sie her und verschwand dann gleich mit einem verlegenen Lächeln. In seinem hektischen Hecheln war nichts zu spüren von dem eindringlichen Atem beseelter Liebe, den sie im ehelichen Zusammensein erwartet hatte.

Hille Feicken, die stadtbekannte Schöne, hatte sich alles ganz anders vorgestellt. »Ein Gartenbrunnen bist du, ein Born lebendiger Wasser, die vom Libanon fließen.« So hatte der Prophet das Hohelied Salomos zitiert, als er über die Liebe und über die Sendung des Weibes predigte. »Dein Schoß ist wie ein runder Becher, dem nimmer Getränk mangelt. Dein Leib ist wie ein Weizenhaufen, umsteckt mit Rosen. – Laß deine Brüste sein wie Trauben am Weinstock. – Wer ist, die hervorbricht wie die Morgenröte, schön wie der Mond, auserwählt wie die Sonne, schrecklich wie die Heerscharen? – Denn Liebe ist stark wie der Tod, und ihr Eifer ist fest wie die Hölle. Ihre Glut ist feurig und eine Flamme des Herrn.«

Sie kannte viele Verse des Hohenliedes auswendig. Bestimmte Wörter kamen ihr immer wieder in den Sinn: Weizen und

Weintrauben, Rosen und Morgenröte, Sonne und Mond, Glut und Liebe, Tod und Hölle, die Flamme des Herrn. Diese Wörter zusammengenommen standen für eine Welt, die ihr vorenthalten wurde. Es war eine andere Welt, beseelt von einem Atem, der wie ein weicher Frühlingswind über Wiesen und Felder strich und Schlüsselblumen und Buschwindröschen zum Aufblühen brachte. Aus dem allabendlichen kurzen Japsen ihres Mannes sprach keine Seele. Er wußte nichts von einem anderen Leben. Sie aber wollte nicht länger ausgeschlossen sein von dieser anderen Welt. Es mußte einen Weg für sie geben zu dem ganz Anderen. Sie wollte teilhaben an jener Welt, die sich spannte zwischen Sternen und Abgründen, zwischen Liebe und Tod, zwischen Himmel und Hölle. Sie wollte den Sonnengott in ihre Arme schließen und sein wie die Morgenröte. Sie wollte alles. Wozu hatte sie denn sonst ihr Hab und Gut in Sneek den Armen gegeben, hatte das heimatliche Dorf verlassen und war nach Münster gezogen, wo die Täufer dabei waren, das »Neue Jerusalem« zu errichten, ein Reich echter Gemeinsamkeit, ohne Habgier, die sonst überall die Welt beherrschte, ein Reich wahrer Liebe und gotterfüllten Lebens.

Sie hob den Kopf und schaute an sich herunter. Ja, Weintrauben und Weizenfeld. Sie zog die Beine ein wenig hoch. Die rechte Hand glitt über die Brüste, über den Bauch, in den Schoß, und begann ganz leicht mit den Fingerspitzen die Schamlippen zu streicheln. Als Zeige- und Mittelfinger tiefer einzudringen suchten, schlug sie sich mit der linken Hand heftig auf die Finger und sprang auf. – Wer war sie denn? – Sagten nicht alle, daß Hille Feicken die schönste Frau von Münster sei! – War sie also nicht begehrenswert für jeden Mann, der Augen im Kopf hatte! – Sie trat vor den Spiegel. Ja, sie war schön. Blaue Augen und blondes Haar waren bei einer Friesin nichts Besonderes. Ihre Augen aber waren von solcher Farbe, daß jeder, der hineinschaute, ein Stück Himmel erblickte. Und das lange volle Haar, das ihr von Sommersprossen übersätes

Gesicht umspielte, war golden wie Haferstroh mit einem Hauch Klatschmohn darüber. Leider war der Spiegel so klein, daß sie nicht viel mehr als ihren Kopf darin sehen konnte. Sie nahm ihn von der Wand und hielt ihn sich vor die Brust. Ja, Weintrauben, prall, aber nicht zu dick. Und dann das Weizenfeld. Ärgerlich, daß sie immer nur einen Teil von sich sehen und nie sich ganz in voller Größe betrachten konnte. Am Dorfteich in Sneek gab es eine Stelle, wo man sich gut spiegeln konnte. Aber da mußte sie natürlich immer schön brav angezogen sein. So wie Gott sie geschaffen hatte, hatte sie sich noch nie ganz im Spiegel gesehen. Man konnte natürlich einfach an sich herunterschauen, doch dann sah man alles nur aus der Vogelperspektive. Und sie hätte sich doch gern einmal von vorne gesehen, so wie ein anderer sie anschauen konnte. – Sie hielt den Spiegel weiter nach unten. Das haarige Dreieck kam ins Bild, auch noch blond, aber dunkler als das Haupthaar. Dafür war es schön kraus. Da schob sich auf einmal eine Hand über das Kraushaar hin. Es war eine Hand im Spiegelbild, eine Bilderhand, und Hille betrachtete neugierig, wie diese Hand, die keine fremde und doch eine andere war, an die untere Spitze des Dreiecks vordrang.

Sie hatte sich das alles ganz anders vorgestellt. Daß ihr Mann sich als Spießbürger entpuppte, der lieber mit seinen grölenden Kumpanen beim Bier saß, als mit der schönen Hille Himmelsräume der Seele und des Leibes zu durchwandern, damit hatte sie sich schon fast abgefunden. Was sie jetzt mehr beschäftigte, war ein anderer Mann, ein ganz anderer Mann. Was war mit Jan van Leiden? Wie war sein Verhalten bei der Zusammenkunft im Hause Knipperdollings zu deuten? Er hatte sie nachhaltig angeschaut, wenn er Verse aus dem Hohenlied Salomos zitierte, und er konnte gar nicht genug bekommen von diesen Sprüchen. Mit fester Stimme, die eine geheime Glut beherrschte, sprach er die Wörter Weizen und Wein, Rosen und Morgenrot, Liebe und Tod, Himmel und Hölle und war ganz eins mit diesen Wörtern, als habe er diese Verse gerade jetzt gedichtet, als spreche aus seinem Munde König Salomo. Und die Zuhörer hingen an seinem Munde, besonders die Frauen. Auch Hille fühlte, wie sie in den Bann des Propheten gezogen wurde, wie die beherrschte Glut seiner Stimme in ihr ein flackerndes Feuer erweckte. Und verwirrt nahm sie wahr, daß die Blicke des Propheten immer wieder zu ihr zurückkehrten und nach dem Vers »Dein Leib ist wie ein Weizenhaufen, umsteckt mit Rosen« gar nicht mehr von ihr lassen wollten. – Aber nach der frommen Versammlung hatte Jan van Leiden sich überhaupt nicht um sie gekümmert. Mit einem Becher Wein in der Hand war er zu Divara gegangen und hatte sich neben ihr wie tief ermüdet und völlig erschöpft auf eine Bank fallen lassen.

Wilhelm Heinse

AUSSCHWEIFUNGEN

Frescobaldi an Ardinghello

Wegen meiner Ausschweifungen in der Liebe brauchst Du nicht sehr bange zu sein: der hat gewiß ein verwahrlostes Haupt, der nicht beizeiten erkennt, daß die Gesundheit der Grund und Boden aller unsrer Glückseligkeit ist, ohne welchen kein Vergnügen bestehen kann; und überhaupt, daß volle Existenz das höchste Gut in der Welt ist und alles andre dagegen nur Freude von kurzer Dauer.

Ohnerachtet dieser Grundsätze schweb ich vom neuen in Götterwonne, mehr als jemals. Ich war noch keine fünfzehn Jahr, als ich mit einem kleinen Engel aus der Nachbarschaft, noch unter meinem Alter, eine Tochter zeugte. Meine Eltern vermittelten, verbargen und bemäntelten die Sache mit der

Schwiegermama, der hinterlaßnen Witwe von einem Buchhändler, so gut als es geschehen konnte. Meine Geliebte ward in ein Kloster getan und den Augen der Leute so entrückt und die Frucht der Unschuld mit lächelnder Zärtlichkeit erzogen.

Ich habe beide wiedergefunden. In einem Garten voll Blumen aus einem Traubengeländer flog Emilia auf mich und hing an meinen Lippen, an meinem Herzen mit tausend neuen Reizen; und führte mir behende dann das süße Geschöpf zu, das liebkosend mit ausgestreckten Armen nach mir aufsah und »Vater! Vater!« entzückend mir durch Mark und Bein frohlockte.

Sobald ich's möglich machen kann, reis' ich zu Euch; ich muß Cäcilien selbst sehen und sprechen, mit Briefen ist's nicht getan; und Du begleitest mich dann hieher. Wir wollen wie in einem Paradiese leben.

Frescobaldi

Cäcilia an Ardinghello

Nur die Liebe zu Dir hat mich erhalten. O daß ich nicht bei Dir bin! Welch ein Gegenstück zu unsrer bangen furchtbaren Trennung! Aber noch ist mir die Sonne der Freude nicht ganz aufgegangen; doch weiden sich meine Blicke an ihrer lieblichen Morgenröte, und schon wall ich auf den purpurnen östlichen Fluten entgegen ihrem blendenden ersten Feuer.

O Du mein alles, Licht und Leben und Heiterkeit meiner Seele, wann werd ich mich wieder um Dich winden? Mich in Dich verwandeln, nur voll von Dir, nichts mehr, Dein unaussprechliches entzückendes Selbst sein?

Wie eine Rebe den Ulmbaum werd ich Dich umflechten, und die süße Traube soll Dich schmücken.

Hand in Hand wollen wir nun die Gestirne blinken und den Mond aufgehn sehen, im kühlen erquickenden Geflister der bewegten Zweige, ohne Furcht bei der Nacht; und uns laut küssen und unsre Wonne girren, zwischen Rosen gelagert unter dem hohen Ahorn, worin die muntern Philomelen seufzen und zwitschern und schlagen.

Lange lebt ich eine Gefangne, mit schrecklichen Phantasien und Träumen: nur Du, nur Du, mein Abgott, und wär ich auch ein Vogel in den Lüften, bist in der weiten Welt meine Freiheit.

Fulvia an Ardinghello

Größter und strahlendster Diamant von allen jungen Rittern! O wär ich so die schönste und größte Perle! nur Deinetwegen. Fortuna und Victoria halten nun den Rosen- und Lorbeerkranz über Deinen Scheitel verschlungen hinten auf Deinem Triumphwagen: aber ich war auch glücklich! die Glücklichste unter den Weibern. Jene Königin der Amazonen müßte den Überwinder von Asien aufsuchen: und Du kamst zu mir, Genua zu verherrlichen, und den schwachen kraftlosen Stamm, womit ich vermählt bin.

Ich trage mit üppiger Hoffnung die Frucht unter meinem Herzen, und sie beginnt zu reifen. Die Parzen selbst haben ihr künftig Leben aus Deinem Munde gesungen. Die Korsaren und das Mißtrauen meiner Verschwägerten machten, daß ich noch unverdorben in Deine Arme kam.

Dir fehlt zum König aller Könige nichts als ein Konstantinopel, ein Ispahan.

Michael Lentz
DIE ZIGARETTE

die zigarette ist aufschub und behinderung. die zigarette kostet geld und zeit. im zoo da sind die affen, und vor den affen sieht der mensch ein wenig affig aus. nach den affen kommt die zigarette wieder dran. eine zigarette, die abbrennt. wenn eine zigarette abgebrannt ist, will niemand mehr etwas von ihr wissen. dann rennt der tiger im käfig auf und ab und weiß nicht ein noch aus und weiß sich nicht zu helfen. die zigarette wird im kopf geraucht. man nimmt einen zug und läßt ihn aus. manchmal auch mit der nase. die zigarette folgt uns, seit mehreren tagen. sie soll daheim bleiben, da wo weg ist, sie weiß nicht, was sich gehört. man sagt auch fluppe stengel kippe und sagt auch tschick. das ist schöner als rauchen. rauchen ist ein zeitvertreib der die zeit dir alle macht. »und warum liebst du ihn so?« klare sache, »er liebt mich«. der wannsee zum beispiel verfügt über eine Schnellbahnstation, da werden vorher auch zigaretten verkauft, auch zeitungen. »ich muß leider weg.« wohin, sagt sie immerhin nicht. »immer diese geheimnistuerei!« dann erst mal rauchen rachen rache. ›den rauch von glühendem tabak genießen‹. rauchen bis die beine weg sind, macht nichts. man kann immerhin auch schnellbahn ohne beine fahren, dafür ist sie ja da. und danach erst mal eine zigarette. nur aussteigen darf man nicht vergessen. einen schönen husten haben Sie da. kommt das auch davon? nein, das kommt von drüben. da wo ich nicht bin ist schon der husten. einmal habe ich gehustet, da war die lunge draußen. woher denn dieser wildgewordene lippenstift da auf dem filter stammt, ist eine andere frage. tatsächlich rauche ich nur zum spaß. einmal nimmt sie einen zug und entgleist. alle frauen sind schön, dann wieder bläst sie gut. ich sage jetzt mal, der teufel steckt im zeitvertreib. es müßte so sein, daß vor lauter ficken keine zeit mehr ist für diese tschicken. rauchen ist kein thema. aber eine bequeme unterhose. na fang schon an. ach was, filter. filter ist nur wonderbra und stützbeha. filter ist nur silikon. voll die tabakrolle. stark behaarte schnecke. vielseitig unterwegs. doch plötzlich – molly am telefon. staffelung wie folgt: sie oder ihre tochter wichsen für dreißig, schnellverkehr vierzig, französisch fünfzig, tittenfick sechzig, französisch gegenseitig siebzig, achtzig vibratorspiele, für neunzig gibt's massage sprudelbad und wichsen, ab hundert französisch total anal natursekt klistier und faustfick undsoweiter mit der mutter fußerotik. jessas. das reicht dicke. satte bässe. *einen monat später*. draußen tobt der sturm. ne menge heiße luft. eine seit tagen beobachtete spinne flickt ihr zerstörtes netz. tagsüber perlt ihr schönes werk im sonnenlicht, ein verdorrtes blatt hängt drin, ein hergewehtes fliegengedöns. man kommt vorbei, sieht das an, ein baumelnder fang. die spinne macht auf spurlos geheimnisvoll. die hängt wohl immer irgendwo. da steht der arme retter mit seinem erbärmlichen revolver. und jetzt ist molly am telefon. WICHSEN für dreißig. ist das nicht herrlich, so sind die stimmungen. die können mich mal kreuzweise. aber wie gesagt, mal langsam feierabend machen, mal was anständiges lernen machen, und wenn das auch so verpufft ist, das macht nichts, das trocknet wieder wie schrift. so, jetzt ist die zigarette fertig. das leben ist flüchtig. ganz. rauchen verboten? toben, verrauchen!

Bernd Eilert

DUNKLE BLICKE

Mal unter uns, meine Herren: Im Grunde gibt es doch nur zwei Arten von Frauen, die uns wirklich interessieren, die großen Damen und die kleinen Mädchen. Eins von beiden oder, meinetwegen, beides abwechselnd – was dazwischen liegt, kann man in der Regel gleich vergessen.

Es gibt allerdings rühmliche Ausnahmen: Das sind Frauen, die sich für uns interessieren.

Die Frau, deren Interesse ich offensichtlich schwer erregt hatte, war weder Lola Montez noch Lolita. Sie war überhaupt nicht leicht einzuordnen, denn sie war bestimmt nicht von hier. Sie war Asiatin, aus Südkorea, um genau zu sein, aber das erfuhr ich erst etwas später von ihr.

Noch war unser Spielchen stumm. Sie sphinxte immer wieder vielversprechend zu mir herüber, und ich riß die Rundaugen auf, um klarzumachen, daß ich ihr Entgegenkommen gern erwidern wollte. Aber wie?

Sie anzusprechen oder wenigstens jemanden, der mich ihr vorstellen konnte, war in unserer Situation fast unmöglich. Die Schwierigkeit bestand darin, daß außer uns beiden noch ein gutes Dutzend anderer Leute herumsaßen, halbrund um den Kamin verstreut und jeder still für sich beschäftigt: Zeitschriften wurden durchgeblättert, Bücher gelesen, Patiencen gelegt, ein Shawl gestrickt – stellen Sie sich am besten eine altmodische britische Gesellschaftskomödie vor, ich meine, ehe der Vorhang aufgeht und der Dialog beginnt:

– It's getting late, Frederick …

– Is it, dear? And what could we possibly do against that?

So einer von der gepflegten Sorte. Daß keiner der Gäste ihn hier eröffnete, lag an unserem Gastgeber: Hanns Ullrich, mit zwei ›n‹ und zwei ›l‹, hatte sich beim Abendessen offenbar mächtig abgefüllt und war nun in seinem Sessel sanft entschlummert: nn – ll – nn – ll … Sein unregelmäßiges Schnorcheln, das Knistern des Kaminfeuers, das Rascheln von Seiten, das Klappen von Karten, das Klappern von Stricknadeln, ein gedämpftes Räuspern dann und wann – das war alles nicht sehr unterhaltend.

Gute Manieren haben gewisse Nachteile: Keiner würde es

wagen, den schlafenden Gastgeber zu wecken, jeder schien viel zu beschäftigt zu sein mit seinem eigenen Kram, um überhaupt zu bemerken, daß der pennte.

Ich beschäftigte mich mit dem Versuch, mir all die verheißungsvollen Seitenblicke zu erklären, mit denen mich die kleine Unbekannte seit meiner Ankunft hier verwöhnt hatte. Ich bilde mir auf meine äußere Erscheinung nicht genug ein, um sie als Erklärung ganz ausreichend zu finden. Abgesehen davon, daß hier einige Herren herumsaßen, die sicher mehr zu bieten hatten, innere Werte vor allem, wohlverstaut in prallvollen Brieftaschen.

Aber der anderswo vielleicht naheliegende Verdacht, ihr Interesse an Männern sei ein eher professionelles, war hier eindeutig fehl am Platze – so weit zogen die Gastgeber ihre Kreise nun doch nicht. Es war eine sehr ehrenwerte private Wochenendgesellschaft, wenn auch etwas gemischt: aus alten Freunden des Hauses, neueren Geschäftspartnern und eben ein paar Exoten, wie ihr und mir.

Übrigens sah sie mich nicht so an, wie eine, die ich kaufen sollte – im Gegenteil: Sie musterte mich, als wollte sie mich kaufen.

Dagegen hatte ich nicht das geringste.

Eigentlich war dies sogar der Hauptgrund gewesen, so eine Einladung anzunehmen: diese vage Aussicht auf irgendeine Beziehung, aus der sich etwas Geld machen lassen könnte. Nicht, daß Sie denken, mir hätte gerade jetzt welches gefehlt – o nein, ich brauchte praktisch immer Geld. Ich bin nämlich freischaffend, sozusagen, mehr frei als schaffend, hähähä! Der Scherz kommt immer gut an, bei der arbeitenden wie bei der besitzenden Masse. Gott segne diesen kindlichen Humor.

Doch zurück zu jenen rätselhaften dunklen Mandelaugen, die Blicke versandten, die wie Handküsse durch den Raum flogen – was wollten sie mir sagen?

Sehr unwahrscheinlich, daß die Absenderin mich kannte;

ich bin nicht prominent. Und sie hatte ich bestimmt noch nie gesehen, da war ich mir sicher. Für Gesichter habe ich ein sehr gutes Gedächtnis.

In meinem Beruf empfiehlt sich das – ich habe ja keinen, wie gesagt.

Trotzdem betrachtete sie mich anfangs wie jemanden, dessen Gesicht man wiedererkennt und auf Anhieb einordnen kann. Danach erst kam dieser frappierte »Sie hier, und ich wähnte Sie in Monte!«-Augenaufschlag. Was darauf folgte, war eine muntere Abwechslung aus angestrengter Musterung, wenn sie sich unbeobachtet wähnte, und verschämten Blinzeleien, sobald ich sie direkt anstarrte. Doch alle koketten Avancen wurden im Kopfabwenden zurückgenommen, gerade als ich ihnen mit einem unwiderstehlichen Lächeln meinerseits entgegenkommen wollte.

Übrigens war die Kleine auf ihre glatte, rundliche, handschmeichlerische Art ganz zauberhaft – aber was sollte der ganze Zauber? Rätselhaftes Morgenland.

Aaron Elkins

KÜSSEN, STÖBERN, LECKEN, SAUGEN

So unauffällig wie möglich drehte er sich langsam um und überprüfte die Umgebung. Sie befanden sich am äußeren Rand einer Windung des Flusses in der kleinen Höhle, die von der Kiesplatte gebildet wurde, ihre Füße waren dem Wasser zugewandt, die Köpfe einem mit Farnen bedeckten Berghang, auf dem hohe Fichten und Tannen wuchsen. So dunkel es auch war, hoben sich die Dinge im Mondlicht doch mit einer scharf umrissenen, glatten Klarheit ab. Nichts bewegte sich, nichts war zu hören außer Julies Atmen und dem schwachen Zischeln des Wassers auf den Kieseln. Aber am Abhang des Berges war etwas, das ihn beobachtete, genau anschaute, jemand – Gideon weigerte sich, »etwas« auch nur zu denken–, *jemand* stand stumm in den Schatten der düsteren, moosüberwucherten Bäume und wartete, um ... um was?

Lange schaute er die Bäume an und lauschte, aber er sah und hörte nichts, und das Gefühl verflüchtigte sich allmählich. Wahrscheinlich war es von einem Traum ausgelöst worden oder von den Kiefernnadeln, die sacht auf sein Gesicht gefallen waren, oder von der bloßen Tatsache, daß er im dunklen, phantastischen Regenwald lag. Er gähnte, blickte sich noch einmal um und kuschelte sich, wieder schläfrig geworden, in den warmen Schlafsack.

Julie lag immer noch mit dem Rücken zu ihm, und er beobachtete, wie die leisen Luftwirbel die dunklen Locken zittern ließen. Sie sahen aus wie die in die uralten Steinbüsten assyrischer Könige eingemeißelten Ringellocken.

Er fand sich zwar entschieden pervers, konnte aber dem Drang nicht widerstehen, über den Kies zwischen ihnen zu langen und die dichte Masse Haar anzufassen. Eine Strähne fiel über seine Hand, sie war überhaupt nicht schwer, sondern leicht und kühl, und als sie seine Finger streifte, überlief ihn ein Frösteln. Er erwog kurz, Julie zu wecken, besann sich aber eines Besseren und zog die Hand leise zurück. Als er sie sich unter die Wange legte, roch er den schon vertrauten Duft ihres Haares.

Wieder eine Windbö, ein Rascheln und wieder ein glitzernder Kiefernnadelregen. Julie bewegte sich, drehte sich auf den Rücken, rümpfte die ein wenig gebogene Nase – eine Geste, die Gideon bei einer hübschen Frau immer attraktiv gefunden hatte – und wischte sich die Nadeln aus dem Gesicht. Er sah, wie ihre Augen aufgingen.

»Der Mond ist so hell«, sagte sie.

»O ja.«

»Es ist wie ... kennen Sie das Bild von Rousseau, glaube ich, wo so ein Araber unter dem Mond schläft, mit solch gigantischen Blumen …«

»*Der schlafende Zigeuner.*«

»Und der seltsame, ruhige Löwe beobachtet ihn … Sieht es hier nicht genauso aus?«

Das stimmte, und Gideon bestätigte es, seltsam und ruhig und surrealistisch.

»Rousseau war kein Surrealist«, sagte Julie, »er war ein primitiver Maler.«

»Seien Sie nicht so pedantisch.«

»Gideon, haben Sie das Gefühl«, sagte sie, und er wußte haargenau, was jetzt kam, »daß uns etwas beobachtet?«

»Nein.«

»Hm, ich aber.«

»Julie, seien Sie nicht albern. Die Behauptung, man wüßte, wenn man beobachtet wird, gründet sich auf der durch nichts zu verifizierenden Vorstellung, daß Energie vom Beobachtenden zum beobachteten Objekt fließt. Die elementarsten Lehrsätze der Optik besagen aber, daß die Lichtstrahlen genau andersherum verlaufen, von dem Stimulus …«

»Hat hier jemand was von pedantisch gesagt?«

»Okay, einfach und wertfrei auf den Begriff gebracht: Die Vorstellung ist dumm. Sie machen sich lächerlich.«

»Ja, Sir.« Ein langes Schweigen. Sie drehte sich um und sah ihn an. »Aber ich fühle es.«

»Julie, die Absurdität dessen ist empirisch beweisbar, und es …«

»Es war schön, als Sie mein Haar berührt haben.«

»… hat in den späten Sechzigern etliche Experimente gegeben … Was?«

»Ihre Hand auf meinem Haar war schön.«

»Ich … ich wollte Sie nicht wecken. Tut mir leid.« Verdammt, es tat ihm nicht die Bohne leid.

Sie lag auf der Seite, schaute ihn aus riesigen Augen an. Der

Wind wisperte in den Baumspitzen, und wieder ging ein leuchtender Kiefernnadelregen hernieder. Gideon wischte ein paar von ihrer Wange. Ihr Gesicht war warm.

»Gideon«, sagte sie, »erinnern Sie sich an unser Gespräch, daß wir erwachsen sind und keine animalischen Leidenschaften zwischen unsere knospende, verantwortungsbewußte Freundschaft kommen lassen wollen?«

»Hmmm.«

»Habe ich das wirklich gesagt?«

»Ich glaube eher, daß ich es gesagt habe. Ist mehr mein Stil.«

»Hmmm, idiotisch, was?«

»Manno, idiotisch stimmt«, sagte er. »Ich meine, echt, ich *weiß*, was idiotisch ist, und das war idiotisch. Absolut.«

Sie hob Arm und Schlafsack hoch. Ihr Flüstern konnte er kaum hören. »Komm zu mir.«

Trotz der Kälte schlug er seinen Schlafsack zurück und ging zu ihr, kniete sich auf den scharfen Kieseln hin, beugte sich über sie und küßte sie. Er hörte, wie sein Herz klopfte, spürte, wie seine Brust vibrierte, weil es so hämmerte, aber der Kuß war beinahe züchtig und asketisch, eine sanfte, friedliche Berührung der Lippen, während ihre Körper Abstand voneinander hielten. Langsam bewegten sie die Köpfe hin und her, so daß sich ihre Lippen sanft streiften. Ihre Hand ruhte auf seinem Nacken; seine Finger fuhren über ihre Wange.

Im nächsten Moment lagen sie einander mit einem kleinen Schrei in den Armen, mit geradezu wütender Leidenschaft suchten ihre Münder Lippen, Kehle, Augenlider, Ohren; küßten, stöberten, leckten, saugten. Ungeschickt drängend rissen sie an ihren Sachen. Gideon zog Julie ungestüm an sich. In wenigen Augenblicken war es vorüber, und sie rollten keuchend voneinander weg.

Nach einer Weile sagte Julie mit dünner Stimme: »O du liebe Güte, war ich das wirklich? Wie peinlich.«

Gideon holte langsam tief Luft und atmete aus. »Oje, wenn man schon von animalischen Leidenschaften redet … Ich fürchte, ich habe mich gehenlassen.«

»Ja. Toll, was?« Sie kicherte, und er dachte: Das wird ernst. Sogar ihr Kichern klingt wunderbar. Paß auf, Oliver.

»Toll«, sagte er.

Sie drehten sich zueinander und umarmten sich, diesmal sanfter.

»Hm«, sagte sie und schmiegte sich an seine Brust, »du bist ja ein ganz schön haariges Biest. Schön. Sehr passend für einen Anthropologen.« Sie ließ ihre Hand an seiner Seite bis zu seinen Knien gleiten, und dann langsam über Bauch und Brust. »Ich muß schon sagen, Dr. Oliver, für einen großen alten Mann der Anthropologie bist du nicht schlecht gebaut.«

»Danke. Ich habe aber den Eindruck, du bist auch ganz gut erhalten.« Das Gesicht in ihrem Haar vergraben, streichelte er langsam ihren glatten Rücken von den Schultern zur Taille und bedeckte ihren üppigen, festen Po mit beiden Händen.

»Ach, Julie, du fühlst dich wunderbar an: fest und weich und sexy und weiblich.«

Ohne sich zu rühren, lag sie da, schnurrte leise, als seine Hände über sie wanderten, sie liebkosten, rieben, sanft kneteten.

»Gideon«, sagte sie, die Stimme an seiner Brust gedämpft, »es fühlt sich so toll an, aber ich schlafe ein. Ich kann nicht anders. Findest du das sehr schlimm?«

»Pst, pst, nein. Schlaf nur. Warum sollte ich das schlimm finden?«

»Willst du mich denn nicht noch einmal überfallen, du Unhold?«

»Dich *überfallen …?*«

»Oder, hm, mir Gewalt antun?«

»Nein, ich will dich nicht mal schänden. Hm, vielleicht ein bißchen.«

Ihre Hände arbeiteten sich über das Haar auf seinem Bauch weiter hinunter. »Und was ist das?«

»Lediglich ein hirnloser, rein physischer Reflex. Achte gar nicht darauf.« Er küßte ihr Haar. »Wirklich, mir geht's gut, glaub mir. Und ich kann dich sowieso besser schänden, wenn du schläfst.«

»Und es macht dir auch ganz bestimmt nichts aus?« sagte sie, kaum noch wach, ihre warme Wange an seiner Brust, ihre Brüste an seine Seite gepreßt.

»Psst, schlaf.«

Er bewegte sich, damit sie sich bequemer an ihn kuscheln konnte, und hob eine ihrer Brüste aus dem puren Vergnügen heraus zu fühlen, wie die warme, weiche Last sich wieder auf seine Rippen legte. Er atmete den Duft ihres Haares ein, legte eine Hand schützend auf ihre Schulter, die andere besitzergreifend auf ihren Oberschenkel und wollte auch wieder einschlafen.

»He«, sagte er plötzlich, »du riechst ja nach Parfüm! Nimmst du im Schlafsack immer Parfüm? Du hast damit gerechnet, du Heuchlerin, was?«

»Na ja«, murmelte sie verschlafen, und ihre Lippen bewegten sich köstlich an seiner Brust, »als Frau weiß man ja nie.«

Später wachten sie auf und schliefen zusammen, aber nun nahmen sie sich Zeit, lachten und flüsterten und lernten voneinander, was ihnen gefiel. Dann schliefen sie wieder, und diesmal lag Gideon in Julies Armen, sein Gesicht zwischen ihren Brüsten.

In der kältesten Stunde der Nacht, kurz vor Morgengrauen, wachte Gideon noch einmal auf, verkrampft und eingezwängt in Julies engem Schlafsack. Er kletterte heraus, zitterte und grummelte und versuchte, die beiden Schlafsäcke irgendwie miteinander zu verbinden.

»Zieh dir was an«, sagte Julie, »es ist höchstens fünf Grad.«

Er schlüpfte schnell in Hemd und Jeans und mühte sich noch eine Weile ab, aber ohne Erfolg. Schließlich gaben sie sich damit zufrieden, die beiden Schlafsäcke einfach nur dicht nebeneinanderzulegen und sie an den einander zugewandten Seiten offen zu lassen. Als sie sich wieder eingekuschelt hatten, wärmte Julie ihn in ihren Armen, gab ihm dann einen mütterlichen kleinen Klaps aufs Hinterteil, drehte sich von ihm weg auf die linke Seite und schmiegte ihren Allerwertesten in seinen Schoß, so daß sie in Löffelchenposition lagen.

Sie langte mit der Hand herum und tätschelte ihn wieder, diesmal auf die Hüfte, und seufzte. »Ist das nicht schön, Gideon, mein Liebster?«

»Ach Gott, Julie … es ist schön.« Er blinzelte verwirrt. Beinahe wäre ihm »Ich liebe dich« herausgerutscht.

Sie fand seine rechte Hand, legte sie sich auf die Brust, drückte seine Finger sanft um das weiche Fleisch. Dann, als es schon schien, als schlafe sie, hob sie seine Hand, küßte ihn auf den Handrücken, rieb ihre Wange daran und legte sie sich wieder auf die Brust.

»Warum hast du Klamotten an?« fragte sie schläfrig.

»Weil du es mir befohlen hast. Willst du, daß ich mich wieder ausziehe?«

»Aber natürlich.« Doch als er sich bewegte, umklammerte sie seinen Arm und behielt seine Hand auf der Brust. »Nein, zu behaglich. Will so bleiben. Außerdem …«

»Außerdem, was?«

»Außerdem fühlt es sich so dekadent an, nackt neben einem vollständig angezogenen Mann zu liegen. Ich fühle mich wie eine Haremsdame.« Sie kicherte leise und fing an, langsam und tief zu atmen.

»Julie …« flüsterte er. Beinahe hätte er schon wieder »Ich liebe dich« gesagt.

»Hm?« sagte sie, eine Million Meilen weit entfernt. Dann

lachte sie, seufzte, schob ihr Hinterteil noch sicherer an ihn und wurde ruhig.

Und Gideon lag da, verwirrt und in heller Aufregung. Liebte er sie? Unwahrscheinlich. Liebe, wie er sie kannte – und er kannte sie –, kam vielleicht einmal im Leben, und zu ihm war sie schon einmal gekommen; eine allumfassende Liebe, der nie eine andere gleichkommen würde.

Der kalte, feuchte Wind kurz vor dem Morgengrauen wehte ihm den Geruch von Kiefernrinde und ein paar Strähnen von Julies Haar ins Gesicht. Das »Liebster« hatte den Ausschlag gegeben – das heimelige, altmodische Wort. Manchmal hatte Nora ihn *Liebster* genannt. Hatte sie das wirklich? Mein Gott, schwanden die Erinnerungen schon?

Nicht *schon*. Seit drei Jahren, drei langen Jahren, hatte ihn niemand *Liebster* genannt – das wußte er genau –, und er hatte nicht einmal »Ich liebe dich« gesagt oder es auch nur sagen wollen.

Er bewegte den linken Arm, damit der Druck ihres Körpers geringer wurde. Julie paßte sich automatisch an, als schliefen sie seit Jahren zusammen. Sie streichelte die Hand auf ihrer Brust, küßte laut die Luft und murmelte mit schlaftrunkener Stimme: »Gideon.«

Das schnürte ihm die Kehle zu, und völlig unerwartet traten ihm Tränen in die Augen: Er nahm seine Hand von ihrer Brust, um sie besser in die Arme nehmen zu können, und beugte sich nach vorn, so daß seine Lippen an ihrem flaumigen, nach Schlaf duftenden Nacken lagen. »Ich liebe dich«, flüsterte er probeweise in das weiche Fleisch.

Das war nicht übel. Kein unangenehmes Flattern in der Brust, kein krampfiges Schuldgefühl im Magen. Es war sogar schön, es nach all der Zeit wieder zu sagen. Verfrüht natürlich – er hatte sie ja gerade erst kennengelernt –, aber schön.

Er probierte es noch einmal aus. »Ich liebe dich«, murmelte er, den Mund immer noch an ihr. »Glaube ich jedenfalls«, fügte er aus Vernunftgründen hinzu, kuschelte sich dann dichter an sie und schlief ein.

Deutsch von Sigrid Ruschmeier

Tom Murphy

NACKTHEIT GEHÖRT DAZU

»Wollen wir ins Bett gehen?«

Die Schulter sackte herunter und zog ein Nicken von Finbars Kopf nach.

Sie richtete sich auf, trank mechanisch und in einem Zug das Glas aus: »Entschuldige mich für einen Augenblick«, und ging raus.

Nach dem, was sie für eine angemessene Zeitspanne hielt, zog sie an der Kette und kam zurück. Er lag nicht, wie sie erwartet hatte, im Bett, sondern saß in Unterwäsche, die Knie zusammengepreßt, auf dessen Kante. Ohne innezuhalten, kletterte sie vom Fußende aus ins Bett, legte, während sie das tat, ihren BH ab und, sich an der Wand unter den Decken windend, den Slip. Sie würde sich später nach außen manövrieren. Er rauchte eine weitere Zigarette und zog auf aussichtslose Weise daran. Sie strich ihm mit ihren Fingerspitzen über den Armrücken, dann am Netzhemd runter, zupfte an den Maschen und berührte durch die Löcher hindurch seine Haut. Er hatte kein bißchen zu viel drauf.

»Na denn!« sagte er mit einer Art Seufzen, drückte die Zigarette aus, steckte den Stummel in seine Streichholzschachtel und legte sie auf den Fußboden.

Er legte sich rücklings aufs Bett. Sie hatte ihren Arm bereit, und als seine Schultern darauf zu liegen kamen, zog sie ihn auf sich rauf. In dem Moment, als ihre Körper aufeinander trafen, schnappte er nach Luft, und ebenfalls in dem Moment wünschte sie, so müde sie auch war, er wäre nackt. Nacktheit gehörte einfach dazu. Nach einem Augenblick gab er der Weichheit nach, sank auf sie nieder, die Hände blieben, wo sie gerade hingefallen waren, zu beiden Seiten von ihr, das Gesicht vergrub sich ins Kissen.

Soll er still so liegenbleiben, bis seine Atmung wieder gleichmäßig geht.

Sie strich ihm den Nacken, dann über den Rücken; bei jeder Bewegung schob sie das Unterhemd ein Stück weiter hinauf. Er wurde jetzt erregt, und sie berührte seine Wange mit ihren Lippen, eher ein stummes »schh« als ein Kuß, er solle es nur ihr überlassen. Fingerspitzen und ihre Handflächen streichelten sanft über seinen Rücken, und tiefer ihre Finger suchten sich sacht ihren Weg unter den Hosenbund, halfen der Unterhose nach unten. Seine Hand kam ihr zu Hilfe, aber sie nahm sie weg und legte sie sich auf die Brust, berührte wiederum sein Gesicht seitlich mit den Lippen, »schh«, und noch mal, ein weiteres Versprechen, er werde schon sehen, wie angenehm das sein könne. Aber obwohl sein Kopf blieb, wo er war, im Kissen vergraben, wurde alles andere an ihm aktiv. Seine Hand war jetzt ganz außer sich, krallte und zerrte am Stoff herum, um ihn herunterzureißen, seine Knie versuchten, ihren Schenkel zu besteigen, quetschten das Fleisch brennend und schmerzend auf das Laken, seine Knöchel schlugen mit Gewalt gegen ihre, seine Nägel erwischten sie, bis er irgendwie in ihr drin war. Ein paar Stöße, ein paar Rucke, und es war vorbei. Sein Keuchen hörte praktisch sofort auf, als schäme er sich dessen. Und nach einem weiteren Augenblick, als fiele es ihm wieder ein, rutschte er von ihr runter, glitt aus ihr raus. Sein Gesicht war auf ihrer Brust zu liegen gekommen, die Stoppeln stachen sie. Aber es war vorbei; sollte er da ruhig noch ein bißchen liegenbleiben.

Sie bezweifelte, daß er enttäuscht war. Sie bezweifelte, daß er überhaupt was war, denn wenn nicht das schwache Heben und Senken seiner Brust gegen die ihre gewesen wäre, hätte man glauben können, er atme gar nicht mehr. Seine Augen, das spürte sie, waren geöffnet, blickten aber ins Leere, und das erinnerte sie an die schwarzen Kinder, die man auf Anzeigen sieht, die auf eine Welt rausschauen, die sie nie kennenlernen werden.

Sie schob ihn vorsichtig von sich runter, auf die Innenseite des Bettes, und drehte ihn mit derselben geschmeidigen Bewegung auf die Seite, so daß er mit dem Gesicht zur Wand lag. Er war ihr keine Last. Ohne hinter sich sehen zu müssen, griff sie rückwärts ins Zimmer hinein und kriegte das Bein des Lehnstuhls zu fassen. Dann, nachdem sie den Stuhl mit der Rückenlehne fest an das Bett gezogen hatte, kehrte sie ihren Körper wieder dem seinen zu, ihre Arme um seine Schulter geschlungen, ihre Brust auf seinen Rücken gepreßt. Schon bald würde sie das feine Ziehen an ihrem Fleisch verspüren, ihre Haut, wie sie an seiner klebte, während sie lang und tief die Züge Luft einatmete, die ihr zuvor widerstanden hatten. Lang und tief, na ja, und brachten ihr das langsame, weiche Versinken in den Schlaf.

Deutsch von Friedhelm Rathjen

Andrew Cowan

KÜSSE AUF KINN, LIPPEN, LIDER

Maggie wurde ruhig, und Ashley saß ganz still da. Jay lag unter ihm. Die Heizung gab ein stetes Zischen von sich, die Äste draußen scharrten, dann noch der ferne Wind sowie Jays und sein Atem. Er konnte sein Herz schlagen hören. Regen schlug gegen das Fenster, dann seufzte Maggie und drehte sich auf die Seite. Das Bettchen knarrte, sie schnarchte. Ashley drückte wieder mit seinem ganzen Gewicht auf Jays Schultern. Er packte einen Hautwulst in ihrem Nacken und zog, drückte wieder und preßte ihn zurück. Er spähte auf die Uhr am Boden. Eine Viertelstunde war vergangen, und sein Knöchel begann zu schmerzen. Seine Daumen wurden müde. Er fuhr damit langsam die Wirbel ihres Rückgrats hinab, rieb kreisförmig, die Finger weit gespreizt, und als seine Hände ihre Taille umspannten, strich er damit bis zu ihren Schultern hinauf und ließ sich vornüber sacken. Er knabberte mit den Zähnen an ihrem Hals, schmeckte ihren Geruch, die Wärme ihrer Haut. Jay ächzte, als lächelte sie, und er verhakte seine Finger mit den ihren. Sie hob ihre Hinterbacken zu ihm an. »Dreh dich um«, flüsterte sie.

Ashley legte sich auf den Rücken. Jay schloß die Hand um seinen Penis. Als er steif wurde, strich sie ihm mit dem Daumenballen über dessen Spitze, dann über die Eichel, und dann spürte er, wie sich der feuchte Ring ihrer Lippen herabsenkte, ihre Zähne, die Kelle ihrer Hand um seine Eier. Ihre Haare ließen sich auf seinem Bauch nieder. Er umgriff mit der Hand das Gewicht einer Brust. Doch es war alles zu weit weg. Er nahm sie sanft am Arm und zog, und sie raffte die Decke vom Fuß des Bettes und zog sie sich über die Schultern. Sie saß auf ihm und lächelte und senkte ihren Mund auf den seinen hinab, schloß die Augen. Er spürte dem eigenen Geschmack auf ihrer Zunge nach und klammerte sich an die Weite ihrer Hüften. Sie rieb sich an seinem Schwanz, er kratzte ihr mit den Fingernägeln die Schenkel entlang, legte die Arme unter die ihren und drückte sie fest an sich. Sie biß ihm in den Hals. Er sagte »Au«, und sie tat es wieder.

Als sie sich aufrichtete, fiel das Laken zu einem Haufen auf seine Beine hinab, und die Decke glitt auf den Fußboden. Die Heizung stotterte. Jay warf einen Blick auf das Bettchen, sie warteten; dann ließ sie ihn schnell hineingleiten. Sie wölbte den Rücken, und Ashley sah zu ihren wogenden Brüsten hinauf, wie sie langsam zu ihren Bewegungen schwangen. Er hielt die Hände über ihre Brustwarzen, sie tastete mit den Fingern nach seinen. Er beobachtete ihr Gesicht, ihr flackerndes Lächeln, die Haarsträhnen auf ihren Wangen. Sie biß sich auf die Lippen und beugte sich nach vorn, küßte ihn auf Kinn, Lippen, Lider, den Nasenrücken. Sie erhob sich auf die Unterarme, und Ashley hob den Kopf, nahm den dunklen Hof einer Warze in den Mund. Ihre Milch ergoß sich unter seine Zunge, süß und warm, und während er saugte, beugte sie sich sanft nach hinten und herum, sein Schwanz bog sich mit ihr mit. Er hörte, wie ihr Atem schneller wurde, und begann zu stoßen, um ihr zu begegnen, ließ den Kopf ins Kissen zurückfallen. Ihre Brüste klatschten sanft gegen seine Brust. Er hielt ihren Kopf, seine Finger wühlten in ihren Haaren, er sah ihr in die Augen. Sie umfaßte sein Gesicht, und als sie kam und er kam, waren ihre Augen weit offen, ein paar Zentimeter auseinander und aufeinander geheftet.

Deutsch von Eike Schönfeld

Daniel Defoe

DER PRINZ BLEIBT ÜBER NACHT

Ich trug eine in der Strenge stark gemilderte Witwentracht, und mein Kopfputz war trotz des Verzichts auf Bänder und Borten so vorteilhaft, daß meine Erscheinung auf das Günstigste unterstrichen wurde, wie ich dem Gebaren des Prinzen entnehmen konnte. Er beteuerte, ich sei das schönste Geschöpf dieser Erde.

»Wo habe ich gelebt?« rief er aus. »Wollte man mir übel mitspielen, indem man mir die schönste Frau Frankreichs bis heute vorenthielt?«

Nichts auf der Welt vermochte meine Tugend leichter ins Wanken zu bringen als derlei Worte, war ich doch zum eitelsten Wesen dieser Welt geworden und bildete mir ganz besonders auf meine Schönheit etwas ein. Je mehr sie von anderen bewundert wurde, desto selbstverliebter wurde ich mit jedem Tag.

Der Prinz saß eine gute Stunde mit mir zusammen und bedachte mich mit vielerlei Komplimenten. Dann stand er auf, und indem er die Türflügel aufstieß und nach seinem Kammerherrn rief, verlangte er nach Getränken. Sofort erschien sein Diener mit einem damastgedeckten Tischchen, nicht größer als man es mit beiden Händen tragen kann. Darauf standen zwei Karaffen, eine mit Wein aus der Champagne, die andere mit Wasser, sechs silberne Tellerchen und eine zwanzig Zoll hohe Etagere mit einer Auswahl feinster Süßigkeiten, die sich auf den Borden übereinander türmten. Das unterste Bord barg drei gebratene Rebhühner und eine Wachtel. Der Prinz ließ den Kammerherrn alles abstellen und hieß ihn sofort, sich zurückzuziehen. »Ich gedenke, nun mit Ihnen zu soupieren«, sagte er.

Nachdem sein Diener gegangen war, erhob ich mich und erbot mich meinerseits, Seine Hoheit beim Speisen zu bedienen, doch er lehnte es nachdrücklich ab. »Nein, morgen sind Sie wieder die Witwe von Monsieur –, dem Juwelier, aber heute abend werdet Ihr meine Mätresse sein. Deshalb setzt Euch her«, sagte er, »und speist mit mir, oder ich werde mich selbst erheben und servieren.«

Ich hätte jetzt eigentlich meine Zofe Amy gerufen, hielt es aber nicht für angebracht und entschuldigte mich, da Seine Hoheit nicht die Bedienung durch den eigenen Diener wünsche, sei ihm wohl auch nicht daran gelegen, wenn ich meine Zofe herbeiriefe, doch wenn es ihm behebe, daß ich seine Dienerin sei, empfände ich es als eine Ehre, das Glas Seiner Hoheit mit Wein zu füllen. Doch wie schon zuvor wollte er mich keinesfalls gewähren lassen, weshalb wir uns beide setzten und zusammen speisten.

»Madam«, sagte der Prinz, »erlaubt mir, vor Euch meinen Rang abzulegen. Lassen Sie uns wie Gleichgestellte frei miteinander reden. Mein Stand schafft zwischen Ihnen und mir eine Distanz und läßt Sie förmlich werden, doch Ihre Schönheit erhebt Sie höher, als Gleichheit des Ranges es vermöchte. Ich muß Sie daher behandeln, wie der Liebhaber seine Mätresse, allein, diese Sprache verstehe ich nicht zu sprechen. Es muß genügen, wenn ich Ihnen sage, wie reizend Sie sind, wie sehr mich Ihre Schönheit überrascht hat und daß ich entschlossen bin, Sie glücklich zu machen und mit Ihnen glücklich zu sein.«

Errötend vermochte ich eine ganze Weile nicht zu antworten. Ich blickte zu ihm auf, sagte, es habe mich bereits glücklich gemacht, in der Gunst einer Person von so hohem Rang zu stehen, und ich könne Seine Hoheit nur darum bitten, mir zu glauben, wie unendlich ich mich Seiner Hoheit verpflichtet fühle.

Nachdem er gespeist hatte, streute er mir Süßigkeiten in den Schoß, und da der Wein ausgegangen war, rief er wieder nach seinem Kammerherrn und hieß ihn das Tischchen abtragen. Dieser entfernte zuerst das Tischtuch mit den Resten, und nachdem er ein frisches Tuch aufgelegt hatte, stellte er das Tischchen samt einem vornehmen Tellerservice von mindestens zweihundert Pistolen Wert darauf seitwärts ab. Nachdem er wie zuvor wieder zwei gefüllte Karaffen aufgetragen hatte, zog er sich zurück. Ich fand, der Bursche verstand sein Geschäft sehr gut, und das seines Herrn auch.

Ungefähr eine halbe Stunde darauf sagte der Prinz zu mir, da ich mich zuvor erboten habe, ihn zu bedienen, würde er mich jetzt, falls ich mir die Mühe machen wolle, darum bitten, ihm etwas Wein zu bringen. Ich begab mich also zu dem Tischchen, füllte ein Glas mit Wein und reichte es ihm auf einem wertvollen Präsentierteller, auf dem die Gläser standen. In der anderen Hand hielt ich die Wasserkaraffe bereit, um daraus nach seinem Belieben beizumischen.

Lächelnd bat er mich, den Teller zu betrachten. Ich tat's und bewunderte ihn sehr, denn es war in der Tat ein exquisites Stück.

»Sie werden sehen, daß ich beabsichtige, Eure Gesellschaft öfter zu genießen«, sagte er, »denn mein Kammerherr soll diesen Teller zu meinem Gebrauch hierlassen.«

Ich bat, Seine Hoheit möge mir nachsehen, daß ich nicht darauf eingerichtet war, eine Persönlichkeit seines Ranges zu bewirten. Ich würde auf das Stück mit großer Sorgfalt achten und die Ehre des Besuches Seiner Hoheit unermeßlich zu schätzen wissen.

Es war inzwischen spät geworden. Er bemerkte es zwar, doch er sagte: »Ich kann Euch jetzt nicht verlassen. Habt Ihr ein Gästequartier für eine Nacht?« Ich sagte, ich könne einem Gast wie ihm nur eine ärmliche Unterkunft bieten. Er antwortete darauf mit einer außerordentlich liebenswürdigen Entgegnung, die hier allerdings nicht wiedergegeben werden kann, wobei er hinzufügte, meine Gesellschaft sei ihm Entschädigung genug.

Gegen Mitternacht gab er seinem Kammerherrn eine Besorgung auf, nachdem er diesen laut davon in Kenntnis gesetzt hatte, daß er die Nacht hier zu verbringen gedenke. Binnen kurzem erschien dieser wieder mit einem Nachtgewand, Pantoffeln, zwei Nachtmützen, einem Halstuch und einem Hemd. Der Prinz übergab alles mir, um es in sein Schlafgemach bringen zu lassen, wonach er den Kammerherrn nach Hause schickte. Dann wandte er sich an mich und sagte, ich möge ihm die Ehre angedeihen lassen, sein Kammer- und Leibdiener zu sein. Ich lächelte und sagte, es sei mir eine Ehre, ihm in jeder Hinsicht dienstbar zu sein.

Gegen ein Uhr in der Frühe, sein Kammerherr war noch

nicht gegangen, bat ich um Erlaubnis, mich zurückziehen zu dürfen, da ich annahm, er wolle zu Bett gehen. Er verstand jedoch den Wink und meinte, er wolle sich noch nicht zur Ruhe begeben; er bitte darum, mich noch einmal zu sehen.

Ich nutzte die Gelegenheit, mich zu entkleiden und in einem anderen Gewand zurückzukehren, einer Art feinem Morgenrock, der mich so rein und anmutig umspielte, daß es den Prinzen zu verblüffen schien.

»Ich hielt es für unmöglich«, sagte er, »daß Sie noch vorteilhafter gekleidet auftreten könnten, als es zuvor der Fall war«, sagte er, »doch nun bezaubert Ihr mich tausendfach mehr, sofern das möglich sein sollte.«

»Es ist doch nur ein luftiges Gewand, Mylord«, sagte ich, »damit ich Eurer Hoheit besser zu Diensten sein kann.«

Bei diesen meinen Worten zog er mich an sich. »Ihr seid äußerst zuvorkommend«, sagte er auf der Bettkante sitzend und fuhr fort: »Aber jetzt sollt Ihr eine Prinzessin sein und erfahren, was es heißt, dem dankbarsten Mann unter den Lebenden zu gefallen«, und damit nahm er mich in die Arme – auf die Einzelheiten dessen, was dann geschah, möchte ich nicht näher eingehen, aber es endete damit, daß ich, um es kurz zu machen, die ganze Nacht bei ihm lag.

Ich habe diese Geschichte in ganzer Breite erzählt, um an ihr als düsterem Beispiel deutlich zu machen, wie unglückliche Frauen durch große Männer ruiniert werden. Denn wie für den Notleidenden seine Armut und Bedürftigkeit eine große Versuchung darstellen, ist für andere der Sog von Eitelkeit und Großmannssucht nicht minder unwiderstehlich. Von einem Prinzen umworben zu werden, zudem von einem Prinzen, der zuerst Wohltäter und dann ein Bewunderer war, die schönste und ansehnlichste Frau Frankreichs genannt und als Frau behandelt zu werden, der das Bett eines Prinzen gebührt – eine Frau, die davon nicht überwältigt wird, müßte bar jeglicher Eitelkeit oder gar Verderbtheit sein; und ich für meinen Teil hatte, wie zuvor geschildert, von beidem mehr als genug in mir.

Deutsch von Peter A. Schmidt

D. H. Lawrence
KLEINE WILDE SCHREIE

Sie schreckte aus ihren Gedanken auf und stieß einen kleinen Angstschrei aus. Da war ein Mann.

Es war der Wildhüter. Er stand da wie Bileams Esel und versperrte ihr den Weg.

»Nanu?« sagte er verblüfft.

»Wie kommst du hierher?« keuchte sie.

»Und du? Warst du an der Hütte?«

»Nein! Nein! Ich war in Marehay.«

Er sah sie fragend an, prüfend, und sie ließ ein wenig schuldbewußt den Kopf hängen.

»Bist du jetzt auf dem Weg zur Hütte?« fragte er streng.

»Nein, ich kann nicht! Ich habe in Marehay übernachtet. Niemand weiß, wo ich bin. Es ist spät, ich muß mich eilen.«

»Du gibst mir also einen Korb, wie?« sagte er mit einem leicht spöttischen Lächeln.

»Nein! Nein, so ist es nicht. Aber ...«

»Na, was denn?« fragte er. Und er trat auf sie zu und legte seine Arme um sie. Sie fühlte seinen Körper erschreckend nahe und lebendig an ihrem.

»Oh, nicht jetzt, nicht jetzt!« rief sie und versuchte, sich zu befreien.

»Warum nicht? Es ist ja erst sechs Uhr. Du hast noch eine halbe Stunde Zeit. Doch, ich will dich!«

Er preßte sie an sich, und sie spürte sein Drängen. Instinktiv wollte sie sich freikämpfen. Aber irgend etwas in ihr war sonderbar träge und schwer. Sein Körper drängte gegen ihren, und sie brachte es nicht mehr fertig zu kämpfen.

Er sah sich um.

»Komm – komm hierher! Hier hindurch«, sagte er, und sein Blick drang tief in das Dickicht junger, kaum halbhoher Kiefern.

Er drehte sich nach ihr um. Sie sah seine starren, funkelnden Augen, wild, nicht liebevoll. Aber sie hatte keine Willenskraft mehr. Ihre Glieder waren seltsam schwer. Sie gab nach. Sie gab auf.

Er führte sie durch die Mauer spitznadeliger Bäume, die schwer zu durchdringen war, an eine kleine offene Stelle, wo Reisig aufgehäuft lag. Er warf einige trockene Zweige darauf, breitete seine Jacke und Weste darüber, und dann mußte sie sich hinlegen, dort, unter den Ästen eines Baumes, wie ein Tier, während er wartend dastand in Hemd und Hose und sie mit gierigem Blick betrachtete. Dennoch war er fürsorglich – er wollte, daß sie bequem lag, wirklich bequem. Er zerriß aber ein Band ihrer Unterwäsche, denn sie half ihm nicht, lag nur reglos da.

Auch er hatte sich vorn entblößt, und sie fühlte sein nacktes Fleisch gegen sich pressen, als er in sie drang. Einen Augenblick lang hielt er dort in ihr ganz still, groß und pulsierend. Dann, als er sich zu bewegen begann, im jähen, hilflosen Orgasmus, spürte sie neue, ungekannte Schauer wie kleine Wellen in sich. Wellen, Wellen, Wellen wie das Schwellen, Züngeln sanfter Flammen, weich wie Federn, gleißend spitz zulaufend, unendlich süß, und ihr Inneres schmolz und zerfloß. Es war wie Glocken, die schwingen und schwingen, bis der höchste Punkt erreicht ist. Sie lag da und wußte nichts von den kleinen, wilden Schreien, die sie zum Ende hin ausstieß. Aber es war zu schnell vorüber, zu schnell, und sie vermochte nicht mehr, durch eigenes Tun ihren eigenen Abschluß zu finden.

Dies war anders, ganz anders. Sie konnte nichts tun. Sie vermochte ihn nicht zu halten und ihre eigene Befriedigung erzwingen. Sie konnte nur warten, warten und in Gedanken stöhnen, während sie spürte, wie er sich aus ihr zurückzog, zurückzog und zusammenzog, und wie der schreckliche Moment nahte, wo er aus ihr herausgleiten und nicht mehr da sein würde. Während doch ihr Schoß offen war und weich, weich und verlangend wie eine Seeanemone in der Strömung, danach verlangend, daß er wieder in sie hineinkam und ihr Erfüllung gab. Bewußtlos in ihrer Erregung umklammerte sie ihn, und er entglitt ihr nicht ganz, und sie spürte, wie seine weiche Knospe sich in ihr regte und wie sonderbare Rhythmen sie überspülten mit sonderbar rhythmisch zunehmender Bewegung, immer mehr anschwollen, bis ihr ganzes klaffendes Bewußtsein davon überflutet war, und dann setzte wieder die unbeschreibliche Bewegung ein, die eigentlich keine Bewegung war, vielmehr immer tiefer werdendes Strudeln von Gefühl, das wirbelnd tiefer und tiefer durch Fleisch und Bewußtsein hinabdrang, bis sie nur noch konzentrisch fließendes Gefühl war und weinend dalag, unbewußt und unartikuliert schluchzend. Die Stimme der äußersten Nacht, das Leben! Der Mann vernahm es unter sich fast demutsvoll, als sein Leben in sie übersprang. Und als es versiegte, versiegte auch er und lag ganz still da, nicht wissend, während ihre Umklammerung sich allmählich löste und sie dann reglos dalag. Und da lagen sie, ohne zu wissen, nicht einmal voneinander, ganz verloren. Bis er sich schließlich erhob und wahrnahm, wie schutzlos nackt er war, und sie nahm wahr, wie sein Körper sie aus seiner Umklammerung entließ. Er löste sich, aber in ihrem Herzen spürte sie, daß sie es nicht ertragen würde, wenn er sie unbedeckt ließe. Jetzt mußte er sie für immer zudecken.

Aber schließlich entfernte er sich, küßte sie und deckte sie zu und fing dann an, sich selbst zu bedecken. Sie lag da und blickte hinauf in das Geäst, unfähig, sich schon zu bewegen. Er stand und knöpfte seine Hose zu, während er sich umsah. Alles war dicht und still, nur der Hund lag ergeben da, die Schnauze auf seine Vorderpfoten gebettet. Er setzte sich noch einmal neben Connie auf die trockenen Äste und nahm schweigend ihre Hand.

Sie wandte sich um und sah ihn an. »Diesmal sind wir gleichzeitig gekommen«, sagte er.

Deutsch von Harald Raykowski

III. WAS IHR WOLLT

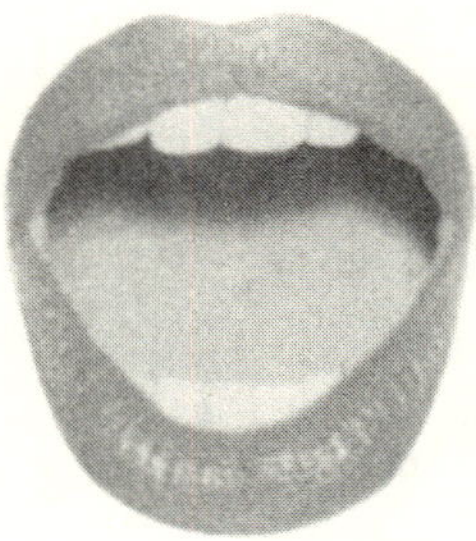

David Lodge

GESCHMEIDIGE SCHENKEL

Ich hab sie geküßt ... Helen ... nachdem die anderen ins Haus zurückgegangen waren, blieben wir in der Wanne sitzen und plauderten ein wenig, genauer gesagt, wir haben diskutiert, ziemlich heftiges Zeug ... das ist es, was mir an ihr so gefällt, sie glaubt nicht, es sei prätentiös, über ernsthafte Themen zu sprechen ... bis uns Carrie schließlich zum Abendessen nach drinnen rief, und als wir die Stufen hinaufgingen, habe ich sie geküßt ... Ich hab's darauf ankommen lassen, aber mein Instinkt irrt sich bei diesen Dingen normalerweise nicht ... wie damals, als ich Carrie im Aufzug des MIT geküßt habe ... Ich sah, daß sie sich wohl fühlte, sie mochte das Haus, ihr gefiel der heiße Pool ... ihr Körper im Badeanzug erfüllte alle Erwartungen, ich hatte Gelegenheit zu einem schnellen, prüfenden Blick, als sie ihren Bademantel abschüttelte und in die Wanne stieg, die arme Carrie starrte neidisch auf ihre schlanken Hüften und ihre geschmeidigen Schenkel ... die Titten hängen ein bißchen und stehen weit auseinander, aber sie sind wohlgeformt und fest ... sie hüpften sichtbar aufgrund ihrer eigenen Elastizität, nicht wegen des Baumwoll-Latex, als sie in die Wanne stieg ... als sie herauskletterte, konnte ich einen ausgezeichneten Blick auf ihren Hintern werfen ... und es ist wirklich ein sehr hübscher Hintern, üppig, aber nicht schwabbelig ... einfach so üppig, daß die Hinterbacken wie zwei mollige Halbmonde unter dem Badeanzug hervorschauten, der einen hohen Beinausschnitt hatte ... eigentlich verhinderte nur ein winziger Stoffstreifen, nicht viel breiter als zweieinhalb Zentimeter, daß ich ihr direkt auf die Möse starrte ... Komische Dinger, Badeanzüge ... wie wenig sie verdecken, und doch, was für einen Unterschied sie machen. Es ist immer eine völlige Überraschung, wenn man eine Frau zum ersten Mal nackt sieht ... manchmal eine angenehme, manchmal eine Enttäuschung ... Ich frage mich, ob sie irgendwann einmal auch bereit wäre, nackt in die Wanne zu steigen, nicht *en famille*, natürlich nicht, aber bei einer Sitzung nur für Erwachsene, wie die Leute das manchmal in Kalifornien gemacht haben ... Man nippt an Bechergläsern voll Napa Valley Zinfandel, der Geruch von Barbecue-Rauch liegt in der Luft, und aus dem tragbaren Stereogerät kommen Reggae-Klänge ... eine wunderbare Zeit ... Carrie steigt nicht nackt in die Wanne, wenn die Kinder dabei sind ... was nur fair ist, vermute ich, es wäre ihnen wahnsinnig peinlich, den Jungs jedenfalls ... Und wir alle sind heutzutage so wachsam gegenüber sexuellem Mißbrauch, voll panischer Angst, auch nur den leisesten Grund zu einem Verdacht zu geben oder ein zukünftiges False-Memory-Syndrom zu nähren ... und daß Emily nicht meine Tochter ist, macht die ganze Angelegenheit nur noch komplizierter ... obwohl ich nicht sicher bin, ob es ihr etwas ausmachen würde ... Als ich sie etwa vor einem Jahr nackt sah, als ich in das Familienbadezimmer ging, weil ich irgend etwas suchte, nahm sie gerade ein Bad. »Oh! Entschuldige!« Ich hatte nur einen flüchtigen Blick auf ihre naß glänzenden, straffen, jugendlichen Brüste mit den großen braunen Aureolen und den spitzen Nippeln geworfen, bevor ich auf dem Absatz kehrtmachte, hinausging und durch die Tür schrie: »Schließ die Tür ab, wenn du ein Bad nimmst, bitte« ... Sie grinste mich ein wenig verlegen an, als sie später aus dem Badezimmer kam, »Tut mir leid wegen vorhin, Messenger« ... aber sie wirkte nicht bestürzt, ich jedoch war es ... denn ich würde Emily gerne ficken ... ich werde es nicht *tun*, natürlich nicht, es wäre undenkbar – nein, genau das ist es, denkbar ... es gibt keine sexuelle Handlung, wie pervers oder bizarr auch immer, die nicht gedacht werden kann, die nicht bereits jemand gedacht hat ... aber ich habe keine Absicht, es zu tun, überhaupt keine ... Auch wenn die Vorstellung fast unerträglich ist, daß ihr von Akne geplagter, schlaksiger Freund Greg dieses Privileg hat … ich würde es nie tun … Es ist einer von diesen Gedanken, die wir im vertraulichen Aktenschrank unseres Geistes verschlossen halten … sinnlos, zu versuchen, ihn zu schreddern oder zu verbrennen oder zu leugnen, daß er existiert, man kann ihn nur verstecken, vor den eigenen Augen genausosehr wie vor denen anderer … was keineswegs dadurch leichter wird, daß man seine gut entwickelte Stieftochter beim Baden überrascht …

Deutsch von Martin Ruf

Susie Bright

DRÜBER REDEN

Viele Menschen sagen, daß sie nicht gern über Sex »reden«. Sie finden es abgedroschen, beleidigend, unsensibel. Das kann ich verstehen, obwohl ich selbst viel und gern über Sex rede. Beim Sex talk gibt es zwei große Probleme: das Vokabular ist eine Zumutung, und die Meinungen über Sex gehen weit auseinander.

Kommen wir zunächst zum armseligen Wortschatz. Wir verfügen über ein kleines Repertoire an Sexwörtern, die immer den einen oder anderen vor den Kopf stoßen, obwohl sie so alt wie die Sprache selbst sind und wirklich was zur Sache tun. Wir haben die Sexwörter fein säuberlich in Gruppen unterteilt – in solche, die man zu Kindern sagen kann oder zu Damen, zu alten Menschen oder in der feinen Gesellschaft oder in Verbrecherkreisen – versuchen Sie bloß nicht, sich einem gemischten Publikum mitzuteilen. Unsere Sexsprache – der sterilisierte, der vulgäre und der romantische Wortschatz – ist symptomatisch für unser Sexverständnis.

Zum Beispiel das schöne alte deutsche Wort *ficken*. Wenn

man heutzutage in einem Film *ficken* als Schimpfwort verwendet, um Wut oder Empörung auszudrücken, wird er noch für Jugendliche freigegeben. Aber wenn ficken wörtlich gemeint ist, sich also auf Sex bezieht, ist der Film nicht für junge Zuschauer geeignet und bleibt einem reiferen Publikum vorbehalten. Bei den Werten der Mittelklasse geht es vor allem darum, den Schein zu wahren, Ficken dagegen ist real. Wir benutzen unsere Sexwörter für Feindseligkeiten, zieren uns aber, damit Zuneigung oder Sex auszudrücken.

In den sechziger Jahren bekamen das Wort *ficken* und auch der Rest der Geheimsprache des Körpers in der Öffentlichkeit eine neue Bedeutung. *Ficken* stand gleichzeitig für die freie Liebe und gegen den Vietnamkrieg. Es ist üblich, die moderne sexuelle Revolution jener Zeit als Siegeszug der Antibabypille zu sehen, aber es war genauso eine Revolution der Sexsprache. Die Künstler der Babyboomer-Generation bedienten sich des öffentlichen Vokabulars, das ihnen jetzt zur Verfügung stand. Einige, wie Lenny Bruce, wurden zu Märtyrern, andere wurden bis zur Unkenntlichkeit zensiert oder zermürbt. Doch am Ende verlor der Staat. Die Worte waren allen zugänglich, wenigstens erwachsenen Männern. Der Feminismus – oder jedenfalls dessen stürmischere Vertreterinnen – konnte es kaum erwarten, all die wenig damenhaften Worte zu benutzen. Es kam in Mode, »die Sprache zurückzufordern« und saftige und gewagte Wörter wie *Lesbe* oder *Möse* als Eigentum der Frau zu beanspruchen, statt sie den Männern zu überlassen.

Ich erinnere mich, wie ich mich einmal mit einer Lesbierin unterhielt, die sich nicht dazu durchringen konnte, das Wort *Dildo* zu sagen (und schon gar nicht einen auszuprobieren). Mit Frauen, die darüber anders dachten, wollte sie ihr Bett gar nicht erst teilen.

»Aber es ist ein lesbisches Wort – wo, glaubst du, kommt es her?« fragte ich sie. »Dildos sind das Erbe Sapphos!« O vergessen Sie *Sexspielzeuge*. Die Leute haben Angst, Sexwörter zu benutzen, weil sie fürchten, daß man sie als sexuelle Wesen betrachtet – und ihre Angst ist tatsächlich berechtigt. Wenn wir uns der Sexsprache weiterhin verschließen, bleibt die Illusion erhalten.

Ficken ist zu einem Wort geworden, das Frauen benutzen, die bisher als wohlerzogen galten, und kennzeichnet den Generationskonflikt. Seit dem Rock 'n' Roll gehört es in Songtexte. Aber wenn man es sagt, verrät man immer noch mehr über seine Einstellung zur Gesellschaft als über seine Sexualität.

Bei Wörtern, die andere heikle oder manchmal schmerzliche Aspekte des Lebens beschreiben, regen sich die Leute nie so auf. Keiner sagt: »Ich bringe das Wort *Krieg* nicht über die Lippen«, oder: »Das Wort *Folter* ist zu grausam, um es auszusprechen«, oder: »In meinem Haus nimmt niemand das Wort *Steuern* in den Mund.«

Wir schaffen es, die schrecklichsten, umstrittensten und empfindlichsten Themen im öffentlichen wie im privaten Leben zu diskutieren, ohne zu stocken und eingestehen zu müssen, daß wir »diese Wörter« einfach nicht aussprechen können. Selbst beleidigende oder diskriminierende Wörter wie *Kanake* oder *Nigger* werden mehr in der Öffentlichkeit diskutiert und verteidigt als die »sieben Wörter, die man im Fernsehen nicht sagen darf«. (Eine Anspielung auf George Carlins Comedy-Nummer »Seven Words You Cant Say on TV«. Gemeint sind Scheiße, Pisse, Ficken, Fotze, Schwanzlutscher, Motherfucker, Titten. A. d. Ü.) Sex ist das einzige Thema, bei dem wir die Sprache dafür verantwortlich machen, daß wir uns zurücknehmen. Wir halten hübsch den Mund: fast jeder Ausdruck, der uns einfällt, bringt irgend jemand in Verlegenheit, weil er entweder nicht feinfühlig genug oder zu schmalzig ist.

Zum ersten Mal mußte ich mir der Sexwörter, die ich benutzte, bewußt werden, als ich als Verkäuferin im Good Vibrations Shop anfing, einem um Aufklärung bemühten Laden für

Sexspielzeuge. Die meisten meiner Kunden waren Frauen oder Männer mit ziemlich liberalen Ansichten. Aber ob liberal oder nicht, alle, die in diesen Laden kamen, waren ein wenig besorgt darüber, was man wohl von ihnen denken würde. Nachdem sie sich ein bißchen beruhigt hatten, erzählte mir ein Pärchen: »Wir saßen eine Stunde draußen im Wagen und haben diskutiert, ob wir reingehen sollen oder nicht.« Ich bin froh, daß sie nicht an dem Tag da waren, als so ein Rotzbengel in den Laden gelaufen kam und jeden anschrie: »Der Schwanz von meinem Daddy ist größer als deiner!«

Vor allem am Anfang kamen die Kunden zu Good Vibes, weil ihr Seelenklempner sie hingeschickt hatte oder weil sie das Gefühl hatten, sexuell am Ende zu sein. Sie waren sehr niedergeschlagen. Ich mußte sie in kürzester Zeit dazu bringen, meinem Urteils- und Einfühlungsvermögen zu vertrauen.

Würden sie mich respektieren und das Gefühl haben, offen mit mir reden zu können, wenn ich »Penis« sagte? Oder würden sie denken, daß sie bei mir genauso vorsichtig um den heißen Brei herumreden müßten wie bei einem Arzt? Würden sie vielleicht Zutrauen fassen, wenn ich »Schwanz« oder »Schwengel« sagte, wenn ich »Ständer« statt »Erektion« sagte? Oder würden sie denken: »O nein, wie ordinär!« Mein Vokabular entschied über Sieg oder Niederlage.

Ich glaube, ich hatte bei meinen Vibrator-Verkaufsgesprächen auf Anhieb Erfolg, weil ich ein gutes Sprachgefühl besaß. Wenn die Kunden medizinische Begriffe benutzten, machte ich es ihnen sofort nach. Manche Leute sind so schüchtern, daß sie schon bei dem Wort *Orgasmus* rot werden, deshalb sagte ich »Höhepunkt« und fühlte mich dabei ein bißchen wie in den pikanten Frauenromanen, die ich in der achten Klasse gelesen hatte. Andere strahlten, wenn ich nur sagte: »Halten Sie diesen Vibrator an Ihre Klitoris, und es kann losgehen«; sie wollten, daß der Kauf von Sexspielzeug genauso unverfänglich klang wie der einer Sportausrüstung.

Obwohl ich oft richtig lag, wünschte ich, es gäbe viel mehr Wörter, um Sex zu beschreiben, von schlüpfrig bis dezent. Die Hawaiianer haben ein ganzes Wörterbuch mit Ausdrücken für die verschiedenen Erscheinungsformen des Regenbogens. Schon beim Wetter fehlt es unserer Sprache an Poesie, aber in Sachen Sex versagt sie völlig. Unser Wortschatz ist verkümmert, weil wir verkümmert sind.

Einige Vorreiter der Sprachforschung sind mit neuen Wortkreationen vorgeprescht, aber dieses erotische Kauderwelsch hat nicht so recht eingeschlagen. Die Sprache spiegelt nämlich die Entwicklung allgemeiner Vorstellungen und keine Randerscheinungen. Manchmal verbreitet ein populärer Film oder Song einen griffigen Sex-Euphemismus, und dann sind alle froh über dieses wunderbare neue Wort, das den Kern von etwas trifft, das wir sagen wollen, Menschen, die andere Sprachen lernen, fügen ihrer Muttersprache immer Sexwörter aus der Fremdsprache hinzu.

Vor einigen Jahren las ich dem Publikum in einer Buchhandlung eine erotische Geschichte aus *Best American Erotica* vor. Die Geschichte wurde gemeinsam von zwei Liebenden geschrieben, von Rose White und Eric Albert. Die Heldin der Erzählung genießt den Geschlechtsverkehr, aber sie drückt es anders aus:

»Sie hockt jetzt auf allen vieren und streckt den Hintern hoch, um seinen Schwanz tiefer zu spüren, um seinen Schwanz an der empfindlichen Stelle in ihrem Arsch zu spüren. Sie legt eine Hand zwischen die Beine und spielt mit ihrer Möse. Sie berührt ihre Klitoris, und er stöhnt, er sagt ihr, wie eng ihr Arsch dabei wird. Sie steckt ihren Finger in ihre Möse und spürt seinen Schwanz durch die Wand ihrer Möse. Als sie gegen seinen Schwanz drückt, stöhnt er noch mal …«

Wie Sie sehen, ist die Geschichte sinnlich und freizügig, und das Publikum lachte und geriet ins Schwitzen, während ich sie bis zum Schluß vorlas.

Als ich danach die Diskussion eröffnete, hob ein Mann die Hand und errötete vom Haaransatz bis zum Kragen.

»Warum können Sie ein Wort sagen wie ...« – er konnte es nicht mal rausbringen – »... ein Wort, wie Sie es gerade vor einer Minute gesagt haben, ohne daß sich jemand daran stört? Wenn ich das zu meiner Freundin sagen würde, würde sie mir nie verzeihen. Ein Mann kann das einfach nicht sagen.«

Eine Minute lang überlegte ich, wovon er wohl reden mochte. »Meinen Sie Möse?«

Er zuckte zusammen und nickte.

»Ich sage gern Möse«, sagte ich. »Jede Frau sollte schließlich eine haben. Das ist feministische Schadensbegrenzung. Viele Frauen benutzen es heutzutage, weil es eins dieser großartigen Wörter ist, das die radikalen Frauen sich angeeignet haben. Sie sagten sich: ›Wir lassen nicht zu, daß dieses Wort zum Schimpfwort verkommt. Es ist unser Körper, und deshalb werden wir darüber bestimmen.‹«

Ich konnte der Versuchung nicht widerstehen, ihn herauszufordern. »Versuchen Sie's doch mal. Hier haben alle dafür Verständnis. Sagen Sie einfach: ›Susie, Sie haben eine wunderschöne Möse!‹«

Er brachte es nicht über sich. Ich frage mich, ob er die peinliche Situation heimlich genoß. Vielleicht hätte ich einen Sprechchor anstimmen sollen, eine Mösenhymne.

Wir brauchen wirklich mehr Wörter. Aber wir benutzen noch nicht mal die, die wir haben. Wir haben Angst, daß Sex gefährlicher, das Leben häßlicher wird. Wir wissen nicht, was uns erwartet, wenn wir diese gefährlichen Wörter benutzen. Ich persönlich glaube, wir wären angenehm überrascht; es gibt nichts Häßlicheres als die gegenwärtige Stille und Selbstverleugnung. Wir verschlucken uns an Sexausdrücken und verstecken uns hinter feinen Unterscheidungen. Wenn ich in einem Atemzug »Geschlechtsverkehr« sagen kann, und im anderen »Ficken«, durchbreche ich für einen Moment die sprachliche Sklaverei. Ich habe eine Fotze, und ich habe eine Klitoris, eine Möse, eine Vagina, einen fruchtbaren Geist – und manchmal habe ich einen Regenbogen von Gefühlen, der so viele Namen verdient, wie sich finden lassen.

Deutsch von Juliane Zaubitzer

›Walter‹

MACHTVOLLES ORGAN

Ich ruhte mich während der Reise aus und erreichte die Stadt der Freuden, wo ich von Alexandrine, die nach wie vor ihre Stellung hielt, mit offenen Armen empfangen wurde. Seit meinem letzten Besuch, der lange zurücklag, hatte es unter der weiblichen Belegschaft des Bordells allerlei Veränderung gegeben, dennoch waren von damals noch genügend übriggeblieben, die mich kannten. »Das ist er«, hieß es, als ich den Salon betrat. Marguerite war da, schön wie immer, schöner gar, was ihre Formen anging. Ein Wunder – denn sie weilte nun schon mindestens sieben Jahre dort, und Alexandrine erzählte mir, daß sie nie weniger als fünf und häufig sogar sieben Männer im Laufe eines Tages hatte. »Sie verdient so viel wie drei andere. – Doch ah – es geht alles zu jemandem von außerhalb.« – »Ein Mann?« – »Je le suppose«, sagte sie schulterzuckend. Ich fickte Marguerite und sagte ihr, sie müsse ein Vermögen gemacht haben. »Aber ich hab's ausgegeben.« – »Wofür?« – »Fürs Vergnügen.« – »Aha, es gibt also un amant de cœur.« – »Peut-être«, lächelte sie. Sie war ein liebenswertes Geschöpf.

Außerdem sah ich einem Dutzend Paare beim Ficken zu, sah zuvor die Aphroditejüngerinnen und wies sie an, die Schwänze der Männer anständig zu entblößen, was sie befolgten. Ich glaube manchmal, der Anblick eines ansehnlichen steifen Schwengels erregt mich inzwischen mehr als der der verborgenen weiblichen Organe. Warum? Ist mein Verlangen, das aufragende Werkzeug zu betrachten, unziemlich oder nicht? Vorurteil und Erziehung zu falschen Prinzipien mögen antworten: »Ja.« Wenn dem so ist, dann ist der Mann, der nach Gottes Ebenbild erschaffen wurde, in seiner Nacktheit etwas, dessen man sich schämen muß, sein Schwanz obszön, schmutzig, abscheulich. Jedoch hat ihn der Schöpfer mit diesem Werkzeug ausgestattet in der großartigen Absicht, die Welt zu bevölkern, Geschöpfe zu schaffen, denen er Seelen verleiht. Befremdlich, wenn es als abscheulich und unmoralisch angesehen wird, daß ein Mann es vorzeigt, oder daß andere Männer es sehen und berühren – dies ist schlichtweg lächerlich. Jeder Mann hat einmal sowohl seinen Schwanz zur Schau gestellt als auch den Schwanz eines anderen angefaßt. Vielleicht waren es nur Knabenschwänze – der Akt an sich jedoch bleibt derselbe. Machtvolles Organ, das alle lieben, das die Frauen verehren – weshalb solltest du schmutzig und obszön genannt werden?

Deutsch von Gunter Blank

Fritz Senn

OSCAR WILDES BRIEFE IM KREUZVERHÖR

Am 3. April 1895 fand im Old Bailey von London der erste von drei Oscar-Wilde-Prozessen statt. Diesmal war Wilde noch Kläger. Er klagte wegen Verleumdung gegen John Sholto Douglas, den achten Marquess von Queensberry, einen streitsüchtigen schottischen Adligen (die Regeln im Boxsport stammen von ihm). Wilde war mit seinem Sohn, Lord Alfred Douglas, befreundet gewesen, und als Wilde mit *The Impor-*

tance of Being Earnest die größten Erfolge hatte, gab der Marquess von Queensberry im Albermarle Club, dessen Mitglied Oscar Wilde war, eine Karte ab mit der folgenden Aufschrift: »An Oscar Wilde, der als Somdomit posiert«. Gemeint war Sodomit: Gerüchte von Wildes homosexueller Neigung gingen damals in London um. Wilde, aus argloser Unvorsichtigkeit oder aus einem verborgenen Hang zum Märtyrertum heraus, verklagte Queensberry.

Der Verteidiger des Marquess of Queensberry war Edward Henry Carson, ein ehemaliger Studienkollege von Wilde (später wurde er berühmt durch seinen Einsatz gegen die irischen Unabhängigkeitsbemühungen in Ulster). Die erste Runde des Prozesses ging um Wildes Bücher, vor allem *Das Bild des Dorian Gray*, die Wilde mit seiner eleganten Rhetorik und seiner beharrlichen Weigerung, Kunst je anders als ästhetisch zu sehen, leicht obenauf schwang. Dann präsentierte Carson einen Brief, den Wilde zwei Jahre früher an Lord Douglas geschrieben hatte, als Antwort auf ein Gedicht, und der in die Hände von Erpressern gelangt war:

Mein einziger Junge, Dein Sonett ist entzückend, und es ist ein Wunder, daß diese roten Rosenlippen so gut geschaffen sind für den Wohlklang des Lieds wie für die Raserei der Küsse. Deine ranke goldene Seele wandelt zwischen Leidenschaft und Lyrik. Ich weiß: Hyakinthos, den Apoll so rasend liebte, das warst Du in den Tagen der Griechen.

Warum bist Du allein in London, und wann gehst Du nach Salisbury? Fahr dorthin und kühle Dir die Hände im grauen Dämmer der Gotik und komm hierher, sobald Du magst. Es ist reizend hier – nur Du fehlst; aber geh zuerst nach Salisbury. Stets Dein Dich liebender Oscar

CARSON Warum sollte ein Mann Ihres Alters einen zwanzig Jahre jüngeren Knaben mit »Mein einziger Junge« anreden?
WILDE Ich habe ihn gemocht. Ich habe ihn immer gemocht.

C Verehren Sie ihn?

W Nein, aber ich habe ihn immer gern gehabt. Ich halte dies für einen wundervollen Brief. Er ist ein Gedicht. Ich habe keinen gewöhnlichen Brief geschrieben. Sie könnten ebensogut Shakespeare darüber verhören, ob König Lear oder ein Sonett schicklich sei.

C Abgesehen von Kunst, Mr. Wilde?

W Abgesehen von Kunst kann ich nicht antworten.

C Angenommen, ein Mann, der nicht Künstler ist, hätte diesen Brief geschrieben, würden Sie ihn dann für schicklich halten?

W Ein Mann, der nicht Künstler ist, hätte diesen Brief nicht schreiben können.

C Warum nicht?

W Weil niemand als ein Künstler ihn schreiben könnte. Niemand als ein Schriftsteller (man of letters) könnte diese Sprache schreiben.

C Ich kann, wohl um Ihres guten Rufes willen, behaupten, daß nichts sehr Wundervolles ist an diesen »roten Rosenlippen«?

W Es hängt viel davon ab, wie das gelesen wird.

C »Deine ranke goldene Seele wandelt zwischen Leidenschaft und Lyrik« – Ist das eine wunderschöne Stelle?

W Nicht, wie Sie sie lesen, Mr. Carson. Sie lesen sie sehr schlecht.

C Ich gebe nicht vor, ein Künstler zu sein, und wenn ich Sie aussagen höre, bin ich recht froh darüber.

Sir Edward CLARKE, Wildes Anwalt, schritt ein: »Ich glaube nicht, daß mein gelehrter Freund so reden sollte.« Zu Wilde im Zeugenstand: »Bitte kritisieren Sie den Vortrag meines gelehrten Freundes nicht wieder.«

Nachdem wieder Stille eingekehrt war, CARSON, mit dem Brief noch in der Hand: Ist dies nicht ein unüblicher Brief?

W Ich würde sagen, einzigartig.

Gelächter.

C War das die übliche Art Ihrer Korrespondenz?

W Nein. Aber ich habe Lord Alfred Douglas oft geschrieben, wenngleich keinem anderen jungen Mann auf dieselbe Weise.

C Haben Sie oft Briefe im gleichen Stil geschrieben wie diesen?

W Ich wiederhole mich nie im Stil.

CARSON hob ein anderes Dokument hoch: Hier ist ein anderer Brief, den Sie, wie ich glaube, ebenfalls an Lord Alfred Douglas schrieben. Wollen Sie ihn vorlesen?

W Ich sehe nicht ein warum.

C Dann will ich es tun.

Liebster aller Jungen, Dein Brief war köstlich, wie roter und goldener Wein; aber ich bin traurig und verstimmt. Bosie, Du darfst mir keine Szenen machen. Sie töten mich, sie zerstören den Reiz des Lebens. Ich kann Dich, attische Anmut, nicht von Leidenschaft entstellt sehen. Ich kann nicht den schön geschwungenen Lippen lauschen, wenn sie mir häßliche Dinge sagen. Ich muß Dich bald sehen. Du bist das Göttliche, das ich brauche, die Anmut und Schönheit selber; aber ich weiß nicht, wie ich es anstellen soll. Soll ich nach Salisbury kommen? Meine Miete hier beträgt 49 Pfund die Woche. Warum bist Du nicht hier, mein lieber, mein wunderbarer Junge? Ich fürchte, ich muß hier weg; kein Geld, keinen Kredit und ein Herz wie Blei.

Ganz Dein Oscar

Ist das ein gewöhnlicher Brief?

WILDE Alles, was ich schreibe, ist außergewöhnlich. Ich habe nie als gewöhnlich posiert. Fragen Sie mich darüber, was Sie wollen.

Anaïs Nin

HERRISCHE ZUNGE

Nur Leila war überzeugt, daß sie frei von der Tyrannei der Männer, ja frei von Männern überhaupt war. Was Leila dagegen nicht erkannt hatte, war, daß Nachahmung eines Mannes eben keine Freiheit von ihm bedeutete.

Sie machte der Hure aller Huren den Hof, schmeichelnd, selbstsicher. Aber keine der Frauen gab sich geschlagen. Schließlich verließen sie gemeinsam das Café. Leila lud Elena und Bijou zu sich in die Wohnung ein.

Als sie dort ankamen, duftete es nach Räucherstäbchen. Das einzige Licht verbreiteten gläserne Kugeln, in denen Zierfische zwischen Korallen und gläsernen Seepferdchen schwammen. Dies tauchte den Raum in eine traumhafte Untersee-Atmosphäre und verwandelte ihn in einen Ort, wo drei ganz verschieden schöne Frauen eine derart sinnliche Aura ausstrahlten, daß es kein Mann hätte aushalten können.

Bijou wagte kaum, sich zu bewegen, denn alles kam ihr so zerbrechlich vor. Sie hatte sich mit untergeschlagenen Beinen wie eine Araberin hingesetzt und rauchte. Von Elena ging ein Schimmer aus wie von den Glaskugeln. Ihre Augen funkelten im Halbdunkel wie im Fieber. Leila strömte einen für beide gleichermaßen faszinierenden Charme aus, einen Hauch des Unbekannten.

Die drei saßen auf einer sehr niedrigen Couch, auf einem Meer von Kissen. Die erste, die etwas tat, war Leila: sie griff Bijou mit ihrer beringten Hand unter den Rock. Sie zog überrascht die Luft ein, als ihre Hand nacktes Fleisch statt seidener Dessous berührte. Bijou lehnte sich zurück und bot Elena den Mund, denn Elenas Fragilität hatte sie gereizt. Zum erstenmal kam sie sich stark wie ein Mann vor, der spürt, daß eine zierliche Frau sich unter dem Gewicht eines Mundes beugt, der fühlt, wie die kräftigen Hände den grazilen Kopf nach hinten biegen konnten, wie das helle Haar sich löste. Bijous sehnige Hände legten sich um den zarten Hals. Entzückt hielt sie den Kopf zwischen den Händen, um mit vor Erregung zitternder Zunge von dem Mund in vollen Zügen süßen Atem zu trinken.

Leila verspürte einen Anflug von Eifersucht. Jede Liebkosung, die sie Bijou schenkte, wurde von dieser an Elena weitergegeben – genau dieselbe Art von Zärtlichkeit. Nachdem Leila Bijous vollen Mund geküßt hatte, nahm Bijou Elenas zwischen die Lippen. Leilas Hand schlüpfte noch weiter unter Bijous Rock – Bijou ließ ihre Hand unter Elenas Kleid gleiten. Elena lag reglos da und ließ sich treiben. Dann sank Leila auf die Knie, um Bijou mit beiden Händen zu streicheln. Als sie Bijous Rock hochschob, lehnte Bijou sich zurück und schloß die Augen, um die Berührungen der warmen, zielbewußten Hände besser auskosten zu können. Elena sah nun eine zur Hingabe bereite Bijou und wagte es, ihren üppigen Körper abzutasten und jede wollüstige Kurve mit den Händen nachzuzeichnen – ein Lager aus daunenweichem, aber festem Fleisch, das keine Knochen zu haben schien und nach Sandelholz und Moschus duftete. Ihre eigenen Brustwarzen reckten sich auf, als sie Bijous Brüste streifte. Als ihre Hand Bijous Hintern umschloß, begegnete ihr die Leilas.

Als erste zog Leila sich aus. Sie trug nur ein kleines, weiches Korselett aus schwarzer Seide, mit schmalen schwarzen Strumpfbändern, an denen die Strümpfe befestigt waren. Die Schenkel, schlank und weiß, schimmerten, das Delta der Venus lag im Schatten. Elena löste die Strumpfhalter, um die blanken Beine zu enthüllen. Bijou zog sich das Kleid über den Kopf und lehnte sich nach vorne, um es ganz abzustreifen. Dabei entblößte sie ihren üppigen Hintern, die Grübchen dicht darüber, den schlanken, gebogenen Rücken. Dann schlüpfte Elena aus ihrem Kleid. Darunter trug sie schwarze Spitzenwäsche, die hinten und vorn geschlitzt war und nur die schattigen Nischen und Höhlungen verriet.

Zu ihren Füßen lag ein dichtes weißes Fell. Sie ließen sich alle drei darauf fallen, drei Frauenleiber, die sich verknäulten, Brust an Brust, Schoß an Schoß. In ihrer Verschlingung hörten sie auf, drei Körper zu sein, wurden zu Mündern, Fingern, Zungen und Sinnen. Ihre Münder suchten einen anderen Mund, eine Brustwarze, eine Klitoris. So ineinander verstrickt, bewegten sie sich nur langsam. Sie küßten sich, bis es zur Tortur wurde und der Körper mit Unruhe reagierte. Ihre Hände gruben sich in nachgiebiges Fleisch, fanden eine Öffnung. Das Fell, auf dem sie lagen, gab einen tierischen Geruch von sich, der sich mit den Ausdünstungen des Sex vermischte.

Elena liebkoste den wollüstigen Körper Bijous. Leila war aggressiver. Bijou, ein Bein über Leilas Schulter geworfen, lag auf der Seite. Leila küßte sie zwischen den Schenkeln. Von Zeit zu Zeit zuckte Bijou zusammen, denn Leilas Küsse und Bisse waren scharf; ihre Zunge so hart, wie der Schwanz eines Mannes.

Jedesmal, wenn Bijou zurückzuckte, fuhr sie Elena mit ihren Hinterbacken ins Gesicht. Zuerst hatte Elena nur mit den Händen das Gesäß liebkost, jetzt aber steckte sie den Finger in die enge dunkle Öffnung. Dort konnte sie jede Kontraktion spüren, die Leilas küssende Zunge bewirkte; es war, als berührte sie Leilas Zunge durch die dünne Trennwand. Bijou, die der herrischen Zunge ausweichen wollte, zuckte dem suchenden Finger entgegen, der sie erregte. Sie summte und zirpte vor Wollust, und hin und wieder entblößte sie ihre Zähne wie ein wildes Tier, das man reizt, und versuchte, die eine oder andere ihrer Peinigerinnen zu beißen.

Als sie ihren Höhepunkt nahen fühlte und sich nicht mehr bezähmen konnte, hielt Leila mitten im Küssen inne und ließ Bijou, die kurz vor dem Gipfel war, halb wahnsinnig vor Lust hängen. Im gleichen Augenblick hatte auch Elena aufgehört.

Bijou war nicht mehr zu bändigen. Wie eine herrliche Wahnsinnige warf sie sich auf Elena, drückte ihr die Beine auseinander, schob sich dazwischen, preßte ihren Schamhügel gegen Elenas tropfende Möse und rieb, rieb, rieb. Wie ein Mann stieß sie gegen Elena, um den Aufprall der beiden Schöße zu fühlen, um zu spüren, wie sie zusammenflossen. Dann aber, als sie merkte, daß der Orgasmus unausweichlich war, hielt sie inne, ließ sich zurückfallen und öffnete den Mund für Leilas Brüste, deren Warzen brannten und nach Liebkosung lechzten.

Auch Elena war nun im Endstadium. Sie spürte eine Hand, die sich unter sie schob, eine Hand, an der sie sich reiben, gegen die sie sich pressen konnte. Sie wollte sich auf diese Hand werfen, bis sie ihr einen Orgasmus gab; gleichzeitig aber wollte sie die wollüstige Spannung verlängern. Darum bewegte sie sich nicht mehr. Die Hand verfolgte sie. Sie stand auf, und wieder tastete die Hand nach den dunklen Feldern zwischen ihren Beinen. Dann fühlte sie Bijou, die sich hinter sie gestellt hatte und keuchte. Sie spürte, wie Bijous lockiges Vlies ihren Hintern streifte. Bijou rieb sich an ihr, rieb langsam Elenas Rücken hinauf und hinunter. Sie wußte, daß das Elena veranlassen würde, sich umzudrehen, um die erregende Bewegung auch mit den Brüsten, dem Bauch, dem Schamhügel, den Schenkeln zu spüren. Überall und gleichzeitig Hände, Hände. Leilas spitze Fingernägel hatten sich in das weiche Fleisch von Elenas Schultern gekrallt, dort, wo es am nachgiebigsten war, zwischen Brust und Achsel. Es tat weh, aber es war ein köstlicher Schmerz, die Tigerin hatte sie in den Fängen, wollte sie zerfleischen. Elenas Körper war so brennend heiß, daß sie fürchtete, bei der nächsten Berührung zu explodieren. Leila ahnte es und ließ von ihr ab.

Alle drei fielen auf die Couch. Sie berührten sich nicht mehr, sondern blickten einander nur an, bewunderten das verschlungene Chaos, sahen die Feuchtigkeit, die auf ihren schönen Beinen glänzte.

Dennoch konnten sie die Hände nicht voneinander lassen. Jetzt waren es Leila und Elena, die vereint Bijou angriffen, erpicht darauf, aus ihr die höchste Verzückung herauszupressen. Bijou wurde buchstäblich umzingelt, belagert, geleckt, gebissen, geküßt und wieder auf den Fellteppich gerollt und von Hunderten von Händen und Zungen gefoltert. Nun flehte sie um Gnade, spreizte die Beine, wollte sich selbst befriedigen, indem sie sich an den Körpern der anderen rieb. Aber sie ließen es nicht zu. Mit Zungen und Fingern brachen sie in sie ein – von vorne und von hinten –, und dann wieder brachen sie ab, um ihre Zungen zu trinken: Elena und Leila, Mund an Mund, Zunge um Zunge gewunden, über Bijous gespreizten Beinen. Bijou setzte sich auf, um einen letzten Kuß zu empfangen, der ihr Erlösung bringen sollte, aber Elena und Leila schienen sie vergessen zu haben und konzentrierten alle ihre Gefühle auf das Spiel ihrer Zungenspitzen. Bijou, ungeduldig und außer sich vor Verlangen, hatte angefangen, es sich selbst zu machen. Elena und Leila schoben jedoch ihre Hand weg und fielen wieder über Bijou her. Bijous Orgasmus kam wie eine exquisite Marter. Bei jedem Zucken bäumte sie sich auf, als würde sie erdolcht. Sie flehte fast um das Ende.

Über ihrem ausgestreckten Körper hatten sich Elenas und Leilas Zungen wiedergefunden. Hände, die trunken nach einander tasteten, die überall eindrangen, bis Elena laut aufschrie, denn Leilas Finger hatten ihren Rhythmus gefunden. Elena klammerte sich an sie und wartete auf die Explosion der Lust, während ihre eigenen Hände danach trachteten, Leila die gleiche Lust zu verschaffen. Sie wollten gleichzeitig kommen, doch Elena kam zuerst, ließ sich fallen, trennte sich von Leilas Hand, gefällt von der Macht des eigenen Orgasmus. Während Elena spürte, daß ihre Lust verebbte, wegrollte, abklang, gab sie Leila ihre Zunge und schnellte sie immer wieder in Leilas glitzernden Spalt, bis Leila sich zusammenzog und aufstöhnte. Dann biß sie in Leilas empfindliches Fleisch. Im Paroxysmus der Erregung spürte Leila die Zähne nicht, die sich dort hineingegraben hatten.

Deutsch von Eva Bornemann

Honoré-Gabriel Graf Mirabeau
NECKISCHE SPÄSSE

Von diesem Augenblick an wußte ich, daß er bestimmte Absichten mit ihr verfolgte; mehr brauchte es nicht, damit ich mich eifrig bemühte, ohne weiter darüber nachzudenken, mich ganz auf seine Wünsche einzulassen, und zu allem bereit zu sein, was er auch vorhaben sollte. Ich vermutete bereits, daß Rose ebenso wissend war wie ich selbst. Alles wurde ausgeführt, wie er es geplant hatte. Sie kam; die Tür war vor aller Welt verschlossen: Wir verbrachten den Tag allein mit allen Narreteien, die wir uns ausdenken konnten. Ich trieb hundert neckische Späße mit ihr; sie vergalt sie mir mit Zins und Zinseszins. Ich entblößte ihren Busen, ich hieß meinen Vater, ihre Brüste zu küssen. Ihre Pobacken und ihr Venushügel, ihre Bonbonniere mußten meine Schäkereien ertragen; ich hielt sie fest in meinen Armen, damit auch er diese Scherze mit ihr treiben konnte; sie lachte, tollte herum; und wenn sie sich auch bei jeder neuen Schelmerei ein wenig zierte, so war sie doch zu allem bereit; ihr Teint hatte sich inzwischen sehr belebt und ihre Augen funkelten. Das Abendessen wurde hereingebracht, bei welchem ich sie nicht schonte; ich schenkte ihr ein volles Glas ein; ich fachte das bereits lodernde Feuer weiter an. Nachdem wir uns vom Tisch erhoben hatten, begannen wir erneut mit unseren Narreteien; sie leistete nicht mehr den geringsten Widerstand; ich stieß sie um, das Gesicht auf ein Kanapee gewandt; ich schob ihre Röcke hoch und ihr entblößter Po bot uns einen

Anblick, den mein Vater, mit einem letzten Pinselstrich, vollendet hätte: er half mir, mich für alle Schäkereien, die sie mich hatte auskosten lassen, zu rächen. Ich wollte wissen, welche Wirkung diese Spiele auf sie hatten; ich fand sie ganz feucht und vermutete, daß sie recht großes Vergnügen bei diesen ausgelassenen Scherzen empfand. Wir gingen schließlich, Rose und ich, in mein Zimmer, und bereiteten uns darauf vor, ins Bett zu gehen. Kaum erblickte sie mich im Nachthemd, riß sie es mir vom Leib; ich vergalt es ihr ebenso und ließ das ihre zu Boden fallen. Sie zog mich ins Bett. Sie küßte mich, nahm meine Brüste, meinen Venushügel; sogleich legte ich den Finger an die Stelle, von der ich wohl annahm, daß sie ihn dort gerne hätte; ich täuschte mich nicht; sie spreizte die Schenkel und folgte meinen Bewegungen. Ich wollte noch mehr wissen; daher ließ ich meinen Finger in ihre Bonbonniere gleiten, und die Leichtigkeit, mit der er eindrang, erhellte mich über den Gebrauch, den sie bereits davon gemacht hatte. Ich wollte erfahren, durch welches Abenteuer sie ihre Jungfräulichkeit verloren hatte. Soeben setzte ich an, sie danach zu fragen, als mein Vater in mein Zimmer trat und uns umarmte, bevor er zu Bett ging. Mit einem Ruck warf Rose die Decke zurück: er war weder darauf vorbereitet, uns vollständig nackt zu sehen, noch unsere Hände auf dem Zentrum der Wollust ruhend zu finden. Sie legte ihm die Arme um den Hals, zog ihn zu sich und ließ ihn meine Brüste küssen. Ich blieb nicht tatenlos; ich hieß ihn, die ihren zu nehmen und zu küssen, ich ließ seine Hand über ihren ganzen Körper gleiten, und hielt an ihrem Venushügel inne. Er fühlte die Erregung in sich hochsteigen, doch plötzlich verließ er uns und wünschte uns viel Vergnügen.

Die Pendeluhr schlug bereits zur zehnten Stunde des folgenden Morgens, als er in mein Zimmer zurückkam; er weckte uns mit seinen wiederholten Zärtlichkeiten und Küssen, während er uns fragte, ob wir eine angenehme Nacht verbracht hätten.

– Wir waren noch lange Zeit wach, lieber Papa, nachdem du uns verlassen hast; du hast wohl gesehen, in welchem Zustand wir waren.

Rose, die unsere Spiele befriedigt hatten und der Schlaf erfrischt, errötete und preßte mir sogleich die Hand auf den Mund. Ich nahm sie dort fort:

– Nein, Rose. Nein, du wirst mich niemals davon abhalten können, meinem Papa alles zu erzählen, was wir getan haben und was du mir gesagt hast: ich verheimliche nichts vor ihm, ich habe vollstes Vertrauen zu ihm, und das deine sollte nicht geringer sein.

Daraufhin legte sie ihre Arme und Beine um mich und ließ mich fortfahren:

– Nachdem du uns allein gelassen hast, küßte Rose, die bereits sehr erregt war, meinen Mund, saugte an meinem Busen; sie zog mich über sich, wir schlangen unsere Schenkel ineinander, unsere Bonbonnieren rieben sich daran; meine Brüste drückten sich gegen die ihren, mein Leib gegen ihren Leib; sie wollte meine Zunge und, während sie mit einer Hand meine Pobacken streichelte, kraulte sie mir mit der anderen meine Klitoris und forderte mich mit dem Spiel ihres Fingers auf, es ihr gleichzutun; ich legte den meinen dorthin, wo sie ihn voll Ungeduld erwartete, und bald darauf empfanden wir die Köstlichkeit dieser Vergnügungen. Doch sie wollte nicht, daß mein Finger sie wieder verließ, bevor sie diese Leidenschaften nicht vier Mal unter ungeheuerlichen Ausbrüchen ausgekostet hatte.

Noch während ich von unseren Liebesspielen erzählte, hatte Rose, erhitzt von diesem Bild, ihre Hand erneut zwischen meine Schenkel gelegt und wiederholte, was ich berichtet hatte. Ich begriff sogleich, was sie wollte: wir waren noch immer vollkommen nackt; ich schob die Decke ebenso von ihr weg, ich nahm die Hand meines Papas, der sogleich von allem Besitz ergriff, was sie besaß. Er hatte nur seinen Morgenrock an, der sich durch seine Bewegungen halb geöffnet hatte: ich bemerkte an der deutlichen Ausbeulung und dem Dach, das sein Nachtgewand bildete, die Wirkung, die diese Liebkosungen auf ihn hatten. Ich machte Rose darauf aufmerksam und sagte ihr, sie solle meinem Vater den Morgenrock abnehmen und ihn zu uns bitten. Ohne zu zögern erhob sie sich, warf sich an seinen Hals, entkleidete ihn im Handumdrehen und zog ihn, umschlungen von ihren Armen, ins Bett. Rose, die auf den Rücken gefallen war, spreizte die Schenkel; ich hob eines ihrer Beine und legte es über seine Schulter, während er das andere zwischen die seinen gleiten ließ; durch diese Haltung befand sich sein Glied auf ganz natürliche Weise direkt gegenüber ihrer Bonbonniere; ich brachte es selbst auf den richtigen Weg; sie eilte dem Zauber voraus, der sie fortriß, und durch einen Stoß ihres Hinterteils beschleunigte sie die Einfahrt in den Tempel des Gottes, den sie verehrte. Ich kraulte ihre Klitoris, sie stachelte durch die Bewegungen, die sie selbst hinzufügte, den Fortgang an, und ihre heftigen Ausbrüche, von welchen sie mir ein Beispiel gab, ließen uns das außerordentliche Vergnügen erahnen, das sie empfand. Mein Vater, der spürte, mit welcher Gier sie an seinem Glied saugte, zögerte nicht länger; er beeilte sich, sich zurückzuziehen, und ich verhalf ihm mit meiner Hand dazu, den Erguß auszuströmen, von welchem er fürchtete, ihn in die Bonbonniere von Rose zu ergießen, die in der Zeit, in der er dort weilte, nach ihrem eigenen Eingeständnis fünf Mal die Köstlichkeit der Entladung verspürt hatte. Ihr Leib wurde mit Samen überflutet, den er über sie ergoß und bis zu ihren Brüsten hinaufspritzte. Während ich diese verschiedenen Dienste erfüllte, hatte sie sich meiner Bonbonniere bemächtigt; sie kitzelte sie; dieses kleine Spiel, begleitet von der Gefühlsaufwallung, die das bei ihnen beobachtete Vergnügen bei mir hervorrief, und von den Liebkosungen, die ich ihnen zuteil werden ließ, versetzte mich in einen Zustand heftigster Erregung. Ich wollte nun meinerseits das Feuer löschen, das mich verschlang; sie bemerkte dies und, während sie sich zu meiner Linken legte, nahm sie die Hand meines Vaters und steckte einen seiner Finger in mich hinein, den er hin- und herbewegte, und durch ein ähnliches Spiel, wie ich es bei ihr durchgeführt hatte, ließ mich Rose die süßen Vergnügungen teilen, die wir ihr verschafft hatten, und unter deren Zauber sie noch stand, als sie mir diesen Dienst erwies.

Deutsch von Petra-Susanne Räbel

Montaigne

ÜBER DIE EINBILDUNGSKRAFT

Ich gehöre zu denen, die sehr heftig die Wirkung der Einbildungskraft verspüren. Jedermann wird von ihr geschüttelt, aber einige wirft sie um. Ihr Eindruck durchdringt mich. Und meine Kunst ist, ihr zu entwischen, nicht ihr zu widerstehen. Ich könnte von der bloßen Gegenwart gesunder und fröhlicher Menschen leben. Der Anblick fremder Angst beängstigt mich körperlich, und mein Gefühl bemächtigt sich oft der Gefühle eines Dritten. Ein beharrlicher Huster reizt meine Lunge und meinen Rachen. Ich besuche weit widerwilliger Kranke, an die mich Pflichten binden, als solche, die mir weniger nahestehen und die ich weniger schätze. Ich ziehe mir das Übel zu, mit dem ich mich befasse, und übertrage es auf mich selbst. Ich finde es nicht verwunderlich, daß die Einbildung denen Fieber und Tod bringt, die sie beifällig gewähren lassen. Simon Thomas war zu seiner Zeit ein großer Arzt. Ich entsinne mich, wie er mich eines Tages zu Toulouse bei einem reichen schwindsüchtigen Greis antraf und ihm sagte, indem er mit ihm die Mittel zu seiner Heilung besprach, ein solches Mittel wäre, daß er mir Anlaß gäbe, mir in seiner Gesellschaft zu behagen, und wenn er dabei seine Augen auf die Frische meines Gesichts und seine Gedanken auf die Munterkeit und Lebenskraft richte, von der meine Jugend strotzte, und all seine Sinne mit dieser blühenden Gesundheit durchtränkte, in der ich mich befand, so könnte sich dadurch sein Ergehen bessern. Aber er vergaß zu sagen, daß sich dabei auch das meinige verschlechtern könnte. Gallus Vibius spannte seine Seele so an, das Wesen und Triebwerk des Irrsinns zu ergründen, daß er seine Vernunft aus ihren Angeln hob, so sehr, daß er sie nie wieder einzurenken vermochte und sich also rühmen konnte, er sei aus Einsicht verrückt geworden. Es gibt Menschen, die aus Entsetzen der Hand des Henkers zuvorkommen. Einer, dem man die Binde von den Augen nahm, um ihm seine Begnadigung zu verlesen, lag stracks tot auf dem Schafott, vom bloßen Schlag seiner Einbildung hingestreckt. Wir schwitzen, wir beben, wir erblassen und erröten unter den Erschütterungen unserer Wahnvorstellungen, und, in den Federn ausgestreckt, fühlen wir unsern Körper von ihren Regungen geschüttelt, zuweilen bis zum Verröcheln. Und die heißblütige Jugend erhitzt sich oft mitten im Schlaf so lebhaft, daß sie traumumfangen ihre verliebten Begierden stillt.

Auf der Durchreise in Vitry-le-François bekam ich einen Mann zu sehen, den der Bischof von Soissons bei der Firmung Germain getauft hatte und den alle Einwohner bis in sein zweiundzwanzigstes Jahr als ein Mädchen namens Marie gesehen und gekannt haben. Zur Zeit, als ich ihn sah, war er sehr bärtig und alt, und unverheiratet. Er sagte, seine männlichen Glieder seien bei der Anspannung eines Sprunges hervorgetreten: und geht es noch ein Liedchen unter den dortigen Mädchen, in dem sie sich untereinander warnen, nicht allzu weit ausgreifende Schritte zu machen, auf daß sie nicht zu Burschen würden, wie Marie Germain. Ein so großes Wunder ist es nicht, daß sich dergleichen Begebenheiten häufig zutragen; denn wenn es die Einbildung in solchen Dingen vermag, ist sie so unablässig und so mächtig auf diesen Gegenstand versessen, daß sie, um nicht so oft auf einerlei Gedanken und Drangsal des Verlangens zurückzuverfallen, billiger wegkommt, wenn sie den Mädchen ein für allemal diesen männlichen Teil einverleibt.

Manche schreiben die Wundmale des Königs Dagobert und des heiligen Franz der Einbildungskraft zu. Man sagt, daß durch sie zuweilen Körper von ihrer Stelle entrückt werden; und Celsus berichtet von einem Priester, der seine Seele in eine solche Verzückung versetzte, daß sein Leib darüber lange Zeit ohne Atem und Empfindung blieb. Der heilige Augustin nennt einen andern, den man nur ein klägliches und jammerbares Geschrei hören zu lassen brauchte, und unverweilt sank er hin und geriet so ungestüm außer sich, daß man ihn lange anschreien und brüllen, ihn kneifen und brennen mochte, bis er wieder auferweckt war: alsdann sagte er, er habe Stimmen gehört, aber wie aus weiter Ferne, und wurde seiner Brandwunden und Quetschungen gewahr. Und daß dies keine halsstarrige Verleugnung seiner Empfindungen war, erwies sich daran, daß er während dieser Zeit weder Atem noch Pulsschlag hatte.

Es ist wahrscheinlich, daß die wichtigste Stärke des Glaubens an Wunder, an Gesichte, an Hexerei und dergleichen übersinnliche Erscheinungen aus der Macht der Einbildung entspringt, die hauptsächlich auf die knetbareren Seelen des einfachen Volkes wirkt. Man hat sich ihrer Gläubigkeit derart bemächtigt, daß sie zu sehen glauben, was sie nicht sehen.

Ich bin auch der Meinung, daß jene schelmische Nestelknüpferei, der gefürchtete Impotenzzauber gegen neuvermählte Ehemänner in der Brautnacht, mit der unsere Leute so arg geplagt sind, daß man von nichts anderem spricht, oft nichts als eine Wirkung der Beklommenheit und Furcht ist. Denn ich weiß aus Erfahrung von einem, für den ich einstehen kann wie für mich selbst, und auf den keinerlei Verdacht der Schwächlichkeit und ebensowenig der Behexung fallen konnte, nachdem er einen seiner Kumpane von einem Fall ganz absonderlichen Unvermögens erzählen gehört hatte, das ihn gerade im Augenblick, als sie ihm am allerungelegensten kam, befallen habe, daß bei ähnlicher Gelegenheit ein derartiger Schreck über diese Erzählung sich unversehens seiner Einbildung bemächtigte, daß es ihm nicht besser erging, und von da an war er vor Rückfällen nie sicher: die klägliche Erinnerung an sein Ungemach quälte und peinigte ihn baß. Er fand ein Heilmittel gegen diesen Unfug in einem andern Unfug. Nämlich dadurch, daß er im vornherein seine Anfechtung eingestand und an die Glocke hängte, löste sich der Krampf seiner Seele, da er ja sein Versagen in Erwartung stellte und seine Verbindlichkeit dadurch vermindert, ihn weniger ängstigte. Da es ihm danach gegeben war, es aus freiem Entschluß (unbefangenen und entspannten Geistes und in gebührender leiblicher Verfassung) mit des andern Teils Beiwissen erstlich erproben, anfassen und überrumpeln zu lassen, war er mit einem Schlage von dem Übel geheilt. Gegen wen man einmal vermögend war, ist man nie mehr unvermögend, es sei denn aus rechter Schwäche.

Dieses Ungemach ist nur bei Unternehmungen zu befürchten, in denen sich unsere Seele über alle Maßen von Verlangen und Scheu erfüllt findet, und insbesondere, wenn sich die Gelegenheiten unversehens und zur Eile drängend bieten: man hat nicht Weile, diese Verwirrung zu bemeistern. Ich weiß einen, dem es geholfen hat, dazu einen schon anderweitig halb befriedigten Körper mitzubringen, um die Hitze dieser Raserei zu dämpfen, und der sich mit dem Alter dadurch weniger unvermögend findet, daß er weniger vermögend ist. Und einen andern, dem es ebenfalls half, daß ein Freund ihm versicherte, er sei mit einem ganzen Zeughaus von Gegenzaubern versehen, die ihn unfehlbar beschützen würden. Ich sage besser, wie es sich verhielt. Ein Graf von sehr hohem Hause, mit dem ich nah vertraut war und der sich mit einer schönen Dame vermählte, welcher ein Teilnehmer des Hochzeitsfestes ehedem nachgestellt hatte, versetzte seine Freunde in große Besorgnis, und namentlich eine alte Verwandte, die als Gastgeberin den Vorsitz beim Hochzeitsmahl führte und die sich, wie sie mir zu verstehen gab, heftig vor solchen Behexungen ängstigte. Ich bat sie, sich auf mich zu verlassen. Ich hatte zufällig in meinem Gepäck ein kleines flaches Goldstück, darauf einige Himmelszeichen eingeprägt waren, gegen den Sonnenstich und um das Kopfweh zu vertreiben: indem man es genau über der Schädelnaht auf den Kopf legte; und um es dort festzuhalten, war es an ein Band genäht, das unter dem Kinn geknüpft werden konnte. Eine Torheit ähnlich jener, von der hier die Rede ist. Jacques Peletier hatte mir dieses seltsame Geschenk gemacht. Ich verfiel auf den Gedanken, daraus nun einen Nutzen zu ziehen, und sagte dem Grafen, daß ihm das gleiche Ungemach widerfahren könnte wie jedem andern; denn es seien Leute da, die ihm einen Schabernack spielen möchten; aber er möge sich nur kühnlich hinlegen; ich würde ihm einen Freundschaftsdienst leisten und mich notfalls für ihn ein Wunder nicht reuen lassen, das in meiner Macht stünde, unter der Bedingung, daß er mir auf seine Ehre verspreche, das Geheimnis unverbrüchlich zu bewahren; er habe nur, wenn man ihm in der Nacht den Weckschmaus auftragen komme und es ihm übel ergangen sei, mir ein gewisses Zeichen zu geben. Er hatte das Herz und die Ohren so voll, daß er sich wirklich in der Drangsal seiner Einbildung verfangen fand, und gab mir das verabredete Zeichen. Da sagte ich ihm, er solle sich unter dem Vorwand, uns zu vertreiben, erheben und wie im Spiel das Nachtgewand an sich nehmen, das ich auf mir trug (wir waren von sehr ähnlichem Wuchs) und es anziehen, bis er mein Rezept ausgeführt hätte, das da lautete: wenn wir wieder draußen seien, solle er sich zurückziehen, um sein Wasser abzuschlagen; dreimal diesen Spruch sagen und jene Gebärde tun; bei jedem der drei Male sich mit dem Band gürten, das ich ihm in die

Hand gab, und wohl darauf achten, daß die daran befestigte Münze auf seine Nieren zu liegen komme, die Zeichen in solcher Stellung; so getan, das Band wohl geknüpft, daß es sich weder lösen noch von der Stelle verrücken könne, möge er getrost ans Werk zurückkehren und nicht vergessen, mein Nachtgewand so über sein Bett zu werfen, daß es sie beide decke. Diese Gaukeleien sind der Hauptteil der Wunderwirkung, da unser Geist sich nicht darein finden kann, daß solch krause Mittel nicht aus irgendwelcher absonderlichen Wissenschaft stammen. Ihr Aberwitz gibt ihnen Gewicht und Ansehen. Kurzum, es steht fest, daß meine Himmelszeichen sich mehr der Venus als der Sonne zugeordnet erfanden, und mehr tatenfördernd als übelverhindernd. Es war eine plötzliche und wunderliche Laune, die mich zu diesem meinem Wesen fernliegenden Tun anstachelte. Ich bin den spitzfindigen und spiegelfechterischen Handlungen feind und hasse die Pfiffigkeit, auch wenn sie sich in meinen Händen nicht nur belustigend, sondern nutzbringend erweist. Wenn die Handlung nicht lästerlich ist, der Weg ist es.

Man hat recht, die ungezogene Frechheit dieses Gliedes zu rügen, das sich oft zur Unzeit vordrängt, wenn wir keinen Gebrauch dafür haben, und ebenso unzeitig versagt, wenn wir seiner am meisten bedürfen, und so vorlaut unserem Willen die Herrschaft streitig macht und mit so viel Trotz und Eigensinn unseres innerlichen wie unseres handgreiflichen Andringens spottet. Wenn indessen seine Unbotmäßigkeit getadelt und daraus der Schuldbeweis für seine Aburteilung gezogen werden sollte, und es hätte mich als Anwalt seiner Sache gedungen: so möchte ich wohl unsere andern Glieder, seine Spießgesellen, in Verdacht bringen, daß sie ihm aus gelbem Neide über die Gewichtigkeit und Lieblichkeit seiner Dienste diesen aufgelegten Streit vom Zaun gebrochen und sich verschworen haben könnten, die Welt gegen es aufzubringen, indem sie ihm arglistig ihrer aller Fehler aufbürdeten. Denn ich gebe euch zu bedenken, ob es wohl einen einzigen Teil unseres Körpers gibt, der nicht oft unserem Willen seinen Dienst versagt, und der ihn statt dessen nicht oft wider unseren Willen verrichtet? Sie haben alle ihre eigenen Triebe, die sie ohne unser Einvernehmen aufwecken oder einschläfern. Wie oft enthüllen die unwillkürlichen Bewegungen unserer Gesichtszüge die Gedanken, die wir geheimhielten, und verraten uns den Anwesenden! Diese gleiche Ursache, die dieses Glied rege macht, belebt auch ohne unser Wissen das Herz, die Lungen und den Puls: der Anblick eines anmutigen Wesens verbreitet unmerklich in uns die Flamme einer fieberhaften Bewegung. Sind es nur diese Muskeln und diese Blutgefäße, die sich ohne Geheiß nicht allein unseres Willens, sondern selbst unserer Gedanken aufrichten und niederlegen? Wir gebieten unserem Haar nicht, sich zu sträuben: noch unserer Haut, vor Furcht oder Begierde zu schaudern. Die Hand fährt oft da hin, wo wir sie nicht hinbefehlen. Die Lunge erstarrt, und die Stimme erstirbt, wenn sie will. Selbst dann, wenn wir nichts zu beißen haben und es ihr gern verbieten möchten, läßt es sich die Eß- und Trinklust nicht verwehren, die ihr zuständigen Eingeweide aufzuwiegeln, nicht mehr und nicht weniger als jenes andere Gelüsten, und ebenso verläßt sie uns zur Unzeit, wann es ihr gefällt. Die Organe, die zur Entladung des Bauches dienen, erweitern sich und ziehen sich zusammen nach eigenem Gutdünken, ohne und wider unsere Vorschrift, so gut wie jene, die zur Entleerung der Nieren bestimmt sind. Und was der heilige Augustin anführt, um die unbegrenzte Herrschaft unseres Willens zu erhärten, daß er nämlich jemand gesehen habe, der seinem Hintern gebieten konnte, so oft zu erbrausen, als er es verlangte, und sein Kommentator, mit einem andern Exempel aus seiner Zeit übertrumpft, von Fürzen, die orgelgleich auf den Ton der Strophen abgestimmt waren, die man ihnen angab, setzt ebensowenig einen unbedingten Gehorsam dieses Körperteils voraus: denn gibt es in der Regel wohl einen vorlauteren und radaulustigeren? Hinzugenommen, daß ich einen so ungebärdigen und widerspenstigen kenne, daß er seinen Herrn seit vierzig Jahren her in einem Atem mit unablässigem und gnadenlosem Zwang erdröhnen läßt und ihn so ins Grab bringt. Und gefiele es Gott, ich wüßte es nur aus Geschichten, wie oft unser Bauch um der Verklemmung eines einzigen Blasens willen uns bis an die Pforten eines sehr qualvollen Todes führt; und daß uns der Kaiser, der uns die Freiheit verlieh, allenthalben unsern Wind fahren zu lassen, doch auch das Vermögen dazu gegeben hätte.

Aber unser Wille, für dessen Rechte wir hier diese Klage führen, mit wieviel besserem Grund können wir nicht ihn wegen seiner Ausschweifung und seiner Unbotmäßigkeit der Meuterei und des Aufruhrs bezichtigen? Will er immer, wie wir gern wollten, daß er wollte? Will er nicht oft das, was wir ihm zu wollen verbieten, und das zu unserem offensichtlichen Nachteil? Läßt er sich etwa williger vom Ratschluß der Vernunft leiten?

Wie dem übrigens sei, ungeachtet allen Gezänks und Urteilens der Anwälte und der Richter wird die Natur ihren Gang weitergehen: die nur recht getan hätte, wenn sie diesem Glied, das der Urheber des einzigen unsterblichen Werkes der Sterblichen ist, besondere Vorrechte verliehen hätte. Ist doch für Sokrates die Zeugung ein göttliches Werk und die Liebe Verlangen nach Unsterblichkeit und selbst schon unsterblicher Geist.

So läßt zuweilen einer durch die Wirkung der Einbildungskraft seinen Kropf bei uns zurück, indessen sein Gefährte ihn wieder nach Spanien mitnimmt. Deswegen pflegt man auch bei solchen Dingen eine wohl vorbereitete Seele zu verlangen. Wozu sonst erschleichen sich die Ärzte im voraus das Vertrauen ihres Kranken mit so viel falschen Versprechungen seiner Genesung, wenn nicht, damit die Einbildungskraft für den Humbug ihrer Tränklein einspringe. Sie wissen, was ihnen der

Meister ihres Gewerbes schriftlich hinterlassen hat, daß es Menschen gab, an denen der bloße Anblick der Arznei schon die Heilung bewirkte.

Und diese ganze Narretei ist mir eben über der Erzählung eines Hausapothekers meines seligen Vaters beigefallen, eines schlichten Mannes und Schweizers, welche Nation nicht eben windbeutlig und lügenhaft ist: er habe lange Zeit einen kränklichen und gallensteinigen Kaufmann zu Toulouse gekannt, der oft Klistiere benötigte; und ließ sie sich unterschiedlich von den Ärzten verschreiben, je nach den Umständen seines Übels. Wurden sie dann hergebracht, so ließ er nichts von den üblichen Veranstaltungen fehlen; und befühlte sie oft, ob sie nicht zu heiß wären. Da lag er nun der Länge nach, und alles zum Empfang bereitet, nur daß dabei keine Einspritzung vorging. Wenn sich der Apotheker nach dieser Zeremonie zurückgezogen hatte und der Kranke so zugerichtet war, als hätte er wirklich das Klistier empfangen, so spürte er auch dieselbe Wirkung wie jene, die es nehmen. Und wenn der Arzt die Wirkung nicht hinlänglich fand, verordnete er ihm noch zwei oder drei andere in der gleichen Art und Weise. Mein Zeuge schwört, daß die Frau des Kranken, um die Kosten zu ersparen (denn er bezahlte sie, als ob er sie genommen hätte), es zuweilen versucht hatte, nur laues Wasser hineinfüllen zu lassen, daß aber die Wirkung jedesmal den Betrug verriet und man, nachdem man diese unnütz befunden, zum ursprünglichen Verfahren zurückkehren mußte.

Ich weiß, daß ein Edelmann, der eine gute Gesellschaft in seinem Hause bewirtet hatte, sich drei oder vier Tage danach im Spaß (denn es war nichts daran) brüstete, er habe sie eine Katzenpastete essen lassen; worüber ein Fräulein von den Gästen einen solchen Abscheu faßte, daß sie davon in schwere Magenkrämpfe und Fieber fiel und es nicht mehr möglich war, sie zu retten. Die Tiere selbst sind wie wir der Macht der Einbildung unterworfen. Davon zeugen die Hunde, die sich vor

Gram über den Tod ihrer Herren sterben legen. Wir sehen sie auch im Traume jappen und zucken, und die Pferde wiehern und um sich schlagen. Doch all das kann der engen Verknüpfung von Geist und Körper zugeschrieben werden, die sich gegenseitig mitteilen, was ihnen widerfährt. Ein anderes ist es, daß die Einbildung manchmal nicht nur auf ihren eigenen, sondern auf die Körper anderer wirkt. Und ebenso wie ein Körper sein Übel auf seinen Nachbar wirft, wie bei der Pest, den Blattern und Augenkrankheiten zu sehen, die sich von einen auf den andern übertragen, so schleudert auch die Einbildungskraft, wenn sie heftig erschüttert wird, Pfeile aus, die einen fremden Gegenstand zu verletzen vermögen. Die Alten glaubten von gewissen Frauen in Skythien, daß sie, wenn sie gegen jemand erregt und wutentbrannt waren, ihn mit ihrem bloßen Blick töteten. Die Schildkröten und Straußen brüten ihre Eier durch bloßes Anschauen aus, ein Zeichen, daß sie eine ausstrahlende Kraft darin haben. Und von den Hexen sagt man, daß sie einen schadenstiftenden bösen Blick haben.

Für mich sind die Magier schlechte Gewährsleute. Immerhin wissen wir aus Erfahrung, daß die Frauen den Kindern, die sie im Leibe tragen, zuweilen die Merkmale ihrer Schwärmereien einprägen, wie jene bezeugt, die einen Mohren gebar. Dem Kaiser Karl, König von Böhmen, wurde ein Mädchen aus der Gegend von Pisa gezeigt, das ganz behaart und struppig war und das seine Mutter wegen eines Bildes des heiligen Johannis des Täufers, das über ihrem Bette hing, so empfangen zu haben versicherte. Mit den Tieren geht es ebenso, wie die Schafe Jakobs und die Feldhühner und Hasen zeigen, die der Schnee im Gebirge weiß bleicht. Bei mir war letzthin eine Katze zu sehen, die einen Vogel auf einem Baume belauerte, und da sich beide eine Zeitlang starr ins Auge gefaßt hatten, ließ sich der Vogel wie tot in die Krallen der Katze fallen, von seiner eigenen Einbildung betäubt oder von einer magnetischen Kraft der Katze angezogen. Wer die Beizjagd liebt, wird von dem Falkner erzählen gehört haben, der seine Augen unverwandt auf einen Weih in der Luft heftete und wettete, ihn durch die bloße Kraft seines Blickes herunterzuholen: und es auch tat, wie man sagt. Denn die Geschichten, die ich mir borge, lade ich auf das Gewissen derer, von denen ich sie nehme. Die Nutzanwendungen sind meine Sache und stehen auf Gründen der Vernunft, nicht der Erfahrung; jeder kann seine Beispiele hinzutun, und wer keine hat, soll nicht glauben, daß es daran fehle, in Anbetracht der Zahl und Mannigfaltigkeit dieser Zufälle. Wenn ich es nicht gut glossiere, so glossiere ein anderer für mich.

So dienen auch bei den Betrachtungen, die ich über unsere Sitten und unser Benehmen anstelle, die fabelhaften Zeugnisse, sofern sie nur als möglich erscheinen, ebenso wie die wahrhaftigen. Geschehen oder nicht geschehen, zu Paris oder zu Rom, dem Hinz oder dem Kunz, es ist immer ein Zug des menschlichen Wesens, von dem mir diese Erzählung brauchbare Kunde gibt. Ich bemerke ihn und mache ihn mir zunutze, ob er mir als Schattenbild oder leibhaftig begegnet. Und von den verschiedenen Lesarten, die eine Geschichte zuweilen hat, ziehe ich für meinen Gebrauch die ungewöhnlichste und merkwürdigste vor.

Es gibt Schriftsteller, deren Ziel es ist, die Begebenheiten zu berichten. Das meine wäre, wenn ich es erreichen könnte, zu sagen, was sich begeben *kann*. In den Schulen ist es mit Recht erlaubt, Entsprechungen anzunehmen, wo sich keine vorfinden. So halte ich es dennoch nicht und übertreffe in diesem Punkt an abergläubischer Gewissenhaftigkeit alle historische Redlichkeit. Bei den Beispielen, die ich hier herbeiziehe, aus allem, was ich gehört oder gesagt habe, nehme ich mir nicht heraus, auch nur die geringfügigsten und unnützesten Nebendinge zu ändern. Mein Gewissen verdreht daran kein Jota; mein Verständnis – das weiß ich nicht. In diesem Betracht verfalle ich manchmal in den Gedanken, daß es einem Theologen, einem Philosophen und dergleichen Leuten von erlesener

Gewissenhaftigkeit und Behutsamkeit recht gut anstünde, Geschichte zu schreiben. Wie können sie mit ihrem guten Glauben für einen Volksglauben einstehen? Wie für die Gedanken unbekannter Menschen bürgen und deren Mutmaßungen für bare Münze geben? Von verwickelten Geschäften, die in ihrer Gegenwart vorfallen, würden sie sich vor Gericht unter Eid Zeugnis abzulegen weigern: und kein Mensch ist ihnen vertraut genug, daß sie sich unterfingen, sich rundweg für seine Absichten zu verbürgen. Ich halte es für weniger verfänglich, vergangene Dinge zu berichten als gegenwärtige, zumal der Schriftsteller sich nur für eine geborgte Wahrheit zu verantworten hat. Einige wollen mich bewegen, über die Begebenheiten meiner Zeit zu schreiben, weil sie dafür halten, ich sehe sie mit von Leidenschaft weniger geblendeten Augen als andere, und aus größerer Nähe, weil mir das Schicksal Zutritt zu den Häuptern der verschiedenen Parteien verschaffte. Aber sie sagen nicht, daß ich mir um allen Ruhm des Sallust nicht diese Mühe nehmen wollte, als geschworener Feind der Verpflichtungen, der Emsigkeit und der Ausdauer; daß nichts meiner Art so zuwider ist wie eine langwierige Erzählung: ich unterbreche mich so häufig, weil mir der Atem ausgeht; ich habe keine Gestaltung und Gedankenführung, die etwas taugt, unwissender als ein Kind in Redensarten und Wendungen, die zum alltäglichsten Gebrauch dienen; gleichwohl habe ich mich daran gemacht, das zu sagen, was ich zu sagen weiß, indes ich den Stoff nach meinen Kräften zurichte; nähme ich jemand zum Führer, so könnte vielleicht mein Maß nicht an das seine reichen; und da meine Freiheit so ungebunden ist, hätte ich wohl gar Urteile verbreitet, die nach meiner eigenen Ansicht und nach aller Vernunft unerlaubt und sträflich gewesen wären.

Plutarch würde wohl über sein Werk sagen, es sei das Werk anderer, ob seine Exempel alle und in allen Stücken wahrhaftig seien, aber daß sie für die Nachwelt nützlich und in einem Lichte vorgestellt seien, das uns zur Tugend leuchtet, das sei sein Werk. Es ist bei einer alten Geschichte nicht so folgenschwer wie bei einem medizinischen Heiltrank, ob sie nun so oder so beschaffen sei.

Deutsch von Herbert Lüthy

Barbara Gowdy

DAS HERZ PUMPT LIEBE

In der Nacht, bevor Sam wegfliegt, um sich operieren zu lassen, träumt Marion von ihrer Mutter, die sich in John verwandelt. Marion umarmt diesen Menschen, schmilzt vor Liebe dahin und entdeckt auf einmal ein Loch in deren oder dessen Kreuz. Sie steckt die Hand hinein, langt hoch und zieht das Herz heraus. Es pulsiert und purzelt in ihrer Hand wie ein frisch geschlüpfter Vogel. Es liegt so schutzlos da! Sie legt es sich in den Mund und versucht, es durch den Hals in ihren Brustkorb zu befördern, ohne daß seine zarte Haut zerkratzt wird oder es aufhört zu schlagen. Es bleibt aber irgendwo hängen, an einem zahnähnlichen Ding im Bereich ihrer Stimmbänder, und zerreißt in zwei Teile. Sie läßt es frei, und es rutscht weg. Sie fängt an zu weinen. Sie wacht weinend auf.

Sie vergräbt das Gesicht im Kissen, damit Sam nichts hört. Sie will, daß ihre Mutter da ist. Sie weiß, es ist Quatsch, aber Jahr für Jahr pumpt ihr Herz Liebe aus, als gehe es nur um Zirkulation, als sei der Geliebte direkt vor ihr, um die Liebe zu empfangen, zu läutern und zurückzuschicken. Sie versucht, sich das Gesicht ihrer Mutter vorzustellen, aber es gelingt ihr nicht. Statt dessen sieht sie das Herz, das sie im Traum herausgeholt hat. Dann sieht sie einen erigierten Penis, ein kompaktes, ganz gewöhnliches Ding, wie eine Vogelstange. Dann ein Gesicht – Sams Gesicht.

Er steht in der Tür. Sie spürt, daß er da ist. Sie schlägt die Augen auf, aber es ist so dunkel, daß es keinen Unterschied macht. Er setzt sich aufs Bett und beginnt, ihr Haar und Rükken zu streicheln. Seine Hand fängt den Kummer auf, zieht ihn ein, entläßt ihn. Als sie sich schließlich beruhigt, schlüpft er unter die Decke und legt sich neben sie. Ihr nackter Rücken berührt kaum seine nackte Brust. Sie rückt nicht weg. So dankbar ist sie, weil er lang, kompakt und lebendig ist.

Sie schweigen beide. Das Zimmer ist stockdunkel, und sie atmen im Gleichklang. Seine rechte Hand ruht leicht auf ihrem Oberschenkel. Seine Finger sind kühl und halten nicht ganz still. Die Nägel an seiner rechten Hand sind lang, zum Gitarrespielen. Früher hat es sie immer erregt, die Hand auf ihrer Brust zu sehen, wenn er mit Daumen und Zeigefinger an ihrer Brustwarze rieb, bis sie hart wurde.

Sie legt ihre eigene Hand auf ihre Brust. Sie wird sich dessen erst bewußt, als sie spürt, wie seine Finger ihre Knöchel streicheln. Etwas löst sich einfach aus ihrem Kopf, gibt auf. Sie dreht sich um und küßt ihn auf den Mund.

Er wirft den Kopf zurück.

»Es ist gut«, sagt sie und meint damit, daß alles gut ist. Sie meint, daß ihre Liebe allumfassend ist und wie ein Kerzendocht seit dem Abend ihrer Hochzeit lichterloh brennt. Sie küßt ihn noch einmal. Sie schiebt die Zunge zwischen seine Zähne. Sie leckt an seinen Zähnen, beißt in seine Unterlippe. Sie läßt sich auf den Rücken fallen und zieht ihn auf sich.

Als er sich setzen will, klammert sie sich an ihn. Sie meint, er will weg. Aber er kniet sich zwischen ihre Beine und spreizt ihre Schamlippen mit den Fingern. Dann leckt er sie dort. Es ist das erste Mal, daß jemand das mit ihr macht. Sie nimmt an, es gehört zum Vorspiel. Er macht aber weiter, sanft, stetig, hingebungsvoll, leckt sie wie eine Katze, bis ihr Körper sich allmählich entspannt. Ihre Gelenke gehen auseinander. Ihre Vulva macht sich frei und schwebt, und ihre Haut dehnt sich wie

Teig, ein wunderschönes, komisches Gefühl und dann ein verstörendes. Und dann ist es ihr einerlei – sie gäbe ihr Leben, damit es dauert.

Ihr Orgasmus ist wie eine Serie elektrischer Schläge. Ihr Unterleib bäumt sich auf, und ihre Vagina zieht sich fast schmerzhaft zusammen. »Ich liebe dich«, sagt Sam eindringlich, als wisse er, daß sie sich auf neuem Terrain befindet. »Ich liebe dich, ich liebe dich«, immer wieder, bis sie ruhig daliegt.

»Mein Gott«, sagt sie dann. »Ich liebe *dich«*, sagt sie. Das hat sie ihm schon seit fünf Monaten nicht mehr gesagt. Einen kleinen Augenblick später sagt sie: »Du bist es, den ich liebe.« Angesichts der Umstände klingt das präziser, es drückt besser aus, um was es geht. Morgen muß er ins Krankenhaus. Er fliegt allein nach Boston. Da sie nicht darüber reden wollte, nicht einmal daran denken wollte, hat sich die Frage nie ergeben, ob sie ihn begleiten soll. Jetzt gestattet sie sich zum ersten Mal die Überlegung, was wohl passieren wird: Sie kann die Einzelheiten immer noch nicht ertragen, aber sie fragt, ob die Operation gefährlich ist.

»Offenbar nicht«, sagt er. »Ich meine, nicht lebensgefährlich.« Sie dreht sich zu ihm und legt ihm die Hand zwischen die Beine. Sie weiß, er trägt Unterwäsche, das macht die Sache leichter.

»Nein!« sagt er und dreht sich zur Seite.

»Doch, laß mich«, sagt sie und legt ihre Hand wieder dahin. Sie preßt die Handfläche darauf und fühlt sein elastisches Schamhaar. »Genau wie bei mir«, sagt sie, merkwürdig erleichtert.

Er bewegt sich nicht.

»Das bist du«, sagt sie.

»Ja«, sagt er. »Und auch wieder nicht.« Er nimmt ihre Hand und hält sie sich an die Brust. Dann deckt er sie beide zu.

Als sie aufwacht, hält er sie immer noch im Arm. Sein Kopf

hängt nach hinten, und er schnarcht, ein sanftes, schnurrendes Geräusch. Es ist Morgen. Zwischen den Vorhängen ist ein Streifen graues Licht, und ein Streifen leuchtet quer über die Zimmerdecke.

Wenn sie jetzt jemand von oben anschaute, denkt Marion – wenn zum Beispiel dieser saubere, rechteckige Lichtfleck der Geist ihrer Mutter wäre –, würden sie wie Mann und Frau wirken. Sie würden zufrieden aussehen, denkt sie. Friedlich und glücklich. Wie zwei Menschen, die keinen Kummer kennen. Sie würden wie zwei glücklich verheiratete, vollkommen normale Menschen aussehen.

Deutsch von Sigrid Ruschmeier

David Sedaris

DIE ERSTE AKTSTUNDE

Um dem unausweichlichen Vergleich mit Gretchen zu entkommen, schrieb ich mich fern von zu Hause als Kunststudent an einem College ein, das vor allem für den Studiengang Landwirtschaft und Viehzucht bekannt war. In der Nacht vor meiner ersten Akt-Stunde lag ich schlaflos und voller Sorge im Bett, durch den Anblick der nackten Modelle körperlich erregt zu werden. Die betreffende Person, hoffentlich ein strammer Viehzucht-Student, würde ihren gebräunten und muskulösen Körper einem Publikum präsentieren, das mit Ausnahme von mir nicht mehr in ihm sehen würde als ein Gebilde aus Haut und Knochen. Würde der Dozent meine vorstehenden Augen bemerken oder etwas zu den dünnen Speichelfäden sagen, die mir wie Angelschnüre aus dem Mundwinkel hingen? Dürfte ich die schwierigen Hände und Füße weglassen und mich ganz auf die Körperteile konzentrieren, die mich wirklich interessierten, oder wäre ich gezwungen, alles zu zeichnen?

Meine Befürchtungen waren nicht unbegründet, nur überflüssig. Zugegeben, das Modell war muskulös und männlich gebaut, aber es war eine Frau. Die Gefahr, sie zu lange anzustarren, bestand kaum, da ich viel zu sehr damit beschäftigt war, vom Block meines Nachbarn abzumalen. Während der Dozent von Staffelei zu Staffelei ging, verfolgte ich sein Näherrücken mit wachsender Panik. Auch wenn er meine Schwester nicht kannte, hier waren genügend andere Talente, mit denen er mich vergleichen konnte.

Frustriert vom Zeichnen, wechselte ich in die Abteilung Druckgraphik, wo ich große Eimer Tinte umstieß. Nachdem ich mich an Skulpturen versucht hatte, probierte ich es mit Töpfern. Als die Dozentin mein jüngstes Projekt bei der allgemeinen Präsentation prüfend hochhob, sah ich, wie sich ihre Armmuskeln unter dem Gewicht anspannten. Zu Weihnachten schenkte ich meiner Mutter ein Set, das sie so dankbar wie möglich annahm und erklärte, die beiden Schalen seien ideale Futternäpfe für die Katze. Von da an hatten sie ihren Platz auf dem Küchenboden, bis die Katze sich daran einen Zahn abbrach und in Hungerstreik trat.

Deutsch von Georg Deggerich

Else Buschheuer

EINE GOTTVERDAMMTE KNUTSCHOPER

Nackt unter einer roten Satindecke. Der Stier von Picasso springt aus dem Bild heraus, kommt langsam näher, senkt die Hörner und stupst mich an. Ich spüre den warmen aasigen Hauch aus seinen Nüstern. Ich habe keine Angst. Im Gegenteil! Ich bin neugierig. Plötzlich piepst der Stier wie eine Maus. Ein Kastrat? Ich brauche einige Sekunden, um zu begreifen, daß es nicht der Stier ist, sondern mein Handy. Es ist morgens um zwei, als es mich aus diesem hochinteressanten Traum reißt. Hellwach sitze ich im Bett und reibe meine Augen, die noch zu müde sind, um scharfzustellen.

Meine Hirnhaut ist gespickt mit Valmont, paniert mit Valmont, gedünstet in Valmont. Er ist allgegenwärtig durch seine Abwesenheit. Das Piepen bedeutet, daß er eben meine Antwort erhalten hat! Gleich wird er sich melden. Ich starre auf mein Display. Die Minuten vergehen zäh. Da. Es vibriert. Ein Briefumschlag blinkt – eine Nachricht von Valmont: NEHMEN SIE DEN 22-UHR-ZUG NACH MÜNCHEN, SCHLAFWAGEN NR. 4. Ich stürze in die Küche, suche Eßbares und stopfe aus Nervosität 17 Riegel Milky Way in mich rein. Schoko-Flash! Das Zeugs macht ja nicht dick, das schwimmt sogar in Milch. Mein Magen ist zu groß. Er faßt zwei bis drei Liter (normal: anderthalb bis zwei). Ein Hohlorgan im Oberbauch, das, ähnlich wie die Vagina, ständig gestopft werden will. Da man seinen Körper ja – an der Ewigkeit gemessen – nur vorübergehend bewohnt, sollte man auch ordentlich Gebrauch davon machen. Was fasziniert mich an diesem wildfremden Mann? Was soll das sein? Eine gottverdammte Knutschoper? Eine Obsession? Eine verhängnisvolle Affäre? Ist Valmont die Erfüllung meiner sexuellen Phantasien oder die Rache wofür auch immer? Du liebe Güte, sagt Robert. Das wird böse enden, sagt Dietrich.

Ich schicke Fred eine SMS. Er soll alle Termine absagen. Für heute, morgen und vorsichtshalber für übermorgen. Ich reserviere telefonisch für den Night Train nach München, Schlafwagen Nr. 4.

Ich muß etwas Salziges essen, aber der Kühlschrank ist leer. Man steckt nicht drin!

Ich bin hungrig und geil und überhaupt nicht müde. Meine Fingernägel trommeln auf die Bettdecke. Ich streite mich nicht mit meinem Körper. So einen Streit würde man nie gewinnen. Ich befriedige meine Bedürfnisse normalerweise sofort. Also. Wo ist mein Lieblingsvibrator, der weiße Multi-Flex von Orion? Wo ist die 4-Stunden-VHS vom Arte Testbild?

Arte, sonst nicht zu gebrauchen – wer guckt das schon außer Robert? –, hatte da diese schöne Idee: Als Schäfchen verkleidete Menschen machen in einer Endlos-Schleife Bockspringen, immer ein Schafmensch über den anderen, unisex, stundenlang, ohne zu verschnaufen, bis in den Morgen. Jedenfalls macht mich das an.

Ich liege auf dem Rücken, die Beine leicht gespreizt und angewinkelt. Die Vagina selbst lasse ich unberührt. Sie ist nicht mehr als ein Schlauch, bestehend aus Muskeln und Bindegewebe, gut zum Ficken, den Männern vorbehalten, einem Mann, Valmont. Mein Ziel ist eingebettet in die großen Schamlippen wie in ein Nest – nur eine kleine knubblige rosa Kapuze ist zu sehen. Der größere Teil meiner Klit führt fingerlang in das Innere meines Bauches.

Der Vibrator, mit dem ich sanft meine Klit umkreise, löst rein mechanische Schwingungen aus. Erst nach einigen Minuten wächst aus den Schwingungen ein diffuses Wohlgefühl. Ich bin überreif, triebgestaut. Aber ich muß den Mount Everest besteigen – das ist kein Spaziergang! So wie der gute Sisyphos den Stein rollt, bewege ich den Vibrator. Meine Klit ist erbsengroß, meine Möse rosa, fest, geschlossen. Sisyphos rollt und rollt und schwitzt und rollt und ächzt. Verfrüht glaubt er sich kurz vorm Ziel. Er freut sich, daß er gleich oben ist und wird vielleicht für einen Moment nachlässig, paßt vielleicht mal kurz nicht auf, verliert die Spannung, strauchelt. Und dann kommt es, wie es kommen muß: ganz knapp vorm Gipfel haut es ihn plötzlich rückwärts weg und er muß von vorn anfangen. So steht es geschrieben. Aber das macht nichts. Der Weg ist das Ziel. Die Arte-Schafe haben Zeit. Ich auch. Der Zug geht erst in 20 Stunden.

Langsam erwärmen die Vibrationen meine Möse, sie öffnet sich, wird prall, blüht auf wie eine fleischfressende Pflanze, die ihr Opfer anlockt, die höllenhungrig ist. Meine Klit ist bohnengroß. Valmonts Atem an meinem Ohr. Das Blut beginnt zu pulsieren, die Innenseiten der Oberschenkel kribbeln. Valmonts Hand auf meinem Arsch. Sabrina mit vielen Ideen, unbehaartes Blondmodell, Superbusen-Schlankmodell. Die Schafe springen von links nach rechts, eins über das andere. Die Schwingungen werden in mein Innerstes transportiert. Es erregt mich, daß meine Klit so tief in mich hineinragt. Nicht so tief wie Valmonts Schwanz, aber tief. Wer braucht die Welt, wenn er sie selbst erschaffen kann?

Der entscheidende Quadrant, der Auslöser der Befriedigung, die magische Stelle, ist winzig klein und schwer zu finden. Oft habe ich sie im Verdacht, daß sie die Position wechselt, Haken schlägt, antäuscht, sich entzieht. Wie ein Aal in der Hand. Man denkt, man hat ihn, und dann hat man ihn doch nicht oder verliert ihn wieder. Als ich sie endlich finde, als ich sie berühre, ist das wie ein leises KLING, wie ein Kurzschluß, ein kleiner Stromschlag, der durch alle Glieder fährt, als hätte ich einen elektrischen Weidenzaun berührt. Etwas drückt mir die Kehle ab – mag was dran sein an Deep Throat! Irgendwie gibt es eine geheimnisvolle und mystische Verbindung zwischen Schlund und Möse.

Ich halte jetzt den Vibrator still und bewege mein Becken. Der Berg kommt zum Propheten. Der Prophet dankt es ihm. Langsam züngelnd breitet sich ein Feuer von den Schenkeln bauchwärts aus. Prüfungsangst, Lügen, Verliebtsein. Die Verletzung des Verbots, der Fall des Engels. Ich überschreite den Point of no return. Jetzt bin ich, Sisyphos, am Gipfel, voller Vorfreude. Ich erklimme ihn, jetzt, jetzt, ich bezwinge ihn, muß tief, tief atmen und kriege doch nicht genug Luft. Der letzte Schritt. Die Augen schließen sich. Die Flammen lodern tief in mir. Es ist, als hielte man ein Streichholz an den Gasherd. Ein WUFF und alles brennt. Alles wird hell, wird butterweich.

Ich komme, rufe ich den Arte-Schafen zu. Und Valmont. Und dem Stier von Picasso. Und Berlin. Und München. Und dem Rest der Welt. Die Schafe springen weiter. Meine Möse ist purpurrot und klaffend, die Klit kirschgroß. Sie zuckt träge wie eine kreißende Nacktschnecke, viermal, fünfmal, ich wälze mich wohlig in Spasmen, freue mich über meine warmen Füße und schlafe sofort ein.

Norbert Johannimloh

DOKTORSPIELE

Scharfe, spitze und piksende Dinger waren beim Onkel-Dokter-Spiel die wichtigsten Heilmittel gegen alle möglichen Krankheiten. Sehr beliebt war die Impfung mit Hahnenfuß-Samenkronen, von denen es in den Wiesen genug gab. Diese Samenkronen wurden sehr hart, wenn sie reif waren, und wenn man sie fest auf den Oberarm oder auf den Oberschenkel drückte, hinterließen sie für einige Zeit Spuren, die echten Impfnarben ganz ähnlich sahen. – Außerdem benutzte jeder Doktor Spritzen. Das waren ziemlich spitze Holzstöckchen, die dem Patienten aufrecht zwischen Körper und Kleidung geklemmt wurden und längere Zeit so sitzen bleiben mußten. Das konnte schon sehr weh tun, und nicht selten floß Blut dabei. Dann gab es natürlich auch Operationen. Meistens mußte der Bauch aufgeschnitten werden. Das war das interessanteste Operationsgebiet. Als Operationsmesser nahm der Doktor manchmal nur den Fingernagel, manchmal aber auch ein richtiges Taschenmesser. Und die Kunst des Doktors bestand darin, daß man eine richtige Spur des Schnittes sehen konnte, ohne daß dabei etwas so Schlimmes passiert wäre, daß die Eltern alarmiert wurden. Wichtig war auch, daß das Krankenzimmer immer schön abgedunkelt war. Die Behandlung fand also entweder im dichten Tannenwald statt oder auf Nachbars Lakenwagen oder auf dem Heuboden. An diesem Tage hatten wir einen noch besseren Platz gefunden, nämlich den Strohboden, der direkt unter der Dachspitze lag. Es wurde abgezählt:

»Eene meene minkmank
wecker mäcket Stinkstank,
den maak ik nich,
den mäck's du.«

Ich war der Onkel Dokter. Beim Onkel-Dokter-Spiel machten meistens auch die Größeren mit, während sie sonst mit den Kleineren nicht viel zu tun haben wollten. Helmut stand zuerst ein wenig abseits. Als er sah, daß ich zum Dokter ausgezählt war, sagte er auf einmal: »Ich mache auch mit.« Der Strohboden war ideal als Krankenhaus. Wir konnten Zwischenwände aus Strohballen errichten, so daß jeder Kranke ein Zimmer für sich bekam. Es war ziemlich dunkel da oben. Nur durch ein ganz kleines Fenster in der Giebelwand kam ein bißchen Licht herein. Helmut sagte: »Es ist noch zu hell. Das ist nicht gut für die Augen, wenn einer Masern hat.« – Er nahm einen Strohbund und stellte ihn vor das Fenster. Jetzt kam nur noch durch die Ritzen zwischen den Dachpfannen ein bißchen Licht herein. Die Kranken wählten sich ein Zimmer aus und legten sich hin. Helmut suchte sich auf dem dunklen Boden die dunkelste Ecke als Krankenzimmer aus. Ich verordnete allen strenge Bettruhe und überlegte dann, bei welchem Patienten ich zuerst mit der Behandlung beginnen sollte und was ich mit den Kranken alles anfangen könnte. Als Dokter durfte ich einfach alles machen, auch das, was der Herr Pastor und der liebe Gott sonst verboten hatten. Der Dokter durfte ja sogar den großen

Frauen unters Hemd fassen. Daran konnte auch der Pastor nichts ändern. An diesem Tage war ich der Dokter. Mit übereinandergeschlagenen Armen schritt ich erst mal im Flur vor den Krankenzimmern auf und ab. Es knisterte in den Ecken. Ich hatte alles zu sagen, und alle mußten mir gehorchen, auch die Großen. Auch Helmut, der mir in der Wäßelwiese den Hals zugedrückt hatte, bis ich ihn richtig begriff. Ihn nahm ich mir zuerst vor. Ich machte die Gertrud, die schon etwas größer war, zur Krankenschwester und ging mit ihr in Helmuts Krankenzimmer. »Wo tut's weh?« – »Im Bauch!« – Das war komisch. Fast jeder Patient hatte Bauchschmerzen. Das war immer so. Fast alle wollten, daß der Bauch untersucht und behandelt wurde. Das war die interessanteste Krankheit. Alle waren gespannt, was für eine Behandlung der Dokter sich ausdenken werde. Helmut lag in einer dunklen Ecke auf dem Stroh. Aber durch die Dachpfannen-Ritzen kam immerhin so viel Licht, daß ich sehen konnte, wie erwartungsvoll er mich anschaute. »Buxen ausziehen«, befahl ich. Er zögerte. »Dann muß die Schwester aber erst rausgehen«, sagte er. – »Eine Krankenschwester ist so was wie ein Dokter«, sagte ich. »Sie kann hierbleiben. – Los, mach schon!« Er gehorchte zögernd und zog sehr umständlich seine Hosen aus. Da er der Krankenschwester weder sein Vorder- noch sein Hinterteil zuwenden wollte, drehte er sich zur Seite. Er beugte sich ein wenig vor und stand da wie der Jesus auf den Geißelungsbildern. Er machte eine klägliche Figur vor der Krankenschwester. Ich hatte meinen Spaß daran, den großen Helmut, der in der Schule in der hintersten Bank saß und der schon fast so groß war wie der Lehrer, so in Verlegenheit zu bringen. Aber ich war noch nicht zufrieden mit meiner Rache. »Dolle-Kuh-Stellung einnehmen«, befahl ich ihm. Mit einem schrägen Blick zur Krankenschwester ging er zu Boden und hockte da auf allen vieren wie in der Wäßelwiese. »Eine schöne Kuh«, kicherte die Krankenschwester und fing an zu singen:

»Stripp strapp strull
mak den Ämmer vull
usse Kouh is dull
stripp strapp strull.«

Helmut zog sich zusammen wie ein Igel beim Herannahen eines Hundes und kauerte am Boden. Ich nahm einen gut angespitzten Pfeil aus meinem Köcher und gab ihm eine Spritze in die rechte Hinterbacke. Helmut fuhr hoch und schrie auf vor Schmerz. Ich hatte kräftig reingedrückt. Es blutete. Helmut drückte seine Hand auf die Wunde. »Hände weg«, befahl ich, »dolle Kuh hat keine Hände.« Die Krankenschwester kicherte und leierte:

»Dolle Kuh
macht Muhmuh
bekleckert alle Wände
und hat doch keine Hände.«

Dann nahm sie den ersten Singsang wieder auf:

»Stripp strapp strull
mak den Ammer vull ...«

Helmut kauerte wieder wie ein Igel am Boden. »Laut bis tausend zählen!« ordnete ich an. »Wenn du bei tausend bist, kommen wir wieder, und du bekommst die nächste Spritze in die linke Backe.« Zuerst hockte er verstockt schweigend am Boden. Auf mein ermunterndes »Na, wird's bald«, begann er aber gehorsam zu zählen. Ich konnte mich in der Zwischenzeit den anderen Patienten zuwenden. Die kleinen Blagen interessierten mich an diesem Tage nur wenig als Patienten. Ich untersuchte sie kurz, fummelte ihnen auf dem Bauch herum und verordnete folgendes Heilmittel: Jeder Patient sollte eine Stachelbeere, drei Erdbeeren und sieben Johannisbeeren unzerkaut schlucken und dann ein rohes Kiebitzei mit Schale essen. Die Kiebitzeier mußten aus Piepenkrögers Wiesen geholt werden. Anschließend sollten sich alle auf das Waschbrett an der Dalke setzen und die Füße ins Wasser halten. – Das war mein Rezept gegen die Bauchschmerzen der Kleinen. Die Krankenschwester schickte ich mit runter zur Beaufsichtigung.

Blieb noch die Irmgard übrig, die fast genauso groß war wie Helmut. Sie hatte das Krankenzimmer mit dem Giebelfenster gewählt. Dort war es verhältnismäßig hell, obwohl Helmut einen Strohbund vor das Fenster gestellt hatte. Ich stand ziemlich unschlüssig vor ihrem Zimmer. Was sollte ich mit ihr machen? Irmgard war auch immer sehr ernst. Mit einem Späßchen war da nichts zu machen. Und mit einem Kinderspielchen auch nicht, weil sie schon fast so groß war wie der Helmut, also auch schon fast so groß wie der Lehrer. Unter dem Giebelfenster knisterte das Stroh. Von der anderen Seite des Bodens hörte ich den Helmut zählen. Ich hatte nur noch diese beiden Patienten hier oben. Mit dem Helmut wußte ich was anzufangen. Aber was sollte ich mit dem großen Mädchen machen? Als ich vorsichtig um die Ecke der Strohballenwand guckte, sah ich ihre Beine. Sie trug einen kurzen Rock. Es waren sehr lange Beine. Ich wurde immer ratloser. Was für eine Behandlung würde sie erwarten? An dieser Stelle des Bodens war ich sozusagen allein mit ihr.

Auf einmal sagte sie leise: »Guten Tag, Herr Dokter!« Sie hatte mich also entdeckt. Ich trat an sie heran. »Wo tut's weh?« fragte ich ebenso leise und wußte selber nicht, warum ich leise sprach. Bei Helmut hatte ich laut gesprochen. »Ich weiß nicht«, sagte sie leise. – »Bist du denn überhaupt krank?« – »Ich weiß nicht«, sagte sie noch leiser. Einen Augenblick glaubte ich, sie wolle mich auf die Schippe nehmen, da ich ja kleiner war als sie. Aber sie sprach nicht keß oder albern. In ihrer Stimme lag direkt etwas Geheimnisvolles. »Dann müssen wir eben alles untersuchen«, sagte ich, gab aber nicht den Befehl, irgendein Kleidungsstück zu öffnen oder auszuziehen, wie das sonst fast bei jeder Untersuchung der Fall war. Ich kniete an ihrer Seite nieder und fühlte zuerst einmal den Puls. Dazu faßte ich die Hand, die auf ihrem Schoß lag. Beim Pulsschlagzählen kam ich immer wieder durcheinander, weil Helmut von weitem dazwischenzählte. »Das muß ein Herzfehler sein«, sagte ich. »Wir müssen das Herz untersuchen.« Ich schob ihren Arm beiseite, legte meine Hand auf ihre linke Brustseite und tastete vorsichtig umher, um eine Stelle zu finden, wo ich ihr Herz schlagen fühlte. »So geht das nicht«, sagte ich leise. »Du mußt den Pulli ausziehen.« Irmgard reagierte nicht. Sie sagte nichts und tat nichts. Ich schob meine Hand unter den Pulli. Sie sagte nichts und tat nichts. Jetzt war das Hemd im Wege. Ich zog es hoch. Dann lag meine Hand endlich auf ihrer nackten Haut. Irmgard hatte schon richtige Brüste. Als ich die Halbkugel in der Hand hatte, war ich zuerst ziemlich enttäuscht. Darum machten die Weiber so ein Gedönse und so viel Geheimniskrämerei? Ich schob Hemd und Pulli hoch, so daß ich jetzt beide Brüste frei vor mir hatte. Sie schimmerten matt in diesem Dämmerdunkel. Nun ja, sie waren ja wohl ganz hübsch anzuschauen, diese runden Hügel mit den schwarzbraunen Kuppen, aber aufregend waren sie eigentlich nicht. Verlockend fand ich dagegen die sanfte Bucht zwischen den beiden Erhebungen. Diese Senke zog mich magisch an, und ich drückte einfach mein Gesicht hinein und blieb still so liegen. Mir fiel das wunderschöne braune Foto ein, auf dem meine Mama mit ihrem ersten Kind auf dem Schoß zu sehen war. Von den neun weiteren Kindern gab es solch ein Foto auf Mamas Schoß nicht. Ich war das neunte. – Daß ich Irmgards Herzfehler untersuchen wollte und daß ich der Dokter war und kein Baby, das hatte ich hier total vergessen. Ich fühlte mich einfach rundum wohl an ihrer Brust und hätte immer so liegen bleiben mögen. Auf einmal schob Irmgard meinen Kopf weg, machte Hemd und Pulli runter und sagte:

»Du untersuchst mich ja gar nicht mehr. Wenn du aber nicht der Dokter bist, dann dürfen wir nicht so zusammenliegen, solange wir nicht verheiratet sind. Sonst ist das Fleischeslust und eine Todsünde, und wir kommen beide in die Hölle.« Damit stand sie auf und ging weg. Ich saß da wie vor den Kopf geschlagen und lauschte ihr nach, wie sie zuerst die Leiter vom Strohboden zum Heuboden runterkletterte und dann die Holztreppe vom Heuboden über die Hille zur Deele runterging. –

Diese verdammte Hölle! Zum ersten Mal hatte ich den Verdacht, daß irgendein mieser Schwarzer sich die Hölle nur als Schreckmittel ausgedacht hatte, weil er den Menschen kein Fitzelchen Glück gönnte. Jedenfalls war es mir ganz unbegreiflich, daß die paar Minuten warmer Zufriedenheit an der Brust von Irmgard vom lieben Gott mit ewiger Höllenqual bestraft werden könnten. Dem Vikar, der mit roten Backen so oft von der Hölle erzählte, traute ich schon lange nicht recht. Aber der Lehrer in der Schule sagte ungefähr dasselbe. Das Dumme war, daß man nicht überprüfen konnte, ob das alles wirklich so war, wie Pastor und Vikar und Lehrer es erzählten. In einem bestimmten Fall allerdings hatte ich die Erfahrung machen müssen, daß der Lehrer recht hatte. Als er einmal im kalten Winter in der Schule sagte, man dürfe bei großer Kälte draußen nicht mit der Zunge über ein Eisengeländer lecken, weil die Zunge sofort festfriere und man dann nicht mehr loskomme vom Geländer, da wollte ich das nicht glauben. Sofort auf dem Heimweg von der Schule beschloß ich, die Sache zu überprüfen, obwohl der Lehrer dringend davor gewarnt hatte. Ich fand es einfach ärgerlich, unglaubliche Behauptungen aufzustellen und dann vor der Überprüfung zu warnen. Umgeben von einigen Mitschülern, die große Stücke von mir hielten, weil ich von allen in meinem Jahrgang am schnellsten laufen konnte und im Ringkampf meistens oben blieb, stellte ich mich auf der Autobahnbrücke ans Geländer, drückte meine Zunge auf das von Rauhreif überzogene Eisen und saß fest. Die Mitschüler schauten zu. Als ich nicht wieder loskam, glaubten sie zuerst an einen Scherz. Erst als ich gurgelnde Laute von mir gab und die Zunge zu bluten begann, erkannten sie den Ernst der Lage. Erwin hatte die rettende Idee. Er lief zum nächsten Hof und holte heißes Wasser. Es dauerte ewig, bis er zurückkam. Dann goß er das heiße Wasser rund um meine Zunge herum aufs Geländer. Ich schlug wie wild mit den Armen und brachte verrückte Gurgellaute heraus. Das Wasser war viel zu heiß. Es wurde mit Schnee auf die richtige Temperatur gebracht. Dann goß Erwin wieder. Es dauerte eine ganze Weile, bis ich loskam. Als ich dann – meine Zunge wie einen blutigen Eisklumpen im Munde – nach Hause ging, mußte ich zugeben, daß der Lehrer mit seiner unglaublichen Behauptung recht gehabt hatte. Seitdem war ich eher bereit, dem Lehrer, dem Vikar und dem Pastor zu glauben, wenn sie wunderbare Dinge vom Himmel und unglaubliche Greuelgeschichten von der Hölle erzählten. Aber die paar Minuten Seligkeit an der Brust von Irmgard und dafür ewige Höllenstrafe, das stand in keinem Verhältnis.

Aus der dunklen Bodenecke hörte ich den Helmut zählen. Er war schon über 900 hinausgekommen. Aber er zählte ziemlich langsam, je näher er an die Tausend und damit an die 2. Spritze herankam. Ich ging zu ihm und nahm schon mal einen spitzen Pfeil aus dem Köcher. Als er immer langsamer zählte, wurde mir die Sache zu langweilig, und ich drückte ihm schon bei 973 die zweite Spritze in die linke Arschbacke. Helmut fuhr wieder hoch und schrie »Aua!« – »Damit bist du geheilt und entlassen«, sagte ich. Helmut drückte eine Hand auf die Spritzstelle und sah mit einem schrägen Blick zu mir rüber. »Dann ist das Dokterspiel zu Ende?«, fragte er lauernd. – »Ja«, sagte ich. – »Dann kommt jetzt der Ringkampf«, sagte er, sprang mich sofort an und warf mich ins Stroh. Er wußte, daß wir allein auf dem Strohboden waren. Er legte mir seine Hände um den Hals und ließ nicht eher locker, bis er das Sterbegesicht bekam, wie in der Wäßelwiese. – Hinterher sagte er: »Daß du aber keinem etwas verrätst! Das ist nämlich eine Todsünde, die mit ewiger Hölle bestraft wird.« Dann stieg er die Leiter runter. Ich war nun ganz allein auf dem Boden. In allen Ecken knisterte es, obwohl doch niemand mehr da war. Diese verdammte Hölle! Der Vikar hatte uns im Beichtunterricht genau beschrieben, wie die Hölle ist. Die Hölle, sagte er, das ist ein riesengroßes Loch mit glühenden Kohlen auf dem Boden. Die Wände an den Seiten sind glatt und steil und unendlich hoch. Niemand kann da hochklettern. Die neu angekommenen Sünder versuchen das zwar immer wieder. Aber es ist ganz vergeblich. Sie können sich an der glatten Wand nicht halten und fallen immer wieder auf die glühenden Kohlen zurück. Dann springen sie eine Zeitlang immer wieder hoch, um wenigstens für einen Augenblick den glühenden Kohlen zu entrinnen. Aber wie lange halten sie das aus! Schon bald liegen sie erschöpft am Boden und schmoren und stöhnen und ächzen und winseln um Gnade. Aber es kommen keine Schutzengelchen wie bei guten Kindern, wenn sie in Not geraten sind. Es kommen schwarze Teufel mit glühenden Stangen. Und je nachdem, ob einer Unkeusches gedacht, gehört, gesehen, gesagt oder getan hat, werden die glühenden Stangen auf Stirn, Ohren, Augen, Mund oder Hände gedrückt. Bei allen aber, die wider das sechste Gebot schwer gesündigt haben – und jede unnötige Berührung der Geschlechtsteile ist bereits schwere Sünde, auch Todsünde genannt – bei all diesen erfolgt noch eine besondere Bestrafung. Die ist so schlimm, daß man sie gar nicht beschreiben kann. Und an der Wand ist eine große Uhr mit einem schwarzen Pendel. Aber die Uhr macht nicht Tick-Tack, Tick-Tack, sondern ›Immer-Nimmer‹, ›Immer-Nimmer‹. Was mag das bedeuten? Ich will es euch sagen. ›Immer-Nimmer‹, das bedeutet: Immer bleibst du hier – nimmer kommst du heraus. –

Der Vikar bekam immer ganz rote Backen, wenn er von Fleischeslust und Höllenstrafe erzählte. Und das tat er sehr oft. Im Beichtunterricht wurde überhaupt fast immer nur das sechste Gebot behandelt. Und dabei gab es doch zehn Gebote. Aber die anderen neun waren wohl nicht so wichtig. Die Hauptsache war: »Du sollst nicht Unkeuschheit treiben!« Das fünfte Gebot: »Du sollst nicht töten!« wurde fast gar nicht behandelt. Es mußte nur beim Aufsagen der zehn Gebote mit aufgezählt werden. Fünftens, du sollst nicht töten, sechstens, du sollst nicht Unkeuschheit treiben, siebtens usw. Wer beim Aufsagen ein Gebot vergaß, mußte nach vorn kommen. Den legte der Vikar sich übers Knie und schlug mit der Hand so zehn- bis zwanzigmal auf den Hintern, wenn es ein größerer Junge war, wohl auch dreißigmal. Das tat nicht sehr weh. Aber der Vikar strengte sich offenbar sehr dabei an. Er bekam dann immer ein ganz rotes Gesicht. Es schien ihm sehr viel daran zu liegen, daß wir die zehn Gebote aufsagen konnten und daß wir genau wußten, was uns blühte, wenn wir uns der Fleischeslust hingaben. –

Das Knistern in den Ecken wurde immer unheimlicher. Aber ich brauchte ja keine Angst zu haben. Ich mußte zwar einen Augenblick an die glühenden Zangen der Hölle denken. Aber ich war ja heute der Dokter. Und ein Dokter hatte Sonderrechte. Ein Dokter durfte sogar bei großen Frauen unters Hemd fassen. Das war allgemein bekannt. Und dagegen konnte nicht einmal der Pastor etwas machen. Und der Dokter brauchte so was auch nicht mal zu beichten. Ich konnte also eigentlich ganz beruhigt sein. Aber war der Ringkampf mit Helmut nicht nach dem Dokterspiel gewesen? Und hatte ich nicht total vergessen, daß ich der Dokter war, als ich meinen Kopf an Irmgards nackte Brust drückte? Das Knistern in den Ecken blieb bedrohlich. Ob das Mäuse waren? Oder Ratten? Oder knisterte das Stroh ganz von selbst, so wie Roggenfelder knisterten kurz vor dem Schnitt, wenn die Sonne so richtig brütete?

Das Knistern der gelben Roggenfelder mochte ich sehr. Tante Lene sagte zwar, das mache die böse Roggen-Muhme mitten im Kornfeld. Vor der müsse man sich in acht nehmen, sie habe zwei riesige Stricknadeln, damit spieße sie alles auf, was in ihre Nähe komme, Sunnenkindkes und Totenkäfer, Spatzen und Tauben, Lerchen und Krähen, Kaninchen und Maulwürfe, Mädchen und Jungen. Das Knistern komme von dem Zappeln und Krabbeln der Aufgespießten. Man dürfe auf keinen Fall in ein Roggenfeld hineingehen. Ich glaubte meiner Tante nicht alles. Sie erzählte oft Märchen, und sie erzählte sie so, daß man nie wußte, ob sie richtige Geschichten oder bloß Märchen erzählte. Da die Roggenfelder immer in den Mittagsstunden knisterten, wenn die Sonne richtig schön brannte, konnte ich mir die Roggenmuhme immer nur als eine große schöne Frau mit rundem Bauch und runder Brust und runden Backen vorstellen, die im Roggen ihr Mittagsschläfchen hielt und von wunderbaren Dingen flüsterte, die sie im Traum erlebte. Aber vielleicht war die Roggen-Muhme doch ein böses Gespenst, das mit den Roggenstrohbündeln irgendwie auf den Dachboden gelangt war und hier die Mäuse und Ratten aufspießte, die in ihre Nähe kamen. Warum sonst sollte es jetzt noch so knistern in den Ecken, wenn das nicht vom Zappeln der Aufgespießten kam. Es wurde mir auf einmal zu dunkel. Ich krabbelte zum Giebelfenster und rückte das vorgeschobene Strohbund zur Seite. Es wurde dadurch nicht sehr viel heller. Aber ich konnte ins Freie schauen.

Von hier oben sah alles so anders aus. Ich war ungefähr auf gleicher Höhe mit der Spitze des Pfundbirnenbaumes. Und auf die Apfelbäume konnte ich direkt herabblicken. Der große Helmut, der da unten gerade mit einem Pfeil Striche auf den Patt kratzte, sah von hier oben ziemlich klein aus. »Den kannst du ganz schön aus der Puste bringen.« Meine Stimme klang ziemlich dünn. In den Ecken knisterte das Stroh. Ich stand auf, streckte die Rechte nach Helmut aus und sagte noch mal, jetzt aber laut: »Den kannst du unterkriegen.« Das Knistern in den Ecken war leise, aber unüberhörbar. Wer hatte eigentlich gesagt, daß der Dokter alles machen darf, was ihm einfällt? Wer konnte das bestimmen? – Dein Papa wird dich totschlagen, wenn er erfährt, was du gemacht hast, das hatte Helmut gesagt, als wir aus der Wäßelwiese kamen. – Die auf den Patt gekratzten Zeichen waren nicht zu entziffern.

Da tauchte unter den Erlenbüschen an der Dalke auf einmal ein schwarzer Mann auf. Er kam über den Kartoffelacker direkt aufs Haus zu. Mit großen Schritten rückte er heran. Um ihn herum war eine düstre Wolke. Die sackte mit jedem Schritt zusammen und wurde mit jedem Schritt neu hochgepustet. Der Mann war so groß und so breit wie Papa. Aber ganz schwarz. Mit den Armen schlug er um sich, als wolle er die finstre Wolke vorantreiben. Oder wollte er was einfangen und einsacken? Er kam immer näher auf unser Haus zu. Ich hatte entsetzliche Angst. Der Schwarze wollte mich holen. Das war fast sicher. Schon hatte er den Apfelgarten erreicht, und ich wollte mich gerade unter dem Stroh verstecken, da machte der Schwarze auf einmal kehrt und marschierte in gleichem Schritt und Tritt wieder in Richtung Dalkebach. Ich konnte aufatmen. Und jetzt erkannte ich auch, was los war. Der Schwarze war nicht nur so groß und breit wie Papa, es war Papa, der schwarzen pulverigen Kunstdünger auf den Kartoffelacker streute, wie der Sämann im Lesebuch. Ich sah genau, daß Papa es war. Und ich konnte mir auch erklären, warum er so schwarz war und wieso er von der düstren Wolke umgeben war. Aber jedesmal wenn der schwarze Mann an der Dalke kehrtmachte und wieder auf das Haus zuschritt, bekam ich von neuem Angst, und ich beschloß, vorerst noch oben auf dem Strohboden zu bleiben. Das Knistern in den dunklen Ecken war jedenfalls weniger bedrohlich als der Schwarze da unten, der immer wieder auf unser Haus losging.

Erst als Papa den ganzen Kartoffelacker eingestäubt hatte

und zum Waschen in den Dalkebach stieg und aus dem schwarzen Mann allmählich ein weißer wurde – er nahm den Sand aus dem Bachbett als Seife und rieb sich rundum damit ein und planschte dann gewaltig im Wasser herum, dreimal nacheinander rieb er sich mit Bachsand ein und spülte wieder ab, da war er wieder ganz hell, und er planschte immer noch im Wasser herum, wie ein Kind, es spritzte hoch auf und nach allen Seiten –, da verließ ich meinen Beobachtungsposten am Giebelfenster, stieg vom Boden herunter und setzte mich vor der Haustür auf die Bank. Und da blieb ich sitzen, auch als Papa unter den Erlenbüschen auftauchte und mit langsamen Feierabendschritten auf das Haus zukam.

›Walter‹

GELD FÜHRT IN VERSUCHUNG

Ich war sieben Meilen marschiert, fühlte mich hungrig und bekam im Gasthof ein sehr zähes Stück Rindfleisch serviert, war recht angetan von meiner morgendlichen Beschäftigung und dachte daran zurückzukehren. Der Gastwirt sagte, es gebe einen Einspänner, doch der Mann, der aussah wie eine Mischung aus Bierkellner, Reitknecht und Kutscher, sagte, er könne mich nicht fahren. »Weil ich Mrs. **** zum ***-Bahnhof fahren muß.«

Der Einspänner – alt, staubig und verwittert – sollte vom Haus eines Gentlemans – ein solches Haus hatte ich unterwegs nicht gesehen – zum Bahnhof einer Nebenlinie fahren. Zeit spielte keine Rolle für mich, deshalb sagte ich ihm, ich würde, so weit er mich mitnehmen konnte, mitfahren. Um drei Uhr brachen wir auf. »Gehen Sie diesen Weg bis zur Mühle, dann biegen Sie rechts ab, dann stoßen Sie geradewegs auf Ihren

Bahnhof, Sir«, sagte mir der Kutscher, als ich aus dem Einspänner stieg. Ich folgte seinen Angaben und befand mich bald weit abseits der Hauptstraße auf einem Feldweg, den ich gemächlich entlanggging, wobei ich rauchte und an das kräftige, engmösige Mädel dachte, das ich gefickt hatte, bis mir der Schwanz wieder stand, und ich in einen Zustand allgemeiner Geilheit verfiel.

Ich habe oft den Beweis für die Wahrheit des alten Sprichworts »Wenn es regnet, dann gießt es« erbracht. Nach einer ausgedehnten Wanderung durch die Felder entdeckte ich eine Ansammlung von Ställen und Schuppen und dann eine größere Scheune. Der Nebel hatte sich verzogen, der Himmel bewölkte sich und es begann zu tröpfeln. Da ich keinen Schirm bei mir trug, betrat ich die Scheune, und das erste, was ich sah, war ein Bursche, noch keine sechzehn Jahre alt, weiß, als käme er aus einer Mühle – was der Fall war –, der halb gegen einen Haufen Strohballen gelehnt auf dem Boden saß und wichste.

Ich war verblüfft und konnte nur schauen. Sobald er mich entdeckte, verbarg er hastig seinen Schwengel. Doch meine erotischen Sinne waren (trotz meiner zwei Mösenerlebnisse) wieder geweckt.

Es ist außergewöhnlich, daß inzwischen der Anblick eines steifen Schwanzes meinen steif macht, und ungeachtet der Folgen, ja, nicht einmal daran denkend, sagte ich sofort mit starker Begierde: »Mach weiter, ich gebe dir fünf Shilling, wenn ich zusehen kann, wie du dich wichst.« – »Wie bitte, Sir«, sagte er einfältig und stand auf. »Sei kein Dummkopf, ich geb dir fünf Shilling«, sagte ich und holte eine Handvoll Silber heraus. Er starrte darauf und grinste. Ich redete weiter auf ihn ein, begierig darauf, seinen Schwengel zu sehen, zu sehen, wie er wichste. Erotische Wünsche schossen mir blitzartig durch den Kopf, ich ermunterte ihn aufs Obszönste, das Geld führte ihn in Versuchung. Er antwortete einsilbig. »Ja. – Nein. – Warum sind Sie hier? – Kennense Meister ***, den Besitzer der

Mühle?« Dann, nachdem er sich vergewissert hatte, daß ich ein Fremder war, sagte er frech: »Erss das Geld.« – »Nicht, ehe ich dir nicht zugesehen habe.« – »Sie werns niemand erzählen. – Sehen Sie nach, ob jemand in der Nähe is, und dann geben Sie's mir.« Es war unmöglich, daß jemand in der Nähe war, denn inzwischen goß es in Strömen, außerdem donnerte es, trotzdem sah ich nach draußen. Während ich ihm den Rücken zukehrte, holte er seinen Schwanz wieder hervor und begann zu wichsen. Dann wollte ich die Arbeit übernehmen. »Komm, laß mich mal, dann geb ich dir dies.« Ich zeigte ihm einen halben Sovereign. »Da, nimm.« Er nahm ihn. Ich fürchtete kurz, er würde mich betrügen, aber das tat er nicht – ich nahm seinen Schwanz in die Hand und wichste ihn, wobei ich die ganze Zeit über Mösen redete. – Ja, er hatte schon zwei oder drei gefickt. »Aber ich komm nich immer an se ran.« – Dann – »oho – aha – es kommt« – und heraus schossen erstaunliche Fontänen dicker, mösenschmierender Flüssigkeit. Ich wichste weiter, bis sein Schwanz schrumpfte, überrascht von seiner jungenhaften Kraft. Die Handreichung schien ihm zu gefallen. Auf meine Fragen antwortete er: »Ja – ich mach es ab und zu, heute haben sie mir 'nen halben Tag freigegeben – das Wasser is knapp. Ich hab gesagt, ich würd hier auf 'nen andern Burschen warten.« Schnellstmöglich verließ ich ihn, wunderte mich über meine Kühnheit, machte mich durch den Regen auf den Weg zum Bahnhof und erreichte ihn durchnäßt, aber froh, den Zug zu erwischen.

Deutsch von Gunter Blank

Max Goldt

AUS HERRN EIBUHMS BADEZIMMERRADIO

Herr Eibuhm, der neuerdings ein Radio im Badezimmer hat, beginnt mit der Rasur und hört dabei auf einem Real-Live-Sender folgende Direktübertragung aus einer Sado-Eso-Kaschemme:

JEMAND: Ich möchte mich erst einmal vorstellen: Ich bin der Thommy, und ich freue mich riesig, daß ihr auf meine Anzeige geantwortet habt und daß ihr Interesse habt, mit mir über erotische Phantasien zu sprechen. Es ist ja nun mal so: Man hockt im stillen Kämmerlein, es fällt einem die Decke auf den Kopf, und man denkt: Mann, das wäre riesig, wenn man jemanden hätte, dem man das alles erzählen könnte. Ich schlage vor, daß ihr euch alle erst einmal vorstellt. Vielleicht fängst du mit der tollen gelben Jacke an.

DIE MIT DER TOLLEN GELBEN JACKE: Ja okay, mein Name ist Antje Tengelmann, ich bin 26 und studiere noch, und ich kann eigentlich nicht sagen, daß mir abends die Decke auf den Kopf fällt. Ich dachte nur, daß es toll wäre, mal wieder neue Leute kennenzulernen.

JEMAND DRITTES: Ich heiße David, bin 39, ich habe eine Ferienfahrschule, und ich kann mich eigentlich nur dem anschließen, was Thommy gesagt hat, nämlich daß man abends dasitzt, ausgepowert, im Fernsehen ist nichts, und es fällt einem die Decke auf den Kopf.

JEMAND VIERTES: Ich bin Monika Voss und möchte den Vorschlag machen, daß hier nicht geraucht wird, weil: Ich war letzte Woche beim Elternstammtisch, und ich hatte am nächsten Tag soo einen Kopf. Ich habe eine Tochter, die

Anne, und deren Vater hat sich vor acht Monaten buchstäblich aus dem Staube gemacht, und seitdem muß ich schon sagen, daß mir manchmal die Decke auf den Kopf fällt.

ANTJE: Mir aber nicht.

THOMMY: Ich glaube, daß wir Monikas Vorschlag beherzigen können, ich rauche selber sowieso nicht. Wie sollen wir nun vorgehen? Früher sagte man »ladies first«, aber ich glaube, wir gehen ja wohl alle konform, daß diese angestaubten Kavaliersgesten sowieso nur den Zweck haben, den Frauen den Blick auf ihre oft ziemlich beschissene Situation zu vernebeln, und deshalb meine ich: David, schieß los.

DAVID: Ja, gut – meine Lieblingsphantasie ist, daß ich mit einer 200-Kilo-Negerin – also, in der Realität würde ich nicht unbedingt Negerin sagen, aber in der Phantasie ist das ja anders – und diese 200-Kilo-Frau, die sich schon eine Weile nicht gewaschen haben sollte, würde ich gern ganz dick mit Gänseschmalz einreiben und es mit ihr auf dem Altar des Göttinger Doms treiben, und dann sollen siebzig Neonazis kommen und die Kirche anzünden.

THOMMY: Danke, David, ich merke schon, daß das eine tolle Idee war, daß du dich auf meine Anzeige gemeldet hast, und ich bin schon extrem gespannt, was uns die Antje gleich erzählen wird.

ANTJE: Also, ich stelle mir ganz oft vor, daß ich ein schwuler Mann bin, schon etwas älter, der aber trotzdem noch bei seiner Mutter wohnt, und die ist so ein richtiger Dragonerdrache wie die Mutter in dem einen Film von Loriot.

MONIKA: Oh, dieser Film ist so witzig, ich krieg immer regelrecht Krämpfe, wenn ich an diese Mutter denke. Oder das mit der Nudel! Entschuldige, Antje, ich hab dich unterbrochen.

ANTJE: Ja, und dann hole ich mir immer wahnsinnig junge Männer ins Haus, und die übernachten dann möglichst lautstark bei mir, und was mich dran am meisten erregt, ist das gekränkte, mühsam beherrschte Gesicht der Mutter am Frühstückstisch, wenn der junge Mann mir die Hand aufs Knie legt.

THOMMY: Klasse. Und stellst du dir dabei deine eigene Mutter vor oder irgendeine Phantasiemutter?

ANTJE: Nee, nicht meine eigene Mutter. Die ist ja eine wahnsinnig tolle Frau, die ist letztes Jahr mit drei anderen älteren Damen nach Kairo geflogen, die reitet total tough auf Kamelen und gibt Selbstverteidigungskurse für Immigrantinnen. Die Mutter in meiner Phantasie ähnelt mehr einer Offizierswitwe, die ihren Ara ausschimpft, wenn er auf ihre Usambaraveilchen kackt.

THOMMY: Das ist ja witzig. Monika, jetzt bist du dran.

MONIKA: Also, nach den wilden Sachen, die Antje und David erzählt haben, trau ich mich fast gar nicht. Meine Phantasie ist so normal.

THOMMY: Normal und nicht normal, das sind doch Kategorien, die uns von außerhalb aufoktroyiert werden. Erzähl ruhig.

MONIKA: Na ja gut, okay. Ich stelle mir immer vor, daß ich mit 15 auf Klassenreise bin, in der Jugendherberge von Goslar, und versehentlich in die Jungendusche gehe. Es sind aber keine Jungens da, ich merke also gar nicht, daß ich in der Jungendusche bin, und dann dusche ich da also, und dann kommt der Herbergsvater an und sagt: Mädchen, du weißt schon, daß das hier die Jungendusche ist, und dann meine ich so ganz frivol: Ach ja, wirklich? Wenn das hier die Jungendusche ist, warum duschen Sie dann nicht? Sie sind doch ein Junge? Worauf dann der Herbergsvater meint: Wieso soll ich denn jetzt duschen, ich hab doch schon heute morgen geduscht, und da meine ich: Na, das ist doch kein Grund, und darauf der Herbergsvater: Da haben Sie auch wieder recht, aber das Ausziehen der Uniform ist so anstrengend, und da sage ich: Och, da tät ich Ihnen schon helfen bei, na ja, und dann knöpf ich dem also die Herbergsvateruniform auf, na ja, und dann geht das halt so weiter.

ANTJE: Wart ihr etwa auch auf Klassenreise in Goslar?

MONIKA: Du etwa auch?

ANTJE: Allerdings. Einmal Goslar und einmal Hildesheim bei diesem bescheuerten Rosenstock.

MONIKA: Hildesheim? Nee, wir waren in Goslar und in München.

ANTJE: Oh, ihr habt's gut gehabt. Nach München wärn wir auch lieber gefahren. Na ja, immerhin waren wir in Berlin.

MONIKA: Na, nach Berlin mußten ja alle. Die Klassenreisen nach Berlin wurden ja damals wie wild bezuschußt vom Ministerium für gesamtdeutsche Angelegenheiten.

THOMMY: Ich find's wirklich toll, daß ihr so offen seid, aber ich habe noch eine Frage an Monika: Streichelst du dich dabei, wenn du an deine Klassenreise nach Goslar denkst, oder kommen dir die Phantasien auch beim Einkaufen, in der U-Bahn, bei der Arbeit?

MONIKA: Ich denke da in allen möglichen Situationen dran, auch im Bett, wenn mein Freund sexuell mal wieder nicht zu Potte kommt.

ANTJE: Ich find es schon seltsam, daß du, wenn du mit Männern schläfst, an deine Klassenreise nach Goslar denkst. Ich glaube, daß du ganz tief drinnen ein einsamer Mensch sein mußt.

MONIKA: Ach, ach, ach! Aber Papageien, die auf Usambaraveilchen draufmachen. Selber einsamer Mensch ganz tief drinnen! Aber ohne Streit: Ich finde, daß eure erotischen Phantasien ganz schön konstruiert klingen, irgendwie nicht ehrlich, insbesondere die Story von David mit seinen siebzig Nazis. Wieso denn ausgerechnet siebzig? Hast du die nachgezählt? Ich trau ja Männern einiges zu, aber daß sie beim Wichsen Nazis zählen, das wär mir neu. Und wo wir schon mal dabei sind: *Wieso* zünden die die Kirche an?

THOMMY: Nach wieso kann man bei einer Phantasie glaub ich nicht fragen. Der Zwang, sich zu begründen, würde wie eine Sackgasse in die Selbstzensur wirken. Aber eins interessiert mich schon: David, *wie* zünden denn deine Nazis den Dom an? Weil nämlich: Zünd mal den Dom an, da siehst du ganz schön alt aus, wenn du kein Konzept hast. Dome anzünden ist nämlich gar nicht so einfach.

DAVID: Da hab ich mir nie Gedanken drüber gemacht. Mit Streichhölzern vielleicht.

ANTJE: n' Dom! Mit Streichhölzern! Gott, ist der naiv.

MONIKA: Ich finde, wir sollten den armen David jetzt nicht auf diese Streichhölzchenangelegenheiten festnageln. Nicht daß ich David seine Phantasienazis nicht herzlich gönne, aber ich möchte verdammt noch mal wissen, warum die diese gottverdammte Kirche anzünden.

DAVID: Ja, ich weiß nicht, vielleicht weil die Frau, mit der ich auf dem Altar unterwegs bin, Ausländerin ist. Ich weiß es nicht.

ANTJE: Wär das nicht geiler, wenn die mitmachen würden, statt die Kirche anzuzünden?

MONIKA: So wie ich David einschätze, müßten das dann aber Neonazinnen sein. Allerdings sind siebzig wirklich zuviel, das ist überhaupt nicht realistisch durchführbar.

THOMMY: Das erinnert mich ein bißchen an gewisse Eintragungen ins Guinness-Buch der Rekorde. Wie viele Amerikaner passen in eine Telefonzelle? Wie viele Leute lassen sich in einen VW-Käfer oder Passat quetschen? Wie viele Neonazis passen auf einen Altar?

ANTJE: Ich glaube schon, daß mehr Faschos auf einen Altar passen als Amerikaner in eine Telefonzelle. Die sind doch so fett.

THOMMY: Bei allen Vorbehalten, die ich gegenüber der Geisteskraft und überhaupt der ganzen Lebensweise von Amerikanern habe, find ich aber doch, daß man da nicht …

DAVID: Faschos sind genauso fett.

ANTJE: Nicht alle.

MONIKA: Ach hör doch auf! Außerdem gibt's in Amerika gar keine Telefonzellen. Da muß man doch immer im Straßenlärm stehen an so Dingern, die kein Dach haben.

ANTJE: Ob es in Amerika Telefonzellen mit oder ohne Dach gibt, ist mir momentan so was von gleichgültig. Was mich an Davids Sexphantasie erheblich mehr stört ist, daß es in Göttingen gar keinen Dom gibt. Ist euch das nicht aufgefallen?

THOMMY: Jetzt wo du's sagst, schon. Da müßten die Nazis den Dom erst mal bauen, bevor sie ihn anzünden.

MONIKA: Irgendwie poetisch: Man verkehrt mit seinem Partner, und Nazis bauen währenddessen einen Dom um einen herum.

ANTJE: Also ich glaube nicht, daß Leute, die einen Dom mit Streichhölzern anzünden wollen, vom Konstruktions-Know-how her in der Lage sind …

Herr Eibuhm stellt sein Radio aus. Sein Waschbecken ist voller Bartstoppeln. Da Herr Eibuhm heute keinen Besuch erwartet, spült er das Becken nicht sauber. Das macht er nur an den Tagen, an denen er Besuch bekommt. Man kann aber noch nicht von Verwahrlosung sprechen. Immerhin rasiert er sich ja noch für sich selbst.

IV. ERLAUBT IST WAS GEFÄLLT

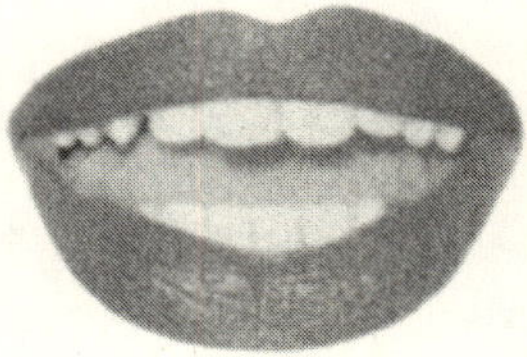

Robert Gernhardt

DIE SCHÖNE SCHÄFERIN

Was bisher geschah: Da in Frankfurt Smog-Alarm ausgelöst worden ist, sind Phyllis, Chloë Anselmus, Sir Pit und Florestan in ein toskanisches Landhaus geflohen. Um sich die Zeit zu vertreiben, erzählen sie einander Geschichten ... Nun war die Reihe an Florestan, eine Erzählung zum besten zu geben, er ließ sich auch nicht lange bitten, verdrückte nur noch rasch eine von Chloës köstlichen Bouletten und begann, nachdem er en passant eine Flasche Grappa sichergestellt hatte: »Ihr seht doch alle dort hinten die Ruinen, die sich gegen den Abendhimmel abzeichnen.«

»Abzeichnen gilt nicht«, warf Anselmus keck ein. »Selberzeichnen macht den wahren Künstler aus!«

Chloë lächelte in sich hinein.

»Das sind die Ruinen des vormals sehr bedeutenden Kastells von Montegrossi«, fuhr Florestan unbeirrt fort.

»Monte Grossi meint sich Großi Bergi«, fiel Sir Pit munter ein, was Phyllis dazu veranlaßte, »Laßt doch den Florestan mal erzählen!« zu sagen.

»In diesem Kastell nun«, setzte Florestan von neuem an, »lebte so um das Jahr – na ja, es kann auch etwas später gewesen sein, der mächtige Conte Ugo di Ricasoli, der in der ganzen Gegend wegen seines ungestümen Temperaments und seiner blendenden Erfolge bei den Frauen gefürchtet und geachtet ward. Da begab es sich, daß der Conte Ugo während einer Jagd eines jungen Mädchens ansichtig wurde, dessen Schönheit ihn sogleich veranlaßte, sein Pferd zu zügeln. Wer dieses Mädchen sei, fragte er seinen Troß, doch keiner konnte ihm Antwort geben, bis sich schließlich ein buckliger Armbrustspanner vordrängte und erklärte, seines Wissens sei das Beatrice, eine Schäferin aus Grimoli, Tochter des Köhlers Battista, eine, wie er mit schiefem Grinsen hinzufügte, gottesfürchtige und unbescholtene Jungfrau, der bisher schon viele Burschen ohne Erfolg den Hof gemacht hätten.

Diese Worte genügten, um in dem Conte zwei durchaus widerstreitende Empfindungen auszulösen. Einmal entbrannte er in unsterblicher Liebe zu der schönen Beatrice, zum anderen aber schwor er bei allen Heiligen, sich ihrer niemals durch jene Gewalt, die ihm als Herr der gesamten Gegend ohne weiteres zu Gebote stand, zu bemächtigen, sondern der Jungfrau gegenüber lediglich jene Waffen anzuwenden, die die Natur allen Männern ohngeachtet ihres Standes bereitstellt, das gewinnende Auftreten und die List.

Wieder im Kastell von Montegrossi angelangt, bestellte er daher unverzüglich den buckligen Armbrustspanner, einen Mann namens Gino, zu sich und trug ihm auf, der schönen Beatrice einen Topf voll heißer Suppe aus der Küche des Kastells zu bringen. Aber die werde doch auf dem langen Wege bis Grimoli erkalten, wandte Gino ein, worauf Conte Ugo ungeduldig erwiderte, das solle sie auch, er aber, Gino, sei angehalten, der schönen Beatrice lediglich zu sagen: »Diese Suppe läßt dir mein Herr, der Signor Matz, bringen, wohl bekomm's!«

Der Armbrustspanner tat, wie ihm geheißen, und am nächsten Tage befahl ihm der Conte Ugo abermals, einen Kübel Suppe zur schönen Schäferin zu tragen, wobei er wiederum sagen sollte: »Diese Suppe läßt dir mein Herr, der Signor Matz, bringen, wohl bekomm's!«

Und so ging das die Woche weiter, bis schließlich, am siebenten Tage, Conte Ugo den Armbrustspanner beschied, heute werde er die Suppe selber zu Beatrice bringen, er benötige seinen Dienst nicht mehr, welch Worte der bucklige Gino mit einem unangemessen fröhlichen »Wohl bekomm's« quittierte.

Der Conte Ugo di Ricasoli traf die schöne Schäferin denn auch richtig auf der Wiese bei Grimoli an, reichte ihr den Kübel mit der erkalteten Suppe und sagte: »Diese Suppe läßt dir mein Herr, der Signor Matz, bringen, wohl bekomm's!«

In diesem Satz aber lag eine zweifache List verborgen: Einmal wollte der Conte, daß die Schäferin frage, was die erkalteten Suppen zu bedeuten hätten, darauf nämlich gedachte er zu antworten: ›So wie die Suppe, so erkaltet auch die Liebe, so sie nicht zur rechten Zeit genossen wird‹ –, zum anderen aber hoffte er, daß Beatrice sich nach dem Spender all der kalten Suppen, dem Signor Matz, erkundigen werde, worauf er ein leichtes Spiel haben werde, das Gespräch auf diesen ebenso mächtigen wie geknechteten Herren zu bringen, den nur eine schöne Jungfrau davor bewahren könne, in ewiger Dunkelheit dahinzuschmachten. Den weiteren Verlauf der Unterhaltung aber malte er sich folgendermaßen aus: Wer denn dieser seltsame Herr sei – so sollte die schöne Schäferin nach dem listigen Plan des Conte fragen –, worauf er antworten wollte, der Signor Matz sei der Herr aller Herren hier.

Aber nein, das sei doch der Conte Ugo di Ricasoli, würde das Mädchen antworten, worauf er sich schmerzlich lächelnd als eben dieser Conte zu erkennen geben und hinzufügen wollte, der erwähnte Signor Matz sei noch weitaus mächtiger als er.

Welches denn dann die Ländereien dieses Signors seien, sollte die Schäferin darauf verdutzt fragen. Und: Ach, in seiner Hose beispielsweise herrsche er uneingeschränkt! wollte der Conte antworten, und darauf, so hoffte er, würden die unschuldigen Worte in weit weniger unschuldige Handgreiflichkeiten übergehen, die ihn, des war er sicher, über kurz oder lang zum Ziel seiner glühenden Wünsche führen mußten.

Doch zum Erstaunen des Conte Ugo aß die schöne Beatrice die Suppe ohne jeden Einwand, leckte sich zum Schluß die feingeschwungenen Lippen und reichte den Topf mit der Bemerkung zurück, diesmal habe die Suppe mehr Sedano enthalten, was ihrem Geschmack sehr zugute gekommen sei.

»Und daß sie kalt war, hat dich wohl nicht gestört?« fragte der Conte lauernd, doch die Schäferin zuckte nur lächelnd mit den Schultern und lehnte sich mit einem mehrdeutigen Seufzer gegen den Olivenbaum, in dessen Schatten die beiden saßen.

»Es ist nämlich bei der Suppe so wie bei der Liebe«, fuhr der Conte bedeutungsvoll fort, »beide erkalten, wenn man sie nicht zur rechten Zeit zu genießen weiß.«

Doch diese Worte zeitigten keine andere Folge als die, daß sich das Mädchen zufrieden räkelte und ein wenig an ihrem Busenband herumzupfte.

»Das sind nicht meine Worte«, sagte der Conte, wobei er bereits jenes schmerzliche Lächeln zum Einsatz brachte, das er sich eigentlich für einen späteren Zeitpunkt hatte aufsparen wollen, »der das sagt, ist mein Herr, der Signor Matz.«

»Sagt er das?« fragte die schöne Beatrice und sah gedankenverloren einem Käfer zu, der auf ihrem braunen Knie herumkrabbelte, wobei er sich derart in den Falten ihres ein wenig hochgeschlagenen Rocks verkrallte, daß sie das schwere Tuch noch ein wenig höher zog.

»Mein Signor Matz ist ein großmächtiger Herr!« rief der Conte Ugo mit Nachdruck aus, »obwohl er in ständiger Dunkelheit schmachtet!«

»Macht er das?« entgegnete die Schäferin, indes sie den Käfer mit einem Zweiglein daran zu hindern trachtete, die schattigen Gefilde unter ihrem Rocksaum aufzusuchen.

»In meiner Hose beispielsweise herrscht er uneingeschränkt«, platzte der Conte di Ricasoli heraus und deutete, alle List vergessend, auf seinen Hosenlatz, der sich bereits in höchst verräterischer Weise zu bauschen begonnen hatte.

»Tut er das?« war die Antwort der Schönen, die den Käfer augenscheinlich trotz des Zweigleins nicht von seinem Weg hatte abbringen können, weshalb sie, die Beine spreizend, damit begann, auch jene Gegenden ihrer Schenkel in Augenschein zu nehmen, deren Weiße davon kündete, daß sie gemeinhin nicht einmal den Strahlen der wärmenden Sonne zugänglich waren.

»Ich bin übrigens der Conte di Ricasoli!« rief der Conte mit dem letzten Rest an Beherrschung aus, der ihm noch zu Gebote stand.

»Sind Sie das?« fragte die schöne Schäferin, die ihre Suche mittlerweile auch auf jenes dunkle Dreieck ausgedehnt hatte, das nun schon seit Tagen der Mittelpunkt aller Sehnsüchte des Conte gewesen war und das er, da es sich ihm so unvermittelt offenbarte, fast befremdet betrachtete, zumal es gerade von einem mühsam dahinkrabbelnden Käfer überquert wurde.

Da aber knöpfte er, all seine Pläne vergessend, seinen Hosenlatz auf und war gerade dabei, sich mit dem Ruf »Gestatten Sie, daß ich Ihnen, schönste Jungfrau, den mächtigen Signor Matz vorstelle!« der Herrin seiner Träume zu nähern, als diese, ihren Rock mit einer raschen Bewegung zurückschlagend, blitzenden Auges ausrief, er, der Conte Ugo, sei einem Schwindler aufgesessen, den Signor Matz kenne sie nun bereits seit sechs Tagen, der Herr Gino sei so freundlich gewesen, ihr diese Bekanntschaft zu vermitteln, und auf Grund dieser Kenntnis könne sie dem Conte versichern, daß es sich bei dem Herrn, den er in seiner Hose beherberge, keineswegs um den Signor Matz, höchstens um einen ebenso dreisten wie kläglichen Doppelgänger handeln könne, einen nichtsnutzigen Wicht, den sie, wäre sie mit der Macht des Conte ausgestattet, unverzüglich mit Schimpf und Schande aus dessen Beinkleid vertreiben würde.

Da erkannte der Conte Ugo di Ricasoli, daß seine List auf derart bodenlose Art und Weise gescheitert war, daß ihn nur noch eine großherzige Geste vor der vollkommenen Lächerlichkeit retten konnte, weshalb er für den nächsten Samstag eine Trauung in der Kapelle des Kastells von Montegrossi anberaumen ließ, eine Trauung zwischen, wie er den Prete mit einem nun wirklich schmerzlichen Lächeln wissen ließ, drei

Personen: der schönen Schäferin Beatrice aus Grimoli, dem buckligen Armbrustspanner Gino und dem Signor Matz …

Frank Schulz

NU MAAACH!

Wahnsinn, allerdings. Am Morgen war ich, weil vorm Elbtunnel mal wieder Stau bis Stellingen angesagt worden war, über die Köhlbrand-Brücke zur Arbeit gefahren, was auch nicht viel rascher ging, weil auf dem Gipfel einspurige Verkehrsführung wegen Bauarbeiten herrschte, auf etwa zwanzig Metern. Sieh an, sagte ich mir. Das darfst du Bärbel gar nicht erzählen. Am selben Abend war ich bei ihr, sie schlürfte Sekt, Whiskey ich, und wir hatten uns gemütlich unser aufgezeichnetes Lieblings-«Tuttifrutti« in 3D reingezogen (schönster Dialog: Hugo Egon Balder: »Elke, du hast verloren!« Elke: »Super!«), als Bärbel, geschärft wie 'n Makakenweibchen, in ihre Stilettos schlüpfte und von mir verlangte, sie endlich mal, am besten sofort, auf der Steiltreppe zur *Hexenkate* zu »knallen«. Für Januar war's pervers mild – der Winter '88 machte PR für den Treibhauseffekt –, und ich Großmaul sagte: »Wenn schon, dann auf'er Köhlbrand-Brücke.« Gleich hing sie mir am Hals, bettelte und litzte die Lippen und schummelte an meinem Halunken herum, und es half gar nichts, daß ich sie an ihren verschiedenen Aurikeln zog – sie mußte raus. Raus in die feuchte Vollmondnacht. Raus mit dem schaurigen Kadetten.

In zehn Minuten waren wir vor Ort. Wir fuhren über die Brücke in den Freihafen, wendeten und erklommen sie von der anderen Seite, mußten die Baustelle jedoch passieren, weil uns ein PKW nachfolgte. Ich fuhr wieder runter. Ich wollte nach Haus. Wütend zerrte Bärbel Strumpfhose und Slip über die

Waden, schmiß beides aus dem Fenster und drohte, ihr Samtkleid hinterherzuwerfen, sollte ich's nicht noch einmal versuchen.

Ich wendete und fuhr erneut in den Hafen, wo fleißig für unser Wohlergehen geschuftet wurde – zum Glück unsichtbar –, wendete und parkte am Windhukkai. Ich nahm 'n kräftigen Zug aus'm Flachmann; unterdessen fiel Bärbel über mich her und fachte mich an bis zur Weißglut; ich gab mich schon Hoffnungen hin, sie aber stöhnte: »Schluß jetzt, hör *auf*! Fahr *los*!« Ich spähte in den Rückspiegel; die Bahn war frei. *Hic Rhodos, hic Salta*. Und schon rasten wir zum zweiten Mal die Steigung hinauf; auf den ersten der titanischen Pylonen zu, durch welchen die Brückentraverse führte, verankert an zeltartig aufgefächerten Stahltrossen, hoch über die Ausläufer des Hafengeländes hinweg. Bärbel starrte hinaus übers defilierende Geländer, die samtbezogenen Brüste zwischen den konisch gestreckten Armen zusammengeballt, beide Hände im schwülen Schoß unterm Kleid – Satyrspiel auf frömmlerische Bravheit –; »orr«, röchelte sie, »t'tal naß dorr ...«, während ich meinen Scheit schürte, und noch bevor ich den Kadetten zwischen zwei rot-weißen Baken stoppte, riß ich den Lappen, den ich gewöhnlich zum Auswischen der Verteilerkappe benützte, aus dem Handschuhfach; nervös fiepend stieg Bärbel aus, ich mit waagerecht wippendem Werkzeug hinterher.

Den ganzen Asphalthang bis weit hinunter zu den Schuppenanlagen keinerlei drohende Halogenaugen. Es war 3.35 Uhr. Von der Ölmühle her stank es wie verfaultes Brot. Kühle Lüfte auf unseren dünkelhaft geröteten Gesichtern. »Nu *maaach*!«, schrie Bärbel, bizarr grinsend vor Hysterie, zwängte sich zwischen zwei Barrieren hindurch und schwang ihre Beine über die parallel zur Fahrbahn verlaufende hüfthohe Reling, einzementiert in einen niedrigen Wall, der einen engen Notpfad entlang dem äußeren Brückengeländer nach innen begrenzte; sie stützte sich an der Außenbrüstung ab, da unten summte der Abgrund, und hakte die Absätze auf dem schmalen Betongrat hinter sich ein, die gespreizten Oberschenkel rückwärts gegen die Reling gestemmt, und schrie »Orr, *irre*!« in die menschenleere Nachtluft; mit links umklammerte sie die Brüstung, bog die Wirbelsäule durch und lupfte den Kleidschoß über die Reling und griff sich mit der rechten in die Grätsche – und lachte dreckig, als eine beflissene Bö ihren über die Stange hinausgereckten Hintern entblößte, der im weißgelblichen Laternenlicht aufleuchtete, fast so bleich wie der greise Fötusschädel des Mondes hoch über uns, dessen Abbild im Wasserspiegel – fünfzig Meter tief unter uns – gleichzeitig lautlos zersplitterte. Unter ständiger Wartung meines Geräts umwickelte ich hastig das hintere Nummernschild, warf noch einen Blick das Straßengefälle hinunter, und bevor ich diesseits des Handlaufs auf den Zementfuß eines Halteverbotsschildes stieg, sah ich auf Bärbels Binnenschenkel, zwei Fingerbreit unterhalb dessen, wo ihre amphibischen Finger rieben, eine Spur ihres Vulvamagmas schimmern, nur einen winzigen Augenblick lang, der doch die Ewigkeit versilberte.

Meine Nerven tanzten, weich waren die Knie und alles übrige krampfstarr, und dann packte mich dieses Mannsfieber, erfaßte mich zugleich jene meuchelmörderische Ruhe, auf die ich bei all unseren späteren Freilicht-Akten immer wieder zurückgegriffen habe; ich fühlte das riesenhafte Viadukt unter unseren Füßen schwanken von der Erdrotation, ich riß die Gürtellasche aus der Schnalle und ließ die Hosen fallen, ein grabeskalter Hauch umhüllte meine erhitzten Hoden, und dann packte ich die Wahnsinnige im Knick ihrer pochenden Lende unter den Samtlamellen und griff mir rechterhand eine Garbe ihrer Haare und bohrte mich durch ihre eigene kalte Muffe aus Ring- und Mittelfinger, hindurch durch jenen Urobosring in den Schlund hinein; hinterrücks aufgespießt klemmte Bärbel quer zwischen der Notreling und dem Brückengeländer und starrte schreiend in die klaffende Tiefe, und über sie gekrümmt stößelte ich drauflos wie die niederste Spezies. »*Woaa*AaaAaarr!« Unmenschlich, ihr Gebrüll, lange, laute Phrasen stimmhafter Reibelaute, nach meinem Versmaß interpunktiert im Zwerchfell – *Tschick, tschick, tschick* klang's aus der Pufferzone, »*Woaa*AaaAaarr!« tönte ihr Echo; es ging mir durch und durch, dies irrsinnige Geschrei, ein Schauer jagte den nächsten mir über die Blöße; über Bärbels rhythmisch erschütterte Schulter hinweg starrte ich fickend durch die wie Kohle funkelnde, unhörbare Tiefe hinunter auf das Köhlbrandgewässer unter uns, wo ein Lastkahn, ein monströses, gespenstisch hohles Düsternis-Lampen-Gefüge, eingekeilt zwischen einer roten und einer grünen Ampel, aus unserem Blickfeld hinaus unter der Brücke verschwand; ich starrte auf die ruhelos raunenden Schattenreiche an den Ufern, karge Kubusmassive und Haine kahler Kräne, von neonweißen und fehlfarbenen Koordinaten leuchtpunktierte Schattenreiche diesseits der Autobahntrasse, deren spärlicher Verkehr willkürlich dahingleitende weiße und rote Vektoren bildete, die ab einem perspektivisch bestimmten Punkt mit vertauschten Farben weiterglitten, unter glimmenden, kühnen Girlandenparabeln, bis in den Nachthorizont, wo sie erloschen; ich starrte stadteinwärts in die grob zerklüftete Stahl- und Betonlandschäft, reich illuminiert in Orange-, Urin- und Platinnuancen von intensiver Blässe, wie ein verlassener Rummel für Farbenblinde; Reigen starrer Fackeln, Schwärme toter Fixsterne, flackernde Blaufunken wie brennende Spirituslachen, exakte, lichtvernietete Doppelriegel, Tausende Schritte Finsternis überspannend; fahle Flutlichter, Eckpfosten einer undurchschaubaren Gebäudesavanne, deren Schlotgipfel wabernde Dschinne über die eitle Menschheit schicken, angegähnt von vasten Arealen voll Astralnebeln und mystischer Astronomie – Großer und Kleiner Microchip, Die Sieben Chakren, Die Nachtjäger-Tribüne: Mahnmale erkalteter Trümmerfeuer auf den Kehrseiten fremder Himmel, niedergestürzt auf die Erde, und hier oben wir, deren verzweifelte Gottheiten … »*WoaAaa*, Aaarr! *WoaAaa*rrrr! *Orr! Huurr! HuuUuuUuuUuuUurr!*« Ihr Halstuch löste sich, wurde von einem Hauch von drunten aufgehoben und segelte davon; plötzlich nahm Bärbel ihre Finger fort und zerrte am Kleidausschnitt, er riß nicht; ich spähte fortfickend den Asphalthang hinunter, wo von fern aufgeblendetes Zwillingslicht nahte; »da – kommt'n – Auto«, ächzte ich und legte einen Zahn zu, und sie schrie, sie schrie eine halbe Note höher, »*UuUuUuUuUu*-Uurr! *HuUuUuUuuuuurr*!«, und riß wütender an ihrem Kragen, aber er gab nicht nach, und da drehte ich durch und schob ihr das Kleid bis über den Kopf – beinah wär's noch über die Schultern gerutscht –, vierundfünfzig Meter überm Wasserspiegel baumelten ihre Titten brach, und als uns die Scheinwerfer des nächtlichen Wagens vom Fuß der Brücke aus in gleißendes Licht tauchten, kniff ich ihr in die heißgefrorenen Zäpfchen, und da war's, als ob ihr Stimmband riß, nur noch ein heiseres »Hihh«, Schauder trieben ihr in Wellen über den Rücken, wild flatternd die Bauchdecke, ihr Arsch vibrierte, sie sackte zusammen; ich konnte sie grad noch halten, und dann strömte die Schlacke heraus und ihren Schenkel hinunter und troff auf mein Hosenbein, auf meine Schuhe, auf den Asphalt; ich ließ mich Hals über Kopf über die Reling gleiten und fiel mit ihr zusammen hinter die niedere Betonmauer nieder, gleich ihr schlotternd und krampfend vor Kälte, vor innerer Überhitzung und tierischem Furor. Weit hinter dem Gitter des Brückengeländers, im Lichthof eines Lagerschuppens, sah ich einen Schemen schweben, vielleicht das Halstuch, und im selben Moment zog das Fahrzeug an der Baustelle und meinem Wagen vorbei, abbremsend, doch ohne anzuhalten und ohne zu hupen, vorbei, und verschwand hinter der Kuppe der Brücke.

Ich machte mir fast in die Hosen, als wir gegen 3.45 Uhr den Engpaß beim Freihafenzoll passierten, aber es geschah nichts. Überhaupt nichts. Auch Polizei hielt uns nicht an. »Horr horr, dorr«, lachte Bärbel. »Wahnsinn!«

Frank Wedekind
LIEBESMALE

Rachel zieht sich wie gewöhnlich gleich bis aufs Hemd aus und rekelt sich auf dem Diwan. Wir schwatzen noch bis gegen zwei. Sie beginnt Chahut zu tanzen, steigt mir auf die Schultern, und ich trage sie, so schwer sie ist, im Zimmer herum. Sie ist durchaus appetitlich, und ich bin ausnahmsweise ziemlich verliebt. Wir verbeißen uns ineinander, sie appliziert mir einige Liebesmale, und ich erreiche trotz meiner falschen Zähne auf ihrem Schenkel ebenfalls einen Anflug davon. Wie wir zu Bett gehen, zieht sie die Gardine so weit wie möglich vor. Es geschieht wegen ihrer Drüsennarben unter dem Kinn, die bedeutend größer geworden sind. Ob sie offen sind, weiß ich nicht. Ich tue, als merke ich nichts davon. Ich finde mich ausnahmsweise etwas stärker als schwach, schlafe dann aber sofort ein mit einem Bonsoir, ma petite femme, das sie mit einem Bonsoir, mon mari, erwidert und schnarche ununterbrochen bis nachmittags um drei.

Harry Rowohlt
SCHÖNHEIT DER SÜNDE

Oben in den Bergen von Montenegro ist das Leben archaisch. Man tut seiner Frau ein Tüchel übers Gesicht, wenn einen die Begierde packt, und wenn sie fremdgegangen ist, legt sie sich ein frisches Brot auf den Kopf, auf welches man mit einem Vorschlaghammer haut, und daran stirbt sie dann. Unten an der Küste herrscht dagegen der Tourismus, und die Sitten sind ähnlich verbissen, nur eben locker. Islam im Oberland, FKK im Unterland, Fundis allewege.

Die frischverheiratete Jaglika aus den Bergen (mit ganz großen Augen und Beschützerinstinkte weckendem Damenbart: Mira Furlan) jobbt als Stubenmädchen in der Nudistenkolonie und beobachtet ein reichlich unbekümmertes Britenpärchen beim Turteln. Sie läßt sich von den beiden umgarnen, und das Ganze gipfelt in einem in Zeitlupe aufgenommenen, sogenannten Unflotten Dreier. Nun hat sie die Schönheit der Sünde kennengelernt und will mit ihrem Mann auch mal ohne Tüchel.

Wird er daran zerbrechen? Wird sie daran zerbrechen? Wird der verlogenen Doppelmoral ein Spiegel vorgehalten werden? Wird sich die jugoslawische Handelsbilanz erholen? Ja und nein. Die Besten gehen eben drauf, lernen wir, und den Miesen geht es gut, aber auch das ist Gott sei Dank gar nicht wahr.

Denn wer sagt, dies sei ein Film über den Zusammenprall zweier unvereinbarer Kulturen, der lügt. Er ist eine Huldigung an jene, die keiner Huldigung bedürfen: an die große, dicke Mehrheit, die säuft, hurt, singt und Geschäfte macht, ein Panegyrikos an jene namenlosen Helden, denen der Islam zu doof und der Nudismus zu dämlich ist.

»Den meisten Leuten«, sagt Regisseur Živko Nikolić, »hat mein Film nicht gefallen, aber sie haben sich ihn trotzdem achtmal angesehen.« Denn wir, die wir *Leute* sind, sehen es ganz gern, wenn die vorbildlichen Menschen vorbildlich scheitern oder doch zumindest abreisen. Denn dann kann man wieder ein Leben mit kleinen Fehlern führen; so ein Leben, und sei es noch so dürftig, führt man, wenn man darf, gern mindestens achtmal.

Jemand, der kein Jugoslawe ist, braucht sich den Film nicht achtmal anzusehen. Nur etwa einmal.

Walter Satterthwait

HEISSE STRÖME

Diesmal kein Butler. Sie öffnete selbst die Tür. Das elegant fallende rote Haar umgab ihr ovales Gesicht wie eine Aura. Sie trug ein grünes Satinkleid, das technisch gesehen eine extrem gesittete Angelegenheit war: seriös, mit langen Ärmeln, anständig den Leib hinauf bis zum feinen Spitzenkragen zugeknöpft. Aber von der Taille bis zum Hals umgab der Stoff ihren Körper, als wäre sie hineingewachsen und dieser Prozeß erst vor wenigen Augenblicken abgeschlossen worden. Spöttisch und stolz enthüllte er all die Herrlichkeit, die er zu verdecken vorgab. Ihre roten Lippen lächelten ein wenig. Die violetten Augen glänzten. »Oscar«, sagte sie. »Kommen Sie herein.« Bei Tageslicht war die Farbe ihrer Augen noch aufsehenerregender.

Er trat in den Korridor, und sie schloß die Tür hinter ihm.

»Ich habe dem Personal freigegeben«, sagte sie, immer noch lächelnd.

»Ah«, sagte Oscar.

Plötzlich dachte er, *Ah?* Welch brillante Erwiderung.

Wieder stieg ihm ihr Parfum in die Nase, der Moschus, die verbotenen Gewürze, die fahlen Blumen, die nur im Licht des Vollmonds blühen. Vielleicht lag es daran, daß sich sein Kopf plötzlich aller Gedanken entledigte, leicht und schwerelos wie eine Seifenblase wurde. Gleich würde er vom Hals gleiten, in die Höhe schweben, und sanft gegen den langweilig gemusterten Deckenstuck stoßen.

»Kommen Sie«, sagte sie. Sie legte ihre Hand sanft auf seinen Arm. Seine Haut brannte unter ihren Fingern.

Wie an einer Leine, folgte er ihrem kräftigen, komplexen Duft.

Plötzlich kam ihm ein Spätsommer in Irland in den Sinn

– Lough Bray in den Wicklows – als der Nachbarscollie hinter der Setterhündin seines Vaters herlief. Die dünne, aristokratische Nase des Rüden schnüffelte am herumtollenden Hinterteil der Hündin, als beide Tiere im Gänsemarsch durch das Licht der tiefstehenden, goldenen Sonne im langen, dunklen Schatten des Waldes verschwanden.

Das Fell des Setters war auch rot gewesen.

Die Erinnerung an diesen Augenblick und die Ähnlichkeit mit der aktuellen Situation bedrückte ihn in keinster Weise. Im Gegenteil. Zu seiner nicht unerheblichen Überraschung erregte sie ihn nur noch mehr.

Am Absatz der breiten Treppe hielt sie an und drehte sich zu ihm um. »Sind Sie sehr hungrig?« fragte sie.

Er war völlig ausgehungert. Allein der Gedanke an eine Brunnenkresse- und Selleriediät hatte einen Bärenhunger hervorgerufen. Und doch riet ihm ein innerer Geist, ein Schutzengel, gerissener als er selbst, Gleichgültigkeit an den Tag zu legen.

»Nicht sehr, nein. Warum?« Mein Gott, war sie schön.

»Horace kommt erst am Nachmittag zurück.«

»Ich verstehe.« Tat er eigentlich nicht so recht. Er erinnerte sich auch nur vage, wer Horace war.

»Wir frühstücken später«, sagte sie. »Hinterher.«

»Ah.« Hinterher?

Und dann kam sie näher, die leuchtendvioletten Augen blitzten ihn an, die roten, lächelnden Lippen öffneten sich langsam, die schmale Hand schwebte auf sein Gesicht zu.

Einen winzigen Augenblick zögerte er. Vielleicht eine Sekunde sausten Gedanken von Schmach und Schande, Sünde und Sechsschüssern wie Collies und Setter durch sein Hirn, kollidierten, fielen übereinander her und rauften miteinander.

Dann berührte die Hand ihn am Hinterkopf wie eine zufallende Tür, die die Kälte aussperrt, und ihre Lippen berührten die seinen, weich und feucht, und die schlüpfrige, wissende, spitze Zunge klopfte neckisch gegen seine Zähne.

Auf einmal, als fiele er von einer Steilwand durch wohlriechende Wolken, gab er sich diesem unvergleichlichen Augenblick hin, sagte sich, daß er bald Teil der Vergangenheit sein würde, aus und vorbei. Mit der Vergangenheit konnte er umgehen. Nur die Zukunft machte ihm Sorgen, erforderte Entscheidungen. Später, hinterher – ja, beim Frühstück – würde sein Leben in den üblichen Bahnen fortschreiten.

Plötzlich willenlos, bewegten sich seine Hände von selbst, umschlangen ihre schlanke Taille und glitten den elektrifizierend sanften Satinstoff hinab und griffen nach ihrem geschmeidigen, runden Gesäß. Die Nervenenden an seinen Fingerspitzen hatten sich tausendfach vermehrt. Sie spürten und priesen jeden einzelnen Seidenfaden des Kleides und, was noch weit bemerkenswerter war, jedes einzelne, kribbelnde Atom im festen, erwartungsvollen Fleisch darunter.

Ihre Brüste waren gegen seine Brust gedrückt, ihr Bein zwischen seine gepreßt. Ihre Zunge wühlte seinen Mund auf. Drückend lag ihr vielschichtiger, berauschender Duft in der Luft.

Sein Körper schien zu schweben, auf einem tropischen Meer zu treiben, wo die heißen Ströme der Frau auf die seinen trafen, beide verschmolzen und ihn blind und unnachgiebig davontrugen. Aus der Ferne, dem hintersten Winkel des Hirns, in dem noch beobachtet, registriert und gewertet wurde, konnte er nicht feststellen – er hatte nicht die geringste Ahnung –, wohin es ihn mitreißen würde. Es interessierte ihn auch nicht.

Hingerissen, dachte er.

Gott noch mal, dachte er, *ein Klischee.*

Ihre Hand schlängelte sich seinen Oberschenkel herauf, fand ihn, und dann interessierte ihn auch das nicht mehr.

Deutsch von Gunnar Kwisinski

Jan Graf Potocki

KÜSSE DER DANKBARKEIT

Sehr spät wachte ich auf. Als ich die Augen öffnete, saß Señora Santárez am Fußende meines Bettes. Sie schien geweint zu haben.

»Mein junger Caballero«, sagte sie, »bei Ihnen habe ich Zuflucht gesucht; oben sind Menschen, die Geld von mir verlangen, und ich kann ihnen keins geben. Ich habe Schulden – aber ach! – habe ich nicht die armen Kinder kleiden und ernähren müssen? Sie leiden Entbehrungen genug!«

Hier begann Señora Santárez zu schluchzen, und ihre tränenerfüllten Augen richteten sich unwillkürlich auf meinen Beutel, der neben mir auf dem Nachttisch lag. Diese stumme Sprache verstand ich. Ich leerte das Gold auf den Tisch; ich teilte es, so gut ich konnte, in zwei gleiche Hälften und bot eine von ihnen Señora Santárez an: Sie hatte eine solche Großzügigkeit nicht erwartet. Zuerst schien sie vor Überraschung wie erstarrt; dann ergriff sie meine Hände, küßte sie überschwänglich, drückte sie an ihr Herz, dann raffte sie das Gold zusammen und rief »Oh! meine Kinder, meine lieben Kinder!«

Darauf erschienen die Töchter, auch sie küßten mir die Hände. Durch alle diese Zeichen der Dankbarkeit wurde mein Blut, das durch die Träume schon allzu sehr erhitzt war, lichterloh entflammt.

Ich zog mich eilig an und wollte auf einer Terrasse des Hauses Luft schöpfen. Als ich am Zimmer der jungen Mädchen vorüberging, hörte ich, wie sie schluchzten und einander weinend um den Hals fielen. Einen Augenblick hörte ich es mir an, dann trat ich hinein.

Celia sagte zu mir: »Hören Sie, allzu teurer und allzu liebenswürdiger Gast, Sie sehen uns in äußerster Erregung. Seit wir auf der Welt sind, hatte keine Wolke unsere Empfindungen füreinander verdunkelt, und die Liebe verband uns noch stärker als die Bande des Blutes; seitdem Sie hier sind, ist es nicht mehr so. In unsere Seelen hat sich die Eifersucht eingeschlichen, und vielleicht wären wir dazu gelangt, einander zu hassen. Zorrillas Gutmütigkeit hat dieses schreckliche Unglück verhütet. Sie hat sich in meine Arme geworfen, unsere Tränen haben sich miteinander vermischt, und unsere Herzen sind einander wieder nähergekommen. Jetzt aber, teurer Gast, ist es an Ihnen, uns vollends zu versöhnen. Versprechen Sie uns, die eine nicht mehr als die andere zu lieben; und wollen Sie uns Liebkosungen zuteil werden lassen, so teilen Sie sie gleichmäßig unter uns auf.«

Was konnte ich auf diese temperamentvolle und dringliche Aufforderung erwidern? Ich drückte sie beide nacheinander an meine Brust; ich trocknete ihre Tränen, und ihr Kummer wich zärtlichen Tollheiten.

Gemeinsam traten wir auf die Terrasse hinaus, und dort gesellte sich Señora Santárez zu uns. Das Glück darüber, ihre Schulden beglichen zu haben, machte sie trunken vor Freude. Sie lud mich zum Essen ein und bat mich, den ganzen Tag mit ihr zu verbringen. Bei unserem Mahl herrschte eine Atmosphäre von Vertrautheit und innigem Einverständnis. Die Bedienten wurden weggeschickt; die beiden Töchter bedienten uns abwechselnd. Señora Santárez, erschöpft von den Aufregungen, die sie erlebt hatte, trank zwei Gläser eines feurigen Weines aus Rota. Ihr Blick wurde ein wenig verschwommen, die Augen glänzten ihr aber um so mehr. Sie wurde sehr lebhaft, und ihre Töchter hätten wieder einen Grund zur Eifersucht gehabt; aber sie hatten eine zu hohe Meinung von ihrer Mutter, als daß ihnen auch nur der Gedanke daran hätte kommen können. Die Mutter aber erlag zwar dem Einfluß ihres vom Wein erhitzten Blutes, war jedoch von jeder Zügellosigkeit weit entfernt.

Was mich angeht, so dachte ich nicht im geringsten an Verführung. Uns verführten unser Geschlecht und unsere Jugend. Der süße Drang der Natur gab unserem Zusammensein einen unaussprechlichen Zauber; wir hatten Mühe, uns zu trennen. Der Sonnenuntergang hätte uns endlich Abschied voneinander nehmen lassen; aber ich hatte bei einem Verkäufer in der Nachbarschaft Erfrischungen bestellt. Daß sie gebracht wurden, erregte Freude, weil es uns den Vorwand lieferte, beisammen zu bleiben: Bis dahin verlief alles gut. Kaum saßen wir aber bei Tisch, da erschien Cristof Sparadoz. Der Eintritt eines französischen Edelmannes in den Harem des Großscheichs hätte keine peinlichere Empfindung erzeugen können, als ich sie erlebte, als Don Cristof hereinkam. Señora Santárez und ihre Töchter waren nicht meine Gattinnen und bildeten nicht meinen Harem, aber mein Herz hatte von diesen Damen sozusagen Besitz ergriffen, und daß meine Rechte in Frage gestellt wurden, schmerzte mich wirklich.

Weder diesem Umstand noch meiner Person schenkte Don Cristof die geringste Aufmerksamkeit. Er grüßte die Damen, geleitete Señora Santárez ans Ende der Terrasse, führte mit ihr ein langes Gespräch und setzte sich dann mit zu Tisch, ohne daß er dazu aufgefordert worden wäre. Er aß, trank und sprach kein Wort; als sich die Unterhaltung aber dem Stierkampf zuwandte, schob er seinen Teller von sich, schlug mit der Faust auf den Tisch und sprach:

»Ah, beim heiligen Christophorus, warum muß ich nur Kanzlist beim Minister sein? Ich wäre lieber der letzte Torero von Madrid als Präsident aller *cortez* von Kastilien.«

Zugleich stieß er mit dem Arm in die Luft, als wolle er einem Stier den Todesstoß versetzen, und ließ uns den Umfang seiner Muskeln bewundern. Dann setzte er, um seine Kraft zu demonstrieren, die drei Damen in einen Lehnstuhl, schob seine Hand darunter und trug ihn quer durch das Zimmer. Don Cristof genoß diese Spiele so sehr, daß er sie so lange wie möglich fortsetzte; dann nahm er Mantel und Degen, um zu gehen. Bis dahin hatte er mir überhaupt keine Beachtung geschenkt. Aber dann sagte er, zu mir gewandt: »Und nun, mein Freund und Edelmann, wer macht denn die besten Schuhe seit dem Tod des Schusters Marañon?«

Diese Bemerkung faßten die Damen nur als eine der Ungereimtheiten auf, die Don Cristof recht oft zum besten gab. Ich aber war äußerst ungehalten darüber. Ich holte meinen Degen und lief hinter Don Cristof her.

Ich erreichte ihn am Ende einer Querstraße, verstellte ihm den Weg und rief »Unverschämter, für soviel gemeinen Schimpf wirst du mir bezahlen.«

Don Cristof legte die Hand an die Glocke seines Degens, als er aber auf dem Boden einen Knüppel entdeckte, hob er ihn auf und führte damit einen harten Schlag gegen die Klinge meines Degens, so daß er mir aus der Hand sprang. Dann stürzte er sich auf mich, packte mich an den Haaren, schleppte mich zum Rinnstein und warf mich nieder, wie er es am Vortag gemacht hatte, aber mit solcher Gewalt, daß meine Benommenheit noch länger dauerte.

Jemand reichte mir die Hand, um mir auf die Beine zu helfen; ich erkannte den Edelmann, der meinen Vater hatte wegtragen lassen und der mir tausend Pistolen gegeben hatte. Ich warf mich ihm zu Füßen; er hob mich gütig auf und hieß mich mit ihm kommen. Unterwegs schwiegen wir und gelangten zur Brücke über den Manzanares, wo zwei Rappen für uns bereitstanden, auf denen wir eine halbe Stunde lang am Fluß entlang galoppierten. Wir gelangten zu einem einsamen Haus, dessen Türen sich von selbst vor uns öffneten; der Raum, den wir betraten, war mit brauner Serge ausgeschlagen, ringsum prangten silberne Leuchter, und es brannte ein silbernes Kohlebecken. An ihm ließen wir uns in zwei Lehnstühlen nieder, und der Unbekannte sagte zu mir:

»So geht es zu in der Welt, Señor Hervás; ihre so sehr

bewunderte Ordnung zeichnet sich nicht gerade durch eine gleichmäßig austeilende Gerechtigkeit aus; den einen gab die Natur eine Kraft von achthundert Pfund, anderen bloß von sechzig. Allerdings gibt es die Hinterlist, mit der man das Recht wieder ein wenig ins Gleichgewicht bringen kann.«

Dabei zog der Unbekannte eine Schublade auf, nahm einen Dolch heraus und sagte: »Sehen Sie dieses Instrument: Sein Ende ist olivförmig gebogen, aber es läuft in eine haarfein geschliffene Spitze aus; stecken Sie ihn in den Gürtel. Leben Sie wohl, mein Caballero; denken Sie stets an Ihren guten Freund, Don Belial de Gehenna. Sollten Sie mich brauchen, so kommen Sie nur um Mitternacht zur Manzanaresbrücke; klatschen Sie dreimal in die Hände, und die Rappen werden erscheinen. Ich vergaß übrigens das Wichtigste; hier ist ein neuer Beutel; lassen Sie es sich an nichts fehlen.«

Ich dankte dem hochherzigen Don Belial. Ich stieg auf meinen Rappen; ein Neger stieg auf den anderen; wir gelangten wieder zur Brücke, wo ich absitzen mußte, und ich kehrte wieder zur Wohnung zurück.

Wieder zu Hause, legte ich mich zu Bett und schlief ein; aber ich hatte quälende Träume. Den Dolch hatte ich mir unter das Kopfkissen gelegt; es schien mir, er bewege sich von seinem Platz weg und dringe mir ins Herz. Ich sah auch Don Cristof, wie er mir die drei Damen aus dem Hause entführte.

Am nächsten Morgen war meine Stimmung düster; selbst die Gegenwart der jungen Mädchen gab mir keine Ruhe. Ihre Versuche, mich aufzuheitern, bewirkten das Gegenteil, und meine Liebkosungen waren weniger unschuldig. War ich allein, so spielte ich mit dem Dolch und bedrohte damit Don Cristof, den ich vor mir zu sehen glaubte.

Dieser fürchterliche Mensch erschien am Abend wieder und schenkte mir nicht die mindeste Beachtung; aber den Damen widmete er sich angelegentlich. Mit jeder von ihnen schäkerte er, machte sie zornig und brachte sie dann zum Lachen. Seine Possen gefielen schließlich mehr als meine Liebenswürdigkeit.

Das Souper, das ich hatte bringen lassen, war eher delikat als üppig. Don Cristof verzehrte es fast allein; dann griff er nach seinem Mantel, um zu gehen. Vorher aber wandte er sich unvermittelt mir zu und sagte: »Mein Edelmann, was sehe ich denn in Ihrem Gürtel für einen Dolch? Sie würden ihn doch besser durch eine Schusterahle ersetzen.«

Daraufhin verließ er uns mit schallendem Gelächter. Ich folgte ihm, holte ihn an einer Straßenbiegung ein und stieß ihm mit aller Kraft den Dolch in die linke Seite. Doch mit der gleichen Kraft, mit der ich zugestoßen hatte, fühlte ich mich abgewehrt; und Don Cristof wandte sich mir ganz kaltblütig zu und sagte: »Flegel, weißt du nicht, daß ich einen Harnisch trage?«

Dann packte er mich bei den Haaren und warf mich in den Rinnstein. Dieses Mal war ich aber glücklich, daß ich dort lag und daß es mir erspart blieb, einen Mord zu begehen. Ich rappelte mich mit einer gewissen Zufriedenheit auf. Dieses Gefühl begleitete mich bis ins Bett, und meine Nacht war friedlicher als die vorangegangene.

Am Morgen fanden mich die Damen ruhiger als am Vortag und beglückwünschten mich dazu; aber ich wagte es nicht, den Abend mit ihnen zu verbringen. Ich fürchtete den Mann, den ich hatte ermorden wollen, und glaubte, ich könne es nicht wagen, ihm ins Gesicht zu sehen. Ich verbrachte den Abend damit, durch die Straßen zu spazieren, und mein Herz war voller Grimm, wenn ich an den Wolf dachte, der mir in den Pferch eingefallen war.

Um Mitternacht ging ich zur Brücke; ich klatschte in die Hände, und die Rappen tauchten auf; ich schwang mich auf den, der für mich bestimmt war, und folgte meinem Führer zum Hause Don Belials. Die Türen öffneten sich von selbst; mein

Beschützer kam mir entgegen und führte mich vor das Kohlebecken, an dem wir zuvor schon gesessen waren.

»Nun«, sagte er mit leicht spöttischem Ton, »nun, mein Caballero, der Mord ist mißlungen, aber das macht nichts, man rechnet Ihnen schon die Absicht an. Wir haben übrigens dafür gesorgt, Ihnen einen so fatalen Rivalen vom Halse zu schaffen. Man hat die Verrätereien, die er sich zuschulden kommen ließ, zur Anzeige gebracht, und heute sitzt er im gleichen Gefängnis wie der Vater von Señora Santárez. Es liegt also nur an Ihnen, Ihr Glück zu nutzen, und zwar ein wenig besser als bisher. Nehmen Sie diese Bonbonniere als Geschenk an, sie enthält Konfekt mit besonderen Ingredienzien: Bieten Sie sie den Damen an und essen Sie selbst davon.«

Ich nahm die Bonbonniere, die einen angenehmen Duft verströmte, und sagte zu Don Belial: »Ich weiß nicht recht, was Sie mit ›mein Glück nutzen‹ meinen. Ich wäre ja ein Ungeheuer, wenn ich das Vertrauen einer Mutter und die Unschuld ihrer Töchter zu mißbrauchen fähig wäre; ich bin nicht so niederträchtig, wie Sie zu glauben scheinen.«

»Ich denke nicht, daß Sie dem Bösen mehr oder weniger zuneigen als alle anderen Kinder Adams. Bevor Sie ein Verbrechen begehen, haben Sie Skrupel, hinterher Gewissensbisse. Daher bilden Sie sich ein, die Tugend bedeute Ihnen noch etwas; aber Sie könnten sich diese lästigen Empfindungen sparen, wenn Sie untersuchen wollten, was die Tugend eigentlich ist; nämlich eine gedachte Eigenschaft, deren Existenz Sie ohne Nachprüfung gelten lassen; und eben dies stellt sie in die Reihe der Vorurteile, also der Meinungen, die man übernimmt, ohne sich zuvor ein Urteil zu bilden.«

»Señor Don Belial«, antwortete ich meinem Gönner, »mein Vater hatte mir seinen siebenundsechzigsten Band in die Hände gelegt, der von der Moral handelt. Das Vorurteil ist nach seiner Ansicht nicht eine Meinung, die ohne vorausgehendes Urteil übernommen wird, sondern eine Ansicht, über die schon geurteilt wurde, bevor wir das Licht der Welt erblickten, und die gleichsam als Erbschaft auf uns gekommen ist. Die Gewohnheiten unserer Kindheit streuen den ersten Samen in unsere Seele; das Beispiel bringt ihn zur Entfaltung, die Kenntnis der Gesetze gibt ihm Kraft; folgen wir ihm, so sind wir ehrenhaft; tun wir mehr, als die Gesetze verlangen, so beweisen wir Tugend.«

»Diese Definition«, sagte Don Belial, »ist nicht schlecht und macht Ihrem Vater Ehre; er schrieb gut und dachte noch besser, vielleicht folgen Sie seinem Beispiel. Aber kommen wir auf Ihre Definition zurück. Ich stimme darin mit Ihnen überein, daß Vorurteile Meinungen sind, über die schon geurteilt wurde; aber das ist doch kein Grund, nicht abermals über sie zu urteilen, wenn sich unser Urteilsvermögen erst richtig herausgebildet hat. Ein Geist, der danach dürstet, den Dingen auf den Grund zu gehen, wird die Vorurteile einer Prüfung unterziehen, er wird sogar untersuchen, ob die Gesetze für jedermann auf gleiche Weise bindend sind. Sie werden tatsächlich finden, daß die Rechtsordnung einzig zum Vorteil jener kalten und trägen Seelen erfunden zu sein scheint, die ihr Vergnügen von der Ehe, ihren Wohlstand von Sparsamkeit und Arbeit erwarten. Die schönen Geister aber, die glühenden Seelen, die nach Gold und Genuß lechzen, die rasend ihre Jahre verzehren möchten, was hat schon die gesellschaftliche Ordnung für sie getan? Sie würden ihr Leben im Kerker verbringen und müßten es unter Foltern aushauchen. Glücklicherweise sind die menschlichen Institutionen nicht das, was sie zu sein scheinen. Die Gesetze sind Schranken; sie reichen hin, um die zufälligen Passanten zurückzuweisen; wer aber wirklich danach strebt, sie zu überwinden, der springt darüber hinweg oder schlüpft darunter durch. – Das Thema führt mich zu weit; es ist schon spät, leben Sie wohl, mein Caballero; machen Sie von meiner Bonbonniere Gebrauch und zählen Sie auf meine Protektion.«

Ich verabschiedete mich von Señor Don Belial und ging

nach Hause. Man öffnete mir die Tür; ich legte mich ins Bett und versuchte einzuschlafen. Auf meinem Nachttisch stand die Bonbonniere; sie verbreitete einen köstlichen Duft. Ich konnte der Versuchung nicht widerstehen; ich aß zwei Pralinés, schlief ein und hatte eine sehr unruhige Nacht.

Zur gewohnten Stunde kamen meine jungen Freundinnen. Sie fanden etwas Ungewöhnliches in meinem Blick; tatsächlich sah ich sie mit anderen Augen; ihre Bewegungen erschienen mir alle aufreizend und von der Absicht bestimmt, mir zu gefallen. Dieselbe Absicht glaubte ich in ihrem gleichgültigsten Geplauder wahrzunehmen; alles an ihnen erregte meine Aufmerksamkeit und gab mir Vorstellungen ein, von denen ich zuvor nicht einmal geträumt hatte.

Zorrilla erblickte meine Bonbonniere; sie aß zwei Pralinés und bot auch ihrer Schwester welche an. Bald gewann Wirklichkeit, was ich zu sehen geglaubt hatte: Die beiden Schwestern wurden von einem aus ihrem Inneren hervordringenden Gefühl überwältigt und gaben sich ihm hin, ohne es zu kennen; sie selbst erschraken davor und verließen mich mit einem Rest von Scheu, die ihrerseits etwas Wildes hatte.

Ihre Mutter trat herein. Seitdem ich sie vor ihren Gläubigern gerettet hatte, war sie mir gegenüber sehr zutraulich. Ihre Zärtlichkeit beruhigte mich einige Augenblicke; aber bald sah ich sie mit denselben Augen, mit denen ich auch ihre Töchter gesehen hatte. Sie bemerkte wohl, was in mir vorging, und geriet in Verwirrung. Sie wich meinen Blicken aus, und ihre Augen fielen auf die Bonbonniere; sie entnahm ihr einige Pralinés und ging. Alsbald kam sie zurück, liebkoste mich abermals, nannte mich ihren Sohn und schloß mich in die Arme. Sie verließ mich mit dem Ausdruck des Schmerzes und gewaltsamer Selbstüberwindung. Die Verwirrung meiner Sinne ging bis zur Tollheit: Ich fühlte, daß mir Feuer durch die Adern schoß, ich sah kaum mehr meine Umgebung, mein Blick umwölkte sich.

Ich strebte auf die Terrasse hinaus. Die Tür zum Zimmer der jungen Mädchen war halb geöffnet, und ich konnte nicht anders, ich trat ein. Ihre Sinne waren noch aufgewühlter als meine; das erschreckte mich. Ich wollte mich aus ihren Armen losreißen; ich hatte nicht die Kraft dazu. Ihre Mutter trat ein; die Vorwürfe auf ihren Lippen erstarben: Bald hatte sie das Recht verwirkt, uns welche zu machen.

Deutsch von Manfred Zander

Gerhard Mensching

ES GIBT GENUG GEILE WEIBER

Ich habe mir freilich oft überlegt, abends, vor dem Einschlafen, allein im Bett, unsere Schlafzimmer sind ja schon lange getrennt, ob ich nicht mal etwas anfangen sollte. Immer wieder habe ich mir das ausgemalt. Du hast eine hübsche Referendarin zum Tee mitgebracht. Ihr wollt ein wenig fachsimpeln, jedenfalls du willst es. Ich bereite natürlich den Tee, sage ein paar hübsche kleine Dinge; erzähle eine Teeanekdote, reiche Gebäck, Linzerteig-Ringerln, Zitronenmonde, Vanillekipferln, selbstgebacken, und die kleine Referendarin lächelt mich ganz verträumt an. Ich stelle die Teekanne auf den Rechaud, sage noch etwas über das schwüle Wetter, wünsche einen schönen Nachmittag und ziehe mich zurück. Abends im Bett denke ich die Sache dann weiter. Ich treffe sie scheinbar zufällig vor der Schule, wo ich scheinbar zufällig auf meine Frau warte, wobei mir dann einfällt, daß sie ja noch gar nicht kommen kann, weil sie heute eine Vertretungsstunde hat. Ich darf sie begrüßen, die Referendarin, wir kennen uns ja in aller Unschuld, ich darf sie zum Mittagessen einladen. Elly wird dann ja auch kommen, und ich koche immer mehr, als aufgegessen wird. Sie braucht sich also nicht zu genieren. Und dann fangen wir natürlich schon mit dem Essen an. Weiß der Teufel, wo die Elly heute bleibt. Beim Nachtisch sind wir schon sehr guter Laune, und dann schlage ich mir vor den Kopf: daß ich das überhaupt vergessen habe! Die Elly kommt ja heute überhaupt nicht zum Essen. Die fährt ja heute zu ihrer Tante und ist erst am Abend wieder zurück. Vielleicht glaubt die kleine Referendarin jetzt schon nicht mehr ganz, daß alles der Zufall so eingerichtet hat.

Ich sehe in ihren Augen, daß sie geküßt werden will. Ich stehe auf, gehe zum Buffet, als wollte ich die Likörflasche holen, um ihr noch ein Gläschen einzuschenken, aber plötzlich stehe ich hinter ihr, hebe mit beiden Händen ihren Kopf, biege ihn etwas nach hinten, küsse sie. Nun schnurrt das alles ab: der zweite Kuß, nach dem überrascht-beseligten nun inniger, der dritte bereits ganz wild. Das Gleiten vom Stuhl auf den Teppich. Streichelungen, erst edel-keusche, die Ehrlichkeit des Gefühls bekräftigend, dann eindeutige. Kein Büstenhalter. Aha. Da hatte ich doch richtig gesehen. Dann ab ins Bett und so weiter. Die Elly kommt ja nicht vor Abend. Und dann bin ich, wenn sie, wieder und wieder abschiedsgeküßt, gegangen ist, für einige Stunden sehr fröhlich und ausgelassen. Ich habe eine Geliebte! Und dann kommt dieser ganze Rattenschwanz hinterher. Treffpunkte, Schlafgelegenheiten, offene Aussprachen oder keine, ihre Verwandten, ein fester Freund, der zu lockern wäre, vielleicht sogar ein Ehemann. Scheidungserwägungen, Auseinanderdividieren. Austausch des verbrauchten Ehefrauenmodells gegen ein neues. Die zu verdrängende Erkenntnis, daß jetzt alles so ähnlich wieder von vorn losgeht.

Ich liege im Bett und male es mir aus. Ich sehe mich mit der neuen Frau eine neue Wohnung einrichten, Polstergarnituren ausprobieren, Gardinen bestellen. Ach, dieser süße kleine Schreibtisch! Nein! – Lieber etwas flüchtig Berauschendes. Eine andere Ehefrau, die eben nur mal ein bißchen fremdgehen will, auch keine Lust hat zu verliebtem Seelenernst. Es gibt ja genug geile Weiber. Auch nicht! Diese öde Herumfickerei! Ich stelle es mir vor und habe schon die Lust verloren, ehe meine Phantasie so richtig in Fahrt gekommen ist. Ich will es eben flüchtig, aber nicht oberflächlich.

Oft ahnst du gar nicht, in welche Gefahr du dich bringst. Ungeniert, meinst du, kann man selbst hübsche Schülerinnen nach Haus mitbringen, um in gemütlicher Atmosphäre etwas mit ihnen zu besprechen. Seit einiger Zeit kann ich mich nur noch mühsam beherrschen, während ich Tee und Gebäck reiche, damit ich nicht irgend etwas grauenhaft Unanständiges zu deinen Schutzbefohlenen sage.

Zum Beispiel die kleine Gisa. Ich habe schon darauf gewartet, daß sie aufbrechen wird. Neulich, du wirst dich nach über zwanzig Jahren wohl kaum noch an sie erinnern, neulich sah ich sie unvermutet wieder, als sie bei uns irgend etwas abholen sollte. Ich öffnete ihr die Tür und war ganz perplex, weil ihr plötzlich Brüste herausgeknallt waren.

»Na, Gisa«, wollte ich fast sagen, »da hat dir der Klapperstorch zum Geburtstag aber ein paar hübsche Möpse geschenkt. Dafür läßt du ihn doch sicher bald in deinem Nestchen wohnen.«

Ich habe es natürlich nicht gesagt, aber ich werde zunehmend schamloser. Helma Peters, deiner patenten Kollegin, die so gern zum Schwatzen kommt, hätte ich neulich um ein Haar an den Busen gefaßt. Es war eine tolle Gelegenheit: sie beugte sich über die Lehne eines Gartenstuhles und stützte sich mit den Händen links und rechts auf die Armlehnen. Locker hingen die beiden gebräunten Portionen im dünnen Kleidchen. Mein Gott! Was hätte das für ein Geschrei gegeben, wenn ich zugefaßt hätte. Gewalt gegen Frauen! Man liest es immer wieder. Da formiert sich ein starker, weiblicher Abwehrwille gegen die Grapscher, die Zudringlinge. Unglaublich! Munter werden die Signalflaggen gehißt, und kommt dann einer angeschwänzelt, wird im Chor geschrien. Sie wollen eben beides zugleich sein: begehrtes Sexualobjekt und Kämpferin für die Emanzipation von den bösen Männern. Komischer Kampf. Statt sich zu panzern wider den Feind, reißt man sich die Bluse auf.

Tim Waterstone

DAS GESTÄNDNIS

Der Witz an der Sache war, daß Hilary ihrem Mann die ganze Geschichte aus einer spontanen Laune heraus erzählte. Sie saß stocksteif auf der Bettkante im Eheschlafzimmer, um ihre Gedanken zu sammeln, bevor sie nach unten in die Küche zu Sam gehen und ihm alles beichten wollte. Sie hatte ihn beim Heimkommen nicht einmal gefragt, wie seine Woche in London verlaufen war. Aber noch ehe sie sich dazu durchringen konnte, kam Sam nach oben gelaufen, setzte sich auch aufs Bett und fragte sie, warum sie so aufgeregt sei, und ob er irgendwas für sie tun könne. Wie beiläufig, aber mit dem Gefühl zunehmender Erleichterung, während sie sich ihre Schuld von der Seele redete, hatte sie ihm von Dan Galetti und, wenn auch nicht in allen Einzelheiten, von den Ereignissen der zurückliegenden paar Wochen erzählt. Die Schuldgefühle entsprangen Hilarys instinktivem Streben nach Treue und Ehrlichkeit als Frau und Mutter, in dem der Akt des Ehebruchs nicht vorgesehen war, und die Beiläufigkeit der Annahme, Sam würde sie so sehr lieben, daß er ihr jeden Fehltritt verzieh – selbst diesen.

»Es tut mir leid, Sam. Solche Dinge passieren nun mal. Es war nicht meine Absicht, es so weit kommen zu lassen. Es ist vorbei. Er ist nach Leicester gezogen. Wir werden uns nicht wiedersehen. Das verspreche ich dir hoch und heilig, wir werden uns nicht wiedersehen. Ich habe das Ganze völlig falsch eingeschätzt, das ist mir jetzt klargeworden. Und es tut mir furchtbar leid. Ich kann mir denken, warum ich überhaupt wieder etwas mit ihm angefangen habe, aber das soll keine Entschuldigung sein. Es tut mir wirklich leid. Schließen wir das Kapitel, ja, Sam?«

Sie beugte sich zu ihm hinüber und streckte die Hand nach ihm aus, aber er ließ sie unberührt und wandte sich ab. Sofort ergriff sie große Angst. Sie hatte ihre Ehe leichtfertig aufs Spiel gesetzt. Zum Teil konnte sie nachvollziehen, was da geschehen war. Es hatte sich ihr die Gelegenheit geboten, mit einem Bereich ihres Lebens abzuschließen, der bislang auf schmerzliche Weise unerfüllt geblieben war. Der Verlust ihrer Jungfräulichkeit an Dan, jene beschämende kleine Episode damals auf der Universität, stand ihr noch immer lebhaft vor Augen. Das Gefühl der Leere danach. Das Ausbleiben jeglicher Reaktion seinerseits. Das vollkommene Desinteresse. Jetzt hatte sie noch einmal die Gelegenheit erhalten, etwas aus der Beziehung zu machen. Es sollte keine erbärmliche, oberflächliche, belanglose Affäre bleiben. Sie hatte die Möglichkeit, ihr Bedeutung zu verleihen, eine Gegenseitigkeit, und sie endlich zu einem Abschluß zu bringen, und sie hatte die Gelegenheit wahrgenommen.

»Meine Güte, Hilary. Wir können die Sache nicht einfach so abtun. Uns in die Arme fallen, ein paar Tränen vergießen und so tun, als wäre nichts passiert.«

Eigentlich wäre Sam genau das am liebsten gewesen; tatsächlich aber verspürte er statt dessen den Drang, noch tiefer in der Wunde zu stochern, seine eigene Verletzung bloßzulegen. Er wollte die ganze Geschichte hören, mit allen Einzelheiten. Je schmerzhafter, desto besser. Es mußte sein. Was er zu hören bekam, klang widersinnig, nicht zu vereinbaren mit der Frau, die er kannte. Das war nicht Hilary. Hilary war das fröhliche, einfühlsame, lachende Mädchen, in das er sich verliebt hatte und das er in all den glücklich verbrachten, gemeinsamen Ehejahren immer geliebt hatte. Die strahlende junge Frau, die er um drei Uhr morgens zur Geburt ihres Kindes ins St. Thomas-Krankenhaus gefahren hatte, wobei er so aufgeregt gewesen war, daß er den Wagen nur mit Mühe sicher durch den Verkehr lenken konnte. Die Erinnerungen an Cambridge, den Hochzeitstag in Chewton Mendip, die Liebelei auf dem Teppich, im Bett, auf dem Boden des Badezimmers, die Spaziergänge nach Grantchester, das Essen in dem kleinen italienischen Restaurant dort, seinen Arm um ihre Hüfte, und an Annabel, die am ersten Abend, nachdem sie aus dem Krankenhaus entlassen war, zufrieden an Hilarys Brust nuckelte.

Das hier war ein Albtraum. Das war nicht Hilary. Trotzdem wollte er alles hören, er mußte alles hören, jede noch so kleine, peinigende, quälende Einzelheit, bis zum bitteren Ende. Der Schmerz mußte raus, der ganze Schmerz. Es stimmte ja nicht. Es konnte gar nichts passiert sein. Das war nicht seine Frau. Es war irgendein sinnloses Spiel. Aber es mußte gespielt werden. Er mußte weitermachen.

»Ich verstehe nicht, was du mir damit sagen willst. Was willst du mir eigentlich damit sagen? Drück dich doch mal klar aus. Ist da außer Küssen und Kuscheln nichts gewesen? Oder seid ihr ins Bett gegangen? Habt ihr zusammen geschlafen? Hat er dich gebumst, um mit Galetti zu sprechen?«

Der Gebrauch dieses Wortes rief einen besonders köstlichen Schmerz hervor. Das Bild, das es heraufbeschwörte, erregte ihn und ekelte ihn gleichzeitig; das klare, deutliche, anstößige Bild von Hilarys nacktem Körper, die Schenkel erwartungsvoll geöffnet, Schamhaar und Scheide einem anderen Mann dargeboten; und über ihr Dan, der in sie eindrang; die kehligen Laute der Kopulation.

Schweigen.

»Ja. Das habe ich dir doch gesagt. Ja. Es tut mir leid. Ja.«

Sam stand auf und durchquerte das Zimmer, um aus dem Fenster zu schauen, auf den Garten, die Felder und den Wald dahinter. Er drehte sich um und sah herüber zu Hilary, die noch immer auf der Bettkante saß, die Miene verbittert und angespannt.

»Du blöde Kuh. Du dämliche Schlampe. Du saublöde, alte Nutte.«

Sein Gesicht war hochrot angelaufen, er bebte am ganzen Körper. Er fing an zu schreien, und aus seiner Stimme klang die ganze Wut des gehörnten Ehemanns, eine hysterische, sexuelle Anspannung. Hilary hatte ihn noch nie so erlebt. Nichts erinnerte mehr an ihren lieben, zuvorkommenden, trotteligen alten Sam. Er kreischte und zitterte, und er brüllte sie an wie ein brutaler Schläger, der die Selbstbeherrschung verloren hatte.

»Wie oft, verflucht noch mal? Wie oft? Jetzt sag schon, verdammt noch mal! Wie oft? Und wo? Wo habt ihr's getrieben? Wo, habe ich dich gefragt?«

Er schritt auf das Bett zu, fuhr mit den Händen unter ihren Rock und versuchte, ihr den Schlüpfer vom Leib zu reißen. Er schrie unentwegt, seine Stimme überschlug sich.

»Jetzt sag endlich! Wie oft hat er dich gebumst? Und wie, will ich wissen! Wie hat er dich gebumst? Jetzt sag endlich!«

Er weinte jetzt, ein aggressives Weinen, anfallartig, ungeschlacht, furchterregend. Hilary trat um sich, rollte zur Seite, und es gelang ihr, sich aus seinen Klauen zu befreien, zur Tür zu flüchten, nach draußen ins Treppenhaus. Sie schluchzte jetzt ebenfalls, die Tränen liefen ihr über die Wangen, während sie die Treppe hinuntereilte.

»Du sollst nicht wegrennen, verflucht!« schrie er hinter ihr her. »Du hast alles kaputtgemacht! Alles. Du hast alles kaputtgemacht!«

Deutsch von Thomas Stegers

Binnie Kirshenbaum

WAHRHEIT IST BEFREIEND

Die beste Methode, der sauberste, sicherste Weg beim Ehebruch ist der: Wann immer es möglich ist, einfach die Wahrheit erzählen.

Die Wahrheit ist befreiend, man kann damit nicht auf die Nase fallen. Die Wahrheit in Grenzen natürlich. Man sollte nicht naiv und dumm sein. Man sollte seinem Mann nicht sagen: »Ich gehe jetzt zu meinem Lover, einem meiner Lover. Wir werden uns den ganzen Abend lang die Seele aus dem Leib ficken.«

Aber lügen wäre ein noch größerer Fehler. Niemals würde ich eine kranke Tante erfinden, niemals behaupten, eine Kessel-Schwester sei trostbedürftig und brauche mich an ihrer Seite. Auch würde ich nie vorgeben, Mittwoch abends an einem Italienischkurs teilzunehmen, denn eines Tages würde mein Mann gewiß sagen: *Allora, cara mia, parli un po d'italiano per me*.

Lügen, direkte Lügen, fallen auf einen zurück; plötzlich hat man den Kopf in der Schlinge und verfängt sich mit den Füßen in Fallstricken wie bei einem dieser chinesischen Springseile.

Bevor man heiratet, sollte man sich am besten mit der Frage auseinandersetzen: Bin ich eine Rumtreiberin?

Wenn die Antwort ja lautet, oder zumindest lauten könnte, ist es klug, einen Mann auszuwählen, der außereheliche Unternehmungen billigt. Ich meine nicht einen Mann, der für so eine offene Ehe ist, wo ihr – du, dein Partner für die Nacht und dein Mann – am nächsten Morgen alle zusammen am Frühstückstisch sitzt. Das ist krank. Lieber sollte man sich einen Mann aussuchen, der eigene Freunde und eigene Interessen an seiner Frau schätzt.

Am besten also einen Mann, der mit seiner Karriere, einem Sport oder seiner Geliebten genug zu tun hat.

Ehebruch ist nahezu unmöglich, wenn der Mann wie ein Frettchen ständig neugierig hinter einem herschnüffelt. Es kann auch nicht klappen, wenn der Ehemann besitzergreifend und unsicher ist.

Such dir einen Mann, der etwas Kaltes an sich hat.

Halte deinen Ehebruch sauber, die Geschichten stromlinienförmig.

Deutsch von Barbara Ostrop

Barbara Gowdy

DIESES KLEINE DIALOGSTÜCK

Weil er nicht auf Schwanzlutschen steht, lutsche ich an seinem Daumen, umhülle ihn mit der Zunge wie ein winziges Frankfurter Würstchen in einer Teigrolle. Ich beiße hinein, nicht fest, nur ein Zwicken, doch der Multimediakünstler schreit auf. »Au«, und entzieht mir den Daumen. »Das hat weh getan. Ich bin nicht pervers, weißt du.«

»Echt, Alter?« sage ich. »Wie schade.«

Wieder reagiert er übertrieben. Er lacht und lacht und lacht. Schließlich sagt er: »Das muß ich aufschreiben.« Er steigt aus dem Bett, holt Stift und Papier und fragt: »Es macht dir doch nichts aus, wenn ich deine Worte verwende?« Da er schon schreibt, bringe ich es nicht fertig, ihm zu sagen: Doch, es macht mir etwas aus.

»Ich arbeite an einem Dialog auf Wandtafeln«, erklärt er. »Dieses kleine Dialogstück male ich mit Rot auf rote Leinwand und nehme es gleichzeitig auf Band auf, so daß Tafeln und Stimme wie bei einem Wechselgesang in Dialog treten.«

Von diesem Mist, den er seine Kunst nennt, bin ich nicht beeindruckt. Ich möchte zurück zum Sex und frage: »Wo waren wir gerade?«

Er macht sich wieder an meine Brüste und knetet sie durch, als wären sie Teig zum Brotbacken. Dann nimmt er die Hände weg. »Oh, Moment«, sagt er. »Bevor ich es vergesse, weißt du, wer der neue Chefredakteur für Poesie bei der ›Kenyon Review‹ ist?«

Auf dem Tisch neben dem Bett liegen meine Zigaretten. Wenn er beim Sex reden will, kann ich genausogut dabei rauchen. »Willst du mir irgend etwas sagen?« Ich puste das Streichholz aus.

Er holt tief Luft, wirft einen Blick nach unten und sagt: »Mein Gerät. Es scheint nicht richtig zu funktionieren.«

Gerät. Sein Gerät. Ich weiß, das Wort soll das Bild von Gegenständen heraufbeschwören, die hart sind, aus Eisen und Stahl bestehen – Grubber, Spaten, Hacke –, aber wenn er *Gerät* sagt, sehe ich einen Gemüsezerkleinerer von Woolworth vor mir, mickriges Blechzeug, das nie richtig funktioniert.

»Ich verstehe das nicht«, sagt er. »Passiert das bei deinen anderen Freunden auch öfter?« Aha! Ohne es zu merken, hat er den Grund für seinen schlaffen Pimmel verkündet. Er ist davon ausgegangen, daß ich die gleichen Vergleiche anstelle wie er, daß ich seinen Pimmel gegen andere Pimmel halte. Er befürchtet, der Lebenslauf seines Pimmels könne neben denen der anderen verblassen, die Zeugnisse seines Pimmels wären weniger großartig als die des nächsten Typs. Diesem Leistungsdruck hat sein Pimmel nicht standgehalten.

Ich könnte nun nett sein und ihm sagen, daß hin und wieder jeder Pimmel einmal den Kopf hängen läßt, doch statt dessen antworte ich: »Nein. Meinen anderen Freunden ist das noch nie passiert.« Ich möchte nicht, daß er sich plötzlich einbildet, ich hätte irgend etwas damit zu tun, ich sei die männerkastrierende Königin, die böse Hexe von Schlaffland, die ihren knorrigen Zauberstab über einst steifen Schwänzen schwenkt und sie in Pudding verwandelt.

Und sicherlich wäre die Behauptung »Kennt man einen, kennt man alle« ein Irrtum. Ein verfehlter Aphorismus. Selbstverständlich teilen alle Schwänze gewisse Eigenschaften, doch jeder ist einzigartig, vergleichbar mit Fingerabdrücken, Stimmen, Handschriften und Gesichtern. Groß oder klein, dick oder dünn, glatt oder faltig, physisch tauglich, manche bereit zum Dienst auf Abruf. Andere haben eine gräuliche Färbung, als würden sie Lucky Strikes kettenrauchen, und ermüden schnell. Einmal bin ich einem Schwanz mit Knick begegnet, als hätte er ein Gummigelenk.

Männer halten ihren Schwänzen ein Eigenleben zugute, betrachten sie als kleine Freunde, als geheime Kumpel. Sie geben ihnen Namen: Melvin, Wilbur, PJ, Pooky.

Ich habe von Frauen gehört, die ihren Brüsten schnuckelige Zwillingsnamen geben: Meg & Peg, June & Jane oder Winky & Blinky. Wahrscheinlich sind es dieselben Frauen, die Trachtenpuppen aus der ganzen Welt sammeln. Noch nie aber habe ich von einer Frau gehört, die gesagt hätte: »Wie wär's, mach dich doch mal an die gute Vivian ran«, oder »Steck ihn zu Florence«, so wie Männer einen bitten, Herman einen Kuß zu geben, oder Jimbob was Gutes zu tun.

Es gibt ein Sprichwort: Nicht auf die Größe der Schuhe kommt es an, sondern auf den Rhythmus der Füße.

Oder so ähnlich.

Oft denken Männer mit einem Großen, das wär's schon, holen ihn raus, stellen ihn zur Schau und erwarten, ich werde nun ganz wild darauf sein und vor Dankbarkeit den Verstand verlieren.

Die Größe ist wirklich unerheblich, solange ein gewisses Volumen, ein gewisser Umfang gegeben ist. Man muß wissen, daß er da ist.

Der kleinste Schwanz, der mir je begegnet ist, war vielleicht nicht der kleinste, der je in der Geschichte verzeichnet war, aber an einem geschlechtsreifen Mann ist mir dieses Maß nie wieder untergekommen. Er war nicht dicker als mein Zeigefinger. Nur am Gesichtsausdruck des Mannes konnte ich erkennen, daß er in mich eingedrungen war. Als er selig das Gesicht verzog, stöhnte ich auf.

Die Erfahrung mit dem kleinsten Schwanz hat mich etwas gelehrt: Eine nicht ideale Situation ist rettbar. Dem Multimediakünstler sage ich: »Mehr als ein Pfad führt zum gleichen Ziel.« Weise lächelnd, als wären es tiefgründige Worte, als zitierte ich Konfuzius: Wenn Schwanz weich wie Nudel, iß gut Essen.

Von einem Künstler erwarte ich, daß er Brüste hochschätzt. Sich mit Gestalt und Form beschäftigt. Die Kunst des Multimediakünstlers jedoch ist eine rein gedankliche Kunst, hat mit Brüsten nicht das geringste zu tun. Das zeigt sich in der Art, wie er mit meinen umgeht. Ihm fehlt das Feingefühl. Er macht Geräusche – blub, blub, blub – wie wenn man mit einem Strohhalm in Milch hineinbläst. Eine absonderliche Begeisterung, und fast denke ich, er wird mich vollsabbern, denn kläglich wimmert er: »Mammi.«

Ich schiebe ihn weg, stehe auf und sage: »Das muß ich aufschreiben.«

Deutsch von Sigrid Ruschmeier

David Lodge

DER SEX WAR KURZ UND SÜSS

Mein erster Gedanke war, mit ihr ins King's Head zu gehen, ein hübsches kleines Pub in der Nähe von Horseshoes, wo wir am Sonntag oft zu Mittag essen, wenn Carrie keine Lust hat zu kochen. Doch als ich darüber nachdachte, wollte ich Helen nicht in ein Lokal einladen, in dem man mich gut kannte und von dem aus bösartiger Tratsch zu Carrie gelangen könnte. Also rief ich ein Pub auf dem Land in der Nähe von Burford namens Anvil an, wo ich nur einmal zuvor gewesen war – ohne Carrie – und reservierte einen Tisch in ihrer Gaststube. Ich erinnerte mich daran, daß es ziemlich überladen gewesen war mit historischen landwirtschaftlichen Geräten, die an den Wänden hingen, doch das Essen war gut, und es war angenehm leer gewesen. Es wird in *The Good Pub Guide* aufgeführt, aber es ist so schwer zu finden, daß ich sicher bin, viele potentielle Gäste geben verzweifelt auf und gehen statt dessen in ihre Lokale zu Hause.

Ich sagte einige Sprechstunden ab, die ich für den Nachmittag in meinem Terminkalender stehen hatte – aber nicht deshalb, weil ich eine Ahnung gehabt hätte, womit das alles enden sollte, sondern weil ich mich mit dem Essen nicht beeilen wollte, und vom Campus bis zum Anvil fährt man gute vierzig Minuten. Helen machte eine Bemerkung über die Entfernung, die wir auf dem Weg dorthin anscheinend zurücklegen mußten, und ich sagte, ich hoffe, sie mache sich keine Sorgen, rechtzeitig zurückzukommen. »Nein, überhaupt nicht«, sagte sie. Ich sagte, ich hätte den Nachmittag frei. »Ich auch«, sagte sie, und diese banale kleine Bemerkung steckte plötzlich voller Bedeutung. Es war wie jener Augenblick in Prag, als ich sagte: *»Ich kann mir da verschiedene Dinge vorstellen«*, und Ludmila errötete. Helen wurde nicht rot und ich auch nicht, aber wir schwiegen ein, zwei Minuten. Die »Denkt«-Sprechblasen über unseren Köpfen füllten sich. Ich fragte mich: »Ist es möglich, daß ich heute nachmittag Glück habe? Hat sie aus irgendeinem Grund ihre Meinung über mich geändert?« Ich habe jedoch keine Ahnung, was in ihrer Sprechblase stand, und deshalb entschloß ich mich, mit allergrößter Vorsicht weiterzumachen. Wenn das die zweite Chance war, wollte ich sie nicht vermasseln. Ich wartete, bis sie das Schweigen brach. »Was für ein wunderbarer Tag!« sagte sie, wandte den Kopf und sah aus dem Autofenster. »Wie ich den Frühling liebe.« Was das typischste Gesprächsfüllsel war, das mir je untergekommen ist.

Ich blickte rasch zu ihr hinüber. Sie trug ein rotes Hemd und einen locker um den Hals geknüpften Seidenschal, eine rehbraune Strickjacke um die Schultern und passende maßgeschneiderte Hosen. Goldohrringe und eine nobel aussehende Brosche. Sie ist immer tadellos gekleidet, aber mir schien, als habe sie sich mit ihrem Aussehen heute besondere Mühe gegeben. Ein gutes Zeichen.

Das Anvil war noch so, wie ich mich daran erinnerte, außen weißgetünchte Backsteine und Stroh, innen freistehende Balken und Dachsparren und landwirtschaftliche Geräte aus Eisen. Wir setzten uns an einen gemütlichen Ecktisch. »Paß auf die Sense an der Wand auf«, sagte ich, »und fuchtele nicht mit den Armen herum, wenn du sprichst, oder sie müssen dieses Pub in *Die Amputierte* umbenennen.« Sie lachte herzlicher über diesen Witz, als der es wert gewesen wäre. Noch ein gutes Zeichen. Ebenso, daß wir spontan dasselbe Gericht auf der Speisekarte wählten, *moules marinières* als Vorspeise, gefolgt von in der Pfanne zubereiteter Entenbrust. Zu den Muscheln schlug ich ein Glas Weißwein vor und eine Flasche Pomerol zur Ente. Die *moules* waren exzellent. »Das nenne ich wirklich eine Feinschmeckermahlzeit für ein Pub«, sagte sie und löffelte die Flüssigkeit mit Genuß.

Ich erzählte ihr das Neueste über Carries Vater. Sie sprach ein wenig über ihre eigenen Eltern, die sich wie ein typisches Paar schrulliger alter Leute anhörten, und sie fragte mich nach meinen. Ich sagte ihr, daß beide tot seien. Sie sagte: »Oh, das tut mir leid.« Ich verzichtete auf die Details. Ich wollte das Gespräch so schnell wie möglich von diesem düsteren Thema fortlenken, und glücklicherweise hatte ich noch ein anderes im Ärmel.

Ich hatte mir die Mühe gemacht, die Nacht zuvor *Das Auge des Sturms* im Schnelldurchgang zu lesen. Es ist die ziemlich langweilige Geschichte einer Frau, die in eine klinische Depression verfällt und sich wieder daraus befreit, sowie über die Wirkungen, die das auf die Menschen in ihrer Umgebung hat, ihren Ehemann, ihre Kinder, Eltern und Freunde. Ihre Depression löst sich plötzlich auf, während sie mit ihrem Mann eine Reise nach Paris macht, wo beide vor Jahren ihre Flitterwochen verbracht haben. Der größte Teil dieser Episode ist typische frankophile Schwärmerei über das Wiederfinden des vergessenen Zaubers von Paris – die Cafés auf den Boulevards, das Aroma von Knoblauch und frischgebackenem Brot, das Knirschen der Reifen auf dem Kopfsteinpflaster, die Bücherstände am linken Seineufer, usw. usw., typischer Franzosenkitsch, aber es gab einen interessanten Abschnitt über das wiedererwachende Interesse der Heldin an Sex, das während ihrer Krankheit auf einen Tiefpunkt gesunken war. Das Paar wohnt in einem Fünf-Sterne-Hotel, das dem Ritz ähnelt, denn der Ehemann befindet sich auf einer kostenlosen journalistischen Recherchereise, und eines Tages, als er unterwegs ist, findet die Heldin, sie heißt Anna, in einer Schublade in ihrem weißen und goldenen Second-Empire-Schlafzimmer einige faszinierende Gegenstände, die offensichtlich von den Vorbewohnern zurückgelassen wurden: zwei schwarze Samtmasken und ein Stück dicke Seidenschnur. Sie nimmt sie heraus, hält sie mit pochendem Herzen in den Händen und fragt sich, was sie damit machen soll – abgeben an der Rezeption? In den Abfalleimer werfen? Am Ende legt sie sie in die Schublade zurück und zeigt sie ihrem Mann, als er wiederkommt. Zuerst lacht er und macht ein paar schmutzige Witze, doch Anna kann sehen, daß ihn die Entdeckung ziemlich erregt. Als sie ins Bett gehen, nimmt er die Masken aus der Schublade und reicht ihr eine. »Zieh sie an«, sagt er, geht ins Badezimmer und nimmt die andere mit. Anna zieht die Maske an, die die obere Hälfte ihres

Gesichts bedeckt, und sieht sich im Spiegel an. »Eine verdorbene Fremde starrte sie an durch die Augenschlitze der Maske«, wie es im Text heißt. Anna zieht ihr Nachthemd aus und posiert, nackt bis auf die Maske, vor den langen Spiegeln des Zimmers. Ihr Ehemann kommt herein, ebenfalls maskiert, nackt – und erigiert. Sie sehen einander an mit »einem Lächeln lüsterner Komplizenschaft«. Anna nimmt die schwere, aufgerollte Seidenfessel aus der Schublade und hält sie ihm hin. »Fessle mich«, sagt sie. Ärgerlicherweise endet das Kapitel damit, doch uns wird mit Hilfe eines Rückblicks, in dem wir Annas Gedanken erfahren, zu verstehen gegeben, daß sie eine Nacht voll beispiellos orgiastischem Sex genießen, aus der Anna als neue Frau auftaucht, am Ende innerlich gereinigt und befreit von ihrer Angst.

Als ich sagte, daß ich einen ihrer Romane gelesen habe, warf Helen nervös den Kopf zurück und machte ein langes Gesicht. »Mir wäre lieber, du hättest das nicht«, sagte sie. »Aber andererseits bin ich überrascht, daß du so lange dazu gebraucht hast. Die meisten Menschen, die ich treffe, rennen sofort los und leihen sich meine Bücher aus der Bibliothek. Dann legen sie großen Wert darauf, mir das mitzuteilen, und sie scheinen zu glauben, daß ich dankbar sein soll.«

»Ich habe damit gewartet, deine Bücher zu lesen, für den Fall, daß sie mir nicht gefallen«, sagte ich. »Ich bin nicht gut darin, mit meiner Meinung hinter dem Berg zu halten.«

»Warum hast du es dir dann anders überlegt?«

»Mir scheint, wir kennen uns inzwischen so gut, daß das keine Rolle mehr spielt.«

»Welches hast du gelesen?« wollte sie wissen. Ich sagte es ihr. »Und, hat es dir gefallen?«

»›Gefallen‹ wäre nicht das richtige Wort«, sagte ich. »Um ehrlich zu sein, es ist nicht mein Ding. Es ist das, was man früher einmal ein ›Frauenbuch‹ genannt hat, aber das darf man ja jetzt nicht mehr sagen. Doch ich habe es bewundert. Ich weiß das technische Können zu schätzen, das darin eingegangen ist.«

»›Danke, Sir, sagte sie.‹« Dies mit einer kleinen ironischen Verbeugung.

»Nein, wirklich, es ist schön geschrieben«, sagte ich. »Und da gab es eine Szene, die mich wirklich aufhorchen ließ. Gegen Ende, als sie in Paris sind.«

Sie lachte ein wenig unsicher. »Du meinst die Schlafzimmerszene? Mit den Masken? Ich fürchte, das gefällt jedem am besten«, sagte sie, »außer meinen Eltern.«

Ich fragte sie, ob es dafür irgendeinen realen Hintergrund gab.

»Oh, Messenger!« sagte sie, »ich bin enttäuscht von dir. Jeder fragt mich das.«

Ich sagte, das täte mir leid, und ich käme mir wie ein Idiot vor; aber was mich mehr beeindruckt hatte war, daß sie mich »Messenger« genannt hatte. Ich konnte mich nicht daran erinnern, daß sie das jemals zuvor getan hatte. Nur die Familie und sehr förmliche Kollegen wie Duggers nennen mich »Messenger«. Dadurch schienen wir eine neue Stufe der Vertrautheit erreicht zu haben. Ich weiß nicht, ob sie sich dessen bewußt war. Da ich hinterher fahren würde, hatte ich ihr Glas häufiger als mein eigenes nachgeschenkt, und sie war ein wenig rot im Gesicht und beschwipst.

»Das lange Wochenende in Paris beruht auf eigener Erfahrung«, sagte sie, »und das Luxushotel. Aber nicht, wie sie die Seidenschnur in der Kommode findet. Das habe ich erfunden.«

»Du selbst hast nie mit so etwas experimentiert?« Sie schüttelte den Kopf. »Du solltest es eines Tages versuchen«, sagte ich.

»Das hat mir kürzlich schon einmal jemand gesagt«, sagte sie mit einem ziemlich merkwürdigen Lächeln.

»Da siehst du's.«

Sie schüttelte wieder den Kopf. »Ich bin zu alt für so verrücktes Zeug.«

»Blödsinn«, sagte ich. »Das ist die einzige Möglichkeit, dem Alter die Stirn zu bieten. Nähre die Flamme des Sex. Sorge unter allen Umständen dafür, daß sie weiterbrennt.«

Das Mädchen, das uns das Essen gebracht hatte, kam mit der Rechnung.

»Können wir die teilen?« sagte Helen und griff nach ihrer Handtasche.

»Nein. Ich lade dich ein«, sagte ich. Ich zahlte bar und gab dem Mädchen ein großzügiges Trinkgeld.

»Nun, vielen Dank«, sagte Helen. »Es war köstlich.«

Es war das erste Mal, daß sie mir erlaubt hatte, ihr Essen zu bezahlen. Noch ein gutes Zeichen. Ich beschloß, den Sprung zu wagen – wörtlich und im übertragenen Sinne.

»Der Nachmittag ist viel zu schön, um wieder zur Arbeit zu gehen«, sagte ich. »Warum fahren wir nicht rüber nach Horseshoes und steigen in den heißen Pool?«

»Ich habe keinen Badeanzug dabei«, sagte sie.

»Du brauchst keinen«, sagte ich. »Niemand ist da. Man kann das Deck nicht einsehen.«

Unsere Unterhaltung hatte den Punkt erreicht, an dem sie üblicherweise sagt, daß sie keine Affäre mit mir haben wird, doch diesmal tat sie das nicht. »Vielleicht könntest du mir die Sachen wieder besorgen, die ich das letzte Mal angehabt hatte«, sagte sie.

»In Ordnung«, sagte ich. »Aber eigentlich ist es viel hübscher, wenn man nichts anhat.«

»Ja, das kann ich mir vorstellen«, sagte sie.

Es ist nicht leicht zu fahren, wenn man eine Erektion hat. Man muß sich über das Steuer lehnen, so daß das Kinn praktisch das Armaturenbrett berührt, als sei man kurzsichtig. Ich weiß nicht, ob Helen ihre Augen schloß, um mir die Peinlichkeit zu ersparen, aber nach einer Weile sah ich, daß sie eingeschlafen war, und ich konnte mich entspannen. Sie erwachte erst, als ich vor Horseshoes vorfuhr. »Ach du meine Güte, ich bin eingenickt«, sagte sie. »Das müssen der Wein und das Essen sein.«

»Na ja«, sagte ich, »vielleicht sollten wir uns ein wenig ausruhen, bevor wir in die Wanne steigen. Das Mittagessen verdauen.«

»Du meinst ›ein bißchen nett abliegen‹?« sagte sie, meine eigenen Worte nach dem Mittagessen bei ihr wiederholend.

»Genau«, sagte ich.

Wie üblich war Horseshoes still und verlassen. Nur das Dröhnen eines fernen Traktors störte den tiefen ländlichen Frieden, und das Kreischen der Alarmanlage in der Diele, als ich die Vordertür öffnete. Ich brachte den Alarm zum Schweigen und schloß die Tür hinter uns. Dann küßte ich Helen lange und hart. Sie wehrte sich nicht. Tatsächlich war ich es, der den Kuß beenden mußte. »Laß uns miteinander schlafen«, sagte ich.

»Ich habe vergessen, wie man das macht«, sagte sie. »Es ist so lange her.«

»Ich werde dir helfen, dich zu erinnern«, sagte ich und nahm ihre Hand. Ich führte sie die Treppe hinauf in das Schlafzimmer. »Zuerst mußt du alle Kleider ausziehen«, sagte ich.

»Dann mußt du die Vorhänge zuziehen«, sagte sie. »Ich habe Hemmungen.«

Ich zog die Vorhänge zu und dachte an den Nachmittag in den Yorkshire Dales vor so vielen Jahren, als Martha die dünnen Baumwollvorhänge vor dem Fenster in meinem Zimmer auf der Farm zugezogen hatte, das sich mit weichem rosa Licht erfüllt hatte. Diese hier waren dicker, doch das Licht war noch so hell, daß ich Helens nackten Körper sehen konnte und nicht enttäuscht war. Ich nahm ein Kondom aus dem Nachttisch und sorgte dafür, daß sie sehen konnte, wie ich es einsatzbereit in Griffweite legte.

Der Sex war kurz, aber süß. Ich wollte ihr nicht die Zeit lassen, es sich anders zu überlegen, und schon bald entdeckte ich, daß kein ausgefeiltes Vorspiel nötig war. Tatsächlich kam sie erstaunlich schnell, fast im selben Augenblick, als ich in sie eindrang. Ich nehme an, es gibt da keinen Unterschied zwischen Männern und Frauen: Durch Abstinenz empfindet man intensiver, wenn man dann wieder mit jemandem schläft, und in ihrem Fall hatte die Trockenzeit sehr lange gedauert. Sie kam wie eine Überschwemmung, und ich selbst sah keinen Grund, mich zurückzuhalten. Ich schlief fast sofort ein. Als ich erwachte, sah ich, daß sie uns mit einem Laken zugedeckt hatte. Sie lag auf dem Rücken, den Kopf auf dem Kissen, und ihr Gesicht hatte den weichen, verschwommenen Ausdruck einer befriedigten Frau. Sie warf mir ein merkwürdiges kleines Lächeln zu, schüchtern und ironisch zugleich. »So, wie war's für mich?« sagte sie.

Ich hatte mir den heißen Pool als Vorspiel zum Sex vorgestellt, doch in diesem Fall stiegen wir danach hinein – was die bei weitem bessere Reihenfolge ist, man lümmelt zufrieden und matt im blubbernden Wasser herum. Nach einer Weile jedoch fing ich an, herumzualbern und wieder scharf zu werden. Ich wollte mit ihr draußen in der Wanne schlafen, unter freiem Himmel, aber sie wollte nicht. Ich bot ihr an, sie ins Haus zu tragen und zu fesseln. Das war der Moment, in dem sie mich biß.

Emily ruft die Treppe herauf wegen etwas, das die Jungs getan oder nicht getan haben, und will, daß ich einschreite. Wird Zeit, daß ich das hier speichere.

Mittwoch, 14. Mai. Seit meinem letzten Tagebucheintrag ist einige Zeit vergangen. Mir war nicht danach, etwas über die Ereignisse der letzten drei Wochen zu schreiben, selbst wenn nur ich es zu Gesicht bekomme. Ich war viel zu sehr damit beschäftigt, sie zu erleben. Nein, das ist nicht der wahre Grund.

Ein Tagebuch ist eine Art Spiegel, in dem man sich jeden Tag offen und unerschrocken ins Gesicht blickt – ohne die schützende Verkleidung einer Maske oder auch nur ein schmeichelndes Make-up – und ehrlich zu sich ist. Das zu tun hatte ich keine Lust, seit Messenger und ich ein Verhältnis angefangen haben. Ich wollte nichts darüber schreiben, wie ich mich verhalten habe, denn ich hatte Angst, Gewissensbisse und Hemmungen angesichts meiner Freude zu bekommen. (Ehrlich gesagt schrecke ich noch immer davor zurück, diese Erfahrung mit dem direkten, unerschrockenen Blick in der ersten Person zu betrachten. Versuchen wir's anders ...)

Denn das war sie geworden, ein Freudenmädchen, eine Ehebrecherin, eine Frau, die leicht zu haben war, eine Frau, die nicht besser war, als sie sein sollte – jedenfalls wäre sie so auf den Seiten eines alten Romans beschrieben worden. In einem modernen natürlich nicht. Sie tat nur, was offensichtlich jeder andere auch tat: befriedigte ihr Verlangen, schmiedete das Eisen, solange es heiß war, preßte jeden Tropfen der Freude aus ihrem alternden Körper, bevor es zu spät war, denn *»Das ist das einzige Leben, das du je haben wirst«*, usw., usw. Und was auch immer geschehen mochte, sie würde es nie bedauern, denn es war so erregend gewesen.

Gelegentlich auch nervenaufreibend, denn sie waren enorme Risiken eingegangen. Zweimal war sie in das Haus in Pittville Lawn gekommen, um für die Familie zu Abend zu kochen, und hatte dort übernachtet unter dem Vorwand, daß sie zu viel Wein getrunken habe und nicht nach Hause fahren könne, und beide Male war er – genau so, wie sie es sich in der Nacht nach seiner Geburtstagsparty ausgemalt hatte – mitten in der Nacht in ihr Zimmer und ihr Bett geschlichen; sie hatten miteinander geschlafen, und das war um so sinnlicher und leidenschaftlicher, als sie nicht wagten, irgendein Geräusch zu machen, damit keines der Kinder aufwachen und sie hören würde. Wie zwei Tänzer mußten sie schweigend dem anderen ihre Ekstase alleine durch die Bewegungen ihrer Körper und den Ausdruck ihrer Gesichter zeigen. Sie lagen auf dem Bettvorleger aus Schaffell, denn das Bett quietschte, und er legte ihr die Hand auf den Mund, als sie ihren Höhepunkt erreichte. Damit sie nicht aufschrie, biß sie in das fleischige Kissen seines Daumenballens, als sei es ein Zaumzeug oder ein Knebel, und sie hörte, wie er scharf einatmete und den Schmerz aushielt. (Er nannte sie »Beißer«, wenn sie im Bett miteinander redeten. Es schien ihm zu gefallen, aber sie hörte damit auf, da Carrie bald nach Hause kommen würde und ihren Ehemann nicht sichtlich angenagt und angeknabbert vorfinden durfte, als hätte eine Maus seine Gelenke angegriffen.) Nach dem schweigenden, ballettartigen Sex mußte sie die Tür aufschließen und hinausspähen auf den Treppenabsatz, um festzustellen, ob es sicher für ihn war, sich in sein Schlafzimmer zurückzuschleichen, denn es war immer möglich, daß eins der Kinder aufstehen, auf die Toilette gehen und ihn dabei sehen würde, wie er aus dem Gästezimmer käme.

Eines Nachmittags lagen sie in Horseshoes im Bett, als draußen ein Wagen vorfuhr und jemand an der Tür klingelte. Nackt schlich sich Messenger zum Fenster und sah durch einen Spalt zwischen den Vorhängen. »Es ist der VK!« flüsterte er. »Es sind Sir Stan und Lady Viv. Verdammt noch mal, was wollen die hier?« Helen fand diesen ungelegenen Besuch schrecklich komisch und fing an herumzukichern, doch Messenger fürchtete, sie könnten entdeckt werden, und zischte ihr zu, sie solle still sein. Sein Wagen stand in der Auffahrt, also wußten die Besucher, daß er im Haus oder nicht weit davon entfernt sein mußte. Im Schlafzimmer mit den vorgezogenen Vorhängen ließen Helen und Messenger nichts von sich hören, bis die Besucher genug davon hatten, an der Tür zu klingeln und über die Gartenmauer zu rufen, und davonfuhren. Messenger ging nach unten und kam mit einer hingekritzelten Notiz zurück, die er auf der Fußmatte gefunden hatte: »*Wir kamen zufällig vorbei und sahen Deinen Wagen vor der Tür stehen, aber offensichtlich warst Du nicht da. Ein andermal, hoffe ich. Stan.*« Er erinnerte sich vage daran, daß Carrie beiden angeboten hatte, wann immer es ihnen passen würde, beim Cottage vorbeizuschauen. »Sie waren sehr daran interessiert, den heißen Pool zu sehen«, sagte er. »Sie wären noch viel interessierter daran gewesen, hätten sie gesehen, wie wir beide drinsitzen, splitternackt«, sagte Helen. »Beim Sex«, fügte er grinsend hinzu, denn einmal hatte sie nachgegeben und ihm diesen Wunsch erfüllt. Es war kein besonderer Erfolg, jedenfalls nicht für sie, aber er freute sich sehr. Er mochte Sex an ungewöhnlichen Orten, sogar an öffentlichen Orten. Das Risiko, entdeckt zu werden, schien seinen Genuß zu erhöhen.

Eines Sonntags besuchte Helen ihn und die Kinder in Horseshoes, und es gelang ihnen, am Nachmittag alleine einen Spaziergang zu machen. Die Jungs wollten im Fernsehen ein Rugby-Spiel anschauen, und Emily war zu träge, sich der Expedition anzuschließen, die Messenger vorschlug: Er wollte Helen ein prähistorisches Hügelgrab namens Belas Knapp zeigen. Emily kannte es bereits und wußte, wie schwierig der Aufstieg dorthin war. Überflüssig zu sagen, daß Messenger sich keine Mühe gab, sie zu überreden.

Es war tatsächlich eine anstrengende Wanderung, besonders der letzte Teil; der Weg führte etwa eine Meile von der nächstgelegenen Straße entfernt einen steilen, grasbewachsenen Hügel hinauf. Die Schafe hörten auf zu grasen und starrten sie an, als ob sie in dieser Höhe noch nie einen Menschen gesehen hätten. Messenger sagte, daß sie zur langhaarigen Cotswold-Rasse gehörten, deren Wolle bei der Herstellung von Teppichen und strapazierfähiger Kleidung sehr beliebt war. Mit dem Thema Schafe schien er sich überraschend gut auszukennen. Als sie eine Bemerkung darüber machte, erzählte er ihr, daß er als Teenager in Yorkshire mehrere Monate lang als Schäfer gearbeitet hatte. Auf der Hügelkuppe befand sich ein schmaler Fußweg, der sich zwischen den Bäumen zu einer Allee erweiterte, und am Ende der Allee lag das Hügelgrab, ein walförmiger, etwa vierzig Meter langer Erdhügel, der mit Gras bewachsen war. Man hatte ihn teilweise abgetragen, um einige Bruchsteinmauern und eine Art Vorbau freizulegen, der von einer großen Steinplatte versperrt wurde. Eine in der Nähe aufgestellte Informationstafel des English Heritage erläuterte, daß an dieser Grabungsstätte die Knochen von etwa dreißig Menschen aus der späten Steinzeit sowie die Überreste einiger Tiere und Tonscherben gefunden worden waren. Sie waren vor etwa viertausend Jahren hier begraben worden.

Helen war beeindruckt davon, daß sich so primitive Menschen die Mühe gemacht hatten, ihre Toten an diesem schwer zugänglichen Ort zu begraben. War das deshalb geschehen, weil man sich hier auf einer Hügelkuppe befand, wo die Erde dem Himmel am nächsten war? Hatten sie eine Vorstellung vom Himmel als einem Ort hoch droben, wohin der Geist eines Menschen nach seinem Tod ging, fragte sie sich. Messenger küßte ihr diese Fragen von den Lippen. Die Abgeschiedenheit des Ortes, die Abwesenheit irgendwelcher Zeichen menschlicher Zivilisation, abgesehen von den Relikten dieser fernen Vorfahren, schien ihn sexuell zu erregen. Nichts anderes konnte ihn befriedigen, als seinen Anorak auf den Hang des Hügelgrabes zu legen und mit ihr zu kopulieren wie ein Mann aus der Steinzeit, der seine Partnerin kurz und heftig nimmt. »Nein, nein«, protestierte sie, halb amüsiert und halb verärgert, als er an ihren Kleidern herumfummelte. »Nein, tu's nicht, Messenger, ich bin nicht Lady Chatterley, und diese Rolle paßt auch nicht zu mir.« Doch bei ihm verschwendete sie nur ihre literarische Schlagfertigkeit. Sie schlug mit ihren Fäusten gegen seinen Kopf und seine Schultern, als er sie nach unten drückte.

»Hör auf, Messenger, es könnte jemand kommen.« Doch er kümmerte sich nicht um ihren Protest und ihre schwachen Schläge, und am Ende wurde sie lockerer und schamlos, spreizte ihre Beine und ließ ihm sein Vergnügen, geduldig und mit offenen Augen wie ein Schaf, das von einem Widder besprungen wird (obwohl auf dem Hang keine Schafe waren, die dieser Beschäftigung ebenfalls nachgegangen wären, anscheinend war es die falsche Jahreszeit, die Lammungszeit war vorbei), und sie sah auf zu den Schäfchenwolken, die langsam über den blauen Himmel zogen, als er stieß und grunzte, und fühlte sich völlig losgelöst von der Realität und merkwürdig glücklich. Zweifellos waren sie nicht das erste Paar, das sich hier liebte, dachte sie hinterher, als sie ihr Höschen hochzog und ihren Rock glatt strich – seit Jahrhunderten mußte Liebenden dieser Ort gefallen haben, so entlegen, so geschützt, so geheim. Auf ihrem Rückweg durch das Wäldchen trafen sie eine Gruppe Wanderer mittleren Alters mit Landkarten und Wanderstöcken, die ihnen zulächelten und sie grüßten. »Nur gut, daß sie nicht fünf Minuten früher gekommen sind«, flüsterte Helen Messenger zu. »Wir hätten gehört, wie sie kommen«, sagte Messenger und grinste, aber sie war sich dessen nicht sicher.

Ihr selbst war es lieber, wenn sie im Haus miteinander schliefen, in einem Bett, bei zugezogenen Vorhängen, um danach stundenlang zu schlafen – obwohl sie letzteren Luxus nur einmal genießen konnten, als Messenger über Nacht in London bleiben mußte, weil er am nächsten Morgen im Frühstücksfernsehen auftrat. Er kommentierte den Sieg eines Computers über den Schachweltmeister Gary Kasparow. Helen nahm am selben Tag einen früheren Zug nach London und teilte jedem, der es hören wollte, nebenbei mit, daß sie ihre Mieter treffen mußte, um mit ihnen zu besprechen, ob der Geschirrspüler repariert oder ersetzt werden sollte. Das traf in gewissem Sinne auch wirklich zu, selbst wenn man die Angelegenheit wahrscheinlich am Telefon hätte klären können.

Tatsächlich war es das erste Mal, daß sie nach London zurückkam, seit sie ihren Job an der Universität angetreten hatte. In den frühen Wochen der Depression und Entfremdung hatte sie sich davor gefürchtet zurückzufahren, und sei es auch nur einen Tag lang, falls sich herausstellen sollte, daß sie es nicht ertragen könnte, auf den Campus zurückzukehren und versucht wäre, alles im Stich zu lassen. Dann, als ihr Leben in Gloucestershire interessanter, verwickelter wurde, dachte sie immer weniger an London. Es war ein ziemlicher Schock, in Paddington aus dem Zug zu steigen und sich im Lärm und in der Hektik eines großen Bahnhofs wiederzufinden und dann in das höllische Labyrinth der U-Bahn hinabzutauchen und sich mitten zwischen die dicht gedrängten Körper im U-Bahn-Waggon zu pressen. Ihr war, als ließe sie der Lärm der Maschinen ertauben, als ersticke sie an der abgestandenen Luft, und sie wurde nervös angesichts der großen Nähe so vieler schweigender, gelassener Fremder. Noch nie war ihr so nachdrücklich klargeworden, wie die Leute in der U-Bahn jeden Augenkontakt vermieden, wie entschlossen sie versuchten, sich von dieser schrecklichen Art zu reisen innerlich zurückzuziehen, indem sie ein Buch lasen – es mit einer Hand haltend, wenn es sein mußte, während sie mit der anderen an der Halteschlaufe hingen –, oder indem sie Musik aus dem Walkman hörten oder einfach den Streckenplan der U-Bahn über den Gesichtern gegenüber anstarrten. Nur die Touristen plauderten miteinander. Die erfahrenen Reisenden versuchten wie das unglückliche Vergewaltigungsopfer, von dem sie gelesen hatte, so weit als möglich den Geist vom Körper zu trennen und sich in ersteren zurückzuziehen.

Ebenso merkwürdig war die Erfahrung, ihr eigenes Haus nach einem Zeitraum von fast drei Monaten wiederzusehen. Ihr erster Eindruck war, wie schäbig alles von außen aussah, wie dringend die Holzteile einen neuen Anstrich nötig hatten. Drinnen war alles gleichzeitig vertraut und auf leicht beunruhigende Weise verändert. Möbel waren umgestellt worden; seltsame Mäntel hingen in der Flurgarderobe; Bücher und Zeitschriften, die anderen gehörten, lagen auf den Regalen und den Beistelltischen im Wohnzimmer; Gerüche von Speisen, die sie selbst nie kochte, hingen in der Küche in der Luft. Die Weismullers waren verantwortungsbewußte Mieter, aber sie hatten das beste aus ihrem Aufenthalt gemacht, und sie nahmen sie mit auf einen Rundgang durchs Haus und wiesen sie in einem freundlich-vorwurfsvollen Kontrapunkt auf diverse Mängel und Makel hin. Helen beruhigte sie, indem sie zustimmte, den kränkelnden Geschirrspüler zu ersetzen, und ging sofort zu ihrem örtlichen Discounter, um einen neuen zu kaufen und die Lieferung und Installation zu arrangieren.

Dann ging sie in das Hotel, in dem die BBC Messenger untergebracht hatte und nahm selbst ein Zimmer. Er hatte ihr vorgeschlagen, sie solle sich als Mrs. Messenger ausgeben und sein Zimmer mit ihm teilen, aber Helen meinte, das ginge zu weit. So speisten sie im Hotelrestaurant wie zwei alte Freunde, die sich zufällig getroffen hatten, verabschiedeten sich in der Bar, gingen getrennt auf ihre Zimmer und trafen sich später in Messengers Zimmer wieder (falls eines der Kinder versuchen sollte, ihn anzurufen), wo sie eine orgiastische Nacht hatten. Am nächsten Morgen schickte die BBC um halb sieben einen Wagen. Als sie ihn später in ihrem eigenen Zimmer im Fernsehen sah, wie er luzide erklärte, wie das Programm von Deep Blue funktionierte – es berechnete innerhalb von Sekunden die Konsequenzen von Millionen möglicher Züge – und wie sehr sich das von den intuitiven Methoden eines menschlichen Spielers unterschied, war sie erstaunt darüber, wie frisch und gelassen er wirkte und keine Spur der Exzesse der letzten Nacht zeigte.

Sein Stil als Liebhaber war ganz anders als der Martins. Das Vorspiel mit Martin war häufig sehr ausgefeilt und umfangreich, und der Akt selbst ziemlich schnell vorbei. Bei Messenger war es genau andersherum. Er wollte schnell in sie kommen, und es gefiel ihm, mit ihr in verschiedenen Positionen zu schlafen, bevor er einen Orgasmus hatte, während er Helen unterdessen mehrere verschaffte. Er hatte unglaublich kräftige Arme und Schultern, und er drehte sie mühelos über und unter sich in die eine oder andere Richtung, wie ein Ringer, der »Griffe« übt. Manchmal schien es ihr, als strenge er sich zu sehr an, als wolle er sie auf ein hilflos zitterndes Gefühlsbündel reduzieren, um ihrer Kehle erstaunte, sprachlose Töne des Genusses zu entlocken, sie dazu zu bringen, um Gnade zu flehen und wie ein besiegter Ringer auf die Matratze zu schlagen.

Gestern allerdings war er es, der eine Niederlage eingestehen mußte. Auf dem Weg nach Hause sah er in ihrer Maisonette vorbei und brachte ihr, nur für den Fall, daß er zufällig jemandem begegnete und ein Alibi brauchte, Literatur über die Bewußtseinskonferenz mit. Er konnte nicht lange bleiben, weil Emily das Abendessen kochte und er nicht wagte, zu spät zu kommen, also fing er an, Helen auszuziehen, kaum daß er die Tür hinter sich geschlossen hatte. Sie gingen nach oben ins Schlafzimmer und legten sich aufs Bett, doch diesmal war er impotent. Er war ein Bild der Niedergeschlagenheit. »Mach dir keine Sorgen darüber«, sagte sie. »Das ist psychisch. Es war eine schlechte Idee, gegen die Uhr miteinander schlafen zu wollen.« »Wir mußten uns auch früher schon beeilen«, sagte er. »Na ja, vielleicht hast du's in letzter Zeit übertrieben«, sagte sie scherzhaft. »Für einen Mann von fünfzig.« Entrüstet wehrte er sich dagegen. »Blödsinn«, sagte er. »Es ist höchstwahrscheinlich das Curryhuhn, das ich im Personalgebäude zu Mittag gegessen habe. Ich habe schon den ganzen Nachmittag Verdauungsbeschwerden.« »Du klagst ständig über Verdauungsbeschwerden«, sagte sie. »Du solltest etwas dagegen unternehmen.« Plötzlich merkte sie, daß sie wie eine Ehefrau klang, und der Schock dieser Einsicht ließ sie abrupt schweigen. Aber ihm schien das nicht aufzufallen. »Alles was ich brauche, sind ein paar Rennies«, sagte er. Er zog sich rasch an, küßte sie und ging.

Helen nahm ein Bad. Verliebte sie sich in Messenger, fragte sie sich, als sie sich im Wasser rekelte, wobei sie gelegentlich heißes Wasser nachlaufen ließ, indem sie mit ihrem Zeh am Hahn drehte. Vom ersten Augenblick an, als sie sich im Wohnzimmer der Richmonds getroffen hatten, hatte sie sich zu ihm hingezogen gefühlt, aber sie hätte das weder gegenüber sich selbst noch gegenüber einem anderen »Liebe« genannt, nicht im traditionellen, romantischen Ich-kann-nicht-ohne-dich-nur-mit-dir-leben Sinn des Wortes. Und sie hatte nicht einen Augenblick lang angenommen, daß er dieses Gefühl ausdrücken wollte, als er an jenem Tag, da er ihr das Modem brachte und sie für ihn zu Mittag kochte, meinte, er »sei drauf und dran, sich in sie zu verlieben«. Als sie das erste Mal mit ihm ins Bett ging, war das rein opportunistisch und nur ein Versuch. Noch immer schwirrte ihr der Kopf von der Begegnung mit Carrie und Nicholas Beck in Ledbury und Carries Enthüllungen am Fluß in Bourton. In diesem neuen Licht schien es plötzlich überflüssig, Messengers Avancen prinzipiell zurückzuweisen, wie sie es noch in den Wochen zuvor getan hatte. Wenn Carrie und Nicholas Beck ein Verhältnis hatten, schien es keinen vernünftigen Grund zu geben, warum sie mit Messenger keine Affäre haben sollte. Der Umstand, daß Carnie genau in diesem Moment nach Kalifornien flog, machte es leichter, den Entschluß in die Tat umzusetzen. Und die Tatsache, daß Carries Abwesenheit, die zunächst wenige Tage gedauert hatte, sich wochenlang hinzog (während sich der Zustand ihres Vaters langsam besserte), hatte es möglich gemacht, daß sich die »Affäre« zu einem eigenständigen und sehr sinnlichen Verhältnis entwickelte. Drei Wochen lang hatten sie kaum an etwas anderes gedacht – wenigstens hatte *sie* an kaum etwas anderes gedacht – als daran, Möglichkeiten zu finden, um miteinander zu schlafen. Helen war überrascht darüber, daß niemand aus ihrem Bekanntenkreis sie bei dem, was sie vorhatten, zu verdächtigen schien. Waren ihren Studenten denn nicht die Züge befriedigten Verlangens in ihrem Gesicht aufgefallen? Hatten Messengers Kollegen denn nicht den Geruch nach Sex an ihm wahrgenommen, wenn er nach einer Verabredung am Mittag in eine Besprechung geeilt war? Hatte überhaupt niemand bemerkt, daß sie oft beide gleichzeitig nirgendwo zu finden waren? Anscheinend nicht. Nur Sandra Pickering, dachte sie, könnte eine subtile Veränderung in ihrem Verhalten gespürt haben. Manchmal tauchte Helen mitten im Unterricht aus einem erotischen Tagtraum auf und bemerkte, wie die junge Frau sie fragend ansah, so als ob sie sich darüber klarzuwerden versuchte, was sich verändert hatte. Ansonsten schien jeder zu sehr mit seinen eigenen Angelegenheiten – den beruflichen wie privaten – beschäftigt, als daß ihm an Helens und Ralphs Verhalten irgend etwas aufgefallen wäre oder daß er irgendwelche Schlüsse daraus gezogen hätte.

Zweifellos hatte es ihnen geholfen, daß in diesen Tagen die Unterhauswahlen Gegenstand so großer Aufregung und Aufmerksamkeit waren. Sie und Messenger besuchten in der Wahlnacht die Party der Glovers, sprachen aber kaum miteinander. Dann schlichen sie sich einzeln und unauffällig davon, sobald die ersten Ergebnisse das ganze Ausmaß des Siegs von Labour erkennen ließen, und trafen sich in Helens Haus. Als die Leute sie in den Tagen danach fragten: »Hast du noch auf Portillo gewartet?«, womit sie auf die sensationellste Tory-Niederlage in jener Nacht anspielten, mußte sie ein wenig verlegen antworten: »Nein, ich war im Bett«, und hoffen, daß sie dabei nicht rot wurde.

Nachdem Messenger in den frühen Morgenstunden jenes Tages gegangen war, um nach Hause zu fahren, zog Helen ihren Morgenmantel an, machte eine Tasse Tee und setzte sich eine

Stunde oder so vor den Fernseher. Sie sah die ausgelassenen Feiern der Labour-Anhänger an der South-Bank und den triumphalen Auftritt des neuen Premierministers mit seiner Frau und fühlte einen Stich des Bedauerns darüber, daß sie an diesem großen historischen Ereignis nicht teilgenommen hatte. Sie hatte keine Wahlwerbung gemacht, hatte nicht gewählt, sie hatte nicht einmal viel ferngesehen, denn sie war zu sehr in ihrem eigenen erotischen Abenteuer aufgegangen. Möglicherweise wurde ihre Schuld noch verstärkt durch die Aura tugendhafter ehelicher Liebe, die die händchenhaltenden Blairs ausstrahlten. Messenger hatte sich wenigstens die Mühe gemacht zu wählen (eine taktische Entscheidung zugunsten des Kandidaten der Lib Dems in Cheltenham), doch für ihn bedeutete das Ergebnis nichts weiter als das kleinere von zwei Übeln. Politik und Politiker verachtete er zutiefst. Politik, behauptete er, sei der Fluch der Moderne, wie Religion der Fluch der Vergangenheit gewesen sei. Denk bloß mal an das schiere Maß menschlichen Elends, das in diesem Jahrhundert von der Politik verursacht wurde – in Mitteleuropa, Rußland, China, Afrika – sagte er gerne rhetorisch. Dann bist du also Anarchist, fragte sie. Aber natürlich war er keiner. Er schien dem ziemlich altmodischen Glauben der Aufklärung anzuhängen, daß die Gesellschaft mit Hilfe der Naturwissenschaften verbessert werden kann. Scharf trennte er zwischen dem Streben nach Wissen, was Wissenschaft sei, und dem Streben nach Macht, was Politik sei. Sämtliche Formen des Pseudo-Wissens, von der Theologie bis zur Dekonstruktion, behauptete er, mußten anderen ihr falsches Weltbild dadurch aufzwingen, daß sie politisch wurden. Das klang recht plausibel in der Glut postkoitalen Sichwohlfühlens (denn das war der übliche Rahmen ihrer Gespräche).

Aber jetzt, da Carrie zurückkam (ihr Vater war aus dem Krankenhaus entlassen worden, obwohl er zu Hause rund um die Uhr gepflegt werden mußte), konnte Helen nicht länger in dieser erotischen Trance verharren und nur an ihre nächste Verabredung denken. Ganz abgesehen von den praktischen Schwierigkeiten, sich weiterhin heimlich sozusagen unter den Augen Carries zu treffen, würde ihre Anwesenheit die Affäre in einen völlig neuen moralischen und psychischen Rahmen stellen. So lange Carrie fort war, war es Helen möglich gewesen, sie nicht als Rivalin oder auch nur als Hindernis zu betrachten. Aber jetzt, da Carrie als Ehefrau, Mutter, Organisatorin und Hüterin des Hauses wieder ins Bild trat, wurde Helens Position sofort marginal und problematisch. Daß Carrie selbst einen Liebhaber hatte, machte keinen Unterschied. Deshalb die Dringlichkeit der Frage, die Helen sich im Bad stellte: War sie dabei, sich in Ralph Messenger zu verlieben? Und wenn ja, welche Bedeutung hatte das für die Zukunft, nicht nur kurzfristig, sondern auch langfristig? Wäre sie damit zufrieden, wenn die Affäre zu Ende ginge, sobald sie ihren Job in Gloucester zum Semesterschluß beendet hätte und nach London zurückgekehrt wäre? Nein, antwortete ihr Herz sofort. Wäre sie damit zufrieden, eine Gelegenheitsgeliebte zu sein, die Messenger einige leidenschaftliche Stunden lang in London trifft, während er sich zwischen seinen Besprechungen und Auftritten in den Medien freimachen kann, oder zu planen, ihn auf einer seiner Reisen irgendwo im Ausland zu begleiten? Sie sah sich in einem luxuriösen Hotelzimmer sitzen – auf der Frisierkommode stehen ein Obstkorb und eine Flasche Champagner in einem Kübel mit schmelzendem Eis –, während sie ungeduldig darauf wartet, daß sich Messenger aus einem Seminar auf der Konferenz oder einem offiziellen Empfang freimachen kann, und dieses Bild gefiel ihr nicht. Dann dachte sie – sie konnte nicht anders –, nehmen wir an, Messenger und Carrie lassen sich scheiden, und er heiratet mich? Die Idee war verlockend, doch sie mußte sich nur die Bestürzung der kleinen Hope vorstellen, um sie zurückzuweisen. Zum ersten Mal seit Wochen hüllte eine düstere Stimmung sie ein. Sie fragte sich, ob es nicht der Schatten von Carries unmittelbar bevorstehender Rückkehr war, der Messengers Leidenschaft plötzlich abgekühlt und ihn impotent gemacht hatte.

Deutsch von Martin Ruf

Else Buschheuer

VALMONT

Elendsquartier Deutsche Bahn. Ich bestelle einen halben Liter Wein, denn da liegt Wahrheit drin. Danach trinke ich noch einen halben Liter, denn auf einem Bein kann man nicht stehen.

»Aufgrund des erfolgten Personalwechsels hier in Fulda macht sich erneut eine Fahrscheinprüfung notwendig.« Erfolgter Personalwechsel. Macht sich notwendig.

Dann trinke ich Wodka, denn überm Tresen hängt ein Emailleschild mit: Trink Klares, sag Wahres. Zwei Doppelte. Effektiv und stilvoll. Ich trinke selten. Aber ich habe ein gutes Verhältnis zum Alkohol. Es ist nur eine Fettsäureverbindung, die die Menschen betrunken macht. Alkohol ist manchmal nötig, um die galoppierende Blödheit auf dieser Welt zu ertragen. Sich auf das Niveau vom Rest runtersaufen!

»'s geht mi ja nix an«, sagt der gamsbärtige Kaugummischlucker, der mich fortwährend beobachtet, »aber meinen S' net, daß Sie z'vuii trinken?«

Ich versuche, furchterregend auszusehen. »Sie haben recht, Alpensepp! Es geht Sie nichts an!«

Ich muß mal. Wanke Richtung Klo. Es befindet sich in einem desaströsen Zustand. Innen an der Tür Gekritzel: *Eins ist Fakt: Gefickt wird nackt!* Und: *Wenn Arschlöcher fliegen könnten, dann wäre das hier ein Flugplatz.* Und: *Weißte, was du bist? Ein schwuler Kommunist!* Die Klobrille sieht mindestens nach Tripper aus. Ich benutze Einweghandschuhe, mehrere Tempos und Hakle feucht in der praktischen Minibox. Im Schlafwagen ziehe ich meinen roten Morgenmantel an – immerhin hat Angie damit John Wayne beeindruckt. In erster Linie bin ich aber besoffen, nehme zwei Tabletten, von denen ich hoffe, daß es Valium ist, und versuche, dekorativ einzuschlafen.

Musik wabert in mein Bewußtsein, ein schwerer schleppender Klang, baßlastig, ein harter, martialischer Sound, aber kein Techno, eher Jazz. Vor mir steht Valmont, mit Ledermantel und Kandelaber, unheimlich wie Dracula. Er ist groß und hat ein scharfkantiges finsteres Gesicht. Seine Augen sind dunkel umschattet wie die eines Inders. Er lächelt grimmig, diabolisch, kaltschnäuzig. Er ist furchterregend und schön im flackernden Kerzenlicht. Wenn er ein Mörder ist, dann ist er der schönste Mörder der Welt. Ich will mich aufrichten, um ihn besser sehen zu können, aber ich kann meine Arme nicht bewegen.

Valmont ist unwirklich, fremd, ein Rätsel. Er spricht kein Wort. Es gibt Dinge, die sind so perfekt, daß man erschrickt. Ist er hier oder träume ich? Er kommt langsam näher, in der linken Hand den Kerzenleuchter mit drei flackernden Kerzen. Er reißt mir mit einem Ruck die Decke weg, öffnet den Gürtel meines Morgenmantels und betrachtet meinen Körper. Langsam neigt er den Kerzenleuchter. Weißes Wachs löst sich träge und tropft. Ich sehe, wie es auf meinen Schenkel auftrifft, aber der Schmerz kommt verzögert. Ein paar Zehntelsekunden später. Ich träume nicht. Ein Stich, schrecklich schön. Valmont nähert sich, es tropft mehr Wachs, auf Schenkel, Schoß, Bauch und Brüste. Ein Lustregen aus Wachs, jeder Tropfen trifft ins Mark. Die Körperoberfläche verfügt über zweihundertfünfzigtausend Kältepunkte und dreißigtausend Wärmepunkte. Sie sind hauptsächlich zur Differenzierung von Temperaturen da. Ich klage, genieße, versinke in einer geheimnisvollen dunklen Welt. Er macht mich abhängig und sich unsterblich. Valmont stellt in Zeitlupe den Leuchter auf dem Boden ab und sieht riesig aus, so von unten beleuchtet, wie Liam Neeson in *Schindlers Liste*.

Er streckt die Hand aus und streift mir den Morgenmantel von der Schulter. Seine Lippen sind leicht geöffnet. Ich will ihn küssen, aber meine Handgelenke sind links und rechts über meinem Kopf am Fensterrahmen festgebunden. Ich zerre und kämpfe und kann ihn doch nicht erreichen. Sein Mund ist jetzt genau vor meinem. Ich spüre seinen Atem, ich spüre ihn, ich rieche ihn, ich sauge ihn auf. Zwischen uns sind nur noch einige Zentimeter. Ich möchte ihn ansehen. Küssen und dabei ansehen. 92 von 100 Frauen, aber nur 52 von 100 Männern schließen die Augen beim Küssen. Beim leidenschaftlichen Kuß schlägt das Herz bis zu 150mal in der Minute (normal 60–80). Der Blutdruck steigt von 120 auf 180. Die Atemfrequenz verfünffacht sich. Die Körpertemperatur steigt um 0,5 Grad.

»Ich möchte Sie küssen, Valmont«, sage ich zu dem Mund, der unmittelbar vor mir ist.

»Ich will jetzt nicht sprechen«, sagt streng der Mund.

Nur noch Millimeter trennen uns. Ich spüre die Kühle seiner schmalen, harten, fordernden Lippen. Lippen bestehen zu über 50 Prozent aus Wasser.

Ich spitze meine, so weit es geht, um seine zu erreichen, spüre aber nur einen Hauch. Schon dieser Hauch kitzelt am ganzen Körper! Valmont riecht nach Nubukleder und billiger Seife und Sonne auf warmer Haut. Meine Zunge sucht seine. Seine Lippen schmecken salzig. Ein Kuß besteht aus 0,45 Milligramm Salz, 0,76 Milligramm Fett, 0,7 Milligramm Eiweiß, 0,16 Milligramm Drüsensekret und 61 Milligramm Wasser. Valmont beißt mich sanft, dann noch einmal fester und zieht sich rasch zurück wie ein Reptil, das neues Gift in seinen Drüsen sammeln muß.

Beim normalen Kuß werden 12 Muskeln bewegt, beim leidenschaftlichen 29. Der stärkste Muskel des Menschen ist die Zunge. Valmont streichelt mein Gesicht und endlich, endlich berühren sich unsere Lippen, immer nur so weit, wie er will. Ich will ihn ansehen, aber es ist zu schön und meine Augen schließen sich. Unser erster Kuß! Und für den Rest meines Lebens will ich weiterküssen. Ich würde ihn so gern streicheln, an mich ziehen, sein Haar fühlen, seinen Schädel fest an meinem spüren. Bei einem leidenschaftlichen Kuß werden die Lippen mit einem Druck von 30 Pfund aufeinandergepreßt (Normalkuß: 2 Pfund). Unsere Münder sind längst verschmolzen, saugen sich aneinander fest, trinken einander im rüttelnden Takt des Zuges aus. Bei einem Kuß von 10 Sekunden Dauer werden zweiundzwanzigtausend Bakterien übertragen. Die Kerzenschatten schrumpfen. Schließlich verlöscht das Licht. Es dämmert. Die Sonne geht auf. Ein leidenschaftlicher Kuß verbrennt pro Minute etwa 4 Kalorien. Die Nebennieren produzieren mehr Adrenalin und die Bauchspeicheldrüse mehr Insulin. Die Droge Sebum wird freigesetzt. Die Haut wird bis zu 30 Prozent mehr durchblutet.

V. LEHR- UND WANDERJAHRE

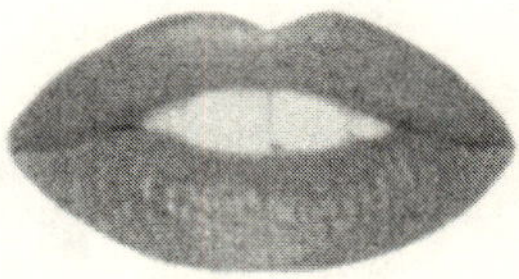

Geoff Nicholson
KRÄFTIGE STÖSSE

Es war früh; sieben Uhr morgens. Sie war aufgestanden, hatte geduscht und sich nur Unterwäsche und Strümpfe angezogen. Jetzt saß sie am Stahltisch im Wintergarten und trank eine Tasse brutal starken schwarzen Kaffee. Philip war auf seiner allmorgendlichen Joggingtour. Sie sah auf die Uhr und stellte fest, daß er etwas hinter seinem Zeitplan lag. Eine vertraute Wut erfaßte sie.

Sally war eine gepflegte, adrette, etwas jungenhafte Blondine mit schlichtem Bubikopf. Sie hatte kleine Brüste und lange Beine. Ihre Augen waren blaßblau und ihr Mund dünnlippig, aber angenehm geschwungen. Wenn sie nicht gerade in Unterwäsche und Strümpfen herumlief, war ihr Kleidungsstil mitunter etwas streng, und man hätte sie für den asketischen asexuellen Typ halten können, aber da hätte man einen schrecklichen Fehler gemacht.

Schließlich hörte sie mit einiger Erleichterung, wie die Eingangstür geöffnet und wieder geschlossen wurde und Philips schwere Schritte vom Treppenabsatz im Erdgeschoß die Stufen zur Gartenetage herunterkamen. Schwer atmend blieb er in der Tür zwischen dem Wintergarten und dem Frühstückszimmer stehen. Er war erhitzt und schweißig. Sie liebte das.

Er sagte: »Jetzt?«

Sie sagte: »Ja. Jetzt. Selbstverständlich. Auf der Stelle. Sofort.« Philip Masterson war ein gutaussehender Mann, nicht gutaussehend wie ein Filmstar und nicht auf die Art gutaussehend, die dazu geführt hätte, daß er – oder Sally – je Scharen von Frauen hatten abwimmeln müssen, aber als sie ihn ihren Freundinnen vorgestellt hatte, waren alle übereinstimmend der Meinung gewesen, daß sie sich einen handfesten, ansehnlichen Ehemann geangelt hatte. Er war dunkel und nicht nur auf dem Kopf, sondern auch an den Armen und auf dem Rücken stark behaart und mußte sich für viele Anlässe zweimal am Tag rasieren. Manche hätten ihn vielleicht für etwas übergewichtig gehalten, was überraschend war, wenn man bedachte, wieviel Sport er trieb: Squash, Schwimmen, gelegentlich Fußball und dazu noch das Joggen. Aber er hatte einen kräftigen, schweren Knochenbau, und in Sallys Augen bewegte er seine massige Gestalt elegant und leichtfüßig.

Er grinste spitzbübisch und trat in den Wintergarten, wo Sally ihn bereits erwartete. Er ging zu ihr, schob seine Hand in ihr weißes Spitzenhöschen und preßte seine große heiße Hand auf ihren Bauch. Sie erbebte in vertrauter Erwartung. Sie half ihm aus dem T-Shirt, den Shorts und dem Suspensorium. Während sie ihr Höschen auszog, zusammenfaltete und ordentlich auf den unbenutzten Stuhl legte, schleuderte er Schuhe und Socken mit den Füßen von sich. Sie zog sich nicht weiter aus. Er war erhitzt, unrasiert, schweißnaß und sie war kühl, in ihrem weißen BH und den feinen Strümpfen. Sie küßten sich nicht, das hätte ihr Make-up verunstaltet, aber es gefiel ihr, ja sie bestand sogar darauf, daß sie betatscht, herumgeworfen und gehörig durchgebumst wurde.

Als erstes zog er sie aus dem Stuhl hoch und zerrte sie zum Rattansofa. Er streichelte ihr den Nacken, die Brüste, den Bauch und stellte sich so hin, daß sein Penis in die Nähe ihres Mundes kam. Sie nahm ihn fest und zärtlich in die Hand, stieß ihn dann aber weg, damit ihr Lippenstift nicht verschmierte. Dann erhob sie sich vom Sofa, das ihr zu weich und bequem war.

Philip ergriff ihre Handgelenke und drehte sie um. Er drückte ihren Hintern, preßte sie an sich, umklammerte sie und schob sie in Richtung Glastür. Ihre exquisit manikürten Hände ergriffen die Türklinken. Ihr Körper spannte sich, ihr Kopf bog sich nach vorne, Philip schob ihre Schenkel auseinander und streichelte sie prüfend, bevor er in sie eindrang.

Seine Bewegungen waren athletisch, kraftvoll, zielstrebig und gefühlvoll. Sallys Gesicht war hart, verzerrt, hitzig.

Man hätte meinen können, daß es ihr nicht besonders viel Freude bereitete, aber da hätte man einen weiteren Fehler gemacht.

Und es machte ihr sogar noch mehr Spaß, als Masterson sie von der Tür wegdrängte und sie sich langsam, etwas ungelenk, in die Mitte des Wintergartens bewegten. Sie mußten ihre Verbindung für einen Moment lösen, Masterson nutzte die Gelegenheit, auf die Knie zu sinken, und Sally ging wie ein Hund vor ihm auf alle viere, reckte das Gesäß hoch in die Luft und spreizte die Beine weit auseinander. Er packte ihre Hüfte wie einen Griff aus Fleisch und Knochen. Sein Rhythmus blieb langsam und gleichmäßig, gemächlich, aber beharrlich. Er verlängerte den Vorgang, trieb ihn nicht voran, um ihn zum Abschluß zu bringen. Das paßte Sally nicht so recht.

Sie drehte den Kopf um, nahm Augenkontakt mit ihm auf und sagte dann: »Das ist nicht hart genug, du Schwein«, und brachte ihn damit erst richtig auf Trab. Mit der flachen Hand drückte er ihren Kopf herunter, so daß sie ganz nach vorne fiel und ihr Körper flach auf den kühlen, glatten, rosafarbenen Sandsteinfliesen lag, die den Boden des Wintergartens bedeckten. Mit gespielter Wildheit und Strenge zog er sie wieder zu sich hoch und brachte es mit wenigen, kräftigen Stößen, in die er alles, was er hatte, hineinlegte, zu Ende. Als sie wußte, daß er kam, konnte auch sie sich gehenlassen, und bei ihrem Orgasmus schrie sie: »Oh, Mommy.«

Er zog sich schnell zurück, stand auf und ging zur Dusche. Sally würde auch gleich aufstehen, sich sammeln und für die Arbeit anziehen, aber sie entspannte sich noch ein paar Minuten genußvoll, wobei sie bewegungslos auf dem Boden liegenblieb, und wenn man an einem Ort gewesen wäre, von dem man sie durch das Dach des Wintergartens hätte beobachten können, so wäre einem aufgefallen, daß sie nicht glücklicher hätte aussehen können als in diesem Augenblick, nachdem sie hastig, verschwitzt und ohne großes Tamtam auf dem Fußboden ihres Lieblingsplatzes genommen worden war.

Deutsch von Gunnar Kwisinski

Tim Waterstone

LUSTSCHREIE

Beide schrien laut, als sie den Höhepunkt erreichten, dann sanken sie langsam aufs Bett und atmeten schwer, die Gesichter errötet. Sam machte die Augen auf und lächelte. »Danke, Hazel …«, murmelte er, tätschelte sie leicht auf den Rücken und war sofort eingeschlafen.

Hazel, den Kopf aufgestützt, die rechte Hand unterm Kinn, beobachtete ihn und fuhr gelegentlich mit den Fingern der anderen Hand durch sein Haar. Eines Tages, dachte sie, eines Tages. Aber das denke ich schon viel zu lange. Vielleicht glaube ich gar nicht mehr daran. Es tut mir nicht mehr so weh wie früher. Er gehört jetzt sowieso mir. Ich liebe ihn aus ganzem Herzen. Er kann die Bindung nicht mehr so ohne weiteres lösen. Wir sind jetzt schon seit Jahren zusammen, wir haben eine gemeinsame Geschichte.

Sie rief sich die ersten Monate ihrer Beziehung ins Gedächtnis zurück, Sams starke Sinnlichkeit, die sich sehr schnell abschwächte und in eine warmherzige, gutmütige, vielleicht etwas zu sentimentale Anhänglichkeit mündete. Als seine Leidenschaft am stärksten war, hatte Hazel sich ihm lediglich aus Freundlichkeit hingegeben, mehr nicht, aber ihre eigene, anfänglich schwache sexuelle Erregung wuchs sich zu Zuneigung aus, und aus Zuneigung wurde Liebe. Im Alter von fünfunddreißig hatte sie festgestellt, daß ihre Liebe zu einer Abhängigkeit geführt hatte, zu einer Ergebenheit, die alle anderen Bereiche ihres Lebens beherrschte.

Fortan konnte sie an nichts anderes mehr denken. Ihre Wohnung am Markham Square war gespickt mit Erinnerungsstücken an Sam, in allen Zimmern unzählige Geburtstags- und Weihnachtsgeschenke aus zwei Jahrzehnten. Fotos von ihm versteckte sie in einer Kommode im Schlafzimmer, um zu verhindern, daß Besucher – außer ihrer Mutter nur Mitglieder der zahlreichen örtlichen Clubs und Vereine, in denen sie Mitglied war oder eine leitende Funktion hatte – in ihr Privatleben eindrangen.

Sam war Sinn und Zweck ihres Lebens, und sie hätte ihn liebend gerne geheiratet. Aber Sam fand immer einen Grund, der dagegen sprach. Anfangs hatte er erklärt, er wolle nicht wieder heiraten, solange seine Tochter Annabel noch ein Kind sei. Dann war es Lilley & Chase, dem der Konkurs drohte, was ohne Zweifel stimmte, denn der Verlag befand sich öfter in Zahlungsschwierigkeiten. Dann war es, weil Hazels Vater im Sterben lag, und als er tot war, durfte die Trauerzeit der Mutter nicht gestört werden. Damals wurde ihre Mutter ernsthaft krank, und wieder war der richtige Moment vorbei.

Das ging jetzt schon lange so, und Hazel wußte längst, daß Sam momentan gar nicht die Absicht hatte, sie zu heiraten, und daß sie ihn womöglich ganz verlieren würde, wenn sie ihn weiter bedrängte. Also beließ sie es dabei, jedenfalls solange, bis sich irgend etwas ereignete, das die Situation verändert hätte, und hielt sich an die positiven Seiten, die ihr dieses Leben bescherte. Sie wußte, daß er sie gern mochte, für seine Begriffe vielleicht sogar besonders gerne mochte, und sie wußte auch, daß sie ihm in der beidseitigen Wärme und Vertrautheit ihrer Beziehung körperliche Befriedigung verschaffte.

Sie fuhr mit den Fingern über seinen Hinterkopf, strich das Haar glatt, wie eine Mutter den Schopf ihres Kindes. Es ist ja nicht sinnlos, dachte sie. Es funktioniert. Auf seine Weise. Ich liebe ihn. Ich kann ihn jederzeit sehen. Ich brauche ihn nicht mit jemandem zu teilen. Er ist mir treu. Ich bin mir jedenfalls ziemlich sicher, daß er mir treu ist. Und er behandelt mich mit Respekt, liebevoll und freundlich. Alles Dinge, die einem für eine Liebesbeziehung vielleicht leidenschaftslos und unwichtig vorkommen, die aber in Wahrheit sehr viel ausmachen.

Sam bewegte sich und schlug die Augen auf. Sie sahen sich an. Hazel beugte sich zu ihm hinunter, streichelte seine Schläfe, küßte ihn zärtlich auf den Mund. »Ich liebe dich, Sam, mein Süßer. Ich habe immer Angst, ich könnte dich verlieren. Bitte, verlaß mich nicht. Ich will dich nicht verlieren. Ich darf dich jetzt nicht verlieren.« Sie küßte ihn noch mal, und er streichelte sie ebenfalls, ließ seine Hände zärtlich über ihren bloßen Rücken gleiten, liebkoste sie, tröstete sie.

»Ich gehe nicht weg, Hazel. Ich bin nie weggegangen. Ich könnte dich niemals verlassen. Dazu bist du mir viel zu kostbar.«

Die Halbwahrheiten der Liebe, dachte Hazel. Er hat recht. Ich weiß genau, daß er nicht weggeht. Ich bringe ihn dazu, das zu sagen, weil es schön ist, es sich auf diese Weise bestätigen zu lassen. Aber eigentlich bin ich gar nicht kostbar für ihn. Ich bin wichtig. Aber es gibt Grenzen. Es gibt Bereiche, in die ich einfach nicht vordringen kann. Hilary hängt wie ein dunkler Schatten über uns. Wenn wir eine echte Beziehung hätten, würden wir über Hilary reden. Aber das können wir nicht. Die wenigen Male, die ich es versucht habe, waren jedesmal eine Katastrophe. Sam macht in dem Punkt einfach dicht. Genauso wenn ich über Annabel rede. Es sei denn, es handelt sich um etwas ganz Banales. Wenn wir diese Grenze doch nur überschreiten könnten. Es fällt mir schwer zu akzeptieren, daß alles so bleiben soll, wie es ist. Wir könnten uns wirklich lieben. Wir tun es ja fast. Ich wünsche mir nichts sehnlicher, als diese letzte Schranke zu überwinden. Ich wünschte nur, Sam würde mich gewähren lassen.

Sie blieben eine Zeitlang so liegen, ihre Körper berührten sich; das warme, weiche Bett war vertrautes Lager für Sam; der süße Duft von Hazels Körper auf den Laken und an seinen Händen, ihre Arme um seinen Körper geschlungen, ihre langsam durch sein Haar gleitenden Finger. Hazel sprach leise zu ihm und streichelte ihn zärtlich weiter.

»Sam – erzähl mir etwas über Hilary.« Sie mußte ihn zum Reden bringen, er sollte seine Gefühle offenbaren, auch nach so vielen Jahren.

Sams Körper verspannte sich instinktiv, als er antwortete. »Ich habe dir alles gesagt, Hazel. Wir haben seit Jahren über nichts wirklich Wichtiges mehr miteinander gesprochen. Sie ist mit einem sehr netten Mann verheiratet. Soweit ich weiß, ist sie eine gute Biochemikerin. Sie wohnt in einem schönen Haus in Wiltshire. Und sie ist eine anständige Mutter. Mehr gibt es dazu nicht zu sagen.«

Er zuckte mit den Schultern und lachte, aber die sanfte Stimmung war dahin.

»Bitte, Sam«, fuhr sie beharrlich fort. »Es würde mir wirklich helfen.«

Genau da liegt das Problem, dachte Sam. In Wahrheit ist es mir egal, ob es dir hilft oder nicht. Es ist mir einerlei, so oder so. Zum Glück muß ich das nicht zugeben. Aber es ist die Wahrheit.

Deutsch von Thomas Stegers

James Joyce

TIERISCHES VERLANGEN

An Nora Barnacle Joyce

Mein kleiner Klostermädchen-Liebling,

irgendein Stern ist der Erde zu nahe, denn noch immer habe ich wie einen Anfall von Fieber ein tierisches Verlangen in mir. Heute blieb ich oft mit einem Ausruf auf der Straße stehen, jedes Mal nämlich, wenn ich an die Briefe dachte, die ich Dir gestern nacht und die Nacht davor geschrieben hatte. Sie müssen sich gräßlich lesen im kalten Tageslicht. Vielleicht hat ihre Derbheit Dich angeekelt. Ich weiß, Du bist eine viel zartere Natur als Dein außergewöhnlicher Liebster [...] Als ich heute morgen Deinen Expreßbrief bekam und sah, wie besorgt Du um Deinen nichtswürdigen Jim bist, schämte ich mich dessen, was ich geschrieben habe. Doch jetzt ist die Nacht, die heimliche, sündige Nacht wieder auf die Welt herabgekommen, und ich bin wieder allein und schreibe an Dich, und wieder liegt vor mir auf dem Tisch aufgefaltet Dein Brief. Bitte mich nicht, ins Bett zu gehen, Liebe. Laß mich an Dich schreiben, Liebe.

Wie Du weißt, Liebste, benutze ich beim Reden nie unanständige Wörter. Du hast mich nie vor anderen ein unpassendes Wort äußern hören, nicht wahr. Wenn Männer hier in meiner Gegenwart dreckige oder schlüpfrige Geschichten erzählen, lächle ich kaum einmal. Du aber scheinst mich in eine Bestie zu verwandeln. Du warst es selbst, Du freches schamloses Mädchen, Du hast mich zuerst auf diesen Weg gebracht [...]

Allmächtiger Gott, was für eine Sprache ist das, in der ich meiner stolzen blauäugigen Königin schreibe! Wird sie sich weigern, mir meine derben beleidigenden Fragen zu beantworten? Ich weiß, ich riskiere einiges, wenn ich in dieser Weise schreibe, aber wenn sie mich wirklich liebt, wird sie spüren, daß ich vor Lust verrückt bin und daß ich alles wissen muß.

Antworte mir, mein Herz. Selbst wenn ich erführe, daß auch Du gesündigt hast, vielleicht würde mich das sogar noch enger an Dich binden. Ich liebe Dich in jedem Falle. Ich habe Dir Dinge geschrieben und gesagt, die einer anderen Frau zu sagen mir mein Stolz *nie wieder* gestatten würde.

Mein Liebling Nora, ich lechze vor Gier nach Deinen Antworten auf meine dreckigen Briefe. Ich schreibe Dir offen, weil ich jetzt fühle, daß ich mein Wort Dir gegenüber halten kann.

Sei nicht böse, liebe liebe Nora, meine kleine wilde Heckenblume. Ich liebe Deinen Körper, sehne mich nach ihm, träume von ihm.

Sprecht zu mir, liebe Lippen, die ich in Tränen geküßt habe. Wenn dieses Dreckige, das ich geschrieben habe, Dich beleidigt, bring mich mit der Peitsche wieder zur Vernunft, wie Du es schon früher getan hast. Gott helfe mir!

Ich liebe Dich, Nora, und es scheint, daß auch dies ein Teil meiner Liebe ist. Vergib mir! Vergib mir!

JIM

Noretta mia!

Ich habe heute abend Deinen mitleiderregenden Brief erhalten, in dem Du mir schreibst, daß Du ohne Unterwäsche herumläufst. Ich habe am 25. nicht 200 Kronen bekommen, sondern nur 50 Kronen und weitere 50 am 1. Genug vom Geld. Ich schicke Dir einen kleinen Geldschein und hoffe, Du kannst Dir dafür wenigstens für Dich selbst eine hübsche Rüschenhose kaufen, und werde Dir mehr schicken, wenn ich wieder Geld bekomme. Ich möchte gerne, daß Du Hosen mit drei oder vier Rüschen trägst, übereinander, an den Knien und die Schenkel hoch, und mit großen, karmesinroten Schleifen darin, ich meine nicht Schulmädchen-Hosen mit einem dünnen schäbigen Litzensaum, die knapp sitzen und so dünn sind, daß das Fleisch durchscheint, sondern Frauen- (oder wenn Dir das Wort lieber ist) Damenhosen mit einem vollen lockeren Hosenboden und weiten Beinen, ganz in Rüschen und Litzen und Bändern und stark duftend [...]

Basta per staseral!

Ich hoffe, Du hast mein Telegramm erhalten und es *verstanden*.

Leb wohl, mein Liebling, Du, die ich zu entwürdigen und zu verderben trachte. *Wie um Gottes willen* ist es möglich, daß Du so etwas wie mich lieben kannst?

Oh, ich bin so gespannt auf Deine Antwort, Liebling!

JIM

Deutsch von Kurt Heinrich Hansen

Harold Nebenzal

EROTISCHE LEHRZEIT

Sie war gerade sechzehn geworden, als Capitan Ruiz und ein Trupp kubanischer Soldaten in ihr Dorf gekommen waren. Die Aufgabe der Kubaner, die aus brüderlichen und sozialistischen Motiven zur Ebenholzküste gekommen waren, bestand darin, im ganzen Land eine Volksmiliz zu organisieren. Unter der Vormundschaft der Sowjetunion hatte Fidel Castro seine Verbände nach Angola, Mozambique, Ebenholzküste und anderen begünstigten Ländern geschickt, wo sie ein Vermächtnis aus Tripper und Landminen zurückließen. Die kubanischen Soldaten, viele von ihnen schwarz und milchkaffeefarben, kamen aus einem tropischen Klima und waren besser für den Dienst in Afrika geeignet als die russischen Berater, die unter Hitzeausschlägen, Ruhr und Alkoholismus litten. Die Kubaner waren Wehrpflichtige aus den Slums von La Habana und den Feldern von Maguey; ihre Offiziere waren Männer mit einem etwas höheren Bildungsgrad. Capitan Armando Ruiz war eigentlich ein Nachrichtenoffizier und für diese Sparte ausgewählt worden, weil er Englisch und etwas Französisch und Italienisch auf Touristenniveau beherrschte. Er hatte sich sogar genügend von dem verfluchten Russisch einverleibt, um in der Armee befördert zu werden. Im Unterschied zu seinen Mit-Offizieren, von denen viele Schullehrer waren, hatte er den Beruf des Mayoreo oder Großhändlers ergriffen. In Wirklichkeit jedoch war er ein Zuhälter gewesen, der Miteigentümer des Las Mariposas, einem bei übersättigten Touristen für seine Spezialität schwarzer und kaffeebrauner Teenagermädchen bekannten Bordell. Trotz seines Gewerbes war Capitan Ruiz weit davon entfernt, ein gemeiner Rohling zu sein. Er erfüllte seine Aufgaben mit Takt und nahm Rücksicht auf lokale Sitten und Empfindlichkeiten. Er hatte die Freundschaft und Kooperation der Dorfältesten, der Schamanen und vor allem von Pastor Emile Dufour und seiner Frau Agathe, ortsansässigen Missionaren, gesucht, die im Umkreis von mehreren hundert Kilometern die einzige Schule betrieben. Sie brachten den Kindern die Grundlagen des Französischen bei, eine gut ausgebildete Handschrift, Rechnen, Gesundheitspflege und die protestantische Ethik, am Arbeitsplatz wie zu Hause. Ihre Schüler, Jungen und Mädchen vom Kindergarten bis zur Mittelschule, waren im ganzen Dorf an den sauberen blauen Shorts und Röcken sowie den gestärkten weißen Hemden zu erkennen. Capitan Ruiz brauchte nicht mehr als einen Tag, um Marie Blanche unter ihren Schulkameraden zu entdecken. Ethnisch vorherrschend in diesem Teil des Landes war das voltaische Element: gutaussehende, kräftige schwarze bis schokoladenbraune Typen mit Mongolenfalte und dem dicht gekrausten Haar der hamitischen Rasse. Marie Blanche, die ihre Schulkameraden überragte, wirkte eher somalisch oder äthiopisch, mit einem Hautton leicht gerösteter Kaffeebohnen, adlerartigen Gesichtszügen, flach am Kopf anliegenden kleinen Ohren und hohen Wangenknochen. Mit ihren langen Beinen sah sie wie eine über den Dorfplatz tänzelnde Gazelle aus. Capitan Ruiz suchte die Missionare auf und vereinbarte mit Madame Dufour, ohne auch nur einen Blick in die Richtung des Mädchens zu werfen, daß Marie Blanche seine Wäsche besorgen und seine Tarnuniformen bügeln sollte.

Als ein Los-Van-Van-Stück gespielt wurde, nahm Marie Blanche einen tiefen Zug von ihrem Torpedo, behielt ihn ein, ließ den Rauch langsam entweichen. Capitan Ruiz, dachte sie. Was für ein Mann. Und was für ein Teufel. Sie hatte sich auf die Wäschereiaufträge gefreut. Der Capitan besaß ein Radiokassettengerät und eine Schachtel voller Bänder mit kubanischer Musik. Sie lauschte ihr und machte sich die Rhythmen sofort zu eigen. Capitan Ruiz erklärte ihr, daß die afrikanische und die kubanische Musik gemeinsame Ursprünge hätten. Er wies darauf hin, daß in ihrer eigenen Musik die Kwamu-Flöten und Trommeln beherrscht würden von der Großen Trommel, die den Ton angebe, von der Mittleren Trommel, die antworte, und von der Kleinen Trommel, die einen eindringlichen Klopfrhythmus beisteuere. In Kuba sei die Perkussion dieselbe; dort seien die Trommeln als die Quinto, die Conga und die stampfende Tumba bekannt, erklärte der Capitan. Marie Blanche fühlte sich geschmeichelt, daß er sie wie eine Erwachsene behandelte und daß er sie ein oder zwei Züge von seinen Zigaretten nehmen ließ. Sie verständigten sich in ihrer eigenen Lingua franca, einer freien und doch verständlichen Mischung aus Französisch und Spanisch. Schließlich brachte er ihr ein paar Tanzschritte bei. Es dauerte nicht lange, und sie beherrschte die Salsa, die Meringue und die Rumba so gut, daß sie in jeder Tanzhalle Havannas Beifall geerntet hätte. Sie wußte instinktiv, daß er sie als Frau, nicht als Schulmädchen hielt, wenn er sie beim Tanzen auf Herz und Nieren prüfte. Die Härte seines Körpers erregte sie und flößte ihr zugleich Angst ein. Sie spürte die Gefahr, wenn er ihr in die Augen sah und ihre Brüste gegen seinen Oberkörper preßte. Gierig atmete sie den Duft des Rasierwassers, der Brillantine in seinem Haar ein. Capitan Ruiz sorgte dafür, daß diese Begegnungen gleich nach der Schule stattfanden, damit Marie Blanche pünktlich in der Mission war, um ihre Hausarbeiten zu erledigen und am Abendgottesdienst teilzunehmen. Die Abende verbrachte er Domino spielend mit seinen Soldaten. Die Begegnungen mit Marie Blanche kamen einen Schritt voran, als er sie einen Zug von seinem Marihuanajoint nehmen ließ – für ihn eine tägliche Notwendigkeit, ähnlich wie Reis mit Bohnen und Milchkaffee. Ganja war nicht gerade eine Seltenheit im Dorf, es wurde von fast allen geraucht, außer von denen in der Mission. Marie Blanche mochte es auf Anhieb, es bedeutete ein Stück Freiheit für sie, eine Unterbrechung vom Kochen der Eintöpfe oder der Bettlaken in den riesigen Kesseln der Mission.

Der Capitan war ein geduldiger Mann. Er las, er spielte Karten, er lauschte seinen Tonbändern und hörte Kurzwelle. Und er erfüllte seine militärischen Pflichten; eine Stammtruppe für die Miliz war bereits aufgestellt, Rekruten wurden gesucht. Eines Tages, als er Marie Blanche beim Sortieren der Wäsche auf seinem Bett beobachtete, beschloß er, daß sie genug an dem Käse geknabbert hatte, daß es Zeit war, die Falle zuschnappen zu lassen. Er nahm sie in seine Arme, küßte sie sanft, dann drängender, bis ihre Zunge auf seine eigene reagierte. Er sah die Erektion ihrer kleinen schwarzen Brustwarzen durch die Missionsbluse, und der alte Hurenbock begab sich an die Arbeit. Er trug sie zu seinem Feldbett und stellte mit großer Erleichterung fest, daß ihre Schnecke, entgegen der hiesigen Tradition, nicht verstümmelt worden war, daß ihre kleinen Lippen und die Klitoris intakt waren. Er ließ sie seinen Penis führen und streichelte sie, bis sie einen kleinen Schrei ausstieß. Als er sich zurückzog, waren die Zeichen ihrer Jungfräulichkeit auf dem Laken. »Marie Blanche«, sagte er, ihre Nase küssend, »heute bist du Marie Rose geworden.« Marie Blanche wurde seine willige Komplizin. Als Capitan Ruiz sie in die Fellatio einführte, würgte sie und unterbrach den Rhythmus des Akts. Als sie es wieder tat, schlug er ihr mit der flachen Hand auf den Hintern, bis ihr Tränen in die Augen traten. Sie wurde eine Expertin. Als er zu dem Schluß kam, daß sie bereit war, holte er ein Buch mit Fotografien aus einer verschließbaren Kassette und zeigte ihr eine Sammlung von vermutlich in Las Mariposas aufgenommenen Bildern, die die vielen sexuellen Möglichkeiten demonstrierten, die ihr noch offenstanden. Ihre Beziehung hatte zwei Jahre gedauert. Am Ende dieser Lehrzeit war sie so perfekt wie jedes der Mädchen in Las Mariposas. Mit dem einzigen Unterschied, daß für sie echtes Vergnügen bedeutete, was für die anderen hauptsächlich Erniedrigung und Leiden war.

Deutsch von Klaus Schomburg

Jan Graf Potocki

ZÄRTLICHE UMARMUNG

In diesem Augenblick ertönte ein Hahnenschrei, und Eminas Rede stockte … Der Hahn krähte noch einmal … Ein abergläubischer Mensch wäre darauf gefaßt gewesen, die zwei Schönen durch den Kamin davonfliegen zu sehen. Sie taten nichts dergleichen, aber sie schienen gedanken- und sorgenvoll.

Emina brach das Schweigen als erste: »Liebenswürdiger Alfonso«, sagte sie zu mir, »gleich bricht der Tag an, und die Stunden, die wir noch gemeinsam verbringen können, sind zu kostbar, um sie mit Geschichtenerzählen hinzubringen. Wir können nur dann Eure Gattinnen sein, wenn Ihr Euch unserem heiligen Glauben zuwendet. Aber es ist Euch erlaubt, uns im Traum zu sehen. Seid Ihr einverstanden?«

Ich stimmte allem zu.

»Das ist noch nicht alles«, fuhr Emina mit dem Ausdruck höchster Würde fort, »das ist noch nicht alles, lieber Alfonso; Ihr müßt Euch auch auf die heiligen Gesetze der Ehre verpflichten, niemals unsere Namen, unsere Existenz und all das, was Ihr von uns wißt, preiszugeben. Seid Ihr bereit, diese feierliche Verpflichtung einzugehen?«

Ich versprach alles, was sie wollten.

»Das genügt«, sagte Emina. »Schwester, bringt den Kelch herbei, den Massud, das erste Oberhaupt unserer Familie, geweiht hat.«

Während Zubeida den Zauberkelch herbeiholte, hatte Emina sich zu Boden geworfen und sprach Gebete in arabischer Sprache. Zubeida kam zurück und trug einen Kelch, der aus einem einzigen Smaragd geschliffen schien; sie benetzte daran ihre Lippen. Emina tat es ihr gleich und hieß mich den Rest des Elixiers in einem Zug austrinken.

Ich gehorchte ihr.

Emina dankte mir für meine Folgsamkeit und umarmte mich mit sehr zärtlichem Ausdruck.

Dann heftete Zubeida heftig ihre Lippen auf die meinen und schien sich nicht mehr davon lösen zu können. Schließlich verließen sie mich, wobei sie mir versicherten, ich würde sie wiedersehen, und mir rieten, so bald wie möglich einzuschlafen.

Derart sonderliche Ereignisse, wunderliche Erzählungen und unerwartete Gefühle wären sicher dazu angetan gewesen, mich für den Rest der Nacht darüber nachsinnen zu lassen, aber ich muß gestehen, daß die Träume, die mir verheißen waren, mich mehr beschäftigten als alles andere. Ich entkleidete mich schnell und legte mich in ein Bett, das schon für mich vorbereitet war. Als ich es mir darin bequem machte, stellte ich mit Vergnügen fest, daß es sehr breit war und daß Träume so viel Platz nicht nötig haben. Aber kaum hatte ich Zeit, diese Überlegungen anzustellen, als der Schlaf sich unwiderstehlich auf meine Lider legte, und alle Trugbilder dieser Nacht ergriffen meine Sinne. Ich fühlte, wie sie durch phantastische Vorspiegelungen in die Irre geleitet wurden, und meine Gedanken trugen mich auf den Schwingen der Begierde unwillkürlich davon und hinein in Afrikas Serails, bemächtigten sich der hinter ihren Mauern verborgenen Reize und bildeten daraus Gaukelspiele meiner Lust. Ich fühlte, daß ich träumte, und war mir doch bewußt, daß es nicht Ausgeburten des Traums waren, die ich umarmte. Ich verlor mich in den Wolken der tollsten Einbildungen, aber meinen schönen Cousinen begegnete ich immer wieder. An ihrem Busen schlief ich ein, in ihren Armen erwachte ich wieder.

Ich weiß nicht, wie oft ich diesen schönen Wechsel zu empfinden glaubte …

Deutsch von Manfred Zander

Wolfgang Hildesheimer

DIE GELIEBTEN

Im Mai oder im Juni 1826 ließ sich Marbot in den Salon der Marchesa Sacrati einführen, da er hoffte, Leopardi hier anzutreffen. Dieser hatte die Marchesa zwar »ein kleines fettes Weib mit gelben Haaren« genannt, »das immer Flachs spinnt«, doch hatte er, trotz dieser wenig schmeichelhaften Bemerkungen, bei ihr verkehrt, als er in Rom war. Er war aber nicht mehr in Rom, sondern in Bologna. Statt dessen traf Marbot hier auf die Nichte der Marchesa: Teresa Guiccioli, die er aus Pisa kannte und die sich nach Byrons tragischem Tod, jedoch schon vor seinem Tod von ihm zugunsten der Freiheit Griechenlands verlassen, mit diesem oder jenem romreisenden englischen

Aristokraten zu trösten pflegte. Vielleicht aber tue ich ihr Unrecht, und das Ziel ihrer Zerstreuungen war ähnlich gelagert wie bei Marbot, wenn auch aktiver betrieben: Ersatz für den unvergeßlichen Geliebten, den man in jedem neuen Partner zu finden hofft und dennoch niemals findet, da die Erinnerung ihn zunehmend verklärt.

Als Andrew die inzwischen Siebenundzwanzigjährige im Salon der Marchesa wiedertraf, war sie mit dem zweiundzwanzigjährigen Lord Fitzharris liiert, einem schwärmerisch veranlagten aquarellierenden Byron-Verehrer auf seiner Kavaliersreise, den sie alsbald fallenließ, um sich mit Hingabe und Intensität Andrews anzunehmen, der ihre Neigung gewiß nicht herausgefordert hatte, aber nun, da sie ihm galt, zwar nicht mit Eifer, aber doch wohl nicht ohne Entgegenkommen hinnahm, denn Teresa war schön, und obgleich die Trauer um ihren Byron ihr einen Anflug gefaßter Schwermut verlieh, strahlte sie eine gewisse entwaffnende Beherztheit aus, einen gezielten Willen zum Trost durch aktive Liebe, dem der Betroffene sich wohl schwer entziehen konnte. Ihre Biographin Iris Origo, die von der kurzen Affaire mit Marbot noch nichts wußte und nichts wissen konnte, schreibt in ihrem Buch *The Last Attachment,* daß die arme Teresa – und nicht nur darin gleicht sie der weitaus ärmeren Ottilie von Goethe – in ihren Liebesaffairen stets an zynische Frauenhelden (cads) geraten sei, und es ist durchaus möglich, daß Andrew in ihrem Leben der einzige war, auf den diese Feststellung nicht zutrifft. Jedenfalls verlief dieses kurze »attachment« gewiß nicht ohne Höhe- und Tiefpunkte auf ihrer Seite. Ihr Temperament, das selbst ein Byron nicht immer hatte bändigen können, das, im Gegenteil, zeitweilig ihn gebändigt zu haben scheint, muß sich an Andrews gewiß nicht ungefügigem, aber schweigsamem und letztlich detachiertem Verhalten aufgerieben haben. Sein Herz war anderswo, doch durfte natürlich keine der drei Ersatzgeliebten jemals ahnen, wo. Ich könnte mir aber vorstellen, daß Teresa genau dies wissen wollte – sie nannte ihn »enimmatico Andrea«, später sogar »impenetrabile Andrea« –, daß sie, heftig wie Elsa im Lohengrin, in ihn drang, und daß er allmählich solcher Intensität müde wurde.

Die Affaire begann im Juni oder Juli 1826 und dauerte, bis Andrew Anfang November Rom verließ.

Wahrscheinlich trafen sie sich in der Wohnung an der Piazza Navona, die Andrew gemietet hatte. Ich denke, daß er ein rücksichtsvoller und einfühlender Liebhaber war, liebevoller als der Egozentriker Byron, wenn er es auch wohl mit jener aktiven Männlichkeit, die Byron so unwiderstehlich gemacht hat, nicht aufnehmen konnte. Auch war Andrew gewiß leidenschaftsloser und distanzierter, denn er brauchte seine Männlichkeit nicht unter Beweis zu stellen und hätte in dieser Richtung auch das Versagen in Kauf genommen. Er gab sich, wie er war, und gab sich hin, wie er es vermochte und wollte. Ungleich Byron pflegte er seine Erfolge nicht zu registrieren, und natürlich hat er sich niemals darüber ausgelassen. Er sprach nicht über »Die Frauen«, und mied Männer, die es taten, wie Byron, mit dem ihn wohl kaum eine Eigenschaft verband, am wenigsten der Hang zu demonstrativer Ausschweifung. Über die Qualitäten seiner wenigen Partnerinnen und seine Beziehung zu ihnen hat er sich stets Klarheit zu verschaffen gesucht, wie er sich über alle Erfahrungen Rechenschaft ablegte, nicht nur über sein Denken; ja, manchmal erscheint uns sein Leben als ein bewußter didaktischer Vollzug, der dem Beweis dienen sollte, daß die sogenannte Sünde, in der er gelebt hatte und, wenn es nach ihm gegangen wäre, weitergelebt hätte, seine Seele nicht verletzt, sondern, im Gegenteil, gefestigt habe. Nur: wem hätte er es beweisen sollen oder wollen, und wozu?

Johann Wolfgang Goethe

EIN VERWORFENES KAPITEL AUS DEN WAHLVERWANDTSCHAFTEN

Die Freunde brachten die Tage mit den angeregtesten Geschäftigkeiten zu, versäumten jedoch abends nicht, Charlotten zu besuchen. Fand sich keine Gesellschaft von benachbarten Orten und Gütern, welches öfters geschah, so war das Gespräch wie das Lesen meist solchen Gegenständen gewidmet, welche den Wohlstand, die Vorteile und das Behagen der bürgerlichen Gesellschaft vermehren.

An jenem Abend, von dem wir erzählen, verweilte das Gespräch nach einem ausnahmsweise nicht unbeträchtlichen Weingenusse lebhaft bei naturwissenschaftlichen und chemischen Gegenständen. Unter beständigen scherzenden Andeutungen sprach man, nachdem Eduard dazu aus einem gelehrten Buche gelesen, über die merkwürdigsten Verbindungen, die Naturstoffe miteinander einzugehen pflegen, als der Hauptmann mit seinen Erklärungen fortfuhr:

Zum Beispiel, was wir Kalkstein nennen, ist eine mehr oder weniger reine Kalkerde, innig mit einer zarten Säure verbunden, die uns in Luftform bekannt geworden ist. Bringt man ein Stück solchen Steines in verdünnte Schwefelsäure, so ergreift diese den Kalk und erscheint mit ihm als Gips; jene zarte, luftige Säure hingegen entflieht. Hier ist eine Trennung, eine neue Zusammensetzung entstanden, und man glaubt sich nunmehr berechtigt, sogar das Wort Wahlverwandtschaft anzuwenden, weil es wirklich aussieht, als wenn ein Verhältnis dem andern vorgezogen, eins vor dem andern erwählt würde.

Verzeihen Sie mir, sagte Charlotte, wie ich dem Naturforscher verzeihe; aber ich würde hier niemals eine Wahl, eher eine Naturnotwendigkeit erblicken, und diese kaum: denn es ist am Ende vielleicht gar nur die Sache der Gelegenheit. Gelegenheit macht Verhältnisse, wie sie Diebe macht; und wenn von Ihren Naturkörpern die Rede ist, so scheint mir die Wahl bloß in den Händen des Chemikers zu liegen, der diese Wesen zusammenbringt.

Ganz recht tun Sie, entgegnete der Hauptmann, wenn Sie diese Natur- auf Menschenverhältnisse übertragen. Gewiß macht Gelegenheit Diebe bei den Mineralien wie bei den Geschlechtern. Eines indes, damit sie sich verbinden, muß dazukommen: die Anziehungskraft.

Sympathie zwischen Kalk und Säure also, versetzte Charlotte. Wohl, ergänzte ihr Gatte, daß du dich scheust es zu sagen, unter Freunden mag es gleichwohl gestattet sein, den Trieb beim Namen zu nennen; eine unergründliche Naturgewalt, mit der Mineralien sich vermischen wie Menschen, wo das scheinbar Zusammengehörige sich sprengt, um eine neue Verbindung einzugehen.

Ganz recht, fügte der Hauptmann hinzu, übertragen wir's nur auf menschliche, oder nun gar auf unsere Verhältnisse. Denken Sie sich ein A, das mit einem B innig verbunden ist, durch viele Mittel und durch manche Gewalt nicht von ihm zu trennen; denken Sie sich ein C, das sich ebenso zu einem D verhält; bringen Sie nun die beiden Paare in Berührung: A wird sich zu D, C zu B werfen, ohne daß man sagen kann, wer das andere zuerst verlassen, wer sich mit dem andern zuerst wieder verbunden habe. Wie einleuchtend auch, so bleibt es dennoch graue Theorie. Allein der Trieb fehlt, dieses zu beweisen.

Fehlt? Der Trieb? Oh Freunde, daß wir uns nicht betrügen. In jedem schlummert doch die Lust. Nimm, liebste Charlotte, das Beispiel unsres freundschaftlichen Gastes doch nur als Gleichnisrede, bedenke dann dazu die innigsten Gefühle, die Geilheit, die in eines Mannes Herz und Hoden wacht, – und schon hast du wahrhaftig die Chemie, von der der Kapitän so vornehm nüchtern sprach. Ach was, Chemie. Es ist Natur! Wie dieser Wein, mit dem ich euch, ihr Lieben, meinen freien Toast entbiete.

Erregt, ja entflammt von den Gesprächen, füllte Eduard aufs neue die Pokale und leerte den seinen, indem ein Glanz in seine Augen trat, auf einen Zug. Er hatte sich von seinem Lesestuhle erhoben und war schwankend hinter den Fauteuil Charlottens getreten, die ihres Gatten exaltiertes Gebaren mit der nur noch kaum beherrschten Sicherheit der erfahrenen Frau stumm beobachtete – immer wieder Blicke mit dem Hauptmann wechselnd, die sie im Innersten erregten.

Vom Wein beflügelt, schien Eduard außer sich oder doch in diesem Augenblick recht eigentlich erst bei sich. Was treibt denn diesen Trieb, der A mit D und C mit B so kühn, so unerhört in neuer Wahlverwandtschaft kopuliert? Doch nichts als sinnliche Natur. Das ist das Leben, das ist Fleisch! Sieh diesen Hals und diese Haut, sieh dieses Weiß und das, was es verheißt: Die Brust, aufs lüsternste sein Haupt zu betten. Oh diese Furche, die die schneebedeckten Hügel trennt, ist nicht das Tal der Niedertracht, da liegt nichts andres als das Geheimnis der Chemie. Da, führe deine Hände auf die Kuppen und du spürst die Ströme und die Kräfte, die die Natur verändern. Nur wenn sie frei ist, ist sie schön. Wie jetzt, wenn die Natur von menschlichem Verstand nicht mehr gebändigt und gefesselt, vielmehr erlöst und göttlich frei sich dar dir bietet: So, Freund, wie diese herrlich stolze Brust.

Indem er sprach und seine Rede zu beschwörenden Deklamationen steigerte, hatte Eduard das leichte Tuch von Charlottens Busen gelöst und ihre Brust, über die rhythmisch seine Hände strichen, den Takt der Rede skandierend, dem Freunde dargeboten. Der saß stumm wie Charlotten. Fern wie von einer Bergesspitze erschienen dem Hauptmann Tal und aufgespitzte Höhen dieser Hügel, Vulkanen gleich, die er auf seinen Reisen erfahren, wie sich aus schlafenden Hügeln die Feuerglut rosafarben am Gipfel entlud, Leben verbergend unter erstarrendem Grau.

Reden wir doch, vernahm man Charlottens Stimme, von der Natur und zu gering von den Gesetzen, die sie kennt. Sind denn ihre Gesetze nicht auch die unseren, wenn wir sie dazu gemacht haben? Gilt es nicht zu zügeln, was jene ungestüm zu fordern scheint? Von einem Plan, den menschlicher Verstand ersinnt, den Kalkstein mit der Schwefelsäure zu verbinden, von diesem Plan fiel kaum ein Wort.

Ganz recht, entgegnete der Hauptmann, von einem A, das sich mit D und sei's mit C verbindet, von der Verbindung jenes B mit D kann nicht gesprochen werden. Was wir hier treiben, ist nicht Wissenschaft.

Vielleicht nur Alchimie?

Gleichwohl, damit wir von Gesetzen sprechen dürfen, die jene unbelebte wie die belebte Natur bestimmen, bedarf es eines Vierten oder alles stirbt.

Da sind die Chemiker viel galanter, ließ sich Eduard vernehmen: sie gesellen ein Viertes dazu, damit keines leer ausgehe.

Jawohl! versetzte der Hauptmann: diese Fälle sind allerdings die bedeutendsten und merkwürdigsten, wo man das Anziehen, das Verwandtsein, dieses Verlassen, dieses Vereinigen gleichsam übers Kreuz wirklich darstellen kann; wo vier, bisher je zwei zu zwei verbundene Wesen, in Berührung gebracht, ihre bisherige Vereinigung verlassen und sich aufs neue verbinden. In diesem Fahrenlassen und Ergreifen, in diesem Fliehen und Suchen glaubt man wirklich eine höhere Bestimmung zu sehen; man traut solchen Wesen eine Art von Wollen und Wählen zu und hält das Kunstwort Wahlverwandtschaften für vollkommen gerechtfertigt. Denken Sie sich ein A, das mit einem B innig verbunden ist, durch viele Mittel und durch manche Gewalt nicht von ihm zu trennen; denken Sie sich ein C, das sich ebenso zu einem D verhält; bringen Sie nun die beiden Paare in Berührung: A wird sich zu D, C zu B werfen, ohne daß man sagen kann, wer das andere zuerst verlassen, wer sich mit dem anderen zuerst wieder verbunden habe.

Gut! versetzte Charlotte; wenn auch das Beispiel, wie mir scheint, nicht ganz auf unsern Fall paßt, so halte ich es doch für ein Glück, daß wir heute einmal völlig frei zusammentreffen, und daß diese Natur- und Wahlverwandtschaften unter uns eine vertrauliche Mitteilung beschleunigen. Ich will es also nur gestehen, daß ich seit diesem Nachmittage entschlossen bin, Ottilien zu berufen. Indem sie dies sagte, erhob sich Charlotte, deckte die Hände sanft über den immer noch bloßen Busen und ging langsamen Schrittes hinaus. Nie hatte ein Bild dem Hauptmann ein größeres Verlangen eingeflößt als diese Hände, die mühelos wie Blütenblätter, die schwere Fülle holen und zwischen sich als ein geheimes Zeichen zwei steile Spitzen lugen ließen, die ihn in der Farbe an reife, regennasse Erdbeeren gemahnten.

Der merkwürdige, durchaus unerwartete Verlauf des Abends hatte Charlotte verwirrt, der ungewohnte Weingenuß erregt. Noch immer spürte sie, als sie sich in ihrem Schlafgemache entkleidete, den ernsten Blick des Hauptmannes auf ihrem Busen, bei welchem Gedanken sie aufs neue erbebte. Ihre ganze Natur war im Aufstande begriffen. Alle Sicherheit, die fröhlich-tätiges Behagen ihr bisher gewährte, schien von ihr gewichen und einer unerhörten, verbotenen Lust das Feld geräumt zu haben, die nach Jahren der Bescheidung nun Besitz von ihr ergriff. Nach ihrer ersten, mehr gezwungenen als gewollten Verheiratung mit einem gütigen, gleichwohl entschieden älteren Manne hatte sie in der nach dessen Tod erfolgten Verbindung mit Eduard die Freuden des Fleisches nur noch mäßig und mehr der Pflicht als sinnlicher Neigung folgend zu genießen vermocht. Nun durchfuhr sie, da sie beim Auskleiden den eigenen Körper auch nur berührte, schaudernd ein durchaus unheiliges Feuer. Ein geheimer Befehl schien sie, da sie sich unruhig auf ihrem Lager von der einen zur anderen Seite wand und drehte, aufzufordern, das leichte Nachtgewand zu schürzen und mit der Hand jenen krausen Hügel zu bedecken, in dem ein zweiter Frühling seinen Quell entspringen ließ. Im dichten Gebüsch entdeckte ihre Hand die verschwiegensten Pfade, stieg hügelan und hügelab und gelangte, nachdem sie abwechselnd dichtes Gehölz und fruchtbare Umgebung erforscht, an das Vorwerk, das an der Höhe, mitten im Holze, gar vertraulich lag. Dort unmittelbar am feucht-düsteren Eingang der Schlucht verweilte sie und ließ es sich, auf und nieder schreitend, an diesem heiter gelichteten Vorsprung, den frische Feuchte benetzt hatte, wohlig sein. Aber wie stets das unbedachte Behagen der Gefahr eng benachbart ist, mangelte es auch hier an der gebotenen Vorsicht, und sie geriet immer näher an den Rand jenes Abgrundes, der sie in lange nicht erforschte Tiefen hinabzuziehen drohte, indem er sich immer weiter und lockender öffnete. Eine Schwüle, dumpf und drohend, lag über dem bewaldeten Hügel und den lichten, fruchtbar strotzenden Auen der Umgebung, deren leises Beben auf die Kraft der Einbildung ebenso zurückzuführen war wie auf ein untergründiges Grollen.

Charlotte hielt inne; es ward ihr nicht bewußt, daß sie sich erhob, ein verborgenes Fach ihres Schrankes öffnete und jenes wohlbehütete Gerät entnahm, das ihr die Vorsteherin als höchst bedenkliche Beigabe zu ihrem Brief, Ottiliens Zustand betreffend, übersandt hatte. Im Glauben, die Szene habe sich um nichts verändert, fand sich Charlotte wieder in jener lieblichen Gegend, diesem duftenden, gewitterschwülen Gulliverreiche auf ihrem Lager. Dort jedoch, wo sich unter freundlich glänzender Anhöhe eine Schlucht dunkel öffnete, schien jetzt eine Cyclopenfaust in einen lohenden Feuerschlund gefahren. War's ein Urweltarm: die wächserne Gerätschaft, die wie der Blitz aus verhangenem Himmel gespaltener Keulenspitze am Vorwerke vorbei in die Tiefe fuhr, von mächtiger Kraft wieder hinausgetrieben wurde und abermals und abermals, den Vorsprung schier mit sich reißend, im Ungeahnten versank? Ein Naturereignis in der Tat, vergleichbar nur mit vesuvischen Schwefelfeldern, auf welchen, Blasen schlagend und giftige Dämpfe entlassend, die armselige Planetenkruste unter den unkeuschesten Lauten den Schleim der Hölle ausspeit.

Aber was sich wie ein Abenteuer der entfesselten *Natur* gebärdete – war es doch *Kunst*, die jene lieblich-anmutige Gegend aufs heftigste erschütterte, einen Aufstand der Unterwelt hervorrief, die unter tobendem Beben den klaffenden Erdspalt in zitternder Zerstörung zurückließ. Und wie der Wald nach dem Gewitter lag das Gelaub nun da: schwer, feucht und duftend. Rinnsale verließen den ergiebigen Quell und suchten, Schlünde meidend, ihren Weg über glänzende Auen.

Charlotte fand sich, die widernatürliche Gerätschaft mit der Rechten umklammernd, auf ihrem Lager wieder. Natur, so schien es, hatte in ihr alles, was Kunst beschönigt, besiegt. Mit einer müden Geste, in der Verachtung sich ebenso zeigte wie Trauer, hielt sie das trügerische Kunstprodukt, ein Schein der Nachahmung und verwerfliche Mimesis, über die Flammen des Nachtlichts, in dem der genäßte Besiegte zischend schmolz, um schließlich, mit schweren Tropfen seine Härte aufgebend, das Feuer zu löschen.

Daniel Defoe

DAS BLUT GERÄT IN WALLUNG

Bislang hatte ich nicht nur meine Tugend gewahrt, sondern auch die Neigung und Entschlossenheit dazu, und wäre es dabei geblieben, ich wäre zwar Hungers gestorben, aber ich wäre glücklich gewesen, denn eine Frau sollte lieber sterben, als sich ihrer Tugend und Ehre begeben, so groß die Versuchung auch sei.

Doch zurück zu meiner Geschichte. Wir ergingen uns im Garten, der in der Tat in völliger Unordnung und von allerlei Unkraut überwuchert war, denn ich war außerstande gewesen, einen Gärtner zu bestellen und sei es nur, um ein Weniges umzugraben zu lassen, worin man ein paar Rüben oder Karotten zum persönlichen Verzehr hätte anpflanzen können. Nachdem mein Gönner es in Augenschein genommen, kam er herein und ließ durch Amy einen armen Mann herbeiholen, einen Gärtner, der unserem Hausdiener zur Hand zu gehen pflegte, und trug ihm auf, dies und das zu tun, ein wenig Ordnung zu schaffen, was ihn nahezu eine Stunde beschäftigt hielt.

Inzwischen hatte ich mich angekleidet, so stattlich es eben ging, denn obzwar mit guter Wäsche noch bestückt besaß ich lediglich eine ärmliche Perücke, eine alte Ruine ganz ohne Bänderschmuck, keinen Halsschmuck, keine Ohrringe; all diese kleinen Dinge waren längst für ein Weniges zu beißen dahingegangen.

Doch ich war geschniegelt und geputzt und besser aufgemacht, als mein Gönner mich seit langem gesehen hatte, und er erschien in höchstem Maße darüber erfreut, mich so zu erblicken; sagte er doch, ich hätte zuvor so untröstlich und betrübt ausgesehen, daß es ihn gedauert hätte, mich anzuschauen. Und er bat mich, wieder zuversichtlich zu sein, denn er hoffe, mich in Verhältnisse zu bringen, in denen mein Auskommen in der Welt gesichert und ich niemandem zu Dank verpflichtet sei.

Ich sagte zu ihm, das sei unmöglich, denn dann sei ich ihm zu Dank verpflichtet, denn wen immer ich an Freunden in der Welt habe, keiner wolle oder könne für mich ein so Umfängliches tun, wie das, wovon er gesprochen. »Nun, meine liebe Witwe«, sagte er, denn so nannte er mich, und ich war's in der Tat im trostlosesten Sinn dieses Wortes, »wenn Ihr mir zu Dank verpflichtet seid, dann wenigstens keinem anderen.«

Inzwischen war das Dinner bereit, und Amy trat herein, um das Tischtuch aufzulegen, und es war gewiß eine glückliche Fügung, daß außer ihm und mir niemand bei Tische saß, denn ich hatte nur noch sechs Platzteller im Haus und zwei Gedecke; doch er kannte meine Lage und forderte mich auf, ohne Bedenken alles auftragen zu lassen, was ich hatte, er habe gehofft, mich in besseren Verhältnissen anzutreffen und sei nicht gekommen, um mich als Gastgeberin zu beanspruchen, sondern um selbst mein Gastgeber zu sein und mir Trost und Mut zuzusprechen. Dergestalt fuhr er fort, aufmunternd von erfreulichen Dingen zu sprechen, so daß es eine Labsal für meine Seele war, ihn so reden zu hören.

Wir setzten uns zu Tisch, und ich hin sicher, ich habe seit wenigstens einem Jahr nicht ein so gutes Mahl verzehrt, nicht eine solche Portion Fleisch wie diese Kalbslende; ich griff herzhaft zu, in der Tat, und er ebenso, und er hieß mich drei oder vier Glas Wein trinken, so daß, um es kurz zu machen, meine Stimmung sich in einer Weise hob, die mir unvertraut geworden war, und ich nicht nur heiter, sondern ausgelassen wurde, wozu er mich geradezu drängte.

Ich sagte zu ihm, da ich gesehen habe, wie freundlich er zu mir gewesen war, könnte ich mit gutem Grund heiter sein, und er habe mir Anlaß zu der Hoffnung gegeben, durch ihn aus der mißlichsten Lage befreit zu werden, in die je eine dem Schicksal ausgelieferte Frau geraten sei. Er möge mir glauben, seine Worte hätten die Erweckung einer Toten zum Leben bewirkt, gleichsam die Errettung einer Todkranken am Rande des Grabes. Zu überlegen, wie ich es ihm je in gebotener Weise danken könnte, habe ich noch keine Zeit gefunden; ich könne lediglich sagen, ich würde es ihm nie vergessen, solange noch Leben in mir ist, und dies zu bekräftigen sei ich stets bereit.

Mehr begehre er auch nicht, sagte er, sein Lohn sei die Befriedigung, mich aus dem Elend errettet zu haben. Er habe feststellen können, er sei einer Frau zu Gefallen, die wisse, was Dankbarkeit ist, und er mache es sich zuförderst und zuerst zur Aufgabe, meine völlige Bequemlichkeit wieder herzustellen, soweit es in seiner Macht läge. Er bat mich, inzwischen zu überlegen, was er nach meinem Dafürhalten in jeglicher Hinsicht für mich und mir zum Wohle tun könne, um meine Bequemlichkeit vollkommen zu machen.

Nachdem er so gesprochen hatte, bat er mich, guter Dinge zu sein. »Kommt«, sagte er, »legt die traurigen Gedanken beiseite und laßt uns fröhlich sein.« Amy, die bei Tisch aufwartete, lächelte und lachte und konnte ihr Glück nur mühsam verbergen, denn das Mädchen liebte mich in einem Maße, das man nur schwer beschreiben kann. Jemand in dieser Weise zu ihrer Herrin sprechen zu hören kam für das Mädchen so unerwartet, daß es fast außer sich geriet. Das Essen war kaum beendet, da eilte Amy nach oben, um ebenfalls ihr bestes Kleid anzuziehen, und wie eine vornehme Dame angetan kam sie wieder herunter.

Wir setzten uns zusammen und redeten über tausend Dinge, redeten von dem, was gewesen war und was heute während des Rests des Tages noch geschehen sollte, und am Abend verabschiedete er sich mit tausendfachem Ausdruck der Güte und Zärtlichkeit und der wahren Zuneigung zu mir, ohne im geringsten darauf hinauszuwollen, was meine Magd Amy angedeutet hatte.

Als er aufbrach, nahm er mich in die Arme und beteuerte seine aufrichtige Zuneigung. Er sagte tausenderlei Dinge zu mir, an die ich mich im einzelnen nicht mehr erinnere, und nachdem er mich wohl an die zwanzigmal oder noch öfter geküßt hatte, drückte er mir eine Guinee in die Hand. Das Geld sei für meinen jetzigen Unterhalt, sagte er, und er werde mich wiedersehen, bevor es aufgebraucht ist; auch Amy empfing eine Halbkronenmünze.

Da er fort war, sagte ich zu Amy: »Nun, bist du jetzt überzeugt, daß er ein aufrichtiger und treuer Freund ist und daß sein Verhalten für deine Vermutungen keine, nicht die geringste Spur eines Anlasses gibt?«

»Ja«, sagte Amy, »das bin ich, er ist ein Freund von jener Sorte, wie sie die Welt gewiß nicht im Überfluß bereithält.«

»Ich bin sicher«, sagte ich, »er ist ein Freund jenes Schlages, wie ich ihn mir so lange gewünscht und den ich so nötig habe, wie nur je ein Geschöpf dieser Welt.«

Kurz, ich war vom Troste so überwältigt, daß ich mich niedersetzte und eine gute Weile Tränen der Freude vergoß, geradewegs wie ich zuvor Tränen der Trübsal geweint hatte. Amy und ich begaben uns an diesem Abend früh zu Bett (denn Amy teilte das Lager mit mir), doch wir lagen schwatzend fast die ganze Nacht lang wach. Das Mädchen befand sich in so freudiger Erregung, daß sie während der Nacht zwei- oder dreimal aus dem Bett sprang und im Nachtgewand im Zimmer umhertanzte; kurzum, sie war vor Freude ganz außer sich – ein Beweis der stürmischen Zuneigung zu ihrer Herrin, in der sie von keiner Dienerin jemals übertroffen wurde.

Zwei Tage hörten wir nichts von meinem Wohltäter, doch am dritten Tage kam er wieder, um mir mit unveränderter Freundlichkeit mitzuteilen, er habe die notwendigen Güter zur Ausstattung meines Hauses für mich bestellt, insbesondere lasse er die als Mietsicherheit beschlagnahmten Gegenstände zurücksenden, unter denen sich in der Tat die besten Stücke meines früheren Mobiliars befanden. »Und nun«, sagte er, »will ich Euch auch sagen, was mir in meinem Kopf nunmehr zur Bestreitung Eueres Unterhalts vorschwebt«, sagte er. »Sie sollen das Haus nun, da es gut ausgestattet ist, an den Landadel als Sommerresidenz vermieten, wodurch Sie mit geringer Mühe gut und bequem Ihren Unterhalt bestreiten können, besonders angesichts dessen, daß Sie mir zwei Jahre keinen Mietzins zu entrichten brauchen, noch auch danach, sofern Sie sich dazu nicht in der Lage befinden.«

Hiermit eröffnete sich mir eine erste Aussicht auf ein Leben in Bequemlichkeit, und wie ich zugeben muß, eine Aussicht von großer Wahrscheinlichkeit dazu, hatten wir doch sechs Zimmer auf jeder der drei Etagen. Während er mir noch seinen Plan meiner Geschäftsführung darlegte, fuhr an der Tür ein mit allerlei Möbeln hochbeladener Wagen vor, samt einem Polsterergesellen, der sie aufschlagen sollte. Es handelte sich im wesentlichen um das Mobiliar von zwei Zimmern, die für die beiden ausstehenden Jahresmieten abgeholt worden waren, darunter zwei Schränkchen und einiges an Glas aus dem Salon und noch einiges andere von Wert.

Alles kam wieder an seinen Platz, und er sagte zu mir, er gebe es mir aus freien Stücken zur Wiedergutmachung der Grausamkeit, die er mich zuvor habe erdulden lassen, und nachdem bereits ein Zimmer fertig möbliert und alles aufgestellt war, sagte er, er wolle ein Zimmer für sich selbst einrichten und sich einquartieren, um mein Gast zu sein, sofern er dazu meine Erlaubnis habe.

Ich sagte zu ihm, er brauche mich nicht um Erlaubnis zu bitten, habe er doch jedes Recht, sich willkommen zu fühlen. Das Haus sah alsbald wieder ansprechend und sauber aus, und der Garten war ebenfalls nach vierzehn Tagen nicht mehr die Wildnis wie zuvor. Mein Wohltäter hieß mich ein Plakat aushängen, daß Zimmer zu vermieten seien, doch ein Zimmer blieb für ihn reserviert, damit er sich nach Lust und Laune einfinden konnte.

Als alles zu seiner Zufriedenheit am richtigen Ort aufgestellt war, tafelten wir wieder miteinander, wobei er für das Mahl sorgte; der Polsterergeselle war gegangen. Nach dem Mahl nahm er mich an der Hand und sagte: »Kommt, Madam, Ihr müßt mir Euer Haus zeigen« (denn er neigte dazu, alles selbst nachzukontrollieren).

»Nein, mein Herr«, erwiderte ich, »aber ich werde Euch Euer Haus zeigen, wenn es Euch beliebt.« Wir gingen also durch sämtliche Räume, und in dem für ihn ausersehenen Zimmer stießen wir auf die geschäftige Amy.

»Nun, Amy«, sagte er, »morgen, denke ich, möchte ich das Lager mit dir teilen.«

»Nein, heute nacht schon, wenn es Euch beliebt«, sagte Amy höchst unschuldig, »Euere Kammer ist durchaus fertig.«

»Amy, ich freue mich, daß du so willfährig bist«, sagte er.

»Nein«, sagte Amy, »Euere Kammer ist schon heute nacht fertig«, und damit lief sie schamhaft genug aus dem Zimmer, denn sie meinte es nicht böse, was auch immer sie im Vertrauen zu mir gesagt haben mochte. Jetzt verlor sie jedoch kein weiteres Wort.

Als sie fort war, schritten wir durchs Zimmer und betrachteten alles eingehend. Er nahm meine Hand, küßte mich und redete von vielen wahrlich liebevollen und gütigen Dingen: von seinen Bemühungen, mich besser zu stellen, und was er zum Zwecke meines neuerlichen Aufstiegs in der Welt unternommen habe. Er sagte, durch meine schlimme Lage und die Haltung, die ich an den Tag gelegt hätte, als ich die schlimmsten Widerwärtigkeiten ertrug, sei ich ihm so sehr ans Herz gewachsen, daß er mich unendlich höher schätze als alle Frauen dieser Welt. Er sei zwar in einer Weise gebunden, daß er mich nicht heiraten könne (aus bestimmten Gründen lebte er von seiner Frau getrennt; die Geschichte ist jedoch zu langwierig, um sie in die meine einzuflechten), ansonsten jedoch wolle er mir alles sein, was eine Frau von einem Ehemann erwarten darf. Damit küßte er mich abermals und schloß mich in die Arme, ohne sich mir jedoch im geringsten unschicklich zu nähern, wobei er zu mir sagte, er hoffe, ich werde ihm künftig keine Gunst verweigern, um die er mich bitten werde, denn es sei sein Entschluß, mich nur um solches zu bitten, was eine Frau von Tugend und Anstand, die er vor sich zu haben wisse, gewähren könne.

Ich muß gestehen, der furchtbare Druck meines jüngsten Elends, der schwer auf meiner Erinnerung lastete, und die überraschende Freundlichkeit, mit der mich mein Gönner davon erlöst hatte, und überhaupt die Aussicht auf seine zukünftigen Wohltaten waren so mächtig, daß ich wohl kaum die Kraft gehabt hätte, ihm etwas abzuschlagen, was es auch sei. Auch meinerseits auf Zutraulichkeit bedacht sagte ich daher zu ihm, er habe so viel für mich getan, daß ich der Meinung sei, ich dürfe ihm nichts verweigern und hoffe lediglich und verlasse mich auch darauf, daß er die unendliche Verpflichtung, in der ich mich ihm gegenüber befände, nicht ausnutze, um Dinge von mir zu verlangen, durch deren Gewährung seine Wertschätzung meiner Person geringer ausfalle, als ich es mir ersehnte. Da ich wisse, daß er ein Ehrenmann ist, wüßte ich auch, daß sich seine Zuneigung nicht dadurch mehren lasse, daß ich etwas tat, was unter der Würde einer ehrbaren und anständigen Frau sei.

Er sagte zu mir, er habe all dies für mich getan, wobei er mit keinem Wort auf seine Freundschaft und wirkliche Zuneigung zu mir einging. Ich solle nicht denken, ich müßte ihm irgend etwas aus Sorge um mein Brot gewähren. Er wolle meine Dankbarkeit jetzt genauso wenig ausnutzen wie zuvor meine Bedürftigkeit, und wenn er etwas verlange, solle ich nicht denken, er würde mir im Falle meiner Ablehnung seine Gunst und Freundlichkeit wieder entziehen. Es sei wohl wahr, sagte er, daß er mir jetzt freimütiger als zuvor Einblick gewähre, wie es um ihn steht, nachdem er gesehen habe, daß ich seine Hilfe annehme und die Redlichkeit seines Plans, mir zu helfen, zu würdigen wisse. Bislang sei es ihm darauf angekommen, mir zu zeigen, daß er es gut mit mir meine, doch nun wolle er gestehen, daß er mich liebe und er wolle zeigen, daß seine Liebe ehrbar sei. Was er begehre, könne er nicht minder in Ehren erbitten, als ich es in Ehren gewähren.

Ich antwortete, im Rahmen dieser beiden Bedingungen

müsse ich ihm gewiß nichts abschlagen und täte ich es dennoch, so müßte ich mich selbst nicht nur der Undankbarkeit, sondern auch großer Ungerechtigkeit zeihen. So hörte er denn auf zu reden, doch wurde ich gewahr, daß er mich heftiger küßte und vertraulicher in die Arme schloß, als er es bislang getan hatte, so daß mir ein- oder zweimal die Worte meiner Magd Amy in den Sinn kamen. Aber wie ich gestehen muß, war ich dennoch von seiner Güte, die er mir allenthalben erwiesen hatte, so überwältigt, daß ich ihn nicht nur unbeschwert und widerstandslos gewähren ließ, sondern auch Neigung verspürte, ihm in allen seinen Anstalten entgegenzukommen. Allein, weiter als bereits geschildert ging er nicht. Er machte noch nicht einmal den Versuch, sich mit mir auf der Bettkante niederzulassen. Vielmehr verabschiedete er sich mit den Worten, er liebe mich zärtlich und werde mich davon durch mir gewiß gefällige Beweise zu überzeugen wissen. Ich antwortete ihm, ich hätte vielfältigen Grund, ihm zu glauben. Er sei völliger Herr über das ganze Haus und meine Person, soweit die Grenzen nicht überschritten würden, von denen wir gesprochen hatten und die er, wie ich überzeugt sei, nicht verletzen werde. Ich fragte ihn, ob er die Nacht nicht hier verbringen wolle.

Er sagte, er könne diese Nacht nicht bleiben, Geschäfte erforderten seine Anwesenheit in London, fügte jedoch lächelnd hinzu, er werde morgen kommen und sein Nachtquartier bei mir nehmen. Ich bedrängte ihn, er möge schon diese Nacht bleiben und sagte ihm, es wäre mir eine Freude, einen so wertvollen Freund unter einem Dach mit mir zu wissen, und in der Tat fühlte ich mich ihm nicht nur sehr verpflichtet, sondern fühlte in mir auch das Aufkeimen der Liebe, und das in einer Weise, die ich von mir nicht kannte.

Oh, möge keine Frau die Versuchung auf die leichte Schulter nehmen, die eine großmütige Rettung aus Unbilden für jeden der Dankbarkeit fähigen und gerechten Prinzipien zugänglichen Geist mit sich bringt. Dieser Gentleman hatte mich freizügig und freiwillig aus der Trübsal errettet, aus Armut und Elend. Er hatte mich zu dem gemacht, was ich war und mir ermöglicht, mehr zu sein als ich je zuvor gewesen, nämlich jemand, der in Glück und Wohlstand lebt – und ich war seiner Freigebigkeit ausgeliefert: Was konnte ich diesem Gentleman entgegenhalten, wenn er mich unter Hinweis auf die Statthaftigkeit seiner Forderung drängen sollte, mich ihm hinzugeben? Doch davon an gegebener Stelle.

Erneut drang ich in ihn, er möge diese Nacht bleiben. Ich sagte zu ihm, dies sei der erste ungetrübt glückliche Abend meines Lebens, den ich in diesem Haus verbrächte, und ich würde es sehr bedauern, dabei seiner Gesellschaft entraten zu müssen, der er doch Ursache und Grundlage all dessen sei; in aller Unschuld würden wir guter Dinge sein, doch das könne nicht ohne ihn geschehen. Kurzum, ich schmeichelte ihm so sehr, daß er sagte, er könne es mir nicht abschlagen und werde sein Pferd nehmen, nach London reiten, das Geschäft besorgen, um das er sich kümmern müsse, welches, wie es schien, die Bezahlung eines an diesem Abend fälligen Auslandswechsels war, der ansonsten zu Protest gegangen wäre, und er werde in längstens drei Stunden zurückkehren, um mit mir zu soupieren. Er bat mich, keine Vorbereitungen zu treffen, denn da ich mich zur Unbeschwertheit entschlossen hatte, wie es seinem sehnlichsten Wunsch entsprach, werde er mir alles Nötige aus London schicken, und wir werden unser Hochzeitsessen abhalten, meine Liebe, sagte er. Mit diesen Worten schloß er mich in die Arme und küßte mich so leidenschaftlich, daß für mich seine Absicht, in vollem Umfang all das zu tun, wovon Amy gesprochen hatte, außer Frage stand.

Das Wort »Hochzeit« erschreckte mich ein wenig. »Was meint Ihr damit? Warum verwendet Ihr dieses Wort?« fragte ich und fügte hinzu: »Wir werden gemeinsam soupieren, doch das andere ist unmöglich, auf Eurer Seite wie auf der meinen.«

»Nun«, erwiderte er lachend, »nennt es, wie Ihr wollt, doch es ist einerlei. Ich werde Euch Befriedigung verschaffen – so unmöglich, wie Ihr tut, ist es gar nicht.«

»Ich verstehe Euch nicht«, sagte ich. »Habt Ihr nicht eine Frau und habe ich nicht einen Mann?«

»Gut, gut«, sagte er, »darüber werden wir nach dem Essen reden.« Er erhob sich, gab mir noch einen Kuß und spornte sein Roß gen London.

Ich muß gestehen, das Gespräch hatte mein Blut erhitzt, und ich wußte nicht, was ich davon halten sollte. Inzwischen war offenbar, daß er die Absicht hatte, das Bett mit mir zu teilen, aber wie er der Sache zu etwas Gesetzlichem wie eine Ehe aufzuwerten gedachte, war mir unerfindlich. Aufgrund der beispiellosen Beweise von Amys Treue hatten wir uns ihrer in solcher Vertraulichkeit bedient und ihr alles anvertraut, daß er sich keinen Skrupel daraus gemacht hatte, mich vor ihr zu küssen und all diese Dinge zu sagen. Auch hätte es ihm nicht das geringste ausgemacht, wenn ich Amy die ganze Nacht bei mir behalten hätte.

Als er gegangen war, sagte ich: »Nun, Amy, worauf soll dies hinauslaufen? Ich bin seinetwegen in Schweiß gebadet.«

»Beruhigt Euch, Madam«, sagte Amy, »ich sehe durchaus, worauf das hinausläuft: Ich werde Euch beide heute nacht zusammen zu Bett bringen müssen.«

»Wie könntest du nur so schamlos sein, du Dirne du«, sagte ich, »wie könntest du nur?«

»Ja, ich könnte es von ganzem Herzen«, sagte sie, »und ich würde Euch beide für so halten, wie nur je in Euerem Leben.«

»Was ist in dich gefahren, du Luder, daß du so sprichst?« sagte ich. »Ehrbar! Was kann daran ehrbar sein?«

»Madam, das kann ich Euch sagen«, meinte darauf Amy. »Ich habe es gleich spitz bekommen, kaum daß er sprach, und es ist sogar wahr. Er nennt Euch Witwe, und das seid Ihr in der

Tat. Denn nachdem Euch mein Herr schon vor so vielen Jahren verlassen hat, ist er jetzt gewiß tot, zumindest ist er das für Euch. Er ist nicht mehr Euer Ehemann, und Ihr seid frei zu heiraten, wen es Euch beliebt. Und da die Ehefrau Eueres Gönners sich von jenem getrennt hat und ihm das Beilager verweigert, ist er wieder ein lediger Mann wie eh und je. Und obwohl Ihr Euch nach den Gesetzen des Landes nicht verbinden könnt, da sie immer noch Euch den Rang der Ehefrau und ihm den Rang des Ehemanns absprechen, ist es doch nur billig, wenn Ihr Euch einander anheimgebt.«

»Nein, Amy«, sagte ich darauf, »wenn ich ihn billigerweise nehmen könnte, dann dürftest du sicher sein, daß ich ihn über alle Männer dieser Welt stellen würde. Als ich ihn sagen hörte, daß er mich liebt, hüpfte mir das Herz im Leibe – was hätte es auch anderes tun können, da du doch weißt, in welcher Lage ich mich zuvor befunden habe, von aller Welt verachtet und mit Füßen getreten. Ich hätte ihn in die Arme genommen und so freizügig geküßt, wie er mich küßte, hätte ich mich dafür nicht schämen müssen.«

»O ja, und gleich beim ersten Wort alles andere obendrein«, sagte Amy. »Ich weiß gar nicht, wie ihr darauf kommt, Ihr könntet ihm irgend etwas verweigern. Hat er Euch nicht aus den Fängen des Teufels befreit und aus dem schwärzesten Elend geholt, in das sich meine arme Lady je schicken mußte? Wie kann eine Frau einem solchen Mann etwas abschlagen?«

»Nein, Amy, ich weiß nicht, was tun«, sagte ich. »Ich hoffe, er wird nichts dergleichen von mir verlangen, hoffe, er versucht es nicht, und wenn doch, weiß ich nicht, was ich ihm erwidern soll.«

»Nichts dergleichen von Euch verlangen?« rief Amy aus. »Verlaßt Euch darauf, er wird es von Euch verlangen, und Ihr werdet es ihm gewähren. Ich bin sicher, meine Herrin ist nicht dumm. Kommt, ich bitte Euch, Madam, laßt mich frische

Wäsche für Euch herauslegen, er soll Euch in der Hochzeitsnacht nicht in muffigem Unterzeug finden.«

»Amy, wüßte ich nicht, daß du ein ehrbares Mädchen bist, ich würde Angst vor dir bekommen«, sagte ich, »denn du redest dem Teufel das Wort, als gehörtest du zu seinem Kronrat.«

»Davon kann keine Rede sein, Madam«, erwiderte sie. »Ich sage nur, was ich denke. Ihr schuldet diesem Herrn Euere Liebe, und er hat seine Zuneigung zu Euch hinreichend bewiesen. Euer beider Verhältnisse sind gleichermaßen betrüblich, und er ist überzeugt, daß er eine andere Frau zur Gemahlin nehmen darf, da seine erste Gemahlin ihre Ehrbarkeit aufgegeben hat und nicht mehr bei ihm lebt, und daß er, obzwar das Gesetz des Landes ihm eine offizielle Heirat verwehrt, doch wieder eine Frau umarmen darf, vorausgesetzt, er bleibt der neuen Frau treu wie einer Gemahlin. Es ist durchaus üblich, das zu tun, und in manch anderem Land ist es nach örtlicher Sitte sogar statthaft, und ich muß gestehen, dieser Ansicht bin ich auch. Wäre es doch sonst ins Belieben einer Hure gestellt, ihren Mann, indem sie ihm den Laufpaß gibt und ihn sitzenläßt, für den Rest seiner Tage von den Freuden und Annehmlichkeiten des Ehelebens auszuschließen. Das wäre doch sehr gegen alle Vernunft, und kaum zeitgemäß und erträglich für die Leute, und das, Madam, gilt auch für Euch.«

Hätte ich meine Sinne beisammen gehabt und hätte nicht die gewaltige Anziehungskraft eines so liebenswürdigen und großzügigen Freundes meine Urteilskraft getrübt, hätte ich auf mein Gewissen und meine Tugend geachtet, dann hätte ich diese Amy, so treu und ehrbar sie mir ansonsten diente, als Schlange und als Werkzeug des Teufels in die Schranken gewiesen. Ich hätte daran denken müssen, daß dieser Mann und ich weder nach den Gesetzen Gottes, noch nach denen der Menschen unter irgendeiner anderen Voraussetzung als der der notorischen Ehebrecherei zusammenkommen konnten.

Das törichte Argument meines Mädchens, daß dieser Mann mich aus den Klauen des Teufels gerettet habe, womit sie den Teufel der Armut und der Not meinte, hätte für mich ein starker Beweggrund sein müssen, mich zum Dank für diese Rettung gerade nicht in den Rachen der Hölle zu stürzen und mich dem wirklichen Teufel anheimzugeben. Ich hätte all das Gute, das dieser Mann für mich getan hatte, als das Werk der Güte des Himmels betrachten müssen, und diese Güte hätte mich zurück auf den Pfad der Pflicht und des willigen Gehorsams bringen müssen. Ich hätte die Gnade dankbar annehmen und sie nüchtern zum Lobe und zur Ehre meines Schöpfers gebrauchen sollen, doch der böse Lauf der Dinge ließ mir die Großzügigkeit und Güte dieses Gentleman zur Falle werden, zum Köder am Angelhaken des Teufels. Ich entrichtete für seine Großmut den teueren Preis von Leib und Seele und verpfändete Glauben, Religion, Gewissen und Anstand für (wie ich es nennen möchte) einen Kanten Brot, oder, wenn man will, um meinem Wohltäter Dank zu erweisen, zerstörte ich in meiner Seele die Grundsätze der Dankbarkeit und gab mich dem Teufel anheim. Ich muß diesem Gentleman insofern Gerechtigkeit angedeihen lassen, als er nach meiner aufrichtigen Meinung nichts tat, was er selber für ungesetzlich hielt, während ich nach Maßgabe der gleichen Gerechtigkeit sagen muß, daß ich etwas tat, was zum Zeitpunkt des Geschehens nach der Überzeugung meines Gewissens ein scheußlicher Rechtsbruch, ein Skandal und eine Schandtat war.

Aber die Armut wurde mir zum Fallstrick, die furchtbare Armut! Mein Elend war groß gewesen, groß genug, um bei dem Gedanken, das Elend könne zurückkehren, mein Herz erzittern zu lassen. Ich könnte jedem, der nur ein wenig Erfahrung mit dieser Welt gesammelt hat, die Frage vorlegen, ob irgendein anderer, der des Beistands und der Freunde, die mir Hilfe oder Hilfe zur Selbsthilfe hätten angedeihen lassen können, so vollkommen entraten mußte wie ich, dem Angebot widerstanden hätte. Ich tue dies nicht, um mich darauf als Rechtfertigung meines Verhaltens zu berufen, sondern um jene zum Mitleid zu bewegen, die eine solche Verruchtheit verabscheuen.

Im übrigen war ich jung, hübsch, und nach all den Entsagungen, die ich hatte auf mich nehmen müssen, in nicht geringem Maße eitel. Und da es mir neu war, war es mir angenehm, von einem so liebenswürdigen Mann, der mir zudem so geschickt wohlzutun verstand, umworben, liebkost, umarmt und mit glühenden Bekenntnissen seiner Zuneigung überhäuft zu werden.

Dazu kam, daß ich in der ganzen Welt keinen Freund gehabt hätte, zu dem ich Zuflucht hätte nehmen können, wenn ich es gewagt hätte, diesen Gentleman zu kränken. Nein, noch nicht einmal auf einen Bissen Brot hätte ich hoffen können. Nichts anderes als ein Rückfall in das gleiche Elend wie zuvor hätte mir geblüht.

Amy zeigte sich in dieser Sache nur allzu wortgewandt. Sie malte alles in lebhaften Farben aus, erörterte alles mit äußerstem Geschick, und als die fidele Person mich schließlich ankleidete, sagte sie: »Seht, Madam, wenn Ihr nicht einwilligen wollt, dann sagt ihm, Ihr wollt es halten wie Rachel mit Jakob in der Bibel. Als sie keine Kinder mehr haben konnte, gab Rachel Jakob ihre Magd ins Bett. Sagt Euerem Gönner, Ihr könntet ihm nicht zu Gefallen sein, doch er möge sein Begehr auf Amy richten, sie hat versprochen, ihn nicht abzuweisen.«

»Und wäre es dir recht, Amy, wenn ich so zu ihm spräche?« fragte ich sie.

»Das nicht, Madam, aber ich wünsche trotzdem, daß Ihr es tut. Außerdem seid Ihr ruiniert, wenn Ihr es nicht tut. Und wenn mein Wort Euch vor dem Ruin bewahren kann, soll er mich darum bitten, wie bereits gesagt. Wenn er mich fragt, werde ich ihm keine Abfuhr erteilen, ich nicht! Ihr mögt mich hängen, wenn ich's tue«, waren Amys Worte.

»Ach, ich weiß nicht, was ich machen soll«, sagte ich zu

Amy. »Tut's!« sagte Amy. »Euere Alternativen liegen offen und klar zutage: Ihr könnt einen gutaussehenden, liebenswürdigen Gentleman haben, in Reichtum, Bequemlichkeit und Überfluß leben, oder ihn zurückweisen, nichts zu essen haben, in Lumpen gehen, in Tränen wandeln, kurzum, betteln und verhungern. Ihr wißt, daß die Dinge so liegen. Ich bin erstaunt, Madam, daß Ihr dennoch sagt, Ihr wüßtet nicht, was tun.«

»Ach, Amy«, sagte ich, »es ist so, wie du sagst, und mir dünkt sehr, daß ich nachgeben muß. Aber dann«, sagte ich unter Gewissensbissen, »aber dann laß dich nicht mehr darüber aus, daß es Rechtens sei, wenn ich wieder heirate und er wieder heiratet und all das Zeug. Es ist alles Unsinn, Amy, es sind leere Sprüche, und ich will von dir nichts dergleichen mehr hören. Denn wenn ich mich hingebe, da braucht man kein Blatt vor den Mund zu nehmen, dann werde ich zur Hure, nichts Besseres und nichts Schlechteres, Amy, das sei dir versichert.«

»Das glaube ich nicht, Madam«, sagte Amy, »keinesfalls. Ich frage mich, weshalb Ihr so sprecht« – um dann wie zuvor mit ihren Überlegungen fortzufahren, wie unvernünftig es sei, wenn eine Frau oder ein Mann unter solchen Umständen alleine lebten. »Gut, Amy«, sagte ich, »laß uns aufhören, darüber zu reden, denn je mehr ich mich damit befasse, desto größer werden meine Skrupel. Aber wenn ich es auf sich beruhen lasse, werden wohl die Erfordernisse meiner gegenwärtigen Lage dazu führen, daß ich mich ihm hingebe, wenn er mich sehr dazu drängt. Es wäre mir jedoch lieber, er würde es nicht tun und beließe es bei dem, wie es ist.«

»Was das betrifft«, sagte Amy, »könnt Ihr Euch darauf verlassen, Madam, daß er heute nacht mit Euch als seiner Bettgenossin rechnet. Das konnte ich deutlich an dem Verlauf ablesen, den er diesem Tag gegeben hat, und zuletzt hat er es Euch sogar so offen gesagt, wie es ihm möglich war, denke ich.«

»Amy«, sagte ich, »ich weiß nun einmal nicht, was ich ihm entgegnen soll, wenn er es will, wenn er darauf besteht. Ich glaube, ich weiß nicht, wie ich einem Manne widerstehen soll, der so viel für mich getan hat.«

»Ich kann mir auch nicht denken, wie Ihr das wissen solltet«, sagte Amy.

So ging die Rede über diesen Fall zwischen Amy und mir hin und her. Das Mädchen blies mir die Freveltat ein, die zu begehen ich nur allzu geneigt war, allerdings nicht als Frevlerin, denn in meiner Veranlagung trug ich nichts Frevelhaftes in mir. Ich war keineswegs hochgestimmt, mein Blut nicht erhitzt, um die Flamme des Begehrens daran zu entzünden. Die Freundlichkeit und die Wohlgelauntheit dieses Mannes im Zusammenwirken mit der Trübseligkeit meiner eigenen Lage ließen mich jedoch über meinen eigenen Schatten springen, und ich beschloß sogar, ihm meine Tugend ungebeten zu opfern, wann immer er es dazu kommen lassen sollte.

Ich war darin eine doppelte Gesetzesbrecherin, was auch immer er sein mochte, denn ich war entschlossen, den Frevel wissend und billigend zu begehen. Er dagegen, falls seine Worte der Wahrheit entsprachen, war von der Gesetzlichkeit seines Tuns vollkommen überzeugt, und in dieser Überzeugung ergriff er die Maßnahmen und begleitete sie mit den weitschweifigen Erläuterungen, von denen ich berichten werde.

Ungefähr zwei Stunden nachdem er gegangen war, kam eine Hökerin von den Markthallen mit einem Korb voll Leckerbissen, die hier im einzelnen nicht geschildert werden sollen, und brachte die Anweisung, das Abendessen für acht Uhr zu richten. Ich beabsichtigte allerdings nicht, mich vor seinem Eintreffen umzukleiden, und er gab mir auch ausreichend Zeit dafür, denn er erschien schon vor sieben, so daß Amy, die sich eine Hilfe besorgt hatte, mit allem beizeiten fertig wurde.

Wir setzten uns gegen acht zum Abendessen an den Tisch und waren sehr guter Dinge. Amy sorgte für unsere Belustigung, denn sie war eine geistreiche und witzige Person. Sie brachte uns ausgiebig zum Lachen, wobei die Scherze des Mädchens in jeder Hinsicht die Schicklichkeit wahrten.

Um die Geschichte abzukürzen: Nach dem Abendessen nahm er mich mit hinauf in sein Zimmer, wo Amy ein tüchtiges Feuer schürte. Er nahm einen Packen Papiere, breitete sie auf einem Tischchen aus, ergriff meine Hand, und nach vielerlei Küssen begann er seine und meine Verhältnisse zu erörtern und wie sie sich in mancherlei Hinsicht bestens ergänzten, daß zum Beispiel ich in der Blüte meiner Jugend und Lebenskraft von meinem Gatten verlassen worden sei und er im besten Mannesalter von seiner Gattin und wie der Bund der Ehe durch die Behandlung, die jedem von uns widerfahren war, zerstört worden sei, und welche Härte es sei, durch das förmliche Weiterbestehen eines Kontraktes gebunden zu sein, dessen Sinn zuschanden geworden war. Ich unterbrach ihn und sagte ihm, daß sich unsere Verhältnisse in einer Hinsicht gewaltig unterschieden, und das sei der entscheidende Punkt: er nämlich sei reich und ich arm, er stehe in der Welt weit oben, ich jedoch unendlich tief unten, seine Verhältnisse seien sehr behaglich, die meinen durchaus elend, und das sei eine Ungleichheit, wie man sie sich grundsätzlicher nicht vorstellen könne.

»Was das angeht, meine Liebste«, sagte er, »habe ich dafür gesorgt, daß dennoch Gleichheit herrscht«, und mit diesen Worten zeigte er mir einen schriftlichen Vertrag, in dem er sich verpflichtete, mit mir wie mit einer Ehefrau auf Dauer zusammenzuleben, mich in jeder Hinsicht wie seine Gemahlin zu versorgen, und in der Präambel wiederholte er des langen und des breiten die Natur und den Grund unseres Zusammenlebens und verpflichtete sich bei einem Bußgeld von siebentausend Pfund, mich nie zu verlassen, und zu guter Letzt zeigte er mir eine Schuldverschreibung über fünfhundert Pfund, die innerhalb von drei Monaten nach seinem Ableben an mich oder an eine durch mich zu benennende Person auszuzahlen war.

All das las er mir vor, und dann sagte er auf sehr bewegende und zutrauliche Weise und in Worten, auf die zu antworten unmöglich war: »Nun, meine Liebste, genügt das denn nicht? Kannst du dagegen etwas einwenden? Wenn nicht, wovon ich ausgehen möchte, dann laß uns dieses Thema beenden.« Hierbei zog er eine seidene Börse heraus, die fünf Dutzend Guineen enthielt und warf sie mir in den Schoß. Mit Küssen und Bezeigungen seiner Liebe, für die er mir in der Tat den umfänglichsten Beweis geliefert hatte, machte er jeder weiteren Diskussion ein Ende.

Verurteilt nicht die Schwäche des Menschen, ihr, die ihr von einer Frau lest, die auf dem Höhepunkt ihrer Jugend in das äußerste Elend und Leid gestürzt und, wie oben geschildert, durch die unerwartete und staunenswerte Güte eines Fremden wieder daraus erlöst wurde – verurteilt sie nicht, sage ich, wenn sie nach all dem zu größerem Widerstand nicht in der Lage war.

Allein, eine gewisse Weile zierte ich mich noch. Ich fragte ihn, wie er von mir erwarten könne, daß ich einem Antrag von solcher Tragweite gleich beim erstenmal, da er mir gemacht wurde, stattgäbe? Und er müsse mir versprechen (falls ich seinem Antrag zustimmte), daß er mich nicht wegen meiner Leichtfertigkeit und allzu bereitwilligen Zustimmung scharf tadeln würde.

»Nein«, erwiderte er, »ganz im Gegenteil.« Er erblicke darin vielmehr ein Zeichen des größten Wohlwollens, das ich ihm entgegenbringen könne, und fuhr sodann fort zu rechtfertigen, weshalb kein Anlaß zur Einhaltung einer förmlichen Wartefrist oder der üblichen Verlobungszeit gegeben sei, deren Sinn ohnehin nur in der Vermeidung eines Skandals liege. Da es sich hier jedoch um unsere privaten Belange handele, käme nichts dergleichen zum Tragen. Er habe ja bereits im besten Sinne um mich geworben, indem er mir seine Güte angedeihen lassen, auch habe er seine aufrichtige Zuneigung bezeugt, und zwar durch Taten, nicht durch schmeichlerische Bagatellen, die sich oft als ziemlich bedeutungsleer herausstellten, auch sei ich für ihn keine Mätresse, vielmehr mache er mich zu seiner Gemahlin. Er beteuerte, die Rechtmäßigkeit seines Tuns stehe für ihn außer Frage, und auch meine Ungebundenheit sei jenseits allen Zweifels, und er versicherte mir bei allem, was ein Ehrenmann für sich in Anspruch nehmen dürfe, er werde mich zeit seines Lebens als seine Ehefrau betrachten. In einem Wort, er warf das wenige an Widerstand, das ich zu leisten beabsichtigte, vollkommen über den Haufen. Er beteuerte, mich mehr zu lieben als alles in der Welt und flehte mich an, ihm doch endlich zu glauben. Er habe mich noch nie betrogen und werde es niemals tun, vielmehr mache er es sich zur Aufgabe, mir ein bequemes und glückliches Leben zu bereiten und mich mein durchlittenes Elend vergessen zu machen.

Eine Weile stand ich wortlos still, doch als ich sah, wie sehr er meiner Antwort harrte, blickte ich lächelnd zu ihm auf. »Muß ich denn gleich beim erstenmal, da ich gefragt werde, zu allem ja und amen sagen?« fragte ich. »Kann ich mich auf Euere Zusicherungen verlassen? Wohlan denn«, sagte ich, »im Vertrauen auf dieses Gelöbnis und im Ansehen der unsagbaren Güte, die ihr mir erwiesen habt, möge Euch Euere Abmachung binden. Ich werde bis ans Ende meines Lebens ganz und gar die Euere sein.« Damit nahm ich seine Hand, die die meine gehalten hatte, und küßte sie.

Und so waren aus Dankbarkeit für die Wohltaten, die ich von diesem Mann empfangen hatte, jeglicher Respekt vor der Religion, alles Pflichtgefühl vor Gott, jede Achtung vor Tugend und Ehre im Nu dahin, und wir sollten uns fortan Mann und Frau nennen, die wir doch nach dem Gesetz Gottes und unseres Landes beide Ehebrecher waren, kurzum eine Hure und ihr Freier. Auch schwieg, wie oben bereits gesagt, mein Gewissen keineswegs, obwohl, wie es schien, das seine ruhig war. Doch ich sündigte sehenden Auges und lud damit doppelte Schuld auf mich; seine Beweggründe waren wie gesagt von anderer Art, und er war entweder von Anfang an der Meinung – oder redete es sich nunmehr ein –, daß wir beide ungebunden seien und uns legal verheiraten könnten.

Ich jedoch war durchaus anderer Meinung, o ja, und mein Urteil war richtig, allein, die Versuchung lag in meinen Verhältnissen. Die hinter mir liegenden Schrecknisse sahen düsterer aus als die, die mir bevorstehen mochten, und das Schreckensargument der Bedürftigkeit nach Brot und des Ausgeliefertseins an die furchtbare Not, in der ich mich zuvor befunden hatte, hatte mit meiner Standhaftigkeit leichtes Spiel, und ich gab mich geschlagen, wie oben geschildert.

Den Rest des Abends verbrachten wir in einer für mich sehr angenehmen Weise. Mein Gönner war bester Laune und zu diesem Zeitpunkt sehr aufgeräumt. Er brachte Amy dazu, mit ihm zu tanzen, und ich sagte zu ihm, er könne Amy von mir als Bettgenossin haben. Amy sagte aus vollem Herzen, sie sei noch nie in ihrem Leben zur Braut ausersehen gewesen – kurzum, er machte das Mädchen so fidel, daß er nach meinem Dafürhalten, wenn er nicht in der gleichen Nacht noch mir hätte beiwohnen wollen, mit Amy eine halbe Stunde lang geschäkert hätte, und das Mädchen hätte ihn ebenso wenig abgewiesen, wie ich es im Sinne hatte. Zuvor hatte ich sie stets als sehr sittsames Mädchen erlebt, so sittsam wie nur je ein Mädchen, das mir in meinem Leben begegnet war. Aber kurzum, die Ausgelassenheit dieses Abends und einiger weiterer, die noch folgten, ruinierten die Sittsamkeit dieses Mädchens für immer, wie nach und nach an gegebener Stelle deutlich werden wird.

Schäkereien und Spielereien gehen manchmal so weit, daß sich, wie ich weiß, eine junge Frau davor mehr als vor allem anderen hüten muß. Dieses unschuldige Mädchen war mit ihren Scherzen zwischen uns Frauen und mit ihren Reden, mein Gönner dürfe mit ihr schlafen, wenn er dafür mit mir noch freundlicher umgehe, inzwischen so weit gegangen, daß sie ihm zu guter Letzt im Ernst das Beilager gewährte – und meine Prinzipienlosigkeit war mittlerweile dahin gediehen, daß ich sie noch ermutigte, es fast vor meinen Augen zu tun.

Ich beklage nur allzu berechtigterweise, daß mir meine Prinzipien abhanden gekommen waren, denn, wie geschildert, hatte ich mich meinem Gönner nicht deshalb anheimgegeben, weil ich es irrtümlich für legitim gehalten hätte, sondern weil ich von seiner Güte überwältigt und von der Angst vor meinem eigenen Elend, sollte er mich je verlassen, in Schrecken versetzt wurde. Ich sündigte also sehenden Auges und, wie man sehr wohl sagen darf, wachen Gewissens und im Bewußtsein meiner Sündhaftigkeit, allein, es fehlte mir die Kraft zu widerstehen. Als dergestalt in meinem Herzen ein blinder Fleck entstanden und ich so weit gekommen war, daß ich die Erkenntnis meines eigenen Gewissens in den Wind schlug, war ich zu jeder weiteren Schandtat bereit, und mein Gewissen, das kein Gehör mehr fand, verfiel in Schweigen.

Doch zurück zu unserer Geschichte. Nachdem ich, wie weiter oben geschildert, den Antrag meines Gönners angenommen hatte, blieb uns nicht mehr viel zu tun: Er übergab mir meine Papiere und die Verpflichtungserklärung für meinen Unterhalt zu seinen Lebzeiten und über die fünfhundert Pfund Leibrente nach seinem Tode, und weit davon entfernt, seine Zuneigung zu mir abkühlen zu lassen, machte er zwei Jahre nach unserer – wie er es nannte – »Hochzeit« ein Testament, in dem er mir weitere tausend Pfund aussetzte und sämtliches Haushaltsinventar, Geschirr etc. vermachte, was ebenfalls von erheblichem Wert war.

Amy brachte uns zu Bett, und mein neuer Gefährte – Gemahl kann ich ihn nicht nennen – war mit Amy, ihrer Treue und Liebenswürdigkeit so zufrieden, daß er ihr den ganzen zuvor bei mir aufgelaufenen rückständigen Lohn bezahlte und noch fünf Guineen obenauf, und wäre es dabei geblieben, Amy hätte es mehr als verdient, denn noch nie war eine Magd ihrer

Herrin unter so grauenhaften Umständen wie jene, in denen ich mich befunden hatte, treu geblieben. Das, was folgte, war weniger ihre Schuld als die meine, die ich sie anfangs nahezu und zum Schluß durchaus dazu verführte. Das mag als weiteres Zeugnis der Verworfenheit dienen, in die ich geraten war, welches ich meiner von allem Anfang an bestehenden Überzeugung schuldete, daß ich eine Hure und keine Ehefrau war. Auch brachte ich es nie fertig, das Wort »Gemahl« über die Lippen zu bringen und meinen Gefährten als »meinen Gemahl« zu bezeichnen, wenn ich von ihm sprach.

Wir lebten, von der noch zu schildernden großen Ausnahme abgesehen, das sorgloseste Leben, das zwei Menschen je geführt haben. Er präsentierte sich mir als der zuvorkommendste, vornehmste und zärtlichste Mann, dem sich je eine Frau anheimgegeben hatte. Auch gab es in der Zuneigung, die wir füreinander hegten, nicht die geringste Unterbrechung, nicht bis zum letzten Tag seines Lebens. Doch ich muß umgehend auf Amys Unglück zu sprechen kommen, das ich wohl über sie gebracht habe.

Eines Morgens kleidete Amy mich an, denn da ich inzwischen zwei Mädchen hatte, war Amy meine Kammerzofe geworden.

»Liebe Madam«, sagte sie, »was ist, seid Ihr noch nicht schwanger?«

»Nein, Amy«, entgegnete ich, »nicht die Spur.«

»Großer Gott, Madam«, meinte Amy darauf, »was habt Ihr bloß gemacht? Seid Ihr nicht schon anderthalb Jahre verheiratet? Ich wette, mich hätte der Herr in dieser Zeit schon zweimal geschwängert!«

»Amy, das mag schon sein«, sagte ich. »Wollen wir es ihn nicht versuchen lassen, was meinst du?«

»Nein«, rief Amy, »jetzt solltet Ihr es verbieten. Damals sagte ich Euch, ich gönnte es ihm von ganzem Herzen, aber doch nicht jetzt, da er ganz der Eure ist.«

»Oh, Amy«, sagte ich darauf, »es sei dir aus freien Stücken gewährt, es macht mir nicht das geringste aus, überhaupt nicht! Ich werde dich eines Nachts eigenhändig zu ihm in sein Bett legen, wenn du willst.«

»Nein, Madam, nein!« schrie Amy auf, »nicht jetzt, da er der Eure ist!«

»Warum denn nicht, du Närrin?« meinte ich. »Habe ich dir denn nicht gesagt, ich lege dich ihm eigenhändig in sein Bett?«

»Nein, nein, nein«, widersprach Amy, »wenn Ihr mich in sein Bett legt, könnte sich die Sache ändern. Ich glaube, ich würde es so schnell nicht wieder verlassen.«

»Amy, dieses Risiko gehe ich ein«, sagte ich.

Bevor wir uns an diesem Abend von der Tafel erhoben, sagte ich in Amys Beisein: »Hört, Mr. –, wißt Ihr, daß Ihr heute nacht mit Amy schlafen werdet?«

»Nein, doch nicht ich«, sagte er darauf und wandte sich an Amy. »Stimmt das denn, Amy?« fragte er sie, und sie darauf: »Nein, mein Herr.«

»Aber sag doch nicht nein, du Närrin«, widersprach ich, »habe ich dir nicht versprochen, dich in sein Bett zu geben?« Aber das Mädchen blieb bei seinem Nein, und damit hatte es sein Bewenden.

Als es Zeit war, zu Bett zu gehen, kam Amy ins Zimmer, um mich auszukleiden. Ihr Herr war bereits ins Bett geschlüpft. Da berichtete ich ihm von Amys Worten über meine bislang ausgebliebene Schwangerschaft und daß sie meinte, sie selbst wäre in dieser Zeit schon zweimal schwanger geworden.

»Wohlan, Fräulein Amy«, sagte er da, »das möchte wohl sein. Komm her, wir wollen es versuchen.« Aber Amy wollte nicht.

»Geh zu ihm, du Närrin«, schimpfte ich, »so geh doch! Ihr habt beide mein volles Einverständnis.« Aber Amy rührte sich nicht. »Na, warte, du Hure«, sagte ich, »du hast doch gesagt, wenn ich dich in sein Bett gäbe, dann würdest du es von Herzen gern tun«, und mit diesen Worten hieß ich sie sich hinsetzen, zog ihr Schuhe und Strümpfe aus und alles, was sie anhatte, Stück für Stück. Anfangs zierte sie sich ein bißchen und wollte sich nicht entkleiden lassen, aber das Wetter war heiß, und sie trug nicht allzu viel auf dem Leib, insbesondere keine Korsage. Als sie endlich einsah, daß es mir ernst war, ließ sie mich gewähren. Ich zog ihr tüchtig alles aus, führte sie zu ihm ans Bett, schlug das Deckbett zurück und stieß sie hinein.

»Hier«, sagte ich zu ihm, »seht zu, was Ihr mit Euerer Magd Amy anfangen könnt.«

Mehr brauche ich nicht zu sagen. Genügt das nicht, um jedermann davon zu überzeugen, daß ich meinen Gefährten nicht für meinen Gemahl hielt, alle moralischen Prinzipien und jeglichen Anstand über Bord geworfen und mein Gewissen nachhaltig zum Schweigen gebracht hatte?

Amy, wie ich sagen muß, wurde reumütig und wäre gerne wieder aus dem Bett geflohen, aber mein Gefährte sagte zu ihr: »Nein, Amy, du siehst doch, daß deine Herrin dich in mein Bett gestoßen hat, es ist alles ihr Werk, du kannst alle Schuld auf sie schieben.« Damit hielt er sie fest, und da das Mädchen nun einmal nackt bei ihm im Bett lag, war es zu spät, sich zu besinnen. Sie hielt stille und ließ ihn gewähren, wie es ihm beliebte.

Man darf sicher sein, wenn ich mich als Ehefrau betrachtet hätte, wäre ich niemals bereit gewesen, meinen Ehemann mit meiner Zofe schlafen zu lassen, schon gar nicht vor meinen Augen, denn ich stand die ganze Zeit daneben, aber da ich mich für eine Hure hielt, muß ich zugeben, es war in meinem Kopf bereits ausgemachte Sache, meine Zofe hätte ebenfalls eine Hure zu sein, damit sie mir dies nicht zum Vorwurf machen konnte.

Amy jedoch, die weniger verderbt war als ich, war am nächsten Morgen zu Tode betrübt. Sie weinte und führte sich furchtbar auf: Ruiniert sei sie und zugrunde gerichtet. Sie war untröstlich, sie sei zur Hure geworden, zur Dirne. »Es ist mein Ende! Mein Ende!« schluchzte sie fast den ganzen Tag. Ich tat alles, was ich konnte, um sie zu beruhigen.

»Eine Hure?« sagte ich. »Aber bin ich denn nicht genau so eine Hure wie du?«

»Nein, nein«, rief Amy, »das seid Ihr nicht, denn Ihr seid verheiratet, ich aber nicht.«

»Amy«, sagte ich darauf, »das kann ich nicht für mich beanspruchen. Wenn er will, kann er dich morgen heiraten, und ich könnte ihn durch nichts daran hindern. Ich bin nicht mit ihm verheiratet und betrachte das Ganze als belanglos.« Doch Amy ließ sich nicht trösten und beweinte die Affäre noch zwei oder drei Tage, bevor sie sich nach und nach beruhigte.

Zwischen Amy und ihrem Herrn lag die Sache jedoch völlig anders. Während Amy ihr nettes Wesen beibehielt wie immer, hatte sich sein Benehmen ihr gegenüber stark verändert, denn er haßte sie von Herzen und hätte sie, wie ich überzeugt bin und was er mir auch gestand, am liebsten anschließend umgebracht, denn er hielt das Vorgefallene für schändlich – während er das, was er und ich miteinander taten, für vollkommen in Ordnung und für Rechtens hielt. Er betrachtete mich nicht minder als seine Frau, als wenn wir von Jugend an miteinander verheiratet gewesen wären und als hätte keiner von uns einen anderen Gatten. Nein, sagte er allerdings zu mir, es sei schon in gewissem Sinne wahr, er habe zwei Gattinnen, wobei ich die Frau seiner Liebe sei und die andere die Frau seines Abscheus.

Seine Aversion gegen meine Zofe Amy machte mich sehr besorgt. Ich setzte mein ganzes Geschick ein, um es zu ändern, denn er war zwar der Verführer des Mädchens, doch ich hatte den eigentlichen Anlaß geliefert. Da er der gutmütigste Mann der Welt war, ließ ich nicht locker, bis ich ihn dazu gebracht hatte, wieder unbefangen mit Amy umzugehen. Als das Werkzeug des Teufels, das ich inzwischen geworden war, machte ich andere so verderbt, wie ich selbst verdorben war und sorgte dafür, daß das Mädchen danach noch einigemal mit meinem Gefährten schlief, bis es am Ende tatsächlich zu der Schwangerschaft kam, von der das arme Mädchen gesprochen hatte.

Amy war darüber sehr beunruhigt und mein Freund ebenso. »Komm, mein Schatz«, sagte ich zu ihm, »als Rachel ihre Magd in Jakobs Bett gab, nahm sie deren Kind als ihr eigenes an. Macht Euch keine Sorgen, war denn nicht meine Hand bei dem Spaß, als Amy in Euer Bett kam, mit im Spiel? Es war nicht minder meine Schuld als Euere.« Also rief ich Amy, sprach ihr Mut zu und sagte mit der gleichen Begründung zu ihr, daß ich für das Kind und auch für sie selbst Sorge tragen würde, denn, Amy, sagte ich, es war alles meine Schuld, und habe ich dir nicht selbst die Kleider vom Leib gerissen und dich zu ihm ins Bett gesteckt? Dadurch war ich selber die Ursache ihrer gemeinsamen Sünde gewesen, hatte ich sie doch, als sie beide noch widerstrebten, dazu ermuntert und angestachelt fortzufahren, anstatt davon abzulassen.

Als Amys Leib sich rundete, ging sie in ein Haus, wo ich vorsorglich Unterkunft für sie besorgt hatte. Die Nachbarn wußten nur, daß Amy nicht mehr bei mir war. Sie bekam ein treffliches Kind, eine Tochter, die wir von einer Amme aufziehen ließen. Nach einem halben Jahr kam Amy zurück und wohnte wieder bei ihrer Herrin, allein, weder mein Gefährte noch Amy hatten Lust, mit dem alten Spiel fortzufahren, denn dann würde sie ihm, wie er sagte, alsbald ein ganzes Haus voll Kinder anschleppen, um die er sich kümmern müsse.

Danach lebten wir so glücklich und zufrieden, wie man es unter diesen Umständen erwarten kann, und damit meine ich die vorgetäuschte Ehe et cetera, und daß dieser Umstand meinem Gefährten nicht das geringste auszumachen schien. Doch so verhärtet ich war – und das war ich, wie ich glaube, so sehr wie nur je ein sündiges Geschöpf – es gab immer wieder Stunden des unwillkürlichen Innehaltens und der düsteren Gedanken, in denen sich Seufzer in meine Lieder mischten, und meine Freude wurde so manchesmal durch ein schweres Herz getrübt, und oft quoll aus meinem Auge eine Träne hervor. Mögen andere sich verstellen, so viel sie wollen, ich bin davon überzeugt, niemandem wäre es anders ergangen. In einem Leben, das um seine Sündhaftigkeit weiß, kann es keine wirkliche Befriedigung geben. Das Gewissen meldet sich manchmal völlig unvermutet, man mache dagegen, was man will, es läßt sich nicht verhindern.

Deutsch von Peter A. Schmidt

Anaïs Nin

DAS ENTZÜCKEN DES BARONS

Es war einmal ein ungarischer Abenteurer, den die Natur mit allem ausgestattet hatte: Er sah blendend aus, besaß einen unfehlbaren Charme, große Anmut, die Überzeugungskraft eines Schauspielers, er beherrschte viele Fremdsprachen und verfügte über aristokratische Manieren. Dazu war er ein genialer Liebhaber mit der Fähigkeit, sich aus schwierigen Situationen herauszuwinden und gegebenenfalls in ein anderes Land zu verschwinden.

Er reiste in großem Stil mit fünfzehn Koffern voll erlesener Garderobe und zwei dänischen Doggen. Wegen seines selbstsicheren Auftretens hatte man ihm den Spitznamen »Der Baron« gegeben. Der Baron stieg nur in den besten Hotels ab, besuchte Modebäder und Pferderennen, machte Weltreisen, Streifzüge durch Ägypten, die Sahara und bis ins Herz Afrikas.

Überall war er der Mittelpunkt weiblicher Bewunderung.

Wie ein wandlungsfähiger Schauspieler schlüpfte er von einer Rolle in die andere, um sich dem Geschmack der betreffenden Frau anzupassen. Er tanzte hervorragend, war der geistreichste Gast bei Diners, der routinierteste Partner bei Tête-à-têtes. Er konnte segeln und reiten. Er kannte jede Stadt, als hätte er sein ganzes Leben dort verbracht. Er war befreundet mit allen Prominenten, er galt einfach als unersetzlich.

War er knapp bei Kasse, heiratete er eine begüterte Frau, brachte ihr Geld durch und zog in ein anderes Land.

Meistens rebellierten die Frauen nicht, noch liefen sie zur Polizei. Die paar Wochen oder Monate, da sie ihn als ihren Ehemann genossen, hatten eine Erinnerung zurückgelassen, die stärker war als der Verlust des Geldes. Einen Augenblick lang hatten sie erleben dürfen, was es hieß, starke Flügel zu besitzen, mit denen sie sich über das Mittelmaß erheben konnten.

Er führte sie mit sich in solche Höhen, wirbelte sie derart durch den Reigen seiner Verzauberungen, daß sogar noch sein Abschied etwas von diesem Höhenflug hatte. Es schien beinahe natürlich, denn kein Partner konnte den Flügelschlägen dieses Adlers auf lange Zeit folgen.

Dieser unbezähmbare, unereroberte, von einem goldenen Zweig auf den anderen flatternde Abenteurer ging plötzlich beinahe in eine Falle, und zwar die menschlicher Liebe, denn eines Abends begegnete er in einem peruanischen Theater der brasilianischen Tänzerin Anita. Ihre mandelförmigen Augen schlossen sich nicht wie die anderer Frauen, sondern eher wie die von Tigern, Pumas oder Leoparden: Die beiden Lider bewegten sich träge und langsam aufeinander zu. Aus dieser Verengung fiel ein versteckter, lasziver Blick, wie der einer Frau, die nicht sehen will, was mit ihrem Körper geschieht. Es gab ihr den Anschein, als würde sie gerade beschlafen. Der Baron stand sofort in Flammen.

Als er zu ihr in die Garderobe ging, um sich vorzustellen,

machte sie sich gerade inmitten von Blumensträußen zurecht. Zum Entzücken ihrer Verehrer, die um sie herumsaßen, zog sie ihre Schamlippen mit dem Lippenstift nach, ohne den Männern auch nur eine einzige Geste der Annäherung zu gestatten.

Als der Baron eintrat, hob sie nur den Kopf und lächelte ihm zu. Einen Fuß hatte sie auf einen kleinen Tisch gestellt, ihr volantbesetztes brasilianisches Kostüm war hochgeschlagen, und mit juwelengeschmückten Fingern malte sie weiter ihr Geschlecht an. Sie lachte über die Erregung der anwesenden Männer.

Ihre Vulva glich einer riesigen Treibhausblüte, sie war größer als irgendeine, die der Baron jemals zu sehen bekommen hatte. Das Haar darüber war üppig, kraus und glänzend schwarz. Sie legte das Rot auf ihre Scham, als sei sie ein Mund, bedächtig, sorgfältig, so daß die Schamlippen wie blutrote Kamelien wurden, gewaltsam geöffnet, die verborgene innere Knospe offenbarend, ein blaßroter, zarthäutiger Blütenstempel.

Der Baron versuchte vergeblich, sie zum Souper einzuladen. Ihre Vorstellung auf der Bühne war nur der Auftakt zu ihrem eigentlichen Auftritt. Jetzt erst folgte das, weshalb sie in ganz Südamerika berühmt geworden war, nämlich dann, wenn sich Logen, tief, dunkel, halb von einem Vorhang verhüllt, mit der männlichen Prominenz aller Herren Länder füllten. Frauen wurden zu dieser Exklusiv-Vorstellung nicht mitgebracht.

Inzwischen hatte sie sich wieder ihr rüschenbesetztes, von Unterröcken gebauschtes Kostüm angezogen, das sie auf der Bühne getragen hatte, während sie ihre brasilianischen Lieder zum besten gab. Das Kleid ließ die Schultern nackt. Ihre üppigen, großen Brüste waren in die eng taillierte Korsage gezwängt und hochgepreßt; sie boten sich fast völlig den Blicken dar.

In diesem Kostüm, und während die Vorstellung auf der Bühne weiterging, machte sie die Runde durch die Logen. Wurde es verlangt, ließ sie sich vor einem Mann nieder, knöpfte ihm die Hose auf, nahm seinen Schwanz in ihre beringten Finger, und mit unglaublicher Raffinesse, Erfahrung und Subtilität, wie sie nur wenige Frauen jemals entwickeln, saugte sie ihn aus. Dabei waren ihre beiden Hände ebenso aktiv wie ihr Mund.

Das Lustgefühl, das dann den Mann überwältigte, war kaum zu ertragen. Ihre geschmeidigen Finger, die Vielfalt der Rhythmen, dieses abwechselnde Umgreifen des ganzen Stammes und das sanfteste Streicheln der Spitze, dieses feste Massieren aller Teile und dann ein kaum spürbares Ziehen am Schamhaar, das sie umgab – all das bot diese ungewöhnlich schöne und sinnliche Frau, während sich die Aufmerksamkeit der übrigen Zuschauer auf die Bühne richtete. Der Anblick des Schwengels, wie er zwischen den blitzenden Zähnen in ihrem herrlichen Mund verschwand, während sich ihre Brüste hoben und senkten, schenkte den Männern ein Lustgefühl, das sie großzügig entlohnten.

Ihr Auftritt auf der Bühne war nur die Ouvertüre für ihre Vorstellungen in den Logen. Dort provozierte sie die Männer mit ihrem Mund, ihren Blicken, ihren Brüsten. Danach aber befriedigt zu werden, während Musik erklang, Lichter leuchteten, gesungen wurde, und dabei in einer verdunkelten Loge hinter einem halb zugezogenen Vorhang hoch über dem nichtsahnenden Publikum zu sitzen, das war eine außergewöhnlich pikante Sache.

Der Baron verliebte sich fast in Anita und blieb länger mit ihr zusammen als mit irgendeiner anderen Frau. Sie erwiderte seine Zuneigung und gebar ihm zwei Kinder.

Aber nach ein paar Jahren hatte er genug – er wollte weg. Die Macht der Gewohnheit war zu stark, er wollte frei sein, wollte Abwechslung.

Er reiste nach Rom und mietete sich eine Suite im Grandhotel. Der Zufall wollte es, daß sie sich neben der des spanischen Botschafters befand, der mit seiner Gemahlin und sei-

nen Höhepunkt zu erreichen. Also machte er ein Spiel daraus und gab vor, sie von seinem Bett herunterzustoßen. Er sagte: »Du wirst bestimmt herunterfallen, wenn ich in diese Richtung stoße.«

»Ich werde aber nicht herunterfallen«, entgegnete das Mädchen und stemmte sich auf ihn und hielt ihn mit der Decke fest. Die ganze Zeit über bewegte er sich, als wollte er sie tatsächlich über die Bettkante rollen. Lachend drückte er ihren Körper hoch, aber sie lag fest auf ihm, ihre kleinen Beine, ihr Höschen, alles rieb sich an ihm. Er tollte weiter mit ihnen, und sie lachten. Dann versuchte das andere Mädchen, ihn mit ihrem zusätzlichen Gewicht niederzuhalten und setzte sich rittlings vor ihre Schwester. Jetzt mußte er sich noch heftiger bewegen. Sein unter der Daunendecke verborgenes, steifes Glied erhob sich immer wieder zwischen den kleinen Beinen, und so geschah es, daß er kam, und zwar mit einer Heftigkeit, die selbst ihn überraschte.

Ein andermal, als sie hereingestürmt waren, um mit ihm herumzualbern, hatte er die Hände unter die Daunendecke gesteckt. Dann hob er die Decke mit seinem Zeigefinger an und forderte die Mädchen auf, den Finger zu fangen. Mit großem Eifer machten sie sich auf die Jagd nach dem Finger, der verschwand und unversehens woanders wieder auftauchte. Sie griffen zu, aber nun war es kein Finger mehr, sondern sein Schwanz, den sie immer wieder einfingen. Er versuchte, ihn ihrem Griff zu entziehen, mit dem Resultat, daß sie ihn noch fester hielten. Dann schlüpfte der Baron unter die Decke. Er nahm seinen Ständer in die Hand und stieß ihn unvermittelt nach oben, damit sie ihn fangen konnten.

Er tat nun, als sei er ein wildes Tier, das sie greifen und beißen wollte. Manchmal kam er dabei ganz nahe an die Stelle, nach der er sich sehnte. Sie waren entzückt darüber. Sie spielten auch Versteck mit dem »Tier«. Es mußte die Mädchen aus irgendeinem versteckten Winkel anspringen. Dazu hockte er sich zum Beispiel auf den Boden des Wandschrankes unter einen Haufen Kleider.

Eins der beiden Mädchen machte die Schranktür auf. Dabei konnte er ihr unter den Rock sehen. Er fing sie und biß sie wie zum Spaß in den Oberschenkel.

So erhitzt waren die Mädchen bei dem Spiel, so groß war das Schlachtgetümmel, so sehr waren die Mädchen von dem Kampf begeistert, daß seine Hand oft genau dort landete, wo er sie haben wollte.

Deutsch von Eva Bornemann

›Walter‹

WILDES VERLANGEN

Dann war ich mein eigener Herr und doch zur Keuschheit gezwungen. Hunderte von Meilen von der großen Stadt entfernt, boten sich mir keine Gelegenheiten; dafür aber sah ich in Bädern und an anderen Orten teilweise oder gänzlich nackte Männer mit großen hängenden Geräten, neben denen der Schwanz des durchschnittlichen Engländers klein aussehen würde. Es ist ein großschwänziges Volk. Mösen sah ich keine, verspürte aber oft ein wildes Verlangen, den Frauen die Kleider hochzuheben, Gewänder, die ihre Gestalt so sehr verhüllten, daß nur die Verhüllung auf eine Frau darunter schließen ließ.

Nach Ablauf einiger Wochen sah ich eines Abends die tanzenden Frauen, sah sie nackt tanzen. Es waren zwei – eine kupferfarbene Frau und ein süßes, kleines dunkelhäutiges Mädchen von etwa fünfzehn Jahren, eine Nubierin von vorzüglichster Gestalt, mit makellosen Brüsten, schneeweißen Zähnen, die beim Tanzen ihren Körper beben ließ, mit Bauch und Brüsten und Hinterbacken zitterte, bis ich schon glaubte, ihr niedlicher kleiner schwarzer Po würde ihr abfallen. Dann hielt sie inne, lächelte, zeigte die Zähne, die äußerst schön geformt und weißer als Schnee waren, und verlangte Bakschisch, mit dem sie auch großzügig bedacht wurde. Die Tänzerin an ihrer Seite, eine kupferfarbene Frau von wohl zwanzig, tat das gleiche, und sie wurden beide gut belohnt. Die Kleine sah mir lüstern, einladend in die Augen, und obwohl noch zwei Musiker männlichen Geschlechts auf dem Teppich hockten, konnte ich mich nicht länger beherrschen; ich drehte den Musikern den Rücken zu, faßte mir an die Hinterbacken, spitzte die Lippen, streckte die Zunge aus. Sie hatte verstanden. Auf ein Zeichen verließen die Männer den Raum, ihre Gefährtin aber blieb.

Im nächsten Augenblick hatte ich sie auf einem schmutzigen Diwan, der an einer Wand des Zimmers stand und breit genug war zum Ficken, und erkundete ihre kleine Spalte, um die herum von Muschi bis Poloch kein Härchen zu sehen war. Sie war Mohammedanerin, und *die* berauben alle ihre Muschis der natürlichen Bekleidung. Meine Erkundung ging rasch vonstatten, ich sah ihr strahlend schönes Gesicht, ihren lächelnden Mund mit den schneeweißen Zähnen in einem leicht hervorstehenden Kiefer, und im nächsten Augenblick waren unsere Körper vereint. Fünf Minuten später lösten wir uns aus unserer Vereinigung, und ihre Möse war weiß vom Sperma. Was für ein seltsamer Anblick, der perlenweiße Schleier über dem dunkelroten Oval, in der dunklen, nahezu schwarzen Haut der Mösenlippen und Schenkel. Sie war Sudanesin und nahezu schwarz wie Ebenholz, doch mit einer schönen fleischroten Tönung unter dem Schwarz. Ihre Haut war seidiges schwarzes Elfenbein. Keiner weißen Frau Haut hat sich für mich jemals köstlicher angefühlt.

Als mein Leib sich von ihrem löste, wurde mir bewußt, daß die andere Tänzerin noch im Zimmer war; in meiner erotischen Erregung hatte ich das ganz vergessen. Sie hatte nackt und im Stehen unserer Paarung zugeschaut. Mit einem viel größeren Mund und dickeren Lippen als die kleine Nubierin stand sie da und lächelte mir lüstern zu, während die kleine Nubierin mit ihrer gefüllten Möse aufstand. Unaufgefordert legte sie sich auf den Diwan und spreizte die Schenkel, als wäre das der Brauch des Hauses, und daß ich nun beginnen sollte, sie zu erfreuen. Ich schüttelte den Kopf und zeigte auf mein hängendes Gerät, doch sie blieb liegen, erging sich in Ghawasi-Gesten, öffnete mit einer Hand die Tore ihres Tempels, zeigte mit dem Finger darauf, während sie zuckend den Bauch hob und ihren Leib von den Schenkeln bis zu den Brüsten erbeben ließ, ganz so wie bei ihrem Tanz.

Die Nubierin brachte mir Wasser, und ich wusch mir den Schwanz – aus Angst vor irgendwelchen Folgen –, pißte und schüttelte wieder den Kopf. Die Tänzerin erhob sich vom Diwan, ließ sich auf die Knie fallen und lutschte mich. Die kleine Schwarze erhob sich vom Boden, wo sie sich nach dem Waschen hingehockt hatte, schnappte sich ein Tamburin und stellte sich vor mir in Positur; dann begann sie mit ihrem Tanz, daß Bauch und Po nur so bebten und zitterten, und die kupferfarbene Frau lutschte mich, bis sich mir bei ihrem Lippenspiel und dem Zittern des Hinterns der kleinen Schwarzen der Schwanz steif aufrichtete, und kaum auf dem Diwan, öffnete ich ihr damit die Möse. Aber es war zu schnell nach dem ersten Fick, er rutschte wieder raus. Dann legte ich mich auf dem Diwan auf den Rücken, und mein Pimmel verschwand in ihrem Mund; sie kniete über mir und leckte mich, wie es Huren überall und in jedem Klima tun, während die kleine Schwarze weiterhin ganz nah bei mir mit dem Hintern zitterte. Schließlich faßte ich ihr an die Möse, sie hörte auf zu tanzen, und ich streichelte sie, bis mein Samen sich in den Mund der anderen ergoß, womit mein Abendvergnügen vollendet war.

Deutsch von Bernd Samland

Margit Schreiner

FRAUEN DENKEN NUR AN DAS EINE

Und eines Tages erfährt man dann, daß sie einen Geliebten hat. Eines Tages wird einem dann klar, daß die Frau, der man immer mangelndes sexuelles Interesse a priori attestiert hat, tagelang mit einem anderen rumbumst. Womöglich in der eigenen Wohnung. Und daß sie womöglich mit dem anderen Dinge macht, die sie mit uns nie gemacht hat. Und da hört es auf, da wird es pervers, wißt ihr. Da zeigt sich euer wahrer Charakter, der nichts anderes als ein egoistischer und ein lüsterner Charakter ist. Da könnt ihr auf einmal die Spitzenunterwäsche anziehen, die jahrelang unbenutzt im Schrank herumgelegen ist. Auf einmal tut euch das nicht mehr weh, wenn euch einer von hinten bumst. Glaubst du, ich weiß nicht, daß ihr im Grunde viel triebhafter seid als wir? Das hab ich schon bei der Elfi damals gemerkt. Die Elfi hat immer wollen, das war am Ende direkt eine Belastung. Schließlich arbeiten wir ja. Und wenn du dann heimkommst am Abend und du weißt schon, da wartet eine auf dich, die immer nur das Eine will, kaum bist du bei der Tür hereingekommen, zieht sie dir schon die Hose aus, und du solltest immer können, weil die Weiber ruhen sich ja den ganzen Tag aus und denken an nichts anderes als an das. Und außerdem ist es ja heute wissenschaftlich bewiesen, daß ihr immer könnt. Ihr habt ja keine Potenzprobleme. So eine Frau kann stundenlang einen Orgasmus nach dem anderen haben, ohne Unterbrechung. Ihr kennt kein Maß und Ziel. Auch nicht in sexueller Hinsicht. Entweder ihr wollt gar nicht, oder ihr wollt immer.

GS WILL FICKEN

Um drei Uhr morgens stellte sich einer der Bodyguards aufs Sofa und brüllte: »Okay, Ladies, es ist soweit. GS will ficken. Wer läßt ihn ran?« Alle sprangen auf. »Wenn ihr nicht hier seid, um gefickt zu werden, verpißt euch. Und alle Jungfrauen können sich auch gleich verpissen.«

»Ihr seht ja, daß ihr zu viele seid. GS will, daß ich ihm die schärfste Braut in diesem Haus bringe.« Alle Mädchen kreischten und hoben die Hände, um auf sich aufmerksam zu machen.

»Immer langsam. Immer langsam. Ich sag euch, was wir machen. Wir starten einen Wettbewerb. Stellt euch auf. Wenn ihr zu besoffen seid, um zu stehen, bleibt gleich sitzen. Ihr seid draußen. Ihr macht nicht mit. Wir machen einen Schönheitswettbewerb.« In dem riesigen Wohnzimmer stellten sich zehn Reihen mit je sechs Mädchen auf.

»Ich bin der Schiedsrichter«, sagte ein anderer Bodyguard. Er machte auf groß und stark. Aber ich fand ihn nur groß und fett.

Mit einem Wodka Tonic in der rechten Hand schleppte sich das bedauernswerte Riesenbaby durch die Reihen. Dann streckte er den Finger aus: »Du bist häßlich, setz dich hin. Häßlich, setzen. Häßlich, setzen.« Die drei Mädchen waren sauer und murmelten alle möglichen Beleidigungen. Miene sprach so laut, daß alle es hören konnten: »Du dicker fetter Kotzbrocken.«

Das zweite Mädchen sagte: »Ich dachte, ihr habt die häßlichen Mädchen im Club gelassen.« Der Fettsack schlürfte seinen Drink und sagte: »Es war dunkel, ich hab euch drei übersehen. Also setz dich hin und halt die Fresse.«

»Na gut, streckt eure Hände aus.« Jede Reihe streckte die Hände aus. »Männerhände, setzen. Scheiße, was hat deine

Mutter bloß mit dir gemacht, Kippen auf dir ausgedrückt? Setz dich verflucht noch mal hin.« Eine Kandidatin nach der anderen schied aus.

Dann stand der andere Bodyguard auf. Er ging durch die Reihen wie ein Ausbilder beim Militär. Mehrere Sekunden sagte er nichts. Dann streckte er den Finger aus: »Billige Schuhe, setzen. Billige Schuhe, setzen. Billige Schuhe, setzen.« Ich sah mich um, und eins der Mädchen, denen er befohlen hatte, sich zu setzen, war Lauren. Sie fing meinen Blick auf. Ich zog die Augenbrauen hoch, als täte es mir leid. Ich hatte gleich gewußt, daß diese billigen Schuhe irgendwann ihr Untergang sein würden.

Dann befahl uns derselbe Kerl plötzlich, die Schuhe auszuziehen. Vielen paßte das nicht. Sie nörgelten rum und bissen sich auf die Lippen. Für mich kein Problem: Ich hatte hübsche Füße. Ich hatte für diesen Abend sogar eine extra Pediküre eingeschoben. Der Kerl zeigte auf verschiedene Mädels: »Hammerzeh, setz dich, Hammerzeh, setzen, Hammerzeh, setzen. Hinsetzen, verflucht noch mal!« Nur etwa vierzig Mädchen blieben übrig.

»Also gut, Ladies, jetzt wird's ernst. Wer falsche Haarteile hat, muß sich setzen.« Fünfundzwanzig Mädchen gingen zu Boden. Meine Pracht war echt. Ich war sauber.

Fünfzehn Mädchen waren übrig, und ich war entschlossen zu gewinnen. Dann stand der nächste Bodyguard auf und sagte: »Zieht eure T-Shirts hoch. Ich will sehen, ob ihr diese ekligen Würmer habt.« Alle kuckten verwirrt. Wir standen da und fragten uns: »Was? Welche Würmer?«

»Schwangerschaftsstreifen. Viele von euch raffinierten Schlampen haben ne gute Figur, aber häßliche Schwangerschaftsstreifen. Und vier Kinder. Ihr habt hier sowieso nix zu suchen. GS will nicht den Papa spielen!« Alle Bodyguards fingen an zu lachen. Fünf Mädchen mit Schwangerschaftsstreifen flogen raus.

Dann sagte der Bodyguard zum DJ: »Leg Biggie Smalls auf. Ich will sehen, wie ihr tanzt. Ob ihr Rhythmus habt. Wenn ihr nicht tanzen könnt, könnt ihr wahrscheinlich auch nicht ficken. Setz dich, taube Nuß. Setz dich, du bist aus dem Takt. Setz dich, du bringst es nicht.« Sieben Mädchen gingen … jetzt dachte jeder, okay, ist ja gut, such einfach eine aus. »Okay, eine von euch geht einen Schritt vor, die anderen sechs setzen sich hin.« Alle gingen einen Schritt vor. »Okay, jetzt wollen wir mal sehen, ob ihr was im Hirn habt. Wer beim Fernsehquiz eine falsche Antwort gibt, muß sich setzen. Kandidatin Nummer eins: Wer hat JJ Evans erschossen?«

»Wen?«

»JJ Evans, in *Good Times*.«

»Keine Ahnung.«

»Setzen. Das war Mad Dog. Kandidatin Nummer zwei: Wie hieß Janet Jackson in *Good Times?*«

»Das weiß ich, sie hieß Penny«, antwortete die Kandidatin.

»Richtig. Kandidatin Nummer drei: Alice, das Dienstmädchen in *The Brady Bunch*, hatte einen Freund. Wie hieß er und was war er von Beruf?«

»Oh, keine Ahnung.«

Die Bodyguards bogen sich vor Lachen. Einer schmiß sich auf den Boden und brüllte: »Du bist draußen. Das war Sam, der Schlachter.«

»Kandidatin Nummer vier: Was war Fred Sanfords Lieblingsgetränk?«

»Ach komm, das ist zu schwer. Ihre war leicht«, sagte sie und zeigte auf Nummer zwei.

»Setzen. Frank hat immer Ripple getrunken. Kandidatin Nummer fünf. Wie hieß Samantha Stevens' Mutter in *Bewitched?*«

»Ähm, äh, Sabrina.«

»Nein, sie hieß Endora.«

»Woher soll ich das wissen, ich kuck mir diesen Scheiß nicht an. Ich bin nicht verkabelt.«

»Setzen. Kandidatin Nummer sechs (das war ich): Wie hieß der Hund in *The Jetsons*, der Hund in *The Flintstones* und der Hund in *The Brady Bunch?«*

»Astro, Dino und Tiger«, sagte ich, ohne zu zögern.

»O Scheiße. Das ist richtig. Das ist richtig.« Die Bodyguards lachten. Der Muskelprotz meinte: »Yo, die Alte ist smart.« Kandidatin Nummer sieben wurde disqualifiziert, weil sie nicht wußte, wer Rerun beim Tanzwettbewerb in *What's Happening* geschlagen hatte. Ich dagegen hatte die Folge mindestens zehnmal gesehen: Es war Danny Disco Dynamite.

»Jetzt sind nur noch zwei Kandidatinnen übrig. Wer wird gewinnen? Laß mal sehen.« Dann sprang einer von den Bodyguards auf und sagte: »Welche Körbchengröße habt ihr?«

Das Mädchen sagte: »80 D.«

Ich sagte: »75 D.«

»Fast gleich«, sagte er. »Aber wer trägt ein sauberes Höschen ohne Löcher und ausgeleiertem Gummiband? Beine breit!« Er hockte sich auf alle viere und sah unter ihren Rock. Dann krabbelte er zu mir und sah unter mein Kleid. Als er meinen gestutzten Busch sah, sagte er: »Das war's! Du hast gewonnen!« Ich dachte nur: *Gott sei Dank hab ich keinen Slip angezogen*.

Ich dachte schon, wir kommen nie am Ende der breiten, steil gewundenen Treppe an. Mit jedem Schritt, den ich dem Schlafzimmer im Westflügel der Villa näher kam, wurde ich aufgeregter. Ich hätte mir in den Arsch beißen können, daß ich keine Polaroid dabeihatte, um einen Schnappschuß von GS' Gesicht zu machen, wenn er mich sah.

Als wir uns der Tür näherten, sagte der fette Bodyguard, der mich begleitete: »Ich und du können jederzeit in eines der Zimmer hier verschwinden. Wenn du lieber mich willst, brauchst du nur einen Ton zu sagen.« Ich würdigte ihn keiner

Antwort. Ein paar Schritte vor der Tür zu GS' Schlafzimmer drehte sich der Fettsack um und verzog sich.

Drinnen hörte ich laute Musik wummern. Ich blieb vor der Tür stehen, prüfte meine Klamotten und zupfte mit den Fingern meine Frisur zurecht. Ich drehte den Knauf und ging rein. Die Dunkelheit überraschte mich. Das einzige Licht kam vom Fernseher, wo das Bild eines Playstation-Streetfighter-Spiels eingefroren war.

Auf der Suche nach dem Lichtschalter tastete ich mich an der Wand entlang. Ich stolperte über etwas, das ich für einen Timberland-Stiefel hielt. Jetzt war ich froh, daß das Licht aus war. Ich wollte nicht, daß GS mich in dieser peinlichen Lage sah. Ich stand auf und machte ein paar Schritte, bevor ich mit den Fingern den Nachtschrank ertastete. Obwohl ich mich mit ausgestreckten Händen vorwärts tastete, wäre ich fast über eine Flasche Cristal gestolpert. Ich erkannte sie an ihrer Form. Sie war leer. O Scheiße. Ich ahnte, daß GS stockbesoffen war und wahrscheinlich auf dem Bett pofte. Entweder das oder er spielte gern im Dunkeln. Das konnte ich auch. Nach ein paar weiteren Schritten verfingen sich meine Füße in seiner Hose, die er auf den Boden geschmissen hatte. Jetzt war ich wirklich erregt.

Endlich fand ich die Stereoanlage, aber ich konnte die Beschriftung der Schalter nicht erkennen und drückte wahllos einen nach dem anderen. Erst knisterte der Lautsprecher, dann spielte das Ding plötzlich verrückt. Ich drückte die Knöpfe immer schneller und fand endlich den richtigen.

»GS«, rief ich leise, obwohl ich eigentlich nicht wußte, wieso ich flüsterte. Ich hörte ihn ein paarmal stöhnen und ging in die Richtung, aus der seine Stimme kam. Als ich gegen das Bett stieß, begann ich mich auszuziehen.

»Wer ist da?« Er klang verwirrt.

»Ich bin's, Sasha. Ich bin hier, um dir das zu geben, auf das wir beide gewartet haben.« Er lachte leise und sexy. Meine glatten Beine voran kroch ich splitternackt unter seine Decke. Ich übernahm die Kontrolle und bestieg ihn wie ein Jockey sein Vollblut. Ich war wild entschlossen, den millionenschweren Star wiederzubeleben. Ich würde ihn so durchficken, daß er morgen winselnd an meiner Tür scharren würde. Ich legte meine Titten auf seine Brust und streifte seinen jetzt aufgerichteten, großen, dicken (Danke, lieber Gott) Schwanz mit den Haaren. Ich fing an, seinen Hals zu lutschen, sein Schlüsselbein zu lecken und an seinem Kinn zu saugen.

Nur wenige Sekunden vergingen, bevor seine Lippen zum Leben erwachten und sich mir öffneten. Wir küßten uns. Seine starken Arme packten meine Hüften und hoben mich leicht an, um in mich einzudringen. Ich verlagerte mein Gewicht auf die Seite und entzog mich ihm, weil ich ihn erst lutschen wollte, damit er länger hart blieb. Während er in meinem Mund und halb in meinem Rachen verschwand, bewegte ich langsam meine Lippen vor und zurück. GS stieß ein Stöhnen aus, und ich wußte, daß ich ihn in der Hand hatte. Heute ging es nur um ihn. Wenn ich ihn erst mal angefixt hatte, würde es nur noch um mich gehen.

Als ich spürte, wie er immer härter wurde, zog ich meine Zunge und meine Lippen zurück. Er packte meinen Kopf, weil er wollte, daß ich weitermachte. Statt dessen setzte ich mich auf ihn und stieß ihn in mich rein. Ich gab alles, was ich zu bieten hatte, Hüften wie aus Gummi und einen biegsamen Körper. Er sollte mich nicht für faul halten. Meine Mösenmuskeln hielten ihn fest umklammert, während ich ihn zuritt. Ich hörte ihn ekstatisch schreien, als wär er mein Mädchen. Als ich hörte, wie er kapitulierte, verlor ich den Kopf, und beim Orgasmus bebte mein ganzer Körper unkontrolliert. Er reagierte, indem er eine Monsterladung in mir abspritzte. Danach gingen wir beide sofort k.o. Ich weiß nicht, wie es ihm ging, aber ich schlief mit einem Lächeln auf dem Gesicht ein.

Deutsch von Juliane Zaubitzer

Vladimir Nabokov

ZUCKENDE EKSTASE

Ich war unmittelbar nach dem Rasieren auf den Flur hinausgetreten, mit Seifenschaumohrläppchen und noch in meinem weißen Pyjama mit dem kornblumenblauen Muster (nicht dem lilafarbenen) am Rücken; jetzt wischte ich die Seife ab, parfümierte Haar und Achselhöhlen, schlüpfte in einen purpurseidenen Morgenmantel und ging nervös summend die Treppe hinunter, auf der Suche nach Lo.

Ich möchte, daß meine gelehrten Leser an der Szene teilnehmen, die ich jetzt noch einmal durchspielen werde; ich möchte, daß sie jede Einzelheit prüfen und von sich aus erkennen, wie behutsam, wie keusch das ganze weinsüße Geschehnis ist, wenn man es mit »unvoreingenommener Anteilnahme« betrachtet, wie mein Anwalt sich in einem Privatgespräch mir gegenüber ausdrückte. Fangen wir also an. Ich habe eine schwierige Aufgabe vor mir.

Hauptfigur: Humbert der Summer. Zeit: Ein Sonntagvormittag im Juni. Ort: Sonnenhelles Wohnzimmer. Requisiten: Altes, bonbongestreiftes Sofa, Illustrierte, Grammophon, mexikanische Nippsachen (der verstorbene Mr. Harold E. Haze – Gott segne den guten Mann – hatte meinen Liebling auf der Hochzeitsreise während der Siestastunde in einem blaugetünchten Zimmer in Vera Cruz gezeugt, und nun war das ganze Haus voller Andenken an ihn, darunter Dolores). An diesem Tag trug sie ein hübsches bedrucktes Kleid, das ich schon einmal an ihr gesehen hatte: weiter Rock, anliegendes Oberteil kurzärmelig, rosa mit einem dunkleren Rosa kariert, und um die Farbskala zu vervollständigen, hatte sie die Lippen angemalt und hielt einen schönen, banalen, edenroten Apfel in den hohlen Händen. Die Kirchschuhe indessen hatte sie nicht an. Und ihre weiße Sonntagshandtasche hatte sie neben das Grammophon geworfen.

Mein Herz schlug wie eine Trommel, als sie sich neben mich aufs Sofa setzte – kühler Rock, der sich bläht und wieder zusammensinkt – und mit ihrer glänzenden Frucht spielte. Sie warf den Apfel in die sonnendurchstäubte Luft und fing ihn wieder – er machte ein hohles, glattes Plopp.

Humbert fing ihn im Flug weg.

»Geben Sie ihn wieder«, bat sie und ließ die marmorierte Röte ihrer Handteller sehen. Ich hielt ihr den Delicious hin. Sie griff nach ihm und biß hinein, und mein Herz war wie Schnee unter dünner scharlachroter Schale, und mit der äffchenhaften Behendigkeit, die für dies amerikanische Nymphchen so bezeichnend war, entriß sie meinem Griff die Zeitschrift, die ich unwillkürlich aufgeschlagen hatte (wie schade, daß das merkwürdige Hin und Her, die monogrammhafte Verschränkung unserer gleichzeitigen oder sich überschneidenden Bewegungen nicht gefilmt wurde). Geschwind, kaum behindert durch den entstellten Apfel, den sie in der Hand hielt, durchblätterte Lo wild die Seiten, auf der Suche nach einem Bild, das sie Humbert zeigen wollte.

Fand es schließlich. Ich heuchelte Interesse, indem ich ihr meinen Kopf so nahe brachte, daß ihr Haar meine Schläfe berührte und ihr Arm meine Wange streifte, als sie sich den Mund mit dem Handgelenk abwischte. Des goldbraunen Nebels wegen, durch den ich auf das Bild blickte, ließ meine Reaktion auf sich warten, und sie rieb und klopfte ihre nackten Knie ungeduldig gegeneinander. Verschwommen kam folgendes in Sicht: Ein surrealistischer Maler lag rücklings hingegossen an einem Strand und neben ihm, ebenfalls rücklings und halb im Sand vergraben, ein Gipsabguß der Venus von Milo. »Das Bild der Woche«, lautete die Unterschrift. Ich entriß ihr das obszöne Heft. Im nächsten Augenblick hatte sie sich in einem gespielten Versuch, es wiederzubekommen, voll auf mich geworfen. Ich hielt sie an dem dünnen, knochigen Handgelenk fest. Die Illustrierte flatterte wie ein aufgescheuchtes Huhn zu Boden. Sie wand sich los, ringelte sich zurück und lehnte sich tief in die rechte Ecke des Sofas. Dann streckte das unverschämte Kind mit vollkommener Selbstverständlichkeit seine Beine über meinen Schoß.

Ich war mittlerweile in einem Zustand der Erregung, der an Wahnsinn grenzte; aber ich hatte auch die Schläue eines Wahnsinnigen. Auf dem Sofa sitzend, gelang es mir dank einer Reihe verstohlener Bewegungen, meine maskierte Lust mit ihren arglosen Beinen in Einklang zu bringen. Es war gar nicht leicht, die Aufmerksamkeit der kleinen Maid abzulenken, während ich die geheimen Anpassungsbewegungen vornahm, die den Erfolg des Kunstgriffs sichern sollten. Ich redete laut, blieb hinter meinem Atem zurück und holte ihn wieder ein, spiegelte plötzliche Zahnschmerzen vor, um die Pausen in meinem Geplapper zu erklären – und immerfort hielt ich dabei das innere Auge eines Besessenen auf das ferne goldene Ziel gerichtet und verstärkte vorsichtig die zauberhafte Reibung, die, wenn auch nicht tatsächlich, so doch in der Vorstellung, die physisch nicht zu entfernende, aber psychologisch sehr mürbe Textur der stofflichen Schranke (Pyjama und Morgenmantel) zwischen dem Gewicht von zwei quer über meinem Schoß liegenden sonnengebräunten Beinen und der verborgenen Geschwulst einer unsagbaren Leidenschaft verschwinden ließ. Da ich im Fluß meines Geplappers auf etwas nett Mechanisches gestoßen war, deklamierte ich mit einer leichten Abwandlung den Text eines damals beliebten, albernen Schlagers – o Carmen, o Carmen, tamtata tamta, die Nächte, die warmen, und die Bars und der Barman; immerfort wiederholte ich dieses automatische Zeugs und hielt sie in seinem speziellen Bann (speziell wegen der Verquatschungen), und die ganze Zeit war ich in tödlicher Angst, daß Gott eingreifen und mich unterbrechen könne, mir die goldene Last fortnehmen, die zu spüren all mein Sein sich konzentrierte, und diese Angst zwang mich anfangs, etwas schneller vorzugehen, als es sich mit vorsätzlich moduliertem Genuß verträgt. Funkelnde Deerne und stunkelnde Ferne und die Bars und der Barman wurden bald von ihr übernommen; ihre Stimme hielt und berichtigte die Melodie, die ich verstümmelt hatte. Sie war musikalisch und apfelsüß. Ihre Beine, wie sie so über meinem sich rührenden Schoß lagen, zuckten ein wenig; ich streichelte sie; da lag sie in die rechte Sofaecke gekuschelt, beinah hingerekelt – Lola der Bobbysoxer, der seine unvordenkliche Frucht verspeiste, durch deren Saft hindurch sang, einen Pantoffel verlor, die Ferse seines pantoffellosen Fußes mit dem schlunzigen Söckchen gegen den Stapel alter Illustrierter rieb, die links von mir auf dem Sofa lagen –, und jede ihrer Bewegungen, jedes Reiben und Wiegen half mir, das Geheimsystem der taktilen Übereinstimmung zwischen dem Unhold und der Holden zu verbergen und zu verbessern – zwischen meinem geknebelten, berstenden Unhold und der Holdheit ihres Grübchenkörpers in seinem unschuldigen Kattunkleid.

Unter meinen huschenden Fingerspitzen fühlte ich, wie der winzige Flaum an ihrem Schienbein sich ganz leicht sträubte. Ich verlor mich in der stechenden und doch gesunden Glut, die wie Sommerglast um die kleine Haze hing. Ach, wenn sie doch so bliebe, auf ewig so bliebe … Als sie sich reckte, um das Kerngehäuse ihres abgenagten Apfels an das Kamingitter zu schleudern, veränderten ihr junges Gewicht, ihre schamlos unschuldigen Schenkel und ihr rundes Hinterteil, in meinem gespannten, gequälten, heimlich arbeitenden Schoß ihre Lage; und plötzlich überkam meine Sinne eine geheimnisvolle Verwandlung. Ich gelangte auf eine Seinsebene, wo nichts galt außer dem Lustextrakt, der in meinem Körper gärte. Was als genußreiche Dehnung meiner innersten Wurzeln begonnen hatte, wurde zum glühenden Prickeln, das *jetzt* einen Zustand absoluter Sicherheit, Zuversicht, Zuverlässigkeit erreichte, wie er im bewußten Leben nirgends sonst zu finden ist. Nun, da die tiefe, heiße Süße gesichert und auf gutem Wege zur äußersten Konvulsion war, wußte ich, daß ich langsamer machen durfte, um die Glut zu verlängern. Lolita war ganz in sich selber verstrickt. Die vorgestellte Sonne pulste in den bereitgestellten Pappeln; wir waren wunderbar und wie nach himmlischem Plan allein; ich beobachtete sie – rosig, golden bestäubt – hinter dem Schleier meiner beherrschten Lust, die sie nicht wahrnahm, die ihr fremd war, und die Sonne lag auf ihren Lippen, und ihre Lippen formten anscheinend noch immer die Worte des Carmen-Barman-Singsangs, welcher mein Bewußtsein nicht mehr erreichte. Alles war jetzt bereit. Die Nerven der Lust waren bloßgelegt. Die Krauseschen Endkolben gerieten in die Phase der Raserei. Der geringste Druck würde genügen, das ganze Paradies zu entfesseln. Ich hatte aufgehört, Humbert der Windhund zu sein, die traurig dreinschauende degenerierte Dogge, die den Stiefel umklammert, welcher ihm gleich einen Tritt geben wird. Ich war über die Drangsal der Lächerlichkeit erhoben, den Vergeltungsmöglichkeiten entrückt. In meinem selbstgeschaffenen Serail war ich ein strahlender, kraftstrotzender Türke, der, seiner Verfügungsfreiheit voll bewußt, absichtsvoll den Augenblick hinausschiebt, in dem er die jüngste und zarteste seiner Sklavinnen genießen wird. Am Rande des Wollustabgrundes schwebend (eine Feinheit des physiologischen Gleichgewichts, die gewissen Techniken in Literatur und Musik vergleichbar ist), echote ich fortwährend irgendwelche Worte – Barman, Erbarmen, meine Carmen, Amen, Ahahamen –, wie jemand, der im Schlaf spricht und lacht, und dabei glitt meine glückliche Hand, so hoch wie der letzte Schatten von Anstand es nur irgend zuließ, ihr sonniges Bein hinauf. Am Tage vorher hatte sie sich in der Diele an der schweren Truhe gestoßen, und »sieh doch nur!« – keuchte ich – »sieh nur, was du gemacht hast, was du dir da getan hast, ach, sieh doch nur«; denn da war, ich schwör's, wirklich eine gelblich-violette Stelle auf ihrem holden Nymphchenschenkel, den meine mächtige, behaarte Hand massierte und langsam umfaßte – und da sie nur sehr spärliche Unterkleidung trug, schien nichts meinen muskulösen Daumen daran zu hindern, die heiße Mulde ihrer Leiste zu erreichen – so wie man vielleicht ein kicherndes Kind kitzelt und streichelt – nur so – und: »Ach, das macht doch nichts«, rief sie mit plötzlich schriller Stimme, wand sich und drehte sich und warf den Kopf zurück, und sie biß sich in ihre glitzernde Unterlippe, als sie sich halb von mir wegwandte, und mein stöhnender Mund – meine Herren Geschworene – erreichte fast ihren bloßen Nacken, während ich die letzte Zuckung der längsten Ekstase, die Mensch oder Monster je zuteil wurde, an ihrer linken Gesäßhälfte verebben ließ.

Unmittelbar danach (als hätten wir gerungen, und nun hätte sich mein Griff gelockert) rollte sie vom Sofa und sprang auf die Füße – vielmehr auf den Fuß –, um das fürchterlich laute Telephon zum Schweigen zu bringen, das, was mich betrifft, vielleicht schon seit Ewigkeiten läutete. Da stand sie und blinzelte mit heißen Wangen und verwuscheltem Haar, ihr Blick glitt so flüchtig über mich hin wie über die Möbel, und während sie zuhörte oder sprach (mit ihrer Mutter, die ihr sagte, sie solle auch zum Lunch zu den Chatfields kommen – weder Lo noch Hum ahnten, welche Ränke die geschäftige Haze schmiedete), klopfte sie die ganze Zeit mit dem Pantoffel, den sie in der Hand hielt, gegen die Tischkante. Gott sei Dank, sie hatte nichts gemerkt!

Deutsch von Helen Hessel, Maria Carlsson, Kurt Kusenberg, H. M. Ledig-Rowohlt und Gregor von Rezzori, bearbeitet von Dieter E. Zimmer

Villiers de L'Isle-Adam

DIE FRÄULEIN VON LEICHTENSTRICH

Pascal hat uns gesagt, daß unter dem Gesichtswinkel des Tatsächlichen und Üblichen die Begriffe Gut und Böse eine Frage des Breitengrades seien. Und wirklich wird die gleiche menschliche Handlung hier als gut und dort als Verbrechen bezeichnet, und umgekehrt. – So liebt man in Europa im allgemeinen seine alten Eltern; bei gewissen Stämmen in Amerika hingegen überredet man sie, auf einen Baum zu klettern; dann schüttelt man diesen Baum. Wenn sie herunterfallen, dann ist es, wie einst bei den Messeniern, jeden guten Sohnes heilige Pflicht, sie sogleich mit mächtigen Tomahawk-Hieben zu erschlagen, um ihnen die Qualen des Siechtums zu ersparen. Haben sie jedoch noch genug Kraft, sich an einem Ast festzuklammern, so sind sie noch zur Jagd und zum Fischfang tauglich, und in diesem Falle wird ihr Opfertod noch hinausgeschoben. Ein anderes Beispiel: bei den nordischen Völkern trinkt man gern Wein, das köstliche Getränk, in dem die liebe Sonne zu schlummern scheint. Unsere Religion lehrt uns sogar, »guter Wein erquicke des Menschen Herz«. Bei unsern mohammedanischen Nachbarn im Süden gilt der Weingenuß als eine schwere Sünde. – In Sparta war der Diebstahl erlaubt und wurde geachtet: er war eine priesterliche, von Staats wegen geschützte Einrichtung, ein unerläßlicher Bestandteil der Erziehung jedes Lakedämoniers, der auf sich hielt. Von ihnen stammen sicherlich die heutigen Griechen ab. – In Lappland macht sich der Familienvater eine Ehre daraus, dem Reisenden, den er an seinem Herde empfängt, die Tochter in jeder Beziehung zur Verfügung zu stellen. In Bessarabien wird es genauso gehalten. – Im nördlichen Persien und bei den Völkerschaften Kabuls, die in uralten Begräbnisstätten hausen, ist es ratsam, sobald man bei ihnen in irgendeinem wohnlich ausgestatteten Grabe herzlichen, gastfreien Empfang und Unterkunft gefunden hat, sich innerhalb der ersten vierundzwanzig Stunden mit allen weiblichen Sippenangehörigen des geberni-schen, parsischen oder wahabitischen Gastgebers in die letztmöglichen Vertraulichkeiten einzulassen, weil man sonst Gefahr läuft, daß einem in aller Gemütsruhe der Kopf abgeschnitten wird – ein Verfahren, das in jenen Zonen durchaus im Schwange ist. Die Taten an sich, als physische Geschehnisse, sind gleichgültig: einzig das Gewissen des Täters läßt sie als gut oder böse erscheinen. Der geheimnisvolle Punkt, der im letzten Grunde jenes ungeheuren Mißverständnisses ruht, ist das eingeborene Verlangen des Menschen, sich Werte und Hemmungen zu schaffen, sich das eine zu versagen und das andre zu gestatten, je nachdem der Wind in seinem Lande es ihm einbläst: man könnte, mit einem Worte, meinen, die gesamte Menschheit habe irgendein allgemeingültiges Gesetz verloren und suche sich seiner tastend zu erinnern.

Vor einer Reihe von Jahren blühte als Stolz unsrer Boulevards ein gewisses weiträumiges, lichterhelles Café; es lag einem unserer Theater gegenüber, dessen Front an einen heidnischen Tempel erinnert. Dort versammelte sich täglich jene Auslese junger Leute, die sich seither durch ihre künstlerischen Leistungen, vielleicht auch durch ihre Unfähigkeit oder durch ihr Verhalten in den bewegten Zeiten ausgezeichnet haben, die hinter uns liegen.

Einige unter den letzteren haben sogar die Zügel des Staatskarrens in der Hand gehabt. Wie man sieht, war es nicht eben Dünnbier, was in diesem an Tausendundeine Nacht erinnernden Café ausgeschenkt wurde. Die Pariser Spießbürger sprachen von diesem Pandämonium nur mit Flüsterstimmen. Gelegentlich schickte der Stadtpräfekt lässig, als handle es sich um das Abgeben einer Visitenkarte, einen auserwählten und unvermutet auftauchenden Trupp von Polizeidienern hinein; diese veranlaßten dann mit dem sie auszeichnenden zerstreuten und lächelnden Gehaben gewisse neckische Dämchen, in Mantel und Schleier gehüllt, eiligst das Weite zu suchen. Das war eine ebenso zarte wie peinliche Aufmerksamkeit. Doch anderntags geschah nichts dergleichen.

Auf der Terrasse saß zwischen der Kutschwagenreihe und den Spiegelscheiben des Cafés ein Kranz von Damen, ein Flor von Chignons, der dem Zeichenstift Constantin Guys' entgangen ist; Frauen in unwahrscheinlichen Toiletten, die auf Stühlen vor hoffnungsgrün gestrichenen, schmiedeeisernen Pfeilertischchen thronten. Auf den Tischen standen Getränke mannigfacher Art.

Die einen hielten große Blumensträuße auf den Knien, die andern ein Hündchen, wieder andere nichts. Sie erweckten den Anschein, als warteten sie auf jemanden.

Unter diesen jungen Frauen zeichneten sich zwei durch ihre Ausdauer aus; die Stammgäste der berühmten Stätte nannten sie kurzweg Olympe und Henriette. Sie pflegten bei Einbruch der Dunkelheit zu kommen, ließen sich in einer gutbeleuchteten Nische nieder, bestellten, mehr weil es so üblich war denn aus Bedürfnis, einen Magenlikör oder ein Glas Kaffee und beobachteten alsdann mit angespannter Aufmerksamkeit die Vorübergehenden. Und das waren die Fräulein de Bienfilâtre!

Ihre Eltern, rechtschaffene, durch die Schule des Unglücks gegangene Leute, hatten nicht die Mittel gehabt, sie die Freuden einer Lehrzeit auskosten zu lassen: der Beruf dieses sittenstrengen Paares bestand in der Hauptsache darin, sich jeden Augenblick mit einer Verzweiflungsgebärde an die in den Pförtnerlogen herabbaumelnden, zum Türöffnen dienenden langen Quasten zu hängen. Das ist ein harter Beruf, und sie ergatterten dabei mit Mühe und Not ein paar Kupfermünzen, die ihnen mehr aus Mitleid denn als Lohn hingeworfen wurden. Nie hatten sie in der Lotterie des Lebens einen Treffer gezogen. Daher fluchte denn auch der alte Bienfilâtre, wenn er morgens seinen dünnen Gerstenkaffee trank. Olympe und Henriette begriffen als gute Töchter nur zu bald, daß sie eingreifen mußten. Sie waren von frühester Jugend an Freudenmädchen und opferten den Erlös ihrer Nächte und ihres Schweißes, um daheim im Elternhaus einen zwar bescheidenen, aber ehrbaren Wohlstand aufrechtzuerhalten. – »Gott segnet unsre Mühe«, sagten sie bisweilen, denn es waren ihnen gute Grundsätze eingebleut worden, und die erste, auf handfesten Grundsätzen aufgebaute Erziehung trägt früher oder später ihre Früchte. Wenn man beunruhigt in sie drang, um zu erfahren, ob ihre bisweilen übermäßige Arbeit nicht ihrer Gesundheit abträglich sei, so antworteten sie ausweichend mit sanfter, verlegen-bescheidener Miene und niedergeschlagenen Augen: »Das sind die Gegebenheiten des Standes ...«

Die Fräulein de Bienfilâtre gehörten, wie man zu sagen pflegt, zu jenen Arbeiterinnen, die »die Nacht zum Tage machen«. Sie gingen ihrer oft undankbaren und peinlichen Pflicht so würdig wie nur möglich nach (trotz gewisser Vorurteile der Welt). Sie waren nicht wie jene Müßiggängerinnen, die die heiligen Schwielen der Arbeit als entehrend verachten, und erröteten deswegen nicht. Man erzählte sich von ihnen verschiedene schöne Züge, die die Asche des Menschenfreunds Montyon in seinem schönen Grabmal vor Freude hätten erzittern lassen müssen. – So hatten sie unter anderm eines schönen Abends gewetteifert und sich selbst übertroffen, als es darum ging, die Kosten für das Begräbnis eines alten Onkels aufzubringen, der ihnen seinerseits nichts hinterlassen hatte als die Erinnerung an Ohrfeigen unterschiedlicher Stärke, mit denen er sie, als sie noch Kinder gewesen, ausgiebig bedacht hatte. Daher wurden sie von allen Stammgästen des hochachtbaren Cafés mit wohlwollenden Blicken betrachtet, und es verkehrten dort Leute, die nicht eben mit sich spaßen ließen. Ihr Blick und ihr Lächeln wurden stets mit einem freundschaftlichen Nicken, einem begrüßenden Händedruck beantwortet. Niemals hatte sich jemand über sie beschwert oder einen Vorwurf gegen sie erhoben. Jeder erkannte an, daß sie ihrem Beruf sanft und zartfühlend nachgingen. Kurz und gut: sie schuldeten niemandem etwas, kamen ihren eingegangenen Verpflichtungen auf ehrenhafte Weise nach und konnten folglich den Kopf hoch tragen. Da sie musterhaft wirtschafteten, legten sie etwas für unvorhergesehene Fälle zurück, für »Zeiten der Not« und um sich später einmal in Ehren von der Tagesfron zurückziehen zu können. – Da sie fromm waren, ließen sie am Sonntag die Arbeit ruhen. Und als gescheite junge Mädchen schenkten sie den Vorschlägen junger Windbeutel, die nur dazu gut sind, junge Mädchen vom rauhen Pfad der Pflicht und der Arbeit abzulenken, kein Gehör. Sie meinten, daß heutzutage einzig der Mond das Recht habe, unentgeltlich zu lieben. Ihr Wahlspruch lautete: »Bereitwilligkeit, Sicherheit, Verschwiegenheit«; und auf ihren Visitenkarten stand überdies noch zu lesen: »Spezialitäten«.

Eines Tages geriet Olympe, die jüngere, auf Abwege. Bis dahin war ihr nichts vorzuwerfen gewesen; jetzt aber erlag das unglückliche Mädchen den Verlockungen, denen sie mehr als andere (die sie deswegen vielleicht allzu schnell zu tadeln geneigt sind) durch die eigenartige Umgebung, in der sie ihres Berufes wegen leben mußte, ausgesetzt war. Mit einem Wort: sie beging den Fehler, sich zu verlieben.

Es war ihr erster Fehltritt; wer aber vermag die Tiefen auszuloten, in die ein erster Fehltritt stoßen kann? Ein junger Student, ein sauberer, schöner, mit einer kunstempfänglichen und leidenschaftlichen Seele begabter Mensch, aber arm wie Hiob, Maxime mit Namen – seinen Familiennamen wollen wir verschweigen –, verdrehte ihr den Kopf und stürzte sie ins Unglück.

Er entfachte in der armen Kleinen die himmlische Leidenschaft, die ihr in Anbetracht ihres Gewerbes so wenig zustand, wie es Eva gestattet war, die göttliche Frucht vom Baum des

Lebens zu essen. Von diesem Tage an waren ihre Pflichten vergessen. Alles ging drunter und drüber. Wenn ein Freudenmädchen die Liebe im Kopfe hat, ist mit ihm nichts mehr anzufangen.

Und ihre Schwester, ach!, die edle Henriette trug nun die ganze Last allein, wie man zu sagen pflegt, und brach darunter schier zusammen! Bisweilen stützte sie den Kopf in die Hände und rang mit Zweifeln an allem, an der Familie, den Grundsätzen, selbst der Gesellschaft! – »Das sind leere Worte!« rief sie. Eines Tages war sie Olympe begegnet, die jetzt ein schlichtes schwarzes Kleid und glattgescheiteltes Haar trug; in der Hand hatte sie einen kleinen emaillierten Napf gehalten. Henriette ging an ihr vorüber, tat, als erkenne sie sie nicht, und flüsterte ihr ganz leise zu: »Schwester, dein Verhalten ist unqualifizierbar! Wahr doch wenigstens den äußeren Schein!«

Vielleicht erhoffte sie sich durch diese Worte eine Rückkehr auf den rechten Weg. Es war alles vergebens. Henriette hatte das Gefühl, daß Olympe verloren sei; sie wurde rot und ging weiter.

Nun aber war in dem ehrenwerten Lokal mittlerweile alles ruchbar geworden. Wenn Henriette abends allein hinkam, wurde sie nicht begrüßt wie früher. Es gibt eben eine Solidarität. Sie nahm gewisse demütigende Nuancen wahr. Seit dem Bekanntwerden von Olympes Fehltritt wurde sie mehr als kühl behandelt. Da sie stolz war, lächelte sie wie der junge Spartaner, dem ein Fuchs die Brust zerfleischte; allein in ihrem empfindlichen, rechtlichen Herzen saß jeder dieser Hiebe. Wahrem Zartgefühl verursacht nur zu oft ein Nichts größeres Leid als die gröbste Beleidigung, und in dieser Beziehung war Henriette von mimosenhafter Empfindsamkeit. Wie mußte sie also leiden!

Und abends erst, daheim, am Familientisch! Vater und Mutter ließen die Köpfe hängen und aßen schweigend. Von der Abwesenden wurde nicht gesprochen. Wenn dann danach ein Likör getrunken wurde, warfen Henriette und die Mutter einander verstohlene Blicke zu, wischten sich beide eine Träne ab und drückten sich unterm Tische stumm die Hand. Und der alte Portier saß tief verstimmt da und zog dann und wann grundlos an der Schnur, um zu verbergen, daß auch ihm die Tränen kamen. Manchmal wandte er brüsk den Kopf ab und fuhr mit der Hand an sein Knopfloch, als wolle er sich ein nicht vorhandenes Ordensbändchen abreißen.

Einmal versuchte der Türsteher sogar, die Tochter zurückzuholen. Traurig nahm er es auf sich, die vielen Treppen zu dem jungen Manne hinaufzusteigen. Dort sagte er schluchzend: »Ich möchte mein armes Kind wiederhaben!« – »Ich liebe sie«, antwortete Maxime, »und ich bitte Sie um ihre Hand.« – »Erbärmlicher!« hatte Bienfilâtre gerufen und war davongestürzt, empört über diesen »Zynismus«.

Henriette hatte den Kelch bis zur Neige geleert. Es galt einen letzten Versuch; sie beschloß, alles zu wagen und selbst einen Skandal nicht zu scheuen. Eines Abends erfuhr sie, daß die beklagenswerte Olympe ins Café kommen werde, um eine kleine, alte Schuld zu begleichen: sie setzte die Eltern ins Bild, und alle zusammen begaben sich in das lichterstrahlende Café.

Wie die von Tiberius entehrte Mallonia vor den römischen Senat getreten war, um ihren Vergewaltiger anzuklagen, ehe sie sich in ihrer Verzweiflung erdolchte, so erschien Henriette im Saal der strengen Richter. Vater und Mutter blieben, um die Würde zu wahren, vor der Tür stehen. Die Gäste waren beim Kaffee. Bei Henriettes Anblick wurden die Gesichter ernst und abweisend; als man aber merkte, daß sie etwas sagen wolle, senkten die langen Zeitungshalter sich auf die Marmortische, und ein feierliches Schweigen breitete sich aus: es ging darum, ein Urteil zu sprechen.

In einer Ecke war Olympe zu sehen, die sich vor Scham gleichsam in sich selbst verkroch; sie trug ihr schwarzes Kleid und saß allein an einem Tischchen.

Henriette sprach. Während ihrer Rede sah man dann und wann durch die Spiegelscheiben zu den besorgten Bienfilâtres hin, die, ohne etwas zu hören, in den Raum schauten. Schließlich konnte der Vater nicht mehr an sich halten; er öffnete vorsichtig die Tür und lauschte, gebückt, das Ohr am Spalt, die Hand auf der Klinke.

Und es schlugen Fetzen ihrer Rede an sein Ohr, wenn Henriette ein wenig die Stimme erhob: »Man ist doch seinesgleichen etwas schuldig ...! Solch ein Benehmen ... Das heißt doch, allen anständigen Menschen den Rücken kehren ... Sich mit einem jungen Windhund einzulassen, der ihr nicht mal ein Radieschen schenkt! ... Einem Taugenichts ... Die Verachtung aller Welt laste auf ihr ... Sich der Verantwortung zu entziehen ... Ein Mädchen, das sich um alle Glücksmöglichkeiten gebracht habe ... Das Grünschnäbeln lange Hälse mache ... und dabei habe sie vor kurzem noch ... die Ehre des Strichs hochgehalten ... Sie hoffe, daß die Stimme all dieser Herren, die gewichtiger sei als die ihrige, daß die Ratschläge auf Grund erleuchteter Erfahrung ... sie wieder auf gesundere und gedeihlichere Gedanken brächten ... Man sei doch nicht auf der Erde, um sich zu amüsieren ...! Sie bat die Herren um ihre Vermittlung ... Sie habe bereits an die gemeinsamen Kindheitserinnerungen appelliert! ... an die Stimme des Bluts! Alles sei vergeblich gewesen ... Nichts habe in ihr Widerhall erregt. Eine Verlorene! – Und noch dazu eine solche Verirrung ...! Ach!«

In diesem Augenblick betrat der gebeugte Vater den ehrenwerten Caféraum. Beim Anblick des unverdient ins Unglück Geratenen erhoben sich alle von den Plätzen. Es gibt einen Schmerz, der so groß ist, daß man kein Trostwort wagt. Alle traten schweigend heran und drückten dem würdigen Greis die Hand, um ihm diskret zu verstehen zu geben, welchen Anteil sie an seinem Unglück nähmen.

Beschämt und blaß ging Olympe davon. Sie hatte einen

Augenblick geschwankt, da sie sich schuldig fühlte, ob sie sich nicht in die Arme der Familie und der Freunde werfen solle, die einer Reuigen nach wie vor offengestanden hätten. Aber die Leidenschaft war mächtiger gewesen. Eine erste Liebe schlägt im Herzen tiefe Wunden und erstickt alle andern Gefühle bis auf den letzten Keim.

Indessen hatte der Auftritt auf Olympes Organismus eine verhängnisvolle Wirkung. Ihr wachgerütteltes Gewissen empörte sich. Anderntags hatte sie Fieber. Sie legte sich zu Bett. Sie starb vor Scham, und zwar buchstäblich. Die Moral tötete den Körper: die starke Gemütsbewegung richtete sie zugrunde.

Sie lag in ihrer kleinen Kammer, und da sie ihr Ende nahen fühlte, rief sie. Mitleidige Seelen aus der Nachbarschaft holten einen Priester. Eine der Nachbarinnen bemerkte, Olympe sei sehr schwach und brauche vor allem etwas »Kräftiges«. Daraufhin brachte ihr ein »Mädchen für alles« eine Suppe.

Der Geistliche kam.

Der alte Priester gab sich alle Mühe, sie durch Worte des Friedens, der Milde und der Barmherzigkeit zu beschwichtigen.

»Ich habe einen Geliebten gehabt ...!« flüsterte Olympe und bezichtigte sich auf solcherlei Weise ihrer Schande.

Ihre sonstigen Sünden, ihren Lebenswandel zu beichten unterließ sie. Nur ein einziger Gedanke marterte ihr Hirn; es war, als sei sie davon besessen: »Einen Geliebten! Und nur zu meiner Lust! Ohne dabei etwas zu verdienen!« Darin bestand für sie ihr Verbrechen.

Sie wollte ihren Fehltritt nicht dadurch abschwächen, daß sie von ihrem früheren, bis dahin reinen und von jeder Schuld freien Leben sprach. Sie fühlte nur zu gut, daß sie bis dahin makellos gewesen war. Aber jene Schande, an der sie jetzt zugrunde ging, daß sie ihre Liebe und Treue einem jungen Menschen ohne Stellung geschenkt hatte, der, wie ihre Schwester so richtig und rächerisch gesagt hatte, ihr nicht einmal ein Radieschen schenken konnte! Henriette, die nie im Leben einen Fehltritt getan hatte, erschien ihr wie in einer Glorie. Sie fühlte sich verdammt und fürchtete einen Blitzstrahl des höchsten Richters, dem sie vielleicht schon im nächsten Augenblick von Angesicht zu Angesicht gegenübertreten mußte.

Der Geistliche, dem alles menschliche Elend vertraut war, schrieb gewisse Einzelheiten von Olympes Beichte, die ihm unerklärlich und selbst verworren vorkamen, dem Fieberwahn zu. Sicherlich stimmte da etwas nicht, und gewisse Ausdrücke des armen Mädchens hatten den Priester ein paarmal stutzig gemacht. Aber das einzige, was ihn anging, waren die Reue und die Gewissensbisse; die Einzelheiten der Verfehlung gingen ihn nichts an; ihm genügten die Reue und der gute Wille. In dem Augenblick, da er die Hand erheben wollte, um die Absolution zu erteilen, wurde die Tür geräuschvoll aufgerissen; Maxime stürzte glühend, mit glückstrahlendem Gesicht herein; in der Hand hielt er ein paar Silbermünzen und drei oder vier Goldstücke, die er triumphierend tanzen und klingen ließ. Er hatte ein Examen bestanden, und seine Familie hatte ihm zur Deckung der Kosten einen größeren Betrag geschickt.

Ohne zunächst diesen bedeutungsvollen, die Sachlage völlig ändernden Umstand zu bemerken, streckte ihm Olympe in entsetzter Abwehr die Arme entgegen.

Maxime war zurückgeprallt, betroffen ob des sich ihm bietenden Anblicks.

»Sei tapfer, mein Kind …!« flüsterte der Geistliche, der in Olympes Geste einen letzten, endgültigen Abschiedsgruß an den Gegenstand einer sündigen, unkeuschen Leidenschaft zu erblicken vermeinte.

In Wahrheit jedoch hatte sie einzig das »Verbrechen« des jungen Menschen zurückgewiesen – und jenes Verbrechen bestand darin, daß er kein Geld hatte.

Doch in dem Augenblick, da sich die göttliche Verzeihung über sie senkte, verklärte ein himmlisches Lächeln ihre unschuldigen Züge: der Priester meinte, nun fühle sie, daß sie gerettet sei und daß dunkle seraphische Visionen die Todesschatten ihrer letzten Stunde durchschimmerten. – Tatsächlich aber hatte Olympe verschwommen die Münzen aus dem geheiligten Metall in Maximes himmlisch verwandelten Fingern erblickt. Und da erst fühlte sie sich von der Heilskraft der göttlichen Barmherzigkeit gestreift! Ein Schleier zerriß! Es war ein Wunder geschehen! An diesem unmißverständlichen Zeichen erkannte sie, daß der Himmel ihr vergeben habe und daß sie entsühnt sei.

Geblendet, aber ruhigen Gewissens schloß sie die Augen, als wolle sie sich sammeln, ehe sie ihre Schwingen zum Flug in die unendliche Bläue entfalte. Dann öffneten sich ihre Lippen, und wie eine Lilie ihren Duft verhauchte sie ihren letzten Atem mit dem Hoffnungsflüstern:

»Er hat Pinkepinke!«

Deutsch von Ernst Sander

D. H. Lawrence

VON LEIDENSCHAFT ÜBERWÄLTIGT

Und sie ging mit ihm in die Hütte. Es war dunkel, als er die Tür zugemacht hatte, und darum zündete er ein kleines Licht in der Laterne an, wie schon zuvor.

»Hast du keine Unterwäsche an?« fragte er sie.

»Nein!«

»Gut, dann zieh ich meine Sachen auch aus.«

Er breitete die Decken aus und legte eine zum Zudecken daneben. Sie nahm ihren Hut ab und schüttelte ihr Haar aus. Er setzte sich, zog Schuhe und Gamaschen aus und knöpfte seine Cordhose auf.

»Leg dich hin!« sagte er, als er im Hemd dastand. Sie gehorchte schweigend, und er legte sich neben sie und zog die Decke heran.

»So!« sagte er.

Und er schob ihr Kleid ganz hinauf bis zu ihren Brüsten. Er küßte sie zärtlich und nahm die Brustwarzen liebkosend zwischen seine Lippen.

»Ah, du gefällst mir!« sagte er plötzlich und rieb sein Gesicht behaglich an ihrem warmen Bauch.

Und sie schob ihre Arme unter sein Hemd und umfaßte ihn, hatte dabei aber Angst – Angst vor seinem mageren, geschmeidigen, nackten Körper, der so kraftvoll schien, Angst vor der Gewalt der Muskeln. Angstvoll schreckte sie zurück.

Und als er mit einem kleinen Seufzer sagte: »Ah, du gefällst mir!«, da erzitterte etwas in ihr, in ihrem Innersten richtete sich ein Widerstand auf, ein Widerstand gegen diese furchtbare körperliche Nähe und gegen die seltsame Hast, mit der er Besitz ergriff. Und dieses Mal wurde sie nicht von der scharfen Ekstase ihrer Leidenschaft überwältigt. Sie lag da, ihre Hände reglos auf seinem sich mühenden Körper, und wie sie es auch anstellte, es war, als sähe ihr Verstand von ferne zu; das Auf und Ab seines Gesäßes kam ihr lächerlich vor, und die Anstrengungen seines Penis, den kurzen Höhepunkt zu erreichen und sich zu entleeren, fand sie nur komisch. Ja, das war die Liebe, dieses lächerliche Rauf und Runter der Hinterbacken und das Schrumpfen dieses armseligen, unbedeutenden, feuchten kleinen Penis. Das war die himmlische Liebe! Die »modernen« Menschen hatten also doch recht, wenn sie verächtlich von dieser Verrichtung sprachen, denn es war eine Verrichtung. Es stimmte wirklich, wenn einige Dichter sagten, daß der Gott, der die Menschen erschuf, einen Sinn für schwarzen Humor bewies, als er ihn zu einem Verstandeswesen machte und ihn zugleich zwang, diese lächerliche Stellung einzunehmen, ihn mit blinder Gier nach dieser lächerlichen Verrichtung streben ließ. Sogar ein Maupassant sah darin etwas Erniedrigendes. Die Menschen verachteten den Geschlechtsakt und vollzogen ihn dennoch.

Kalt und spöttisch blieb ihr weiblicher Verstand abseits, und obgleich sie ganz still hielt, hätte sie am liebsten ihr Becken angehoben und den Mann hinausgestoßen, sich seiner häßlichen Umklammerung und der lachhaften Zudringlichkeit seiner Hüften entzogen. Sein Körper war etwas Törichtes, Unverschämtes, Unvollkommenes, ein wenig abstoßend in seiner unfertigen Plumpheit. Denn eine zu Ende gebrachte Evolution würde diese Verrichtung, diese »Funktion« doch gewiß beseitigen.

Und dennoch – als er fertig war, schon bald fertig war, und ganz still dalag, zurückgezogen in Stille und eine seltsam reglose Ferne, weit weg, weiter als der Horizont ihrer Wahrnehmung, da begann ihr Herz zu weinen. Sie spürte, wie er verebbte und sie zurückließ wie einen Kieselstein am Strand. Er zog sich zurück, sein Geist verließ sie. Er wußte.

Und sie begann aus wirklichem Kummer zu weinen, gequält von ihrem eigenen doppelten Bewußtsein und Reagieren. Er beachtete es nicht, wußte vielleicht gar nicht. Der Sturm ihres Schluchzens nahm zu und schüttelte sie, schüttelte ihn.

»Ja«, sagte er. »Diesmal war's nicht gut. Du warst nicht da.« – Also wußte er! Ihr Schluchzen wurde noch heftiger.

»Aber was macht's?« sagte er. »Das kommt mal vor.«

»Ich … ich kann dich nicht lieben«, schluchzte sie, und es war ihr plötzlich, als bräche ihr das Herz.

»Nein? Ach, halb so schlimm. Es steht nirgends geschrieben, daß du das mußt. Nimm's einfach so, wie's ist.«

Er lag still da, eine Hand auf ihrer Brust. Aber sie hatte beide Hände von ihm zurückgezogen.

Seine Worte waren ihr kein Trost. Sie schluchzte laut.

»Aber, aber!« sagte er. »Mal gibt's Fett, mal Mageres. Diesmal war's ein bißchen mager.«

Sie weinte bitterlich und schluchzte. »Ich möchte dich aber lieben und kann es nicht. Es kommt mir nur schrecklich vor.«

Er lachte kurz auf, halb bitter, halb belustigt.

»Es ist nicht schrecklich«, sagte er, »auch wenn's dir jetzt so vorkommt. Und du kannst es auch nicht schrecklich machen. Quäl dich nicht damit, daß du mich lieben willst. Du kannst dich nicht dazu zwingen. In einem Korb voll Nüsse ist immer mal eine taub. Du mußt's halt nehmen, wie's kommt.«

Er nahm seine Hand von ihrer Brust, berührte sie nicht mehr. Und jetzt, da sie seine Berührung nicht mehr fühlte, bereitete ihr das geradezu widernatürliche Genugtuung. Sie verabscheute seine Sprache, diese derben Wendungen. Wenn es ihm gefiel, stand er einfach auf, stand vor ihr da und knöpfte sich seine lächerlichen Cordhosen auf, direkt vor ihren Augen! Michaelis hatte wenigstens soviel Anstand besessen, sich umzudrehen. Dieser Mann war so von sich überzeugt, daß er gar nicht merkte, wie andere ihn für einen Hanswurst hielten, einen ungehobelten Kerl.

Und doch, als er sich zurückzog, um schweigend aufzustehen und sie zurückzulassen, klammerte sie sich entsetzt an ihn.

»Nicht! Geh nicht! Verlaß mich nicht! Sei mir nicht böse! Halt mich! Halt mich fest!« flüsterte sie halb von Sinnen und ohne recht zu wissen, was sie da sagte, mit unheimlicher Kraft sich an ihn klammernd. Vor sich selbst wollte sie gerettet werden, vor ihrem eigenen Zorn und Widerstand. Aber wie stark dieser innere Widerstand war, der sie gefangen hielt!

Er nahm sie wieder in die Arme und zog sie an sich, und mit einem Mal wurde sie ganz klein in seinen Armen, klein und anschmiegsam. Ihr Widerstand, er war nicht mehr da, und sie begann, in wunderbarem Frieden zu schmelzen. Und während sie in seinen Armen schmolz, klein und wunderbar, wurde sie für ihn unendlich begehrenswert, und in allen seinen Adern schien ein starkes und zugleich zärtliches Verlangen zu brennen – nach ihr, nach ihrer Zartheit, nach ihrer durchdringenden Schönheit in seinen Armen, die in sein Blut eindrang. Und sanft, mit herrlicher, schwindelerregender Liebkosung, strich seine Hand in reiner, zarter Begierde über die seidige Senke ihrer Lenden hinab zwischen ihre warmen, weichen Schenkel, näher, immer näher heran an ihre lebendige Mitte. Und sie spürte ihn wie eine begehrende Flamme und doch zärtlich, und fühlte, wie sie selbst in dieser Flamme schmolz. Sie überließ sich. Sie spürte seinen Penis, der sich mit erstaunlicher Kraft und Kühnheit gegen sie erhoben hatte, und sie überließ sich ihm. Sie gab mit einem Schauer nach, der wie ein Tod war, sie öffnete sich ihm. Oh, wenn er jetzt nicht zärtlich zu ihr wäre, wie grausam, denn sie war ganz offen für ihn und hilflos!

Noch einmal erschauerte sie vor dem machtvollen, unabwendbaren Eindringen in sie, das so fremd und schrecklich war. Vielleicht käme es wie der Stoß eines Schwertes in ihren weich geöffneten Körper, und das wäre der Tod. In jäher Angst klammerte sie sich an ihn. Doch er drang mit einem sonderbar langsamen Stoß des Friedens ein, dem dunklen Stoß des Friedens und einer schwerfälligen, urtümlichen Zärtlichkeit gleich jener, die die Welt in ihren Anfängen gezeugt hat. Und ihre Angst legte sich, ihre Brust wagte sich dem Frieden zu überlassen, und sie hielt nichts zurück. Sie wagte, alles gehen zu lassen, sich selbst, und von der Flut getrieben zu werden.

Und ihr war, als wäre sie ein Meer, nichts als dunkle, sich hebende und senkende Wogen, machtvoll sich hebend, so daß allmählich ihre ganze Dunkelheit in Bewegung kam und sie ein Ozean war, dessen dunkle, dumpfe Masse wogte. Oh, und weit unten in ihr teilten sich die Tiefen und wogten auseinander in großen, langgezogenen Wellen, und wieder und wieder in ihrer lebendigen Mitte teilten sich die Tiefen und wogten auseinander vom Mittelpunkt sanften Eintauchens aus, während der Taucher tiefer und tiefer drang, immer weiter hinab, und sie wurde immer tiefer und tiefer und tiefer entblößt, je schwerer die Wellen von ihr hinwegrollten auf einen Strand und sie bloßlegten, und spürbar näher und näher kam der unbekannte Taucher, und weiter und weiter rollten die Wellen von ihr hinweg, ließen sie zurück, bis jäh, in sanftem, schauerndem Erbeben, ihr Lebenskern getroffen wurde, sie sich getroffen wußte, die Vollendung erreicht war und sie verging.

Ah, wie köstlich, wie köstlich! In ihrem Verebben gewahrte sie die Köstlichkeit. Jetzt klammerte sich ihr Körper ganz an den unbekannten Mann, blind an den schrumpfenden Penis, der sich so zärtlich, schwach, unbewußt zurückzog nach dem wilden Vorstoß seiner Männlichkeit. Während es herausglitt und ihren Körper verließ, dieses geheimnisvolle, empfindsame Gebilde, stieß sie, ohne es zu wissen, wegen dieses Verlusts einen kleinen Aufschrei aus, und sie versuchte, es zurückzuholen. Es war so herrlich gewesen! Und sie liebte es so!

Und erst jetzt bemerkte sie die kleine, knospengleiche Verschwiegenheit und Zärtlichkeit des Penis, und wieder entfuhr ihr ein kleiner Schrei brennender Verwunderung, ihr Frauenherz schrie auf über die zärtliche Schwäche dessen, was Kraft gewesen war.

»Es war so schön!« stöhnte sie. »So schön!« Aber er antwortete nicht, sondern küßte sie nur leise, noch immer still über ihr liegend. Und sie stöhnte wie in Verzückung, als ein Opfer, als ein neugeborenes Wesen.

Und in ihrem Herzen war nun ein seltsames Erstaunen über ihn erwacht. Ein Mann! Die seltsame Kraft der Männlichkeit über ihr! Ihre Hände tasteten über seinen Körper, noch immer ein wenig ängstlich, weil er ihr als etwas so Fremdartiges, Feindliches, sogar Abstoßendes erschienen war: ein Mann. Und nun berührte sie ihn, und es waren die Söhne Gottes mit den Töchtern der Menschen. Wie schön er sich anfühlte, wie rein dieses Gewebe! Wie herrlich, wie schön, so stark und doch rein und zart – diese Stille des empfindsamen Körpers! Diese vollkommene Stille von Kraft und zärtlichem Fleisch. Wie schön! Wie wunderschön! Ihre Hände glitten zögernd seinen Rücken hinab zu den weichen, kleinen Hügeln seines Hinterns. Schönheit! Solche Schönheit! Eine kleine Flamme plötzlicher Einsicht durchfuhr sie. Wie konnte das sein, diese Schönheit hier, wo sie zuvor nur abgestoßen wurde? Wie unsagbar schön sich dieser warme, lebendige Hintern anfühlte! Das Leben im Leben, die schiere warme, kraftvolle Schönheit. Und das seltsame Gewicht der Kugeln zwischen seinen Beinen! Was für ein Wunder! Welche seltsame Schwere des Wunders, das weich und schwer in ihrer Hand ruhen konnte! Die Wurzeln, Wurzel all dessen, was schön ist.

Sie klammerte sich an ihn mit einem erstaunten Luftholen, das beinahe ehrfürchtig, angstvoll klang. Er drückte sie an sich, sagte aber nichts. Er sagte nie etwas. Sie rückte dichter an ihn, noch dichter, um dem sinnlichen Wunder näher zu sein, das er war. Und aus dieser vollkommenen, unerforschlichen Stille spürte sie, wie sich langsam, verheißungsvoll, drängend der Phallus wieder erhob, diese andere Kraft. Und ihr Herz verging in demütiger Scheu.

Und diesmal war er ganz sanft und irisierend in ihr, so vollkommen sanft und irisierend, daß kein Bewußtsein es erfassen konnte. Ihr ganzes Sein erschauderte unbewußt und lebendig wie Plasma. Sie konnte nicht erfassen, wie es war. Sie konnte sich nicht erinnern, wie es gewesen war. Nur daß es schöner war als irgend etwas je sein könnte. Nur das. Und danach war sie vollkommen still, ohne jedes Bewußtsein, und sie wußte nicht, wie lange. Und er war noch immer bei ihr, in unauslotbarem Schweigen neben ihr. Und niemals würden sie davon sprechen.

Deutsch von Harald Raykowski

Else Buschheuer

DIENSTBEREIT UND FIX UND FERTIG

Ich glaube einfach nicht, daß ich das tue! Bin ich abenteuerlustig, lebensmüde oder komplett verrückt? Er ist ein wildfremder Mann. Ein Perverser, so viel ist klar. Ein Mörder, vielleicht ein Mörder. Oder, schlimmer: Er leckt vorm Umblättern den Finger an. Mein Telefonat mit Valmont liegt erst zwei Stunden zurück. Es war kurz. Ich meldete mich mit Eugénie und sagte: »Sie dürfen mich zum Essen einladen, wenn Sie versprechen, nicht allzu langweilig zu sein.«

Er antwortete, er habe mir verdammt noch mal nicht seine Nummer gegeben, um mit mir essen zu gehen.

Für Wut war ich zu verdutzt. In seiner Stimme dröhnte das Nichts, das ich bin. So hatte noch nie ein Mann mit mir gesprochen. Er fragte nach meiner Adresse und Telefonnummer.

Harsch, keinen Widerspruch duldend. Ich gab ihm beides. Eilfertig, ohne zu zaudern. Seitdem habe ich ununterbrochen darüber nachgedacht, warum ich das getan habe. Es läßt sich jedoch beim besten Willen nicht mehr rekonstruieren. Sein letzter Satz klingt mir noch immer im Ohr, wörtlich, mit einem schwer einzuordnenden leichten Akzent: »Ich komme Punkt acht. Die Wohnungstür wird nur angelehnt sein. Ich erwarte Sie nackt auf dem Bett kniend, Rücken zur Tür, mit verbundenen Augen.« Mein Protest erreichte ihn nicht mehr. Aufgelegt.

Danach saß ich wie betäubt mit dem Hörer in der Hand auf dem Bett. Was tun? Ein Rendezvous mit meinem Henker. Ich selbst hatte ihm den Weg zur Schlachtbank gewiesen. Er hatte meine Adresse! Noch mal anrufen! Absagen! Ihn zurückhalten. Ihn hinhalten. Aber Valmont ging nicht ran. Und nun? Polizei? Lächerlich! Dietrich? Nicht da! Na klar! Bei Moni in

Marzahn! Sein Kommentar wäre ohnehin der übliche. »Das wird böse enden.« Robert? Der wäre der letzte, der mir raten könnte. »Du liebe Güte«, würde er sagen und die Hand müde auf seinen Oberschenkel plumpsen lassen.

Weg hier! Raus! Ich werde das Haus verlassen und im Hotel schlafen. Oder ich bleibe hier, mache einfach nicht auf. Unfähig, einen klaren Gedanken zu fassen, ließ ich mir ein Bad ein. Und fast mechanisch richtete ich mich für ihn her. Übernachten wird er hier auf keinen Fall! So viel ist klar! Das reißt mir gar nicht erst ein! Ich fahre mit dem Lift runter, öffne die Haustür und lasse sie einrasten, so daß er gleich reinkommen kann. Die Wohnungstür lehne ich an wie befohlen.

Und jetzt knie ich tatsächlich auf meinem Zwei-mal-zwei-Meter-Bett, nackt, wie betäubt, in Habtachtstellung. Ich, die ich nicht mal eine Putzfrau habe, weil ich niemandem traue! Ich, die ich jede Kommunikation scheue, jede Bindung, jede Verpflichtung! Und nun habe ich sogar mein Handy ausgeschaltet. Das kommt so gut wie nie vor. Das ist doch vollkommen bekloppt! Ein Spruch aus dem Poesiealbum meiner verschütteten Kindheit fällt mir wieder ein:

Tugend will, man soll sie holen
Ungern ist sie gegenwärtig
Laster ist, ganz unbefohlen
Dienstbereit und fix und fertig.

Zwei Minuten vor acht. Bin ich zur falschen Zeit am falschen Ort? Handelt es sich um eine glückliche Verkettung unglücklicher Zufälle? Warum habe ich bei der Auskunft gerade ihn erwischt? Warum hat er gerade mir seine Nummer gegeben? Ich harre dessen, was da kommen soll. Aber es kommt nichts. Ich habe mich überhaupt noch nicht damit beschäftigt, welche Rolle dieser Eugénie zugedacht ist. Oje, ich werde es gleich wissen! Und mein Wissen höchstwahrscheinlich mit ins Grab nehmen! War da nicht was an der Tür? Wenn nun Maik und Mändy plötzlich im Zimmer stehen? Oder vielleicht spiele ich gerade in einem Sketch der *Versteckten Kamera?* Am Ende taucht Valmont hier mit zwei Dutzend Freunden auf. Oder allein, nur mit einer Axt bewaffnet? Himmel, ich muß wirklich verrückt sein. Und keiner weiß, daß er kommt. Keiner kennt seinen Namen. Mich würde nicht mal jemand vermissen!

Ein Luftzug hebt plötzlich die Enden des Seidentuchs, das ich fest über meinen Augen verknotet habe. Ich spüre, daß jemand in der Wohnung ist und höre auch, wie das Türschloß einschnappt. Ich werde ohnmächtig! In den nächsten Sekunden werde ich ohnmächtig. Ich schreie gleich! Ich schreie um mein Leben. Dann spüre ich eine Hand auf meinem Kopf. Dort, wo sie liegt, wird es ganz heiß und kalt. Feuer und Eis. Die Hand krallt sich in mein Haar, und ein Schauer jagt durch mein Rückenmark. Jetzt lockert sich der Griff, und der Handrücken streicht über meine Stirn und mein Gesicht. Er ist kühl und fest und unbehaart. Die Finger sind schlank und sehnig, die Gelenke knochig. Ich spüre seinen Atem an meinem Ohr.

Dann spricht Valmont. Und seine Stimme wirft ihren unergründlichen Bannstrahl auf mich. Obwohl ich nichts sehen kann, fühle ich uns in gleißendes Licht getaucht. Der Rest der Welt liegt im Dunklen. Ich kapituliere. Er sagt: »Eugénie, Sie sind schön.« Meine Brustwarzen pochen, eine fast schmerzhafte Erektion. Ich möchte, daß er mich küßt. Aber er küßt mich nicht. Er streicht langsam über meinen Arsch, wie ein Arzt, der die Einstichstelle für eine intramuskuläre Injektion sucht. Er streichelt und streichelt und plötzlich schlägt er mit der flachen Hand zu. Es schmerzt, es brennt wie Feuer, und mir entfährt ein Schrei, eine Mischung aus Lust und Protest. Der Schmerz wacht über unsere Sicherheit. Er wird von den Nervenenden empfunden. Obwohl meine Hände frei sind, spüre ich nicht den kleinsten Impuls, mich zu wehren. Ich tue es trotzdem. Er hält meine Handgelenke eisern im Griff. Do You Really Want to Hurt Me? Er raunt in mein Ohr: »Sie werden feststellen, daß es mit der Scham wie mit dem Schmerz ist, Eugénie. Beides spürt man nur beim ersten Mal.«

Ein Zitat aus *Gefährliche Liebschaften*.

Dann streichelt er wieder, mit länger werdenden Pausen, in denen ich fast wahnsinnig werde, weil ich nicht weiß, was passiert. In Wellen kräuselt sich meine Haut, so heftig, daß ich mich stachelig anfühlen muß wie ein Kaktus. Außer kurzen Anweisungen wie »Bleiben Sie so«, »Ich will Ihre Hände sehen« und »Zeigen Sie mir Ihr Profil« spricht er nicht. Seine harte Hand trifft meinen Arsch noch fünfmal exakt auf dieselbe Stelle. Die Haut fühlt sich taub und heiß an und prickelt. Die Anonymität dieser Berührung, die Virtuosität des gesichtslosen Liebhabers verwirrt und verzückt mich. Im Geilheitsfuror sehe ich Elfen auf Mondwiesen tanzen. Ich möchte sterben. Nicht vor Scham – vor Wonne!

»Ich werde Sie jetzt reiten«, sagt Valmont lakonisch – bisher habe ich nur seine Hände gespürt und den Hauch seines Mundes. Er zieht routiniert meine Schamlippen auseinander. Das kleine Geräusch, das sie dabei machen, kommentiert er mit einem wollüstigen Schnalzen. Dann kommt sein Schwanz aus dem Nichts, trifft punktgenau und fährt bis ans Heft in mich hinein. Er versengt mich. Er pfählt mich. Er zerreißt mich. Vermählung von Himmel und Erde. Heilige Hochzeit. Menschen und Delphine sind die einzigen Lebewesen, die wirklich Spaß an Sex haben. Valmont bleibt in mir und bewegt sich nicht. Er packt mich wieder an den Haaren, zerrt mich an sich, schubst mich weg wie ein totes Insekt. Sein Rhythmus bin ich. Ich stoße mit dem Kopf gegen die Wand, und es tut nicht mal weh. Ich könnte schwören, Gott ist höchstpersönlich zu mir runtergekommen und fickt mich. Oder der Teufel. Wer auch immer. Scheißegal.

VI. LUST UND LASTER

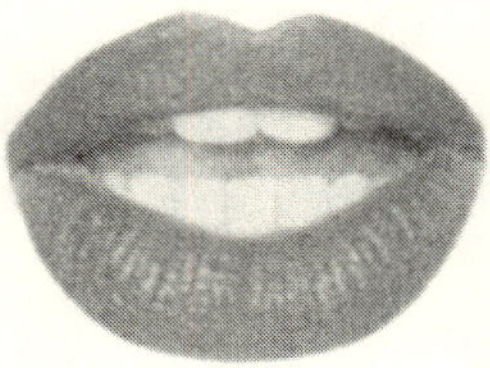

Louis P. Laskey

PORNO AM MORGEN

Als Quimby am »Othello« vorbeikam, schlug es elf. Das Pornokino öffnete just in diesem Augenblick, und Quimby wertete dieses Zusammentreffen als Wink des Schicksals. Pornofilme waren so etwas wie eine Dusche. Sie reinigten das Gehirn, weil sie außer dem einen Gedanken keinen Platz mehr für einen anderen ließen. Danach fühlte man sich frisch und gesammelt. Quimby verspürte zwar weniger als früher den Drang, solche Filme zu sehen. Aber wenn es ihn ankam, dann hielt er immer noch an ein paar eisernen Regeln fest. Die erste war, nur in die erste, morgendliche Vorführung zu gehen. Nichts fürchtete er so sehr wie Spermaflecken auf seinen Kleidern. Morgens konnte man davon ausgehen, daß die Rückstände von der Putzequipe beseitigt worden waren. Das Kino roch nach Desinfektionsmitteln und nicht nach Schweiß, Alkohol und Ejakulat. Und die zweite Regel war, daß er sich keine Filme ansah, die mit dämlichen Titeln wie »Bumsfidele Arschrosetten« sein Sprachgefühl beleidigten.

Die dritte Regel betraf die Frage des richtigen Verhaltens. Quimby hatte beobachtet, daß Männer jeweils um die Eingänge solcher Kinos herumschlichen, um auch dem hintersten und letzten zu demonstrieren, daß sie nichts anderes vorhatten als hineinzuschlüpfen und sich einen herunterzurubbeln. So blöd war er nicht. Er ging, ohne nach links oder rechts zu schauen, geradewegs durch die Eingangstür und löste seine Lochkarte. Ja, es war eine Lochkarte, die man in einen Schlitz stecken mußte, damit die Barriere sich öffnete und man in den Saal konnte. Weiß der Teufel, welcher Witzbold auf diese Idee gekommen war. Das System war eine Eigenheit der Pornokinos. Aber daß sie an der Kasse ausschließlich Frauen beschäftigten, wußte er zu schätzen. Indem man sie zu Mitwisserinnen machte, erleichterte man seine Seele. So schlecht konnte eine Sache nicht sein, wenn die Frauen selbst sie einem verkauften.

Es war nicht so, daß Quimby sich nicht gefürchtet hätte, in einem Pornokino von einem Bekannten gesehen zu werden. Aber noch mehr als das fürchtete er, plötzlich einem Bekannten in die Augen zu blicken. Zu wissen, daß der andere wußte, schien ihm viel schlimmer als die Möglichkeit, daß ein anderer wußte, ohne daß er wußte. Dies war dann gewissermaßen eine Angelegenheit, mit der der andere alleine fertig werden mußte.

Das Kino war leer bis auf einen alten Mann, der in der vordersten Reihe saß. Als der Film begann, fing er zu schnaufen und zu keuchen an. Bei Quimby regte sich nichts. Es war, als hätte er seinen Trieb an der Kasse abgegeben. Der Alte demonstrierte, was es damit auf sich hat; ein bißchen Keuchen, Stöhnen und Schwitzen. Quimby konzentrierte sich mehr auf die intellektuellen Qualitäten der Vorführung. Und die waren nicht ohne. Vor allem die Schlußszene, in der einem Mann der Wunsch nach einem Harem erfüllt wurde. Wie bei allen Wünschen lief etwas schief. Er kriegte zwar Weiber zuhauf, aber so schön und nackt sie waren, es fehlte ihnen eine Kleinigkeit: Sie hatten keine Möse. Dort, wo die Möse hätte sein sollen, war nichts als blanke, glatte Haut.

Quimby mußte unwillkürlich an Maart van Helsing denken. Der Kerl war ein Mösenschneider, ein Schamaufschlitzer, einer, für den die Anatomie des Menschen eine einzige große Jungfernhaut war. Egal, ob mit Messer oder Pimmel. Er war einer, der es einfach nicht lassen konnte, etwas aufzuschneiden, zu durchbohren, entzweizureißen. Was konnte einen sonst reizen, sich von einer Assistentin mit Mundschutz einen blasen zu lassen?

Quimby verließ das Kino, tief befriedigt über den Erkenntnisgewinn. Hätte Freud nicht seine Zeit damit vertrödelt,

Säuglingen ein Trauma anzudichten, weil sie gesehen hatten, wie der Vati die Mutti von hinten bumst, wäre er bestimmt auch darauf gekommen: Die zunehmende Sexualisierung und Pornographisierung der Gesellschaft zeigte sich nirgendwo besser als in der Medizin. Vermutlich hatte das bereits irgendein Franzose schon gesagt, aber er, Quimby, der philosophische Meisterdetektiv, würde den Tatbeweis dafür erbringen. Maart van Helsing, der Schänder mit dem Skalpell. Wahrscheinlich war so ein Kerl einfach auf die innere Schönheit eines Menschen aus. Konnte sich an einer Leber oder einer Niere aufgeilen.

Gustave Flaubert

ZU VIELE NUTTEN

Der Auftrag von Lagier ist erledigt. Ich habe meinen Brief nach Paris geschickt, da ich Zolas Adresse auf dem Land nicht weiß. Aber Sie können der Lagier sagen, daß sie eine blöde Kuh ist. Ich finde, sie hätte sich die Mühe machen können, mir zu schreiben? Geben Sie ihr nichtsdestotrotz einen Zungenkuß von mir.

In Ihrer letzten Epistel erzählen Sie mir nichts von Ihrer armen Mama. Ich wüßte gerne, wie es ihr geht. Bleibt sie den ganzen Sommer in Paris? Und Sie, fahren Sie im September nach Étretat? Möglicherweise werde ich vom 10. bis 25. die Hauptstadt durch meine Person verschönern und wir könnten uns ein wenig sehen. Aber sagen Sie niemandem etwas von diesem Plan.

Bouvard et Pécuchet gehen gemächlich ihren Weg. Jetzt bereite ich das Kapitel über die Politik vor, ich habe so ungefähr alle meine Notizen zusammen; seit einem Monat tue ich nichts anderes mehr und hoffe, mich in vierzehn Tagen ans Schreiben zu machen. Was für ein Schmöker! Zu hoffen, daß das Publikum mich lesen wird, wäre Wahnsinn bei einem Werk wie diesem! Und dennoch

On a beau s'en défendre, en est toujours flatté
De se voir le premier dans sa localité.

Was sagen Sie zu diesen beiden Verszeilen, mein Guter? Von wem sind sie? Von Décorde! Er hat sie letzte Woche an der Académie von Rouen vorgelesen. Ich bitte Sie, ausführlich über sie nachzudenken; sie sodann mit entsprechender Emphase zu deklamieren, und Sie werden eine angenehme Viertelstunde verbringen.

Nun zu Ihnen.

Sie beklagen sich über den Hintern der Frauen, der »eintönig« ist. Es gibt da ein sehr einfaches Mittel, nämlich sich seiner nicht zu bedienen. »Die Ereignisse sind nicht abwechslungsreich.« Das ist eine realistische Beschwerde, und was wissen Sie denn schon davon? Es geht darum, sie näher zu betrachten. Haben Sie je an die Existenz der Dinge geglaubt? Ist nicht alles Illusion? Wahr sind nur die »Bezüge«, das heißt, die Art und Weise, in der wir die Objekte wahrnehmen. »Die Laster sind kümmerlich«, aber es ist doch alles kümmerlich! »Es gibt nicht genug sprachliche Wendungen!« Suchen Sie und Sie werden finden.

Kurz, mein lieber Freund, Sie kommen mir recht angegriffen vor, und Ihr Verdruß bekümmert mich, denn Sie könnten Ihre Zeit besser nutzen. Man *muß*, hören Sie, junger Mann, man *muß* mehr arbeiten. Ich habe inzwischen den Verdacht, daß Sie etwas faul sind. Zu viele Nutten! Zu viel Rudern! Zu viel Training! Ja, Monsieur! Der zivilisierte Mensch braucht nicht so viel Bewegung, wie die Mediziner behaupten. Sie sind dazu geboren, Verse zu schreiben, also schreiben Sie! »Alles andere ist belanglos«, zuallererst Ihre Vergnügungen und Ihre Gesundheit; merken Sie sich das. Im übrigen wird es Ihrer Gesundheit wohltun, Ihrer Berufung zu folgen. Diese Anmerkung ist von tiefer Philosophie oder vielmehr tiefer Hygiene.

Sie leben in einer Hölle von Scheiße, ich weiß, und Sie tun mir deshalb von Herzen leid. Aber von 5 Uhr abends bis 10 Uhr morgens kann all Ihre Zeit der Muse gewidmet werden, die noch immer die beste Hure ist. Kommen Sie, mein Lieber, Kopf hoch! Wozu sich in seiner Traurigkeit vergraben? Man muß sich selbst als starker Mann gegenübertreten, das ist das Mittel, einer zu werden. Ein bißchen mehr Stolz, sapperlot! Der »Garçon« hatte mehr Mumm in den Knochen. Ihnen fehlen »die Prinzipien«. Was man auch sagen mag, sie sind nötig; bleibt zu erfahren, welche. Für einen Künstler gibt es nur eines: alles der Kunst opfern. Das Leben darf von ihm nur als Mittel zum Zweck betrachtet werden, und der erste, der ihm scheißegal sein muß, ist er selbst.

Was macht die *Vénus rustique?* und der Roman, dessen Entwurf mir so gefallen hat?

Wenn Sie sich ablenken möchten, lesen Sie den *Diomède* von meinem Freund Gustave Claudin und nicht, was ich heute gerade gelesen habe: *Politique tirée de l'Écriture sainte* von Bossuet. Der Adler von Meaux scheint mir in Wahrheit eine Gans zu sein.

Ich fasse noch einmal zusammen, mein lieber Guy: Hüten Sie sich vor der Traurigkeit. Das ist ein Laster, man findet Gefallen an seinem Kummer, und ist der Kummer vorüber, ist man, da kostbare Kräfte dabei verbraucht wurden, schließlich abgestumpft. Dann tut es einem leid, aber es ist zu spät. Glauben Sie der Erfahrung eines Scheichs, dem keine Extravaganz fremd ist. Ich umarme Sie zärtlich.

Ihr Alter

Deutsch von Cornelia Hasting

Else Buschheuer

RUF! MICH! AN!

Träume von anonymem, schmutzigem Sex und wache mit zuckender Klitoris auf.

Dann liege ich stundenlang wach. Mir ist das Valium ausgegangen. Draußen auf der Straße werfen ein paar Besoffene einen Porsche um. Ich wälze mich hin und her und stelle mir wie so oft die elementaren Fragen des Lebens: Warum müssen wir essen? Warum müssen wir ficken? Warum müssen wir fernsehen? Was ist besser: Oralsex oder Schokolade? Ob es wohl möglich ist, einen Pinscher mit einem Stiletto zu zertreten? Und würde ich davon endlich mal warme Füße kriegen?

42 Prozent aller Deutschen leiden an Schlafstörungen. 6 Prozent sind ernsthaft erkrankt. 2,7 Millionen Bundesbürger schlucken regelmäßig Schlaftabletten.

Polizei-Razzia im Puff am Ende der Straße. Acht Mannschaftswagen, drei zivile. Sicher wieder auf der Suche nach Thai-Frauen ohne Papiere. Hoffentlich ist Dietrich nicht gerade dort! Auf den Balkons Menschen im Schlafanzug mit Opernglas. Ich schließe gähnend die Fenster und Jalousien.

Mein rechter Fuß ist warm. Sieben Mal. Mein rechter Unterschenkel ist warm. Sieben Mal. Mein rechter Oberschenkel ist warm. Sieben Mal. Mein linker Fuß ist warm. Sieben Mal. Mein linker Unterschenkel ist warm … Scheiß autogenes Training! Hilft auch nicht! Doofer Herumwälzschlaf, dann wieder Licht an. Also Zappen. Bei *Bärbel Schäfer* sind wieder allerlei Philosophen des Alltags zu Gast. Thema: »Ich hasse Türken und schäm mich nicht dafür.« Bärbel steht im Publikum und hält das Mikro tapfer wie ein kleiner Zinnsoldat. Der Protagonist erklärt sich: »Ich war mit meiner Tussi inne Disco. Ham ein übern Durst getrunken. Kam ein Türke, hat se angebaggert, hat mit ihr geschlafen. Jetzt hab ich mit ihr nix mehr am Hut.

Und Türken haß ich.« Grölen, Trampeln, Beifall, Pfiffe. Bärbel, helle wie immer: »Würdest du denn sagen, daß du politisch rechts bist?«

Weiter! Auf SAT.1 läuft der Film *Verkaufte Unschuld – der Killer vom Kinderstrich*. Weiter.

Es ist fast drei Uhr. Werbung für den Lifta-Treppenlift. Ich rufe die eingeblendete Nummer an und bestelle mir einen. RTL2 bringt Sexspots. Die Frau mit Peitsche ist ungehalten: »Jetzt! Erst! Recht! Gna! Den! Los! Ruf! Mich! An!« Eine Blondine räkelt sich und flüstert verheißungsvoll. »Die heißeste Nummer Deutschlands für 81 Pfennig. Null. Hundertneunzig. Sechs mal die sechs.« Von dieser Sorte gibt es mehrere Varianten: zweistimmig gestöhnt, gesungen, geflüstert, a cappella oder mit Orchester, mit Reim und ohne, als Hip-Hop oder Choral. Ich mag sie alle. Ein knallroter Frauenmund, groß. Eine monströse Zunge leckt einmal rundrum. Und, leicht gestöhnt, aus dem Off: »Endlich ist es soweit! Härter Heißer Hustler!« Zwei Mädels mit Hang zur Teilblondierung sitzen in der Wanne: »Flotter Dreier mit zwei heißen Girls. Wir warten auf dich! Wir sind schon ganz feucht!« Kunststück. Dann kommt mein aktueller Favorit. Ein männlicher Sprecher setzt Akzente: »Total versaute Girls warten auf *deinen* Anruf!« Dazu hopst eine Frau im Takt auf und ab. Man sieht aber nur ihren Torso, vor allem die Brüste, Riesendinger. Die sind so prall mit Silikon gestopft, daß sie durch die Hüpferei nicht mal erschüttert werden, aber jeden Moment abfallen könnten wie reife Kokosnüsse. Gnade dem, der die abkriegt! Danach leckt eine Alkoholikerin an einem Schuh mit Pfennigabsatz, obwohl sie lieber schnurstracks zum Friseur gehen sollte. Sie ist, wie mir der Mann aus dem Off verspricht, eine »Frau über 40, die keine Grenzen kennt«, was ich mir im Detail ziemlich eklig vorstelle. Im folgenden Spot zerreißt eine Frau schweigend ihr schwarzes Shirt, aber man sieht nicht die Titten, weil im selben Moment raffinierterweise die Telefonnummer eingeblendet wird. Eine Mädchenstimme schreit verzweifelt: »Ich bin so geil!!! Ruf mich an!!« Auch die Nummer trägt sie gestöhnt vor, schneller werdend, mit einem kleinen irren Zwitschern: »Nullnullfünf. Neun!!! Neun!!! Zwozwozwo. Neun!!! Mach schon!!!« Eine andere verspricht glaubhaft, daß sie es mir bis zur Ohnmacht besorgt.

Ich probiere den phosphoreszierenden Vibrator von Sarah Young aus, aber der brummt wie eine Kaffeemühle. Also reiße ich hastig alle Quittungen vom Zettelpiker und suche die geheimnisvolle Telefonnummer. Wähle sie, verwähle mich zweimal, komme schließlich durch, aber es nimmt keiner ab.

Max Aub

LOS, HERZCHEN

Serrador geht gerne in die Konzertcafés, ohne daß er wüßte, warum. Die Bretterbühne mit ihren Tänzerinnen, ihren Chansonetten lullt ihn ein, die Pornographie, das schummrig gelbliche Licht, der Dunst und die Hitze, das kleine Orchester, der Gestank und die Ausdünstungen wie über einer Plantage für Tabakqualm und Achselschweiß. Die Arbeiter kommen, um sich zu vergnügen, gebeugt von ihrem Tagwerk, gezeichnet von Straßenstaub. Das Parkett des Theaters füllt sich mit frisch gewaschenen und gutsituierten Herrschaften; in die Music-Hall geht man einfach so, man kann ohne Platzkarte und jederzeit hinein- und heraustreten. Der eine wandelt fünf Minuten lang den Gang auf und ab, ein anderer holt einen Freund ab, wieder ein anderer kommt nur, um die Atmosphäre zu schnuppern, und weil die ihm gerade nicht zusagt, tritt er wieder hinaus und setzt seine Runde durch die benachbarten Etablissements fort. Manche Ladenbesitzer kommen täglich, sie trinken ihren

Kaffee, den Hintern auf den Polstern, die Brille auf der Nase lesen sie in aller Ruhe den *Noticiero Universal* und werfen ab und an ein Auge auf die Darbietungen. Daneben die Soldaten, nur wenige; Matrosen und Marinesoldaten, schon mehr; Halbstarke, die mit stierem Blick in der Nähe der Bühne herumstreichen; die Hafenarbeiter, die Arbeitslosen; die ehrbaren Paare aus dem Viertel; die ehemaligen Tänzerinnen mit ihren Gönnern, die mit einem Anflug komplizenhafter Überlegenheit auf die Schar der Darsteller blicken, die sich auf den Brettern der Vorbühne drängeln, während sie auf ihren Auftritt warten; im hintersten Winkel, abgetrennt durch einen Vorhang, eine spanische Wand, einen Paravent oder eine Glastür, spielen ein paar Männer stumm Dreiblatt oder Julepe, die Spielsteine sind speckig, die Spielkarten abgegriffen und gut gezinkt: Weil hier alle mogeln, spielt jeder ehrlich; der Raum hinter dem Tresen gehört den dunkelhäutigen Kellnern, von denen man nichts hört außer dem Klappern der Kaffeelöffel. Es gibt zwei Sorten von Leuten: Die einen sind aus der Nachbarschaft und die anderen nicht; erstere sind in der Mehrzahl; hinzu kommt die Laufkundschaft, die ständig unterwegs und hinter den Huren her ist.

Die pornographischen Darbietungen sind schlicht, und es gibt zwei Spielarten: Die erste besteht darin, das Eigenste zu zeigen – arme Mädchen haben nichts anderes, und das Eigenste gehört ebenso ihnen wie dem erstbesten läufigen Schnösel mit Liebeskummer –, und sie wird für gewöhnlich im ersten Teil der Vorstellung dargeboten; die zweite ist die eher verruchte Verführung, das doppelbödige Parlieren und Posieren – was unerträglich sein kann oder hinreißend. Wenn eine Künstlerin beides beherrscht, wird sie vergöttert, dann steht ihr Name für enthusiastische Schlagzeilen und prangt einen halben Meter groß auf den Plakaten. Das Ausziehen geht mal besser, mal schlechter, es hängt ab von der Politik, vom Gouverneur und seiner Polizei. Die Republik ist züchtig, und man mußte sich Ausflüchte einfallen lassen, um weitermachen zu können; unter der Regierung von Anguera de Sojo erfanden die traurigen Damen ein Höschen mit künstlichem Schamhaar, das dem Gesetz Genüge tat und der Begeisterung nicht im Wege stand; ›Anguera-de-Sojo-Hose‹ wurde es genannt. Regierungsamtliche Maßlosigkeit sorgte für ein Verbot. Erfindungsgeist wird vom Staat nur selten belohnt. Die Vorstellungen beginnen um halb zehn; sie dauern bis halb eins. Dann beginnt der Extra-Tango, der den Künstlerinnen und den Schnöseln vorbehalten ist. Geschwind räumt man die Bänke aus dem Parkett, währenddessen kehren und wirbeln die Kellner und der Türsteher Staub auf, fegen die Erdnußschalen und die Zeitungen beiseite, die die Karawane hinterlassen hat; die Kippen werden aufgesammelt, um englischen Tabak herzustellen; Spuckeflecken werden mit Sägemehl bedeckt. Das Blumenmädchen macht sich zurecht, das Orchester zieht von der einen zur anderen Seite des Saales. In den billigen Konzertcafés sind dies meist die Stunden einsamen und traurigen Lebens; an einem Tisch plaudern die Kellner mit dem letzten betrunkenen Gast; die Tangotänzerinnen und die Künstlerinnen vertreiben sich die Zeit im Waschraum, die eine zieht die Schuhe aus und macht auf einem Sofa ein Nickerchen, eine andere rekelt sich in der Bar. Aus einer der dunklen Logen hört man Stimmen: »Aber diese Strümpfe haben mich in der Casa Vehils vier Peseten gekostet!«

Es tanzen ein, zwei, drei Paare; danach sitzen sie tuschelnd um einen Tisch und grübeln, wie sie dem Direktor eine Stunde abschwatzen können. Einer der lüsternen oder ermatteten jungen Männer spricht mit dem künstlerischen Direktor und bittet ihn, eine der Künstlerinnen vor fünf Uhr morgens gehen zu lassen; mehr als eine halbe Stunde läßt sich nicht herausschlagen, sonst würde das Beispiel Schule machen.

Gegen halb elf tauchen die geheimen Hüter der öffentlichen Ordnung auf, Türklingeln schellen und alle Künstlerinnen ziehen sich die Höschen an. Das Publikum spielt mit, schreit, heult, protestiert; die Künstlerinnen ziehen sich ohne Abschiedsgruß zurück.

»Abhauen soll sie! Zeig schon her!«

Wer gerade eintritt, bleibt für einen Augenblick still im Eingang stehen.

»Ganz bestimmt, gestern haben sie es gezeigt!« sagt ein junger Laffe.

»Wir kommen morgen wieder, mal sehen, ob wir da mehr Glück haben«, sagt der andere. Und sie gehen. Der Türsteher sieht ihnen herablassend nach.

Im *Juanito El Dorado* befindet sich die Bühne in der Mitte des Saales, in den anderen Etablissements an der hinteren Wand. Sie wird mit alten Soffiten verhängt, die einen Garten zeigen oder aus schlichter Baumwollgaze sind, schwarz, grau, grünlich oder blutrot. Rechts von den Schauspielern baumelt eine Tafel: Auf die schreibt der Ansager mit Kreide den Titel des Stücks, das gerade gegeben wird. Er drückt auch den Knopf für das rote Licht, das dem Pianisten das Zeichen gibt, die Melodie anzustimmen. Die Lieder tragen Namen wie: »Der Duft in Spaniens Gärten«, »Rote Nelken«, »Mein Córdoba«, »Blume aus Madrid«. Die Tanzstücke halten sich lieber schlicht an die Geographie: »Granada«, »Der Sacro Monte«, »Fado«. Eine Deutsche tanzt auf Zehenspitzen Walzer; das Publikum geht mit und applaudiert den Verrenkungen. Eine Übermütige wagt den »Feuertanz« zu geben. In dem fünfköpfigen Orchester gibt es ausnahmslos immer einen Glatzkopf; der Pianist schützt den Kragen seines Jacketts vor Schweiß und Schuppen mit einem wenig weißen Taschentuch aus Seide. Die Sternchen bekommen eine ›eigene Dekoration‹, tiefrot oder wie aus Damast, auf der mit glitzernden Purpurfarben ihr Name geschrieben steht.

Ach, ist mir das ungelegen,
davon muß ich leben,

muß das Gesäß bewegen,
damit sie Geld mir geben!

Das Publikum bleibt abstinent, bestellt Limonade und Kaffee. In den Logen trinken die feinen Herren Málaga und Champagner, Marke Codorníu: Sind viele Mädchen da, kommen sie bei ihrem »Jedem das seine« billig weg, wenn nicht, müssen die Nutten teuer erstanden werden. Die Kupplerinnen fliegen zwischen den Hinterzimmern und den Vorräumen der Logen hin und her:

»Sie kommt sofort, sie ist gerade bei einem Freund.«

Und sie rennt ans andere Ende des Etablissements und ruft wütend:

»Schlaf nicht, Paquita, dort wartet dein Böckchen!«

Und mit gedämpfter Stimme:

»Halt mir den Fummler vom Leib, den hat sich schon die Kleine ausgeguckt!«

Eine wichtige Rolle spielt der Beleuchter. Er wird von den Künstlerinnen bezahlt und rechnet je nach Farbe ab. Vielfalt hat ihren Preis. Eines Nachts gelang es diesem wichtigen Funktionsträger nicht, die Künstlerinnen recht ins Rampenlicht zu rücken, ein Versäumnis, das ihm wegen Unerfahrenheit, Trunkenheit oder ausstehender Bezahlung unterlaufen sein konnte; jedenfalls lenkte er den Lichtkegel genau an die falschen Stellen, wo er das Nichts erhellte, worauf Rubió, der, wenn er betrunken war, bisweilen köstlich sein konnte, ihm zurief:

»Wenn Sie weiter derart zwischen rechts und links schwanken, enden Sie noch als Skeptiker, Sie Glühwürmchen! Als Skeptiker, mein Freund!«

»Das kannst du deiner Großmutter erzählen!« entgegnete ihm der sternhagelvolle Elektriker. Man trennte sie, und damit hatte es sich.

All dies – die Lichter an der Rampe und in den Kulissen, die billigen Kostüme, der Flitter, das angedeutete Bühnenbild, das Geheimnis der Vorstellung; das sanfte Braun der falschen Haare, das luftige Kommen und Gehen der Tänzerinnen, wie sie langsam ihre Knie heben, wie ihre zarten Fußspitzen in einem hohen Bogen schwerelos die Lüfte durchstechen, wie sich die Volants ihrer Röcke bauschen; die farbenfrohen Posamenten; der Staub bei jedem Tanzschritt, die Verruchtheit eines Pasodobles, die rauhe Dunkelheit einer verblühten Stimme; der Klang eines Fandango, die Stimmung einer Seguidilla, der Takt eines Bolero, der Schlager der Saison an allen Straßenecken und -enden, die erbärmlichen Chansonetten, die mit ihren Couplets zum Lachen reizen wollen, vergeblich, denn die Zuschauer sind teilnahmslos, oder ihre Stimmen haben nicht genug Kraft; die Apachen-Lieder im schwarzen Schürzchen, die Fräuleins mit Häubchen und Spitzenschürze; die getupften Rüschen, die Fransen, die Schultertücher, die Manila-Tücher – wie kommt es, daß von den Bühnenbrettern eine Atmosphäre ausging, die aus Verlebtem und Schmutzigem wie von Zauberhand etwas Kostbares machte, die das Traurige verjüngte, das Zerlumpte vervollkommnete, das Abgedroschene vertraut und also das Ruinöse begehrenswert machte? Eine erbärmlich zugekleisterte Alte, die Wangen kirschrot, die Augenhöhlen grün, das Doppelkinn kalkweiß, legt mit einer Guajira los: Kein Kaffeelöffel klappert mehr. Ein »Hau schon ab!« wird von den Kennern erstickt: »Seien Sie still!« Schon treten zwei Mädchen auf und schwenken im Takt eines Son das Ihrige und dazu Tülltüchlein durch die Luft. »Jippie! Carajo! Hela!« Sie wirbeln und drehen und lassen ihre Pobacken kreisen wie Sterne am Firmament. Mit den Jahren sinken sie und ihre Hüftschwünge immer tiefer. (Je schlaffer, desto schlimmer der Gaffer.) Eine Vettel nimmt einen der Bühnenpfosten zwischen die Beine, läßt ihr erschlafftes Hinterteil kreisen, unermüdlich.

»Los, Püppchen!«

Wahre Wunder vollbringen die Tänzerinnen: trippelnde Füße, kreisende Arme, sich windende Körper. Spitze, Sohle, Hacke. Und auf, und hoch, und los! Die Zuschauer feuern klatschend einen Garrotin an, einen Jota – »los, Herzchen!« –, einen Fandango.

»Ich habe gesehen, wie die Argentina hier debütierte ...«

Das Gesicht, der Wuchs, die Wade wird vom Publikum vergessen, aber es erinnert sich einer luftigen Bewegung, die zu Poesie geworden ist, einer verzogenen Linie, die Eleganz geworden ist, eines graziös gehobenen Armes, an Beine, die sich im Takt des Blutes bewegen, an Hände, die im Gleichklang mit wippenden Stirnlocken zu einem immer wieder geforderten Lied klatschen, voll graziler Anmut.

Rafael sieht bei allen den dümmlichen Blick, die Rührseligkeit, den entrückten Geist; lebendig die Augen, die Ohren gebannt, vergessen der Rest; es existieren weder Zeit noch Raum jenseits jenes fünf oder sechs Meter weiten Schlundes des kleinen Theaters; das Rampenlicht leuchtet sie von vorne und von der Seite an; jemand öffnet leicht die Lippen wie ein Fisch kurz vorm Zuschnappen, ein anderer lugt wie aus einem Versteck hervor; alle durchströmt eine eigentümlich ruhige Glückseligkeit; ihre Gesichter sind entspannt, ein wenig wie bei Toten, und dazu die Hitze, die alles belebt.

Schon hebt sich der Vorhang für die letzte Nummer. Schon tritt, von Straußenfedern umspielt und in einem Kleid aus Goldlamé, die berühmteste Künstlerin auf.

> Der Tag, an dem ich gehe,
> fort aus diesem kleinen Haus,
> da kommt bei keinem Mann mehr
> vorn was aus der Hose raus.

Schon spielt das Orchester den Marsch, der die Revue eröffnet und beschließt.

»Ein zufriedenes Publikum kehrt dorthin zurück, woher es gekommen ist«, sagt einer der Begleiter von Luis Salomar. »Der Marsch der Freier«, kommentiert ein Laufgast.

Draußen scheint der Mond.

Deutsch von Albrecht Buschmann und Stefanie Gerhold

Walter Serner

BETTMARATHON

In dem schmutzigen Aëro-Hotel in der Rue Puget bewohnte Bichette ein kleines verräuchertes Zimmer im vierten Stock.

Sie zog sich sofort aus. Und mit einer Geschwindigkeit, die jedem andern geschmeichelt hätte.

Fec befand sich noch in seiner Hose, als Bichette bereits nackt auf dem Bett lag.

Unwillkürlich betrachtete er ihren Körper.

Das Gesicht abwendend, fragte Bichette leise: »Bin ich schön?«

»Ja.« Fec zog sich aus, ohne sich zu beeilen.

Als er sich auf den Bettrand setzte, griff Bichette ihm zwischen die Schenkel und öffnete rund die Lippen.

So nahm er sie langsam und fest in seine Arme … Um acht Uhr morgens schliefen sie noch nicht und hatten kein Wort weiter gesprochen.

Um neun Uhr sagte Bichette mit zitternder Stimme: »Laß mich jetzt.«

Fec machte Anstalten, das Bett zu verlassen.

»Kannst hier schlafen, wenn du willst.«

Fec legte sich wortlos auf die Seite und schlief ein. Die folgenden Tage verbrachten sie ununterbrochen beisammen. Ebenso die Nächte. Sie sprachen fast nichts mehr. Nur von

Zeit zu Zeit streichelte Bichette Fecs Hand. Oder sie spielte mit seinen Haaren. Oder mit seiner Mütze.

Am fünften Tag aber, morgens gegen neun Uhr, bekam sie einen Weinkrampf.

Honoré-Gabriel Graf Mirabeau

KÖSTLICHES VERGNÜGEN

Es geschah in einer jener bezaubernden Nächte, als er mich eine neue Art von Vergnügen kosten ließ, von der ich noch keine Vorstellung hatte; es erschien mir nicht nur ebenso beglückend, sondern zudem noch überaus intensiv: – Meine liebe Laura, geliebtes Kind, du hast mir deine erste Blüte geschenkt; doch du besitzt noch eine zweite Jungfernschaft, die du mir weder verweigern darfst noch kannst, wenn ich dir immer noch teuer bin.

– Ach! wie sehr du es mir bist! Was habe ich denn in mir, lieber Papa, über das du nicht nach deinem Belieben verfügen kannst und das dir nicht ganz gehört? Ich bin glücklich, wenn ich nur alles tun kann, was zur Erfüllung deiner Wünsche beiträgt, darin besteht meine ganze Freude!

– Göttliche Tochter, du bezauberst mich, die Natur und die Liebe haben Gefallen daran gefunden, deine Anmut heranzubilden; überall in dir weilt die Wollust, sie zeigt sich in tausend verschiedenen Verlockungen in allen Teilen deines Körpers; bei einer schönen Frau, die man verehrt und die es einem in gleicher Liebe zurückzahlt, ist alles Bonbonniere: Hände, Mund, Achseln, Brüste und Rosette.

– Nun gut! treffe deine Wahl, du bist der Herr und ich stehe all deinem Begehr zu Diensten.

Er ließ mich auf die linke Seite legen, die Pobacken ihm zugewandt. Nachdem er die Rosette meines Pos und den Kopf seines Glieds befeuchtet hatte, drang er langsam in sie ein. Die erhöhte Schwierigkeit des Durchgangs eröffnete uns neuerlich einen von vervielfachten Vergnügungen gesäumten Weg; und während er mein Bein mit seinem Knie hochhielt, kraulte er meinen Kitzler und steckte von Zeit zu Zeit den Finger in meine Bonbonniere. Dieses Kitzeln an allen Stellen zugleich hatte eine deutlich höhere Intensität und Wirkung; als er merkte, daß ich mich dem Augenblick der letzten Ausbrüche näherte, beschleunigte er seine Bewegungen, die ich mit den meinen unterstützte. Ich fühlte die Tiefe meines Pos von brennendem Samen überflutet, was meinerseits einen üppigen Erguß zur Folge hatte. Ich kostete eine unaussprechliche Wollust, um welche alle empfindsamen Stellen wetteiferten, meine Ausbrüche und meine hitzigen Stöße lieferten dafür einen überzeugenden Beweis; doch verdankte ich dies nur diesem bezaubernden, spitzen, hochgereckten und nicht zu gewaltigen Glied, im Besitz eines Mannes, den ich verehrte.

– Welch verlockendes Vergnügen, liebe Laurette! und du, liebe Freundin, was sagst du dazu? Wenn ich nach der Lust urteile, die du an den Tag legtest, hast du es überaus genossen!

– Ach! lieber Papa, es war unendlich, neu, unbekannt, dessen Köstlichkeit ich nicht zu beschreiben vermag, und dessen wollüstige Empfindungen alles andere, was ich bis jetzt erfahren habe, um ein Vielfaches übertreffen.

– In diesem Fall, mein liebes Kind, möchte ich ein anderes Mal dort noch mehr Zauber versprühen, indem ich mich gleichzeitig eines Olisbos bediene, und auf diese Weise das ›Y‹ des Heiligen Petrus verwirkliche.

– Papa, was ist das, ein Olisbos?

– Du wirst schon sehen, meine Laura, doch wir müssen einen anderen Tag abwarten.

Den ganzen nächsten Tag sprach ich von nichts anderem; ich wollte ihn unbedingt sehen; ich drängte ihn so, daß er ihn mir schließlich zeigte. Ich war sehr überrascht und wollte, daß er ihn noch am selben Abend an mir ausprobiere, doch er vertröstete mich auf den übernächsten Tag. Ich würde, meine Liebe, so gern mit dir tun, was mein Papa damals mit mir tat; ich werde es dir erst später beschreiben, als wir uns des Olisbos zum ersten Mal bedienten. Ich habe dir bereits voller Begeisterung davon vorgeschwärmt, und ich bedauerte, ihn bei unseren Zärtlichkeiten, bei welchen ich mit so großem Vergnügen die Rolle des Geliebten für dich übernommen hätte, nicht bei mir gehabt zu haben; doch ich werde sicher nicht vergessen, ihn mitzubringen, wenn ich wieder Trost in deinen Armen suche.

Trotz der Zeiträume, die er zwischen unseren Vergnügungen verstreichen ließ, machte er sich jede erdenkliche Form der Abwechslung zunutze, um immer neue Verlockungen hinzuzufügen; es fiel mir um so leichter diese auszukosten, als ich ihn mit aller Leidenschaft, zu der ich fähig war, liebte. Manchmal kam er über mich, den Kopf zwischen meinen Schenkeln und den meinen zwischen seinen Knien; mit seinem offenen und feurigen Mund bedeckte er gänzlich die Lippen meiner Grotte; er saugte an ihnen, fuhr mit seiner Zunge zwischen sie, kitzelte mit der Spitze meine Klitoris, während er mit seinem Finger oder dem Olisbos mein Inneres erregte, überflutete. Ich meinerseits saugte den Kopf seiner Rute, drückte sie mit den Lippen, kraulte sie mit meiner Zunge, ich steckte sie ganz hinein, ich hätte sie verschlingen wollen. Ich streichelte seine Hoden, seinen Leib, seine Schenkel und seine Pobacken. Alles ist Vergnügen, Bezauberung, Köstlichkeit, liebe Freundin, wenn man sich so zärtlich und mit solcher Leidenschaft liebt.

So war das entzückende und berauschende Leben, das ich nach der Abreise meiner lieben Bonne genoß. Es waren bereits acht oder neun Monate seitdem vergangen, die mir recht schnell verflogen schienen. Die Erinnerung an Lucette und ihr bedauernswerter Zustand bildeten die einzigen dunklen Wolken an diesen schönen Tagen, die ich damals verbrachte: mit tausend Vergnügungen mannigfaltig versüßt, gefolgt von Nächten, die mich noch mehr in ihren Bann schlugen, sah ich all meine Befriedigung und mein ganzes Glück darin, sie verstreichen zu sehen, um all jene Augenblicke, die mir gewährt waren, in den Armen dieses zärtlichen und liebenswerten Papas zuzubringen, den ich mit meinen Küssen und Liebkosungen überschüttete. Er liebte nur mich allein, seine Seele war mit der meinen vereint, ich liebte ihn so sehr, daß mir die Worte fehlen, es dir zu beschreiben.

Doch, liebe Eugénie, was wirst du von deiner Freundin denken, angesichts eines Geständnisses, das ich dir noch vorenthalten habe? Welch neues Bild wird vor dir erscheinen, und wieviel Vertrauen kann man noch in sich selber setzen? Zu welchen Übertreibungen reißt dich eine übersteigerte Phantasie noch hin? Wer kann schon für seine Launen und sein Temperament bürgen? Wenn das Herz stets dasselbe ist, wenn es von denselben Gefühlen erfüllt wird, muß es dann sein, daß uns gewaltige Begierden – oft für ein blutleeres Phantom, das wir uns selber schaffen – über das Ziel hinausschießen lassen, an dem wir innehalten sollten, und uns viel weiter führen, als wir gehen dürften? Hierfür bin ich ein eindringliches Beispiel. Soll ich dir dieses Geständnis machen? Ja, ich will nichts vor der Freundin meines Herzens verbergen; ich erröte weniger darüber, es dir zu sagen, als eine solche Närrin gewesen zu sein. Ein Umstand wird dir meine ganze Torheit enthüllen und dir zugleich die Güte, die Sanftmut und das lebhafte Interesse meines Vaters für mich erkennen lassen, die Gerechtigkeit seines Geistes, die Stärke seiner Seele, seiner Zuneigung und seiner Liebenswürdigkeit. Deutlicher als jemals zuvor wurde mir bewußt, wie sehr er mein Herz und meine Liebe verdiente; auch wird sein Bild es immer erfüllen und erst mit meinem Tode verlöschen.

Deutsch von Petra-Susanne Räbel

Frank Schulz
PORNO MIT FLIEGEN

Dimi. *Kabuff* 19.45 Uhr. Gottchen, immer das gleiche Spielchen. Montagnacht spät heimgekehrt – schließlich hat man heftig geschuftet –, und was findet man auf'm Anrufaufzeichner: aufgezeichnete Anrufe (Schema: B-A-B). Nitas Ankündigung, sie sei Freitag zurück, mit gemischten Gefühlen registriert; Lalas Gelall gefühllos ignoriert. –

Gestern mittag steht sie vor der Tür (BINGO, BIN GOooo ...) und behauptet, sie habe sich »Sorgen« gemacht. Unsereins Kragen, sie ihrerseits eingeschnappt, daß man nicht vor Rührung radschlagend durch'n Hausflur saust; und dann einer ihrer psychotischen Winkelzüge: Weshalb man eigentlich nicht mehr jenes goldene Halskettchen trage (i.e. in welches man zu Beginn der Lilavioletten Saison gelegt worden war[1] ...)

Schon 1989 hatte Bärbel hin und wieder mit einem geschimpft, wenn man's mal nicht trug; meist aber war sie vollauf befriedigt gewesen, solange sie ihre Shoppingbeute auf den eigenen Wohlstandsmöpsen spürte, und zwar am liebsten als funkelnde, sanft peitschende Stößelechos ihres Penetrators, mitten im sonnigen Stadtpark ...

– Gottjesu, daß man nie je von Katholiken oder brüskierten Müttern zur Rede gestellt oder Rechenschaft gezogen oder von der Staatsgewalt wegen Landfriedensbruch verhaftet worden war ... – – –

Nu je, so allmählich wird man ja wieder pfiffiger. Uh, man

1 Ein einziges Mal seinerzeit hat man vergessen, das teure Geschmeide am Wochenende, als Nita kam, vom Hals zu nehmen. Das gab vielleicht ein Trara. »Hast du dir das etwa *gekauft?* Sag mal, was ist denn mit *dir* los! Demnächst trägst du auch noch Tennissocken und Rolexuhren und gehst ins Sonnenstudio, oder was.« Etc., etc. Na, wenigstens brauchte man ab sofort nicht mehr drauf zu achten, hähä...

ist schon'n rechter Trickster. Die absurde Kabbelei vorhin, vor Antritt ihrer Spätschicht, durch 'nen genialischen Coup beendet!

Es ging mal wieder um Psychotherapie für unsereiner Sorgenkind. Unsereins: Es sei ja alles gut und schön etc., aber besser wär's, unsereins zufolge, wenn sie verdammtnocheins usw., usf.

Lala: Blablabla usw., erstens sei sie nicht verrückt, und zweitens habe sie kein Geld; alles was »die Schweine« ihr gelassen hätten, sei der Fernseher.

Unsereins: Blablabla usf., und dann würde eben unsereins die Stunden zahlen.

Lala: Hohngelächter usw., woher denn *unsereins* das Geld nehmen wolle.

Unsereins: Man habe es ihr eigentlich nicht sagen wollen, aber man habe »vor 'n paar Jahren oder was weiß ich« unter Pseudonym 'n Buch veröffentlicht, das jetzt 'n paar Tantiemen abwerfe.

Hähä! Große Augen! Sie hat's einem abgekauft!! Hähähä! Uh, Weltklasse …

Je nu, sie hat's einem abgekauft, weil sie einem auf dem Sektor alles abkauft. Während man *ihr* jeden Tinnef auf dem Sexualsektor abkaufen würde. Vorhin z.B., als Kolki einem am Telefon erzählte, er habe für seine Gören zwei Hunde besorgt – einen Cocker namens Joe und einen Pitbull namens Janus –, ist einem eingefallen, daß man – trotz Bart – mal selbst auf Hunde eifersüchtig gewesen war, auf Katzen, ja auf *Fliegen!*

Popo: Auf Hunde, Katzen und – *Fliegen?!*

Mann *(erregt):* Ich kann's doch nicht ändern! Das war kurz vor Schluß der Lilavioletten Saison. In Walchsee. Ich komm aus der Dusche, die Balkontür steht offen, und da seh ich meine kleine Irre da pudelnackt auf 'm Bett liegen. Fingert sich, während circa 'n Dutzend Fliegen durch ihre Serpentinen krabbeln. Ich sag: »Was machst'n du da«, und sie stöhnt so was von obszön und lacht und sagt: »Das kitzelt so dermaßen geil …« Macht sie öfter, sagt sie. Und wenn eins von den Insekten am Unterbauch rumkriecht, da am Rain des krausen Wäldchens, an der Deltabasis quasi, dann kommt's ihr, ohne daß sie sich berühren muß, sagt sie.

Popo: Unglaublich. Und die andern Viecher?

Mann: Ich hab ihr mal aus dem »Delta der Venus« vorgelesen, kennen Sie, von Anaïs Nin; übrigens, die war wenigstens klug genug, bis zum Tod mit der Veröffentlichung ihrer Erotika zu warten, ganz im Gegensatz zu meiner Exkommilitonin Caro Kowska etwa, der korrupten geilen –

Popo: Lassen Sie uns beim Thema bleiben. *Was* genau haben Sie Bärbel vorgelesen? Diese Szene mit Bijou, Leila, Elena, dem Basken, dem Afrikaner und dem *Hund* etwa?

Mann (schweigt verstockt)

Popo: Also, kommen Sie. Irgendwann erzählen Sie's ja doch. Noch'n Bier?

Mann *(trotzig)*: Erst'n Kräuter.

Popo: Alles was Sie wollen. Prost.

Mann: Ah. *(Setzt ab. Grübelt. Plötzlich unwirsch)* Ja Gott, ich kann's doch nicht ändern! Ich war angesäuselt und kam mir verwegen vor! Ja, ja, ich hab ihr die Szene einmal vorgelesen, und sie – was macht sie? Sie setzt noch eins drauf! Sie hat in einer ihrer beschwipsten … ich weiß nicht, sie hat solche Geständnisstimmungen lange nicht mehr gehabt … damals jedenfalls war sie in einer solchen, muß so Mitte Juni 89 gewesen sein, kurz nachdem die Lilaviolette Saison eingesetzt hatte … Ja, Juni, wir waren mit ihrem grünen BMW-Cabrio ins Niendorfer Gehege gefahren und hatten uns da auf 'ner Wiese ins hohe Gras gelegt und so, und sie – sie hat aus einer solchen Sektlaune heraus – ich hab's noch genau im Ohr, obwohl ich bekifft war – kichernd erzählt: »Na und? Ph! Ich hab mich schon mit vierzehn von Harras stimulieren lassen!«

Popo: Harras?

Mann: Tja. Hab ich auch gefragt. »Harras?« Und sie: »Ja. Opi Siegmunds Hund.« Ich dachte, ich hör nicht richtig. Sie *ergötzte* sich geradezu an meinem Gesichtsausdruck. »Weißt du«, sag ich, »was ich verstanden habe? Ich hab verstanden«, sag ich, »daß du dich von Opi Siegmunds *Hund* hast stimulieren lassen!« – »Hab ich ja auuuch ...!« jubelt sie wie 'ne singende Säge und aalt sich im hohen Gras und knabbert am Junktim –

Popo: Was ... was denn für 'n »Junktim«?

Mann: Ach, das ist ... das ist so: Sie hatte unseren Geschlechtsorganen Namen gegeben. Ihres hieß Lotti und meines Butschi. Und da hab ich ihr mal erzählt, daß die germanischen Sagenhelden ihren Werkzeugen und Booten und was weiß ich auch Namen zu geben pflegten. Aber ich konnte mich nur noch an den von Thors Schwert erinnern, Nothung, und nicht mehr an den seines Hammers; aber irgendwie, fand ich, paßte auf ihren Vibrator »Junktim«, verstehn Sie? Nothung, Junktim ... na ja, zudem sie's immer »Jucktihm« aussprach, hähä! – Aber das nur nebenbei, jedenfalls, sie schwenkt ihr Mädchenknie hin und her, verstehn Sie?

Und läßt mich nicht aus den Augen und erzählt, sie sei seinerzeit oft mit Harras und einem Salzstreuer am Bahndamm spazieren gegangen. Er sei ganz verrückt nach Salzigem gewesen.

Popo: Das ja'n Ding. Brennt das denn nicht?

Mann: Hab ich auch gefragt, und sie sagt: »Harras hat's ja sofort wieder abgeleckt. Und hinterher hat er immer geschmatzt und so 'n komisches Gesicht gemacht ...« Und dann lacht die sich kaputt, das glauben Sie nicht.

Popo: Das'n Ding.

Mann *(trinkt)*: Tja eben. Sie glühte, als sie mir das erzählte.

Gut, manchmal verarschte sie mich, wobei sie 'ne ähnliche Miene aufsetzte wie in diesem Moment, aber diesmal war ich überzeugt vom Wahrheitsgehalt ihrer Beichte, weil ihre Gesten irgendwie verlegen waren. Wenn sie mich verarschte, strahlte sie eher ... 'ne körperliche Sicherheit aus. Aber in *diesem* Moment, verstehn Sie ... heftiges Gewimper, Knieschwenk, Junktimgeknabber ... verstehn Sie? Und dann flüstert sie mir ins Ohr: »Du hast dir 'n total perverses Früchtchen angelacht!« Sie liebt es, so über sich selbst zu reden. Und dann beugt sie sich da, in der blanken Öffentlichkeit, ins hohe Gras und wir haben's – *cum grano salis* – gemacht wie die Köter. Mitten auf 'ner Wiese am Niendorfer Gehege! Man glaubt's ja nicht, daß man nie verhaftet wurde, aber es ging, es war alltäglicher Vormittag, und der Himmel war 'n bißchen bedeckt, also nicht allzu viel Leute unterwegs, und Junktim hatte ihr Höschen ja eh schon reichlich eingeweicht, während ich ihr aus »Der Baske und Bijou« vorgelesen hatte, und deswegen hat's nicht lang gedauert, aber trotzdem ... Jesus, in einiger Entfernung gab's 'n paar, die spazierengingen, und dauernd drehte ich den Kopp bei der Penetration wie 'n Periskop, und so hoch war das Gras nun auch wieder nicht; na jedenfalls kriegte ich das so hin, daß ihr Geschrei im Düsenlärm des Jumbos unterging; bei bestimmten Witterungsverhältnissen bildet Niendorf die Einflugschneise für Fuhlsbüttel, und diese Titandrachen kreischten so dicht über uns weg, daß man fast die pikierte Fresse des Käpt'ns sehen konnte. Und kaum sind wir fertig, kommt da tatsächlich so'n 14jähriger Bengel aus 'm Wald durchs Gras geradelt – kann der nicht auf den Wegen bleiben? –, und Bärbel, das verrückte Huhn, zeigt ihm Junktim und macht »Iiooooiiing« damit, als wär's 'ne Boeing. Tja. Und danach hab ich sie gefragt – weil, die verdammte Katze war mit, an der Leine, die mußte dauernd überall mit hin –, ob sie mit Muschi vielleicht auch schon mal was gehabt hätte. Ich konnte einfach nicht anders.

Popo: Das ja ... 'n Ding.

Das 'n Ding, das 'n Ding. Sicher ist das 'n Ding – je, Gott, dieser irrwitzig flirrend flottierende Sommer '89 ... Das Hoch Bodo, ah ...

Jesusmaria, wochenlang nur gevögelt, meist *open air;* im Schnitt zweimal täglich – am 7. Juli, dem heißesten Tag des Jahres (32.7°), gar fünfmal! Mann, war man potent! Kampfsportgestählt, nullkommanull Zigaretten, bloß hin und wieder 'n bißchen Zeug geraucht – pur aus'm Kawumm –, allenfalls Softalkohol in verträglichen Schwipsdosen; fünf Stunden Nachtruhe und schon schien wieder die Sonne und stand der Stiesel aber- und abermals ... Kongenial der Elan meiner Ehebrecherin, sie fickte mich in Grund und Boden, kompromiß- und konfessionslos, melodisch und melodramatisch präzis; nach ihrem absoluten Rhythmusgefühl hätte man Metronome eichen können – Gott, sie zählte ihre Liegestützen laut mit, und so ab 150 ging's steil gen Zenit.

Uh, diese aufschneiderische Dekadenz der Provinz ... Wir vagabundierten im grünen Kabrio (154 PS oder wieviel! was'n Sound!) durch die Gegend, grinsende Beweise für Bärbels Bonität, Muschi und Kühltaschen und Sektkübel an Bord und Sexspielzeug und mehrere Rationen Dope und Kondome in der griechischen Ledertasche, fuhren hier- und dahin, südlich der Elbe, aber gerade auch nördlich der Elbe – ja wir fraßen, soffen, shopten und vögelten uns kreuz und quer durch die gediegene Hansestadt; wir lehnten die Ellbögen raus und schämten uns nicht für 'n Groschen; wir trugen teure Sonnenbrillen und drehten die Stereoanlage auf, bis die Schutzpolizei kam. Bärbels Oniomanie kannte kaum Grenzen, Stunden und Aberstunden geilten wir uns in Bijouterien und Boutiquerien am Fetischcharakter der Waren auf.

Und natürlich in Lingerien, o Gott! Da hingen sie, die sündhaften Seidengeister, die feinwirkgewordenen Amourositäten, die federleichten Ausgeburten des urtribalen Schmückungstriebs! Uh, all diese Körbchen, Leibchen, Höschen, diese tieffarbigen Korse- und Torseletts, diese Zierschnürungen und Stickzierden, diese Schleifchen und Schlaraffen und Schlangengruben von Strümpfen! Manchmal hätte ich am liebsten niedergekniet vor den Puppen – o Bustier, o roter Tülleinsatz, o unziemliches Zaumzeug! O Quadrostraps, elastische Verbindung zwischen Himmel und Erde! O betörend schlüpfrige Phantasie, die du den Tanga *über* die Rüschenbändsel zu ziehen die Dekorateurin veranlaßtest! O Kontrast zwischen Rauhheit der Spitzenborte und schmeichlerischer, glatteishafter Schlafittchenhaftigkeit! O winziger technischer Appeal der blinkenden Schnalle inmitten der sündigen Feinstofflichkeit – o herrliche Sauerei! Die reinste Gehirnwäsche! Schtrümpfe! Schtrapse! Schprich mir nach, und wer dabei trocken bleibt, ist tot! Ah, wie oft stand ich da, auf einem Auge blond, brünett auf dem andern und zittrig vor Begierde nach Stillung der Begierde …

Mich wiederum behängte Bärbel franko mit Goldkettchen von Don Guzman und Boxershorts von Shandy und Lázaro-Jacketts (Schlipse lehnte ich ab); wir bummelten über den Sommerdom (mit diesem Geschöpf, barfuß bis zum Bündchen des lila Satinminis, in der Geisterbahn …: ein Oh, ren, schmaus!); wir schlenderten, Weibchen und Alphatier, durch Hagenbecks Zoo und begafften die ganze haarige Sodomsbagage (»Kuckma, Böckchen, der hat vielleicht 'n Langen!« – »Aber 'n Dünneren!«); wir streunten (geliehene Heiratsschwindlerkrawatte, Edelbordell-Dekolleté) durch die Spielbanken – Hittfeld, Travemünde, Interconti –; wir lungerten in Restaurants und Bars und Biergärten herum und machten Spesen und Sperenzien und hielten Maulaffen feil, bis Bärbels Paarungstrieb uns wieder hinter die nächste Hecke zwang. Wir fraßen Scampi und Pampi und Peperoni und redeten Mumpitz – Hochrelevantes hatte ich neunzehn Semester lang von mir gegeben, und die Welt war ebenso wenig untergegangen. Wir reckten den Arsch in die Sonne, gelobten uns ewige Geilheit und scherten uns 'n gebrauchten Pariser um unsere Jobs (Lucas Lloyd und Grete Kühn würden's schon richten); ganze Vormittage verpraßten wir am Waldrand vom Niendorfer Gehege, vom Rissener Forst, vom Sachsenwald, vom Duvenstedter Brook und in den einsamen Wiesen um Rübke herum und im Stadtpark und am Elbestrand. Wir spazierten durch Övelgönne Richtung Teufelsbrück, und am Weg fanden wir eine Skulptur, einen *Doppelten Stumpf-Monolog* von *manf. rittlie, zusammengeschweißt von Bauschlosserei Hennig.* Am Rand eines hüfthohen, mit vernagelter grober Folie kalfaterten Baumstumpfs hockt eine Figur aus gedrechselten, fingerdicken Eisenstäben mit Mutter zwischen den Beinen und geharnischten Brüsten, und hinter ihr liegt ein Strichmännchen und legt eiserne Hand an seinen steilen Bolzen. *Sie: »Ich springe jetzt!« Er: »Ich komme gleich.«* Wir flanierten um die Binnen- und Butenalster, und eines Montagmorgens entdeckten wir das *Hansecafé*, das ich zwar schon öfter registriert, aber noch nie besucht, weil ich's für ein Segelvereins-Lokal gehalten hatte. Durch die grünlackierte schmiedeeiserne Pforte traten wir ein, und ich verliebte mich sofort in diesen Platz. Ein Dutzend weißer Plastiktische stand da, eingedeckt und trotz des Kaiserwetters nicht mal voll besetzt, ein Sperling sprang auf einer kniehoch geschorenen, duftenden Buchsbaumhecke herum, aus deren breiten Rücken – in den Zwischenräumen zwischen vier uralten Eschen – mannshohe weiße Pfeiler mit *Veltins*-Laternen wuchsen, und direkt dahinter plätscherte die Alster, gekräuselt vom lauen Lüftchen, blau-weiß gespiegelt. Ein Paar fette Enten mit Gangstermasken fuhren vorbei und schauten sich unruhig um, dabei war die Luft rein. Die Jollen dahinten dümpelten wie geprügelte Ku-Klux-Klan-Gespenster Richtung Kennedy- und Lombard-Brücke. Käferhafter Autoverkehr darauf und gleichzeitig ein Zug, der sich vom Haupt- zum Dammtorbahnhof zog; darüber der Strauß aus Wasserdampf von der rührend protzerischen Fontäne, die der Binnenalster im Sommer entsproß. Sieben Kirchtürme zählten wir zwischen den vornehmen weißen Fassaden und hellgrünen Dächern vom Hotel Atlantic und vom Alsterhaus, zwischen dem Congress Centrum und dem manischen Monolithen des Radisson und dem Fernsehturm, zwischen Rathaus und »Affenfelsen«, wie der eigentümliche Terrassenbau genannt wurde, in dem damals, glaub' ich, noch der STERN residierte. Auch das gegenüberliegende Ufer war grün, und weiter diesseits schipperte das »Alster-Cabrio« vorbei; gesichtslose Leute gafften herüber, und auf diese Entfernung kamen sie mir plötzlich vor wie 'ne freundliche Schimpansenrasse – so sind wir, dachte ich plötzlich und mußte lachen. Ich schirmte Bärbel loddelhaft gegen die übrigen Gartengäste ab. »Zeig denen mal«, wisperte ich und deutete auf die verdecklose Barkasse, »deine dicken, runden Gigadinger«, und so was ließ sich mein wildes Mädel damals nicht zweimal sagen …

Perfekter Pop! Gott, was tobte das Daseinsfieber in meinen Blutbahnen! Und was wurde Bärbel scharf durch ihre eigene Schaubude! Also weg hier, und hastig die Schöne Aussicht entlangspaziert und Ausschau gehalten – pechschwarze Amseln hüpften über den strotzenden Rasenteppich, der übers Ufer lappte; saftiges Grün in den Baumkronen, in den Beeten, eine berstende Fruchtgeilheit, ein geschlechtlicher Geruch, rein und verderbt zugleich, ein Duft fürs Stammhirn –, und siehe da! Zwischen Alster und Feenteich, mitten im sündteuren Nobelviertel Babel-Uhlenhorst, ein brachliegendes Grundstücksgebäude, nur bewacht von Reklametafeln mit Namen von Bau- und Maklerbüros! Aber so ein Zitterquickie an einer stoischen Ulme aus der Gründerzeit, das reichte ihr nicht, das war zu schnell, zu abgelegen, allzu gefahrlos vor sich gegangen, das ahnte ich schon. Und nachdem wir von der Langenzug-Brücke auf den schmalen grasigen Uferstreifen zwischen Alsterarm und Bellevue hinuntergestolpert waren, vorbei an jener Plastik – einem wetterfesten grauen Kahlkopf, dessen mehrlagig umketteter Hals einem kunststoff- und aluminiumversiegelten Baumstumpf entwächst –, der »Stumpf-Hüterin« von *m. rittlie,* weiter unter den Schöpfen riesenhafter Märchentrauerweiden hindurch, die ihre grünen Zöpfe im Wasser netzten, erreichten wir diese winzige Bucht, eingefußt von einem grottenförmig aufgeschütteten Wall, der dicht mit Rhododendren bewachsen war. Derart abgeschirmt gegen den Wanderpfad, der parallel zur Bellevue verlief, setzte sich Bärbel mit ihrem nonkonformistischen Hintern auf die schöne alte Sitzbank mit den Löwenfüßen und zwang mich, sie mit den Handschellen an den Holm zu fesseln, damit sie sich nicht wehren könne, wenn »du mich mit deiner dreckigen Pfote pfickst«. Und auch beim gewagtesten all unserer zirzensischen Sexcoups war unsere Schutzgöttin nicht weit, eine Zwillingsschwester der Stumpf-Hüterin. Schon am Nachmittag hatte mich Bärbel auf 'ner Cafeteria-Toilette mit ihrem verderbten Leumund dazu behext, ihr bei der anschließenden Anprobe federleichter, fegefeuerheißer kurzer Sommerkleidchen Gesellschaft zu leisten, o süße Fron. Auf der Fahrt in den Stadtpark zog ich einen durch, daß es nur so rauchte, und war bereits angeknallt, als wir vom Planetarium aus, die Hindenburgstraße querend, den sandigen Boulevard in Richtung auf die große rechteckige Spielwiese zuschlenderten. Ihr Vorplatz hat die Form eines Eichelquerschnitts, und der Paß durch die Spitze wird von zwei in Granit gehauenen weiblichen Akten bewacht, in klassischer Pose kontemplativ einander zugewandt, ihrer huldvollen Schönheit nicht verfallen, sondern verpflichtet. Die Luft war warm und feucht wie im Türkischen Bad, und überm Stadtparkbad dahinten verfärbte sich bereits der Himmel, als hätte der Deubel ihm Pferdeküsse verpaßt. Das Volk belustigte sich mit Bällen und Frisbeescheiben, Dösen und Schmusen. Wir promenierten mitten über den Platz, Bärbel barfuß, angetan mit dem neuen tiefvioletten Microminikleid – schon wenn sie nur die Schultern hob, gab's Grund genug für 'n Haftbefehl –, und am geometrischen Mittelpunkt der weiten Wiese ließen wir uns nieder, in nächster Nähe eine barbrüstige Sonnenanbeterin und ein imaginäres Fußballfeld, beackert von verschwitzten Männern, und hörten dem fremdartig schönen Gesang einer Gruppe von Schwarzafrikanern zu, die sich lasziv zum Metrum ihrer Bongos bewegten; appetitanregende Potschwaden zogen herüber und mischten sich mit dem Duft sonnenverbrannten Grases, ich, längst schottendicht, wollte mir dennoch mein Chillum neu füllen, aber Bärbel ließ mich nicht. Sie stieß mich um und warf sich auf mich, und ich lag da, breit wie 'ne Strumpfbandnatter, und kicherte mit erhobenen Armen, die sie auf den Boden preßte, während ich die Yinkirschen ihrer Augen schimmern sah, den schwülen, fruchtigen Dunst aus ihrer Melonenschlucht schnupperte, ihren warmen, schweren Kürbis in den Lendenkehlen, ja ihren eingebetteten Schößling in winziger exzentrischer Übersetzung auf meiner Wurzel rotieren spürte, als zenträge, sanfte Interpretation des rollenden Bongogetrommels. »Flirtest du mit mir?« kicherte ich.

»Flörten?« höhnte sie und ließ mich die beinerne Härte ihres Schlundrings spüren; »ich pfick dich kleich duich daß dir Hörn und Sehn vergeht, mein lieber Freund ...«

»Sei doch nicht so vulgär«, kicherte ich, »ich möchte umworben werden, mit blumigen, romantischen ...«

»Ich ramm dir meinen Arsch auf die Eier«, knurrte sie, »ich mach Omlett draus, das schwör ich dir!«

Großer Gott, es machte einen Heidenspaß! Ich weiß nicht, wie lang das so ging; während sie auf mir thronte wie auf *Libido,* ihrem Rappen, für den sie fünfzig Riesen hingeblättert hatte, schob ich den Saum ihres Kleids bis an die Lünette überm Kreuzbein, und es war ihr scheißegal! Ich fummelte an ihrem Höschen, bis sich der weiße Tüll wie eine Gardinenschlinge im verschwitzten Schuhlöffel zwischen ihren braungebrannten Sattelbacken verdrillte, und sie fand's geil. Jedem vorüberschlendernden Parkvaganten und Kosexualiker, der sich vor den schönbösen Omina der schwarzblauen Himmelswucherungen materialisierte, gönnte ich den Anblick dieses Knüllers – solange *ich* ihr am Zeug flickte, solange *meine* tagediebischen Fingerabdrücke auf der prallen Beute prangten, solange jedes Atom davon zwischen *meinen* Lebenslinien oszillierte. Hoch über dem laubgezackten Hochhorizont rechts lag unter einem rauchgläsernen, wolkigen Sturz die Sonne wie das Gesicht einer gutmütigen Puffmutter. Ich lag mit dem Rücken auf der grasigen Erde, und Bärbels Rücken trug den blauschwarz geronnenen Himmel. Die Schwarzen trommelten zu unserem totemistischen Tun. Da war noch Spiel in den Hüllungsgrenzen von Bärbels Kleid. »Stopf mir mein Chillum«, sagte ich. »Stopf du mir mein Schillum«, sagte Bärbel, aber ich überredete sie, und während sie's tat, stützte ich mich auf meine Ellenbögen und sah mich um. Die halbnackte Sonnenanbeterin sah sich um. Die Schwarzen trommelten. Die Fußballer strömten den Magneten ihrer Fahrradherde zu. Ein ironisches Knurren vom Himmel mischte sich ins Raunen des motorisierten Verkehrs aus der City Nord. Ich sog mit angespanntem Nacken, drei Züge, und schielte an Bärbels traumhafter brauner Schulter vorbei. Wir waren in einer globalen Trommel, ich war zum Prinz gekürt, und sie hatte mich gewonnen in einem exotischen Wettbewerb. Wir waren in einem Terrarium, wir wußten nicht um unsere Grenzen, und über die Wandkanten war schwarzblaues Fell gespannt. Die gefühlsgesteuerten Säfte in unseren Körpern fanden ihre Entsprechung in der Färbung; unsere Trommel lag am Grunde eines Tals, und die Membrane war eine Art Seeoberfläche, doch aus einem anderen Element, eben aus jener dünnen, aber festen Haut, und in jener Welt da oben gäbe es andere Namen für den See und sein Fell, für die Welt am Grunde des Tals oder Sees, und dann brach eine Lawine los von Geröll, riesige prä- oder posthistorische Felsen krachten auf die blaue, schwarzgrau verfärbte straffe Plane nicht allzu hoch über uns, und nach metaphysischer Logik folgten die größeren Gesteinsbrocken, dann knisternd das kieselhafte Geröll ... Es hallte hier unten in unserer Welt. Die Schwarzen hatten sicher Verständnis für unsere Lage hier unten, für unser süßes Elend. Schließlich kannten sie die andere Welt. Blitze, elektronisch. Wasser – dort oben wurde die Membrane porös, und ein undurchsichtiges System von Luftzügen wurde dadurch in Gang gesetzt. »Wenn der Wind so durch die Bäume rauscht ...«, sagte ich. Die Sonnenanbeterin suhlte sich im Zögern, ich wandte den doppelten Blick – eine hastige Dame mit Stock und Hut auf dem sandigen Weg dahinten, zwei eilige Dauerläufer und ein Radfahrer –; »wenn der Wind so durch die ...«, sagte ich, »das ist wie ein Gefühl ...«, und dann fing Bärbel an, mich mit ihrem Damm zu trimmen, »dich mach ich fertich«, flüsterte sie und ließ dünnes weißes, schaumiges Gelee zwischen ihren tiefroten Lippen heraus auf mein Lidhäutchen platschen, und da war's schon fast um mich geschehn. Doch da war noch soviel Spiel in ihrer Kleidhüllung; ich war ihr Prinz oder sein Pferd, sie kardätschte meine Kruppe. Und dann plötzlich Bewegung, Enthüllung, kühles Gras am Hintern. Die weiße Gardinenschlinge, mit riesiger Öse daran, neben meinem Ohr. Sie wirft ihr Haar, die Sonnenanbeterin, auch unterm schwarzen Himmel, in den Nacken und über die Schulter, wenn sie herschaut, zu uns; die Trommeln sind verstummt, und plötzlich, in ein ätherisch fahles, blaustichiges Licht gesetzt – für eine Sekunde war's hell wie im Morgengrauen –, leuchteten die blanchierten Gesichter und Arme der Schwarzen und der Sonnenanbeterin auf, und im nächsten Moment brachen die Megalithen im Himmelsgebirge zusammen und stürzten die Dolmen ein, und im Echo des Gepolters brach eine Lawine von Erzgestein los; Brocken und Geröll prasselten aufs Trommelfell der Stratosphäre; und nun ging ein mächtiges Rauschen durch die Parkränder, zunächst weit von uns entfernt, während wir hier lediglich eine leise

Brise abbekamen, und ein weiterer Blitz und – fast gleichzeitig – ein Knall wie ein Kanonenschuß, dann grollende Ausläufer. Eine Bö mit der Kraft eines Meeresstrudels heulte über die Wiese und brachte Frösteln und Flucht mit sich. Und dann begannen tausend heiße Teufel heulend über uns hinwegzufegen – doch wir blieben –; sie wirbelten die dicke Luft mit kühlen, mefitischen Fürzen auf, und ein Blitz nach dem andern entzündete neuerliches Höllengedonner direkt über uns, düster war's; drei verschiedene Sturmwinde schienen sich zu jagen, einige schwere Tropfen fielen auf unsere Häute, und dann – hier, auf der weiten freien Fläche zwischen den sturmgedroschenen Baumkronen – barst der Wolkenmoloch, schwanger von Millionen Tonnen von Wassern; von Blitzen zerrissen, zerschlissen vom Steinschlag des Donners öffnete sich der wild verformte Riesenbalg des Himmels, und durch das Loch in der Decke stürzte ein Ozean auf uns herab; und dann geschah mit meinem Zeitempfinden etwas wie eine Stromschnelle – alles floh –, ich nahm Arhythmien wahr, ein Ficken phasenversetzt, phasengleich, phasenversetzt, phasengleich, hier lagen wir in unserem zartbitteren Leid, eine andere Existenz, ein anderer Bewußtseinskäse –; und dann über mir eine Art hartes Husten, dann ihr autistischer Gesichtsausdruck in höchster Konzentration, und ich starb im Schockzustand, starb in einer ewig langen, rüde ziehenden und süß sprudelnden Zeitlupenexplosion, und jemand schrie mit meiner Stimme, ich weiß nicht was, o Gott …

O Gott, was für ein Sommer. An drei, vier Wochenenden fuhr ich mit Nita nach Großensee, um mich zu erholen, an den anderen schützte ich Arbeit vor; na schön, hin und wieder mußte ich ja tatsächlich den einen oder anderen Termin wahrnehmen. Dann machte ich mir Notizen, und bei Anbruch der Dämmerung chauffierte mich meine Nymphe zum ECHO-Konzern; Lucas war dann meist noch da, und ich besprach vergangenes und kommendes Tagwerk mit ihm – ein Pfundsbengel, alles was recht war, fleißig, pünktlich, zudem geborener Mann des Worts mit der seltenen Gabe, *schnell* zu schreiben und wie ihm die Klaue gewachsen war, doch ohne daß es prätentiös oder dämlich klang –; ich ging mit dem Käsehobel drüber und gab knappe Befehle; Eugen kriegte ich kaum noch zu Gesicht; und wie durch ein Wunder erschien jeden Donnerstag ein neues ECHO. Der Bülbül seinerseits briefte Grete Kühn; und dann fuhr ich zu ihm, und wir fuhren nach hier oder dort und vögelten uns mit Schampus und Pot in die laue Nacht hinein. Den Nudismus in seinem Lauf/ hielt weder Ochs noch Es'lin auf.

Irgendwann ging natürlich die Mückenfickerei wieder los. Sagte ich links, sagte sie rechts. Sah sie grün, sah ich rot. Wenn *Bärbel* jemand für »'ne ganz Liebe« hielt, hielt ich die für schlicht bescheuert. Hielt ich jemand für witzig, charmant und intelligent, hielt Bärbel ihn für »'n eingebildetes Arschloch«.

Eigentlich hatte es schon bei diesem »Brunch« zur Neueröffnung von *Blumen Befeld* angefangen; das Bier war eh warm, der Brandy kalt, das Pfirsichkompott glänzte wie frischer Eiter, die Kartoffelchips stanken nach Schwein, kein Senf usw. – schon das alles schlimm genug, aber diese semiidiotische Semiotik des »Hi«-und-»Bye«-Geträllers der Gäste erst … zum Davonlaufen! Und die Texte! Blondie, die sich überraschend zustimmend als Emanze hatte bezeichnen lassen, schwärmte weiter unten von den »einfachen, unkomplizierten Männern« in griechischen Dörfern, woraufhin unsereins in wiederum überraschend stalinistischen Parabeln dagegenwetterte. Schlußendlich behauptete ich, daß den *Frauen* in griechischen Dörfern »jedenfalls« den ganzen Tag nichts anderes übrigbleibe als »den Hühnern die Eier aus'm Arsch zu lutschen«.

Herr im Himmel, und diese ganzen Mandrills aus Blondies Fitneßstudio, rasiert und eingeölt, waren auf seiten Blondies

– ja selbst Bärbel, die bunte Pute –, und das, obwohl die beiden seinerzeit ständig abfällig »Männer dorr!« skandierten (in den Vögelpausen jedenfalls), als hätten ausgerechnet sie die zehn, fünfzehn Jahre Verspätung in der lila Erleuchtung der letzten weißen Flecken der Süderelbe aufzuholen. Stand jemand am Straßenrand: »Männer, dorr! Rotzen und pissen überall hin!« Bestand jemand beim Kartenspiel auf Einhaltung der Regeln: »Männer dorr! Kriege führen, aber Regeln einhalten!« Widerstand jemand, 'n Würstchen ohne Senf zu verzehren: »Männer dorr! Zickig wie« – na? – »wie die Schwuchteln!«

Ah, Frauen dorr …

Ständig zitierten die beiden aus *Cosmopolitan* (*Cosmopolitan!* in Neuwiedenthal!), *Petra, Coupé* und *Playgirl* und was weiß ich. Ständig gafften sie den Männern auf die Hosenlätze. Ständig gerierten sie sich wie die primitivsten Paschas und kicherten hinterrücks. Was hat sechs Beine und 'nen IQ von 30? Drei Männer vor der Sportschau. – Was ist 'ne Frau ohne Arsch? Witwe. – Warum hat der liebe Gott den Mann gemacht? Weil 'n Dildo nicht Rasenmähn kann. Usw.

Und ihre Mackermanieren! Diese Kalauer, von denen »Was sich liebt, das leckt sich« geradezu als Literatur durchgehen konnte! Und die ständigen Anspielungen! Ohne »Horrhorrhorr!« konnte ich keine Pflaume mehr essen oder das Brötchen von gestern ein bißchen bespritzen, auf daß es heiß gemacht wieder knusprig werde, geschweige mir meinen großen Onkel verstauchen.

Oder ihre entsprechenden Hörfehler. Oh, ich war ein ganz schlimmes Böckchen. Ich verlangte eine Nackendmassage, lobte eine Rocksängerin wegen ihres Wahnsinnsvibrators, plante, meinen kaputten Fahrradschlauch zu ficken usf.

Usf, usw. Einmal patzte ich bei der Orgasmusregie, woraus, der liebe Pimmel wußte wie, unversehens 'n geistesgeschichtlicher Vortrag entsprang: »An dir«, nörgelte ich abschließend, »ist das Zeitalter der Aufklärung doch spurlos vorbeigerauscht!« – »Mußt du grade sagen«, nörgelte Bärbel retour, »du Wichser!«

Oder Bärbelchen fand den Landungsapplaus der Jogginghosenträger für den Piloten auf Mallorca »irgendwie super«. Ich aber meckerte. »Und was hättet ihr bei 'ner Bruchlandung gemacht? Ihn ausgebuht?«

Oder Probleme bei der Terminabstimmung. Ich schlug was weiß ich was vor, und sie sagte: »Da muß ich auf 'ne Tupperparty.« Ich riß mir den Arsch auf, gefährdete Job und Liebesbeziehung und meine ganze Zukunft – nur für sie! –, und sie mußte auf 'ne Tupperparty!

Mir bedeutete Phil Collins nichts, jedenfalls weniger als, sagen wir, Sodbrennen. Für sie waren Punks mit violetten Stegosaurusfrisuren Schmarotzer. Mich machte es rasend, wenn sie Trauben-Nuß kaute, während sie mit mir telefonierte. Sie regte sich auf; wenn ich sie »verbesserte«, z. B. »Juck mich mal da im Rücken! / »Kratzen heißt das!«, oder wenn sie etwas »aufs Trapez« brachte oder da jemand »aufm letzten Astloch pfeift« – oder bezüglich des seltsamen umgangssprachlichen Phänomens, das man als »diametrale Inversion« oder was bezeichnen könnte: Sie sagte etwa – völlig in Ordnung – »Ich *find'*, daß es neulich morgens mit Vaseline irngwie, ph ...« dann aber wiederum – und das mochte ich ums Verrecken nicht einsehen – »Ich *finde*, daß es neulich nacht auf der Tischtennisplatte im Hammer Park negergeil ...« Hätte ich sie nie drauf hingewiesen, wär's halb so schlimm gewesen. Da ich's aber nun einmal hatte, mußte ich's für alle Male wieder, und zwar – gerade wenn ich eigentlich gar nicht wollte – zunehmend verschärft, andernfalls hätte ich mir ja quasi Mißachtung meines potentiellen Doktorhuts gefallen lassen. Ich stieg tief in die Klassen- und Schichtenlinguistik ein, gab Fingerzeige, z. B. daß des Günsels Bestrebungen, plattdeutsche Zungenschläge (»Schesus«, »Schoseph«, »Schohannesbeeren«) zu vermeiden, indem er etwa von »Oranjensaft« und »Jiens« sprach, in meinen

Ohren eine ebenso mitleiderregende Herkunftsverleugnung bedeuteten wie die Anstrengungen einiger Exkommilitonen, die übern zweiten Bildungsweg vom Lande kamen und deren Gaumen die gerollten Rs und breiten Vokale ohnehin nie auszutreiben wären, sprächen sie auch noch so bemüht von »Zug«, »Betrug« und »högstens« statt von Zuch und Betruch …

Sie trieb einen auf den Stand von 1972 ff. zurück, als man so schwer unter der entsetzlichen Ungewißheit litt, ob man tatsächlich so schwer unter der Dummheit der Menschheit litt oder nicht vielmehr unter der eigenen Arroganz.

Irgendwann hatte ich schlicht genug vom süderelbischen Sextourismus. Erstaunlicherweise folgte Bärbel meinem Plädoyer auf Kündigung unserer *amour fou* zum dritten Quartal '89, unter der Bedingung sozusagen eines neuneinhalbtägigen letzten Walzers. Mit kindischer Eigensinnigkeit bestand sie auf »Gebirge«. Das Versprechen dazu leierte sie mir auf einer regenfeuchten Bank irgendwo im Park zwischen Övelgönne und Blankenese aus dem Kreuz, und die Schlepper bliesen Posaune dazu. Am Vorabend unserer Abreise nach Walchsee – Bärbel hatte eigens ihren zweiten Mallorca-Urlaub mit Blondie verschoben – saßen sie, noch feucht hinter Ohr- und Schamläppchen, und ich auf den Planken des *Café Sommerterrassen*, einem der schönsten Plätze Hamburgs, würden die Betreiber die kontemplative Wasser-und-Grün-Stimmung hier, am Rande des Stadtparks, nicht mit zackiger Barmuzak für ihre gelverschmierte Klientel besudeln.

Bärbel plapperte ununterbrochen von ihrem Gärtner. Sie verachtete ihn – vielleicht, weil er so dumm war, für sie zu arbeiten –, und ihre Erzählungen entstammten immer demselben Genre: Sie begannen mit der Floskel »Heude hadda …« dies und das getan oder gemacht, jedenfalls irgendwas Falsches, Dummes oder zumindest Verachtenswertes, und endeten mit der Formel »Dahaddada …«, um das, was er da verbrochen hatte, durch verächtlich zusammenfassende Wiederholung noch einmal verächtlich zu machen. Dieses Hadda und Dahaddada ging mir auch schon seit Tagen auf die vor universellem Überdruß ohnehin überreizten Nerven. Gerade hatte ich, auf den Schlußsatz »Dahaddada die ganzen Stiefmütterchen kaputtgegossen, dorr«, ein zumindest verständig belächelnswertes Aperçu von mir gegeben – »Der Mörder ist immer der Gärtner!« –, das Bärbel jedoch einfach überging, da entdeckte ich, in einiger Entfernung, einen blassen Rotschopf in einem Kanu.

»Gib mir mal das Fernglas rüber«, sagte ich. »Spanner«, sagte Bärbel. Die hatte 's gerade nötig, schließlich hatte *sie* sich das Fernglas »geholt« (sie »kaufte« nie, sie »holte«), um »mal zu kucken«, ob wir eigentlich die einzigen Sexaficionados waren, die zu derlei Pficknicks loszogen und Mückenstiche riskierten und Käfer und Getier in den Unterhosen, und heute hatte sie es speziell deshalb dabei, weil sie neugierig war, was die Jungs in der verzauberten Ecke des Stadtparks eigentlich immer so trieben.

Ich lehnte mich auf die Holzbrüstung des Stegs und justierte die Linsen. Tatsächlich. Die rote Zitrone. Sie hatte die Paddel eingezogen und las in einem Buch. Kaum hatte ich sie identifiziert, da starrte sie mir direkt in die Okulare. Sofort setzte ich das Fernglas ab und spähte noch einmal mit bloßem Auge, und schon winkte sie. Ungläubig, aber hoffentlich fröhlich genug, winkte ich zurück. »Ach du Schande ...«, knurrte ich wohl. »Was ist«, sagte Bärbel. Ich knöpfte das Hemd so weit wie möglich zu, damit das Goldkettchen verschwand, und kurz darauf legte Zitrone neben uns an. »*Hal*lo!« – in cis und g oder was weiß ich –; angemessen wäre ein Hal*lo* in e und f gewesen oder was weiß ich; dieses *Hal*lo jedenfalls, als sei sie mir zuletzt vorgestern im Unifahrstuhl begegnet (und nicht über ein halbes Jahr zuvor kopulierend im Kafkakeller), klang für meinen Geschmack dissonant. »Hal*lo*!« rief ich und grinste wie all die andern braungebrannten Phäaken hier.

Zitrone mußte, von den Anlegerplanken bis zu unserem Tisch, eine U-förmige Strecke mit fünf Meter langen Zinken zurücklegen, entlang der Balustrade, und mein Unbehagen, das ich an ihrer Stelle verspürte, ähnelte vielleicht dem von Albinos in Lagos oder was weiß ich. »*Hal*lo«, sang Zitrone noch einmal, als ihre weißen Beine den Stühle-Gäste-Kellner-Slalom endlich absolviert hatten, diesmal zu Bärbel gewandt, der sie die Hand gab. »Ich bin Simone.« Sie sprach ihren Namen mit angeschliffenem S, offenem o und stimmhaftem n ohne e aus, als stamme sie aus dem Elsaß oder was und nicht aus Lüchow oder wo. Was sollte bloß immer diese rotürenhafte Attitüde.

»Hallo«, sagte Bärbel, »ich heiß Bärbel.« Jaja, du heiß Bärbel, ich cool Tarzan, und die da lau Zitron. Und nun? Was tun? Grinsend schweigen und kommen lassen (und Bärbel ohne weitere Erläuterung einfach als gegeben hinnehmen bzw. -geben) oder Zitrones Erinnerung an mich gemäß aufgeräumt plaudern? Seit mehr als einem Jahr rauchte ich nicht mehr, aber in solchen Momenten ... Gott, dahaddada 'n Fernglas wie 'n voyeuristischer Förster und 'n dralles buntes Mädchen danebensitzen wie 'n was weiß ich ...

Genossin Zimmermann setzte sich, mit dieser für unserein Temperament so unerträglichen Langsam- und Bedachtsam- und nonnig tochterartigen Würdenträgerinnenhaftigkeit. »Na, was treibst du denn jetzt so«, fragte ich, während sie ihr Buch, die »Logik der Weltbilder«, auf dem Tisch ablegte und nach ihrem Tabaksbeutel griff.

Sie hatte gerade ihre Magisterarbeit abgegeben (eine materialistische Untersuchung der »Ästhetik des Widerstands«; klar, drunter tat sie's nicht) und bereitete sich auf die Klausuren vor (Büchner, Benn, Vormärz, Syntagmatik, der neuere gesellschaftstheoretische Diskurs in bezug auf seine These vom Ende der Klassengesellschaft unter Berücksichtigung von Theorie und Empirie bei Gorz, Offe, Beck und Aspekten der

Schwächung des gewerkschaftlichen Repräsentationsmonopols sowie der elektoralen Niederlagen zahlreicher klassischer Arbeiterparteien in Westeuropa). Im November würde sie fertig sein. Anschließend gleich »die Diss« hinterher, sofern sie ein Stipendium erhielte. Thema: das Frauenbild bei Kleist. Fand unsereins natürlich »ziemlich spannend«. An der Uni fand man gewöhnlich den drögsten Kötelkram »ziemlich spannend«, vorausgesetzt, man selbst brauchte sich nicht damit zu befassen.

Indessen war Bärbel mit ihrem eigenen Frauenbild beschäftigt. Normalerweise hielt sie den Mund, wenn ich mich mit Erwachsenen unterhielt; heute aber wurde ihr die ganze Kleisterei schon nach drei Minuten zuviel. Sie fing an, mit dem dunkelbraunen Knie zu schlenkern, drehte an ihren Fingerringen, zählte wispernd ihre tiefvioletten Nägel nach (die sie in der Sommerpause ihres Karatevereins wachsen zu lassen pflegte – bis auf den gewissen einen, freundlicherweise), schielte blasiert in ihr goldverketteltes Dekolleté, ja putzte darin herum, als sei es übersät von den Barthärchen ihres Dirty Old Man, und flirtete aufs plumpste mit dem muskulösen Kellnerpferdeschwanz. Ich ärgerte mich schwarz hinter meiner Sonnenbrille. Als sich unser literaturwissenschaftliches Gespräch zur Diskussion der jüngsten weltpolitischen Entwicklungen ausweitete, plärrte sie schließlich mittenhinein: »Wills' noch was trinken, Böckchen?«

Meine Kiefer wie 'n Schraubstock, Zitrone jedoch kriegte nichts mit, solang sie ihre Konjunktionen dehnte – »ornd … Bodo … ich war und bin und bleibe Kommunistin …« –; Bärbel aber blieb unerbittlich: »*Böck*-chen«, sang sie und klopfte auch noch auf den Tisch, daß die Löffel auf den Untertassen klimperten, »ob du noch was trinken wills …«

»'n Bier«, blaffte ich.

»Und du?« fragte Bärbel Zitrone, welche jene anstarrte, als habe sie Marx und Engels als schwul bezeichnet. Bärbel klopfte noch einmal, neben Zitrones Tabaksbeutel. »Na? Was. 'n Glas Most?«

Zitrone wünschte Cappuccino und begann eine melancholische Analyse des osteuropäischen Status quo, während ich mit anderthalb Ohren zuhörte, wie mein Bülbül seine Bestellung gurrte. Dann stand's ohne weiteres Federlesens auf, schnappte sich den BMW-Schlüssel, sagte in der schönsten halblauten Beiläufigkeit »Ich geh mal für kleine Möschen ...« und verschwand aus meinem Blickfeld. Zitrone, vollständig absorbiert von sich selbst, flexte unaufhörlich am Goldschnitt ihres Weltbilds.

Eine geschlagene Stunde dauerte es, bis sie fragte: »Wo ist denn deine Begleiterin geblieben?«

»Tja«, sagte ich und grinste pistoral, »wo der Sexus hinhaut, da wächst kein Gras mehr ...«

Zitrone brummte – »Mm-mm-mm ...« – und nickte, pikiert, zerstreut und gekränkt von bitterer Erfahrung.

»Übrigens geh ich demnächst nach El Salvador«, sagte ich gemächlich, geräumig und geheimnisvoll – ich weiß wirklich nicht, warum. An Andrés letztem Brief vom Ende April dieses Jahres lag's gewiß nicht.

Am Freitag, dem 7. April, fing es an, etwas turbulent zu werden. Ich war am Donnerstag nach Las Vueltas gerufen worden, um dort den Kompressor der »Zahnklinik« zu reparieren. So gegen 10 Uhr war ich fertig. Da um diese Tageszeit eigentlich niemand einen mehrstündigen Fußmarsch machen will, habe ich mich alleine auf den Weg gemacht. Gegen 11 Uhr kam ich auf dem Bergrücken an, den man überschreiten muß, um nach Guargila zu kommen. Der Weg ist dort oben von der Kaserne in Chalatenango einsehbar. Als ich Mörserabschüsse von dort hörte, nahm ich dies nicht allzu ernst, suchte aber doch mal etwas Deckung. Und nach einer Minute gab es dann einen relativ nahen Einschlag. Auf nationaler Ebene war dieser Weg als zivil proklamiert worden, und trotzdem schießen die Militärs ihre Artillerie dorthin ab. Nach einer weiteren Minute hörte ich den nächsten Abschuß. Diesmal war ich schon relativ sicher in Deckung hinter einem Hügel. Aber was tun? Stundenlang warten mit dem Risiko, daß auch noch Hubschrauber kommen? Ich ging weiter. Als ich eine offene Bergflanke überqueren mußte, kam es prompt zu weiteren Abschüssen. Jedesmal legte ich mich in den tief ausgetretenen Pfad, möglichst dort, wo größere Steine waren. Ein Einschlag war weniger als 100 m entfernt. Insgesamt wurden zwischen 11 Uhr und 11.20 Uhr 6 Schüsse auf den Gallinvero-Weg abgefeuert. Und ich alleine dort oben! Schon nach dem ersten Schuß bin ich so schnell gegangen-gerannt, daß ich beim Bergabwärtsgehen beinah einen Wadenkrampf bekam …

Zitrone aber nickte, als sei sie verrückt geworden. Vermutlich hätte sie auch noch genickt, wenn ich unter die Kennedybrücke oder in irgendeine kleine Schweinebucht zu paddeln vorgeschlagen hätte, ein Attentat auf Gorbi zu verüben oder wenigstens an der Galeerensammlung des Schmutzfinks. Ich konnte labern, machen und tun was ich wollte – irgend jemand nickte immer. Es war zum Davonlaufen.

Bärbel und ich jedenfalls mieteten uns in Gottes Namen am nächsten Abend in irgend 'ner Halbpension am Nordtiroler Walchsee ein, im Schatten des Zahmen Kaisers, 210 Schillinge pro Geschlechtsorgan, inklusive Frühstück unter den Holzaugen eines blutbesudelten Jesuskorpus, der mir den Appetit auf Marmelade verdarb. Wir fielen auf wie Nudisten zwischen all den Hirschhorn-, Loden- und Juchtenrentnern in dem buntbemalten, von Balkonblumen übersäten Ferienort. *Dort* sind mir allerdings schon am zweiten Abend die Augen geöffnet worden, weshalb 's Bärbel – obwohl ich dagegen gezetert wie 'ne alte Vettel – so dringend ins Gebirge gezogen hatte.

Wir waren in einen Nachbarort namens Durchholzen gefahren – was Bärbelchen Anlaß zu anzüglichen Kalauern bot –, um im *Gasthof Alpenhof* zu essen. Völlig zerdudelt mit Jodelgesang vom Band und vollgefressen mit Jägerhacksteak, kehrten wir nach Walchsee zurück. Schon als wir den Wagen in der Nähe des Kurpavillons parkten, wetterleuchtete es erheblich unterm Himmelsdeckel des Talkessels. Wir schauten eine Weile der 30köpfigen Trachtenkapelle zu, wie sie auf ihrem goldglänzenden Blech blies – was Bärbelchen Anlaß zu anzüglichen Kalauern bot –; ständig gaffte ich, dem Herrgott sei's geklagt, zu zwei Madeln in feschen Folklorekleidchen hinüber. Die eine trug eine Art Bernhardinerfäßchen um die bemerkenswerte Taille geschnallt. Schließlich zog mich Bärbel davon, sie wollte sich im Café an der Hauptstraße noch ein Betthupferl verabfolgen. Die erste Donnerwalze rollte über uns hinweg, und Bärbel hob süffisant den Blick zum grauschwarzen Himmel und lachte dieses liederliche Lachen, das gewöhnlich eine Angsterektion bei mir auslöste, so daß ich wie auf kurzen Stelzen in den Straßengarten stakste.

Wir setzten uns an einen der beschirmten Tische und bestellten bei der feschen Kellnerin zwei doppelte Obstler, und dann ging's los, sozusagen mit Pauken und Trompeten: Zu den Klängen der Blaskapelle, die im Marschtritt vom Pavillon zu uns heraufgetrottet kam, flackerte der ganze Himmel von Lichtspasmen, und die Wolkenkolosse streuten den Schein, so daß die Silhouetten der Bergkämme jäh aus dem Dunkel der frühen Nacht (um neun Uhr abends war das ganze Tal 'n Friedhof; man konnte praktisch nichts anderes machen als vögeln) gerissen und in das höllische Leuchten der Blitze getaucht wurden. Unmittelbar darauf grollte und knallte es, daß mein Brustbein vibrierte. Bärbel entfuhr ein Quietschlaut, gefolgt von schamhaftem Stöhnen – als hätte sie sich ins bordellfarbene Höschen gemacht, das ich Wochen zuvor hatte aussuchen dürfen. Am Nebentisch wurden Vorbereitungen getroffen, ins Lokal zu wechseln, wobei mich Blicke erreichten, die ähnlich neidisch wirkten wie die morgendlichen des südhessischen Greisenpärchens im Frühstücksraum (wir waren am Abend zuvor nicht mal mehr dazu gekommen, die Balkontür zu schließen). Dann begannen traubendicke Tropfen auf den Schirmen zu zerplatzen, und indessen die Kapelle in Reih und Glied vor dem Wirt des Cafés zu stehen kam und das Dirndl ihm hektisch aus dem Bernhardinerfäßchen einschenkte – irgendein beknackter Brauch –, übernahm die Witterung die Musik und setzte zu einem Trommelwirbel auf den Schirmen an. Die dünnen Pappeln zischelten, es krachte wiederum gehörig, und alles flüchtete sich ins Lokal. Eispapier trieb über die Straße. Bärbel lachte wieder wie 'ne Straßengöre, aber auch wie verzweifelt, und mit einem Wimmerlaut rief sie nach der feschen Kellnerin, griff mir ans Bein und wedelte unkontrolliert mit den Schwollschenkeln unterm weiten, knielangen Blümchenkleid, an dem eine unverschämte Bö zauste, und sagte plötzlich »Komm, Bobo, bitte …« und stand auf, obwohl die Kellnerin noch gar nicht da war. Der blutbesudelte Holzjesus oder wer stanzte eine grelle, gigantische hebräische Letter in den Himmel überm See, und Bärbel fummelte einen Öschihunderter aus der Handtasche und klemmte ihn unter den Aschenbecher und zerrte mich aus dem Stuhl. »Ihr Wehchslgöld!« rief die Kellnerin den beiden durchgedrehten Piefkes nach, die dem aufkommenden Sturmwind entgegen zu ihrem Kabrio rannten. Bärbel brachte es fertig, die Hand ihres Sugar-daddys während des gesamten Sprints auf den linken Wanst ihres Hinterns zu pressen – schließlich war sie mindestens so vernarrt in ihren monumentalen Arsch wie ich.

Dann knallte die Meteorologie vollends durch, und wir fuhren durch den Dampf der zischenden Asphaltstraße, das Wasser platschte in Schwällen auf die Windschutzscheibe ihres grünen BMWs, und als ich den Abzweig zu unserer Pension nehmen wollte, schrie Bärbel: »Nein! Zum See!«, griff mir an den Hosensack und starrte fasziniert aus dem Fenster. Wassertropfen rannen mir aus dem Haar, meine Brille beschlug an den Rändern, und nach zwei Minuten bogen wir auf den gottverlassenen Parkplatz bei den Liegewiesen ein, wo wir den Tag über zwischen pensionierten Pyknikern und ihren Kurschatten herumgealbert hatten. Wir stürzten aus dem Wagen, knallten die Türen zu, und ich haspelte hinter ihr her. Natursekt pinkelte warm auf uns herab – der Regenguß nun wie durch ein Sieb verdünnt, der Sturm jedoch nahm zu –, und wir stolperten mit quatschenden Schuhen unter schaukelnden Bäumen durchs finstere Gras. Abrupt blieb Bärbel stehen – ich rammte sie und prallte ab –, sie raffte ihr Kleid hoch und stieg aus der Reizwäsche (DM 189,90), genau in dem Moment, als eine stroboskopische Blitzkanone losschoß. Bärbel stöhnte »Orrrrr!«, sprang hoch und hängte sich an einen Ast, schlang mir die Beine um den Hals und klemmte mich ein und mästete mich mit ihrer Maische, und ich schlürfte und soff wie ein Berserker, halb taub zwischen den heißen Riesenprügeln ihrer Schenkel, und kurz vor der Entladung ließ sie los, wir fielen um, sie krallte meine Hand und riß mich am Seeufer auf einen feuchten Staudenstreifen nieder. Das nun stetig auflodernde morgengrauenhafte Licht verwandelte den aufgewühlten See in einen Urvulkan, und Bärbel lag klitschnaß im Gras und flüsterte in gequältem Sexchinesisch was wie »Pfck mch, *pfck* mch, *jtzt*«, und ich wälzte mich auf ihr herum, bis ich aller Hosen ledig war, und dann rüttelte ich mein dickes Flittchen tüchtig durch. Hin und wieder waren wir so deutlich zu sehn wie der Zahme Kaiser.

Sie meckerte vollständig weggetreten vor sich hin, meine Gewitterziege, und ich sah hin und wieder Fahrzeuge auf der Uferstraße durch den Regen rauschen und rechnete jeden Moment damit, von einem Trupp Staatsförster festgenommen – »Wir köhnan's net trehnan, Schehf!« – und pudelnaß in die Dorftrülle gepfercht oder vom Blitz getroffen oder vom See verschlungen zu werden oder vom Zahmen Kaiser erschlagen. Bärbel warf mich ab, bestieg mich und begann, mir ihren robusten, feuchten Hintern in die Leistenmulden zu rammen, daß es nur so klatschte, starrte dabei auf den See und stöhnte bei jedem Stoß schielend »Ngeil, ngeil, *orr*«, ihr waschnasses Kleid klebte auf ihren dicken, runden Jungs, und dann mußte ich ihr heiße kleine Hiebe auf die legendären Wangen ihres *Arschs* von Hintern versetzen und dazu was schimpfen wie »Schmutziges Mädchen, unartiges, schmutziges Mädchen du«, Sturmböen fegten in die rauschenden Bäume, es war ein Skandal.

Es gewitterte fast jeden Tag. »Das ist so im Gebirge«, klärte mich Bärbel auf und grinste vagil. Natürlich wußte ich, daß mein Bülbül Gewitter liebte (schließlich hatten wir uns bei Gewitter kennengelernt) – daß sie aber gewittergeil war wie ein Alligatorweibchen (irgendwo hatte ich mal gelesen, daß diese Reptile bei solcher Wetterlage besonders paarungswillig sind), war mir erst jetzt richtig klargeworden. Ich war fix und fertig – und froh, als wir endlich wieder mit zweihundert Sachen über die Autobahn preschten, obwohl ich kaum aus den Augen gucken konnte vor Müdigkeit und, wie ich klagte, »verschleppter Angina« – was Bärbelchen Anlaß zu anzüglichen Kalauern bot.

Und damit sollte die Lilaviolette Saison eigentlich beendet sein.

Tab.: 57 Zig. (RI, Marlboro)
Alk.: 3,5 l Bier /6 cl Schnaps

John Cleland

GEHEIMNISSE DER WOLLUST

Außer ihrer Schönheit besaß Lady Travers ein wahrhaft vollendetes Wissen um die Geheimnisse der Wollust; sie brauchte es nach und nach mit solchem verfeinerten Raffinement, daß sie mir bei jeder Begegnung als neue Geliebte erschien. Ob sie diese Eigenschaften auf ihren Reisen erworben hatte, kann ich nicht sagen, aber sie vereinte in sich das tiefe Feuer der Spanierin, die empfindsame Liebe der Französin und die elegante Geschicklichkeit der Engländerin.

Ihre Anziehungskraft war sogar so groß, daß einige flüchtige, untreue Abschweifungen mich zu ihr zurückbrachten, noch verliebter und tiefer in Begierden verstrickt, da ich Vergleiche anstellte, bei denen meine Sinne immer zu ihren Gunsten entschieden.

Wie konnte ich einer Herrschaft widerstehen, die auf Vergnügen gegründet ist, wie konnte ich Dienste aufgeben, die so reiche Belohnung mit sich brachten? Aus Vernunftgründen, aus Eigeninteresse und aus einer ihr nicht unbekannten Erfahrung riet Lady Travers mir oft zu Mäßigung. Aber während sie diese notwendige Tugend predigte, machte ihre Anwesenheit deren Anwendung unmöglich.

Es ist oft festgestellt worden, daß Ausschweifungen den Ursprung ihrer eigenen Zerstörung schon in sich tragen: Die Ursache dazu ist in ihnen mit eingeschlossen, was bedeutet, daß sie zum allmählichen Ersterben dieser Leidenschaft führt. Meine Liebe jedoch hielt der Unmäßigkeit stand und trieb mich in den Ruin. All meine Lebendigkeit, meine Kraft und blühende Frische – natürliche Begleiter der gesunden Jugend – begannen dahinzuschwinden und ermatteten unter der Hitze, mit der das dauernde Feuer in meiner Phantasie mich zu flüssiger Liebe schmolz. Meine liebe Tante, die nicht im Traum an den wahren Grund dachte, fürchtete, daß mein Körper von Schwindsucht angegriffen sei. Merville, mit richtigerem Urteil, hatte mich, nachdem er die Nutzlosigkeit seines freundschaftlichen Rates einsah, aufgegeben, da er an den Grundsatz glaubte, daß schlimme Krankheiten sich selbst heilen. Lady Travers selbst war es vorbehalten, mich Lady Travers abspenstig zu machen.

Seit zwei Monaten ungefähr stand ich schon unter der absoluten Herrschaft einer unablässigen Liebe zu ihr. Eines Tages, um die Nachmittagszeit, kam ich zu ihrem Haus, fand die Tür offen, schlüpfte unbemerkt und ohne vom Pförtner gesehen zu werden hinein. Da ich mit der Anordnung der Zimmer wohlvertraut war, ging ich unmittelbar ins Schlafzimmer. Ich öffnete, aber niemand war da. Sofort fiel mir ein, daß sie zu einer Versteigerung gegangen war, zu der ich, wie sie am Abend vorher wünschte, hätte mitgehen sollen. Ich hatte mich mit einem Geschäft entschuldigt, das den größten Teil des Vormittages in Anspruch nehmen würde. Die Sache hatte sich erledigt und die Macht der Gewohnheit mich sofort zu Lady Travers geführt. Diese Freiheit hatte ich mir schon vorher ohne Folgen herausgenommen. Da ich allein war, vergnügte ich mich mit dem erstbesten Buch, das im Zimmer herumlag, und wartete auf ihre Rückkehr. Ich brauchte nicht lange zu warten. Ich hörte den Lakaien an der Haustür klopfen. Plötzlich hatte ich die seltsame Idee, mich zu verstecken, ohne einen anderen Gedanken, als ihr einen unschuldigen Streich zu spielen, indem ich plötzlich hervorsprang und sie erschreckte. Deshalb postierte ich mich in einem Wandschrank, der in die Holzvertäfelung eingelassen war, wo einige Bücher, einige Flaschen Magenlikör und Toilettenartikel auf Regalen aufbewahrt wurden, so daß ich kaum genügend Raum hatte, um bequem zu stehen. Ich schloß die Tür hinter mir, die so geschnitzt war, daß sie zu anderen Teilen des Zimmers paßte; dem Blick und dem Gehör war Gelegenheit zur Betätigung durch die Lücken des

Schnitzwerks geboten. All dies, Überlegung und Ausführung, war eine Sache von Sekunden.

Lady Travers trat in ihrem Morgengewand ein, warf einen flüchtigen Blick ohne jede Bedeutung im Zimmer umher und läutete. Daraufhin beschloß ich, in meiner Verschanzung zu bleiben, bis der Diener von ihr entlassen wurde. Ihre Zofe und Vertraute, Mrs. Vergers, erschien. Lady Travers fragte sie, ob Sir William – gemeint war ich – dagewesen sei.

»Nein, Mylady.«

»Nun«, sagte sie mit einer Nachlässigkeit, die mich herzlich reizte, »das macht nichts. Geh und gib an der Pforte Anweisungen, daß ich weder für ihn noch für irgend jemand sonst zu sprechen bin, und komme sofort zurück.«

Der allgemeine Befehl, niemand vorzulassen, von dem besonders ich nicht ausgenommen worden war und den ich nicht hatte erwarten können, ärgerte mich und verhinderte die Ausführung meiner geplanten Überraschung. Während ich überlegte, wie ich mich bei meinem Erscheinen ihr gegenüber verhalten sollte, kam Mrs. Vergers zurück. Lady Travers fragte, ob sie dafür gesorgt habe, daß die Frau geholt würde, die sie herbefohlen hatte.

»Ja, Mylady, sie wartet.«

»Dann hole bitte Buralt zu mir, wenn er kommen kann; wenn nicht, dann muß ich zu ihm gehen.«

»Zu Dienste, es geht ihm viel besser, er war schon im Zimmer des Verwalters.«

»Laß ihn mich sehen; die Amme soll ebenfalls kommen.«

Mrs. Vergers ging mit ihrem Auftrag fort, und ich stand grübelnd über den Sinn dieser eigenartigen Herablassung da. Ich wußte, daß es einen Buralt in diesem Hause gab. Ich hatte ihn gesehen, ohne die geringste Notiz von ihm genommen zu haben, und ich hatte auch nicht beobachtet, daß Lady Travers ihn unter der Schar der anderen Diener besonders beachtet hätte. Er war ein gebürtiger Schweizer und eine ganz gewöhnliche grobe Gestalt. Sie hatte ihn auf ihren Reisen aufgelesen und hierher gebracht. Einige Zeit nach meiner Bekanntschaft mit meiner Geliebten hatte ich nebenbei gehört, daß er nahe dem Tode sei. Aber mir gegenüber hatte sie dieser Krankheit nie besondere Bedeutung zugemessen. Innerlich bewunderte ich das plötzliche Übermaß an mitleidiger Teilnahme, ohne daß ich die Gründe und das Ausmaß derselben erkannte. Die Tür öffnete sich und Buralt kam, gestützt auf Mrs. Vergers, herein. Seine Knie schlugen aneinander, er hatte einen wirren Blick und alle Symptome von Schwäche und blasser Mattigkeit. Ihnen folgte in einiger Entfernung eine einfache, bescheidene Landfrau. Sobald Buralt am Bett angelangt war, ließ er sich ohne Scheu darauf fallen, während Lady Travers damit beschäftigt war, die Milch der Frau zu untersuchen und die Bedingungen ihrer Übereinkunft. Dann brachte sie die Frau zum Bett. Aber sobald die Amme das Wesen, dem sie die Brust reichen sollte, näher sah, zuckte sie zurück. Nicht ohne Grund: Einen grausigeren Anblick, als ihn dieser Elende bot, konnte man sich nicht vorstellen. Er war eingehüllt in einen blauen Mantel, der jedoch weit weniger lose an ihm hing als seine Haut, die eine fahle, gelbliche Farbe hatte. Seine Augen glotzten aus Höhlen, die durch den Verlust des Fleisches rundherum tief eingesunken waren, wodurch die Backenknochen noch stärker heraustraten. Ein Tuch in der Form einer Nachthaube bedeckte seine Haare; außer einem geflochtenen Zopfende und einigen dünnen Seitenhaaren war alles darunter verborgen. Das schmutzige und traurige Schwarz des Tuches und sein Schatten vergrößerte und unterstrich noch die Häßlichkeit dieser grimmigen, hageren Visage.

Dieser Gestalt jedoch half die herrliche, schöne Dame, richtete sie mit Kissen und mit ihren Armen auf, um sie in die rechte Lage zu bringen, in der er die Wohltat der Stärkung, die sie ihm in der Milch der Amme bereitet hatte, empfangen konnte. Die Zärtlichkeit und Demut, mit der sie diese zarte

Aufgabe offensichtlich ausführte, erinnerte mich an die wollüstige Dame in einem von Scarrons Romanen.

Lady Travers konnte allerdings die Angst und Abscheu der Amme nicht so weit überwinden, dieses Wonnebaby zu säugen, bis sie ihr versprach, ihr eine höhere Belohnung zu geben. Darauf gab ihm die Frau mit abgewandtem Gesicht die Brust. Er klammerte sich daran fest und glich dabei mehr einem säugenden Dämon oder einem Vampir, der seinem Grab entkommen ist, als einer menschlichen Kreatur. Kurzum: er stellte die schreckliche Karikatur einer Geschichte aus der römischen Sage vor, in der die Tochter das Leben ihres verurteilten Vaters rettet, indem sie ihn mit ihren Brüsten nährt.

Während der ganzen Zeit stand ich starr vor Verwunderung, mit keiner anderen Lebensregung als der Schärfe meiner Pein, die anfangs sogar noch meine Entrüstung überstieg. Es gab da keine Möglichkeit, die Beweggründe dieser herrlichen Nächstenliebe mißzuverstehen. Ich erfaßte sie, was nur zu verständlich war, aus meiner eigenen Erfahrung erst zu Hause. Mehr als einmal war ich nahe daran, aus meinem Versteck herauszukommen und der Gruppe, die ich vor mir sah, noch eine weitere Figur hinzuzufügen. Jedoch mein Stolz trat zu meiner Rettung dazwischen; indem ich an die Unwichtigkeit der Sache dachte, vermochte er die Oberhand über die Wut zu behalten, in der sich mein Ungestüm Luft machen und Lady Travers in Verwirrung sehen wollte. Vorwürfe hätten mich in der Tat erleichtert, denn ich platzte vor Ärger, aber damit hätte ich ihr zuviel Ehre angetan. Es ging mir um meine Selbstachtung, und nicht darum, sie zu schonen. Auch schmerzte mich nur der Verlust des Vergnügens, das mir durch Gewohnheit lieb geworden war und dessen Grobheit mir diese Szene vor Augen geführt hatte. Eigentlich durfte mich dieser Vorfall auch nicht überraschen, nach allem was ich von ihrem Wesen kennengelernt hatte. Zuerst empfand ich jedoch solche Schmerzen, als wäre mir ein Körperteil abgetrennt worden. Der Gedanke, daß es ein kranker Teil war, half mir die Qual meines Schmerzes durchzustehen. Ich brachte die Geduld auf, die ganze abscheuliche Verrichtung mit anzusehen, ohne mein Versteck zu verlassen.

Sie entließ die Amme mit dem Befehl, wiederzukommen; nach vielen Zärtlichkeiten, die den Verdacht über die Art ihres Interesses an diesem Kammersatyr bestätigte, begleitete sie ihn selbst in sein Zimmer zurück. Dieser Umstand ebnete mir glücklicherweise den Weg zur Flucht, ohne daß persönliche Erklärungen nötig wurden. Nicht ganz ohne Widerstreben konnte ich allerdings in meinem Zorn auf dies Vergnügen verzichten.

Sobald die Küste klar war, brach ich aus meinem Versteck aus, vollkommen gleichgültig, ob mich Bediente auf meinem Wege sehen würden oder nicht. Ich gelangte zur Tür, öffnete sie, da niemand in der Halle war, und verließ das Haus mit dem festen Entschluß, niemals wieder einzutreten.

Deutsch von E. Feldhammer

›Walter‹

ZWEI MÖSEN

»Da ist eine Neue, die hat zwei Mösen«, sagte Alexandrine eines Abends zu mir, als ich eintrat. »Unmöglich.« – »Es ist wahr; sie kommt aus Marseille, hat unterwegs bei den F*r*ys haltgemacht, und nun ist sie hier.« Ich verlangte nach Katie und unterhielt mich mit ihr. »Ja, es stimmt, sie hat gerade Gesellschaft.« – »Um so besser«, sagte ich. »Schick sie danach zu mir.« Während ich auf sie wartete, amüsierte ich mich mit Katie, die mir alles über die Frau erzählte, die schließlich eintrat.

Schnell legte ich sie auf die Bettkante. Sie hatte von meinen Begierden gehört und spreizte ihre Schenkel. Dickes Sperma befand sich auf etwas, das wie jede andere Möse aussah, und ich sagte, das mit den zwei Mösen wäre ein Witz. Doch Katie eilte mir zu Hilfe und zog die Lippen auseinander, die soweit einer gewöhnlichen Möse glichen, doch unterhalb des Zentrums der Möse befand sich eine Membran oder ein Diaphragma, das aussah wie ein Paar Schamlippen und sich von der Klitoris zum unteren Ende der Ritze erstreckte. Die beiden angestammten Schamlippenpaare befanden sich an ihrem Platz. Ich steckte meinen Finger hinein. »In der hier ist kein Sperma – schau her«, sagte Katie, und als sie die Hauptfalte beiseite schob, befand sich dort eine Öffnung, die Sperma enthielt. Schnell inspizierte ich ihre beiden Mösen, im Geist war ich erregt, jedoch fühlte ich mich nicht kräftig, nicht gut, und der Schwanz wollte mir nicht stehen. Katie lutschte ihn zu einer leichten Versteifung, und mit Mühe schob ich ihn in die spermatriefende Öffnung. Doch er blieb nicht an seinem Platz – ihre Möse rutschte weg. »Es ist nicht viel Seim in dir«, sagte ich. »Nicht viel«, sagte die Marseillaise. »Es ist alles herausgelaufen, aber der Monsieur erwartet, daß ich zurückkomme.« So ließ ich sie gehen. Kurz darauf kehrte sie zurück. Sie hatte ihre Möse oder ihre Mösen gewaschen. Erregt und lüstern auf sie konnte ich jedoch meinen Schwanz kein bißchen steif bekommen, deshalb versuchte ich mich an Katies Ritze, die ihn auch nicht hoch bekam, und verließ verzweifelt das Haus.

Deutsch von Gunter Blank

Charles Lewinsky
DIE FORSCHUNG

Die Forschung sagt: Caligula
war so pervers nicht, wie man sah.
Kam wirklich zum Inzest er,
verschont Mama er und Papa,
fickt nur die kleine Schwester.

Wolfgang Amadeus Mozart
DRECK, SCHMECK UND LECK

Mademoiselle!

ma tres chere Cousine!

sie werden vielleicht glauben oder gar meynen ich sey gestorben! – – ich sey Crepirt? – oder verreckt? – doch nein! meynen sie es nicht, ich bitte sie; denn gemeint und geschissen ist zweyerley! – wie könnte ich denn so schön schreiben wenn ich tod wäre? – wie wäre das wohl möglich? – – – wegen meinem so langen stillschweigen will ich mich gar nicht entschuldigen, denn sie würden mir so nichts glauben; doch, was wahr ist, bleibt wahr! – ich habe so viell zu thun gehabt, daß ich wohl zeit hatte, an das bäsle zu denken, aber nicht zu schreiben, mithin hab ichs müssen lassen bleiben.

Nun aber habe ich die Ehre, sie zu fragen, wie sie sich befinden und sich tragen? – ob sie noch offens leibs' sind? – ob sie etwa gar haben den grind? – – ob sie mich noch ein bischen können leiden? – ob sie öfters schreiben mit einer kreiden? – ob sie noch dann und wan an mich gedencken? – ob sie nicht bisweilen lust haben sich aufzuhencken? – ob sie etwa gar bös waren? auf mich armen narrn; ob sie nicht gutwillig wollen fried machen, oder ich lass bei meiner Ehr einen krachen! doch sie lachen – – victoria! – – unsre arsch sollen die friedenszeichen seyn! – ich dachte wohl, daß sie mir nicht länger wiederstehen könnten. ja, ja, ich bin meiner sache gewis, und sollt ich heut noch machen einen schiss, obwohl ich in 14 tägen geh nach Paris. wenn sie mir also wolln antworten, aus der stadt Augsburg dorten, so schreiben sie mir baldt, damit ich den brief erhalt, sonst wenn ich etwa schon bin weck, bekomme ich statt einen brief einen dreck. dreck! – – dreck! – o dreck! o süsses wort! – dreck! – schmeck! –auch schön! – dreck, schmeck! – dreck! – leck – o charmante! – dreck, leck! das freüet mich! – dreck, schmeck und leck! – schmeck dreck, und leck dreck! ... Nun um auf etwas anders zu kommen; haben sie sich diese fasnacht schon braf lustig gemacht. in augsburg kann man sich dermalen lustiger machen als hier, ich wollte wünschen ich wäre bey ihnen, damit ich mit ihnen recht herumspringen könnte. Meine Mama und ich, wir empfehlen uns beyde dem H: Vatter und frau Mutter, nebst dem bäsl, und hoffen das sie alle 3 recht gesund und wohlauf seyn mögen. wir sind es gottlob und danck. das glaub nicht, desto besser, besser desto. apropos: wie stehts mit der französischen sprache? – darf ich bald einen ganz französischen brief schreiben? – von Paris aus, nicht wahr? – sagen sie mir doch, haben sie den spunicunifait noch? – das glaub ich. Nun muß ich ihnen doch noch bevor ich schliesse, denn ich muß bald endigen, weil ich Eile habe, denn ich habe izt just gar nichts zu thun; und dann auch, weil ich keinen Platz mehr habe, wie sie sehen; das Papier ist schon bald gar; und müd bin ich auch schon; die finger brennen mich ganz vor lauter schreiben; und endlich auch wüst ich nicht, wenn auch wirklich noch Plaz wäre, was ich noch schreiben sollte, als die historie, die ich ihnen zu erzählen im sinn habe. hören sie also. es ist noch nicht lange, das es sich zugetragen hat; es ist hier im land geschehen. es hat auch hier viell aufsehens gemacht, denn es scheint ohnmöglich; man weis auch, unter uns gesagt, den ausgang von der sache noch nicht, also, kurz zu sagen, es war, etwa 4 stunde von hier, das ort weis ich nicht mehr – – es war halt ein dorf oder so etwas; Nu, das ist endlich ein ding, ob es tribsterill wo der dreck ins meer rinnt, oder burmesquick wo man die krummen arschlöcher dräht, war; mit einem wort, es war halt ein ort. da war ein hirt oder schäfer, der schon ziemlich alt war, aber doch noch robust und kräftig dabey aus = sah; der war ledig, und gut bemittelt, und lebte recht vergnügt, ja, das muß ich ihnen noch vorher sagen, ehe ich die geschichte auserzähle, er hatte einen erschröcklichen ton, wen er sprach; man musste sich allzeit fürchten, wenn man ihn reden hörte. Nu, um kurz von der sache zu reden, so müssen sie wissen – er hatte auch einen hund den er Bellot nannte, einen sehr schönen grossen hund, weis mit schwarzen flecken. Nu, eines tages, gieng er mit seinen schaafen daher, deren er 11 tausend unter sich hatte; da hatte er einen stock in der hand, mit einem schönen rosenfarbenen stockband. denn er gieng niemahlen ohne stock. das war schon so ein gebrauch; nun weiter, da er so eine stunde gieng, so war er müde, und sezte sich bey einen fluß nieder. Endlich schlief er ein, und da traumte ihm er habe seine schaaf verlohren, und in diesen schrocken erwachte er, und sahe aber zu seiner grösten freüde alle seine schaafe wieder, endlich stund er auf, und gieng wieder weiter, aber nicht lang; denn es wird kaum eine halbe Stunde vorbeygegangen seyn, so kamm er zu einer brücke, die sehr lang war, aber auf beyden seiten gut geschützt war, damit man nicht hinab fallen könne; nu, da betrachtete er seine heerde, und weil er dann hinüber musste, so fieng er an seine 11 tausend schaaf hinüber zu treiben.

Nun haben sie nur die gewogenheit, und warten bis die 11 tausend schaaf drüben sind, dann will ich ihnen die ganze histori auserzählen. ich habe ihnen vorher schon gesagt, daß man den ausgang noch nicht weis. ich hoffe aber, daß, bis ich ihnen schreibe, sie gewis darüber sind; wo nicht, so liegt mir auch nichts daran; wegen meiner hätten sie herüben bleiben können. sie müssen sich schon unterdessen so weit begnügen; was ich davon gewust habe, das hab ich geschrieben, und es ist besser, daß ich aufgehört habe, als wenn ich etwas dazugelogen hätte. da hätten sie mir etwa die ganze schistorie nicht geglaubt, aber so – – glauben sie mir doch – die halbe nicht. nun muß ich schliessen, ob es mich schon thut verdriessen, wer anfängt muß auch aufhören, sonst thut man die leute stöhren, an alle meine freünde mein Compliment, und wers nicht glaubt, der soll mich lecken ohne end, von nun an bis in Ewickeit, bis ich einmahl werd wieder gescheid. da hat er gwis zu lecken lang, mir wird dabey schier selbsten bang, ich fürcht der dreck der geht mir aus, und er bekommt nicht gnug zum schmaus. Adieu bääsle. ich bin, ich war, ich wär, ich bin gewesen, ich war gewesen, ich wär gewesen, o wenn ich wäre, o daß ich wäre, wollte gott ich wäre, ich wurde seyn, ich werde seyn, wenn ich seyn würde, o das ich seyn würde, ich wurde gewesen, ich werde gewesen seyn, o wenn ich gewesen wäre, o daß ich gewesen wäre, wolltegott ich wäre gewesen, was? – ein stockfisch.

addieu ma chere Cousine, wohin? – ich bin der nämlich wahre vetter.

Barbara Gowdy

ICH BIN NEKROPHIL

Matt beging Selbstmord, das steht außer Frage. Und Nekrophilie war damals, vor fünfzehn Jahren, nicht ungesetzlich. Und obwohl ich auf frischer Tat ertappt wurde, nackt mit gespreizten Beinen auf einem unmißverständlich toten Körper sitzend, und obwohl die Zeitungen es herauskriegten und in die

Schlagzeilen brachten, konnte die Polizei keine Anklage gegen mich erheben.

Trotzdem legte ich ein volles Geständnis ab. Mir war ungeheuer wichtig, daß die offiziellen Berichte mehr als nur die kargen Notizen der Beamten enthielten. Zwei Dinge wollte ich in den Akten haben: zum einen, daß Matt von einer ehrfürchtigen Expertin geschändet wurde; zum anderen, daß sein Leichnam die Energie eines Sterns verströmte.

»Ereignete sich dieser Ausstoß an Energie vor oder nach seinem Tod?« fragte der Beamte.

»Nachher«, sagte ich und fügte schnell hinzu, daß ich eine solche Explosion nicht hätte vorhersehen können. Der einzig heikle Punkt war, warum ich den Selbstmord nicht verhindert hatte. Warum ich es Matt nicht ausgeredet oder ihn abgeschnitten hatte.

Ich log. Ich sagte, Matt habe in dem Moment, als ich sein Zimmer betrat, den Stuhl weggestoßen. Das Gegenteil konnte niemand beweisen. Aber ich habe mich oft gefragt, wieviel Zeit wirklich zwischen dem Moment verstrich, als ich die Tür aufmachte, und dem Moment, als sein Halswirbel brach. In einer Katastrophe ist eine Minute keine Minute. Es entsteht dasselbe Chaos wie im Augenblick des Sterbens, Zeit und Form lösen sich auf, und alles wird unendlich groß und bricht auseinander.

Matt muß sich Tage beziehungsweise Wochen, bevor er starb, in einer Krise befunden haben. Ewig starrte er in den Spiegel und dachte: »Ist das mein Gesicht?« Beobachtete, wie es in kleinste Teile zerfiel und sich zu einem neuen fremden Gesicht zusammensetzte. In der Nacht vor seinem Tod hatte er eine Maske an. Eine Draculamaske, aber das sollte kein Scherz sein. Er wollte die Maske tragen, wenn ich mit ihm schlief, als sei er ein Leichnam. Auf keinen Fall, sagte ich. Der ganze Sinn der Sache bestand doch darin, erinnerte ich ihn, daß *ich* den Leichnam spielte. Er bettelte, und ich lachte wegen der Maske und vor Erleichterung. Wenn er das Spiel umdrehen wollte, dann war Schluß mit uns, und ich merkte plötzlich, wie sehr mir der Gedanke gefiel.

Am nächsten Abend rief er mich bei meinen Eltern an, sagte: »Ich liebe dich«, und legte auf.

Ich weiß nicht, warum, aber ich wußte es. Ein Gewehr, dachte ich. Männer nehmen immer Gewehre. Und dann dachte ich, nein, Gift, Zyankali. Als Medizinstudent kam er an Medikamente ran. Ich lief zu seiner Wohnung, die Tür war offen. Von der Tür aus sichtbar war ein Zettel an die Wand geklebt: »TOTER IM SCHLAFZIMMER«.

Er war aber nicht tot. Er stand auf einer Trittleiter. Er war nackt. Eine eindrucksvoll geknotete Schlinge war an einem unter der Zimmerdecke verlaufenden Rohr befestigt und um seinen Hals geschlungen. Er lächelte zärtlich. »Ich wußte, du würdest kommen«, sagte er.

»Und warum dann der Zettel?« fragte ich.

»Zieh die Leiter weg«, wimmerte er. »Meine Geliebte.«

»Hör auf. Das ist bescheuert. Komm runter.« Ich ging zu ihm und boxte ihm ans Bein.

»Du mußt einfach nur die Leiter wegziehen«, sagte er.

Seine Augen waren noch dunkler und ausdrucksvoller als sonst. Seine Wangenknochen wirkten betont. (Minuten später stellte ich fest, daß er Make-up darauf hatte.) Ich schaute mich im Zimmer nach einem Stuhl oder Tisch um, die ich zu ihm hinübertragen konnte, um mich darauf zu stellen. Ich wollte ihm die Schlinge selbst abnehmen.

»Wenn du weggehst«, sagte er, »wenn du einen Schritt zurückgehst, wenn du irgend etwas anderes tust, als die Leiter wegzuziehen, stoße ich sie weg.«

»Ich liebe dich«, sagte ich. »Alles klar?«

»Nein, eben nicht«, sagte er.

»Doch!« Damit es so klang, als meinte ich es, starrte ich auf seine Beine und stellte sie mir leblos vor. »Doch!«

»Nein«, sagte er sanft. »Aber«, sagte er, »du wirst mich lieben.« Ich griff nach der Leiter. Ich weiß, daß ich dachte, wenn ich die Leiter festhalte, kann er sie nicht wegtreten. Ich ergriff die Leiter, und dann lag sie an der Wand, umgekippt. Ich erinnere mich an diese beiden Ereignisse nur als zwei voneinander getrennte Vorgänge. Es gab ein lautes Krachen, und ein Schwall Wasser schoß hervor. Matt fiel anmutig, wie ein Mädchen, das ohnmächtig wird. Aus dem kaputten Leitungsrohr floß Wasser über ihn. Es roch nach Exkrementen. Ich zog ihn an der Schlinge weg.

Im Wohnzimmer legte ich ihn auf den grünen Flokati. Ich kleidete mich aus. Ich kniete mich über ihn. Ich küßte das Blut in seinem Mundwinkel.

Echte Obsessionen basieren darauf, daß das Objekt völlig passiv ist. Wenn ich mich in einen bestimmten Leichnam verliebte, fühlte ich mich immer, als sei ich ein hohles Musikinstrument, eine Glocke oder eine Flöte. Ich wurde leer. *Ich* verschwand (das geschah unwillkürlich), bis ich für den Leichnam das Instrument war, in das er hineinschwoll und darin wuchs. Als Objekt von Matts Obsession, wie konnte ich anders als gefühllos sein, solange er lebte?

Als er mit mir spielte, spielte er mit dem Feuer. Nicht nur, weil ich ihn nicht lieben konnte, sondern weil ich verstrahlt war. Die ganze Zeit, in der ich mit Matt zusammen war, schlief ich mit Leichen, saugte ihre Energie auf und strahlte sie wieder aus. Da diese Energie bei der magischen Verwandlung von Leben in Tod entstand, war sie möglicherweise auch magisch. Selbst wenn nicht, vermittelte sie Matt aber bestimmt den Eindruck, daß ich die Macht besaß, ihn gewaltig und gefährlich zu verändern.

Jetzt glaube ich, daß seine Sucht nach meiner Energie in Wirklichkeit ein Sich-Verzehren nach einer solchen Transformation war. Ich glaube, im Grunde ist alles Begehren der

Wunsch nach Transformation, und alle Transformation – alle Bewegung, alles Werden – geschieht, weil sich Leben in Tod verwandelt.

Ich bin immer noch nekrophil, hin und wieder, leichtsinnig. Ich habe keinen Ersatz für die glühende Gelassenheit eines Leichnams gefunden.

Deutsch von Sigrid Ruschmeier

Susie Bright

ETIKETTENSCHWINDEL

Der Unterschied zwischen Pornographie
und Erotika ist die Verpackung
John Preston

Seit ich über Sex rede, taucht bei jeder Veranstaltung, die ich besuche, immer wieder eine Frage auf: »Was ist der Unterschied zwischen Pornographie und Erotika?« Die hitzige Debatte läßt sich nicht so einfach abtun – das ist eigentlich mein erster Impuls bei dieser Frage, die keine ist. In Wahrheit ist es eine ängstliche Bitte um Absolution und keine aufrichtige Frage.

Die Debatte, ob etwas erotisch oder pornographisch ist, wird uns solange verfolgen, wie Sexsprache verdächtig ist und man nur unter Vorbehalten öffentlich darüber diskutieren darf. Wenn wir Sex als individuelle Geschmackssache betrachten würden, so wie die Speisen, die wir essen, würden wir so unsinnige Fragen wie »Ist das erotisches Essen oder pornographisches Essen?« »Ist das ein Essen für Männer oder für Frauen?« »Soll man das in der Öffentlichkeit essen oder lieber heimlich zu Hause?« nicht stellen. Statt dessen würden wir sagen: »Hauptsache, du ißt. Du mußt essen, um zu überleben.«

Ich kann das Thema nicht mehr hören, und alle anderen auch nicht. Ich will nicht mehr darüber diskutieren, was pornographisch und was erotisch ist. Am liebsten würde ich sagen: »O meine Liebe, es tut mir leid, das haben wir schon im letzten Jahr durchgenommen. Es wurde letzten August bei einer Luftschutzübung über Lautsprecher geklärt, und wenn Sie gefehlt haben, müssen Sie es selbst in der Bibliothek nachschlagen.« Ich will diese Pseudodiskussion absichtlich vermeiden, weil jeder, der es wagt, verbindliche Regeln aufzustellen, die natürliche Entwicklung sexueller Selbstverwirklichung hemmt. Die Debatte selbst sollte als das entlarvt werden, was sie ist: reaktionär und bigott.

Ich sage Ihnen, was die Leute hören *wollen*, wenn sie fragen, was der Unterschied zwischen Erotika und Pornographie ist: »Ja, nach sorgfältiger Untersuchung sind Experten zu dem Ergebnis gekommen, daß *meine* Phantasien und *meine* sexuelle Identität schön, gesund und ganz nebenbei auch noch unheimlich geil sind ... aber siehst du den da drüben in der Ecke? Also, *dessen* Sexualität ist total daneben.«

Und je nachdem, ob einem der Beiklang des Wortes *Pornographie* oder des Wortes *Erotika* zusagt, verpaßt man sich selbst das vorteilhafte Etikett und dem anderen das verpönte. Voilà, wieder ein perfektes Vorurteil mehr!

Wirklich daneben ist nur eine solche irreführende Unterscheidung. In Wahrheit ist Ihre sexuelle Sprache nicht besser, anziehender oder gesünder als irgendeine andere. Wenn man einer unbekannten Art von Sexualität begegnet – die beängstigend, anstößig oder unvorstellbar sein mag –, ist es das Klügste, man flüstert eine Variation des Themas: »Wer unter euch ohne Verlangen ist, der werfe den ersten Stein.«

PORNOGRAPHIE	EROTIKA
Jungs	Mädchen
hart	weich

illegal	überm Ladentisch
billig	üppig
Schublade	Museum
geht zur Sache	kitzelt die Sinne
animalisch	vergeistigt
Popkultur	viktorianisch
Logos auf Basketballmützen	Bücherei
plump	diskret
exzessiv	bescheiden
orgastisch	prickelnd
politisch nicht korrekt	vertretbar
Generation X und Hardcorefans	Babyboomer und Kunstliebhaber

Einmal nahm eine Studentin an einem Erotikkurs teil, den ich unterrichtete, obwohl sie befürchtete, meine radikale Sexphilosophie übernehmen zu müssen. Besonders abstoßend fand sie sexuellen Sadomasochismus, den sie als pornographisch einstufte. Für sie war die einzige Erklärung dafür, daß jemand als Kind mißhandelt und nicht geliebt wurde. Sie konnte nicht glauben, daß es nur eine Sache des erotischen Geschmacks sei.

Im Kurs diskutierten wir lange darüber, und ich wies darauf hin, daß dieses Argument – nämlich eine pathologische Erklärung – jahrelang bei anderen sexuellen Vorlieben benutzt wurde. Das bekannteste Beispiel dafür ist die Homosexualität. Das Netteste, was man vor den siebziger Jahren darüber zu sagen hatte, war, daß Homosexuelle von ihren Familien auf tragische Weise mißhandelt und vernachlässigt worden und dadurch für den Rest ihres Lebens gestört seien. Man konnte sich nicht vorstellen, daß ihr sexuelles Verlangen gesund oder aufrichtig ist.

Heutzutage treffe ich oft Schwule, die die gleichen Vorurteile gegen Heterosexualität hegen; sie finden echte Heterosexualität unnatürlich und glauben, daß diese »Normalität« nur das Produkt eines gestörten Geistes sein könne. Das zeigt nur, daß jeder, unabhängig von seinem erotischen Geschmack, schnell damit bei der Hand ist, anderen die Legitimität ihrer Sexualität abzusprechen.

Das ist der zweite Haken an den Debatten über Pornographie und Erotika – sie werden oft von der übertriebenen und ängstlichen Vorstellung darüber bestimmt, was die Leute auf der anderen Seite des Zaunes wohl treiben. Wer bei dem Gedanken an Pornographie zusammenzuckt, stellt sich die Sache meistens viel aufregender und gefährlicher vor, als sie tatsächlich ist. Es gibt auch Menschen, die Erotika als müden Abklatsch für sexuell Unbedarfte verachten. Sie wären überrascht, wenn sie wüßten, wie authentisch und anregend die Welt der sogenannten »Erotika« sein kann. Die Liste der Gegensätze, die Pornographie bzw. Erotika angeblich auszeichnen, veranschaulicht, warum die Meinungen so weit auseinandergehen.

Pornographie wird in erster Linie mit Männern und Erotika mit Frauen verbunden. Das erinnert mich an diese alberne Werbung für Deos, herb für echte Männer und dezent für die Dame. Sieht man sich aber die Inhaltsstoffe an, unterscheiden sie sich in nichts.

Die Geschlechtsunterschiede gehen fließend in Klassenunterschiede über. Pornographie ist angeblich derber, primitiver, etwas, das man zumindest unter etwas schäbigen Umständen erwirbt. Erotika sind so respektabel, daß sie ohne Probleme in einem Weihnachtskatalog auftauchen können. Sogar Sister Wendy, diese Nonne, die als Kunsthistorikerin im öffentlichen Fernsehen die Großen Meister bespricht, überschüttet die Porträts der Renaissance, die mit Schamhaar nicht gerade geizen, mit Lob.

Mit dem Heranwachsen der Babyboomer sind die verhärteten Fronten zwischen Pornographie und Erotika ironischerweise aufgeweicht oder von religiösen Fundamentalisten geschlichtet worden. Die einzigen, die heute noch unter dieser Debatte zu leiden haben, sind die Schwachen, die nichts zu sagen haben. Mit anderen Worten, Studenten zerbrechen sich längst nicht mehr den Kopf darüber, ob Pornographie die Vorstufe zur Vergewaltigung ist, aber den Schulkindern gibt man eine ganze Liste mit politisch nicht korrekten Themen, über die sie nicht reden dürfen.

Mein Freund Jon unterrichtet zwölfjährige Jungen in Kunst, und auf der offiziellen Liste, die vorschreibt, was die Jungen nicht malen dürfen, stehen so banale Dinge wie »Marihuanablätter« und »nackte Figuren« und so was Schwachsinniges wie »alles, was Frauen herabwürdigt«. Vielleicht sind sie eines Tages alt genug, die Welt so auszudrücken, wie sie sie sehen – mit Marihuana, nackten Menschen und allem drum und dran –, statt diesen gutgemeinten Vorschriften zu folgen.

Ich habe zu Jon gesagt, es sei gut, daß nicht ich seinen Kunstunterricht gebe, weil ich es ihnen aus purem Sarkasmus heimzahlen würde und Kraken mit Vagina-Zähnen aufstellen würde, die eine eindeutig herabgewürdigte männliche Figur nach der anderen ausspucken. Technisch gesehen würde meine Umkehrung der Geschlechter ihre Auflagen erfüllen!

Herabgewürdigt wird nur der Gedanke, daß erotische Darstellungen zum öffentlichen Leben dazugehören – und zwar nicht nur als Ware, die formelhaft auf den kleinsten gemeinsamen Nenner und auf Profit ausgerichtet ist. Erfreulicherweise hält die jüngere Generation Pornographie weder für kriminell noch für pathologisch. Aber sie ist skeptisch, ob Pornographie je mehr sein kann als ein »Geschäft«. Es kann sich keine alternative erotische Industrie entwickeln, weil keiner sein Geld in Experimente steckt, und die Geldgeber der öffentlichen Kunst haben Sexualität aus deren Spektrum verdrängt.

Ich habe viele Pornostars der ersten Generation interviewt, Männer und Frauen, die jetzt über fünfzig sind. Ich habe mit

Georgina Spelvin gesprochen, die ihr Debüt 1970 als arme alte Jungfer in *The Devil in Miss Jones* gab; als ich fragte, wie sie vom Catering zum Film kam, sagte sie: »Nicht wegen des Geldes; das war nicht der Rede wert. Es ist schwer zu erklären, aber es lag irgendwie das Gefühl in der Luft, daß man alles tun konnte, wozu man Lust hatte.«

Heutzutage spricht niemand mehr für gewöhnliche Pornofilme vor, ohne eine genaue Vorstellung davon zu haben, wieviel Geld der Produzent herausschlagen will. Und was dabei herauskommt, ist genauso Massenware wie Campbells Tomatensuppe. Ich glaube, für viele ist es ein Schock, daß die Art, wie sie Geld verdienen, auch persönliche Folgen hat. Die persönlichen Folgen können erbaulich oder bedrückend sein, aber man steht nicht in der Öffentlichkeit, ohne davon berührt zu werden – fragen Sie einmal einen Sportler oder einen Hollywood-Profi. Ich bin erleichtert, daß das Pornogeschäft nicht länger verteufelt wird, aber ich bin zutiefst enttäuscht von seiner neuen »Geld-ist-alles«-Devise. Für mich ist das eine Art marxistischer Witz über das Spätstadium des Kapitalismus.

Zum ersten Mal erlaubte ich jemandem, mich beim Sex zu filmen, als meine Freundin, die Regisseurin Cecilia Dougherty, ein Video drehte. Sie konnte an ihrer Wir-sind-ja-so-hip-Kunstschule keinen einzigen finden, der bereit war, sich dafür auszuziehen.

Damals gab ich ein eigenes Erotik-Magazin heraus, und sie hatte an jedem Foto, das wir gedruckt hatten, etwas auszusetzen gehabt. »Ich mach es«, sagte ich, »wenn du zugibst, daß jedes Modell von erotischen Darstellungen allein für seinen Mut eine Auszeichnung verdient.« Sie war natürlich so verzweifelt, daß sie alles zugegeben hätte.

Cecilia drehte einen »Kunstfilm«, der nie in Pornokinos gezeigt wurde. Sie gab mir oder meinem Partner keinerlei Anweisungen; sie wollte Mäuschen spielen. Wir beeilten uns nicht, setzten uns nicht in Pose und achteten nicht auf die Beleuchtung. Als der Film zum ersten Mal gezeigt wurde, saß ich im Dunkeln und hörte einige Leute hinter mir kichern. Kurz vor meinem Orgasmus fragte sich eine Frau laut: »Ist sie eingeschlafen?«

Ich war inkognito da, und die anderen Zuschauer erkannten mich nicht. Ich hatte meine beste Freundin mitgebracht und flüsterte ihr zu: »Eigentlich müßte es mir total peinlich sein, aber das ist es nicht. Es geht mir unter die Haut.« Ich hatte noch nie gesehen, wie ich kam, ich hatte noch nie meinen Gesichtsausdruck gesehen, wie ich kam, oder meine Augen, wenn ich meinen Freund berührte. Ich fragte mich, ob es im Publikum wohl jemanden gab, der das, im Gegensatz zu der ignoranten Gruppe hinter mir, zu würdigen wußte. Meine größte Leistung war wohl, daß es mir ehrlich egal war, ob es anderen gefiel – ich war zu sehr mit mir beschäftigt, im positiven Sinne. Der Gefallen, den ich einer Freundin getan hatte, war, wie sich herausstellte, für mich von großer Bedeutung, und daran werde ich immer denken. Das war meine Auszeichnung.

Ich wünschte, jeder hätte ein Foto davon, wie das eigene Gesicht aussieht, wenn man ekstatisch, sexuell befriedigt, entrückt, erregt ist. Für sich selbst, nicht für ein Publikum. Warum knipsen nicht mehr Leute ein solches Bild oder malen es oder schreiben ihr erotisches Porträt? Diesen Brauch gibt es bei uns nicht; wir haben zuviel Angst. Auch wenn wir uns verstandesmäßig als sexuell freizügig betrachten, halten wir uns zurück, weil wir uns fragen, wie unser Tun bewertet wird. Wird man uns Pornographen oder erotische Künstler nennen? Und was wäre besser? In Sachen Anstand und Diskriminierung, Zynismus und Apathie macht uns so leicht keiner was nach – aber damit ist niemandem gedient.

Deutsch von Juliane Zaubitzer

NACHWEISE UND REGISTER